제2판

숲은 고요하지 않다

제2판

숲은 고요하지 않다

이종찬 회고록

2

일생 동안 나라와 가족을 위해 헌신하신 부모님께
삼가 이 책을 바칩니다.

차
례

9
'정치 복원' 시대

2·12 총선에서 '민심의 홍수'를 만나다   13

전례 없는 개원 협상: '대화'로 '돌파구'를 마련하다   21

학원안정법의 희생양들   30

노태우, '박종철 사건'으로 경쟁자들 정리   40

'6월 드라마'의 주인공은 누구인가   51

'대한민국'은 언제 '건국'되었나   62

'지는 해'의 착각, '뜨는 해'의 술수   70

"소선거구제는 망국적 제도!"   78

정말 힘들게 오른 '3선 고지'   84

'여소야대'의 뜨거운 맛   95

'중간평가'로 정국 돌파하라 했건만   107

징검다리 '동해 재선거'   119

10
망국적 3당 합당

'허공의 메아리' 혹은 역린   127

무력하게 지켜본 3당 합당   137

숲은
고요하지
않다

11
민주자유당 대선 후보 경선

제14대 총선 참패와 김영삼의 '국면 뒤집기'   149

청와대의 '박태준 비토'   155

김종필의 밀약   160

민정계 후보 단일화   167

경선 전초전   173

"김영삼과 김종필의 시대는 갔다"   184

아내가 김옥숙 여사를 만나다   192

최후의 선택을 향해   195

나는 패배하지 않았다   205

12
새로운 모색

'새정치모임' 결성과 YS의 '백기 투항' 요구   213

'독립운동 세력이 왜 퇴조했는지 알겠다!'   223

신당 창당 작업과 김우중의 아리송한 행보   231

새한국당 창당: '수평적 정권 교체'를 위해   240

눈물의 합당   253

처절한 파탄   266

'야당 정치인'으로 거듭나기   279
민주당 합류: '정치 초심'으로 돌아가기   287
1995년 지방선거의 명암   296

13
김대중 대통령 만들기

15대 총선 패배를 딛고 대선기획팀을 꾸리다   309
DJ 비서실장직을 고사하다   322
야권 단일화 작업에 끼어든 JP의 '정치적 음모'   328
'DJP'를 넘어 'DJT'로!   339
'준비된 대통령'론으로 '비자금' 파고를 넘다   345
외래형 책사 vs. 토착형 책사   352
마지막 고빗길 '외환 사태'   359

14
헌정 사상 최초의 인수위 활동

김대중 대통령 당선 직후의 나날들   373
사상 첫 정권인수위원회의 명과 암   396
'국민의 정부'의 새 지평을 열다   409

숲은
고요하지
않다

15
국정원에서 바라본 세상

17년 5개월 만의 귀향　　　　　　　　　　　　　　　　417

북풍과 총풍의 전모　　　　　　　　　　　　　　　　　444

IMF 사태에 자극받아 국제경제조사연구소 신설: 경제 시스템 붕괴되면

　국가 안보도 동반 약화　　　　　　　　　　　　　　　451

북한 읽기의 어려움　　　　　　　　　　　　　　　　　455

국내정보에서 손 떼기는 쉽지 않았다: 방향 전환을 위한 시도와 시행착오　　461

국가 정보기관장의 평양행: 그곳에는 무슨 좋은 것이 있을까　　469

대우 해체의 막전 막후　　　　　　　　　　　　　　　　473

김대중 대통령의 노벨평화상 수상 이야기　　　　　　　　496

'통신감청 논란'의 뿌리　　　　　　　　　　　　　　　528

'이제 떠날 때가 되었구나!'　　　　　　　　　　　　　544

에필로그: 아직 남은 일들 554

이종찬이 걸어온 길(1936~2024년) 566

<table>
<tr><td colspan="2">1권
차례</td></tr>
</table>

책머리에: 자유인의 실록을 엮으며

1   **해방, 그리고 귀국**   상하이에서 맞은 광복 / 상하이 교민 사회의 혼돈 / 임시정부의 씁쓸한 환국 / 처음 본 조국 / 오줌싸개의 첫사랑

2   **청소년 시절**   백범 암살 1: "우리 선생을 쏜 게 저놈들이다!" / 백범 암살 2: "형님은 복도 많으시오" / 성재의 길, 백범의 길 / 한국전쟁 이야기 / 피난 중학교 시절: 가장 가치 있는 것을 배우다 / 고교 악동 시절: 낭만, 정의, 사랑 / 육군사관학교 면접에서 겪은 모욕: "소위 독립운동한 집안인가?"

3   **군문에 첫발을 딛다**   육사 생도 시절: 좌절과 회의를 넘어 / '정치적 희생양' 조봉암 / 얼마나 오래 기다리던 결혼이었나: 1960년 육군 소위로 결혼 / 4·19 혁명: 민심 폭발의 현장을 목격하다 / '장군 사모님' 이야기 / 내가 본 5·16 군사정변 1: '쿠데타를 주동한 세력은 도대체 누구인가' / 내가 본 5·16 군사정변 2: 배반당한 혁명

4   **역사의 현장들**   유원식 장군과의 인연: '다혈질 행동가'와의 만남 / 통화개혁을 주도한 유원식: "우리의 제삿날은 같다"고 하더니 / 유원식 장군의 몰락: 권력 무상의 세월 / 육사 교육장교 시절 / 초짜 정보맨의 좌충우돌 모색기 / 동백림 간첩단 사건: 중앙정보부의 존재 이유를 거스르다 / 울진·삼척 무장공비 침투 사건: "야, 이 새끼야! 왜 수가 이렇게 많아?"

5 **정치의 격랑 속에서**   정치공작에 발을 담그다 / 휴머니스트 김지하 / 중앙정보부장으로 취임한 이후락: "우리는 모두 박정희교의 신도" / 이후락의 선거 공작: 김대중을 막기 위한 필사의 노력 / 이후락 실종: 홍콩에서 그와 함께 보낸 사흘 / 극비리에 진행된 7·4 공동성명: 이후락이 어느 날 영웅으로 출현하다 / 10월유신 선포: 호랑이 등에 올라탄 남과 북 / 박정희를 진노케 한 윤필용 사건: '유신 기수'들의 몰락

6 **운명의 날**   김재규와 박 대통령의 인연: 중앙정보부장으로 임명되기까지 / 고조되는 반발, 들끓는 민심: '박정희 제거'의 예견 / 박정희 최후의 날: 그것은 우발적 사고였다

7 **민주정의당 창당 막전 막후**   이대용이 맺어준 전두환과의 인연 / 중앙정보부 숙정 / 국보위 설치, 그리고 '신당 창당' 착수 / 뜻하지 않던 입법의원 진출: 청춘 바친 중앙정보부를 퇴직하다 / 조영래가 변호사가 되어 기뻤다

8 **'민의의 전당'과 '51% 주의'**   대표선수로 '정치 1번지' 종로에 출마: "비겁하게 구시대 인물 내세우지 말고" / 대통령 선거인단 선거와 대선, 총선의 숨 가쁜 일정 / '초짜 원내총무'의 '51% 주의' / 이철희·장영자 사건: "정의 사회 좋아하네" 민심 폭발 / 아웅산 테러: 그 나라에는 도대체 왜 갔을까 / 종묘 앞 정비: '성매매 문제는 법으로 다스릴 수 없더라' / 김영삼 단식과 민정당사 점거: 전환기의 풍경들 / 2인자 노태우, '호의'와 '악의' 사이

9

'정치 복원' 시대

지도자들이 논란이 되는 정책을 숨기기 위해 거짓말을
하도록 부추기는 상황은 비민주주의 국가보다는
민주주의 국가에서 더 많이 일어날 수 있다. 민주주의
국가에서는 흔히 비중 있는 쟁점에 관한 공개토론이
활발하고 논쟁적으로 이뤄지기 때문이다. 그 결과
지도자들은 거의 틀림없이 자신이 선호하는 정책에
관해 까다로운 질문을 받게 돼 있다. 지도자들은 그런
까다로운 질문에 대해서도 진지하게 답변해야 한다.
이런 상황에서는 거짓말을 하지 않고 논쟁거리를
숨기기 어렵다.

존 미아샤이머, 『왜 리더는 거짓말을 하는가?』, 전병근 옮김
(비아북, 2014).

2·12 총선에서 '민심의 홍수'를 만나다

1985년 2월 12일에 실시된 제12대 국회의원 선거는 대단히 격렬했다. '정치풍토쇄신법'에 4년간 묶였던 정치인들이 대거 풀려나 신민당을 창당했고, 그 배후에는 미처 정치 규제에서 풀리지 못한 양 김 씨가 버티고 있으면서 원격 조종을 했다. 그 결과 일차적으로 타격을 받은 것은 그동안 야당 구실을 해온 민한당이었다. 그렇다고 여당인 민정당에 타격이 없을 리 있겠나? 그 이전 시기와 비교해볼 때 거의 '변란' 수준의 '야당 바람'이 몰아쳤다.

그 변란의 상징적 진앙(震央)은 나의 선거구인 서울 종로·중구였다. 이곳은 전통적인 '정치 1번지'였으므로 평소에도 전국 정치의 바로미터였다. 이곳에서 나의 1차 상대자는 민한당의 정대철이었다. 그는 중구에서 오랫동안 국회의원으로 터 잡아온 정일형 의원의 아들로 이미 제9대 보궐선거와 제10대 선거에서 당선된 재선 의원이었다. 5공의 정치 참여 유혹을 뿌리치고 야인으로 남아 결국 제11대 4년의 정치 공백기를 보냈다. 그런 화려한 경력을 가진 그가 이번에 칼을 뽑았던 것이다. 그렇지만 나는 그와 대결한다면 당시 1구 2인제 선거법에 따라 동반 당선되리라 믿었다.

그런데 이변이 생겼다. 급조된 야당 신민당에서 이민우 총재가 이 지역에 출마를 선언했다. 처음에는 나와 격돌하는 것을 피하기 위해 출마를 주저했으나 김영삼의 집요한 설득에 출마하지 않을 수 없게 되었다.

그는 경주 이씨인 데다가, 더욱이 나와 같은 백사파(白沙派)의 일가 간이어서 참으로 입장이 난처하게 되었다. 나는 김영삼의 짓궂음을 원망했다.

이민우가 출마를 선언한 바로 그날부터 종로·중구 선거는 요동치기 시작했다. '정치 9단' 김영삼의 포석이 먹혀든 것이다. 신민당 바람이 일거에 민한당을 집어삼킬 듯했다. 거기에다 나와 같은 당에 속했던 반공검사 오제도가 탈당하고 무소속 출마를 선언했다. 그의 출마는 분명 나의 득표에 영향을 줄 것이고 혼전이 예상되었다. 모든 선거 양상은 나에게 불리했다.

선거는 내가 그토록 경계했던 '바람 선거' 그 자체였다. 종로나 중구 사람들은 다 어디로 갔는지 보이지 않았고, 전국에서 몰려든 젊은 선거 운동원, 학생층, 선거꾼들이 크고 작은 집단을 이뤄 거리를 누비고 있었다. 여당인 우리 측이 오히려 수세였다. 우리 지구당의 지도장이 야당 선거운동원에게 끌려가 봉변을 당했다는 소식이 들어와 경찰에 알리고 해결을 요청했지만, 그들도 야당 바람을 겁내고 있었다. 더욱이 합동연설회장은 완전히 '불난 집'이었다. 그때의 내 일기를 인용해본다. 1985년 2월 1일 자다.

창신국민학교 교정에서 제12대 국회 합동 정견 발표가 있었다. 유세장에 나갔다. 창신국교는 나의 모교이고 그곳에 운집한 군중들은 적어도 모두 나를 지지할 그런 사람들이라고 생각했다. 그러나 실제는 달랐다. 완전히 낯선 사람들이 모인 것이다. 그리고 모든 눈초리가 나를 지지, 성원하기는커녕 나를 원망하고 비난하는 그런 분노의 눈빛이었다. '아! 이들은 모두 여기 사람들이 아닌데…' 하는 생각이 불현듯 났다.

그런데 별안간 오제도가 한 묶음의 군중을 몰고 입장하는 것 아닌가. 앞에는 커다란 구호가 새겨진 피켓을 앞세우고 마치 기세라도 꺾으려는

▲ 1985년 2월 제12대 국회의원 선거는 그때까지의 국회의원 선거 가운데 가장 격렬한 선거였다. 합동연설회장에서 우리 여성 당원 한 사람이 돌에 맞아 유혈이 낭자해지면서 연설회장에 큰 혼란이 빚어지기도 했다.

듯. 더 놀라운 것은 어제까지 정대철 후보의 선거 참모였던 함기환이 흰 머리를 날리면서 워커를 신은 채 그 대열 맨 앞자리에 서서 군중을 몰아오고 있지 않은가. 이 광경을 본 모든 사람이 놀랐다.

선거 연설이 시작하려는 순간, 우리 선거운동원 여성 동지가 머리에 무엇을 맞았는지 피가 흐른다. 그 처녀는 악을 쓰며 울고 많은 사람들이 어쩔 줄 모른다. 나는 그 아가씨를 업혀서 내보내고 선거 연설을 시작했다. 그때는 나도 정신이 없었다. 나도 모르게 "폭력이 선거를 망치고 있다"고 항변했다. 그러나 군중이 워낙 흥분한 상태여서 내 목소리는 들리지 않았다. 왜 이렇게 군중이 흥분해 있는지 도무지 헤아릴 수 없었다.

나는 나름대로 지난 4년간 여당 원내총무로서 우리나라 의회 민주주의의 재생을 위해 애썼다고 자부해왔다. 하지만 성난 젊은이들은 그런

▲ 서울 종로·중구 지역구는 제12대 국회의원 선거에서 단순히 한 개 지역이 아니라 각 정당의 '대표 후보'들이 격돌하는 전장이었다. 필자는 옛 서울고등학교 교정에서 열린 마지막 연설회에서 기염을 토하며 지지를 호소했다.

나의 활동 실적에 전혀 아랑곳하지 않았다. 여당은 모두 독재의 화신이며 군사정권의 하수인이라고 단정했다. 이런 취급을 받는 것이 억울했지만 그것은 나의 순진한 생각일 뿐이었다.

2월 6일, 마지막 합동연설회가 옛 서울고등학교 교정(경희궁 터)에서 열렸다. 인산인해를 이룬 청중은 전국에서 모인 것이 분명했다. 그만큼 종로·중구의 선거는 전국적 관심의 초점이었다. 내가 연설회장에 들어서자 일단의 젊은이들이 나에게 "개종찬! 개종찬!"이라고 욕설을 퍼부었고, 나를 둘러싼 지지자들과 충돌했다. 나는 선거 참모들에게 절대로 그 욕설에 말려들지 말라고 당부했다. 현명한 유권자들이 보고 있으므로 그들에게 맡기자고 수없이 설득했다.

그런데 정대철 후보가 자충수를 두었다. 당시 이민우 후보에 대해 '친일 잔재'라는 유언비어가 돌았다. 이는 선거마다 흔히 나오는 마타도어였다. 그런데 정대철이 합동연설회에서 신민당 바람을 의식해서였는지 그만, "나는 이 자리에서 이민우 후보에게 묻습니다. '친일 잔재'라는 말이 왜 나왔는지 해명하시기 바랍니다"라고 요청했다. 이 말이 떨어지자 군중은 일제히 "우!" 하는 야유와 함께 "야, 인마! 그건 네가 할 소리가 아니야!" 하는 큰소리가 들렸다. 그날로 정 후보의 지지도가 급전직하했다. 한마디로 '바람'이었다. 제12대 국회의원 선거는 그 '바람'으로 우리 정치사와 선거사에 큰 획을 그었다.

나는 이렇게 서울의 대표 격전지이자 변란과 격동의 진앙인 종로·중구에서 선거를 치렀고, 당당히 당선되어 민정당의 체면을 살렸다. 선거 결과 전체 투표수 26만 4876표 가운데 내가 8만 4258표(31.8%)를 얻어 1등, 이민우 후보가 8만 2687표로 2등, 정대철 후보가 7만 849표로 3등이었다. 근소한 차이로 내가 이민우를 누르고 1등으로 당선되었고, 정대철은 낙선했다. 하지만 나의 1등 당선도 사실은 야당의 분열로 이민우와 정대철이 표를 갈라갔기 때문에 가능했다. 만약 두 후보가 단일화했다면 나는 간신히 2등 턱걸이로 당선되었을 것이다.

전국의 선거 결과는 한층 더 심각했다. 위기감을 느끼지 않을 수 없었다. 급조된 신한민주당(이하 신민당)은 대도시에서 야당 바람을 일으켜 서울에서 출마자 전원이 당선되었고, 여타 도시에서도 압승을 거둠으로써 창당 3주일 만에 제1야당으로 급부상했다. 의석수로는 민정당이 지역구에서 87석, 전국구에서 61석을 차지해 합계 148석으로 과반수를 달성하긴 했지만 불안했다. 신민당이 지역구 50석, 전국구 17석으로 모두 67석을 차지한 반면, 민한당은 지역구 26석, 전국구 9석으로 겨우 35석을 차지해 당세가 이미 기울었음을 보여주었다. 신민당이 주도하는 야권. 민주화의 바람이 휩쓰는 정국을 충분히 예감할 수 있었다.

선거 결과 나는 당선되어 기쁘다기보다 새로운 변화가 엄습해오는 것을 피부로 느꼈다. 이민우 후보는 출마 선언을 한 지 며칠 되지도 않았고, 선거운동 기간에도 합동연설회를 빼고는 거의 운동을 하지 않았다. 그에 비해 나는 지난 4년 동안 선거구 관리에 온갖 정성을 다 쏟았고, 선거운동을 하는 동안에도 우리 내외는 산꼭대기에 있는 영세민촌에 이르기까지 선거구 곳곳을 발이 닳도록 누비고 다녔다.

이런 광풍이 몰아치는 선거를 치르면서 제5공화국 정부의 앞날이 심상치 않음을 예감했다. 나는 군중의 시선에서 쏟아져 나오는 분노를 보았다. 민심이란 거대한 홍수와 같다는 말이 있다. 적당하면 생명수인데, 이 물이 때로는 사람을 삼켜버리는 홍수도 되는 법이다.

이런 민심의 소리를 들으면서 나는 정치인으로 거듭나게 되었다. 지옥까지 갔다 온 격동의 선거를 몸소 겪은 뒤 국민의 분노에 대해 설득하고, 호소하고, 필요하다면 머리를 숙여서라도 해소하고 우리의 진정한 뜻을 알리겠다고 결심했다.

총선이 끝난 뒤 나는 마치 전쟁터에서 만신창이가 된 상이용사처럼 당으로 돌아왔다. 그런데 당직자들 가운데 누구도 나만큼 위기의식을 느끼지 않고 있었다. 민정당이 기왕의 151석에서 3석만 잃은 148석을 얻었으니 평년작은 했다는 것이 중론이었다. 의석 비율도 54.7%에서 53.6%로 약간 줄었으나 과반수를 넘겼으니 안심이라는 평가였다. 이런 안일한 평가에 나는 당황할 수밖에 없었다. 그래서 권익현 대표와 언쟁을 벌이게 되었다.

"이번 선거는 우리에게 큰 경고를 주었습니다. 우리가 밖으로 말하지는 않지만 사실상 패배한 선거라고 생각해야 합니다."

"무슨 말을 하는 거요? 전국 득표를 한번 보시오. 지난 11대 선거에서 우리는 35.5%를 얻었고, 이번에는 35.3%이니 불과 0.2% 감소한 거요. 그런데 '패배한 선거'라니 납득하기 어렵소."

"대표님! 내용 면에서는 패배입니다. 서울 선거를 보십시오. 나하고 성동의 이세기만 1등을 했고, 나머지는 모두 2등 당선입니다. 그나마 강남에서는 이태섭 후보가 떨어졌습니다. 만약 선거법이 1구 1인 소선거구제였다면 거의 다 떨어지는 선거였다는 얘깁니다. 득표 면에서도 서울에서 민정당은 30%에 불과했지만 야당은 47%를 얻었습니다."

"왜 당신은 서울 선거만 말하는 것이오?"

나는 권 대표의 상황 인식에 놀랐다. 물론 서울 표와 시골 표의 가치가 동일하다는 등가론을 모르는 사람은 없다. 하지만 정치가 그런 가치로만 값을 매길 수 있는 것일까?

"대표님, 4·19가 지방에서 일어났습니까? 서울에서 일어났습니다. 마산에서 3·15 부정선거 항의 시위가 있었지만 결국 서울에서 4·19 의거가 일어나 이승만 대통령이 하야하지 않았습니까? 그만큼 수도 서울의 민심이 중요하다는 얘기입니다."

우리 두 사람이 이런 논쟁을 벌이고 있을 때, 갑자기 청와대의 장세동 경호실장에게서 전화가 걸려왔다. 전두환 대통령이 찾는다는 전갈이었다. 권 대표에게 이런 사실을 전하자 그는 대뜸 나에게 주의 주듯 말했다.

"각하한테 말 잘하시오. 우리 선거가 평년작은 했다고 말입니다."

나는 청와대로 갔다. 전두환은 서울 종로·중구 격전지에서 내가 승리한 것이 모든 선거에서 이긴 것이나 다름없다고 대단히 기뻐했다. 당의 체면을 살려주어 특별히 기뻤던 모양이다. 그는 나에게 뜨거운 치하를 하면서 이번 선거 결과를 어떻게 평가하느냐고 물었다. 나름대로 정치 상황에 대해 동물적 감각을 가진 그였다. 그도 무엇인가 불길한 파도가 밀려오는 조짐을 느끼고 있었다. 나는 권 대표에게 들은 얘기도 있어 입장이 난처했다. 그래서 내 생각을 우회적으로만 전했다.

"선거는 전체적으로 평년작이라고 합니다. 그러나 앞으로 수도권에 좀 더 신경을 많이 써야겠습니다."

전 대통령은 무슨 말인지 이해했다. 그리고 사태를 심각하게 생각하는 듯 잠시 생각에 잠겼다.

"좀 더 구체적으로 심도 있게 이번 선거 결과를 분석해서 나에게 직접 보고해주기 바라네."

청와대를 다녀온 뒤 나는 곰곰이 지난 시절, 이른바 '전두환 시대 제1기'에 있었던 일들을 회고했다. 국민들은 과연 민정당과 현 정부를 어떻게 보고 있을까? 내가 선거 현장에서 본 것은 분명히 '분노의 눈초리'였다. 그것은 전국적인 현상인가, 아니면 일부 야당과 운동권 청년 학생들의 생각일 뿐인가? 우리가 무엇을 잘했고, 또 무엇을 잘못한 것일까? 생각에 생각을 거듭했다. 그리고 시초까지 거슬러 올라가 생각을 정리해 문제를 풀어보자고 결심했다.

전례 없는 개원 협상

'대화'로 '돌파구'를 마련하다

제12대 총선이 끝난 뒤 전두환 대통령은 나를 다시 원내총무로 임명했다. 야당과 나눈 그동안의 대화도 만족할 만했고, 제11대 국회 기간에 정부의 권위를 훼손하지 않으면서 국회를 어느 정도 정상화한 데 대한 신뢰가 있었기 때문이다. 그러나 무엇보다도 '정치 1번지'에서 1등으로 당선되어 당의 체면을 지킨 데 대한 보상이라고 생각되었다.

하지만 제12대 국회는 그 이전과는 근본적으로 달랐다. 국회의 구성부터 완연하게 달라졌다. 비교적 온건한 민한당은 제2야당으로 전락했고, 양 김 씨가 뒤에서 컨트롤하는 야생의 신민당이 제1야당으로 등장했다.

제12대 선거에서 이처럼 신민당 돌풍이 일어나게 만든 가장 큰 이슈는 뭐니 뭐니 해도 '대통령 직선제 개헌' 문제였다. 이를 관철하겠다는 공약이 국민들의 마음을 움직였다. 새로 구성되는 국회에서도 이 문제가 가장 무거운 의제가 될 것임은 두말할 필요도 없었다.

그런데도 청와대는 이런 민심의 소재와는 역방향으로 나아가고 있었다. 선거 직후인 2월 22일 전두환 대통령은 서울 출신 의원들만 불러 만찬을 베풀었다. 그 자리에서 전 대통령의 강력한 지침이 내려졌다.

"앞으로 새 국회가 구성되면 의원들, 특히 서울 출신 의원들이 중심이 되어 이론적으로 당당하게 야당과 맞서 싸워야 한다. 직선제 개헌, 지방자치제 실시, 사면복권, 언론기본법이나 노동 관계법 개정은 일절 없다. 특히 직선제 개헌은 말도 안 된다. 이 헌법도 국민투표로 결정되었다. 이제 대통령 임기 한 번도 넘기지 못하고 개헌한다는 것이 말이 되는가? 현행 헌법이 적어도 10년은 가야 정치가 안정된다. 국회 각 분과별로 이론 무장을 단단히 하기 바란다."

이런 지침을 이행하자면 원내총무인 내가 가장 큰 짐을 지지 않을 수 없었다. 그날부터 고민에 빠졌다. 그리고 야당의 움직임을 주시했다.

신민당 원내총무로는 김영삼계의 김동영 의원이 지명되었다. 나는 그와 면식이 없었다. 그는 나와 동년배였고 동국대 재학 시절 학생위원장으로 활동해 나의 친우인 김인학(당시 서울대 학생위원장), 윤항렬(서울대 문리대 정치과 대표) 등과 막역했다. 그러나 1차 정치 규제자로 묶이는 바람에 민정당에 대해 강한 반발심을 갖고 있었다.

나는 여당 원내총무로서 새로운 원을 구성해야 했고, 우선 야당 총무와 접촉해야 했다. 하지만 김 총무는 느긋했다. 3월 21일, 마침 대학로의 흥사단 강당에서 김병오 의원 출판기념회가 있었다. 나는 그와 제11대 시절부터 친근하게 지냈다. 축하하기 위해 갔다.

출판기념회장에 들어서자마자 기자들이 몰려와 나를 김 총무와 대면하도록 유도했다. 나는 기자들에게 밀려 강당 중앙의 그에게 가서 악수를 청했다. 그렇지만 그는 나와 악수하는 것조차 거절했다. "우리 국회 개원되면 만납시다." 이 쌀쌀한 한마디를 남기고 돌아섰다. 나는 무안을 당했지만 속으로 웃었다. 그는 그만큼 긴장했고, 자기 입장이 당당함을 과시하려 했다.

그런 경직된 자세로 개원 협상에 임하는 야당 총무를 상대하는 것은 참으로 어려운 일이었다. 국회의원에 당선되었으면 말하나 마나 국회에 나와야지 국회 등원에조차 조건을 붙인다는 것이 말이 되는가? 하지만 이런 어불성설에도 나는 인내할 수밖에 없었다. 여당 총무가 되어서 국회 원 구성도 못 한다면 무능하다는 지적을 받아도 할 말이 없지 않

▲ 제12대 국회 시절 신민당의 원내총무는 '터프가이' 김동영 의원이었다. 필자는 개원 협상 때부터 그와 거의 매일 만나다시피 했고, 그 뒤에도 꾸준히 만나면서 흉금을 털어놓고 대화를 나눠 국회를 원만하게 운영할 수 있는 토대를 마련했다.

겠는가?

나는 그와 거의 한 달 반 동안 협상했다. 그는 국회의원으로 당선되어 국회의원회관에 사무실을 차리고도 총무 접촉은 국회 밖에서 하자고 고집했다. 아마 개원 전에는 본회의장 근처에 얼씬도 하지 않겠다는 생각인 것 같았다. 꼭 어린아이들이 몽니 부리는 것 같아서 어이없고 속상했지만 내 목적은 국회 정상화이고 어떻게 하든지 이를 관철시키는 것이 선결 과제였다. 나는 주야로 그와 빈번히 접촉해 원내로 들어오도록 설득했다.

2월 12일 선거일 이후 5월 13일 국회 개원일까지 개원 문제를 놓고 김동영 신민당 총무, 김용채 국민당 총무와 거의 매일 각각 만났다. 이렇게 자주 만나 대화한 결과 특히 동갑인 김동영과는 긴장 관계도 풀렸고 친구가 되었다. 그렇게 신뢰감이 확인되면서 김동영 총무는 자신의 어려운 처지를 실토했다. 그는 이민우 총재를 모시면서도 뒤에 있는 양김 씨 눈치를 살피지 않을 수 없다는 것이었다. 그중에서 상도동은 설득할 자신이 있지만 동교동을 설득하기가 매우 어렵다고 했다.

그는 가장 큰 걸림돌인 직선제 개헌안을 새 국회에서 처리하는 데 성의를 보이라고 요구했다. 나도 이 문제만큼은 쉽게 동의해줄 수 없었다. 이 문제로 거의 한 달을 끌었다. 나는 여러 차례 그에게 원만한 타협을 하자고 제의했다.

"김 총무! 직선제 개헌 문제를 이렇게 개원 전부터 들고나오면 전혀 타협의 여지가 없게 되오. 어차피 국회가 구성되면 이 문제는 차츰 다루게 되지 않을까 생각하오. 우선 국회부터 개원시키고 이 문제는 계속 논의 과제로 남겨둡시다."

"그러면 계속 논의 과제로 한다는 기록이라도 남긴다는 의미에서 합의문에 넣읍시다."

"그건 나보고 백기 들고 나오라는 말과 같지 않소? 우리 둘의 그동안의 신뢰 관계를 생각해서 넘어갑시다."

김 총무 입장에서는 직선제를 합의문에 넣지 않으면 당에 돌아가 공격당한다며 주저했다. 그는 동교동계를 상당히 의식하고 있었다. 대안으로 "그렇다면 '광주 사태 진상 조사'와 '김대중 사면복권'이라도 합의하자"고 제의했다. 5·18 민주화운동은 당시 여당 입장에서 아킬레스건이었다. 당의 고위층이 모두 광주 문제와 직간접으로 관련 있는 사람들인데 그들이 받아들이겠는가? 이 문제로도 며칠간 밀고 당기는 시간과 노력이 필요했다.

마지막으로 김 총무는 '김대중 사면복권'과 '양심수 석방' 문제를 들고 나왔다. 그는 무엇인가 한 건 올리지 못하면 등원 협상에서 물러서기 어렵다는 점을 토로했다. 특히 원외에서 학생 상당수가 구속 상태에 있는데 야당 총무가 이에 무관심할 수 없다는 점을 강조했다.

그래서 우리는 김석휘 법무장관을 불러내 삼자대면하면서 법무부에서 구속된 학생들에 대해 선처가 가능한지 탐색했다. 김 장관은 원칙을 상당히 존중하는 사람이었다. 그 점에는 김동영도 이의가 없었다. 김 장관은 선처는 하되 이것이 정치 문제로 비화되는 것을 지극히 꺼렸다. 그래서 자기에게 맡기면 최대한 선처하겠다고 약속했다.

이렇게 개원 협상이 지지부진하다 보니 당내에서 잡음이 나지 않을 리 없었다. "야당에 끌려다니지 마시오", "일방 국회를 개원합시다" 등등…. 그러나 나는 진원지를 찾아 일일이 설득했다. 나는 어떻게 하든 한 달 안에 협상을 끝내기를 바랐으나 뜻처럼 되지는 않았다. 다행히 청와대나 새로 임명된 노태우 대표는 당내 잡음에도 불구하고 나를 뒷받침해주었다.

김동영 총무와의 씨름이 계속되었다. 나는 '김대중 사면복권 문제'를 명시적으로 표현하면 여권 내에서 반발할 것이므로 '현안'이라고 막연하게 표현하고 실질적으로 노력하면 될 것 아니냐고 그를 설득했다. 이제는 말싸움이 아니라 상대방 입장을 고려해 서로 원원하는 방안이 무엇인지 찾는 협상이 되었다.

그러는 사이 전두환 대통령의 방미 일정(4월 24~29일)이 발표되었다. 나는 두 가지를 생각했다. 첫째는 대통령의 방미 전에 개원 협상을 끝내야 한다는 것이었다. 대통령이 미국에 가는 마당에 국회가 개원도 못했다는 부담을 주고 싶지는 않았기 때문이다. 둘째는 어떻게 하든 야당도 대통령의 외교 활동에 도움이 되도록 처신하게 만드는 것이 나의 책무이기도 했다.

나는 당 대책 회의에서 개원 협상을 위한 총무회담이 결렬된다 하더라도 국민에게 노력하는 모습을 보여야 한다고 강조했다. 총무회담은 단순히 정당 간의 대화로 끝나는 것이 아니라 국민의 의사를 수렴하는 과정이기 때문에 소홀하게 생각할 수 없으며, 국민은 감시자일 뿐만 아

니라 여야의 심판자이기도 하다는 사실을 주의 깊게 봐야 한다고 강조
했다.

그러나 나의 희망은 빗나갔다. 야당이 전두환 대통령에게 그런 선물
을 줄 리 없었다. 대통령 방미 전 개원은 실패했다. 4월 30일, 방미 일
정을 마친 전 대통령이 노 대표와 나를 불렀다. 미안한 마음으로 대통
령실에 갔다. 그런데 방미 성과가 컸던지 전 대통령은 의외로 기분이
좋았다.

"5월 2일 오찬에 3당 대표를 초대할 계획이오. 통고는 정무수석이 할
것이니 참고로 알고 있으시오. 나는 국회 개원에 대해서는 말하지 않겠
소. 이민우 총재의 의견을 들어볼 작정이오."

이렇게 말하고 자신 있는 태도로 몇 가지를 더 언급했다.

- 김대중은 현재 적법 투쟁보다는 비합법 투쟁을 생각하는 것 같다. 방치
  하면 1980년보다 더 어려운 형편이 될 수도 있다. 그러므로 사면복권
  문제는 시리(時利)를 잃지 않도록 관찰하고 결심할 것이다.
- 우리나라 정치 현실을 파행시키는 세 가지 요인이 있다. 첫째는 대통령
  의 장기 집권이다. 이 문제는 내가 단임을 선언해서 해결되었다. 둘째
  는 과격한 학원 소요다. 이 문제도 내 임기 중에 어떤 해결책이 나와야
  한다. 셋째는 공무원들부터 정권이 바뀌기를 희망한다는 점이다. 아마
  그래야 자신들에게 새로운 돌파구가 마련된다고 생각하는 모양이다.
  공무원들은 꾸준한 개혁을 통해 긴장시켜야 한다.
- 나는 여론에 끌려가는 정부가 아니라 여론을 주도해 끌고 가는 정부 운
  영을 하겠다. 국회가 이런 식으로 나가면 1년 후 국회해산을 각오해야
  할 것이다.

5월 2일, 청와대에서 전두환 대통령의 방미 성과를 야당 총재들에게

설명하는 영수 회담이 있었다. 노태우 민정당 대표, 이민우 신민당 총재, 이만섭 국민당 총재 등이 함께 자리했다. 이 자리에서 국회 개원 문제가 제기되었다. 이민우 총재가 거기서 어떤 조건을 내놓기에는 오히려 궁색하게 되었다.

이를 계기로 김동영 총무도 돌파구를 찾은 듯했다. 그는 나에게 개원에 즈음한 합의문을 작성하자고 했다. 5월 6일, 3당 총무회담에서 김동영 총무는 자기가 성안한 합의문을 내놓았다.

1. 양당 총무는 국회 개원이 지연되는 것은 국가이익에 불리하다고 판단하여 조속 개원하기로 합의한다.
2. 김대중 씨 등 사면복권 문제는 원이 구성되는 대로 최우선적으로 처리되도록 공동 노력한다.
3. 구속자는 모두 석방하여 국가에 참여의 기회를 부여해주도록 정부에 촉구한다.
4. 국회 개원에 따른 구체적인 일정은 양당 총무의 합의에 의해 결정한다.

나는 김 총무가 김대중 사면복권 문제에 대해 그처럼 집요한 이유를 알고 있었다. 그의 입장에서는 어쩔 수 없었을 것이다. 당에 돌아와 노 대표, 장세동 부장, 허문도 수석, 현홍주 의원 등과 함께 우리 당의 입장에서 합의문안을 손질했다. 그런 과정을 거쳐 내가 내놓은 타협안은 이런 것이었다.

"여야 간에 제기된 민생 문제, 사면복권 등 모든 정치 현안은 정치의 장내 수렴과 정국 안정에 긴요하다는 인식 아래 개원과 함께 국회에서 이의 해결을 위해 공동 노력하기로 한다. 특히 구속자 석방 문제는 사안의 실정과 그들의 가족 사정 및 장래를 감안하여 적극적으로 선처하도록 관계 당국에 여야가 건의한다."

▲ 제12대 국회 개원 협상 타결의 주역들. 왼쪽부터 김용채 국민당 총무, 김동영 신민당 총무, 이재형 국회의장, 최영철 국회부의장, 그리고 필자.

　여기서도 김 총무는 '김대중 씨'를 명시하자고 했고, 나는 "김대중 씨만 사면복권 해당자로 명시하는 것은 불공평하다"는 이론으로 자연인의 이름은 빼자고 고집했다. 최후의 순간에 나는 김 총무의 입장을 고려해 내가 직접 동교동 측을 설득하기로 했다.

　"그럼 내가 직접 동교동 측과 교섭하겠는데 김 총무가 양해하겠소?"

　나는 평소 대화를 유지해온 김상현을 내심 생각했다. 그러나 김 총무는 김녹영 국회부의장이 더 적절하다고 귀띔해주었다. 나는 김 부의장실로 찾아가 직설적으로 말했다.

　"김동영 총무는 김대중 선생의 이름을 꼭 넣어서 사면복권 문제를 명시하자고 주장하기에 나는 왜 김대중 선생만 사면 대상자로 한정하느냐, 사면복권 대상자 전체를 고려해야 한다고 주장했습니다. 부의장님, 어떤 쪽이 더 대외적으로 정당하겠습니까?"

김 부의장은 금세 진의를 알아차렸다.

"맞습니다. 사면복권 문제라고 해도 됩니다."

이렇게 해서 결론을 맺게 되었다. 이런 어려운 과정을 거쳐 여야 합의로 개원 협상을 끝내고 5월 13일 제12대 국회가 개원했다.

지루한 개원 협상 이야기를 자세히 소개하는 이유는 최근 여야 간의 격돌, 단상 점거, 날치기, 국회 농성, 폭력 국회 등 꼴사나운 국회 모습이 언론에 비칠 때마다 '왜 여야 간에 좀 더 진지하게 대화하지 못할까?' 하는 안타까움이 있기 때문이다. 이런 국회 파행을 막는다는 이유로 '국회선진화법'이라는 해괴한 법을 만든 것도 웃기는 일이다. 국회는 대화하는 곳이다. 어떤 문제든 대화를 통해 해결책을 찾을 수 있다고 나는 확신한다.

학원안정법의 희생양들

제12대 국회가 구성되면서 정국은 가까스로 정상화의 길을 찾았지만, 국회 밖에서는 여전히 새로운 바람이 일고 있었다. 그 진원지는 대학이 었다. 그동안 5공 정권은 학원에 대해 계속 유화 조치를 펴왔다. 그러나 학원 분위기는 점점 격렬해질 뿐 진정될 기미를 보이지 않았다.

더욱이 우려되는 것은 대학생들이 내건 이슈가 학원의 울타리를 넘어 노동운동과 반미운동으로 진전되고 있다는 점이었다. 또한 국민감정을 민감하게 자극할 수 있는 '광주 학살 진상 규명' 문제까지 거론되기 시작했다.

대학생들의 그런 문제 제기는 우발적인 것이 아니었다. 그들은 제12대 총선의 선거운동에 대거 참여해 신민당 돌풍을 일으킨 여세를 몰아 드디어 4월 17일 전국학생총연합(전학련)을 결성하고 그 산하에 '민족통일, 민주쟁취, 민중해방'을 목표로 하는 전위조직, 이른바 '삼민투'를 조직했다.

삼민투는 5월 16일 39개 대학에서 약 2만 명의 학생을 동원해 서울대학교에서 '광주항쟁진실규명대회'를 열었고, 다음 날 그 수가 80개 대학의 3만 8000명으로 늘어나 시위를 벌였다. 마침내 5월 23일 삼민투 학생 73명이 서울 한복판의 미국문화원을 점거해 농성에 들어갔다. 이 학생들은 국내외 언론을 향해 '광주 학살을 지원한 미국의 공개 사과와 전두환 정권에 대한 지원 중단'을 요구했다. 정국은 아연 긴장했다. 학생들은 주한 미국 대사 면담을 요구했고, 전단을 만들어 문화원 외부에 살포하는 등 시위를 계속했다. 미국문화원 건물 자체가 치외법권 지역이어서 정부로서는 미국 측 요구가 없는 한 학생들을 강제 퇴거시킬 방법이 없었다. 하지만 농성 학생들은 현명했다. 마침 5월 27일에 남북적십자회담을 위해 북한 대표단이 서울에 도착하기로 예정되어 있다는 사실을 알고 5월 26일 스스로 농성을 풀고 경찰에 자진 연행되었다.

이런 학생들의 시위에 정부는 극도로 흥분했다. 이 사건의 주동자 함운경을 비롯한 가담자 25명을 구속하고, 배후의 김민석 전학련 의장, 허인회 삼민투 위원장을 수배했다.

미국문화원 점거 사건 직후 어느 날 노신영 국무총리로부터 국회 대책을 상의하기 위해 만나자는 연락이 왔다. 정부종합청사의 총리실에 갔더니 마침 총리가 누군가와 긴히 면담 중이라고 해서 잠시 접견실에 대기했다. 잠시 뒤 노 총리가 사무실 밖으로 얼굴을 내밀며 들어오라고 했다. 면담 중이던 분은 김석휘 법무부 장관이었다. 노 총리는 내가 자리에 앉자마자 물었다.

"마침 잘됐습니다. 국회에서 사회 분위기를 가장 잘 파악하실 터라 의견을 묻겠습니다. 미국문화원 점거 사건 주동자들에 대해 위에서는 모두 국가보안법으로 기소하라 하는데 여기 김 장관은 그것은 과한 조치라며 반대하고 있습니다. 이 총무 의견은 어떻습니까?"

나는 그 순간 온건한 김 장관이 장시간 총리와 숙의를 거듭한 이유를 알게 되었다. 그러면서 한편으로 학생들이 그래도 남북적십자회담 직전에 스스로 농성을 푼 점으로 미루어볼 때 사상적으로 문제를 제기하는 것은 옳지 않다는 생각이 들었다.

"저는 법은 잘 모릅니다. 그러나 사회 통념상 국가보안법은 간첩 다루는 법인데 이것을 학생운동 처벌하는 데 적용하는 것은 김 장관 의견대로 과하다는 생각이 드네요. 국가보안법이란 것은 '큰 칼' 아닙니까?

그 칼이 칼집에 들어 있어야 국민들에게 법적인 위엄을 갖게 되지 만약 그 칼을 빼서 학생들을 향해 휘두르면 가벼워 보일 것 같습니다. 하여 간 저는 칼을 좀 더 위엄 있게 썼으면 하는 의견입니다."

그 순간 앞에 앉은 김 장관의 얼굴이 환해졌다. 노 총리도 내 말을 진지하게 들었다.

"이 총무 의견이 납득되는군요. 자, 우리 결론을 내립시다. 김 장관은 나하고 같이 올라갑시다."

노 총리는 서둘러 김 장관을 대동하고 청와대로 갔다. 그러나 청와대는 완고했다. 허문도 정무수석을 비롯한 강경파는 삼민투의 '민족, 민주, 민중' 가운데 특히 '민중'이 들먹여지는 것을 두고 사상적으로 문제가 있다며 물러서지 않았다. 결국 구속된 학생 전원은 아니더라도 주동자 함운경에 대해서만은 '국가보안법'을 적용한다는 선에서 의견이 조정되었다.

그 뒤 사태는 더 복잡해졌다. 점거 학생들이 재판 과정에서 판사에게 "민주화를 위해 투쟁해본 적이 있느냐"며 소리 지르는 등 법정 소란이 벌어졌다. 이 때문에 김석휘 장관이 '너무 무르다'는 이유로 5개월 만에 물러났다. 그는 학원 대책이 강경 조치로 돌아선 뒤 제1호 희생물이 되었다.

그런가 하면 점거 학생들 가운데 서울대생에 대해 청와대는 전원 제적하라는 강경 조치를 학교 측에 요구했지만, 이현재 총장은 학원 자율화를 선언한 지 얼마 되지 않아 이런 극약 처방을 하는 것은 교육적으로 무리라는 이유로 거부했다. 그 결과 이현재 총장이 제2호 희생물로 해임되었다.

그동안 학원에 대해 유화 조치를 할 만큼 했는데 약발이 안 먹히니 다시 강경책으로 돌아선 것이었다. 학원 내 사찰을 중단한다던 자율화 조치도 무시하고 경찰이 학생회 사무실을 수색하는 사례가 빈발했다.

정부의 강경 조치는 여기서 끝나지 않았다. 허문도 정무수석과 장세동 안기부장을 중심으로 학생들을 근본적으로 순화하는 대책을 논의한다는 것이었다.

5공화국 정부의 행동 패턴은 법부터 만들고 그 법에 따라 조치를 취하는 방식이었다. 이 경우도 다르지 않았다. '학생 순화'와 관련한 입법 작업을 서둘렀다. 나는 청와대와 안기부에서 어떤 작업을 하고 있다는 소식을 일찍이 들어서 알고 있었다. 나는 퍼뜩 1983년 12월 초 학원자율화 조치를 취할 무렵 당시 노신영 안기부장의 말이 연상되었다.

"지금 제적된 학생이 1200여 명이고, 교도소에 들어간 학생만 해도 350명에 가깝습니다. 이들을 관리하기란 대단히 어렵습니다. 더욱이 명년(1984년) 5월이면 교황이 한국을 방문합니다. 그분은 폴란드 분으로 자유화에 대한 의지가 어떤 교황보다 강합니다. 많은 학생들이 교도소에 들어가 있다면 우리 정부에 부담이 되지 않을 수 없습니다. 그래서 근본 대책이 마련되어야 합니다. 결국 탕평책을 쓰지 않을 수 없는데 연말을 기해 일제히 털어버리고, 새로이 '정화 탱크'를 하나 만들어 학생들을 선도해나가야 한다고 생각합니다."

노신영 안기부장의 설명대로 그해 연말(12월 23일), 학원 소요 관련 학생을 포함한 대대적인 사면과 가석방 조치가 있었다. 그렇지만 '정화 탱크'를 두어야 한다는 말이 나에게는 의문으로 남아 있었다. 그런데 이번에 그 실체가 법안으로 드러나게 된 것 아닌가.

학원 소요를 법으로 다루려는 시도는 1960년대에도 있었다. 한일 국교 정상화에 반대하는 소위 6·3 학원 소요가 극단으로 치달았을 때, 공화당 정권은 '학원보호법'이라는 법안을 내놓았다. 그러나 당시 기골이 있던 서울대 신태환 총장과 유기천 법대 학장이 "학생 선도는 법이 아니라 학교에 맡겨 해결해야 한다"며 반대해 정부가 결국 철회한 일이 있었다.

7월 19일, 전두환 대통령이 새삼스럽게 "미국문화원 사건 공판 장면을 보고 충격을 받았다"면서 "정부나 당에 마치 강온 양론이 있는 것처럼 비쳐선 안 된다. 방침이 결정되면 일사천리로 처리하는 의지가 중요하다"고 언급했다. 앞으로 있을 모종의 조치에 대한 '예고편'이었다.

그로부터 며칠 지나지 않아 '학원안정법'이라는 이름의 입법 시안이 내 손에 들어왔다. 학생 약 5000명을 수용해 순화한다는 내용이었다. 허문도 청와대 정무수석은 이 안을 설명하면서 이런 법안이 일본에서도 1969년 8월 '대학의 운영에 관한 임시조치법'이라는 이름으로 입법된 바 있다고 힘주어 말했다. 외국 선례도 있으니 당에서 그대로 받아들여 의원입법으로 하라는 주문이었다. 나부터 이해가 가지 않았다. 도대체 민주주의를 한다는 나라에서 비상시도 아니고 평상시에 강제수용소가 가능하겠는가?

그 후 1차 당정 협의가 있었다. 당에서는 총무인 나와 이한동 정책위의장이, 정부에서는 장세동 안기부장과 허문도 정무수석이 나왔다. 허수석은 벽두부터 "각하께서 당과 정부가 충분히 토의해서 당이 완전히 인식하여 공감대를 갖도록 하라는 지시가 있었습니다"라고 전제한 뒤 '학원안정법'의 필요성을 강조했다.

이날은 정부 측의 설명을 주로 들었고, 이 법안이 자칫 정치범 수용소나 삼청교육대 같은 인상을 주어서는 안 된다는 정도의 대화만 오갔다. 그리고 법률안이 성안되면 좀 더 세부적으로 검토하기로 하고 헤어졌다. 그러나 회의가 끝난 뒤 현홍주 정책조정실장은 나에게 이 법안이 위헌 소지가 있다고 귀띔해주었다.

7월 26일, 장세동 안기부장과 허문도 수석으로부터 재차 모이자는 연락이 왔다. 나와 이한동 의장, 그리고 이번에는 현홍주 정책실장까지 동행해서 만났다. 정부 측은 몹시 서두르고 있었다. 문제 학생들을 수용할 시설이나 교육 내용, 교관 등을 모두 준비했고, 입법만 되면 즉시 시행할 수 있다고 했다. 더욱이 이 법을 의원입법으로 해달라고 해서 내 비위를 건드렸다.

나는 그 법안 자체가 못마땅했다. 이미 '집회 및 시위에 관한 법'이 있고 어마어마한 '국가보안법'이 있는데 계속 법을 만든다고 학원 소요가 잠잠해질 것이라고 보지 않았다.

그리고 가장 큰 쟁점은 이 법에 의한 조치가 과연 헌법에 언급된 보안처분에 해당하느냐는 것이었다. 헌법 제11조 1항에 의한 보안처분은 이미 '국가보안법'으로 처벌받은 자를 '사회안전법'으로 처리하는 것이지, 단순히 학원 소요의 주동자라고 해서 사법절차도 거치지 않고 인신을 구속하거나 교육 목적으로 강제 수용하는 것은 위헌 소지가 있다고 사전에 우리끼리 논의한 바 있었다.

갑론을박이 계속되었다. 그런데 이한동 의장이 절충안을 냈다. "학원 소요의 대상자를 선정할 때 판사가 대상자를 결정한다면 이 법안에 동의할 수 있다"는 것이었다. 이 말에 내가 발끈했다.

"아니, 법에 문외한인 나도 그 말에 납득할 수 없어요. 판사가 결정하는 것은 검사의 공소장을 보고 판단하는 것이지, 아무 소송절차도 거치지 않은 학생들을 불온이다, 아니다를 판단하는 것은 월권 아닙니까?"

나는 이런 무리한 토론이 계속되는 것이 문제 해결에 아무 도움이 되지 않는다고 판단해 자리를 뜨고 말았다. 이것이 괘씸죄로 부풀려졌다.

이처럼 여당도 납득시키지 못한 법률안을 놓고 안기부가 군불을 때기 시작했다. 언론에선 학원 안정의 필요성을 제기하면서 특히 학생들이 사상적으로 오염되고 있음을 강조해 정부의 선도 조치가 필요하다는 논설이 실렸다. 이에 따라 이름도 들어보지 못한 학부형중앙협의회 같은 단체가 국무총리를 찾아가 학원의 조속한 정상화를 건의했고, 대학의 총장·학장들이 정신문화연구원에 모여 학교의 힘만으로 대학을 안정시킬 수 없다는 건의문을 발표했다. 그러면서 정부는 8월에 임시

국회를 열어 학원안정법안을 상정해 통과시킨다는 방침을 결정했다. 원내총무인 나에게는 아무 사전 협의도 없었다.

7월 30일, 이른 아침부터 집으로 찾아온 기자들이 8월 임시국회를 소집하느냐고 집중적인 질문을 했다. 나는 "시급한 민생 법안을 처리하는 국회라면 소집해야겠지만 학원안정법을 위해서는 아직 소집할 계획이 없다"고 잘라 말했다. 이것이 또한 괘씸죄에 해당했다.

그날 마침 미 국무부에 있는 나의 친구 앨런 롬버그가 방한했다고 해서 미국 대사관의 클리블랜드 부대사와 함께 오찬을 했다. 그 자리에서 클리블랜드 부대사가 불쑥 비꼬는 투로 "수용소(gulag) 계획은 잘 되어 가느냐?" 하고 물었다. 나는 수치스러움을 떨칠 수 없었다.

7월 31일, 노태우 대표로부터 급히 당사로 오라는 연락을 받았다. 당사로 가니 노 대표가 미안한 표정으로 말했다.

"청남대에서 급히 오라는 지시를 받고 헬기 편으로 갔다 왔소. 이 총무를 경질하라는 통보를 받았소. 나도 학원안정법에 이의가 있지만 각하가 너무 강경하기 때문에 아무 말 없이 돌아왔소. 그동안 심려가 많았을 터이니 좀 쉬면서 앞으로 할 일을 정리합시다."

그 순간 나는 김석휘 법무부 장관, 이현재 서울대 총장에 이어 내가 제3호 희생물로 물러나게 되는구나 생각했다. 허탈했지만 앞일이 걱정스러웠다.

내가 물러나고 8월에 들어서면서 '학원안정법' 입법 작업은 급피치를 올렸다. 여당 내에서도 의원 80% 이상이 반대했지만 안기부는 맨투맨으로 의원들을 설득했다. 국회 상임위별로 팀을 짜서 이의가 있는 의원들은 위원장이 책임지고 설득하라는 명령도 떨어졌다.

그 무렵 야당인 신민당은 전당대회를 앞두고 미처 이 법안에 신경을 쓰지 못하다가 내가 총무직에서 경질된 뒤 부랴부랴 법률안을 검토했고, 8월 7일 이택희 정책심의회 의장이 조목조목 꼬집어 문제점을 짚으면서 반대 입장을 발표했다. 야당은 이 법이 학생운동권뿐만 아니라 자신을 겨누는 칼날이 될 수도 있다는 점에 주목했다.

8월 13일, 신민당 정무회의가 '학원안정법' 반대 투쟁을 결의했다. 그리고 14일 오후에 3당 대표 회담이 있었다. 이민우 총재는 대표 회담 전에 김수환 추기경과 만나 나라를 '병영 국가'로 만드는 '학원안정법'을 결단코 반대한다는 데에 합의했다. 이런 주변의 여론에 따라 이민우 총재의 목소리는 힘을 얻었다. 신민당의 이민우, 국민당의 이만섭 두 대표가 공동으로 노태우 대표를 몰아세웠다. 수세에 몰린 노 대표는 청와대와 여야 영수 회담을 주선하겠다고 약속했다.

그런데 그날 아침, 가락동 연수원에서 소집된 민정당 의원총회에서는 그동안 여러 기관에서 설득한 탓인지 신임 이세기 총무가 뜻하는 대로 만장일치로 '학원안정법'을 조속히 통과시켜야 한다고 결의했다. 3당 대표 회담에서 얼버무리고 온 노 대표만 중간에서 입장이 난처하게 되었다.

8월 15일, 전 대통령은 이민우 총재와 회담했다. 그 자리에서도 '학원안정법'은 절대 불가하다는 강경한 입장을 이 총재가 피력했다. 야권에서는 역할 분담을 해 신민당은 원내 투쟁, 민추협과 재야 단체는 원외 투쟁을 하기로 공동성명을 발표했다.

다음 날 이만섭 총재가 청와대로 가서 전 대통령을 만났다. 이 총재도 강경하게 반대하기는 마찬가지였지만 그는 전 대통령을 설득했다. "조만간 유엔총회에 가서 연설하게 될 터인데 학생들 잡아넣고 나라 체면이 뭐가 되겠습니까?" 전 대통령은 그 말에 움찔했다고 전해졌다. 그런데 의외로 노 대표가 전 대통령 앞이라서 그랬는지 짐짓 강경한 입장을 보였다.

"학원안정법은 통과시켜야 합니다. 이미 당에서는 각 지구당별로 활동 지침이 다 나갔고, 만반의 준비가 돼서 국회에서 입법만 되면 즉시

▲ 필자는 원내총무로서 국회 본회의장에서 수시로 노태우 당 대표와 원내 대책을 상의했다. 사진 왼쪽에 서 있는 사람이 필자이며, 오른쪽 아래부터 위로 권익현 의원, 권정달 의원, 노태우 대표, 이상익 의원이다.

행동에 들어가도록 지시해놓은 상태입니다."

전 대통령은 당이 이 법안 처리에 소극적이라고 생각해왔는데, 그처럼 의외로 강한 발언이 나오자 의아하게 생각했다.

"아직 시간이 있으니 여야 합의하에 대외적으로 오해가 없도록 법안을 잘 다듬어보세요."

이로써 '학원안정법'은 반쯤 물 건너간 상태가 되었다. 신민당은 이런 여당의 허점을 알아차리고 투쟁 일정을 확정했다. 8월 17일에 중앙상위를 열어 학원안정법 저지투쟁 결의안을 채택하고 18일부터 23일까지 광주를 시발로 전국 시도별 저지투쟁위원회 현판식을 열어 범국민궐기대회를 전개한다는 일정을 발표했다. '학원안정법' 때문에 야권에 종교계와 학계까지 호응하는 계기를 만들어준 셈이었다. 그렇게 범야권 투쟁 기구가 결성되면 그 끝은 결국 개헌 투쟁으로 이어질 것이라는 판단도 쉽게 할 수 있었다.

이제 오히려 다급해진 것은 정부와 여당 쪽이었다. 8월 17일, 전 대통령이 부랴부랴 청와대에서 긴급당정확대회의를 소집했다. 8월에 국회를 소집해 학원안정법안을 통과시킨다는 애초 방침을 보류하고, 여야 간 타협을 통해 9월 정기국회로 넘기기로 했다. 강경하던 정부가 꼬리를 내린 것이다.

그사이에 가장 큰 손해를 본 것은 민정당이었다. 꼴이 우습게 되었다. "나는 희곡 한 편 쓰기보다 법조문 한 구절 쓰는 것이 더 어렵다"라고 한 버나드 쇼의 말을 다시 생각하게 되었다.

노태우, '박종철 사건'으로 경쟁자들 정리

전두환 대통령이 노태우 민정당 대표를 후계자로 지명한 사실을 두고 대부분 '당연한 일'이라고 생각하는 것 같았다. 그 근거는 두 사람이 일생을 두고 직책을 물려주고 물려받아 왔으며, 마침내 대통령직까지 그렇게 하기로 밀약이 되어 있을 것이라 예측하기 때문이었다. 그러나 깊은 속 내용을 아는 사람들은 그 결정 과정이 그리 순탄하지 않았다는 사실도 잘 알고 있었다.

전두환은 누구보다 노태우를 잘 알고 있었다. 비록 12·12의 동지였지만 마음 한구석에는 '과연 그가 국가를 맡아 과단성 있게 일을 처리할 수 있을까?' 하는 의문이 있었던 것 같다. 나아가 어떤 어려움이 닥치더라도 '그가 끝까지 의지를 지켜 자신(전두환)을 보호할 마음이 있을까?' 하는 의구심도 없지 않았던 것으로 보인다. 한때 시중에는 "'노'는 '노'인데 '노태우'는 아니다"라는 루머가 떠돌며 노신영 국무총리가 후계자가 된다는 풍설도 있었다. 그런가 하면 전두환의 두터운 신임을 업고 권력을 이어받으려는 장세동 같은 야심가도 있었다.

그뿐만 아니라 전두환은 한때 내각제 개헌으로 방향을 선회할 의사도 있었다. 내각제로 권력 구조가 바뀌면 노태우의 집권은 사실상 물건너가는 것이었다. 그러나 이 문제는 야당이 일관되게 '직선제 대통령' 개헌안을 들고 나오면서 타협의 실마리를 찾지 못했다.

보는 시각에 따라서는 전두환의 내각제 개헌론이 야당의 공세를 둔

화시키기 위한 일종의 꼼수였다고 말하기도 한다. 그러나 당시 전두환은 진정으로 내각제 개헌을 할 마음이 있었다.

한국 정치에서 대통령 임기가 끝날 무렵이면 간혹 내각제 개헌 문제가 거론되곤 했다. 왜 그랬을까? 내각제가 되면 권력자가 임기가 끝난 뒤 사후 보장이 된다고 생각했기 때문이 아니었을까? 의원내각제는 국회가 권력의 중추이기 때문에 대통령제처럼 한 사람에게 권력이 집중되지 않는다. 그런 구조에서는 정치 보복이 어려워질 것이 분명하다. 그뿐 아니라 대통령직에서 물러나더라도 자기 계파의 국회의원을 다수 확보하면 사후에 영향력도 행사할 수 있다. 그래서 대통령제를 주장하던 사람도 임기 후반에 이르면 내각제를 선호하는 쪽으로 생각이 바뀌는 것 같다.

전두환의 내각제 추진은 야당 일각의 호응도 받았다. 이른바 '이민우 구상'이 그것이었다. 1986년 12월 24일, 신민당의 이민우 총재는 장고 끝에 민주화 7개 조건을 여당이 수락하면 내각제 개헌도 검토할 수 있다고 발표했다. 7개 조건이란 언론 자유 보장, 구속자 석방, 사면복권, 공무원의 정치적 중립 보장, '국회의원선거법' 개정, 지방자치제 실시 등을 내용으로 했다.

나는 얼마 뒤 이민우로부터 이런 구상의 배경을 자세히 들을 기회가 있었다.*

"개헌 정국이 한 치 앞도 내다볼 수 없이 혼란 상태에 빠졌고, 학생과 노동계 그리고 종교계까지 합세한 과격 시위로 이 나라 전체가 치안을

---

* 이민우 총재는 나와 같은 경주 이씨 족친이고 같은 백사파(조선조 충신 오성 이항복의 후예)여서 더욱 가까운 일족이었다. 그분은 화수회를 일으킨 분으로서 우리 친족들로부터 존경을 받았다. 비록 그분은 나와 함께 서울 종로·중구 선거구에서 경쟁하고 함께 원내에 진출했지만, 나는 그분을 대할 때 정당 간의 이견을 앞세우지 않고 정계의 선후배로서 의견을 나누었다.

▲ 제12대 국회 시절 이민우 신민당 총재는 필자와 경쟁자이기도 했지만 정계 선배이자 족친으로 반갑게 만나 대화를 나눌 수 있는 사이였다. 신민당의 이민우 총재, 신순범 원내부총무, 김동영 원내총무 등(사진 오른쪽부터)과 한 행사장에서 만난 필자.

유지할 수 없을 만큼 극도의 불안 상태로 들어갈 것으로 나는 보았어요. 대통령 선거가 가까워지는 1987년이 되면 이런 혼란이 더하면 더했지 호전될 전망은 보이지 않았고요. 그런데도 내가 거의 매일 만나다시피 하는 김영삼과 김대중은 이런 상황을 어떻게 하면 자기들에게 유리하게 전환할까 하는 생각만 하고 있었어요. 답답한 일이었지요. 나는 의회주의자입니다. 원내 야당의 책임자로서 무엇인가 돌파구를 마련하기 위해 이런 구상을 하게 되었어요."

이런 구상이 발표되자 정계는 발칵 뒤집혔다. 이민우 총재가 호메이니 격인 김대중·김영삼과는 한마디 사전 논의도 하지 않았다는 것이다. 당시 이민우는 명색이 총재이지, 배후에 있는 양 김의 그림자에 불과했다. 이런 구조에 가장 큰 불만을 품은 사람이 홍사덕 대변인이었다. 그는 이민우에게 수시로 당당하게 국민 앞에 나서서 시국 수습의

이니셔티브를 행사해야 한다고 조언했다. 그러나 이 구상이 발표된 뒤 이민우는 참으로 어려운 시간을 보냈다. 상도동 일각에서는 '이민우 매수설'을 퍼뜨렸다. 김동영도 나에게 직접 말했다.

"이민우 영감한테 무엇인가 여권에서 침을 놓은 게 분명해."

"그건 오해야. 한 정당의 당수인데 그만한 발언도 못 하면 그게 무슨 당수야? 체통을 지킬 수 있게 해줘야지⋯."

"아니야, 요새 삼양동 집 부지도 그린벨트에서 풀렸고, 의정부의 땅도 풀렸다는 소문이 있어."

이민우는 당시 생계 수단으로 의정부에 양계장을 하고 있었다. 그런데 그 계사가 있는 토지가 그린벨트와 군사보호지역으로 묶여 있어 매매가 전혀 안 되는 땅이었다.

"이봐요! 어떻게 묶인 땅이 하루아침에 풀리나? 만약 그런 오해를 한다면 토지등본을 떼어보면 즉시 알 수 있는 것 아닌가?"

"아냐, 지난 5월 미국에 다녀오고부터 이 총재의 생각이 달라지기 시작했어."

"김 총무가 그렇게 생각하면 안 되지. 7개 항은 6월 여야 대표 회담에서도 언급됐던 사항이고, 내각제라는 전제하에 구상을 내놓은 것인데 오히려 야당에서 적극적으로 밀어줘야지."

나는 김동영을 계속 설득했지만, 그는 의심을 풀지 않았다. 상도동이나 동교동이나 자기 계파의 이익에서 벗어나면 여당에 회유당했다고 여지없이 몰아세우는 것이 당시 야당의 전술이었다.

해가 바뀌어도 개헌 정국은 풀릴 기미가 없었다. 모처럼 피어오른 내각제 개헌 희망도 사그라졌다. 청와대나 민정당도 이민우 구상에 대해 말 못 할 처지였다. 자칫 잘못했다가는 그야말로 이민우와 거래가 있었던 것으로 오해받을 수 있기 때문이었다. 야당은 이민우 구상으로 인해 내분 상태에 들어갔고, 양 김 씨와 이민우가 결별하는 순서를 밟아나가고 있었다.

어떻든 전두환의 내각제 주장이 관철되기 어렵게 되자, 여권 일각에서는 '정권의 일시 연장론'이 거론되기도 했다. 서울올림픽이라는 국가적 대사를 앞두고 이대로 혼미한 정국이 계속되면 자칫 올림픽 개최가 불가능해질 수도 있으니 대통령 임기를 1년 연장해 국가적 대사를 원만히 끝낸 뒤 다시 정치의 향방을 결정하자는 논리였다. 이런 의견을 여러 사람이 은밀하게 전두환 대통령에게 건의했던 것 같다. 그러나 전두환 대통령은 "1년 연장론은 또다시 영구 집권론으로 간다는 오해를 낳을 겁니다. 나는 임기를 지키는 대통령이 되고 싶습니다"라며 일언지하에 거절했다.

1987년 4월 6일경, 장세동 안기부장이 현 정국에 대한 판단서를 정호용 내무장관에게 보내왔다. 그 내용은 야당이 이민우 구상으로 인해 결국 분당되는데 국회의원 가운데 신민당 잔류가 40명, 신당행이 약 30명이 되어 양 김 주도의 신당은 제2당으로 전락하리라는 것이었다. 그러면서 야당이 분당으로 국민의 비난을 받게 될 터이니 그때 '개헌 논의 유보' 결단을 내리는 것이 바람직하다는 것이었다. 모든 것을 대통령 입맛에 맞춘 판단서였다. 정호용은 나에게 이런 내용을 알려주면서 크게 걱정했다.

그는 이 판단서를 접하자마자 청와대로 전두환을 찾아가 적절하지 못하다고 지적했지만, 오히려 전두환은 불쾌한 표정을 지으며 국내 정치는 장 부장에게 맡기고 개입하지 말라고 충고하더라는 것이었다. 정호용은 내가 장세동과 육사 동기인 줄 알면서도 그를 격하게 비난했다.

4월 10일, 정호용은 서오릉 근처의 한 군부대에서 노태우와 테니스를 친다는 구실로 만나 4·13 호헌 조치의 상세한 내용을 미리 들었다. 노태우는 정국을 낙관하고 있었다. 그는 호헌 조치가 자신의 차기 집권에 유리할 것으로 보았다. 그러나 정호용은 만일 4·13 호헌 조치가 나오면 전국적인 거부 운동이 일어날 것이고, 그런 사태는 전투경찰의 힘만으로 수습이 어려울 것으로 보았다. 지금까지와는 전혀 다른 상황이 초래될 수 있다는 것이었다.

한편 전두환 입장에서는 내각제 개헌도 관철하지 못했고, 그렇다고 이런 상황을 무작정 끌고 갈 수도 없었기에 새로운 동력이 필요했던 것이 사실이다. 다시 말해 야당이 내각제 개헌에 대한 모든 대화를 거부했으므로 현행 5공 헌법을 고수한다는 선언이었다.

야당은 4·13 조치로 허를 찔리자 예측했던 대로 일제히 반발했다. 그들은 전열 정비를 서둘렀다. 명분은 선명야당을 창당하기 위해 신민당을 깬다는 것이었다. 김영삼과 김대중 두 사람이 4월 8일 신당 창당을 선언했지만 그동안 지지부진하던 것이 4·13 조치로 오히려 힘을 얻었다. 장세동 부장의 판단과 달리 신민당 의원 거의 대부분인 74명이 탈당해 신당에 참여했다.

당황한 안기부는 물리적 탄압을 시도했다. 소위 '용팔이'라는 깡패 일당이 신당의 지구당 창당 행사를 방해하기 위해 각목을 휘두르며 폭력을 행사했다. 신당은 당사도 얻지 못해 민추협 사무실에 더부살이해야 했고, 김대중에 대한 연금도 강화되었다. 이런 졸수가 연발하며 상황은 악화 일로를 걸었다. 여론은 야당에 대한 동정으로 급격히 돌아섰다.

이런 정치공작이 과거 여러 차례 실패를 반복했는데도 백주에 재연된 것은 역사를 배신한 일이었다. 유신 말기인 1979년 신민당 전당대회에 중앙정보부가 개입해 김영삼 총재의 당선을 저지하기 위한 공작을 했지만 성공했던가? 오히려 그의 위상만 높여주고 결과적으로 10·26의 비극으로 끝을 보지 않았는가? 그런데도 이런 공작을 하는 이유는 무엇일까? 권력 구조 내의 충성 경쟁 때문일 것이다. 이번에도 장세동 안기부장의 맹목적 충성이 사태를 그르쳤다.

이런 방해 공작에도 불구하고 5월 1일 신당은 '통일민주당'이라는 이름으로 창당되었다. 정국은 점점 더 경화되었다.

5월 18일, 명동성당에서 '광주항쟁 희생자 추모회'가 열렸다. 이 자리에서 가톨릭 정의구현사제단은 "박종철 군 고문치사 사건의 진상이 조작되었다"라고 폭탄선언을 했다. 그해 1월 서울대생 박종철 군의 사망사건은 학생 시위를 발본색원하라는 김종호 내무부 장관의 과잉 지시에 따른 부산물이었다. 이 지시에 따라 강민창 치안본부장은 학생운동의 주동자 수사를 대공 수사 전문가들에게 맡겼다. 대공수사팀은 간첩 다루는 고문 수사에 익숙한 팀이었다. 고문치사 사건이 터지면서 우두머리들은 모두 발을 빼고, 고문의 하수인 격인 일선 수사 경찰관들만 희생양이 되었다. 사태가 잠잠해지면 빼내주겠다고 언질을 주었지만 수감된 경찰관들은 참을 수 없었다. 결국 사건의 진상이 같은 구치소에 수감되었던 재야인사를 통해 정의구현사제단 신부들에게 전달되었다. 이 폭로로 정국은 불난 데 휘발유 뿌린 격이 되었다.

언론에 연일 고문 사건의 진상이 보도되고 이에 흥분한 시민들이 항의 시위에 가세하는 분위기에서 정부도 더 이상 진상을 덮을 수 없었다. 이를 가장 민감하게 생각한 사람은 노태우였다. 시국을 그대로 끌고 가다간 자칫 지금까지 쌓은 노력이 일거에 날아갈 것 같았다. 하지만 수습 여하에 따라서는 잠재적 경쟁자들을 한 번에 무력화할 수도 있을 것으로 내다봤다.

노태우는 안기부 내에 심어놓은 박철언으로부터 사건의 내막과 수습 의견을 듣고 즉각 행동에 옮겼다. 박철언을 서동권 검찰총장에게 보내 사건의 진상을 청와대에 직보하게 했다. 노태우, 서동권, 박철언은 모두 경북고 선후배로서 평소에 손발이 척척 맞았다. 그 후 노태우 정부에서 서동권은 안기부장이라는 중책을 맡았다.

전두환 대통령은 그제야 진상을 알게 되었다. 그는 5월 26일 개각을 단행했다. 노신영 총리, 장세동 안기부장, 정호용 내무장관, 김성기 법무장관, 서동권 검찰총장을 포함하는 대대적인 개각이었다. 그때까지 후계자 반열에 오르내리던 노신영과 장세동이 일거에 날아갔다.

정국은 한 치 앞도 내다볼 수 없을 정도로 계속 꼬여만 갔다. 하지만 노태우의 후계 작업은 방해자가 없어진 상황에서 순풍에 돛 단 듯 착착 진행되었다. 노태우 측근 그룹은 빨리 후계자를 결정해 그의 책임하에 정국을 풀자는 주장을 계속했다.

그사이 민정당은 전당대회 소집을 공고했다. '노태우 후보' 만들기가 본격화된 것이다. 6월 2일에 전두환은 민정당 중집위원 전원을 청와대 상춘재로 소집했다. 전두환은 바로 정색하며 본론으로 들어갔다.

"나는 오늘 민정당의 차기 대통령 후보를 결정하려고 여러분을 초대했습니다. 대통령 후보는 당내에서 경선해야 하나, 지금 사회 환경이 이를 허용하지 않습니다. 그러므로 내가 지명하고 여러분의 동의를 구하고자 합니다. 당내에 여러 사람이 있지만 그동안 개혁의 선봉에 섰던 노태우 대표가 가장 적임자라고 생각합니다. 군부를 잘 알고, 또 올림픽이라는 대사를 직접 맡아 추진해온 분이어서 평화적 정권 교체와 88 올림픽을 성공적으로 수행할 수 있는 가장 적임자라고 생각합니다. 중집위원 여러분이 주동이 되어 6월 10일 전당대회에서 차질 없이 노 후보를 지명할 수 있도록 노력해주기 바랍니다."

이런 준비된 언급이 있고 난 뒤 마이크가 노태우에게 돌아갔다. 그는 감격스러운 표정을 지으며 답사를 이어갔다. 그의 이야기를 들으며 나는 마치 연극배우가 대사를 읊는 듯하다는 인상까지 받았다.

"각하의 하해와 같은 은혜로 지명을 받고 보니 두려움이 앞섭니다. 각하, 끝까지 지도해주십시오. 동지 여러분들만 믿습니다."

그의 눈가는 약간 젖어 있었다. 이런 감격스러운 대화가 오간 뒤 술판이 벌어졌다. 모두들 대통령 앞으로 무릎 꿇고 가서 옆에 쌓인 새 잔에 술을 부으면 전두환은 약간씩 받아 마시는 체하며 다른 잔에 술을 채워 돌려주었다. 내 차례가 왔다. 나도 술잔을 대통령에게 권하는 순간, 느닷없이 전두환이 한마디 던졌다.

"이종찬! 내가 누군지 알지? 잘해야 돼! 노태우 후보 잘 받들어야 해, 알았지!"

이 같은 투정 비슷한 말이 나오자 주변이 모두 조용해졌다. 노태우도 나를 응시할 뿐 말을 못 했다. 참석자들은 이런 장면을 놓치지 않으려는 듯 일순 긴장했다.

그 순간 나는 얼마 전 청와대 사정비서관실이 나에 대해 모략한 내용이 현실로 나타났다고 생각했다. 사정비서관실(당시 사정수석비서관은 김영일이었다)의 '이종찬 파일'에 "이종찬은 노태우 대표에 대해 불만을 포지(抱持)하고 있다. 이종찬은 '노태우가 우유부단하고 정부를 효과적으로 통제할 만큼의 리더십이 부족하다'고 언동했다"라고 기재되어 있다는 사실을 나와 가까운 이가 전해주었다. 내가 이런 말을 하고 다녔다는 것은 사실무근이었다. 당시 나는 노태우 대표를 직접 만나 무슨 충고든 자유롭게 할 수 있는 입장이었는데, 뒤에 숨어서 노태우를 해코지했다는 것은 가당치 않은 말이었다.

그 무렵 나는 청와대와 당내에서 은근히 퍼트리는 모략에 참으로 많이 시달렸다. 이날 전 대통령의 말도 그런 모략에 영향을 받은 것이 틀림없었다. 이럴 때 오히려 태연해야겠다는 생각이 들었다.

"각하께서 하신 말씀의 뜻, 잘 알고 있습니다. 나중에 보시면 알겠지만 열심히 하겠습니다."

내 말은 '그런 파일에 있는 것과 같은 모략을 믿지 마십시오'라는 뜻을 담고 있었다. 이 말을 들은 전두환은 호탕하게 웃었다.

"허허, 허허, 그래, 그래, 알았어! 자네가 앞장서야 해, 허허…."

어색한 장면은 웃음으로 넘어갔다. 다음 날 정식으로 중앙집행위원회가 소집되었다. 시나리오대로 후보 추천 절차가 일사천리로 진행되었다. 노태우 대표는 자기가 관련된 사항이므로 불참했고, 임방현 중앙위의장이 사회를 맡았다. 모두 박수로 노태우 대표를 민정당의 차기 대통령 후보로 결정했다. 회의는 20분 만에 끝났다. 이어 추천위원 명단에 서명하는 회람이 돌았다.

이때 옆에 앉았던 유학성이 감회 어린 듯 "오늘이 있기까지 6년 11개월이 걸렸습니다"라고 독백처럼 말했다. 나는 그 말의 뜻을 유학성에게 캐물었고, 그는 작은 소리로 이렇게 말했다.

"1980년 6월 27일 오전 11시 10분, 내가 중앙정보부장으로 가기로 하는 합의가 이뤄지던 그날 그 시간에 다음번 주자는 '노태우'라고 이미 모두 약속이 되었어요. 그런 것이 우여곡절 끝에 오늘에야 실현되었으니 나로서 감회가 깊지 않겠어요?"

유학성은 얼떨결에 비화를 털어놓았다. '아, 12·12 주체들이 모여서 이미 대통령의 순번을 결정해놓았군!' 나는 그 사실을 비로소 확인할 수 있었다. 이 사실은 대단히 중요하다.

나는 이미 앞에서 1980년 5월 31일 국가보위비상대책위원회(국보위) 설치 때 신군부의 '집권 시나리오'가 정리되어 있었다고 언급한 바 있다.* 당시는 계엄하에 모든 정치 활동이 정지된 상태였다. 그때 신군부의 핵심 인사들이 모여서 초스피드로 집권 시나리오에 따라 정치 일정을 진행하기로 했던 것이다. 유학성이 언급한 그해 6월 27일의 상황을 추적해보면 '5월 31일 국보위 설치 및 전두환 상임위원장 취임', '6월 2일 전두환 중앙정보부장서리 사임' 이후였다. 그렇다면 그날 회합에서 유학성을 중앙정보부장으로 결정하고 전두환을 대통령으로 밀기로 하는 동시에 차기는 노태우로 한다는 순번까지 합의되었던 것으로 보아

---

* 자세한 내용은 제1권 7장 「민주정의당 창당 막전 막후」 중 "국보위 설치, 그리고 '신당 창당' 착수"에 나와 있다.

야 하지 않을까? 이에 따라 7월 18일 유학성의 중앙정보부장 취임, 8월 16일 최규하 대통령의 하야, 그리고 8월 27일 전두환 국보위 상임위원 장의 제11대 대통령 단독 출마 및 당선 등의 일정이 차질 없이 진행되 었다. 유학성은 그런 신군부의 '집권 시나리오'를 부지불식간에 구체적 으로 증언했던 것이다.

　유학성의 이런 증언으로 신군부가 여러 차례 부인했던 '집권 계획'의 큰 틀이 이미 잡혀 있었음이 드러났고, 결과적으로 대통령직을 친구끼 리 주고받는 드라마가 현실화되었음도 확인되었다. 1980년대 정치 격 동기를 맞아 몇 차례 삐걱거렸지만 이 드라마가 끝내 예정대로 결말이 난 데 대해 유학성이 감격했던 것이 아닌가 짐작되었다. 그러나 이 시 나리오는 나중에 전두환과 노태우 두 사람이 김영삼에게 정치 보복을 당해 치욕의 나날을 보내고, 나아가 우리나라 전직 대통령 문화가 무너 지는 악선례의 출발점으로 역사에 기록되었다.

'6월 드라마'의 주인공은 누구인가

노태우를 대통령 후보로 선출하는 민정당 전당대회가 1987년 6월 10일 잠실체육관에서 열렸다. 그리고 그날 저녁 힐튼호텔에서 후보 지명을 축하하는 연회가 있었다. 이 연회에는 낯선 축하객들이 있었다. 학생 데모대였다. 이들은 남산을 돌아 호텔 근방까지 접근했다. 그 때문에 연회장으로 향하는 길이 막혀 들어오지 못하고 돌아간 축하객들도 있었다.

데모대의 일부가 경찰의 저지선을 뚫고 막 호텔 입구로 진입하려 하자 경찰이 마구 최루탄을 쏘아댔다. 그 가스가 연회장까지 들어와 모든 사람이 눈물을 흘렸다. 이춘구 사무총장은 기자들의 짓궂은 질문에 능청스럽게 대꾸했다.

"눈물을 흘려가면서 개최하는 이 축하 연회에 대해 어떻게 생각하십니까?"

"모두들 감격해서 눈물을 흘리는데 얼마나 기쁜 일입니까?"

그날부터 학생들이 앞장선 저항은 더욱 가열되었다. 예장동 나의 집에서는 퇴계로에 진출한 학생들이 경찰과 투석전을 벌이는 장면을 직접 볼 수 있었다. 투석전은 시가전을 방불케 했다. 그러면서 시위대는 사전에 마치 계획한 것처럼 명동성당으로 집결했다. 시내는 최루탄 가스 때문에 걸어 다닐 수 없을 정도였다. 그런데도 이상한 것은 불평하는 시민의 목소리를 들을 수 없다는 사실이었다.

6월 12일에는 가톨릭 신부들이 시위 군중의 농성에 가세했다. 그들은 "도덕성과 정통성을 잃은 정당에 대한 학생들의 투쟁을 보호하겠다"는 성명을 발표했다. 그러는 사이 서울 시내 곳곳에서 명동성당으로 계속 사람들이 몰려들어 성당에서 농성하는 군중의 수는 점점 늘어갔다.

정부는 이런 상황을 더 이상 방치할 수 없다는 판단에 따라 관계기관 대책 회의를 소집했고, 그 자리에서 고건 내무장관은 기동경찰의 힘만으로는 한계가 있다고 보고하면서 군대를 동원해서라도 강제 해산시켜야 한다고 건의했다. 이 건의대로 하면 위수령이나 계엄이 발동되지 않을 수 없었다. 이에 대해 안무혁 안기부장이 반대했다.

그 뒤 명동성당 농성 학생들 처리 문제를 둘러싸고 복잡한 논의가 있었다. 특히 김수환 추기경은 강제해산론에 맞서 "강제해산하려면 내 몸을 밟고 넘어가시오!"라고 단호한 입장을 보였다. 그는 6월 14일 일요일 강론에서도 작심한 듯 4·13 조치로 격화된 정국의 긴장을 지적하면서 민주개혁을 위해 조건 없이 대화할 것을 촉구했다. 이는 사실상 6월 10일 전당대회 결과를 되돌리라는 주장처럼 들렸다.

그 이후 성당 구내의 학생들은 마라톤 회의를 거쳐 자진 해산했지만, 그렇다고 개헌 투쟁이 끝난 것은 아니었다. 학생 시위대는 전열을 가다듬어 6월 18일 다시 강력한 시위에 나섰다. 이제는 서울뿐만 아니라 전국으로 데모가 번져나갔다.

같은 날 미국의 상하 양원에 소위 '87 한국 민주주의 관련 법안'이 제출되었다. 이 법안은 한국의 민주화가 저해될 때 한국에 대한 각종 개발차관에 반대할 것이고, 그간 한국에 관세 특혜를 주던 일반특례관세(GSP)를 더 이상 적용하지 않을 것이며, 미국 기업이 한국에 투자하려고 할 때 보증하지 못하도록 할 것이라는 사항 등을 열거하고 있었다. 주로 경제적인 보복 조치였지만 전두환 정권의 경제정책에는 모두 '아킬레스건'이었다. ≪뉴욕타임스≫도 이제 미국이 조용한 외교로 한국

정부를 설득할 시기가 지났다는 논평을 냈다. 나는 미국의 이런 외교 스타일을 보고 경탄하지 않을 수 없었다. 행정부와 의회, 언론이 손발을 맞춰 압력을 가하는 것을 보면 실로 강대국의 수법은 다르다고 생각되었다.

6월 19일, 드디어 제임스 릴리 주한 미국 대사가 레이건 대통령의 친서를 들고 청와대를 방문했다. 사실 이는 주미 한국 대사관을 통해 전달될 예정이었으나, 김경원 대사는 주한 미국 대사가 직접 전두환 대통령을 만나 전달하는 것이 더 효과적이라는 아이디어를 미국 국무부에 제공해 릴리 대사가 주역을 맡게 된 것이었다. 김경원은 전두환의 성격을 잘 알고 있었다. 그가 옳다고 판단하면 즉각 결심해 행동으로 옮기는 과단성이 있다는 점에 착안했다. 그리고 그의 지혜가 전두환에게 먹혀들었다.

전두환은 즉각 군대 동원 계획을 철회하고 야당과 대화할 준비를 했다. 국내외의 이런 정세 변화 속에 민정당의 서울 출신 의원들이 6월 20일 여의도의 한 음식점에 모였다. 이 자리에서 홍성우 의원이 직설 화법으로 말했다.

"이제 체육관 선거는 그만해야 해! 더 이상은 안 돼! 이게 국민의 소리야!"

다른 사람들도 그의 말에 동의했지만 말하기를 조심스러워했다. 나는 드디어 당내에서도 이견이 나오기 시작했음을 체감했다.

다음 날 아침 9시, 가락동 연수원에서 의원총회가 소집되었다. 지역별 분임 토의부터 시작했다. 서울 지역 분임 토의에서 홍성우 의원은 재차 '체육관 선거 불가론'을 제기했다. 너무 노골적으로 발언하는 바람에 시당위원장 이찬혁과 온건한 임철순이 그를 뜯어말리느라 안절부절못했다. 허청일 의원은 장내를 수습이라도 하듯 발언했다.

"지금 당장 직선제로 간다면 이것은 우리 당이 백기 들고 나오는 격입니다. 차라리 국민투표로 내각제냐 직선제냐를 물어봅시다."

"아직 민심을 몰라서 그런 겁니까? 국민투표를 하면 직선제가 다수로 나와요."

홍 의원이 반박했다. 나는 그런 결과보다 국민투표가 왜 이론적으로 어려운지 설명했다.

"우리 헌법에 개헌하려면 국회 재적 3분의 2 이상의 찬성을 얻어 개헌안을 확정한 뒤 국민투표로 채택하게 돼 있습니다. 만약 국회 절차도 거치지 않고 바로 국민투표로 직선제냐 내각제냐를 묻는다면 이는 위헌입니다."

그 후에도 갑론을박했지만 특별한 묘안이 나오지 않았다. 시도별 분임 토의가 끝나고 드디어 의원총회 전체회의가 강당에서 소집되었다. 여기서 의외의 복병이 나타났다. 이용훈 의원(전국구)이 등단해 외치기 시작했던 것이다. 그는 1964년 제1차 인혁당 사건 때 이 사건이 무리하다는 점을 지적하며 상부의 기소 방침에 반대해 검사직을 떠난 소신 있는 법조인이었다.

"이제 잔재주 그만 피우고 국민에게 솔직해야 합니다. '직선제 하자'고 대담하게 정면 돌파해야지 무엇을 주저합니까?"

이 말이 떨어지자마자 성질이 불같은 홍 의원이 벌떡 일어났다.

"나는 내 의사를 분임 토의에서 분명히 밝혔기 때문에 침묵을 지키려 했지만 이 선배 의원의 발언에 동의한다는 뜻에서 말합니다. 직선제로 정면 돌파하세요!"

침묵을 지키던 의원들의 소리가 봇물 터지듯 쏟아져 나왔다. 이춘구 사무총장이 토론을 중단시키며 그런 뜻을 모두 전달할 터이니 오늘 토론 내용이 밖으로 나가지 않게 하자고 설득하는 것으로 회의를 마쳤다.

6월 22일 월요일, 민정당 중앙집행위원 간담회가 열렸다. 노태우 대표의 표정이 대단히 어두웠다. 아마 그 전날 의원총회 분위기를 보고받은 것 같았다. 위원들도 노태우의 눈치를 살피느라 공개적인 발언을 삼갔다.

간담회가 끝난 뒤 당사 근처의 한식집에서 점심 자리가 마련되었다. 노태우는 회의 때 참았던 불만을 드디어 뱉어냈다.

"의원들이 할 말이 있으면 나한테 와서 직접 해야지 의원총회라는 공개된 자리에서 발언하면 당이 분열된 것처럼 비칠 것 아니오? 이제 당내에서까지 나에게 압력을 가하는 모양새가 과연 옳은 것이오? 그리고 홍성우 의원은 너무 야당이나 시위 학생들 의견에 부화뇌동하는 것 같소."

그는 불만을 토로하면서 시선을 계속 나에게 두고 있었다. 마치 서울지역 의원들의 발언을 왜 방치했느냐고 나무라는 것 같았다. 더 지체하면 피차 오해가 생길 것 같아 나는 그날 오후 노태우 대표를 찾아 직접 대면했다. 나는 조심스럽게 의견을 개진했다.

"앞으로 사태 수습에 있어서 카드를 한 장씩 내놓는 식의 전술적인 접근을 하면 안 됩니다. 무엇인가 알맹이가 있는 포괄적인 제안을 해야 합니다."

그는 아무 말 없이 나의 얼굴만 빤히 쳐다보았다.

"지난번 명동성당 농성 사건이 슬기롭게 풀린 것을 보고 많은 분이 국민, 정부, 교회, 학생 모두가 승리하는 길을 찾았다고 평가하고 있습니다. 앞으로도 정부가 이런 방식으로 길을 찾는 것이 좋겠다는 생각입니다."

"그렇게 하는 데에 무슨 방법이 있겠소?"

"사실 모두 '국민을 위한 정치'라고 명분을 내세우면서도 국민을 고삐로 묶어 끌고 가는 정치를 하고 있지 않습니까? 이제 국민은 진정으로 '국민에 의한 정치'로 가자고 요구하고 있는 겁니다. 여기에서 어떤 해결점을 찾아야 하겠지요."

나도 모르게 불쑥 내뱉었지만, 평소 생각이 담긴 말이었다. '국민에

의한 정치'란 바로 국민이 주인공이 되는 정치인 동시에 직선제를 말하는 것이었다. 노태우도 그 의미를 알아차렸을까?

"아까 이 의원이 포괄적인 제안을 해야 한다고 했는데, 그 내용은 무엇인가요?"

"깊이 생각하지는 않았지만, 대개 4·13 조치 철회와 개헌을 위한 실세 간의 대화, 구속자 석방, 김대중 연금 해제, 사면복권 등등 아니겠습니까?"

노태우는 다시 정색하면서 결론 삼아 말했다.

"이 의원의 말을 듣고 있으려니 너무 사태를 비관적으로 보는 것 같네. 야당이나 시위대의 요구를 모두 들어주라는 말인 것 같아. 우리는 책임 있는 집권당일세. 무엇이든 자신을 가져야지…."

"네, 잘 알겠습니다. 저는 이 사태를 정치적으로 해결하지 못하면 우리 시대 정치에 몸담고 있는 사람으로서 역사의 심판을 받아야 한다고 생각해왔습니다. 그래서 요즘 저 자신을 평가하면서 책임질 부분은 져야 한다고 생각하고 있습니다. 앞으로도 대표님께 건의할 일이 있으면 기탄없이 말씀드리겠습니다."

나의 말에 노 대표는 못마땅한 눈치였다. 나의 건의가 거부된 것으로 느껴졌다. 힘없이 의원회관 사무실로 돌아왔다. '이제 나도 정치와 하직할 때가 되었구나' 하는 무거운 마음이었다.

6월 24일, 전두환 대통령과 김영삼 총재의 영수 회담이 있었다. 애당초 그 회담은 어떤 타협점을 기대할 수 없는 것이었다. 6월 25일, 노태우는 중앙집행위원들과 다시 오찬 간담회를 열었다. 특별한 발언은 없었고 위원들은 오히려 노 대표에게 사기 죽지 말고 꿋꿋이 나가라는 격려만 쏟아냈다. 간담회가 끝난 뒤 노태우는 자기 사무실로 나를 조용히 불렀다.

"각하께서 자네를 못마땅하게 생각하고 있지만, 나는 자네에 대해 변명하지 않고 지금까지 가만히 있었네. 만약 각하께 자네를 방어하려고 정면으로 충돌하면 나라가 끝장날 것 같아서 참고 있으면서 언젠가 해명해주려고 벼르고 있었네. 이해하겠나?"

나는 속으로 '이분이 이런 말을 왜 이제 새삼스럽게 하나?' 하는 의구심이 들었다. 그의 말은 나에 대한 음해성 청와대 파일을 두고 나를 위로하는 말 같기도 하고, 나에 대한 일종의 경고 같기도 했다. 그리고 그가 지금 내가 서울 출신 의원들을 뒤에서 충동해 직선제 압력을 가하는 것으로 추측하고 있다는 느낌도 들었다. 그는 잠시 침묵하다가 말을 이었다.

"이제 사태가 점점 심각하게 돌아가고 있어서 무언가 물밑 대화가 필요할 것 같네. 자네도 좀 나서서 나를 도와줘야겠네. 상도동 쪽은 유학성과 박준병이 담당하기로 했네. 자네는 그동안 동교동의 이용희와 긴밀히 대화해왔으니, 그 채널을 최대한 발전시켰으면 하네."

내가 그동안 김대중의 신임을 받는 이용희와 많은 대화를 해온 것은 사실이었다. 그는 나와 일족 간이고 내 입장을 잘 이해했다. 노태우는 한동안 나의 표정을 살피더니 의미 있는 한마디를 던졌다.

"지난번 자네가 한 말처럼 대도를 걸을 결심을 하고 있네. 국민이 바라는 것을 필요하다면 수용할 생각이네."

나는 그의 말에 약간의 용기를 얻었다.

"잘 아시다시피 전선이 무너지면 질척거리지 말고 과감히 후퇴해 새 진지를 구축하는 것이 더 효과적이라고 전략 이론에서 배우지 않았습니까? 그래서 지난번 건의도 드린 겁니다."

"자네의 생각을 잘 알고 있네."

"저에게 동교동 채널을 유지하라고 하시는데, 만약 김대중 연금 해제나 사면 같은 조치가 결정되면 김영삼을 통하지 말고 직접 저에게 말씀해주십시오. 동교동에 대해 사전 정지 작업을 하면서 나가야지 너무 김영삼 쪽에 편향되어 있는 것 같습니다."

나는 노태우가 지난번과 달리 태도가 상당히 바뀌어 있음을 느꼈다. 나중에 들으니 전두환 대통령은 그때 이미 국면 전환을 모색하고 있었다. 전두환은 바로 그 전날 노태우에게 "직선제로 정면 돌파하자"라고 말했던 것으로 밝혀졌다. 노태우는 이제 직선제를 받아들여야 할 시점임을 깨닫고 박철언과 이병기에게 은밀하게 시국선언을 준비시켰다. 그리고 그 정지 작업의 일환으로 나에게 이런 말을 했던 것이다.

그것을 몰랐던 나는 6월 28일에 정호용과 신라호텔에서 만나 시국이 위기 상황임을 간곡하게 알렸다.

"이제 정국의 바람은 점차 직선제 개헌론 쪽이 대세가 되어가고 있습니다. 더 이상 거부하거나 비상계엄 같은 상황이 벌어지면 4·19 같은 전면적인 국민 저항운동에 맞서게 됩니다. 김영삼은 아마 이런 사태로 발전하길 바라고 있을 거예요. 저는 이미 노 대표께 말씀드릴 것은 다 말씀드렸어요. 이제 선배님이 직선제를 받아들여 시국을 수습할 방안을 제시하십시오."

정호용은 의외로 침착한 반응이었다.

"일단 이 의원이 노 대표에게 의사를 모두 전달했다니 좀 기다려봅시다. 그분에게도 생각할 여유를 드려야지요."

집에 돌아오니 다음 날 아침 9시에 중앙집행위가 당사에서 소집된다는 통보가 와 있었다.

6월 29일 아침, 당사에 도착했다. 이춘구 사무총장을 비롯해 누구도 이날의 의제에 대해 말이 없었다. 드디어 노태우 대표가 회의장에 나와 마이크를 정리하고 침착하게 6·29 선언을 읽어 내려갔다. 선언의 원명은 '국민 대화합과 위대한 국가로의 전진을 위한 특별선언'이었다. 장내는 쥐 죽은 듯 조용했고, 사후에 배포된 유인물은 급조한 탓인지 필경체의 복사본이었다. 나는 '직선제 개헌'과 '김대중 사면복권'이 핵심이라고 보고 그곳에 밑줄을 쳤다. 유인물 말미에 "만의 일이라도 위의 제안이 관철되지 아니할 경우, 저는 민정당 대통령 후보와 당 대표위원직을 포함한 모든 공직에서 사퇴할 것임을 아울러 분명히 밝혀두는 바입니다"라는 대목도 눈길을 끌었다.

참으로 감격적이었다. 기자들도 허를 찔렸다. 이리 뛰고 저리 뛰며 송고하느라 정신이 없었다. 노태우는 선언 직후 국립묘지에 참배한 데 이어 그 길로 '필사즉생 필생즉사'를 외쳤던 충무공 이순신의 아산 현충사를 찾았다. 여기서 그는 '백의종군의 심정', '구국의 정신', '역사와의 대화' 등 감회 어린 표현으로 자신의 심정을 밝혔다. 마치 청와대에서 거부하는 직선제를 자기 의지로 수용하고 이를 역사에 맡기는 것 같은 자세였다. 현충사 참배 뒤 뒤쫓아 간 기자들이 "이 구상을 사전에 전두환 대통령과 상의하지 않았느냐?" 하고 묻자, 그는 "내가 발표문에서 앞으로 건의를 드리겠다고 말했지요?"라고 반문했고, 다시 "언제 대통령을 직접 만날 생각이냐?"라는 질문에 대해서는 "당에서 당론으로 안 받아들이면 모두 허사지. 그러면 건의고 뭐고 없는 것 아니냐?"라고 말했다.* 그의 연기는 수준급이었다.

그날로 야당에서 전면적인 환영 논평이 나왔다. 김영삼은 즉각 "이 선언은 '중대한 결단'으로, 이를 환영한다"라고 했다. 김대중도 감격적인 논평을 했다. "노 대표의 발표를 듣는 순간 인간에 대한 신뢰심이 번뜩 떠올랐다. 그토록 억압하던 사람들도 이렇게 달라질 수 있다는 것에 신선한 생각이 들었다"라며 극찬을 아끼지 않았다.

대통령 직선제가 정부와 여당에서 받아들여지자 국회의 개헌 작업은 순풍을 맞았다. 야당도 직선제만 주장했지 헌법 전반에 걸쳐 준비가 되

---

* "민주화로 가는 길 열렸다: 6·29선언 긴급인터뷰 노태우 민정당 대표", ≪동아일보≫, 1987년 6월 29일 자.

▲ 1987년 6월 6·29 선언 발표 이후 노태우 민정당 대통령 후보는 가는 곳마다 국민들로부터 박수를 받았다. 당시 노 후보와 그를 수행한 필자.

어 있지 못했다. 여야 간에 얼마든지 협상할 수 있는 분위기가 무르익었다. 그동안 개점휴업 상태에 있던 국회 헌법개정특별위원회(이하 헌개특위)가 다시 활기를 찾았다. 국회 헌개특위의 위원장은 채문식이었고, 민정당 측 간사는 헌법과 법률 이론으로 무장된 현경대였다.

국회 헌개특위는 직선제라는 가장 큰 산은 쉽게 넘었으나, 대통령 임기라는 두 번째 산이 남아 있었다. 민정당은 '6년 단임제'를, 민주당과 평민당은 모두 '4년 중임제'를 주장했다. 밀고 당기기가 상당히 오랫동안 이어졌다. 그래도 결론이 나지 않아 이 문제는 여야 '8인 중진회담'으로 넘어갔다.

민정당이 단임을 고집한 것은 전두환의 의지가 강력했기 때문이다. 중임을 하면 또다시 헌법 개정과 영구 집권의 유혹을 받게 된다는 취지에서였다. 그 자신이 많은 유혹을 뿌리치고 단임을 지켰던 것처럼 이 문제에 관한 한 단호했다.

8인 중진회담에서도 막바지에 드디어 단임으로 하되 임기를 5년으로 하는 절충안이 마련되었다. 야당이 양보해 단임제를 받아들이면서 그 대안으로 임기를 6년에서 5년으로 깎자고 요구한 것이다. 그런 결정의 이면에는 양 김이 더 나이 들기 전 각각 5년씩 대권을 잡게 하자는 암묵적인 계산이 깔려 있었다고 보는 것이 그 무렵 정가와 정치평론가들의 대체적인 시각이었다.

여하튼 8인 중진회담은 '5년 단임'의 대통령제를 확정했다. 근래 대통령 임기와 국회의원 및 지방자치단체 임기가 조화를 이루지 못해 매년 선거를 치르는 폐해는 이때 배태된 것이다.

'대한민국'은 언제 '건국'되었나

개헌 작업에서 내가 가장 역점을 두었던 것은 헌법 전문(前文)에 대한민국의 기원을 '대한민국 임시정부'로 명시하는 문제였다. 그것은 지금 대한민국의 정통성을 어디에서 찾을 것이냐는 문제와 밀접하게 연결되어 있었고, 나아가 우리 역사의 연속성을 어떻게 볼 것이냐 하는 더욱 중차대한 문제와도 관련된 것이었다.

나는 제헌 헌법부터 그때까지의 헌법을 볼 때마다 임시정부를 홀대하고 있다는 생각을 떨칠 수 없었다. 이승만 대통령 자신은 임시정부를 부인할 마음이 없었던 것이 분명하다. 그가 비록 독립운동 과정에서 탄핵을 받긴 했지만 분명히 임시정부의 수반이었다. 그는 정부 수립 후 첫 번째로 작성해 남긴 문서에 '서기 1948년'이나 '단기 4281년'이라 쓰지 않고 '대한민국 30년'이라고 명기하기까지 했다.

그러나 대한민국 정부 수립 과정에 참여한 이들은 대부분 일제 치하에서 성장한 사람들이었다. 그들에게는 역사적으로 '대한민국 임시정부'가 그다지 중요하게 여겨지지 않았다. 그뿐만 아니라 임시정부의 중추를 이루던 인사들이 대부분 단독정부 수립에 반대했기 때문에 1948년 치러진 5·10 선거에 불참하면서 그 후 임시정부가 홀대받게 된 점 역시 부인할 수 없다. 제헌 헌법의 전문은 이렇게 되어 있다.

유구한 역사와 전통에 빛나는 우리들 대한국민은 기미 3·1 운동으로 대한민국을 건립하여 세계에 선포한 위대한 독립정신을 계승하여….

여기에는 3·1 독립선언으로 대한민국이 건립되었음을 분명히 밝힘으로써 대한민국 임시정부의 법통을 잇는다는 것이 간접적으로 표현되었다. 그러나 5·16 이후의 헌법 전문에서는 이 부분이 삭제되었다. 1962년 12월에 개정된 헌법 전문은 이렇다.

유구한 역사와 전통에 빛나는 우리 대한국민은 3·1 운동의 숭고한 독립정신을 계승하고 4·19 의거와 5·16 혁명의 이념에 입각하여….

이 문장으로는 대한민국의 법통이 어디에서 비롯되었는지 분명치 않다. 이 헌법 전문은 유신헌법에 이르기까지 아무런 변동이 없었다.

10·26 이후 1980년 '서울의 봄'이 찾아오면서 유신헌법을 폐지하고 새로운 헌법을 만드는 논의도 활발하게 이뤄졌다. 국회는 개헌특위를 구성해 새 헌법의 초안을 작성했다. 이때 김철수 서울대 교수를 비롯한 연구팀이 작성한 헌법 초안의 전문에는 상당한 진전이 있었다.

우리 국민은 3·1 운동의 위대한 자주독립정신을 이어받고, 우리 역사상 최초로 민주공화국을 선언하고, 조국광복 때까지 주권국가를 위해 분발·투쟁한 대한민국 임시정부의 정통성을 계승하여….

이 초안은 대한민국의 법통을 제헌 헌법보다 훨씬 분명하게 명시했다. 하지만 이 초안은 사장되고 말았다. 대단히 유감스럽지만, 새로 등장한 신군부 세력은 대한민국 임시정부에 대한 확고한 역사 인식이 부족했다. 그러므로 김철수 교수의 헌법 전문(안)이 야권의 영향을 받은 안이라 하여 무조건 부정하려고 했다. 그리하여 그 뒤에 공식적으로 작성된 제5공화국 헌법은 유감스럽게도 전문의 정통성 부분에서 상당히 후퇴했다.

> 우리 대한국민은 3·1 운동의 숭고한 독립정신을 계승하고 조국의 평화적 통일과 민족중흥의 역사적 사명에 입각한 제5민주공화국의 출범에 즈음하여….

이런 5공의 자세에 대해서는 그 뒤 상당한 비판이 있었다. 직선제 개헌 못지않게 정통성 확립 문제가 중요하다는 지적이 학계에서 계속 제기되면서 그런 문제의식이 의정 단상에까지 이어진 것이었다. 1986년 6월 신민당의 이민우 총재는 국회 기조연설에서 이렇게 언급했다.

"대한민국의 법통을 제헌 당시의 헌법 정신에 따라 상해임시정부로 삼고 평화통일과 민족 자주의 이념을 명문화하자는 것입니다. 나는 오래전부터 우리 민족의 광복이 미국이나 소련에 의해 부여되었다는 잘못된 역사적 인식을 바로잡아야 한다고 생각했으며, 따라서 대한민국의 법통이 상해임시정부에서 비롯된다는 제헌 당시의 정신을 회복해야 한다고 믿어왔습니다."

이어 조일문 민정당 의원도 대정부질문에서 같은 취지로 촉구했다.

"임시정부 출범이야말로 3·1 운동과 더불어 대한민국 정사(正史)의 제1장에 기록되어야 할 일입니다. … 총리께서는 1919년을 대한민국 기원으로 하여 3·1 운동의 뜻과 값을 재평가할 용의는 없으십니까? 임시정부와 오늘의 대한민국 정부를 3·1 운동으로 이어지는 하나의 맥으로 파악하여 여기에 민주 대한의 정통성을 부여할 의향은 없으십니까?"

이러한 흐름 속에서 6·29 선언 이후 새 헌법안 작성 작업이 진행되는 가운데 나에게는 여러 가지 주문이 전달되었다. 특히 김준엽 전 고려대 총장은 나를 직접 불러 이렇게 강조했다.

▲ 1987년 독립기념관에서 열린 한 행사장에서 김준엽 전 고려대 총장 등과 만나 대화를 나누는 필자.

"이번 기회에 임정의 법통을 잇는다는 내용을 반드시 헌법 전문에 명시해야 합니다. 이 일을 이 의원 말고 누가 하겠소. 현재 민주당안에는 '대한민국 임시정부의 법통을 계승한다'고 되어 있는데, 민정당안은 '임시정부의 정신을 계승한다'고 되어 있어요. '정신'과 '법통'이라는 두 글자가 대단히 큰 의미의 차이를 낳습니다. 이 점을 명심해서 틀림없이 '법통을 계승한다'는 것으로 반영해주시오."

나는 그의 말에 전적으로 동감했다. 다음 날 나는 헌개특위 위원인 허청일 의원에게 먼저 헌법 전문에 관한 각종 자료를 전달하면서 이 같은 입장을 반영해줄 것을 주문했다. 그러나 허 의원은 그 문제의 심각성을 그다지 실감하지 못했다. 오히려 약간 부정적인 것 같은 표정이었다. 나는 다시 헌개특위 간사인 현경대 의원을 찾아가 같은 요구를 했다. 그는 이해가 빨랐다. "동감입니다. 저에게 맡겨주시지요." 그제야 안심했다. 그리하여 1987년 10월 29일 채택된 현행 헌법의 전문은 아주 분명하게 정리되었다.

> 우리 대한국민은 3·1 운동으로 건립된 대한민국 임시정부의 법통과 불의에 항거한 4·19 민주이념을 계승하고….

이 결실을 보기 위해 수많은 학술토론회가 열렸고, 많은 분의 문제 제기가 있었다. 이제 비로소 "임시정부의 법통을 계승한다"는 내용이 헌법 전문에 반영되었던 것이다. 이와 같이 너무도 당연한 문제가 왜 이런 어려운 과정을 거쳐서야 해결된 것일까?

나는 이것이 결코 우연이라고 생각하지 않는다. 지난 2008년 대한민국 정부 수립 60주년(정부는 이를 '건국 60주년'이라고 표현했다!)을 기념하는 행사가 대대적으로 열렸다. 이 행사를 통해 우리 정부 안의 많은 사람들, 특히 '우익'이라고 자처하는 사람들이 임시정부의 법통을 애써 외면하고 있다는 사실을 알게 되었다.

이명박 정부 시절 문화체육관광부(당시 장관 유인촌)가 헌법 전문에도 나와 있는 대한민국 임시정부의 법통을 무시하고, 우리나라의 민주주의 제도가 해방 이후 미군정에서 시작된 것처럼 표현한 책을 만들어 전국 중·고등학교에 3만 부나 배포했다. 이 책은 정부의 '건국 60년 기념 사업'의 일환으로 제작된 홍보 책자였다.

이 책의 저술에 참여한 학자들은 1948년 8월 15일을 대한민국의 건국일로 봐야 한다는 점을 강조하면서 "임시정부는 국제적 승인에 바탕을 둔 독립국가를 대표한 것이 아니었다. 현실 공간에서 대한민국을 건국한 공로는 1948년 8월 정부 수립에 참여했던 인물들의 몫으로 돌리는 것이 마땅하다"라고 주장했다. 그러면서 앞에서 말한 것처럼 "대한민국 민주주의의 사실상 모태는 미군정기(1945~1948)였다"라고 기술했

다. 말하자면 우리나라는 해방 이후 미군이 들어와서야 겨우 민주국가
가 되었다고 비하한 것이다.

이것은 분명 잘못된 역사 인식이다. 특히 '올드 라이트'들이 그런 주
장을 폈다면 해방 정국의 극단적 좌우 대립에서 온 편향이라고 일소에
부칠 수도 있겠지만, 언필칭 '뉴 라이트'라고 하는 새 세대가 그런 사상
적 미몽에서 깨어나지 못했다면 그야말로 한심한 일이 아닐 수 없다.

우리가 간과하기 쉬운 것이 '대한민국'이라는 국호 그 자체다. "대한
민국은 '대한(大韓)'이라는 국호와 태극기를 그대로 사용했다는 점에서
대한제국 및 임시정부와 연속성을 갖고 있다"라고 한영우 서울대 명예
교수는 강조한 바 있다. 한 교수는 "이 '대한'이라는 국호에는 삼한(고구
려, 백제, 신라)의 영토를 아우르는 민족주의적 의지가 담겨 있다"라면서
"일제는 근대적 독립국가로 출발한 대한제국의 존재를 말살하기 위해
'대한' 대신 '조선'을 고집했다"라고 강조했다.*

일제뿐 아니라 일찍이 좌익도 '대한'이라는 국호를 사용하지 않았다.
그들은 '조선'을 애용했다. 해방 직후 박헌영과 여운형이 건국준비위원
회의 후속 기구로 급조한 정부의 명칭도 '조선인민공화국'이었고, 지금
북한의 국호도 '조선민주주의인민공화국' 아닌가? 그들은 '대한제국'과
'대한민국 임시정부', 그리고 '대한민국'의 상호 관계를 인정하고 싶지
않았던 것이다.

역사에 무지한 문화체육관광부 공무원들이 역사를 뚝 잘라 우리나라
는 1948년 대한민국 정부 수립에서 시작했다고 말한다면 그야말로 '역
사적 상호 관계'를 단절하자는 말이다. 이는 자칫 '조선'은 역사적 전통
을 이어왔는데 '대한'은 1948년부터 시작해 역사적으로 비교 열위에 서

---

* 한영우, 「대한민국 역사적 정통성과 현대사의 인과적 이해」, 차하순 외, 『한국현
대사』(세종연구원, 2013), 67~68쪽.

는 것으로 자인하는 것이나 다름없다. 부지불식간에 그들은 북측의 주장에 동조한 것이다. 얼마나 허망한 일인가?

또 우리 민주주의의 모태가 '미군정기'에 있다는 인식도 위험하기는 마찬가지다. 대한민국 임시정부는 1919년 4월 상하이에서 초대 임시의정원을 소집하고 최초의 헌법인 '대한민국 임시헌장'을 채택해 공포했다. 이 헌장에서 "'국민'의 신임으로 조직한 대한민국은 민주공화제임을 천명"했다. 이때부터 '대한민국'이라는 국호와 '민주공화국'이라는 정체는 계속 이어져 왔다.

이는 미군정이 실시되기 약 30년 전의 일이었다. 그런데 어떻게 미군정 때 처음으로 민주제도가 도입되었다는 말인가? 이런 지각없는 정부의 조치 때문에 정부가 주관한 '건국 60주년' 기념행사를 광복회를 비롯한 민족 단체들이 일제히 거부했다. "우리가 대한민국 건국에 아무런 역할을 못 했다고 하는데 우리가 참석할 이유가 없지 않은가?" 이분들의 말이었다. 여기서 한 걸음 더 나아가 광복회원들은 건국훈장을 반납하겠다고 결의하는 소동까지 벌어졌다. 이분들의 주장은 당연했다. "해방 이후에 건국이 되었다면 우리의 피나는 독립운동은 아무런 역할도 못 했다는 말인데 어떻게 건국훈장을 받겠느냐"는 것이었다. 이명박 정부 출범 후 첫 광복절 행사는 이렇게 해서 야당과 광복회가 불참하는 바람에 초유의 반쪽 행사가 되고 말았다. 순국선열들에게 부끄러운 일이었다.

이렇게 갈등이 확대되자 이명박 대통령은 부랴부랴 진화에 나섰다. 그는 기념사를 통해 "임시정부는 '대한민국' 국호를 만들었을 뿐 아니라 민주공화제의 틀을 만들어 광복 이후 건국의 토대를 마련해줬다"라며, "임시정부는 실로 우리 대한민국의 뿌리요, 정신적 토대라고 할 수 있다"라고 선언했다. 그는 이어 2만여 순국선열과 애국지사를 항구적으로 기리기 위해 위패 봉안 시설을 새로 건립해 "나라를 위해 헌신한 분들이 국가와 국민들로부터 존경과 예우를 받을 수 있도록 최선을 다하겠다"라고 다짐하기도 했다. 이로써 갈등은 일단 봉합되었지만, 잠복된 불씨는 여전히 남아 있다.

'지는 해'의 착각, '뜨는 해'의 술수

1987년 12월 16일, 제13대 대통령 선거의 투표는 평온하게 진행되었다. 선거운동 기간에 진이 다 빠졌기 때문이었을까? 우리는 긴장 속에 개표 결과를 지켜봤다. 국민은 노태우에게 기회를 주었다. 더 정확하게 말하면, 우열을 가리기 힘들 만큼 김대중·김영삼 두 후보의 세력과 지지 기반이 분할된 것이 결정적으로 노태우 당선을 도왔다. 노태우 후보가 어부지리를 얻은 것이었다.

12월 19일, 대통령 선거에서 승리한 노태우 당선자의 연희동 사저는 내방객들로 붐볐다. 그렇지만 그 잔치판에는 노태우의 최측근 외에는 아무도 접근하기 어려웠다. 당에서는 육사 11기 동기생이자 선거대책위원장이던 권익현 고문 한 사람만 낄 수 있었다.

우리가 가장 궁금해한 것은 노 당선자가 어떤 구상을 갖고 있느냐는 점이었다. 나는 '연희동 사저 잔치'에 참석했던 권 고문으로부터 분위기를 듣고자 20일 아침 아현동 그의 집을 찾았다. 권 고문의 얼굴이 아주 어두웠다. 잠시 후 그는 나를 안방으로 이끌더니 이렇게 말했다.

"당의 앞날이 심히 걱정되오."

"무슨 일이 있었나요?"

"어제 그 자리에서 김옥숙 여사가 한 말이 마음에 걸리는 거요. '이번 대선에서 민정당이 한 일이 뭐가 있나요?'라면서 '사실 선거는 월계수회와 태림회가 다 한 것 아니냐'는 겁니다. 나는 충격을 받았소. 민정당이 얼마나 큰 역할을 하고 고생을 했는지 아무도 알아주지 않으니 말이오. 나는 그 집 풍속을 잘 알아요. 김 여사가 한 말은 노 당선자의 말이라고 생각해도 됩니다."

권 고문은 그 말을 맺고는 담배를 꺼내 물고 한숨을 쉬었다.

"당의 앞날이 순탄치 않을 거요."

그 말은 적중했다. 그날부터 민정당은 수난의 길에 들어섰다. '월계수회'란 무엇인가? 김옥숙 여사의 고종사촌 동생인 박철언의 사조직이었다. 초기에는 그가 장세동 안기부장의 특보로서 몇몇 정부 부처에서 파견된 검사, 정보관, 외교관을 중심으로 조직한 안기부 내의 TF팀에 불과했지만 노태우가 후보가 되자 멤버를 대폭 증강해 전국 조직으로 확대했다.

월계수회에는 정치권에 줄을 대려는 학자나 지방 토호들, 그리고 돈 푼깨나 만지는 사람들이 자연스럽게 합류했다. 이들이 선거운동을 한 것은 사실이지만, 그 영향이란 주변 인물에 한정될 수밖에 없었고 성과도 미미했다. 원래 선거 때 일시적으로 조직된 사조직이란 소리는 크지만 선거판에 영향을 줄 능력은 없는 법이다. 그럼에도 박철언이 기회가 있을 때마다 자기 사촌 누이에게 월계수회 회원들의 무용담을 어떻게 전했는지 모르지만, 김 여사 뇌리에 민정당은 '하마처럼' 돈만 삼키고 박철언의 선거운동이 승리의 결정적 동력이 되었다는 인식이 박혀 있었던 것으로 보인다. 역대 선거에서도 으레 이런 사조직이 공조직 틈새를 비집고 들어와 한 건 하고는 마치 자기가 선거운동을 다 한 양 떠벌리는 경우가 비일비재했다.

'6공 황태자'라고까지 불렸던 박철언은 드디어 이 월계수회를 자신의 정치적 야심을 실현하는 기반으로 활용코자 했다. 그는 이 조직을 노태우 대통령 당선 이후 더욱 확대했고, 회원 가운데 상당수를 국회에 진출시켰다. 또 이 조직을 이용해 '권력의 정상'까지 노리는 듯한 인상마저 주다가 3당 합당 이후 이를 알아차린 YS에게 직격탄을 맞았다. 1991년 4월, 노태우 대통령의 강력한 지시로 월계수회는 해산의 운명을 맞았다.

또 '태림회'란 무엇인가? 이는 노태우의 아우 노재우가 대통령 선거를 전후해 만든 사조직이었다. 그러나 이 조직은 대통령 선거 직후 해산되고 말아 그 뒤 태림회 소속 인사들이 횡포를 부렸다는 소문은 별로 들리지 않았다.

하여튼 이런 사조직이 공조직인 민정당을 제압한 것은 정치적으로 큰 문제였다. 노태우의 심중에 민정당은 '전두환의 사당(私黨)'에 불과한 것으로 자리 잡은 듯했다. 어떻게 하든지 이를 밑바닥부터 갈아치워 환골탈태시켜야겠다는 마음이 가득했다.

대통령 선거기간에도 노태우를 에워싼 측근들은 민정당과의 차별화를 끈질기게 시도했다. 노태우 진영에서 작성한 '대선 전략'을 보면 '민정당과 노태우의 분리를 통한 김 빼기 작전'이라는 항목에 '5공화국 과오 시인', '노태우 후보의 플래카드에서 민정당 명칭 삭제' 등이 버젓이 들어가 있었다. 실제 노 후보의 플래카드에 민정당이라는 당명은 한구석에 보일까 말까 하게 표시해 넣었다. 선거법상 정당 표시를 뺄 수는 없어서 최대한 축소해서 표시한 것이었다. 하지만 눈치 빠른 기자들이 이를 지적해 크게 보도했다.

노태우의 민정당과의 분리 전략이 노골화되자 전두환은 민정당 대선 운동본부에 이런 말을 전해오기도 했다. "노 후보에게 전해주시오! 필요하다면 나를 밟고서라도 넘어가라고 말이오."

대선 이후 노태우의 태도가 달라진 징후는 여기저기서 나타났다. 취임 준비 초기부터 "6공은 5공과 단절해야 한다"는 말이 노골적으로 나오곤 했다. 우선 '제6공화국'이라는 말부터 심상치 않았다. 노태우의 흉중에 '나는 국민의 표로 당당히 당선된 사람이고, 전두환은 체육관 선거에서 당선된 사람 아니냐?'는 비교우위론이 자리 잡고 있음을 시사하는 말이었다. 그것은 대통령 선거 때처럼 단순히 민정당과 거리를 두는 수준을 훌쩍 뛰어넘는 일이었다. 민정당은 물론이고 전두환 세력, 그리고 제5공화국 전체와 결별하는 방안이 잉태되고 있었던 것이다.

노태우의 측근 참모에는 두 그룹이 있었다. 한 그룹은 현홍주 민정당 사무차장, 이병기 보좌역, 김종휘 국방대학원 안보문제연구소장 등과 같이 세상을 바라보는 시각에 균형이 잡히고 상식을 존중하는 사람들이었다. 다른 한 그룹은 최병렬 의원이나 박철언 안기부장 특보와 같이 정치공학적 시각에 능란해 보이는 사람들이었다.

민정당과의 단절론을 내세운 핵심 인사로는 아무래도 박철언과 최병렬 두 사람을 꼽아야 할 것 같다. 두 사람은 노태우의 최측근으로 청와대에 입성했다. 최병렬은 정무수석비서관이고, 박철언은 정책보좌관이었다. 당시 언론은 이들을 '좌 병렬 우 철언'이라고 불렀다.

노태우는 이들 두 사람에게 귀를 기울였고, 당선자 시절부터 '5공 단절론'은 무르익고 있었다. 그들은 한편으로는 먼저 언론에 흘리고 다른 한편으로는 언론 보도 내용을 모아 노 대통령에게 들이밀며 시중 여론이 들끓는 것처럼 상황을 몰아갔다.

이런 노 후보와 측근들의 속마음도 모르고 전두환 대통령은 청와대를 떠날 때까지 헛물을 켜고 있었다. '일해재단(日海財團)'을 만들고 그 부속 연구소를 청와대 분실처럼 근사하게 꾸몄다. 그리고 자신이 국가원로자문회의 의장으로서 '상왕'이 될 수 있다고 착각하고 있었다. 노태우 진영이 전두환 쪽과의 단절을 기정사실로 삼고 무력화하기 위해 칼을 갈고 있는 것도 모른 채.

이런 사정을 가장 잘 체감한 분은 정계 원로로서 정치판의 쓴맛 단맛을 다 본 이재형 국회의장이었다. 그는 가까운 의원들을 만나면 "이것 보게! 자네는 '지는 해'만 보지 말고 '뜨는 해'를 봐야 하네"라고 약간 냉소적인 충고를 하곤 했다.

당시 '지는 해' 쪽에 서 있던 김윤환 청와대 비서실장은 마지막 작업으로 '국가원로자문회의법'과 '전직대통령 예우에 관한 법'을 입법하려고 서둘렀다. 이를 안 노태우 당선자는 불쾌해했다. 그는 즉각 이대순 원내총무를 불렀다. "지금 추진 중인 법에 대해 어떻게 생각하시오?" 노태우는 내심을 숨기고 태연하게 물었다. 그는 좀처럼 속내를 보이지 않는 사람이었다.

"대통령 업무를 추진해나가는 데 도움이 되리라고 생각합니다."

"그래요?"

그 순간 노 당선자의 표정을 읽은 이 총무는 재빨리 자신이 한 말을 거둬들이면서 "여하튼 저에게 맡겨주십시오"라고 상황을 수습했다. 노 대통령 취임 후 청와대 측근들로부터 여러 형태로 압력이 내려왔고, 이 법안은 제출도 하기 전에 사산되고 말았다. '뜨는 해'의 승리였다.

여기서 끝나지 않았다. 취임식 일주일 전인 2월 19일 내무부가 새마을운동중앙본부에 대한 전면 대수술 방안을 구상하고 있다는 말이 흘러나왔다. 새마을운동에 손댄다는 것은 전경환에 대한 수사를 예고한 것이나 다름없었다. 나는 '올 것이 왔다'고 생각했다. 사태가 이런데도 며칠 전 전경환은 나를 찾아와 차기 국회의원 선거에 출마하겠다고 포부를 밝혔으니 황당한 일이었다.

"그동안 형님이 청와대에 계셔서 정치를 하고 싶어도 못 했습니다. 점퍼 입고 새마을운동만 열심히 하며 기다렸습니다. 이제 태우 형님이 당선됐으니 나도 국회에 진출해 그분을 도와야 하지 않겠습니까?"

"아, 그래요? 어디서 나갈 생각입니까? 합천입니까? 출마하려면 먼저 형님과 의논해야지요. 의논하셨어요?"

"아직 안 했습니다만, 우선 선배님의 의견을 들어보려고 왔습니다."

"지금이 적절한 시기인지 잘 모르겠습니다. 우선 형님께 허락을 받는

게 중요할 것 같습니다. 그리고 노태우 당선자의 의견도 중요합니다."

노태우의 청와대가 오는 4월의 제13대 국회의원 선거에서 가장 중점을 두었던 것은 5공 비리를 철저히 파헤쳐 국민에게 신뢰를 얻겠다는 것이었다. 여기에는 전두환 세력 제거라는 일거양득의 계산도 깔려 있었다. 5공 비리의 상징은 첫째가 새마을운동 비리였다.

노태우 대통령은 3월 8일 '국회의원선거법'이 확정되자 전두환 측에 압력을 가해 스스로 새마을운동 비리 수사를 요청하도록 했다. 전두환은 국회의원 선거에서 민정당이 불리하다니 할 수 없이 자기 아우의 목에 칼을 대달라고 3월 19일 검찰에 요청했다. 그 후 수사 진행 사항은 계속 언론에 흘러나왔고, 새마을운동중앙본부 회장인 전경환은 가시방석에 앉은 듯 안절부절못했다. 그가 구속된 것은 3월 31일. 그는 차라리 구속된 것이 마음이 편했다고 나중에 말했다.

이런 와중에 제13대 국회의원 선거가 4월 26일 실시되었다. 결과는 어떻게 되었나? 민정당 일각에서 절대 과반수의 너무 많은 의석을 차지할까 봐 걱정했던 것과는 정반대가 되었다. 민정당은 참패했다.

노태우의 당선자 시절과 대통령 취임 초기의 이야기 한 가지 더. 전경환의 경우와는 조금 다른 이야기다. 노태우 대통령은 취임 초 친인척의 국회 진출을 견제한 것이 사실이었다. 그래서 처남인 김복동 장군이나 동서인 금진호의 국회의원 출마에 반대했다.

1987년 대선 직후 어느 날 강창성 장군이 김복동 장군과 나를 점심에 초대했다. 강 장군이 사단장이던 시절, 김 장군이 그 밑에서 대대장을 지내 두 사람은 형제처럼 가까웠다.

하지만 나는 조심스러웠다. 왜냐하면 강창성은 보안사령관 재직 시 '윤필용 사건'을 조사하면서 노태우도 한때 연루자로 조사했고 그의 군복을 벗길 뻔했던 일이 있어 두 사람은 견원지간이었다. 사전에 노태우 당선자에게 모임 참석을 알리고 허락을 받는 것이 좋겠다고 생각했다.

마침 노 당선자와 함께 차를 타고 국회의사당의 당 대표실로 이동할 기회가 있었다.

"강창성 장군과 저와 김복동 장군, 세 사람이 내일 점심을 같이하기로 했습니다. 가야 할지 말아야 할지 생각 중입니다."

"그래요? 아주 잘 됐습니다. 가시오. 그리고 기회가 좋은데, 가서 김복동 장군에게 후배로서 충고해주세요. 대구에서 출마할 생각하지 말라고 말이오. 요새 내가 골치 아파 죽겠어요."

"알겠습니다. 그러나 본인의 의지가 굳다면 제가 만류한다고 들을 것같지 않습니다만 하여튼 말해보겠습니다."

예정대로 함께 식사하는 자리를 갖게 되었다. 그런데 마침 강 장군이먼저 말을 꺼냈다.

"김 장군! 이번에 출마하려고 그래?"

"전두환 시절 내내 물먹고 있다가 이번에 겨우 출마하려고 했는데 웬잡소리가 그렇게 많은지…. 어제 사무실 열었던 것 폐쇄했습니다."

"잘됐군요. 국회의원은 김 장군 능력이라면 언제든 할 수 있습니다."

두 사람의 대화가 오가는 사이에 나도 노태우 당선자의 부탁도 있어서 끼어들었다.

"선배님, 결심 잘하셨습니다. 노태우 대통령 편하게 해드리는 것이지금 우리가 할 수 있는 것 아닙니까?"

대화는 이것이 전부였다. 그러나 얼마 후 김복동 장군으로부터 연락이 와서 만났다. 그분은 화가 나 있었다.

"어제 청와대에서 노 대통령을 만났더니 당신이 나의 대구 출마 반대를 주동하고 있다던데, 어떻게 그럴 수가 있소? 내가 당신의 정치적인진로에 걸림돌이라도 된단 말이오?"

나는 깜짝 놀랐다. 이는 내가 생각한 바와 전혀 달랐다.

"오해입니다. 나는 노 대통령이 선배님 출마를 만류해달라고 부탁해서 강 장군과의 회동 자리에서 한 번 말한 게 전부입니다."

"노 대통령이 분명히 말했어요. 나보고 '출마하지 마라. 왜냐하면 후배들이 당신 출마를 반대하고 있다. 이종찬이가 주동하여 반대하고 있다'고 말했어요."

이는 노 대통령의 이해하기 힘든 행태 때문에 내가 오해받게 된 촌극이었다. 자기 의사를 직접 말하지 않고 다른 사람을 끌어들여 자기 의사를 전하는 그의 처신 때문에 내가 곤혹스러운 경우를 당한 것이 한두 번이 아니었다.

노태우 시대가 이제 막 시작되려는 시기에 제기된 '5공 비리 척결'과 '친인척 배제' 이슈는 모두 불가피하고도 절실한 이유를 갖고 있었다. 다만 거기에도 원칙과 수순이 있어야 했다. 그런 것 다 무시하고 정치 공학적 판단과 자의적 술수로 일관한다면 필경 일은 어그러질 수밖에 없었다. 노태우 정권은 안타깝게도 초장부터 그런 길로 접어들었다.

"소선거구제는 망국적 제도!"

노태우 당선자 시절, 제13대 국회의원 선거에 대해 몇 가지 논란이 있었다. 이는 크게, '실시 시기'와 '선거구제'의 문제로 대별될 수 있었다.

노태우 대통령이 기적적으로 당선된 뒤 민정당의 다음 과제는 원내에서 안정 과반수 의석을 확보하는 문제였다. 그래야 명실공히 노태우 시대가 열리는 것이었다. 그래서 제13대 국회의원 선거는 1988년 2월 노태우 대통령 취임식 전후에 실시될 것으로 누구나 예상하고 있었다. 앞선 제12대 선거가 1985년 2월 12일에 실시되었기 때문에 2월 선거가 자연스러웠다. 그리고 무엇보다 대선에서 승리한 여세를 몰고 나가야 유리하다고 판단했기 때문이다.

그런데 노태우 당선자 측근 정략가들의 생각은 달랐다. 그들은 선거에서 이기는 것도 중요하지만 우선 당내에서 솎아낼 사람들을 정리하고 선거를 치르는 것이 더 중요하다고 생각한 것 같다. 그래서 선거법을 고쳐야 한다는 새로운 구상을 내놓았다. 이렇게 해서 국회의원 선거의 '실시 시기' 문제는 자연스럽게 '선거구제'의 문제와 연결될 수밖에 없었다.

그들의 생각은 아주 명료했다. 첫째, 2월에 선거를 치르면 전두환 대통령이 퇴임하기 전에 공천 작업을 하게 되므로 전두환 측 사람들이 끼어들어 노태우의 몫이 적어진다는 계산이었다. 그래서 선거를 늦추어야 완전히 '노태우 판'으로 새로 짤 수 있다는 판단이었다. 둘째, 선거법을 개정해 지금의 1구 2인제를 1구 1인제로 개정하면 더 많은 사람을 공천할 수 있게 될 것이고, 그 기회에 노태우와 가까운 세력을 당내에 포진시킬 수 있다는 계산도 작용했다.

노태우 당선자 측에서 이미 심명보 사무총장에게 소선거구제로 가야한다는 은밀한 지시를 전달했던 모양이다. 당내에서 갑자기 선거법 개정 문제가 제기되었다. 나는 이런 소선거구 기도에 분명하게 반대했다. 사실 정치에 대해 조금이라도 합리적으로 생각하는 사람이라면 우리나라의 소선거구제가 많은 문제를 안고 있다는 점은 금세 판단할 수 있을 터인데 굳이 이를 강력하게 미는 까닭이 무엇인지 그때는 이해하기 어려웠다. 나중에 보니 정치공학적인 계산에 뛰어난 최병렬, 박철언 같은 사람들이 어떻게 하든지 당내 또는 원내의 기존 질서를 깨고 새로운 세력을 부식하기 위해 그런 주장을 폈다는 사실을 알게 되었다.

이 두 사람은 소선거구제가 국민 다수의 지지를 받고 있다는 점을 항상 무기로 들고 나왔다. 하지만 중앙일보의 조사(1987년 9월 22일 자 보도)에 따르면 소선거구제 선호가 41.9%, 현행 1구 2인제 선호가 38.5%, 1구 다인제(2~4인제) 선호가 7.0%였다. 이것은 중선거구제(1구 2인제 + 1구 다인제)를 소선거구제보다 더 선호한다는 뜻이었다.

청와대의 주문에 따라 의원총회가 소집되어 난상 토론이 벌어졌다. 심명보 사무총장과 전병우, 조남조 등 이번 선거에 당의 배려로 공천받아 출마할 사람들이 청와대 눈치를 보며 열렬히 소선거구제를 주장하고 나섰다. 나나 박태준 선배는 반대하는 쪽에 섰다. 소선거구를 주장하는 사람들은 대개 지방 출신이거나 민정당이 우세한 지역을 기반으로 하고 있었다. 하지만 대도시 출신 의원들은 대부분 반대했다.

사실 1인 2구제 선거법은 박정희 시대의 작품이다. 그 당시 유혁인 정무수석은 원내 안정 세력을 확보하기 위해 지역 선거는 여야가 나누어 먹고, 대통령이 지명하는 유정회를 통해 원내 다수 세력을 확보한다는 발상에서 이런 방법을 고안했다. 박 대통령은 당시 1구 2인제로 한 지역에서 여야가 윈원한다는 점을 들어 "이 선거법은 여야 모두 영구히 고치려 하지 않을 것"이라며 회심의 미소를 띠었다고 한다.

하지만 유신 시대가 끝나면서 그 유물인 유정회는 없어졌고, 그 대안으로 비례대표제가 도입되었다. 선거법이 나름대로 큰 틀에서 공정성을 되찾은 것이다. 그런 마당에 1구 2인제를 꼭 과거의 시각으로 볼 필요가 없다고 나는 생각했다. 나는 의원총회의 논쟁이 가열되는 가운데 소선거구제 반대론자로 나섰다.

"선거법이란 그 나라의 국민성과 상당히 밀접한 관계가 있습니다. 유럽을 보십시오. 남부 유럽은 대개 1구 다인의 중선거구제·대선거구제입니다. 북부 유럽은 1구 1인제를 채택하는 나라가 많습니다. 그 이유는 남부는 성향이 다혈질이고 감성적입니다. 바람 선거에 넘어가는 경우가 많습니다. 그러나 북부는 냉정하고 이성적입니다. 바람 선거로 정권이 쉽사리 넘어가지 않습니다. 그렇다면 우리 국민들의 성향은 어떻습니까? 나는 남부 유럽에 가깝다고 생각합니다. 그러므로 1구 1인제는 정치 안정이라는 측면에서 적합하지 않습니다."

나는 먼저 우리 유권자의 감성과 투표 성향을 분석했고, 이어 1구 1인의 소선거구제에 반대하는 실증적인 이유를 몇 가지 제시했다. 첫째, 일본의 자민당이 안정 세력을 확보해 장기 집권할 수 있었던 이유는 1구 다인의 중선거구·대선거구제를 채택한 덕분이었다. 당시 일본은 중선거구·대선거구제였다. 둘째, 1구 다인의 중선거구·대선거구제가 사표를 방지하는 데 합리적이라는 것은 두말할 필요도 없다. 셋째, 지난 제12대 국회의원 선거에서 서울의 경우 나와 이세기 의원만 빼고 모두 2등을 했다. 만약 1구 1인제라면 여당은 참패했을 거다. 실제 제8대 선거에서 공화당이 서울에서 장덕진 의원만 당선되고 모두 낙선한 선례가 있다. 소선거구제로 가면 틀림없이 도농 간의 표 쏠림, 지역에 따른

표 쏠림 현상이 나타나게 된다. '여촌야도 현상'이 더욱 심화될 것이고, 지역에 따라 특정 정당이 우위를 차지하는 '지역당 현상'이 생길 것이다. 이미 지난 대선에서 극단적인 지역 편중 현상을 우리는 경험했다. 우리가 정치하는 목적이 국민을 통합하자는 것이라면, 이제 국회의원 선거제도에서도 분열을 조장하는 요소를 막아야 한다.

나는 열렬히 주장했다. 그러나 청와대의 지시를 받은 소선거구 주창자들은 "1구 2인제란 유신 잔재"라는 주장을 내세워 내 의견에 무조건 반대했다. 그 후 채문식 당 대표와 심명보 사무총장 등은 중앙집행위원 다수의 반대에도 불구하고 소선거구제를 청와대 지시대로 밀어붙였다.

사실 이대순 원내총무도 지난 대선 때의 표 성향으로 볼 때 소선거구제가 위험하다는 사실을 알고 있었다. 그는 노태우 대통령에게 가서 자기의 견해를 보고했다.

"소선거구제로 가면 민정당이 완승하든가 완패할 가능성이 있습니다. 하지만 완승해도, 완패해도 정치적으로 위기가 초래됩니다. 완승하면 야당이 부정선거 시비로 극한투쟁을 할 것이고, 완패하면 여소야대가 되어 정권의 위기가 오게 됩니다. 그래서 여야가 균형을 맞추어 당선되려면 현행 선거법 그대로 가야 합니다."

그러나 노태우는 좀처럼 설득하기 어려웠다. 아마도 마음속에 이미 방향을 정한 듯했다. 이런 이 총무의 건전한 판단을 놓고도 뒤에서 비아냥거리는 소리가 들렸다. "서울이나 호남 출신 의원들은 자기들 당선될 자신이 없으니 소선거구제에 반대하는 거야!"

소선거구제로 총선을 치른다는 가정하에 컴퓨터 시뮬레이션을 해본 결과 지역구에서 87명밖에 가능성이 없다고 나왔다. 그럼에도 그 데이터에 가중치라는 이상스러운 덧칠을 해서 132명이 당선 가능하다고 당 사무처는 판단서를 작성했다. 그 과정에서 대구 출신의 한 당직자는 자신의 고향 출마를 위해 소선거구 타당성 조사의 데이터를 조작하는 데 한몫하기도 했다.

이때 야당의 입장은 어떠했는가? 김대중의 평민당은 1구 1인제를 주장했고, 김영삼의 민주당은 그에 반대했다. 그리고 김종필의 공화당에서는 대선거구제를 주장했다. 김대중은 대통령 선거에서 나타난 표의 성향을 감안해 일부 지역에서라도 의석을 독식하고 싶었다. 그리고 다른 지역을 야당들이 갈라 먹는다면 한 지역을 독점하는 자기가 유리하다고 판단했던 것 같다. 그러나 민주당의 김동영 의원은 나에게 "소선거구제로 돌아가자는 건 야당을 영원히 분열시키려는 것"이라고 극단적으로 표현하며 비난했다. 김종필은 공화당이 충청도에서도 제대로 의석을 차지하기 어렵다는 판단하에 대선거구제로 가는 것이 다소라도 유리하다고 보았다.

이런 논란 끝에 민정당 이대순 총무 등 4당 총무가 어렵게 합의해 내놓은 방안은 1구 1~3인제였다. 농촌에서는 1인, 그리고 대도시에서는 2~3인으로 한다는 타협안이었다.

그런데 어느 날 갑자기 김영삼 측에 변화의 징후가 나타났다. 2월 8일, 그는 대통령 선거에 패배한 책임을 지고 총재직에서 사퇴한 뒤 지방에서 휴식을 취하고 있었다. 김동영이 나에게 전한 바에 따르면, 한완상 교수가 김영삼 총재를 찾아가 선거법을 1구 1인제로 개정하는 데 동의하라고 촉구했다고 한다. 그가 어떤 논리를 전개했는지는 몰라도 하룻밤 사이에 김영삼의 마음이 바뀌었다. 그는 대뜸 "민주주의에 적합한 법은 1구 1인제 선거법"이라고 말하면서 이에 즉각 호응하라고 민주당에 지시했다. 한 교수가 누구의 이야기를 듣고 그곳까지 찾아가 김영삼을 설득했는지는 아직도 수수께끼로 남아 있다. 아직까지 나는 그 의문을 풀지 못했다. 하여간 소선거구제가 탄력을 받았다. 노태우 대통령도 잘되었다 싶어 소선거구제로 마음을 완전히 굳혔다.*

일단 양대 야당이 주장하는 대로 소선거구제를 전제로 하는 선거법이 국회에 제출되기는 했지만, 그 뒤에도 야당은 이 법안의 처리에 협조하지 않았다. 선거운동 방법과 비례대표 배분 방식 등에서 이견이 좁혀지지 않았기 때문이다. 결국 3월 8일 새벽, 여당 단독으로 선거법을 통과시켰다. 이것이 또 하나의 무리수였다.

왜 그리 서둘렀을까? 원래 선거법은 여야가 경쟁하는 룰이기 때문에 이것만은 여당이 단독 날치기로 처리해서는 안 된다는 불문율이 있었다. 과거 자유당이 독주하던 시대에도 선거법만은 야당의 협조를 얻어 통과시켰다. 조병옥 민주당 대표가 자유당의 선거법안에 많은 양보를 하여 합의했다고 당내에서 비판이 일자 "빈대 잡기 위해 초가삼간 태울 수 없다"는 유명한 말을 남긴 것도 선거법의 여야 합의 정신을 가리킨 것이었다.

하여간 1구 1인의 소선거구제 선거법은 일단 국회에서 무리하게 통과되었다. 바로 이 선거법이 그 뒤 우리 정치사를 꼬일 대로 꼬이게 만든 원흉이다. 지역 독점주의를 통해 경상도나 전라도에서는 특정 정당에 관한 한 '정당 공천 = 당선'이라는 큰 병폐를 낳았고, 나아가 역사에 씻을 수 없는 과오가 되었다.

---

* 남재희는 자신의 저서 『아주 사적인 정치비망록』(민음사, 2006), 200~202쪽에서 노태우 대통령이 1구 1인의 소선거구제를 채택하는 데에 고건의 의견을 많이 참작한 것처럼 썼다. 왜 그랬을까? 고건도 판단을 잘못했던 것인가? 호남의 황색 바람을 예견하지 못해서였을까? 고건도 소선구제하의 제13대 선거에서 전북 군산에 출마해 낙선했다.

정말 힘들게 오른 '3선 고지'

당시 민정당은 신생 노태우 정권의 기반을 튼튼하게 다져야 하는 대회전을 앞두고 있었다. 어느 때보다 경쟁력이 있는 후보를 공정하게 선발해서 선거에 승리하고 원내 과반수를 확보해야 할 절박한 시기였다. 그런데 민정당의 공천 심사는 당에서 하는 것이 아니라 사실상 청와대 밀실에서 진행되고 있는 것 같았다. 채문식 당 대표나 심명보 사무총장은 사후에 고무도장만 찍는 사람에 불과했다는 것이 당시 당 안팎의 대체적인 시각이었다.

청와대에서 은밀히 쪽지가 오면 당에서 발표하곤 했다. 찔끔찔끔 언론에 공천자 명단을 흘리더니 드디어 1988년 3월 18일 일이 벌어졌다. 경천동지할 명단이 발표되었다. 직전까지 대표위원을 지냈고 현재 고문인 권익현과 사무총장을 지낸 창당 주역 권정달을 비롯해 30여 명이 공천에서 탈락했다. 이는 '금요일의 대학살'이라고 사람들 입에 오르게 되었다.

그 명단에는 이찬혁, 정남, 봉두완, 홍성우, 박권흠, 박경석, 염길정 등 평소 나와 가까웠던 사람들이 거의 모두 포함되어 있었다. 그들은 창당 주역인 동시에 노태우의 당선에 결정적인 역할을 한 사람들이기도 했다. 이런 사람들의 공천 탈락은 노 정권의 도덕성과 신뢰감을 의심케 하는 처사임이 분명했다. 당시 나는 일기에 이렇게 썼다.

이런 식의 공천은 장기의 말들을 치워버리고 졸만 갖고 하는 노름이나 다름없다. 노련한 정치인들의 전략도 아니고 건전한 정당인들의 판단도 아니다. 더욱 한심한 것은 노태우 대통령이 최병렬,* 박철언 같은 측근들의 말만 듣고 전후 분간도 못 하고 칼을 휘두른 것이다.

　　당내 민주주의 할 것이라고 역설해놓고 뒤에서는 올바르게 충고할 사람을 모두 거세했다. 30년 친구이고 자기를 적극 옹호한 권익현은 월요일에 만나 점심을 같이하면서 "앞으로 국회 운영을 잘 부탁한다"고 해놓고, 이틀 후** 공천에서 탈락시켰다. 그는 한때 당 대표를 한 사람이다. 권익현의 말을 빌리면 "앞으로 가라 해놓고 뒤에서 총을 쏜 것"이다.

　　이렇게 하여 공천자 224명 가운데 219명이 결정되어 연수원에 모아놓았더니 정체성도 없는 완전 잡탕밥들이었다. 이것이 노태우식 정계 개편의 예고편이었다.

　　아무튼 민정당의 공천이 끼워 팔기로 잡탕밥이 되어 있을 때 평민당과 민주당은 새로운 피를 수혈하고자 유력 후보들을 스카우트하는 데

---

*　최병렬은 자신의 회고록에서 언급했듯이 '보수(保守)를 보수(補修)한다'는 명분 아래 여러 차례 보수 여당의 중진들을 걸러냈다. 노태우 정부에서 정무수석 비서관으로 발탁된 뒤 '5공 청산'의 명분 아래 대대적으로 물갈이를 한 것이다. 그 스스로도 "민정당 쪽에서는 내가 너무 5공 세력을 구석으로 몰아간다는 불만이 들려왔다"라고 술회했다. 잠재적 라이벌들을 제거한 것이라는 비판을 받았다. 그 자신이 5공 시절 정치에 입문했지만 노태우 후보의 현수막에 '민정당'이라는 당명을 쓰지 못하게 하기도 했다. 그는 2004년 한나라당 대표가 되자 공천 혁명을 부르짖었다. 이회창계 당내 중진들을 손보겠다는 결의였다. 그래서 당시 초선의 깐깐한 김문수를 공천심사위원장으로 내세워 대거 물갈이를 시도했다. 그러나 이런 식의 공천이 부메랑이 되어 그 스스로 전국구 공천에서 탈락했다.

**　권익현, 권정달 등의 공천 탈락은 18일(금)에 발표되었으나 사실상 16일(수)에 결정된 것이나 다름없었다. 이날은 노태우 대통령이 권익현 당 고문과 점심을 함께한 14일(월)로부터 이틀 뒤였다.

모든 노력을 집중하고 있었다. 두 야당이 영입한 인사들을 보면 모두 쟁쟁한 투사들이요, 일당백이었다. 공천 과정부터 벌써 인물이나 경력에서 차이가 났다.

그런데도 당시 청와대의 '바보 실세'들은 오만하기 짝이 없었다. 그들은 노태우 대통령이 겨우 36.6%의 득표율로 당선되었다는 사실을 까맣게 잊은 모양이었다. 사실 양 김 씨가 얻은 표를 합치면 53.1%였다. 노태우 지지표보다 반대표가 더 많다는 사실을 그들은 잊었는지 아니면 외면했는지 판단이 흐려져 있었다. 대통령 선거 직후 여론조사에서 나타난 노태우 지지도는 64%나 되었다. 이런 허수에 도취되었던 것 같다. 앞에서 설명한 것같이 당시 청와대와 당 지도부는 너무 많은 의석을 얻을까 봐 걱정이었던 것이다.

그러나 결과는 참패였다. 전체 의석의 과반수인 150석을 넘겨 156석을 얻을 것으로 예상했으나, 결과는 125석에 그쳤다. 노태우 대통령은 회고록에서 당시의 패인을 이렇게 짚었다.

> 선거 결과는 너무나 의외였다. … 여당이 과반수에 훨씬 못 미치는 여소야대의 어려운 국면이 연출되고 말았다. 우리 쪽은 말할 것도 없고 일부 언론과 국민들조차 의아해할 정도의 참패였다. 나는 '원인 없는 결과 없다'고, 여당 측이 너무 과신하고 교만한 태도를 보였기 때문이라고 생각했다. 국민들은 그런 여당을 보면서 6공화국이 과거와 같은 체제로 회귀할 수도 있다고 우려했을지도 모를 일이었다.[*]

노 대통령의 평가를 보고 나는 이분이 아직도 자신의 잘못을 모르고 있다는 데 놀랐다. 우선 교만했다는 지적에는 나도 동의한다. 그러나

---

[*] 노태우, 『노태우 회고록(상권)』, 438쪽.

▲ 1988년의 제13대 국회의원 선거는 소선거구제로 바뀐 뒤 처음 치러지는 선거여서 경쟁이 그 어느 때보다 치열했다. 당시 필자는 서울 종로 선거구에서 민주당의 김명윤 고문과 경쟁했다.

당이 교만했던 것이 아니라 노 대통령 자신이 교만했다. 그는 겉으로는 '보통 사람'이라며 겸허한 척했지만 자신이 직선제 대통령이라는 점을 과신하고 있었다. 그는 자신의 당선이 야당의 분열 때문이라는 자명한 사실을 인정하려 하지 않았다. 그는 국회의원 선거에서 표가 쏟아져 나올 것으로 착각하고 있었다. 그래서 선거법도 소선거구제로 개정했고, 공천도 엉망으로 끼워 팔았다. 이것이 교만 아니고 무엇인가?

결과적으로 이 같은 선거 결과는 소선거구제로 가면 여당이 안정 과반수를 얻기 어렵다는 나의 판단이 옳았음을 실증해주었다. 지역적으로 표가 갈려 우리 정치의 지역 정당화가 더욱 심화될 것이라는 예측도 그대로 맞아떨어졌다.

선거 판도는 노태우의 민정당이 대구와 경북, 김대중의 평민당이 전라도, 김영삼의 민주당이 부산과 경남, 김종필의 공화당이 충남을 각각 갈라 먹는 '4당 지역 할거 시대'로 바뀌었다. 이런 지방 분점 시대에 여당이 어떻게 안정 과반수를 얻을 수 있다고 자신했단 말인가? 청와대에 앉아서 탁상공론으로 소선거구제를 밀어붙인 정략가들이야말로 우리 정치의 고질인 지역 분열병을 심화시킨 역사적 죄인이다.

이 선거 패착의 또 다른 원인은 노태우 정권의 소탐대실에 있었다. 노태우 측근 전략가들은 5공과의 단절을 빨리 처리해 당내에서 전두환 계를 몰락시키고 6공의 새로운 주도 세력을 만들려고 서둘렀다. 이를 위해 전경환의 새마을운동 비리, 전두환의 일해재단 설립 야욕, 염보현 서울시장 수사 등을 조기에 처리하면 5공과의 단절로 국민들이 박수 칠 것이라고 계산했는데, 그것이 착오였다. 국민 누구도 노태우 정권을 부패한 5공의 연장으로 봤으면 봤지, 단절로 보지 않았다. 국민들은 오히려 노태우가 의리 없이 자기를 만들어준 전임자에게 타격을 가하면서 자기는 깨끗하다고 눈속임하는 것으로 봤다. 국민은 언제나 현명하다. 겉치레로 위장하면 할수록 이미 속까지 들여다본다. 나는 오히려 노태우 대통령이 진짜 겸허하게 "5공의 잘못에 나도 일말의 책임이 있다. 그럼에도 국민들이 나를 대통령으로 선출해주었으니 전보다 더 정신 차려서 잘하겠다"고 고백했더라면 국민들이 훨씬 관대하게 보지 않았을까 생각한다.

이 선거에서 공천이 잘못되었던 것은 두말할 필요도 없었다. 선거 후 당내에서는 "공천이 잘못되었다. 지역 기반이 없고 실전 경험도 없는 인물을 대거 영입한 것이 문제였다"라는 지적이 많았다. 이는 노태우의 책사인 박철언의 사조직 월계수회 멤버들이 대거 공천되었음을 의미한다. 한국 정치의 전체 그림 속에서 당의 미래를 내다보는 포석이 공천으로 나타나야 할 터인데 당을 어떤 수단으로든지 자기 판으로 만들려는 소영웅주의 야심가들이 대국을 망친 것이었다.

제13대 국회의원 선거 결과로 민정당은 이제 '여소야대'라는 한국 정치의 고질적인 큰 짐을 지게 되었다. 그리고 노태우 대통령과 그의 측근들은 첨예화된 지역감정으로 나라가 분열되는 정치를 초래한 역사적 책임을 져야 했다.

1988년 제13대 국회의원 선거에서 나의 지역구 이야기를 하지 않을 수 없다. 우선 소선거구제가 되고 보니, 종로구와 중구 가운데 어느 지역을 선택하느냐가 고민이었다. 나의 본적은 종로구 통인동이고, 당시 내가 살던 지역은 중구 예장동이었다. 또 일생을 두고 나의 삶의 근거지가 종로였던 반면, 제11대와 제12대 선거에서는 중구의 지지율이 상대적으로 높았다. 고민거리는 더 있었다. 종로구의 동부 지역, 즉 창신 3개 동과 숭인 2개 동은 미개발지였고, 상대적으로 가난한 호남 사람들이 집중 거주하던 곳이어서 선거 때마다 민정당이 표를 얻기가 대단히 어려웠다. 게다가 이번에는 '황색 바람'까지 불어 더욱 만만치 않았다.

여기서 나는 실리가 아니라 명분을 취했다. 종로가 '정치 1번지'로서 언제나 거물들과 싸워야 한다는 부담이 있고 선거 자체도 쉽지 않겠지만 이 지역을 기반으로 하는 것이 훨씬 보람이 클 것이라고 보았다. 선거법이 통과된 직후인 3월 11일, 나는 중구 지구당 간부들을 모두 모이게 한 뒤 그동안의 노고를 치하하고 내가 종로를 선택하게 되었음을 양해하도록 설득했다. 고맙게도 당직자 대부분은 그것이 명분에 맞는다며 나의 의견에 동의해주었다.

그런데 3월 18일, 난데없이 민정당 공천에서 당의 중진들이 대거 탈락하는 소위 '금요일의 대학살'이 벌어졌다. 그리고 그 칼이 나까지 겨누고 있다는 말이 들렸다. 이미 창당 주역 가운데 이재형 국회의장은 전국구 공천에서 탈락했고, 권익현 전 대표와 권정달 전 사무총장까지 다 제거되었다. 그런 마당에 나까지 없어져야 노태우와 그 책사들이 마음 놓고 당을 '새판'으로 짤 수 있을 터였다.

나는 3월 21일, 즉각 지구당 주요 당직자 조찬회를 소집했다. 직설적으로 말하지는 않았지만 노 대통령과 청와대에 대한 섭섭함을 표시하지 않을 수 없었다.

"여러분! 그동안 나를 지지하고 성원해주신 데 대해 감사드립니다. 지난 대선 때 여러분의 노고로 우리가 직선제하에서도 노태우 대통령을 선출하는 데 혼신의 노력을 다했습니다. 그러나 우리의 노력에 대해 아무도 알아주는 사람조차 없습니다. 여러분! 지난 대통령 선거 때 우리 당보다 사조직이 더 열심히 했다고 하는 사람들이 있습니다. 사조직이라고 자칭하는 사람들은 자기들이 대통령 만들기에 수훈 갑이라 뻐기고 있습니다. 과연 대통령 선거와 같은 전국적 선거에서 사조직이 얼마나 힘을 썼다고 생각하십니까? 사조직에 무슨 정책이 있으며 이념이나 강령이 있습니까? 지금 우리는 또다시 중대한 도전에 직면하고 있습니다. 이번 선거에서 우리 당이 원내 안정 과반수를 얻어야 노태우 정부가 탄탄한 기반 위에서 국정을 펴나갈 수 있을 터인데 우리를 분열시키고 약화시키는 저능아들이 자기 욕심만 부리고 있어서 문제입니다. 나는 지난 금요일 우리 당의 공천 발표를 보고 놀랐습니다. 지금 무언가 잘못되어가고 있습니다. 그 칼이 언제 우리에게도 닥칠지 모릅니다. 하지만 종로는 여러분이 있는 한 지켜질 것입니다. 저는 또한 어떤 경우든 여러분과 함께 종로를 지키며 싸우겠습니다."

뼈 있는 말이었다. 그 후 청와대와 중앙당은 나의 공천 문제를 놓고 여러 가지를 숙의했던 것 같다. 당에서는 나를 공천하지 않으려 해도 뚜렷한 대안이 없었고, 설령 누구를 대안으로 내보낸다 해도 내가 물러서지 않을 것이라는 점을 알아차린 것 같았다. 그래서 나는 늦게 당으로부터 공천장을 받았다. 그리고 4월 1일 세종문화회관 별관에서 지구당 대회를 열 수 있었다.

지구당 대회에 많은 내방객이 참석해주었다. 우선 독립운동의 원로인 이강훈·하기락 선생이 찾아주셨다. 윤길중 선생과 오유방, 홍성우,

임인규, 강성모, 김현자, 김영정, 김장숙 등도 자리를 함께했다. 모두 이번 중앙당 공천을 보며 당의 장래에 대해 우려하는 분위기가 역력했다. 나는 그 자리에서 결전을 위한 소신 발언을 했다. 물론 청와대나 중앙당에서 듣기에 다소 따가웠을 것이다.

"이번 13대 선거는 소선거구제로 바뀌어 처음 치르는 선거입니다. 지난번 직선제 대통령 선거로 노태우 대통령이 당선되어 일단 강력한 정통성이 확보되었습니다. 누가 무어라 해도 이는 분명한 민선 대통령입니다. 이제 남은 일은 민선 대통령이 착실한 민주개혁을 위하여 소신껏 일할 수 있도록 원내 과반수를 확보하는 과업이 우리 앞에 가로놓여 있습니다. 우리는 지난번 대통령 선거에서 압도적으로 승리한 것이 아닙니다. 37% 득표했을 뿐입니다. 37%란 과반수가 아닙니다. 더 많은 지지를 확보해야 합니다. 그러자면 총선에서 대승을 거둬야 합니다. 그 가운데 서울에서 승리하는 것이 무엇보다 중요합니다."

본격적인 선거운동에 앞서 여론조사를 해보니 내가 유리하게 나왔다. 구민들에게 지지 정당을 물은 결과, 민정당 39.7%, 민주당 12.3%, 평민당 13.2%, 공화당 9.3%, 기타 2%였다. 내가 압도적인 지지를 받고 있었던 것이다. 특히 청와대 일각에서 나를 공천에서 배제하려는 음모가 꾸며지고 있다는 사실이 종로 구민들에게 전달되면서 동정표까지 받았던 것 같다.

그러나 야당의 후보가 결정되면서 판세가 약간 흔들렸다. 민주당에서 김영삼 총재의 측근으로 당 대표 대행이자 민주산악회 회장이기도 한 김명윤 전 의원을 내세웠다. 민주당의 의도는 거물을 내보내 종로에서 건곤일척 한판 승부를 보자는 계산인 것 같았다. 김명윤은 비록 강릉 사람으로서 종로 선거구와는 인연이 없었지만, 민주당에서 총력을 기울인다면 전통적으로 야당세가 강한 종로에서 어려운 선거가 될 가능성도 있었다. 실제 선거운동이 시작되자 민주당 중진들이 총재 지시에 따라 일제히 종로로 몰려들었다.

평민당은 누구를 내놓을지 결정을 못 하고 있었다. 사실 평민당이 후보를 내세우면 야권이 분열되어 어부지리를 얻을 수 있다고 생각할 수도 있었지만, 호남 표는 어차피 민주당으로 가지 않을 것이기 때문에 차라리 평민당 후보가 나오지 않으면 그 표를 내가 흡수할 수 있을 것이라는 계산도 가능했다. 한때 평민당에서는 문동환 부총재를 내세운다는 설이 있었다. 하지만 후보 공천 막판까지 가서 결국 후보를 내세우지 않았다. 이로 인해 항간에서는 "DJ가 이종찬을 봐주었다"는 설도 있었다.

무소속 후보로 주목할 만한 인물은 제정구였다. 그는 빈민운동을 통해 청년들에게 상당히 알려져 있었다. 그 외에 정인봉(변호사), 김경민(김좌진 장군의 손자), 한상필(여성 후보) 등이 출마했다.

선거운동 과정에서 절실하게 느낀 것은 '국회의원 3선 고지'가 어렵다는 말이 일리가 있다는 점이었다. 지역에서 여론조사를 해보면 "국회의원은 지역에 매달리기보다 국가 발전에 기여하는 큰 정치인을 기대한다"는 여론이 38.7%로 우세했고, "지역구 발전을 우선하라"는 주문은 16.7%에 불과했다. 그럼에도 내가 지역을 위해 노력하고 있다는 평가는 34.3%인 데 반해, 별로 노력하지 않는다는 반응이 38.2%였다. 그런 점에서 유권자들은 언제나 이중적인 성향을 보였다.

그러나 선거운동이 진행되는 과정에서 판세는 점점 나에게 유리하게 돌아갔다. 평민당이 후보를 내지 않은 덕에 창신동과 숭인동 일대의 호남 출신들은 거의 다 민주당 후보보다 나를 지지하겠다고 나섰다. 이에 당황했던지 선거일 직전 김명윤 후보의 아들이 그만 창신·숭인 지역의 한 식당에서 돈 봉투를 돌리는 무리수를 두고 말았다. 현장에서 우리 청년당원 오경택 군에게 붙잡혔다. 주변에 있던 민주당원들이 오 군에게 폭력을 가했지만, 그는 소리 지르고 저항하면서 끝내 그 돈 봉투와 김 군의 옷자락을 놓지 않았다. 경찰이 출동해 오 군과 김 군을 동대문 경찰서로 함께 연행했다.

다음 날 아침 김명윤 후보가 전화를 걸어와 조찬을 함께하자고 제의했다. 플라자호텔 식당에서 선거운동 기간 격렬하게 싸웠던 감정을 풀고 화해하는 마음으로 그를 만났다. 그는 얼마나 급했던지 나를 보자마자 사정 조로 말했다.

"내 아들이 어제 동대문서에 연행됐습니다. 그는 이 후보의 후배입니다. 이번 일로 공무원 경력에 흠이 갈 것 같습니다. 이제 선거 결과는 이 후보가 유리하다고 판단됩니다. 그러니 내 아들 문제를 풀어주시오. 우리 화해합시다."

나는 그렇게 하겠다고 바로 약속하고 동대문서로 갔다. 서장으로부터 전날의 상황을 들었다.

"오 군이 어제 서에 연행돼 왔습니다. 머리가 깨져 피를 흘리며 왔기에 우선 병원에 가서 응급치료 하라 했더니 거부했습니다. 끝까지 김 군을 붙잡고 있어야 한다기에 할 수 없이 의사를 왕진시켜 치료를 했습니다. 선거운동 시간이 다 끝난 자정 이후에 다시 오 군에게 귀가해도 좋다고 했지만 끝까지 김 군과 같이 유치장에 들어가 있겠다고 해 우리도 난처합니다."

"우리 당은 오 군과 같은 충성 당원들이 있어서 강한 당입니다. 하여간 내가 설득해보지요."

서장은 유치장의 오 군을 데려오라 했다. 서장실로 들어서는 오 군을 보니 머리는 붕대로 칭칭 감았고 눈자위에는 시퍼렇게 멍이 들어 있었다. 어젯밤의 격투가 얼마나 격렬했는지 알 것 같았다. 그는 나를 보자마자 씩 웃을 뿐이었다.

"오 동지! 자네 정말 용감했네. 어떻게 혼자서 그처럼 버텼나? 그런데 이제 선거전이 끝났고 판세는 우리한테 유리하게 돌아가고 있다 하니 더 이상 이 문제를 확대하지 않았으면 좋겠네."

나는 진지하게 설득했다. 그런데 그의 표정이 일순 일그러졌다.

"위원장님! 저는 못 합니다. 이 자를 끝까지 보내렵니다."

맹수처럼 입에 물은 먹이를 절대로 놓치지 않겠다는 심산이었다. 오군을 설득하는 데 무려 두 시간 이상 걸렸다. 그리고 서장으로부터 언제든지 문제를 제기하면 다시 수사한다는 다짐을 받고 나서야 그는 물러섰다.

선거일인 4월 26일, 투표는 평온하게 진행되었다. 그러나 종로는 역시 정치 1번지답게 야당세가 강한 곳임이 재확인되었다. 내가 압도적으로 이길 것으로 봤지만, 결과는 그렇지 못했다. 나는 4만 6000여 표(37.9%)를 얻어 당선되기는 했지만, 김명윤의 4만 4000여 표(36.2%)에 고작 2000여 표 앞섰다. 나는 4년간 선거구를 누볐지만, 그는 겨우 한 달 동안 선거운동을 했을 뿐이었다.

이런 선거 결과를 보면서 민정당 의석이 너무 많아질까 봐 걱정하던 중앙당 간부들이 얼마나 허황한 판단을 했는지 다시 한 번 절감하지 않을 수 없었다.

'여소야대'의 뜨거운 맛

나는 제13대 국회의원 선거에서 비록 승리하기는 했지만, 기진맥진한 상태로 당에 돌아왔다. 서울 선거는 초토화되었다. 그때 당원들은 나에게 기대하는 마음이 있었던 것 같다. 여소야대 상황으로 어려워진 당을 추스르고 새바람도 불어넣자는 판단이 아니었을까 생각된다. TK의 대부로 꼽히는 신현확 전 국무총리가 나를 사무총장으로 기용하라는 메시지를 대통령에게 보냈다는 말도 들었다. 하지만 노태우 대통령은 이런 충고를 받아들이지 않고 나를 정무장관에 임명했다. 나는 오히려 그 자리가 여소야대 국회 상황에서 할 일이 많을 것이라고 생각했다.

그 무렵 당이나 내각 인사에서는 모두 전두환의 흔적을 없앤다는 뜻에서 '새바람'이 불고 있었다. 노태우 인사의 특징은 무엇인가? 우선 TK 중심 구도였다. 전두환은 합천 출신으로 대구에서 학교에 다녔기 때문에 그의 인맥은 비교적 광범위한 영남 그룹이었다. 하지만 노태우의 인맥은 대구, 그중에서도 경북고 인맥에 집중되어 있었다. 아니나 다를까 동아일보의 김진현 논설위원은 칼럼으로 대구·경북(TK) 위주의 인사를 꼬집었다. 그의 글이 'TK'라는 신조어의 시원이었던 것으로 기억된다. 1988년 말 재정비된 당의 진용에서 대표는 박준규, 그와 콤비를 이룰 원내총무는 김윤환이었다. 두 사람 다 대표적인 TK였다. 또 노태우 시대의 실세로 꼽혔던 서동권 안기부장, 정해창 청와대 비서실장, 사공일 재무장관, 박철언 정무장관, 박동진 국회 외무위원장 모두 TK 인맥

◀ 제13대 국회의원 선거로 전례 없는 '여소야대' 정국이 되면서 노태우 대통령은 필자를 정무장관에 임명했다. 그는 필자가 원내총무 시절 경험을 잘 살려 야당과 대화해나가기를 기대했다.

이라는 것을 부인하기 어렵다.

그런데 이 TK 인맥은 공화당 인맥과도 통한다. 박정희 대통령 시대 공화당의 중추가 TK 인맥이었기 때문이다. 1971년 10·2 항명파동으로 정계에서 사라지기는 했지만 한때 공화당 4인방의 핵심이던 백남억과 김성곤 등이 TK 인맥이었다. 국회에서는 과거 공화당에서 원내총무를 역임한 김재순이 국회의장이 되었고, 당에서는 공화당의 정책위 의장을 지낸 박준규가 대표가 되었다. 수장들이 모두 공화당 출신이었다.

이런 구도가 권력 구조의 병풍 역할을 하는 가운데 노태우 권력의 핵심은 사실상 청와대의 '좌 병렬 우 철언' 콤비라고 해도 과언이 아니었다. 이들이 국회, 여당, 내각, 사법부, 검찰, 안기부를 장악했으며, 노태우를 업고 권력을 강력하게 행사했다. 그러나 제13대 선거가 여소야대로 끝나고 노태우의 집권 구도가 초장부터 질곡에 빠진 것은 결과적으로 그들의 판단과 권력 행사가 잘못된 것이었음을 입증했다.

나는 물론 TK와 공화당 출신의 어느 쪽도 아니었다. 그것은 윤길중 대표도 마찬가지였다. 노태우 새판 짜기의 그림에는 맞지 않았겠지만 민정당 그룹을 다독이고 당의 전반적인 분위기 진작에 역할이 있으리라고 기대했던 것 같다. 나의 정무장관 임명은 선거를 치르느라 다른 국무위원에 비해 늦었다. 사무총장 박준병, 정책위의장 이한동, 원내총무 김윤환, 그리고 정무장관 이종찬 체제가 출범했다. 임명장을 받은 후, 나는 노 대통령을 따라 집무실로 들어갔다. 그가 대뜸 하는 말이 나를 긴장시켰다.

"자네 어려운 선거를 잘 치렀네. 그러나 앞으로 일을 더 많이 해주기 바라네. 특히 중요한 것은 자네에 대해 군부에서 말이 많았다는 것을 명심하게. 사실은 지난번 공천 때도 나에게 여러 사람이 자네를 나쁘게 말하더구먼. 그러나 나는 서울 선거가 간단치 않다는 것을 말해주었지. 이제 언행을 조심하고 야당과의 관계를 잘 유지해주기 바라네."

"명심하겠습니다. 저는 조심한다고 했는데도 오해받을 만한 일이 있었던 것 같습니다. 각하께서 특별히 '군부'라고 하셨는데 군부라면 제가 누구에게 더 관심을 가져야 하겠습니까?"

나는 우선 '군부'라는 집단명사가 나오는 데에 헛갈렸다. 과연 누구누구가 군부에 속하고, 군부를 대표하는 사람이 누구인지 알 수가 없었다. 노태우는 항상 다른 사람의 이름을 빌려 자기의 주장을 하는 경향이 다분했다. 이 경우도 군부가 아니라 노태우의 생각이었던 것이다. 그런데 내가 군부가 누구냐고 항변한 것은 나의 경솔함이었다. 그는 즉시 표정이 바뀌었다.

"군부라고 하면 그냥 그렇게 알고 있으면 돼!"

"네, 조심하겠습니다."

그날부터 야당이 내 상대였다. 여소야대로 기세가 오를 대로 오른 야당을 상대하는 것은 참으로 어려운 일이었다. 더욱이 야당이 확연하게 지역적으로 갈려 있다 보니 삼각관계에도 신경을 써야 했다.

나는 제1야당 평민당에 먼저 연락했다. 김대중 총재 면회를 신청했지만, 일정이 잡히면 알려주겠다는 답변만 들었다. 그래서 다음으로 제2야당 민주당에 연락했다. 김영삼 총재를 만나려면 당장 그날 저녁 상도동 자택으로 오라는 통보를 받았다.

나는 저녁 식사 후 약속된 시간에 상도동을 찾았다. 김영삼과의 첫 번째 단독 대면이었다. 나는 중앙정보부 시절부터, 또 정계에 발을 들여놓은 뒤에도 그에 관해 많은 말을 들었다. 그는 신화적인 인물로 소개되기도 했고, 다른 한편으로 그가 과대 포장되었다는 소문도 들렸다.

김 총재 댁 아래층에는 상도동계 인사들이 들끓고 있었다. 역시 사랑방 정치였다. 거기에 끼지 못하면 핵심에서 벗어나게 되기 때문인지 상도동계 실세들은 모두 모였다. 김동영, 최형우, 서석재, 김덕룡…. 모두 YS를 지켜온 맹장들이었다. 그중에서 서청원이나 문정수는 윗목에 앉았다고 할까? 내가 들어서니 그래도 김동영이 안내해 어색하지 않도록 배려했다. 비서가 위층에 전갈을 했더니 올라오란다. 나는 김영삼의 거실에 들어가면서 정중하게 인사했다.

"그래 잘 왔소. 먼저 정무장관이 된 것을 축하하오."

"앞으로 많은 지도 바랍니다. 정무장관의 일 가운데 가장 중요한 것이 정부와 야당의 관계를 잘 유지하는 일입니다. 앞으로 열심히 총재님의 정부 측 심부름을 하겠습니다."

잠시 침묵이 흘렀다. 그동안 김영삼은 손수 보온병에 있던 뜨거운 물을 부어 녹차를 한 잔 내려 주었다. 그러면서 다시 아무 말이 없었다.

서로 차만 마시는 가운데 그가 불쑥 한마디 했다.

"동교동에 갔다 왔소?"

"아직 안 갔습니다. 일정이 잡히면 인사 가려고 합니다."

"그래야지! 우리가 제1야당이라는 사실을 알지요? 표는 우리가 많이 받았소. 의석수는 우리가 약간 적지만 말이오. 알지요?"

"네, 압니다."

"앞으로 그쪽하고 대화할 때 조심하시오. 정치하는 데 너무 거짓이 많소."

나는 '이분이 야당의 분열 사태로 대통령이 되지 못한 것을 두고 김대중 씨에 대한 원한이 크구나' 하고 느꼈다. 그는 "민주주의는 정의로운 정치를 해야 합니다"라고 마치 선언이라도 하듯 말하고 또 잠잠했다. 분위기가 몹시 어색했다. 나도 조심스러워 다른 화두로 돌려야 했다.

"곧 올림픽을 개최합니다. 총재님께서 이 국가적인 행사에 적극 협조해주시기 바랍니다."

"아! 내 잘 알고 있습니다. 야당도 협조해야지요."

그리고 또 침묵이 계속되었다. 나도 화제가 떨어졌다. 1~2분 지난 후 나는 자리에서 일어났다.

"오늘 너무 늦은 시간에 찾아뵈어서 이만 일어나겠습니다. 자주 뵙고 좋은 말씀 듣겠습니다."

악수를 나누고 아래층으로 내려왔다. 김영삼이란 분은 화제가 몹시 빈곤하다는 생각이 들었다. 동시에 정치 현장에서의 그토록 강력한 투쟁력은 과연 어디에서 오는 것일까 생각해보기도 했다. 1층 사랑방에 다시 들렀더니 대기하던 기자들이 무슨 말을 주고받았느냐고 물었지만, 나는 별로 해줄 말이 없었다.

며칠 후 나는 똑같이 김대중 총재의 사저를 방문했다. 동교동에 도착해서 반(半)지하의 서재로 안내받았다. 김 총재가 정장 차림으로 김원기 총무와 함께 앉아 있었다. 인사를 나누는데 앞에 떡과 다과가 준비되어 있었고, 곧 음료수가 나왔다. 잠시 뒤 김 총무가 자리를 피해주자 김 총재가 바로 말문을 열었다.

"이 장관은 종로에서 3선 했지요?"

"네, 정치 1번지라 매번 어려운 싸움을 했습니다."

"압니다. 그런데 이 장관은 호남 사람들에게 인기가 많아요. 호남 지역에 대한 배려를 많이 하고 있다는 말을 들었습니다."

"네, 사실은 우리 경제 발전이 경부선 축으로 이뤄져서 호남 지역이 상대적으로 많이 소외되어 있지 않습니까? 그러다 보니 지역이 낙후되고, 많은 사람이 대거 서울로 이농하는 바람에 종로에도 호남 사람이 많습니다. 그분들의 살림이 많이 어렵습니다. 제가 정치적으로 관심을 가져야 할 사람들이지요."

"고맙습니다. 호남 사람들에 대한 문제를 제대로 파악하고 있군요. 나는 지역감정을 초월했습니다. 전국적으로 어느 지역이든 소외가 있어선 안 된다는 생각입니다. 나의 『대중경제론』도 그런 측면에 착안한 겁니다."

이런 인사말을 나눈 뒤 본격적으로 몇 가지 정무 사항에 대해 깊이 있는 대화를 나누었다.

1. 서울올림픽의 성공적인 개최 문제: 내가 먼저 서울올림픽이 성공적으로 개최되어야 하는 이유를 몇 가지로 설명했다. 내가 말을 마치자마자 김 총재가 미리 준비한 것처럼 자신의 의견을 분명히 피력하고 나섰다. "서울올림픽에 북한은 참석하지 않고 뒤로 빠지려 하고 있습니다. 남측도 북한의 참가를 막으려는 것처럼 외부에 비치고 있습니다. 약간 불이익이 오더라도 잡아야 합니다. 민족적 차원에서 끌어들여야 합니다. 다른 나라에서 다 오는데 같은 민족이 못 오면 되겠어요? 이

장관이 말하는 그런 전제라면 더 대담하게 손을 벌려 그들을 환영해주십시오. 아무리 양보해도 우리가 이롭습니다. 이름부터 '서울올림픽' 아닙니까? 협조할 것이 있으면 적극 협조하겠다는 나의 뜻을 대통령께 전해주시기 바랍니다."

2. 5·18 민주화운동 문제: 김 총재는 마음속에 묻어두었던 말을 쏟아냈다. "광주 문제는 보복적인 차원에서 해결하자는 것이 아닙니다. 응어리진 부분을 청산하자는 것입니다. 애초에 광주의 시위는 나하고 관련이 없습니다. 정동년과 나를 얽어 붙여서 국가 변란을 도모했다고 하는데, 나는 그와 무관합니다. 나는 52일 만에 육군 형무소에서 광주의 진상을 알았습니다. … 노태우 대통령이 당시 수도경비사령관이었는데 자기는 라인이 아니어서 모른다고 했습니다. 전두환 씨가 수사권을 장악했는데 실세인 2인자가 모른다고 하면 말이 됩니까? … 5·18 민주화운동에 대한 진상 조사를 올림픽 이후로 미룬다고 정부에서 말합니다. 이를 받아 이북 방송에서 강경하게 대남 비난을 퍼부었다고 릴리 대사가 나에게 전했습니다. 왜 북에 비난의 빌미를 주는지 이해가 안 갑니다."

3. 전두환 전 대통령과의 면담 문제: 당시 '큰 화해'를 위해서 김대중 총재가 전두환 전 대통령과 만나야 한다는 의견이 있었다. "우선 나의 입장을 이해하기 바랍니다. 광주 문제에 대해 먼저 사과해야 합니다. 그리고 정치적인 이유로 감옥에 있는 사람들을 석방시켜줘야 합니다."

4. 사면·복권 문제: "노태우 대통령이 발상의 대전환을 할 필요가 있습니다. 내가 어떻게 정부를 도울 수 있느냐 하는 것은 그다음입니다. 인권위원회를 조직해 지금 문제가 되고 있는 건들에 대해 케이스 바이 케이스로 다루고 싶습니다. … 간첩도 대한민국에 충성한다고 서약하면 상을 주지 않습니까? '사회안전법'은 부당한 법입니다. 이는 중대하게 인권을 침해하는 법입니다. 이제 200명쯤 석방해도 사회가 끄떡없습

니다. 그만큼 우리 사회가 커졌습니다."

5. 노태우 대통령의 민주화 의지: "몇 가지 문제에 있어서 나는 노태우 대통령의 민주화 의지를 반신반의하고 있습니다. 우선 인사 문제에 있어서 박준병 의원을 사무총장으로 임명했습니다. 그는 광주에서 군을 지휘한 사람 아닙니까? 또 이춘구 씨를 내무장관으로, 신현확 씨를 개혁위원장으로 했어요. 그렇다면 이는 5공의 연장 아닙니까? 이런 인사는 민주화 의지를 의심케 하는 요소들입니다."

6. 기타: "마지막으로 한 가지 말하겠습니다. 제일교회는 박형규 목사가 담임하는 교회입니다. 박형규는 사실 나를 반대한 사람입니다. 그렇지만 보안사가 그 교회를 점거하도록 배후에서 공작하고 있습니다. 이런 것부터 청산해야 민주화 의지가 있음이 증명됩니다."

김 총재는 준비된 메모를 하나하나 보아가며 하고 싶은 이야기를 모두 토로했다. 그러느라 시간도 많이 갔다. 분위기가 너무 일방적이고 긴장되었다고 느꼈는지 그가 화제를 돌렸다. 역사와 세계 돌아가는 이야기로 분위기를 풀려 했다. 그의 이야기를 들으며 느낀 것은 김대중이란 분은 해박하다는 점이었다. 그는 자주 수첩을 꺼내 수치를 인용하며 말했고, 그날 화제도 아놀드 토인비부터 막스 베버와 조지프 슘페터에 이르기까지 거침이 없었다.

면담이 네 시간을 넘겨 자정이 가까웠다. 나는 너무 오래 지체한 것 같아 서둘러 일어났다. 그러나 그는 아직 피로한 기색이 없었다. 정치인에게는 이런 권력의 리비도가 있어서 건강을 지탱하는 것 같았다.

노태우 대통령은 여소야대 국회를 '하늘의 뜻에 따른 황금분할'이라고 평가했다. 아마도 스스로를 위로하는 차원에서 그렇게 말했을 것이다. 그 황금분할의 핵심은 야 3당의 연합전선이었다. 이미 국회가 개원하기도 전부터 야 3당은 짝짜꿍이 되어 있었다. 5월 18일, 야 3당의 총재는 정국 운영 5개 항에 합의하면서 제13대 개원국회에서 '5공 비리 조사', '광주 사태 진상 규명', '비민주 악법 개폐', '양대 선거 부정 조사', '지역감정 해소' 등 다섯 개 정치 현안 관련 특별위원회를 구성한다는 방침을 천명했다. 노태우 정권 옥죄기의 시동이 걸린 것이었다.

드디어 5월 30일, 제13대 국회가 개원했다. 민정당은 125석에 불과했고, 야 3당은 평민 70석, 민주 59석, 공화 35석으로 민정당을 훨씬 상회하는 수였다. 게다가 민정당의 구성은 이질적인 요소로 오만잡탕이었고 하나의 정당으로서의 정체성이 없었다. 또 한 가지. 원내에는 김대중, 김영삼, 김종필이라는 3김이 버티고 있어 여느 국회에 비해 중량감이 있었는데, 이것도 민정당에는 큰 부담 요소였다. 여소야대 정국에서 가장 바쁜 사람은 김윤환 원내총무이고, 그다음이 아마 정무장관인 나였을 것이다.

여소야대를 실감한 첫 번째 시련은 그해 7월 대법원장 임명 동의안을 처리하던 때였다. 당시 대법원 내부의 중론은 선임인 이일규 대법관이 대법원장으로 되는 것이 무리 없다는 것이었다. 이현재 총리가 넌지시 노 대통령의 의사를 타진해봤다. 노 대통령은 의외로 그를 거부했다. 국회 개원식 연회에서 이 대법관이 그를 본체만체한 것이 괘씸죄에 걸렸다는 말도 당시에 나돌았다. 그것도 모르고 윤길중 당 대표도 이일규를 추천했지만 청와대는 일언지하에 "노(No)"였다.

노 대통령은 며칠 동안 내색하지 않은 채 인사안을 쥐고 있다가 마지막 순간 공주 출신의 정기승을 대법원장으로 선택했다. 제일 먼저 정기승 임명에 협조해달라는 내용의 쪽지를 충남 출신 김종필 총재에게 전달하면서 노출되었다. 야당 측 반응을 알아보니 우선 김영삼 총재가 강력하게 거부하고 있었다. 경남 동향인 이일규가 거부된 데에 감정이 상해 있었다. 나는 이런 공기를 청와대 최병렬 수석에게 알렸다. 무리하지 않도록 대통령에게 전하라는 말이었다. 그러나 결국 정기승 임명 동의안이 국회에 제출되었다. 김종필 총재를 믿었던 것 같다. 하지만 표결 결과 부결이었다. 대법원장 임명 동의안이 부결된 것은 이때가 처음이었다.

당황한 것은 민정당 지도부였다. 윤길중 대표와 김윤환 총무는 책임을 지고 사표를 제출했지만 반려되었고, 즉각 후속 조치에 들어갔다. 우리는 궁정동 안가에 모여 수습책을 논의했다. 배명인 안기부장이 법조인답게 먼저 의견을 냈다. 대상자로 60대로는 이일규와 김윤행, 50대로는 김덕주와 이회창이 있었다. 네 사람 가운데 우선 노년을 선택하고, 그 가운데에서 이일규가 적절하다는 데에 합의하는 수순을 밟았다.

이일규는 국회에서 292명 투표 중 275표를 얻어 절대다수로 통과되었다. 노 대통령은 망신을 당한 것이었다. 여기서 드러난 문제는 명확했다. 우선 노 대통령이 아직 여소야대 국회를 실감하지 못하고 있었다. 그래서 힘겨루기 1라운드에서 다운되고 말았다. 그다음으로 그는 공화당이 '준여당' 역할을 해줄 것으로 믿었지만, 공화당도 야당이었다. 한계가 있었다. 이는 나중에 노 대통령이 야당 중에서 공화당과의 단독 합당을 고려하지 않게 된 심리적인 배경이 되지 않았을까 추측해본다.

노태우 대통령은 국정 운영에 사사건건 발이 묶였다. 국회 5공 비리 조사특위는 8월 3일 전두환 전 대통령 부부 등 16명에 대한 출국 금지 요청안을 통과시켰다. 전두환 정권을 심판할 날이 서서히 다가오고 있었다. 노태우 대통령과 그 측근들은 미필적 고의인지 정말 여소야대로 힘이 빠진 것인지는 몰라도 이런 야 3당의 공세에 아무런 대비책도 마련하지 않고 있는 것처럼 보였다.

국회의 힘이 강화되고 야당의 목소리가 커지면서 노동계는 제철을 만났다. 우선 그동안 묶였던 활동의 제약이 풀리면서 노조 조직이 급팽창했다. 1987년 6월 노동조합 수는 2742개, 조합원 105만 명에 불과했으나, 1989년 말 노동조합이 7883개로 세 배 가까이 늘고 조합원이 193

만 명으로 확대된 것만 보아도 알 수 있다.

이처럼 1988년부터 노조 조직이 확대되면서 임금 투쟁과 단체협약을 계기로 한 노사분규도 훨씬 빈번하고 심각해졌다. 근로자 임금이 1988년 15.5%, 1989년 21.1% 각각 인상되었다. 이것은 생산성을 훨씬 상회하는 것이었다. 그동안 저임금으로 근로자를 쥐어짜듯 하며 경쟁력을 유지해오던 기업들은 비명을 질렀다. 이처럼 기업하기가 어려워졌음에도 경제가 꺼지지 않고 버틸 수 있었던 것은 그나마 당시 '3저(저금리, 저환율, 저유가) 호황'으로 경기가 상승 무드였기 때문이다.

여소야대 정국은 학생운동에도 호기를 제공했다. 학생운동은 해를 거듭할수록 사회 전체의 변혁 운동으로 나아갔다. 실례로 1985년 서울 미국문화원 점거 농성 때만 해도 학생들은 "우리는 반미가 아니다"라고 했다. 그러나 1986년에 접어들면서 양상이 바뀌었다. 부산의 미국문화원 방화 사건으로 구속된 학생들은 "우리는 반미다. 양키 고 홈!"이라는 구호를 노골적으로 들고 나왔다.

당시 학생운동 그룹은 크게 민중민주(PD) 계열과 민족해방(NL) 계열로 양분되어 있었는데, 두 계열 모두 노태우 대통령의 당선으로 일시 주춤했다. 그러나 제13대 국회가 여소야대 정국이 되자 다시 힘을 얻기 시작했다. 그 무렵 학생운동권의 주장에서 마르크스·레닌 혁명론이 점차 줄어들고 그 대신 북측의 이른바 주체사상을 주조로 하는 내용이 대거 등장했다. 대표적인 것이 '강철 서신'이라는 이름의 유인물이었다. 대개 북한의 대남 방송을 자세히 해설해놓은 내용들로 채워졌으며, '연방제 통일 방안'이 공공연히 소개되었다.

이렇게 갈래를 정리하기 어렵게 난마처럼 얽혀가던 정국이 그나마 1988년 하반기에 들어서면서 서울올림픽 무드 속에 일시 잠잠해졌다. 야당들도 이 기간 5공특위 활동을 중지했고, 노동계와 대학가도 일시적으로 평온을 되찾았다. 나는 정무장관으로서 그 침묵이 오히려 불안했다. 올림픽이 끝나면 다시 사회불안이 재연될 터인데, 그 과정에서 노태우 정권이 자칫 식물 정권으로 전락하는 것 아닐까 하는 위기감을 느끼지 않을 수 없었다. 나는 이 시국을 돌파하는 길은 국민과 약속한 대로 국민에게 재신임을 묻는 '중간평가' 방법밖에 없다는 결론을 내렸다.

'중간평가'로 정국 돌파하라 했건만

중간평가 문제는 조심스러운 현안이었다. 노태우 대통령이 자신의 재신임을 묻는 방안에 선뜻 응하리라는 보장이 전혀 없었다. 나는 우선 보고서를 만들고 그 내용 가운데 1975년 월남 패망 후 박정희 대통령이 국민투표로 안보 위기 상황을 돌파하고 재신임을 얻었던 전례를 거론했다. 박 대통령이 취한 방식이라면 그가 쉽게 납득할 것으로 보았기 때문이다. 나는 올림픽이 끝나고 나서 두어 차례 정무 보고를 통해 조심스럽게 진언했다.

"1975년 월남 패망 이후 다음엔 한국이 공산화된다는 풍문이 나돌고 사회적으로 불안과 소요가 번져나가 특단의 조치가 필요했습니다. 신직수 정보부장이 여러 대처 방안을 건의했습니다. 그 가운데 박 대통령에게 송구해서 '국민투표 방안도 고려할 수 있음'이라고 조그맣게 써서 차트에 끼워 넣었습니다. 설명하면서 이 부분을 슬쩍 넘겼는데 박 대통령은 '아니, 차트 다시 넘겨!'라면서 '다른 방안은 필요 없어! 이 방안이 좋겠어. 그대로 해!'라고 명령해 국민투표를 하게 됐습니다. 결과는 75% 지지가 나와서 정국을 수습했고요."

이 말을 조용히 듣고 있던 노 대통령이 물었다.

"국민투표 하면 자네 생각엔 자신 있나?"

"저는 자신 있습니다. 왜냐하면 올림픽이 성공적으로 끝나 국민들 사기가 올라갔습니다. 여론조사를 해보니 올림픽을 성공적으로 치른 정부에 대한 지지가 65.2%로 나왔습니다. 이럴 때 우리가 '이제 대사도 끝났으니 여러분이 당선시켜주신 대통령이 소신껏 일할 수 있도록 한 번 밀어주십시오'라고 호소하면 이를 거부할 국민은 아마 없을 것이라고 생각합니다."

그는 이모저모 재는 듯 생각하더니 조심스럽게 말했다.

"알겠네. 내가 좀 더 깊이 생각해보겠네."

10월 2일 올림픽이 성공적으로 폐막한 직후인 10월 4일부터 5공 청문회가 소집되었다. 일해재단을 파헤치기 위한 것이었다. '청문회 정국'이 다시 시작된 것이다. 그중에서도 가장 소란했던 것은 5공특위와 광주특위의 청문회였다. 역대 총리, 장관들이 줄줄이 불려 나왔다.

국회 청문회에 국민들의 시선이 쏠려 있을 때 이와 별도로 정부의 5공 청산 작업도 집요하게 진행되고 있었다. 노태우 대통령은 11월 3일부터 동남아 및 호주 순방 길에 들어갔고, 그가 청와대를 비운 사이에 5공 수사는 점점 전두환 전 대통령 일가를 향해 집중되었다. 먼저 언론에 흘리고 다음에 검찰에서 수사하고…. 이렇게 장단 맞추면서 진행되었다.

11월 9일, 드디어 전두환의 형 전기환과 전우환, 그리고 동서인 홍순두가 줄줄이 검찰에서 조사받고 구속되었다. 그들이 5공 기간 중 호가호위(狐假虎威)했다면 응징받아 마땅하지만 그 검찰 수사는 표적을 두고 진행하는 수법이라 기묘했다. 11월 15일에는 처남 이창석이 구속되었다. 전두환은 이렇게 당할 줄은 몰랐을까? 전두환은 "우리 집 제사 지낼 사람도 없게 되었다"라며 개탄했다. 전두환은 드디어 11월 23일, 국민에게 사과하고 모든 재산을 국가에 헌납한다면서 부인과 함께 백담사로 은둔 생활에 들어갔다. 한때 전두환은 노태우가 후계자가 되면 '상왕'으로 있으면서 권력을 원격으로 조종하겠다고 생각했다. 그래서 그는 일해재단을 만들고 부인은 새세대육영회도 만들었다. 그러나 이렇게 권력을 놓은 지 1년도 채 못 가서 강원도 산골의 절집에서 은둔 생활을 하게 되었으니…. 권력은 이래서 놓기 어려운 것인가?

이럭저럭 1988년이 저무는 시점까지도 청와대는 중간평가를 한다든지, 하지 않는다든지 나의 건의에 도무지 반응이 없었다. 11월 21일, 나는 다시 정무장관으로서 청와대에 월례보고차 갔다. 내 판단으로는 더 이상 여소야대 정국에 끌려다니다가는 올림픽 효과도 사라지고, 그렇게 되면 국민투표를 해도 어려울 것 같아 내심 초조했다.

"제 판단으로는 올해가 가기 전에 결단을 내리시는 것이 좋을 것 같습니다."

"6·29 선언 때 한번 벼랑에 서서 결단을 내렸으면 됐지, 왜 자네는 자꾸 나를 벼랑 끝으로만 몰고 가려고 하는가?"

나는 그 순간 '이분의 마음이 달라졌구나!' 하고 생각했다. 그렇다면 더 이상 말을 해서는 안 되는 것이었다. 그런데 나는 바보처럼 한마디 더 하고 말았다.

"다른 뜻이 있어서가 아닙니다. 한 번만 더 벼랑에 서시면 대통령으로서 현 상황을 당당하게 정면 돌파하고, 여소야대도 극복하게 될 것이라고 확신했기 때문에 건의한 것입니다."

나는 1968년 프랑스의 드골 대통령이 국민투표를 명하면서 "다 잃거나 두 배로 딴다"고 판단했다는 이야기를 예로 들어 설명하고 싶었으나, 또 다른 오해를 살 것 같아 말을 삼갔다. 왜냐하면 결과적으로 드골은 국민투표에서 패배했기 때문이었다.

청와대에서 무안을 당하고 돌아온 뒤 다시는 내 입으로 중간평가 이야기를 꺼내지 않겠다고 다짐했다. 이런 고민 속에 1988년도 저물어가던 무렵, 12월 8일에 느닷없이 청와대에서 박준병 후임으로 나를 사무총장에 임명했다. 이건 또 무슨 뜻인가? 나는 노 대통령이 속으로 중간평가에 결심이 섰다는 신호로 받아들였다. 청와대에서 임명장을 받는

▲ 1988년 12월 8일 노태우 대통령은 필자를 다시 당 사무총장에 임명했다. 필자는 이 인사를 중간평가를 준비하라는 신호로 해석하고, 당 조직 강화와 중간평가에 만반의 준비를 갖추었다. 필자는 당시 물밑에서 3당 합당 음모가 진행되고 있는 것을 전혀 몰랐다. 사진은 12월 9일 열린 신구 당직자 이임식과 취임식. 사진 왼쪽부터 이한동(정책위의장 신임), 박준병(사무총장 이임), 박준규(대표 신임), 윤길중(대표 이임), 필자(정무장관 이임, 사무총장 신임), 이춘기(고문 유임).

날 노 대통령은 나에게 당부했다.

"이제 사무총장이 되었으니 당을 장악하고 언제든 대사를 치를 수 있도록 만전을 기해주게!"

"단시일 내에 당의 조직을 정비해 만반의 태세를 갖추겠습니다."

그날부터 나는 바빠졌다. 중간평가가 다음 해 2월을 넘기지 않을 것이라 예상하고, 당을 정비하고 당원들을 일치단결시켜 다시 한 번 지난 대선처럼 일사불란하게 나아가는 방안을 궁리했다. 내가 미처 당 정비에 들어가기도 전에 노 대통령의 지시가 연거푸 내려왔다. 12월 14일 청와대 회의에서 노 대통령은 단호하게 몇 가지를 당부했다.

- 여소야대 정부지만 대통령책임제 정부임을 명심하라.
- 당의 단합과 새로운 각오를 요구한다. 4·26 총선의 패배 의식에서 벗어나 6·29 정신으로 돌아가자. 그럼으로써 당이 민주화되는 모습을 국민에게 보여줘라.
- 사회 불순 세력을 분쇄할 수 있는 전선을 형성하자.
- 연말을 기해서 올림픽을 성공적으로 치른 영광을 국민에게 다시 과시하자.
- 연말연시에 사회의 그늘진 곳을 찾아다니며 위로하는 활동을 적극 전개하라.

나는 이런 당부를 들을 때마다 중간평가를 염두에 둔 지시 사항으로 이해했다. 12월 21일, 당 5역과 정무장관이 참석한 청와대 회의에서도 노 대통령은 재차 강력하게 지시했다.

- 새로운 정책을 내놓는 것보다 기존 공약 사항을 철저히 실행하는 청사진을 작성하라.
- 체제를 수호한다는 단호한 결의를 갖고 당의 추진 계획을 작성하라.
- 활동이 부진한 지구당에 대해서는 본보기로 특별 대책을 강구하라.
- 국회 청문회는 하면 할수록 당의 흠집만 커진다. 이제는 늠름하게 대처하는 자세를 갖자.

그는 이런 구체적인 지시 끝에 더욱 의미심장한 말을 해서 나를 긴장케 했다.

"5공 시절의 잘못된 점이나 부정, 비리를 변명하거나 감싸려고 하지 말고 자를 것은 단호히 자르는 모습을 보여야 합니다. 엄정한 사법 처리와 정치 보복은 구분해야 합니다. 정치 보복을 해서는 안 되지만, 보복한다는 말이 무서워 법을 어긴 부분까지 그대로 덮고 가면 우리 6공의 정당성이 없어집니다. 당직자 간에 5공, 6공 이런 파벌 싸움을 해서는 안 됩니다."

나는 이 말이 전두환과 그 주변 인물의 처리를 둘러싸고 일부 잡음이 들리자 분명한 입장을 밝힌 것이라고 생각했다. 이처럼 12월에도 몇 번씩 반복해 회의 때마다 강력하게 제시된 노 대통령의 훈시는 나로 하여금 중간평가를 대비하는 페달을 계속 밟지 않을 수 없게 했다. 심지어 크리스마스인 12월 25일 밤 9시에는 노 대통령이 직접 전화를 걸어왔다.

"지구당위원장과 국회의원 연석회의를 소집해 당이 일치단결하는 모습을 과시하도록 하시오. 특히 아직 5공적인 발상을 하는 사람들은 하루빨리 발상을 전환해 모두가 용광로에 들어가 한마음이 되도록 하시오. 이제 당원 모두가 적극 나서야 할 때가 되지 않았소? 그런 운동을 하기 바라오."

그런데 12월 말경 박철언 보좌관이 나에게 "중간평가를 1월 중으로 생각해봤으나, 아무래도 뒤로 미뤄야겠다"라고 말해 약간 의아했다.

하지만 나는 우선 당 사무국 요원을 강화하는 계획부터 수립했다. 당시 사무국의 유급 당원은 약 1000명이었는데, 여기서 기능직을 빼면 약 800명이 정예 요원이었다. 이들을 잘 훈련시키고 적재적소에 배치하는 것이 급선무였다. 그래서 사무국의 당직 개편도 단행했다. 다음으로는 전 지구당에 대한 당무 지도 감사가 필요하다고 생각했다. 물론 단시일 내에는 안 되겠지만 사전에 이런 감사가 있을 것이라고 예고함으로써 지구당이 긴장해서 사무 태세도 갖추고 조직도 강화하는 양수겸장의 효과를 노렸던 것이다. 또 각 지역의 유지급인 중앙위원 5369명을 무장시키는 것도 대단히 중요한 일이었다.

이 같은 당 정비 작업의 일환으로 나도 틈틈이 지방을 순회하며 조직을 점검했다. 노태우 대통령이 1월 17일에 열린 연두 기자회견에서 "중간평가를 할 용의가 있다"라고 언명해 나도 조직 정비를 서두르지 않을 수 없었던 것이다. 하지만 그런 언명 이후 구체적인 지시는 아무것도 없었다.

그러는 사이 1월이 다 가면서 정국의 기류가 조금 미묘해졌다. 국회에서는 몇 달째 5공특위와 광주특위가 열리고 있었지만 왠지 김이 빠져 야당으로서는 새로운 점화가 필요했다. 야당이 그 불씨를 살리기 위해 세운 전략은 두 가지였다. 하나는 전두환·최규하 전 대통령을 국회에 출석시키는 것이고, 다른 하나는 5공 정권에 대한 특검제 도입이었다. 두 가지 모두 여당에는 치명적이었다. 왜냐하면 최규하 대통령은 내부적으로 "만약 민정당이 나를 기어코 국회에 세우면 나도 할 말을 다 하겠다"라며 벼르고 있었기 때문이다. 또 특검제를 도입하면 그동안 성역으로 남아 있던 노태우 대통령의 대선 자금 전모까지 드러날 수도 있었기 때문이다.

민정당으로서는 이 두 가지 모두 받아들일 수 없었다. 그러나 당 지도부는 해법을 찾지 못했다. 답답한 김윤환 총무와 나는 국면 타개를 위한 묘안 찾기에 골몰했다. 그 결과 우리 두 사람은 중간평가라는 강수를 써서 정면 돌파하는 방법밖에 없다는 결론을 내렸다.

그런데 중간평가를 바라보는 야 3당의 시각이 조금씩 달라지고 있었다. 야 3당 총재는 '신임을 묻는 중간평가여야 한다'는 단일한 원칙을 정해놓기는 했지만, 내막을 들여다보면 꼭 그런 것도 아니었다.

김영삼 민주당 총재는 "중간평가는 국민에게 약속한 사항인 만큼 반드시 해야 한다"라는 주장을 거듭 폈다. 그는 중간평가를 하면 국민이 노태우 대통령을 거부하게 되고, 그 결과 대통령 선거를 다시 하면 자기가 유리하다고 판단하지 않았나 생각된다. 그렇다면 그것은 김칫국부터 마시는 격이었다.

그러나 김대중 평민당 총재의 계산은 달랐다. 그는 냉정하게 여론을 꿰뚫어 보고 있었다. 국민투표를 하면 안정을 희구하는 국민 대부분이 1년 만에 현직 대통령을 끌어내리려 하지 않을 것으로 판단했다. 그렇게 중간평가에서 여당이 이기면 정계의 주도권이 다시 여당으로 넘어가고, 모처럼 만든 여소야대 정국은 무용지물이 되어버릴 수도 있었다. 그래서 김대중 총재는 중간평가에 사실상 반대했다. 그가 내세운 논리는 중간평가가 '헌법에 없다'는 것이었고, '결과적으로 위헌이 된다'는 주장이었다.

김종필 총재는 처음부터 그런 공약을 한 것이 바보 같은 일이었다는 태도를 보였다. 그러므로 이제라도 그런 중간평가 시도를 거둬들이라는 주장이었다.

나는 은밀하게 여론조사를 해봤다. 그 결과 지난 대선의 김영삼 지지자 가운데 50%, 김대중 지지자 가운데 36%, 그리고 김종필 지지자 가운데 72%가 국민투표를 하면 노태우를 지지하겠다는 반응을 나타냈다. 이렇게 되면 70%의 지지는 무난히 나올 수 있다고 결론을 내릴 수 있었다.

나는 이런 데이터들을 보면서 자신감을 갖고 대기하고 있었으나, 청와대는 여전히 움직이지 않았다. 답답해진 것은 사무총장인 나였다. 1월 말, 나는 속초 지구당을 점검하고자 내려갔다. 중간평가를 서둘러야 한다는 초조감 때문이었는지 기자 방담에서 너무 앞질러 몇 가지를 말했다. "중간평가에 대해 야당에서 이러쿵저러쿵 말들이 있지만, 우리 당의 자세는 분명하다. 중간평가는 신임을 걸고 하는 국민투표이고, 이는 야당과 협의할 사항이 아니다"라고 했다. 이 말이 보도되자 김윤환 총무는 즉각 "신임을 묻는 중간평가를 원하는 것이 국민의 대세다"라고 응원의 말을 보탰다.

하지만 중간평가에 발동을 건 이 발언의 후유증은 만만치 않았다. 청와대 측근들이 노 대통령에게 나의 속초 발언을 교묘하게 변질시켜 보고했다. "이종찬 사무총장이 중간평가를 계기로 당의 조직을 자기 것으로 강화하려고 지금 서두르고 있다"라는 모략이었다. 가뜩이나 중간평가를 피하고 싶어 하던 노 대통령이 이 말을 듣고 대로한 것은 불문가지였다.

시간은 다시 흘러 임시국회가 소집되고 양심수 석방 조치로 풀려나온 재야 운동가들이 또다시 조직을 강화했다. 노동계는 춘계투쟁에 들어갈 태세를 갖추고 있었다. 국민투표를 하게 되면 불리한 요인들만 점점 강화되고 있었다. 시간은 우리 편이 아니었다.

청와대가 중간평가에 주저하고 여권의 결속도 점차 풀어지는 상황에서 야권은 드디어 청와대가 중간평가를 회피하려 한다는 것을 눈치챘다. 이런 청와대의 약점을 비집고 야권은 5공 청산과 특검제를 강력히 주장하면서 여당을 코너로 몰아넣었다. 이렇게 야당의 공세가 강화되자 노태우 대통령은 2월 23일 부랴부랴 당정 회의를 소집해 중간평가를 준비하라고 지시했다. 그러나 그의 언사에는 의지가 없었다. 내가 듣기에도 엄포로 들렸다.

노 대통령의 강행 지시에도 불구하고 청와대 일부에서 중간평가를 '정책평가'로 한다는 이설이 나왔다. 그런가 하면 또 다른 아이디어로 정국의 혼란을 피하기 위해 국회에서 재신임을 묻는 방향으로 가자는 주장도 있었다. 이런 주장들은 모두 꼼수에 불과했다.

정책평가 국민투표 방안에 대한 반응을 체크하는 과정에서 나는 김대중 총재의 주장과 박철언의 주장이 매우 흡사하다는 데 놀랐다. 이면 교섭이 있었던 것이 분명했다. 김대중 총재는 한 발 더 나아가, "정책평가를 하려면 숫제 지방자치제 실시 정책을 내놓고 국민투표를 하라"고 주문하기까지 했다.

아니나 다를까? 중간평가 강행 지시는 일종의 '연극'이었다. 3월 14일부터 서서히 연기론의 연기가 굴뚝에서 보이기 시작했다. 마침 삼청동 안가의 조찬 대책 모임에서 최창윤 정무수석이 느닷없이 "중간평가에 도저히 자신이 없다"라고 이의를 달기 시작했다. 이것이 당과 정부에서 처음으로 제기된 '중간평가 무용론'이었다. 그리고 최 수석 개인의 의견이 아니라 모종의 사전 논의 결과를 언급하는 것으로 느껴졌다.

3월 16일, 당정 회의가 궁정동에서 있었다. 박세직 안기부장과 청와대의 홍성철 비서실장, 박철언 정책보좌관, 최창윤 정무수석, 당의 나, 김윤환 원내총무, 이춘구 의원이 모였다. 박철언과 최창윤은 노골적으로 중간평가 불가론을 강변했다. 둘이 입을 맞추고 나온 것 같았다. 이에 대해 박세직 안기부장은 "중간평가를 위해 김용갑 총무처 장관이 사표까지 냈는데 이제 와서 방향을 틀면 정부 꼴은 무엇이 되느냐?"라면서 볼멘소리로 화를 냈다. 이춘구 의원도 "강행하지 않으면 국민이 납득하지 않을 것"이라고 말했다. 나는 "국민과의 약속을 안 지키고 잔재주로 넘기려면 또 잡히게 된다"라고 경고했다. 이렇게 격론이 벌어지자 홍성철 비서실장은 아직 연기하자는 주장은 아니고 그런 의견도 있다는 것이라고 무마했다.

3월 17일, 궁정동 조찬 당정 회의에서 재차 연기론을 둘러싸고 격론이 벌어졌다. 그날 김윤환 총무는 야당과의 타협 결과 5공 청산만 약속하면 연기도 가능하다고 보고해 연기 쪽으로 무게가 실렸다. 김 총무는 "잘하면 평민당과 공화당에선 '연기 환영' 성명까지 기대할 수 있다"라고 보고했다. 김 총무가 이렇게 큰소리칠 수 있었던 것은 당시 평민당 김원기 총무와의 이면 합의 때문이었다는 사실이 최근 밝혀졌다.

'1989년 3월 21일' 두 김 총무 사이에 작성된 '각서'에는 노태우 대통령이 중간평가를 실시하지 않는 대신 언론 통폐합에 책임이 있는 허문도와 이상재 중 1인을 사법 처리하며, 5·18 민주화운동을 무력 진압한 정호용은 공직에서 사퇴시키고 이희성은 공식 사과토록 한다는 등의 내용이 담겨 있었다.* 거의 살생부나 다름없는 문건이었다. 노 대통령이 부담스러운 중간평가를 하지 않는 대신 이런 여권 인사들을 희생양으로 내주는 거래를 한 것이었다.

3월 17일 오후 5시, 청와대에서 노 대통령 임석하에 최종회의가 소집되었다. 나는 연수원에서 지구당위원장·국회의원 연석회의를 주관해야 하므로 참석하지 못하겠다고 사전 양해를 구했다. 나중에 연기론 쪽이 우세했다는 말을 전해 들었다.

3월 19일, 궁정동 회의에 나가 보니 대세는 완전히 연기론으로 기울어졌다. 청와대에서 전날 온종일 강행론자들을 설득한 것이 분명했다. "국민이 납득하겠느냐?"라며 펄펄 뛰던 강행론자들도 침묵을 지켰다. 모두들 "연기하는 담화를 어떻게 작성해야 하느냐", "앞으로 정치 일정은 어떻게 잡아야 하느냐"라는 등 연기론을 기정사실화하며 사후 대책에만 열을 올렸다.

나도 더 이상 강행을 주장하는 것이 무의미하다고 생각했다. 아니, 무엇보다 나 자신이 지쳤다. 이 정도로 질질 끌다 보니 전의가 떨어질 대로 떨어졌는데 설사 국민투표를 해도 결과를 장담할 수 없게 된 것이었다. 이런 판국에 내가 중간평가 강행론을 계속 주장하면 마치 이 정권 망하기를 바라는 놈으로 취급받을 것이 아닌가? 오후에 노 대통령이 제주에서 돌아오면 연기론을 사무총장인 내가 보고하도록 회의 참석자들이 결정했다.

저녁 8시, 청와대에서 회의가 또 소집되었다. 며칠간 토의한 내용을 중심으로 '중간평가 연기론'을 내키지 않지만 보고할 수밖에 없었다. 이 보고를 받자마자 노태우 대통령의 표정이 일순 밝아졌다. 대단히 행복

---

* "노태우 중간평가 연기 89년 비밀각서 있었다", ≪중앙일보≫, 2008년 6월 2일 자 참조.

해 보였다. 싸우지 않고 대통령직을 그대로 유지하게 되었으니 얼마나 다행한 일이겠는가? 모두가 들뜬 기분으로 웃음꽃을 피웠다.

3월 20일, 전국 지구당위원장들이 청와대 오찬에 초대되었다. 이 자리에서 노태우 대통령의 '중간평가 유보'에 대한 특별 담화가 발표되었다. 오찬이 시작되면서 노 대통령은 하필이면 나에게 중간평가 유보를 환영하는 건배사를 하라고 했다. 나는 목청을 가다듬고 "위하여! 위하여!"를 여러 번 선창했다. 무엇을 위하자는 것인지도 모른 채….

이런 말이 있다. "지도자는 잘된 결정을 내리는 것이 제일 좋고, 잘못된 결정을 내리는 것이 그다음이며, 결정을 내리지 않는 것이 가장 나쁘다." 미국의 해리 트루먼 전 대통령이 한 말이다. 정말 그랬다.

징검다리 '동해 재선거'

1989년 3월 14일, 대법원은 한 해 전에 강원도 동해시에서 무소속으로 당선되어 민정당에 입당한 홍희표 의원의 당선이 무효라고 판결했다. 여권 내부가 중간평가를 '안락사'시키는 쪽으로 방향을 잡아가던 무렵이었다.

홍희표 의원은 원래 민정당 창당에 참여한 정치인이었다. 그는 당시 허정 전 내각수반의 소개장을 받아 창당 대열에 참여했다. 성격이 호방하고 교제술이 능란해 주변으로부터 호감을 받기도 했지만, 또 다른 쪽에는 그를 경계하는 사람도 많았다. 그러나 홍희표는 이미 전국구로 제12대 국회에 진출한 현역 국회의원이어서 당연히 공천될 줄 알았다. 그러나 청와대의 노태우 대통령 측근들은 그를 별로 좋아하지 않았던 것 같다. 그는 제13대 선거의 당 공천에서 탈락했다. 그 대신 공무원 출신인 김형배가 공천을 받았다.

홍희표는 즉시 '중앙당'에 탈당계를 내고 무소속으로 출마했다. 선거 결과 무소속이던 홍 후보가 당선되었다. 1등과 2등의 지지율 차이는 0.8%(372표)에 불과했지만, 그 짧은 시간에 여당 프리미엄 없이 당선된 것은 대단한 일이었다. 당에서는 여소야대 정국을 타개하기 위해 의석 하나가 아쉽던 판이라 홍희표에게 입당할 것을 권했다. 사실 그로서는 기분이 언짢았지만 자신도 민정당 창당 공로자이다 보니 "민정당에 대해 무한 책임을 느낀다"라는 변을 남기고 재입당했다.

그런데 차질이 생겼다. 민정당 후보로 낙선한 김형배가 당선무효 소송을 제기한 것이다. 홍희표가 무소속 출마 전에 탈당계를 '지구당'에 제출한 사실이 없으므로 무소속 출마 자체가 무효라는 것이었다. 당시 정당법에 따르면 탈당계는 소속 지구당에 제출하도록 되어 있었다. 그러니 아무리 중앙당에 탈당계를 제출했다 하더라도 이는 절차상 무효였다. 지극히 간단한 절차상의 문제로 홍희표의 당선이 무효가 되게 생긴 것이었다. 홍희표는 중앙당으로 찾아와 길길이 뛰면서, 중앙당에 제출했어도 이를 지구당에 보내주기만 하면 되었을 것을 그런 조치를 취하지 않은 중앙당이 무성의했다고 불만을 터뜨렸다.

어떻든 법의 절차대로 처리하지 않은 것은 문제였다. 대법원의 판결도 예상대로 '당선무효'로 나왔다. 재선거 일자도 한 달 뒤인 4월 14일로 정해졌다. 나는 홍희표 의원을 달랬다. "당에서 전폭 지원할 터이니 더 이상 불만 갖지 말고 선거에 임하라. 선거 치른 지 1년밖에 되지 않았으니 당신이 얻었던 표가 그대로 나오게 될 것"이라고 위로했다.

아무리 김형배 당시 민정당 후보가 소송을 제기해서 이겼다 하더라도 홍희표를 당에서 영입한 이상 재선거 공천은 그에게 주어야 한다는 것이 사무총장인 나의 판단이었다. 김형배에게 이번 기회는 홍희표에게 양보하라고 설득했다. 결국 김형배는 당의 강력한 권유로 재선거 출마 생각을 접었다. 그러나 지구당 당원들 사이에서는 아직 홍희표에 대한 거부감이 남아 있었다. 나는 즉각 김중권 사무차장을 현지에 보내 선거를 지휘하도록 했다.

재선거 일정이 확정되고 각 당이 후보를 다시 공천하면서 선거전이 시작되었는데, 또 예상치 못한 상황이 벌어졌다. 민주당 측에서 이번 재선거가 사실상의 중간평가라며 당의 총력을 쏟아붓기 시작한 것이었다. 중앙당 사무총장인 서석재 의원이 직접 동해시에 내려와 진두지휘했고, 소속 국회의원들과 전국 지구당위원장들이 총동원되었다. 민주

▲ 1989년 4월 강원도 동해시 재선거에서 민주당의 후보 매수 사건이 일어나면서 우리 당의 홍희표 의원이 압승을 거둘 수 있었다. 당시 필자는 김중권 사무차장을 현지에 보내 선거운동을 이끌게 했고, 필자도 직접 선거 현장을 방문했다. 이 선거의 승리는 여소야대 정국을 벗어날 수 있는 좋은 계기였지만, 그 결과는 오히려 3당 합당의 지렛대로 이용되었다.

당이 분위기를 잡아나가자 다른 야당들도 같은 장단에 춤을 추기 시작했다. 이 때문에 날이 갈수록 선거가 과열되었다.

나는 꽤나 당황했다. 홍희표 의원이 무슨 부정을 저지른 것도 아니고 단순히 절차상 착오에 따른 당선무효로 재선거를 치르는 것뿐인데, 불과 한 해 전의 제13대 총선에서 홍 의원이 민주당 후보를 압도적 표 차로 누른 상황에서 이런 처신은 정치 도의상 지나치다는 생각이 들었다.

아마 이 과열 현상은 중간평가를 유보한 민정당의 석연치 않은 정치에 대한 하나의 반작용이었을 것이다. 민정당을 이번 선거에서 납작하게 만들어 본때를 보여주겠다는 심정도 있고, 이를 계기로 여소야대 정국을 계속 유리하게 끌고 나가겠다는 판단도 분명히 있었다.

이런 야당의 의도가 감지되는 이상 나도 총력을 기울일 수밖에 없었다. 결국 동해 재선거는 하나의 지역구 선거가 아니라 중간평가의 대리전 양상을 띠는 중앙당의 선거가 되고 말았다. 야 3당 총재들이 모두 현지에 내려와 유세했고, 김영삼 총재는 선거 막바지에 아예 며칠간 묵으며 선거를 독려했다.

이런 과열 현상이 위험 수위를 넘었다고 보았는지, 중앙선관위는 각 당에 여러 차례 경고 공문을 보내 과열 선거 분위기에 편승한 불법 선거를 엄중히 감시하겠다고 했다. 그러나 과열·혼탁 분위기는 좀처럼 가라앉지 않았다. 오죽했으면 중앙선관위원장인 이회창이 각 당의 총재 앞으로 경고 서한을 보내기까지 했을까.

지나치게 과열된 선거 분위기 탓에 결국 일이 터지고야 말았다. 선거 막바지에 민주당의 서석재 사무총장이 공화당 이홍섭 후보에게 사퇴를 조건으로 돈을 건넨 것이다. 이 후보는 돈을 받고 투표 이틀 전인 4월 12일 민주당 후보를 지지한다면서 사퇴 성명을 내고 잠적했다. 현지에 선거 지원차 나와 있던 공화당 최각규 사무총장도 전혀 예기치 못한 일이었다. 즉시 이 후보를 찾아서 추궁하여 '자백'을 받아냈다. 사퇴를 조건으로 5000만 원을 수표로 이미 받았고, 선거가 끝난 뒤 1억 원을 더 받기로 했다고 털어놓았다.

이렇게 진상이 밝혀졌는데도 민주당은 "민정당의 정보공작이다", "민정당과 공화당의 합작품이다"라는 등 시간을 끌며 역공을 폈다. 어떻게 하든 4월 14일 선거일을 넘기자는 속셈이었다. 그러나 이홍섭의 기자회견으로 진상이 다 드러난 마당에 민주당이 표를 얻기는 불가능했다. 개표 결과 홍희표 후보는 민주당 후보를 더블스코어 이상의 차이로 누르고 당선되었다.

선거 다음 날 김영삼 민주당 총재는 후보 매수 파동과 관련해 대국민 사과 성명을 발표했다. 아마 김 총재 일생에 이렇게 수모를 당한 일은 흔치 않았을 것이다. 그는 기자들의 질문에 답변도 않고 자리를 떴다.

그는 절대로 사과를 하지 않는 정치인으로 정평이 나 있었다. 그러나 이홍섭 후보가 서석재 총장이 "총재로부터 승인을 받은 사항"이라며 매수를 밀어붙였다고 공개하자 공화당은 김영삼 총재까지 고소한다고 을러댔다. 더욱이 서 총장이 건넨 수표의 발행처를 추적해보니 상도동 안방이었다는 설까지 돌아 민주당의 도덕성은 그야말로 땅에 떨어졌다. 그리고 무엇보다 민정당 입장에서 중요한 것은 그동안 여소야대를 지탱해온 야 3당의 공조 체제에 균열이 생긴 점이었다.

서울에 남아 있던 김윤환 총무는 "동해 재선거는 의석으론 1석을 얻은 데 불과하지만 안정을 바라는 국민들의 의사가 표출된 결과"라면서 "노태우 대통령이 더욱 강하게 시국을 운영해나가라는 주문"이라는 의미까지 부여했다.

결과적으로 중간평가 유보에 실망했던 당원들은 동해 재선거 승리로 사기가 충천했다. 그러나 이런 승리 무드의 뒤편에 '3당 합당'이라는 또 다른 배신의 칼이 숨어 있는지는 당시 아무도 몰랐다. 나중에 알고 보니 민주당의 동해 재선거 패배는 당시 은밀하게 합당을 추진하던 청와대에는 대단히 좋은 '협상 카드'가 되었다. 합당에 주저하던 김영삼 총재는 이번 일로 당의 명예가 실추되고 아끼던 서석재 사무총장까지 구속되는 바람에 궁지에 몰렸다. 수표의 출처도 밝혀질 위기였다. 그는 이런 궁지에 몰린 어려운 입장에서 벗어나기 위해 합당에 적극성을 보이기 시작했다고 한다.

합당 논의가 배후에서 활발하게 진행되면서 동해 재선거의 부정과 관련한 수사는 흐지부지되고 말았다. 불과 한 달여 만에 서석재와 이홍섭 모두 보석으로 풀려나왔다. 선거 사범에게 이렇게 관대했던 사법 처리는 일찍이 없었다. 동해 재선거는 결국 중간평가 유보에서 3당 합당으로 건너가는 징검다리 구실을 톡톡히 한 셈이다.

10
/
망국적 3당 합당

그동안 우리 사회에서 어느 날 갑자기 일어나는 일이
너무 잦아 성실하게 살아가는 보통 사람들의 기분을
상하게 했습니다. 이 노태우가 대통령에 당선되면
'어느 날 갑자기' 식의 변동과 불안을 없애겠습니다.
자신의 미래를 안심하고 설계하고, 또 설계한 대로
실현되는 '믿음사회'를 만들겠습니다.

노태우가 1987년 12월 12일 대통령 선거 서울 여의도
연설회에서 한 말 중에서.

'허공의 메아리' 혹은 역린

망국적인 3당 합당은 1990년 1월 22일 세상에 모습을 드러냈지만, 그 연원은 1년 가까이 거슬러 올라간다. 그럼에도 나는 이른바 '구국의 결단'이라는 3당 합당의 내용을 불과 하루 전에야 통고받았다. 명색이 민정당 창당 주역에 중진인 입장에서 창피하고 가슴 아픈 일이었다.

당시 그런 쓰라린 감정을 가졌던 것은 단순히 내가 그 과정을 몰랐기 때문이 아니었다. 정치의 기본 원칙상 도저히 동의할 수 없는 내용을 전해 듣고, 나아가 그날 이후 그 파렴치한 사기극이 눈앞에서 진행되는 것을 지켜보면서 제대로 말 한마디 하지 못한 내가 얼마나 바보스럽고 한심했는지 지금 생각해도 얼굴이 화끈거린다.

3당 합당의 전사(前史)부터 살펴보자. 1989년 3월 중간평가가 물 건너가면서 나는 당 사무총장에서 물러날 때가 되었다고 생각했다. 그 전해 12월에 내가 사무총장으로 기용된 것은 어차피 '중간평가 쇼' 용도였다고 판단되었기 때문이었다. 더 이상 당직에 남아 있을 이유가 없었다. 그러다 4월 동해 재선거로 잠시 바쁜 당무를 보기도 했다. 정국의 이면에서 '보수 대연합'이라는 간판 아래 '여소야대'를 인위적으로 뒤집는 합당 음모가 진행되고 있다는 것은 까맣게 모르는 상태였다. 나름대로는 '여소야대' 정국을 조금이라도 풀어보는 것이 나의 일이라고 생각해 최선을 다했다

사후에 확인되기로는, 이런 합당 논의가 처음 제기된 것은 3월 7일

▲ 1989년 노태우 대통령은 중간평가를 피하고자 3당 합당 쪽으로 기울었다. 필자는 당시 김윤환 원내총무에게 "정면 돌파가 정국 전환의 가장 확실한 길 아니냐?"라고 물은 적이 있다. 그 무렵 민정당 당무회의 석상에서 사무총장인 필자와 김윤환 원내총무.

노태우와 김종필의 회담에서였다. 이날 청와대 회담에서 김종필 공화당 총재는 평소 소신대로 "중간평가는 필요 없다"는 지론을 펴면서 한 걸음 더 나아가 정계를 보수·혁신 구도로 재편할 필요가 있다고 역설했다. 이 말에 노 대통령은 솔깃했다. 말하자면 중간평가 포기와 합당을 거래하자는 것이었는데, 당시 중간평가 문제로 골머리를 앓던 노 대통령으로선 귀가 번쩍 뜨이는 이야기였다.

김종필의 입장에서도 당시의 여소야대 정국이 꼭 좋지만은 않았다. 한편으로 3김의 밀월과 정국 주도를 즐기면서도 다른 한편으로 공화당이란 제3야당의 제약이 그리 유쾌하지 않았다. 그래서 그는 기회가 있을 때마다 내각제를 전제 조건으로 보수 연합의 필요성을 역설하곤 했다. 그것을 노 대통령에게 직접 언급한 것이다. 이로써 민정당과 공화당의 합당론이 검토되기 시작했다.

그런데 이 양당 합당론은 청와대 참모진 선에서 제동이 걸렸다. 자칫 그것은 3공과 5공 세력의 결합으로 비치면서 군정 세력들의 야합으로 매도될 수 있다는 지적이었다. 노 대통령도 이런 반론에 주춤했다. 그래서 민주당에도 의사를 타진해보려는 시점에 동해 재선거에서 후보 매수 사건이 터진 것이다. 김영삼 총재는 이 사건으로 코너에 몰렸다. 특히 매수한 돈의 출처 때문에 극도로 당황할 수밖에 없었다. 모사꾼들은 민주당을 합당 논의로 끌어들이는 데에 이 선거 부정 사건을 하나의 미끼로 잘 활용했다.

중간에 어떤 이야기가 오갔는지는 모르지만 매수의 주역 서석재 전 민주당 사무총장이 구속 수감된 지 한 달여 만인 5월 30일에 보석으로 풀려났다. 그리고 6월 21일에 청와대에서 노태우와 김영삼 간 영수 회담이 열렸다. 그리고 선거 부정 사건에 대한 수사는 흐지부지되었다.

바로 이 회담에서 내각제 개헌 문제와 합당 문제가 한 묶음으로 거론되었다. 김영삼은 자신의 회고록에 이날 "한국 정치의 지형을 바꾸는 한 가지 논의가 태동되었다"라고 썼다.* 당시 노 대통령은 정당 간 정책 연합에 대한 의견을 물었는데, 의외로 김영삼은 "하려면 합당을 해야지 정책 연합은 또 다른 정국 불안 요소가 될 것"이라고 한 걸음 더 나아갔다는 것이다.

사실 여소야대 정국에서 재미를 못 보기는 김영삼도 김종필과 마찬가지였다. 제2야당으로 사사건건 평민당에 기선을 빼앗겼다. 정치권에서 민주당의 위상은 점점 퇴색해갔다. 이런 추세라면 1992년 대선에서 또다시 고배를 마실 가능성이 컸다. 그 직전에 터진 동해 재선거에서의 매수 파문도 민주당과 김영삼에게는 치명적이었다. 이런 복합적인 위기의식 속에서 그는 경상도가 뭉치는 식의 합당을 정국의 돌파구로 은

---

* 김영삼, 『김영삼 회고록(3권)』(백산서당, 2000), 203쪽.

근히 구상하고 있었던 것이 확실하다.

이런 구상은 노태우 대통령에게도 구원의 신호였다. 중간평가 유보 이후 여소야대 정국을 극복하는 방법으로 정책 연합을 생각해왔는데 김영삼이 거기서 한 걸음 더 나아가 합당 문제까지 거론하니 그야말로 불감청(不敢請)이나 고소원(固所願) 아닌가?

이렇게 해서 합당 논의가 민정, 민주, 공화 3당 간에 물밑 대화로 진행되기 시작했다. 표면적으로는 권력 구조를 내각제로 개편하는 문제라는 탈을 쓰고 있었으나, 사실은 합당할 경우 3당의 이해득실을 재는 신경전이었다. 그 과정에서 합당의 최대 걸림돌은 5공 청산을 위한 최규하와 전두환 두 전직 대통령의 국회 증언과 5공 핵심 인사들의 제거 문제였다. 적어도 이 문제가 해결되지 않는 상황에서는 민주당으로서 합당할 명분도 실리도 없다는 것이었다.

이 합당 거래의 채널에는 여러 갈래가 있었다. 멀리 유혁인 주포르투갈 대사도 등장했다. 그는 동아일보 재직 시부터 김영삼 총재와 가까웠다. 또 하나의 채널은 김창근이었다. 김창근은 원래 공화당 사전 조직부터 정치를 시작한 김종필의 직계였다. 하지만 그 후 김종필이 정치적으로 불운할 때 그의 곁을 떠나 4인 체제 쪽으로 넘어간 사람이었다. 이런 변신 때문인지 전두환 대통령은 그를 그다지 신뢰하지 않았고 마지막 단계까지 정치 해금에서 제외했다. 해금이 안 되자 김창근은 이번에는 민추협에 가담해 김영삼의 사람이 되었다. 김창근은 노 대통령의 동서인 금진호와는 경북 영주 동향으로서 죽마고우이기도 했다. 그런 인연 때문인지 노태우는 김창근을 교통부 장관으로 기용했다.

이런 비공식 채널을 이용한 탐색전이 오간 뒤 노태우 대통령은 부인의 고종인 박철언을 정무장관으로 기용했다. 그리고 3당 통합 작업을 위한 비밀 접촉을 하도록 지시했다. 이때 김영삼은 전통 야당 출신에게 막후 대화를 맡기지 않고 당내에 새로 기용한 책사이자 경제 관료 출신인 황병태를 내세웠다. 그는 김영삼이 발탁한 제13대 의원으로 서울 강남에서 당선된 '뉴 스타'였다.

3당 합당 작업은 철통같은 보안 속에 진행되어 3당의 누구도 이를 눈치채지 못했다. 다만 내각제 문제가 심심치 않게 거론되는 것을 보면서 나는 그 무렵 공화당과의 합당 교섭이 진행되는 것 아닌가 하는 의심만 했을 뿐이다.

사실 당시의 민정당은 제3공화국 시절의 공화당 인사들로 완전히 개편되어 있었다. 당 대표가 박준규이고 국회의장이 김재순이었으니 더 설명할 필요도 없었다. 민정당 창당 주역이자 국회의장이던 이재형은 제13대 선거에 공천도 받지 못하고 강제로 정계에서 물러난 상태였다. 이재형은 3김이 정계에 복귀하는 제13대 국회에서 자신의 역할이 있음을 누누이 강조했지만, 노태우는 그를 '5공 인물'로 보고 냉혹하게 잘라 버렸다. 그리고 박준규와 김재순을 대체 인물로 영입했다. 그때부터 구 공화당과 차별화하면서 제3의 길을 찾으려던 민정당의 색깔이 바뀌었다. 그것은 민주복지를 부르짖던 민정당의 색이 아니었다. 그리고 '5공 청산'이라는 허울 아래 '3공 인물'들을 부활시킨 것이기도 했다.

당 총재인 노 대통령은 민정당에 별다른 애착이 없어 보였다. 그리고 민정당의 존속보다는 '여소야대 정국에서의 해방'을 더욱 중요시하지 않나 하는 생각이 들게 했다. 이런 상황을 강 건너 불구경하듯 할 수밖에 없었던 나는 하루도 마음이 편할 날이 없었다. 언제든 당의 사무총장직을 명예롭게 그만둘 시기만 노리고 있었다. 혹자는 그럴수록 당을 지켰어야 옳지 않았겠느냐고 반문할지도 모른다. 그러나 당시 당의 오너는 대통령이었다. 내가 할 수 있는 행동에는 한계가 있었다.

그러던 차에 5월 26일 서울 영등포을구 선거법 위반 사건으로 우리 당 김명섭 의원이 당선무효 판결을 받았다. 또다시 재선거를 치러야 할 판이었다. 나는 이번에야말로 여소야대 정국을 확실하게 돌파하는 기회로 삼겠다고 각오했다.

하지만 이 선거구는 만만한 곳이 아니었다. 그 전해 4월 총선거에서 우리 당이 당선되기는 했지만 평민당 및 민주당과 초접전을 벌였고, 그나마 당선무효가 된 선거구이기 때문에 절대적으로 불리했다. 나는 경제 전문가인 나웅배 전 경제부총리를 설득해 후보로 나서게 했다. 평민당과 민주당은 지난번 출마했던 이용희와 이원범을 다시 내세웠다. 이것도 우리에게는 불리했다. 우리 당의 후보는 이 지역에 처음 얼굴을 내민 후보였기 때문이다.

선거전은 치열했다. 또다시 야당의 '중간평가 선거'라는 캐치프레이즈로 과열 분위기가 조성되었다. 보라매공원에서 열린 대규모 군중집회에서 김대중 총재는 "노태우 정권이 5공 청산과 민주화를 성실히 이행하지 않으면 반드시 중간평가를 통해 국민 신임을 묻겠다"면서 지지를 호소했다. 이 무렵 '중간평가'는 야당이 불리하면 으레 내놓는 약방문 같은 것이었다.

여야 공히 전국 지구당위원장들을 선거운동에 동원했고, 또다시 과열·혼탁으로 중앙선관위원장으로부터 네 당 모두 경고장을 받았다. 8월 18일에 실시된 선거의 결과는 우리 당의 압승이었다.

이날 투표율은 68.9%로 재선거 투표율치고는 대단히 높았다. 그만큼 국민의 관심이 높았다는 이야기다. 선거 결과 민정당이 지난번 선거보다 1만 4000여 표를 더 얻었고 2등인 평민당과의 표차가 1만여 표나 벌어졌다. 언론마다 압승이라고 보도했다. 특히 민주당과 공화당은 그 전해 선거에 비해 각각 1만여 표를 잃었다. 충격이 아닐 수 없었다. 언론에서는 "영등포을구 선거는 정국 구도에 적지 않은 영향을 줄 것"이라면서 "이번 재선거를 통해 3야당 공조를 통한 여소야대 정국 구도는 완전히 새로운 단계로 접어들었다"고 평가했다. 우리 당은 동해에 이은 승리로 정국 운영을 주도할 수 있는 명분과 입지를 확보했던 것이다.

나는 이런 승세를 몰아 정국 주도권을 잡아야 한다고 강조했지만, 청와대의 반응은 계속 냉담했다. 책사들은 정국을 주도하기보다는 어떻게 하든 야당을 끌어들여 원내 의원 수를 늘리는 데에만 몰두하며 합당론에 깊숙이 빠져 있었다. 나는 이제 합당론에 쐐기를 박을 수밖에 없었다. 우선 합당의 명분인 내각제에 대해 비판을 가했다. 8월 23일 나는 도산연구회가 주최한 조찬강연회에서 내각제와 정계 개편론을 싸잡아 공격했다.

"내각제 문제가 근래 심심찮게 거론되고 있습니다. 내각제는 6·29 선언에도 언급되었듯이 우리 당이 지향하는 목표임은 분명합니다. 그러나 현 정치 상황으로 볼 때, 민정당이 먼저 내세우면 자칫 집권 연장의 수단으로 오해받을 수 있습니다. 그러면 국민들도 공감하고 받아들이지 않게 됩니다. 이 문제는 야당 측이 먼저 제안할 때 진정성이 있는 것입니다."

나는 내각제를 앞세워 정계 개편을 시도하는 청와대 움직임에 아주 명확하게 이의를 제기했다.

"내각제를 진정으로 실시하려 한다면 현행 헌법으로도 가능합니다. 현재 대통령에게 집중된 권한을 총리에게 일부 이양하고 경우에 따라서는 야당이 참여하는 연정도 가능합니다. 그런 실험도 없이 헌법부터 고치자는 것은 오히려 비현실적입니다."

나는 내가 무슨 헌법학자라도 되는 양 너무 앞질러 나갔다. 정계 개편 문제에 대해서도 비판했다.

"정계 개편은 결국 내각제 개헌과 함수관계에 있습니다. 그러므로 더 어렵다고 생각합니다. 정계 개편은 서로 수적으로 늘리기 위해 물리적으로 합치는 것이 아니라 서로 간의 뜻과 정책, 철학과 도덕성 모두가 일치하는 화학적 결합을 이뤄야 합니다."

질의 시간에 나는 "민정당이 정부에 거수기 역할이나 하던 과거 여당

▲ 1989년 12월 필자는 한국인간개발연구원이 주최한 조찬강연회에 연사로 초청되어, 인위적인 정계 개편에 반대한다고 역설했다.

과 뭐가 다르냐? 과연 민주정당이냐?"라는 질문에 약간 흥분했다.

"민정당이 밖에서 보기에는 정부에 종속되고 경직된 정당처럼 보일지 모르지만 내부적으로 자기 개혁을 실현하려고 노력하고 있습니다. 많은 사람이 6·29 선언 전과 달라진 것이 무엇이냐고 지적합니다. 하지만 우리는 다른 당이 아직 실험하지 못한 경선제를 도입하고자 준비 중입니다. 오는 12월 15일 전당대회에서 당의 당규와 강령도 손볼 예정입니다."

이런 나의 발언은 엄청나게 큰 풍파를 일으켰다. 조찬강연을 마치고 당으로 돌아와 보니 벌써 나의 발언 일부가 증폭되어 당직자들에게 전달되어 있었다.

당직자회의가 거의 끝날 무렵 평소 나에게 고분고분하던 TK 출신의 한 의원이 공격을 가해왔다. "왜 내각제를 반대했느냐", "어떻게 여소야대를 극복하려는 정계 개편 노력에 제동을 걸 수 있느냐", "이런 발언은 사전에 당과 협의해야 하는데 개인플레이 한 것 아니냐" 등의 시비였다. 공격수는 공화당 사무당료 출신으로, 누구의 지시를 받았는지 대충 짐작이 갔다.

당내의 이런 잡음은 곧장 청와대로 보고되었다. 다음 날 나는 노 대통령에게 불려갔다. 나는 오해가 없도록 전날 조찬강연의 내용을 상세하게 보고했다. 그리고 합당은 민정당의 정체성만 훼손할 뿐 실익이 없다고 나의 소신도 분명히 밝혔다. 노태우 대통령에게는 나의 주장이 '역린'이었을 것이다. 하지만 나는 이미 총장직에서 물러나기로 마음먹은 이상 담담했다.

청와대에서는 바로 나의 후임자를 포함해 당 요직의 개편에 착수했다. 그들이 마음대로 부려먹을 수 있는 녹록한 사람들을 포진시키려 한다는 소리가 들렸다. 나는 잔무를 마무리하느라 당 후원회 행사를 멋지게 치렀고, 지구당 개편 대회에 돌아다니며 열심히 축사를 했다. 8월 30일 광주에 내려가 있는데 박준규 대표로부터 전화가 왔다. 당직 사표를 내라는 통보였다. 나는 혹시라도 그가 오해할 것 같아 평소보다 더 명랑한 음성으로 "기다렸던 적절한 조치입니다"라고 답했다. 노 대통령은 그날 아침 박준규 대표와 김윤환 총무, 그리고 박철언 정무장관을 불러 당직 개편에 관한 의견을 듣고 사표 수리를 결심했다고 했다.

그날 나는 고귀남 지구당위원장의 안내로 지구당 행사장 단상에 올랐다. 총장으로서 치른 마지막 행사였다. 나는 목청을 가다듬고 격려사를 했다.

"폴란드에서는 자유 노조의 대표가 집권했고, 얼어붙었던 동구권에도 민주화 요구가 거세지고 있습니다. 일본에서는 가이후(海部) 내각이 들어설 것이라고는 누구도 예측하지 않았지만 자민당에도 변화가 왔습니다. 세계적으로 이제는 변해야 산다는 물결이 밀려오고 있습니다. 우리 민정당도 이런 시대적 요구에 따라야 합니다. 개혁을 통해 당내 분위기를 바꿔야 하고, 국민에게 신뢰받는 정당으로 거듭나야 합니다. 그것이 정계 개편보다 더 중요한 과제입니다."

허공의 메아리 같았지만 나는 마지막 광주 지구당 대회 축사에서 마음껏 부르짖었다. 눈치 빠른 언론에서는 내가 "자신의 소신과 다른 방향으로 당이 가고 있어 괴로운 심정을 토로한 것"이라고 해석했다.

서울에 올라와 당직 발표를 기다렸는데, 바로 그날 오후 총장에 이춘구, 총무에 이한동 의원이 결정되었다. 박준규 대표와 이승윤 정책위의장은 유임되었다. 정계 개편이 향후 과제일 터인데 개편에 반대하는 입장을 견지해온 이춘구 의원을 총장으로 임명한 이유가 궁금했다.

무력하게 지켜본 3당 합당

그때까지 당내에서 거론되던 합당 시나리오들을 살펴볼 때 기이한 것은 합당 상대로 민주당과 공화당은 거론되면서 평민당은 거의 거론되지 않았다는 점이다. 간혹 거론되더라도 그저 체면치레용으로 평민당과의 합당도 고려한다는 수준이었다. 그러다가 문익환 목사의 방북 사건*이 터지고, 평민당 서경원 의원의 북한 밀입국 사건이 공개**되면서 공안 정국으로 판이 바뀌자 김대중 총재를 친북 인사인 양 몰아갔다. 김윤환은 노골적으로 평민당이 배제된 보수 대연합론이 당연하다고 주장했다. 그는 일본의 민주당과 자유당이 합쳐서 자유민주당이 된 이른바 '1955년 체제'를 한국 정치에 벤치마킹하고 있는 것처럼 설명했다. 그야말로 식자우환이었다.

내가 총장직에서 물러난 이후, 9월에 들어서면서 합당 물밑 작업이 본격화되었다. 노태우 대통령은 '합당을 통해 다음 정권에서 김 씨들에게 한 번씩 집권 기회를 준다'는 미끼를 던지며 접근을 시도했다. 물론 당사자들에게 정확하게 말한 것은 아니지만 내각제로 정계 개편을 해

---

* 문익환 목사의 방북 사실은 그가 1989년 3월 25일 평양에서 도착 성명을 발표함으로써 알려졌다.

** 서경원 의원이 1988년 8월 19~21일에 밀입북했다는 사실이 공개된 것은 1989년 6월 22일 그가 평민당 지도부에 그 사실을 보고하면서다.

서 3김에게 각각 2년씩 기회를 준 뒤 이들을 퇴장시킨다는 시나리오였다.* 나는 정계를 이처럼 떡 주무르듯 마음대로 끌고 갈 수 있다고 판단한 책사들의 인식 수준이 의심스러웠다.

이미 알려진 바와 같이 김종필 총재와의 합당 문제는 내각제 합의가 이뤄지면서 쉽게 정리되었다. 그러나 김영삼 총재와의 합당은 그렇게 만만하지 않았다. 김영삼은 내심 합당을 원하면서도 그 조건인 내각제가 탐탁지 않았다. 요컨대 그가 합당하려는 것은 민주당 간판으로는 1992년에 치러질 대선에 다시 도전해 집권하기 어렵다고 판단했기 때문이다. 그래서 민정당호로 배를 갈아타고 항해할 것을 구상한 것이었다. 대통령제는 그대로 두고 합당하자는 것이 그의 속셈이었다.

김영삼은 노태우가 합당에 노심초사하는 모습을 보고 한 수를 늦췄다. 그는 합당하려면 5공 청산 문제가 마무리되어야 한다는 명분을 내세웠다. 5공 청산 문제는 김대중과 재야에서 주장하고 있을 뿐 아니라 합당 이후 5공 인사가 고개를 들지 못하게 하기 위해서도 반드시 관철해야 할 과제였다. 이 문제를 풀기 위해 박철언은 황병태, 김덕룡, 그리고 김영삼 총재와 직접 여러 차례 숙의를 거듭했다. 최종적으로 김영삼이 내각제를 받아들이는 조건으로 5공 청산, 특히 최규하와 전두환 두 전직 대통령의 국회 증언, 그리고 5공 인물인 정호용과 이원조의 공직 사퇴 등이 관철되어야 하는 것으로 결론이 났다.

여기서 나는 노 대통령이 왜 사무총장 후임자로 합당에 소극적인 이춘구를 지명했는지 그 이유를 알게 되었다. 5공 청산 작업, 특히 전두환 전 대통령의 국회 증언을 관철시키고, 정호용이나 이원조 의원의 정계 은퇴를 밀고 나가려면 강직한 이춘구가 가장 적격이라고 판단했기 때

---

* "〈박철언 5-6共비화 회고록〉〈中〉 5공 청산-3당 합당 전후", ≪동아일보≫, 2005년 8월 15일 자.

문이다.

전두환의 국회 증언은 이한동을 백담사로 몇 차례 밀사로 보내 겨우 승낙을 받았다. 조건은 국회에서 일문일답식이 아니라 질문서를 모두 종합해 답변하고 질문도 제한적으로 한다는 것이었다. 그러나 최규하의 증언 문제는 끝내 풀지 못했다. 국회에서 고발한다고 해도 꿈쩍하지 않았다. 심지어 청와대에서 밀사를 보내 그를 설득하려다가 "만약 내가 국회 증언대에서 노 대통령이 당시 어떤 행동을 했는지 발설해도 무방하단 말이오?"라는 반발에 부딪혀선 물러서지 않을 수 없었다.

또 한 가지, 정호용 의원의 사퇴 문제가 암초였다. 해결의 실마리를 찾기 힘들었다. 더욱이 노 대통령의 정치 기반인 대구·경북 의원들이 일제히 들고일어나 반대 서명운동을 전개했다. 노 대통령이 정 의원을 만나 그 특유의 간접화법으로 여러 번 의사를 전달했는데도 그는 들은 척도 하지 않았다. 더 지체할 수 없었던 노 대통령은 서동권 안기부장에게 해결을 일임했다. 그는 정 의원의 경북고 1년 후배였다. 그럼에도 서 부장은 정 의원을 직접 만나 멱살을 잡는가 하면 서명파 의원 전원을 전화 도청으로 밀착 감시하는 등 정치 사찰을 감행했다. 결국 정호용 의원 부인의 자살 미수 소동이 일어나고 나서야 정 의원도 두 손 들었다.

노태우 대통령의 회고록을 보면, 그는 정호용을 보호하고자 야당의 공세에 일절 대응하지 않도록 신신당부했지만 정 의원이 그만 참지 못하고 야당과 맞대응하는 바람에 일을 그르친 것으로 되어 있다.[*] 그러나 이는 헛소리다. 나는 사정을 잘 안다. 김영삼은 정호용을 강골이라고 보아 '숙청 제1호'로 주문했던 것이다. 군에 정호용을 따르는 후배들이 여전히 많다는 정보를 들은 것이 결정적이었다. 그래서 그가 제거되

---

[*] 노태우, 『노태우 회고록(상권)』, 475~476쪽.

어야 3당 합당 이후 권력 장악이 가능하리라 판단했던 것 같다.

이제 1989년도 연말로 향하고 있었다. 이른바 5공 청산 정국도 막바지에 이르렀다. 12월 15일, 청와대에서 1노 3김의 영수 회담이 열렸다. 그 자리에서 12월 31일 전두환 전 대통령의 국회 증언을 끝으로 5공 청산을 종결한다는 데에 합의했다. 이제 3당 합당으로 가는 항로는 순풍만 받으면 되는 일이었다. 그런데 박준규 대표가 하필이면 그 시점에 천기를 누설했다.

박 대표는 12월 28일 자 ≪동아일보≫에 실린 인터뷰에서 4당 체제는 대통령제하에서 적당하지 않으므로 양당제로 정계 개편해야 한다고 전제하면서 "민정당도 코페르니쿠스적 발상의 대전환을 해야 한다. 민정당으로서는 섭섭한 일이지만 그동안 지녀온 기득권을 더 이상 고집해서는 안 된다"라는 식으로 민정당의 해체를 요구했다.

박준규 대표의 말은 민정당과 민주당, 공화당의 합당은 기정사실이며, 합당하게 되면 민정당의 간판도 내려야 하니 더 이상 민정당에 연연하지 말라는 것이었다. 나는 이 말을 듣고 분개하지 않을 수 없었다. 다른 사람도 아니고 당을 대표하는 사람이 이런 말을 하다니…. 당을 바겐세일하려는 것이다. 우리는 듣고만 있어야 했을까?

박준규가 천기를 누설한 합당의 그림을 보면 영남과 충청도 세력이 힘을 합쳐 호남을 고립시킴으로써 영남 세력의 집권을 영속화하는 구도에 지나지 않았다.

내가 민정당에 남다른 애착이 있는 것은 틀림없는 사실이었다. 왜냐하면 내가 정치를 처음 시작하며 창당한 정당이니만큼 일종의 처녀성을 바쳤다는 심정이 없지 않았다. 나는 박준규 대표 같은 노회한 정치인이 아니어서 정당을 마음대로 만들거나 옮겨 다닐 만큼 '정치관'이 복잡하지 못했다. 이제 그런 순결성을 잃게 되었는데 내가 수치심을 느끼지 않는다면 그것이야말로 비정상 아니었던가?

박 대표의 '천기누설'로 청와대는 불이 났다. 그날로 박 대표의 사표가 수리되었다. 그리고 노 대통령의 뜻대로 5공 청산의 일환으로 '광주 학살'의 책임을 뒤집어쓰고 다음 날인 12월 29일 정호용 의원이 의원직 사표를 냈다. 그리고 이틀 뒤인 12월 31일 전두환 전 대통령이 국회에서 증언하면서 큰 모욕을 당했다.

　돌이켜 생각해보면 전두환 전 대통령의 국회 증언은 한 편의 정치 쇼였다는 생각을 지울 수 없다. 전 전 대통령 측은 처음에는 반대했지만 가만히 계산해보니 과히 밑지는 장사 같지 않았다. 백담사에서의 고행을 청산하는 길은 하루빨리 국민의 뇌리에서 5공 청산 문제가 씻겨나가는 수밖에 없었다. 그러나 그동안 국회 증언대에 섰던 사람들이 당했던 것처럼 전 전 대통령까지 모욕을 당하게 할 수는 없다고 측근 인사들이 생각했던 모양이다. 그리하여 이한동 총무와 이양우 변호사 두 율사는 증언 방법과 내용에 대해 긴밀히 협의했고, 이를 다시 야 3당 총무와 협상하는 복잡한 과정을 거쳐 최종 합의에 이르렀다.

　12월 31일, 전두환 전 대통령이 드디어 백담사에서 나와 국회로 왔다. 나는 그가 대통령 때와 달리 국회로 끌려 나오다시피 한 초라한 모습을 보면서 권력의 무상함을 느꼈다. 그는 5공·광주특위 연석회의의 증언대에 서서 125개 항에 대해 차근차근 답변하는 형식으로 증언했다. 회의장은 우리나라 초유의 전직 대통령 증언이어서 처음부터 긴장감이 감돌았다. 여당 의원들은 매우 난처한 입장에서 5공 청산의 마지막 과정을 지켜보았고, 야당, 특히 초선 의원들은 투사적 기질을 드러내며 벼르고 있었다.

　전 전 대통령의 증언이 야당 의원들에게 만족감을 줄 리 만무했다. 오후가 되면서 야당 의원들 사이에 이런 증언을 계속 들어주면 오히려 그에게 면죄부를 주는 꼴이 된다는 여론이 돌면서 회의 진행이 어려워졌다. 정회와 속개를 거듭하다가 광주 관련 답변 도중에 회의가 중단되고 말았다. 전 전 대통령이 광주에서의 발포에 대해 "상황이 악화됨에 따라 5월 22일 자위권 발동이 가능하다는 계엄사령부의 작전 지침"에 따른 것이었다고 언급하는 대목에서 드디어 장내가 소란해졌다. 그 순간 방청하던 광주 출신 정상용 의원이 뒷줄에서 벌떡 일어나 "사람 죽인 게 자위권 발동이냐?"라며 증언대를 향해 돌진하는 것을 여당 의원들이 막았고, 그 틈을 비집고 이철용 의원이 단상으로 뛰어나가 "살인마"라고 욕설을 퍼부었다. 그 틈에 노무현 의원이 명패를 집어던져 회의장은 난장판이 되었다.

나는 이런 소란을 보면서 당초 예상대로 진행된 것이라고 생각했다. 전 전 대통령에게 증언을 하라면서 이 정도 이상의 답변을 기대했다면 그것은 어리석은 희망이었고, 또 아무리 성실한 답변이 나와도 야당 측이 "그 정도면 됐다"고 양해하리라는 것도 헛된 기대였다.

역사적인 국회 5공·광주특위는 이런 격돌 속에 정회 상태로 자정을 넘겨 자동 산회하고 말았다. 이런 혼란 속에서 딱 한마디 기억에 남는 말이 있다. 전두환 전 대통령의 답변 가운데 이런 구절이 있었다. "저는 대한민국의 전직 대통령으로서 자기의 잘못을 스스로 책임질 줄 아는, 염치를 아는, 창피하지 않은 사람으로 기억되고 싶을 뿐입니다." 전 대통령은 자기가 한 이 말을 지금도 기억하고 있을까?

증언은 이처럼 통과의례에 지나지 않았다. 야당은 격렬한 비난 성명을 발표했다. 민주당은 전두환과 민정당의 불성실한 태도를 신랄하게 비난했다. 공화당은 국민적 저항이 일어나게 될 것이라고 악담을 퍼부었다. 그러나 불과 한 달 만에 민주당과 공화당은 언제 그랬던가 싶게 민정당과 합당하는 데 주저하지 않았다.

새해에 들어서면서 3당 합당은 은밀하게 계속 페달을 밟아나갔다. 1월 5일 노태우 대통령은 천기를 누설한 박준규의 후임으로 박태준 의원을 민정당 대표로 임명하고 청와대로 불러들였다. 그 자리에서 박 대표에게 3당 합당 사실을 통보했다. 박 대표는 내심 불쾌했다. 얼마 전에도 노 대통령에게 3당 합당 풍문에 대해 물었었는데 그때는 부인하더니 며칠 지나지 않아 말을 바꾼 것이다.

박 대표는 청와대에서 돌아와 즉시 확대당직자회의를 소집해 3당 합당 사실을 통보했다. 채문식, 김정례, 정동성 등 모두 펄펄 뛰었다. 당론도 거치지 않고 이렇게 장막 뒤에서 모든 것을 결정할 수 있는 일인가? 나는 당직자회의에 불참했지만 사후에 어떤 분에게 듣고 비로소 합당 사실을 알게 되었다. 그가 전하는 마지막 말이 의미심장했다.

"우리는 지금 눈 가리고 끌려가는 소의 심경입니다. 도살장으로 가는지도 모르고 말입니다."

민정당만 끓었던 것이 아니라 민주당도 마찬가지였다. 김상현과 노무현은 3당 합당에 강력하게 항의했다. 그들의 주장은 정치적 명분이 죽으면 아무리 목적이 좋다 해도 국민을 버리는 처사라는 것이었다. 그러나 김영삼 총재의 직계들은 설득으로 일단 진화되었다. "우리가 합당하지 않으면 향후 대선을 기대할 수 없다"라는 김영삼의 논리가 먹혀들었다. 이기택만이 햄릿처럼 고민하고 있었다.

1월 22일, 노태우 대통령과 김영삼 통일민주당 총재, 김종필 신민주공화당 총재가 3당 합당을 발표했다. 민정당의 창당 주역이자 원내총무와 사무총장, 정무장관을 역임한 나에게 일언반구 의견을 물은 일이 없었다. 중간평가가 물 건너간 뒤 언론 등을 통해 '합당을 통한 정계 개편'이 시도된다는 소문은 들었지만, '합당'이라고 하면 고작 민정당과 공화당의 합당 정도를 상상했을 뿐이었다.

나는 합당보다는 유럽식 '정책 연합'이 바람직하다고 생각하고 있었다. 그중에서도 내가 생각하는 '정책 연합'의 우선순위는 김대중의 평민당에 있었다. 내가 정치에 몸담은 5공 시절 이후는 물론이고 중앙정보부에서 일하던 시절에도 나는 그를 '용공(容共)'이라고 생각해본 적이

▲ 1989년 10월 민정당 당무회의에서 사무총장인 필자와 박철언 정무장관이 당무를 상의하는 모습. 이 무렵 박 장관은 물밑에서 3당 합당을 추진하고 있었다.

없다. 내가 보기에 그는 민주사회주의자도 아니고 미국 민주당의 '리버럴' 정도였다. 하지만 지역적으로 호남의 소외가 더 중요하기 때문에 정책 연합도 평민당부터 협의하는 것이 순리라고 생각했다.

사실 평민당은 정책 연합이 가능하다는 사인을 계속 보내왔다. 김대중은 기회 있을 때마다 여소야대 정국을 "황금분할"이라면서 "4당 체제를 그대로 유지하자"고 주장했다. 그는 투쟁보다 선의의 경쟁을 원했고, "'반대를 위한 반대'는 하지 않겠다. 정부·여당에 협조할 일은 하겠다"라고 약속했다. 1988년 노태우 정부가 7·7 선언을 통해 한민족 공동체 통일 방안을 내놓자, 자신이 주장해오던 연합제 통일 방안과 유사하다고 높이 평가했다.

나는 그래서 박철언 정무장관에게도 "이왕 정책 연합을 하려면 지역을 초월해야 한다"면서 정책 연합 시 평민당을 우선순위에 둘 것을 권유했었다. 하지만 정계 개편은 내 생각과는 정반대로 진행되었다. 공화당은 물론이고 민주당까지 끌어들여 호남을 철저하게 고립시켰다. 3당 합당은 1987년 제13대 대선 과정에서 극명하게 드러난 지역감정을 치유하기는커녕 오히려 심화시키는 결과를 가져왔다. 이렇게 코너로 몰리자 김대중은 살아남기 위해 점점 더 재야 운동권 출신들에게 의존하게 되었고, 그 결과 그가 이끄는 야당은 점점 더 보수 야당의 전통에서 멀어졌다.

나에게 3당 합당 사실이 정식으로 통보된 것은 1월 21일이었다. 홍성철 청와대 비서실장이 만나자고 해서 삼청동 안가로 갔다. 그는 고등학교 선배였다. 그래서 노 대통령이 특별히 나를 설득하라고 시켰던 것 같다. 그는 나에게 긴말 않고 "여러 가지 심정을 이해하지만 이번만은 노 대통령의 뜻에 따라 달라"라고 간곡하게 말했다. 나는 웃으며 "알겠습니다. 노 대통령의 통치 기반을 강화하는 조치라니 이의가 없지 않지만 받아들이겠습니다. 그렇지만 과연 그렇게 해서 일이 잘될지는 앞으로 선배님과 함께 두고 보겠습니다"라고 말한 뒤 헤어졌다.

그 이후 나는 우울한 날들을 보냈다. 당에서는 이탈을 우려했는지 연일 모임을 소집했다. 1월 22일 아침 중집회의, 점심때는 중집 오찬회의, 저녁에는 청와대 만찬회의, 다음 날 아침엔 서울시 지구당위원장들의 조찬 모임, 오후에는 국회의원·지구당위원장 연석회의 등….

이 시기에 나는 오유방, 임인규, 김영작, 남재희 등과 수시로 만나 당의 미래에 대해 깊은 숙의를 거듭했다. 3당 합당은 분명 정치공학적 정계 개편이었고 야합이었다. 그러나 속수무책이었다. 더 솔직하게 말하자면, 나를 포함해 가까운 의원들 모두 이런 밀실 야합에 반대한다고 천명하고 탈당할 용기를 내지 못했다. 한마디로 비겁했다. 그래서 고작 찾은 명분이 '참여 속의 개혁'이었다. 물론 자기 합리화에 불과했다. 하지만 그때 우리가 소극적으로나마 3당 합당에 따라갔던 것은 내각제에 대한 기대 때문이었다. 우리는 "내각제를 한다면 3당 합당을 받아들일 수 있다"라고 결론지었다. 나는 개인적으로 '대통령제가 바람직하지만 내각제도 못 할 것 없다'는 입장이었다. 그러면서 민정계는 자연스럽게 박태준 최고위원을 중심으로 뭉치게 되었다.

2월 1일, 민정당은 당 해체를 결의했다. 나는 그 과정에서 말 한마디 못 한 것을 지금도 후회하고 있다. 역사의 증언으로 무엇인가 기록으로 남겼어야 옳았는데 나는 그 전날 노태우 대통령의 당부를 홍성철 실장을 통해 듣고 꿀 먹은 벙어리가 된 것을 지금도 부끄럽게 생각한다. 내가 그 자리에서 민주당의 김상현이나 노무현처럼 강력하게 항의하지 못 한 것은 비겁한 일이었다.

이런 나날을 보내고 있는 가운데 나도 모르게 어떤 중압감 같은 것이 느껴졌다. 무엇인가 나를 감시하는 그림자를 본 것이다. 얼마 후 안기부에 있는 후배가 나에게 슬쩍 알려주었다. "미안합니다. 매일 동향 보고하라는 지시가 있었습니다." 나는 기가 막혔다.

2월 9일, 여의도에 있는 중소기업회관에서 합당을 위한 수임기관 합동회의가 있었다. 이 자리에 끌려 나온 각 당의 국회의원들, 지구당위원장들 모두가 주최 측이 마련한 시나리오에 따라 일사천리로 진행되는 회의를 지켜볼 수밖에 없었다. 민정당은 이렇게 하여 조종을 고했다. 당초에 내가 꿈꾸고 주장했던 제3세력의 실현, 즉 '개혁적 보수주의'의 이상은 사라지고 말았다.

11

민주자유당 대선 후보 경선

특히 민주화를 위해 오랜 시간 동안 싸워왔던 김영삼의
변절과 합당 이후 권력 획득에 초점이 맞춰진 그의
정치적 행보는 정치인들이 국민들에게 제시하는 명분의
이면에는 정치인들의 노골적인 사익, 즉 권력욕이 숨어
있다는 점을 분명히 하였다. 정치인은 거짓말쟁이이며
정치는 그러한 거짓말쟁이들이 국민을 위한다는 명분을
내세워 자신의 권력을 추구하는 행위라는 인식이 점차
국민들 사이에 퍼져나갔다.

강원택, 『노태우 시대의 재인식: 전환기의 우리 사회』
(나남, 2012).

제14대 총선 참패와 김영삼의 '국면 뒤집기'

1992년의 민주자유당(이하 민자당) 대통령 후보 경선은 나의 정치 인생에 결정적인 분수령이었다. 그만큼 온 힘을 다했다. 결코 현실에 안주하지 않고, 나의 양심과 경험에 비추어 시대가 요구하는 과제에 최대한 성실하게 응답하려고 노력했다. 그러나 그런 만큼 대통령 후보 경선 과정은 나의 인간적인 한계를 확인하는 계기이기도 했다. 정치인은 결과로 이야기하는 존재다. 그 질풍노도의 과정을 거쳐 결과적으로 손에 쥔 것은 무엇이었을까? 무엇이 남았을까? 아쉬움과 안타까움 속에 그 과정을 되돌아본다.

1988년 제13대 국회의원 선거에서 국민은 헌정사상 최초로 여소야대 정치 환경(민정 125석, 평민 70석, 민주 59석, 공화 35석, 한겨레민주 1석, 무소속 9석)을 만들어주었다. 황금분할이라는 이름 아래 야 3당이 상호협력하면서 정부를 견제하고 민주화 과제를 풀어나가라는 뜻이 담겨 있었다. 이런 민심의 소리를 외면한 채 1990년 1월 노태우 대통령과 김영삼, 김종필 두 야당 대표는 밀실에서 그 구도를 깨고 거대 여당을 만들었다. 3당 합당 결과 태어난 민자당의 의석은 무려 216석이 되었고 절대다수의 위력으로 국회 운영을 좌지우지했다. 국민의 마음 밑바닥에서는 '국민의 선택을 몇몇 사람의 물밑 합의로 뒤엎을 수 있느냐?'는 소리가 날로 커져갔다.

그런데도 청와대와 여당은 제14대 국회의원 선거에서 안정 과반수인

▲ 3당 합당 이후 1992년 처음 실시된 제14대 국회의원 선거의 서울 종로구 선거 포스터. 필자는 이 선거에서 당선되어 4선 국회의원이 되었지만, 덩치가 커진 민자당은 참패해 '여소야대' 정국을 다시 한 번 초래했다.

60%는 무난할 것이라고 안이한 예상을 했다. 그러나 웬걸, 국민은 3당 합당을 배신으로 보고 50%도 채우지 못하는 의석만 허용했다. 민자 149석, 민주 97석, 국민 31석, 무소속 21석으로 거대 여당인 민자당이 단순 과반수 의석도 얻지 못한 실패였다. 민자당은 원내 제1당 자리는 차지했지만 국민은 인위적 3당 야합으로 이룬 '여대야소' 구조를 다시 '여소야대'로 환원시켜버렸던 것이다. 국민은 '구국적 결단'이라고 거창하게 포장된 3당 야합의 허구성을 알고 있었다. 국민의 통찰력과 힘이 얼마나 날카롭고 무서운지 잘 보여준 사례였다.

더구나 총선거에 즈음해 김영삼 대표는 기회가 있을 때마다 "내 책임하에 선거를 치른다"고 거듭 큰소리쳤다. 그렇다면 총선 참패에 대한 책임을 져야 하지 않겠는가? 이것이 무리한 요구였나? 설령 대표직에서 물러나지 않는다 하더라도 적어도 국민에게 겸허한 모습이라도 보여야 하지 않았을까?

한편 우습게 생각해온 정주영의 국민당이 17.4%를 얻고 31석을 차지해 일약 제3당으로 부상했다. 사실 국민당 지지표는 보수층을 흡수한 표였고, 3당 합당으로 오갈 데 없어진 표가 국민당으로 몰렸던 것이다. 국민당의 부상은 김영삼에게 도전하는 또 한 사람의 강력한 라이벌 정주영을 탄생시켰으며, 이 역시 3당 합당이 자초한 결과였다.

여기서 눈여겨볼 일은 선거 결과 민자당 각 계파의 중진들이 대거 낙선했다는 사실이다. 민정계에서는 3당 합당 이후 김영삼 진영에 가까이 간 남재희, 정동성, 김태호가 심판을 받았고, 민주계에서는 3당 합당의 주역인 황병태, 제13대 선거에서 전국 최다 득표를 한 김동규를 비롯해 김수한, 박용만, 김우석, 심완구, 최기선, 신하철 등 중진들이 줄줄이 낙선했다. 그 원인은 어디에 있었을까? 3당 합당에 협조한 배신자들을 국민들이 가려낸 결과가 아니었을까?

또한 민자당은 공천 과정에서 민정계를 많이 솎아냈다. 그런데 그들은 무소속으로 출마해 대거 당선되어 돌아왔다. 이를테면 정호용(대구 서갑), 조진형(인천 북갑), 강창희(대전 중), 이재환(대전 서·유성), 최돈웅(강릉), 김정남(삼척), 이상재(공주), 허화평(포항), 김길홍(안동), 김상구(상주), 하순봉(진주), 이강두(거창), 현경대(제주시), 양정규(북제주), 변정일(서귀포) 등이 그들이다. 이는 무엇을 의미하는 것이었을까? '국민이 원치 않은 3당 합당에 따른 인위적 정계 축출은 정당치 않다'는 민심을 반영한 것 아닐까? 아무리 '5공 민정당'이 국민의 따가운 지탄을 받았다고 하지만 그 역시도 국민이 알아서 심판할 일이지 당의 공천 과정에서 계파별 이해관계에 따라 제거하는 행위는 정당치 않다는 민심의 소리였던 것이다.

이렇게 제14대 총선이 실패로 끝나자 민자당 내에서는 자연히 책임론이 부상하지 않을 수 없었다. 김종필, 박태준 최고위원은 일찌감치 책임을 진다는 뜻에서 당사에 나오지도 않았다. 총선 다음 날 나는 인사차 박 최고위원 댁을 방문했다. 밤새 개표 상황을 지켜봤는지 얼굴에 피로한 기색이 남아 있었다. 표정은 심각했고, 찾아온 내방객들에게 말을 아꼈다. 누군가 한마디 했다. "당의 얼굴로 자기 책임하에 이번 선거를 치르겠다던 사람 어디 갔어?" 모두가 공감한 말이었다.

그다음 날에는 청구동을 당선 인사차 방문했다. 김종필은 노골적으로 불만을 토로했다. "이 의원! 어려운 선거 치렀지요? 그래도 당선되었으니 다행입니다. 자기 책임하에 선거를 치른다는 사람이 선거 때 중진들을 '반줄'에 불러 지지 서명이나 받고 있었다니 선거가 제대로 됐겠어요?" 이는 나도 모르는 이야기였다. 바쁜 선거기간 중, 최형우는 룸살롱 '반줄'에 각 당 중진들을 차례로 불러 차기에 김영삼을 지지해달라는 설득전을 전개했다는 것이었다.

"이제 정신들 차려야 해요. 할 소리도 해야 하고, 주장할 것을 주장도 해야 합니다."

"최고위원님, 그래도 당에 나가서 총선 이후 혼란스러운 분위기를 수습해야 하지 않겠습니까?"

"나는 책임질 때는 언제나 책임지는 사람입니다. 당사에 무슨 낯으로 나갑니까? 집에서 생각 좀 해봐야겠습니다."

그는 최고위원직도 내놓을 태세였다. 이런 분위기에서 박 최고위원도 "나도 최고위원직 사퇴를 포함해 일체의 책임을 질 각오"라고 주변에게 말했다. 이를 계기로 민정계는 동요했다. "우선 당 3역이 책임을 통감하는 행동을 보여야 할 것 아닌가?" 볼멘소리가 나왔다. 이에 대해 김영삼은 즉각 반응했다. "당 3역은 어려운 가운데 애를 많이 썼다. 물러날 이유가 없다. 이번 총선에서 기대한 결과가 나오지 못한 것은 총선 전에 '대선 후보 가시화'가 안 되었기 때문이다." 김영삼 특유의 뻔뻔함으로 정면 돌파할 가능성이 예견되었다.

3월 27일, 총선 결과를 두고 청와대에서 노태우 대통령과 김영삼 대표의 양자 회동이 있었다. 이 자리에서 김영삼은 예상대로 역습을 취했다. "총선 이후의 어려운 상황을 극복하려면 대통령 후보를 조기에 가시화해야 한다. 그러기 위해 5월에 전당대회를 개최하고 경선을 통해 후보를 결정하자"라고 제안했고 노태우는 이를 받아들였다.

그동안 '추대'를 요구해온 김영삼은 '경선'으로 돌아선 대신 '5월 전당대회'를 요구해 관철한 셈이었다. 이로써 총선 실패에 대한 책임론은 온데간데없이 사라지고 일거에 국면이 바뀌었다. 김영삼은 난국에 처할 때마다 국면을 전환하는 데는 '선수'였다. 총선 패배의 책임론에서 벗어나고 국민의 시선을 대통령 선거로 돌리는 데 성공했다. 그는 다음 날 전격적으로 당내 후보 경선에 출마하겠다고 발표했다.

나로서는 노 대통령이 임기를 10개월이나 남겨두고 차기 대통령 후보가 가시화되면 권력의 누수 현상이 일어날 것이 뻔한데 어떻게 그런 요구를 고분고분 받아들였는지 알 수가 없었다. 당시 민정계 내에서는 5월보다는 8월쯤 전당대회가 적절하다는 여론이 다수였다. 박태준, 김종필 최고위원도 모두 의아해했다.

이처럼 이해가 안 되는 조기 전당대회 수용에는 노 대통령과 김영삼 대표 간에 '사후(事後) 보장' 밀약이 있었기 때문이라는 소문이 자자했다. 노 대통령의 동서인 금진호 장관과 김영삼 대표 측 김창근 간에 비선이 형성되어 있었다. 이 라인을 통해 '노태우의 사후를 보장한다'는 김영삼 측의 굳은 밀약이 있었다는 이야기다.* "아니, 내각제 합의도 쉽게 깨버렸는데 김영삼과의 밀약을 믿다니…." 민정계 내에선 비아냥거리는 소리가 그치지 않았다.

그러나 이제 원하든 원치 않든 당내에서는 대통령 후보 경선 국면이

---

* 이용호, 『권력막후 2: 청와대 극비문서』(경향신문사, 1995), 329~331쪽.

시작되었다. 김영삼도 자신이 후보로 나서겠다고 선언한 이상, 경쟁하지 않을 수 없는 상황이었다. 그렇다면 그의 경쟁 상대로는 과연 누가 있을까?

청와대의 '박태준 비토'

3월 28일 김영삼이 대선 후보 출마를 선언한 직후 나는 박태준 최고위원을 찾아서 조심스럽게 그의 의견을 물었다.

"김영삼 대표가 저렇게 나오는데 민정계에서도 대책을 세워야 하지 않겠습니까?"

"너무 엄청난 일들이 일어나서 생각을 정리하고 있어요. 청와대에서 왜 그런 합의를 했는지 알 수도 없고, 노 대통령이 나나 김종필 최고위원에게 한마디 의논도 없이 결정한 것도 이해가 안 됩니다. 다른 분들의 생각이 어떤지 좀 들어보고 의논합시다."

그는 몹시 화가 나 있었다. 노 대통령에 대한 섭섭한 감정이 폭발할 것 같았지만 참고 있었다. 민정계가 단결해 무엇인가 결정하면 나설 뜻이 있음도 짐작할 수 있었다. 나는 이어서 박철언, 그다음으로 심명보, 이자헌, 장경우 등과 의견을 나누었다. 대체로 민정계에서도 대책을 세워야지 가만히 앉아서 당할 수는 없지 않으냐는 의견들이었다.

박철언은 뭔가 청와대의 기류를 알고 있지 않을까 싶어 확인해보았지만 그도 아무런 대화가 없는 듯했다. 청와대의 처사에 대해 불만을 터뜨릴 뿐이었다. 나는 우선 노 대통령의 생각이 궁금했다. 소문대로 김영삼과 묵계가 있는 것인지 장차 민정계는 어떤 행동을 해야 할지 힌트라도 얻고 싶어서였다. 그래서 청와대에 면담을 신청했다. 나는 면담만 기대했는데 노 대통령으로부터 3월 30일 오찬까지 함께하자는 통보가 왔다. 나는 침착하게 마음을 가다듬고 청와대로 갔다.

"각하! 전당대회를 조기에 갖기로 한 것에 대해 많은 말이 있지만 이미 각하께서 결정하셨으니 이제 저희가 할 일은 어떻게 대회를 원만히 치르느냐는 것입니다. 또 각하께서 경선하라고 강조하셨으니 이 문제도 저희들에게 남겨진 과제가 되었습니다. 저희는 민정계가 어떻게 해야 할지 각하의 방침을 듣기를 기대하지만, 그렇게 되면 김영삼 측에서 뒷말이 있을 것이니 그간 저희들이 논의한 내용들만 잠시 보고드릴까 합니다."

나는 조심스럽게 의견을 개진했다. 노 대통령은 계속 말해보라는 표정이었다.

"저는 원래 자유경선제를 주장했지만 지금의 형세는 민정계가 완전히 수세에 몰려 있습니다. 그래서 대표 주자로 박태준 최고위원을 밀자는 의견이 대세를 이루고 있습니다."

그런데 노 대통령은 뜻밖의 얘기를 꺼냈다.

"이 의원! 박태준 최고위원은 안 됩니다."

"우리 민정계의 수장인데 왜 안 됩니까?"

노 대통령은 뒷조사를 통해 확보한 박태준 최고위원의 약점을 이야기했다. 나로선 그것이 사실인지 알 수 없었다. 그러나 사실이든 아니든 공개되면 박 최고위원에게는 대단히 난감할 수밖에 없는 내용이었다. 노 대통령은 그런 정보가 자기 앞에 놓인 문서 봉투에 들었는지 내용은 보여주지 않은 채 그 봉투를 탁탁 쳤다.

나는 충격을 받았다. 뭔가 박 최고위원에 대한, 뿌리 깊은 오해가 있음을 직감했지만 노 대통령은 그 이야기를 입증할 만한 그 이상의 정보나 자료를 나에게 제시하지 않았다. 그 순간 나는 이대로 김영삼에게 모든 것을 내줄 수는 없다고 생각했다.

"저는 오랫동안 자유경선제를 주장했습니다. 박 최고위원의 출마를 반대하신다면 아무런 준비는 안 됐지만 저라도 나가야겠습니다. 자유 경선이니까 누구라도 뜻이 있으면 나가는 것이 순리라고 생각합니다. 이대로 김영삼 대표에게 독상을 차려줄 수는 없지 않습니까?"

나는 노 대통령이 나의 출마도 반대하리라고 예상했는데 그는 의외로 나를 응시하면서 "자네 생각이 그렇다면 말리지 않겠네"라고 쉽게 답했다.

그런데 청와대 면담 직후 대화 내용이 와전되어 흘러나왔다. 내가 노 대통령에게 박 최고위원에 대한 부정적인 이야기를 전하면서 '박 최고위원은 안 된다'고 주장했다는 것이었다. 소문의 진원지는 청와대였다. 노 대통령의 복잡 미묘한 행태에 내가 또 한 번 걸려든 것이었다. 『노태우 회고록』은 이 부분을 이렇게 기록하고 있다.

김 대표가 선언을 한 다음 날 이종찬 의원이 긴급면담을 요청해왔다. 그는 나를 만나자마자 "저는 각하께 '대통령 후보 경선에 나서겠으니 승낙해주십시오' 하는 승인을 받으려고 뵙는 것이 아닙니다. 송구스러운 말씀입니다만 '후보 경선에 나섭니다' 하고 통보하러 왔습니다"라고 말했다. 나는 후배로부터 모욕을 당하고 있다고 생각했다. … 그는 말은 하지 않았지만, "대통령이 되어서 YS의 돌출행동을 왜 다스리지 못했습니까? 이 꼴이 무엇입니까?"라고 따지는 것 같았다. …

이 의원은 자신도 후보 경선에 나가야겠다고 일방적인 통보를 하는 한편, 경선이 공정하게 이루어지지 않고 있음을 지적하면서 몇 가지를 요구했다. 그는 경선 과정에서 토론을 해야 한다고 주장했다. 나는 그의 주장이 옳다고 보지는 않았지만, "공정하고 대쪽 같은 이춘구 사무총장이 경선 실무를 관리하고 있으니 최선을 다하라"고 당부할 수밖에 없었다.[*]

---

[*] 노태우, 『노태우 회고록(상권)』, 507~508쪽.

이 기록은 사실과 다르다. 그날 대화의 큰 줄기는 민정계도 경선에 나서야 한다는 것이었고, 청와대에서 박 최고위원은 출마 불가라고 하여 대안으로 나의 출마 문제가 거론된 것뿐이다. 그날 노 대통령이 나에게 피력했던 내용은 다음과 같다. 첫째, 자유경선을 한다고 했으므로 누구든지 나와도 좋다. 둘째, 다만 민정계가 단일 후보로 나오는 것은 불가하다. 왜냐하면 계파로 나누어 경쟁하는 것은 당을 분열시킬 수 있고, 또 민정계가 다수이므로 불공정한 게임이 된다. 셋째, 민정계는 누구라도 경선에 나서는 것은 괜찮지만 박태준 최고위원의 출마만은 반대한다. 왜냐하면 박 대표는 민정계의 수장이므로 민정계가 자연히 뭉치게 되고, 그렇게 되면 계파별로 다투는 양상이 되기 때문이다.

김영삼 측은 박태준 최고위원이 경선에 출마하지 못하도록 이미 노 대통령과 밀약이 된 것처럼 느껴졌다. 만약 박 최고위원이 출마를 강행하면 무엇인가 숨겨진 약점을 쥐고 비상수단을 쓸 것 같은 분위기도 알아챌 수 있었다. 청와대에서 나오는 즉시 나는 아현동 박 최고위원 댁으로 갔다. 노 대통령이 했던 얘기를 그대로 전하지는 못하고 말을 돌려서 설명했다.

"청와대에서 최고위원님을 거부하는 것 같습니다."

박 최고위원은 믿을 수 없다는 표정을 지었다.

"그럴 리가 있소? 미국 정보기관에서는 내가 나가면 김영삼 대표보다 훨씬 국가를 위해 좋을 것이라는 의사를 전달해왔는데…."

그러면서 박 최고위원은 나의 설명에서 무엇인가 이상함을 느꼈는지 말을 이어갔다.

"최근에 청와대에서 나와의 면담을 피하는 것도 그런 음모가 있었기 때문이군. 그래도 더 확인해봐야겠어."

직접 노 대통령의 의사를 확인하겠다고 했다. 며칠 후 만난 박 최고위원은 무척 화가 나 있었다. 그러나 박 최고위원은 경선에 출마하겠다는 자신의 소신을 접지 않았다. 포항제철 회장직을 내놓고 주변 정리를 하는가 하면, 연일 당내 중진들을 불러 의견을 수렴해나갔다.

이 과정에서 가장 난처해진 것은 나였다. 내가 청와대에 가서 박 최고위원의 출마를 저지했다는 소문이 계속 퍼지고 있었기 때문이다. 박 최고위원이 나서면 적극적으로 밀겠다는 의사를 밝히기는 했지만 청와대에서 그의 출마에 강력하게 제동을 걸 것이 분명하고, 그런 사실을 미리 알고 있다 보니 박 최고위원에 대한 지원에 적극적으로 나설 수도 없었다. 이만저만 난처한 것이 아니었다.

민정계 내부가 속앓이를 하는 사이 민정계 중진 아홉 명이 3월 31일에 공개적으로 김영삼 지지 성명을 냈다. 김윤환, 금진호, 남재희, 김용태, 정순덕, 김종호, 정재철, 김진재, 이웅희 등이 '김영삼 대통령 후보추대 위원회'를 결성한 것이다. 이것은 노 대통령의 복심이 어디에 있는지를 알리는 신호였다. 이들의 성명은 "절대다수의 (민정계) 의원들이 침묵을 지키고 있으나" 그들의 생각을 담아 밝히건대 "국가 장래를 위하는 방향에서 대통령 후보는 순리에 따라 김영삼 대표"여야 한다는 것이었다.

나는 부산·경남 의원들이 여기 포함된 것은 이해한다. 그러나 나와 수시로 정국을 논의해왔던 남재희와 정재철은 사전에 나에게 일언반구 귀뜸도 없었다. 그리고 노 대통령과 동서지간인 금진호가 공개적으로 얼굴을 내민 것은 '알아서 기라'는 뜻으로 해석되었다. 그것은 노태우와 김영삼 두 사람 간에 모종의 약속이 있음을 시사하는 것이기도 했다. 민자당의 경선 정국, 그중에서도 민정계의 행보는 이렇게 처음부터 비틀거리고 있었다.

김종필의 밀약

박태준 최고위원은 단단히 화가 치밀었다. 노태우의 대리인으로 민정계를 관리하는 것이 자신의 임무였는데, 9인이 사전에 일언반구 없이 '딴살림'을 차린 것에 화가 난 것이다. 즉시 '반(反)김영삼' 의원들을 모았다.

4월 2일 오후 박태준, 이종찬, 이한동, 심명보, 박준병, 박철언 등 6인이 모였다. 중진협의회라고 이름을 붙였다. 이 가운데 내심 경선에 나설 생각을 갖고 있던 박태준, 이한동과 나를 제외하고 보면, 박준병은 김영삼 편으로 가려다 박태준의 권유에 따라왔을 뿐이고, 박철언은 3당 합당의 주역으로서 감정적으로 김영삼과 불화하고 있었다. 그리고 보면 심명보만 순수하게 민정계의 의리를 지킨 셈이었다. 여러 가지 문제가 중구난방 제기되었으나 정리하면 이렇다.

1. 민정계 단일화는 정권 재창출을 목적으로 한다. 단순히 '반김영삼'으로 가면 자칫 명분을 잃을 수 있다. 정권 재창출의 그림을 먼저 국민에게 제시해야 한다.
2. 김영삼 쪽으로 넘어간 9인이 맹렬히 민정계 포섭 공작을 벌이고 있으며, 그들의 설득 논리는 "왜 김영삼을 선택해야 하느냐?"에 대한 답이 아니라 단순히 "이길 수 있는 후보니까…"로 요약된다. 우리는 논리적인 정당성을 보여주어야 한다.

3. 반김영삼 그룹은 후보 단일화 작업을 소리 없이 종결해야 한다. 청와
대에서 민정계가 뭉치는 것을 싫어하기 때문이다.

4. 신뢰할 수 있는 여론조사를 실시하자.

이날 박태준 최고의원은 상당히 고무되어 있었다. 하지만 나는 청와
대 쪽 견제가 계속 마음에 걸렸다.

다음 날인 4월 3일 아침, 국회 의원회관에서 공화계 중진 김용환을
만났다. 노태우와 김영삼의 행보에 김종필 최고위원은 어떤 생각을 갖
고 있는지 알아보기 위해서였다. 또 내가 경선에 나서는 문제에 대한
그의 반응도 궁금했다. 김용환은 김종필이 나를 충분히 도울 수 있을
것이라면서 몇 가지 아이디어를 제시했다.

1. 김종필은 김영삼에 대해 상당히 실망하고 있으나 아직은 분명한 태도
를 정하지 않고 관망 상태다. 그러므로 적극적인 접근이 필요하다.

2. 이종찬은 우선 당내의 잠재적 반대 세력들을 무마해야 한다. 그동안
앞뒤 가리지 않고 뛰는 과정에서 소홀히 하거나 만나지 못한 의원들
사이에 섭섭해하는 분위기가 많았다.

3. TK가 일반적으로 이종찬에 대해 반대하고 있다. 그렇다고 김영삼 지
지도 아니다. 이를테면 김윤환과 금진호는 확고하게 김영삼 지지 쪽이
지만 김복동, 박철언은 철저한 반김영삼이다. 그 사이에서 정호용은
관망세이지만 김영삼 지지로 넘어갈 것 같지는 않다. 다만 정호용은
이종찬이 자기를 앞지른 데 대해 자존심이 상해 있다.

4. 김종필은 복잡한 심리 구조를 갖고 있다. 좀 더 정감 있게 접근하라.
지금 상황으로는 낙관할 수 없다. 그도 "이종찬은 아직…"이라는 마음
이 있다.

나는 친구 김우중을 찾았다. 그에게 김종필을 설득해 나를 돕게 만들도록 부탁하기 위해서였다. 김우중은 근일 중 자신의 시흥 별장에서 김종필, 김용환과 3자 회동을 갖고 확실하게 지지하도록 부탁하겠다고 약속했다.

　이렇게 준비하면서 밤늦게 청구동 집으로 김종필을 찾아갔다. 그는 여전히 김영삼의 행동에 몹시 불쾌해하고 있었다. 그날 아침 김영삼은 한국신문편집인협회 초청 조찬모임에서 또 문제의 발언을 했다. 그는 "작년부터 지금까지 여러 차례 청와대 회동에서 정권 재창출 문제에 대해 '깊이 있는 대화'를 해왔다"고 소개하면서 "노 대통령 자신이 중립이라는 말을 한 적이 없다", "정권 재창출 때까지 노 대통령과 나는 한 몸이 돼서 간다는 말을 유념해달라"라고 덧붙였다. 이것은 결국 경선이란 형식에 불과하고 노 대통령은 이미 김영삼과 한 몸이 되었다는 문제의 발언이었다.

　청구동에서 나는 이런 들러리식 경선에 대해 불만을 토로했고, 김종필도 나의 의견에 동의하면서 4월 8일 청와대에서 만찬 회동이 예정되어 있다고 했다. 그는 "이번에는 다릅니다. 내가 그동안 참아왔던 말을 청와대에 가서 하고 올 거예요"라고 다짐했다. 결심이 단단해 보여 기대가 되었다. 특히 그 무렵 노태우도 김영삼에 대해 불만이 쌓여 있었기 때문에 노태우와 김종필의 회동에서 어떤 결과가 나올지 예측하기 어려웠다.

　김영삼은 그동안 제14대 총선에서 패배한 것은 당보다 행정부에서 악재를 만들어냈기 때문이라고 발언하는가 하면, '5월 전당대회 개최'가 결정되자마자 일언반구 사전 의논도 없이 경선 출마를 선언하더니, 이제는 '노태우와 이미 한 몸이 되기로 했다'면서 경선은 하나 마나라는 식으로 말해 파장을 일으켰다. 이러한 상황에 대해 노태우는 분개하며 김영삼을 의심하기 시작했다는 것이었다.

그런 낌새를 청와대 내의 친김영삼 측에서 알아차리고 급히 이만섭에게 SOS를 쳤다. 김종필과의 회동을 앞둔 노태우가 마음을 확고하게 잡을 수 있게 할 사람은 이만섭밖에 없다고 판단했기 때문이었다.

4월 8일 노태우와 김종필의 만찬 회동 직전 이만섭이 급히 청와대를 찾았다. 그는 노태우와 대구 동향이었고, 나이도 같았다. 고등학교는 다르지만 이만섭도 한때 공군사관학교에 다닌 경험이 있어서 기본적으로 통하는 사이였다. 게다가 그는 그때 이미 6선 의원의 관록을 자랑하며 정계의 중진이어서 노 대통령도 그의 의견을 존중하는 입장이었다.

노 대통령은 이만섭을 만나자마자 김영삼의 최근 행보를 나열하며 불평을 터뜨리기 시작했다. 이만섭은 "지금 김영삼의 행동은 모두가 몸이 달아서 나온 행동일 뿐 본심에는 하등 변화가 없을 것"이라고 노 대통령을 다독였다. 그리고 슬쩍 노 대통령의 의견을 타진했다. "혹시 박태준을 대안으로 생각하시나요?"

그러자 노 대통령은 박태준에 대해 공개되지 않은 이야기들을 모두 전하면서 "그는 아니다"고 분명히 했다. 이 틈을 타서 이만섭이 다시 말문을 열었다. "내가 수십 년 김영삼을 봐왔는데 그는 약속을 지킬 사람입니다. 그러나 만약 그가 대통령의 눈 밖에 나서 후보가 안 되면 탈당도 불사할 사람입니다." 이만섭의 말은 설득과 협박을 모두 담고 있었다. 이만섭은 노태우를 설득한 효과가 있다는 낌새를 챘던 것 같다. "그러면 김영삼 대표로 결정된 것으로 알고 가겠습니다"라고 하자 노태우는 빙그레 웃었다고 한다. 소이부답(笑而不答)이었다.

이만섭은 대통령 접견실에서 나오면서 밖에서 궁금해하며 기다리고 있던 이병기 의전수석비서관에게 '대통령의 마음을 돌렸다'는 사인을 보낸 뒤 청와대를 떠났다. 그리고 김영삼에게는 그날 김종필의 청와대 회동이 끝난 뒤에 결과를 알려주는 것이 좋겠다고 생각해 시기를 기다렸다.

그날 오후 6시, 이렇게 사전 정지 작업이 끝난 상황에서 김종필이 청와대를 찾았다. 노태우는 김종필이 당무를 거부하고 집에 칩거하며 여러 사람을 만났다는 사실을 알고 있었다. 그래서 만찬 전에 의중을 떠보기 위해 말을 돌렸다.

"새 인물을 내세우면 어떻겠습니까?"

단수가 높은 김종필은 금세 이 말이 성동격서(聲東擊西)임을 알았다.

"새 인물이 나오면 5·16이나 10·26 같은 큰 소용돌이를 각오해야 합니다. 김영삼이라는 사람은 돌파력이 대단합니다. 정국의 대혼란이 와도 각오하시겠다면 그 의중을 따르겠습니다."

김영삼의 과거 행태와 현재 거론되는 인물들의 면면에 대해 많은 잡담이 오갔다. 노태우는 그 가운데서도 "이종찬은 아무리 군을 떠난 지 오래되었다 해도 군 출신입니다. 그가 경선에 나서겠다고 했지만 나는 군 출신은 더 이상 안 된다는 생각입니다"라고 불가론을 밝혔다. 노 대통령은 나와의 대화에서는 결코 이런 말을 한 적이 없었다. 그런 생각을 하면서 나에게는 출마하고 싶으면 해보라고 권유한 것은 도저히 이해할 수 없는 일이었다.

그런 대화 끝에 노 대통령이 본론에 들어가고자 "그래서 저의 생각을 말씀드리겠습니다"라고 운을 뗐다. 그러자 김종필이 만류했다. 더 이상 들을 필요가 없다는 뜻이었다.

"말씀하지 마세요. 말이 또 새로운 말을 만듭니다. 알아들었습니다."

김종필은 밤 10시 가까이 되어서 청와대를 나왔다. 그는 변신의 명수였다. 즉각 김영삼의 경선 본부가 차려진 하얏트호텔로 갔다. 아마 김영삼은 그때 김종필을 학수고대하고 있었을지도 모른다. 성질 급한 김영삼이 먼저 말을 꺼냈다.

"내가 후보가 되면 운정(雲庭: 김종필의 호)이 당을 맡아주시오. 모든 권한을 일임하겠습니다."

"당권은 필요 없습니다. 그 대신 몇 가지 다짐합시다. 집권하면 정부를 내각제 정신으로 운영하겠습니까?"

"나도 그럴 생각이었습니다."

"또 한 가지 있습니다. 과거 야당에서 하듯 모든 것을 급속하게 바꾸려 하지 마십시오. 현존하는 모든 체제는 경제 발전 단계부터 오랜 시행착오를 거쳐 나온 것인데 이를 하루아침에 바꾸면 큰 혼란이 생길 겁니다."

"운정의 말을 알아듣겠습니다. 3당 합당의 정신이 지금까지 있던 정부를 지키라는 뜻으로 알고 운정의 말을 존중하겠습니다."

김종필은 그 순간 김영삼이 매사를 너무 쉽게 받아들여 오히려 불안했다. '이 사람은 내각제 각서를 쓰고도 오리발을 내밀었는데 약속이 무슨 쓸 데가 있을까?'

"거산(巨山: 김영삼의 호)! 내가 출마하는 일은 없을 거요. 그리고 나는 이미 마음을 정했소. 더 이상 말을 하지 않겠소."

김종필은 청구동으로 돌아왔다. 이날 김종필과 김영삼의 전격적인 회담을 두고 '4·8 밀약'이라고 부른다.[*]

나는 그날 밤 오유방, 장경우 등과 함께 노태우와 김종필의 회동 결과를 목이 빠지게 기다렸다. 김종필은 단호하게 할 말을 하겠다고 했는데, 결과가 무엇일까? 나는 청구동의 비서관에게 "도착하면 즉시 찾아뵙겠다"라고 여러 차례 요청했다. 자정이 다 되어서야 "너무 피곤하니 다음에 연락해주겠다"라는 회신을 받았다. 우리는 이미 판이 기울었음을 느낄 수 있었다. 다음 날 조간신문에 김종필의 언급이 실렸다.

"나의 결심은 내려졌다. 그 내용이 무엇인지는 밝히지 않고 유보하겠다. 대선에서 승리 가능성을 생각해봐야 한다."

---

[*] "JP 이번엔 '마이웨이' 택하려나", 《경향신문》, 1995년 1월 20일 자 참조.

그 특유의 아리송한 말투였지만 누구든 그 진의를 쉽게 이해할 수 있었다. 언론에서 말하는 '4·8 밀약'이 이루어졌음을 직감할 수 있었다.

나로서는 혼란스러웠다. 김종필이 "내가 이번에는 할 말을 할 거예요"라고 한 이야기를 어떻게 이해해야 할까? 우리는 김종필의 '변심'을 지켜보며 청와대와 김영삼 측에서 숨기고 있는 시나리오가 있다고 생각하지 않을 수 없었다. 그래도 나는 밀약을 했다는 사실을 믿을 수 없었다. 이것이 처세술인가? 아니면 세상만사를 조율할 줄 안다는 제갈량적인 발상인가? 5·16의 기획자였고, 한때 2인자의 위치에서 공화당을 조직한 사람이 할 말인가? 박정희 대통령이 1960년대에 김종필을 두고 "영상(領相)이 영상다워야지!"라고 개탄했다는 소리를 들었는데 바로 이런 태도를 두고 한 말이었나?

사실 김종필은 1980년 '서울의 봄' 직후 구속되었다가 풀려난 뒤 달라진 모습이 여러 군데서 감지되었다. 과거에 5·16을 주동했던 패기만만한 그런 지도자가 아니었다. 현실에 민감하고 타협하는 모습이었다. 그로부터 며칠이 지난 4월 13일 청구동을 다시 찾은 나에게 김종필은 이렇게 말했다.

"정치란 현실이야. 꼭 최선만 있는 것은 아니고 차선도 있다는 사실을 이해해주기 바라오."

김영삼을 지지하게 된 것이 내키지 않지만 어쩔 수 없는 선택이라는 암시였다. 하지만 그러면 그럴수록 이를 돌파해나가자는 것이 나를 지지하는 동지들의 결의였다.

민정계 후보 단일화

김영삼과 김종필의 회담 다음 날인 4월 9일, 청와대 주례 회동을 마치고 나온 김영삼은 어느 때보다 자신 있게 "헌정사상 집권당에서 최초로 실시하는 대통령 후보 경선이 민주적 절차에 따라 합리적으로 이뤄질 수 있도록 최선을 다하겠다"라고 발표했다.

　나는 이 발표를 들으면서 경선 판국이 김영삼에게 완전히 유리하게 돌아가고 있음을 알 수 있었다. 민정계 내의 친김영삼 그룹과 공화계까지 확보했으니 진영이 탄탄하게 짜인 것 아닌가? 그 외에는 지리멸렬한 상태였다. 그러나 세상이 꼭 세력이 막강한 쪽으로만 흘러가는 것은 아니었다. 민정계 내에서 김영삼과 대결할 수 있는 단일 후보를 내야 한다는 소리가 급속하게 일어났다.

　박태준, 박준병, 박철언, 심명보, 양창식, 이종찬, 이한동 등 7인은 그 날부터 부지런히 의견을 모으기 시작했다. 박태준의 지지가 단연 앞섰다. 그다음으로 나와 이한동이 호각을 이루었다. 우리는 15일까지 결론을 내리겠다고 언론에 약속했다. 하지만 16일까지 아무 소득이 없었다. 나와 이한동의 출마 의사는 분명했는데, 박태준은 청와대의 눈치를 보느라 시간을 끌었다. 모든 시선이 우리 7인에게 쏠렸고 언론에서도 흥밋거리로 연일 보도했다.

　17일 오후 3시, 박태준은 롯데호텔 4층 아테네가든에서 7인 모임을 소집했다. 그리고 "나는 오늘 경선 출마를 포기합니다. 이종찬, 이한동

두 분이 빨리 단일화 협상을 끝내시오"라고 말했다. 갑작스러운 선언에 우리는 오히려 당혹했다. 그날 오전 무슨 일이 있었던 것이 분명했다.

박태준이 경선 출마를 포기한 이면을 역사에 기록해둘 필요가 있다. 나는 최근까지도 박태준 최고위원이 노태우 대통령을 직접 만나고 돌아온 뒤에 출마 의사를 접은 것으로 생각하고 있었다. 그런데『노태우 회고록』에서 이 부분을 상세히 기술하고 있어서 알게 되었다.

나는 박 최고위원에게 "출마하지 마십시오" 하고 직설적으로 말을 하지는 않았다. 이를 두고 세간에서 말이 많았다. 내가 이중플레이를 한다느니, 결단력이 약하다느니 하는 이야기가 나왔다. 나는 원래 남의 의견을 정면으로 거부하거나 내 의견을 강요하는 사람이 아니다. … 나는 박 최고위원에게 "박 선배께서는 포철을 성공시킴으로써 우리나라 근대화에 이바지해 신화적인 명성을 얻고 있습니다. 그런데 정치는 이와는 전혀 다른 문제입니다. 경쟁자들이 온갖 약점을 과장해 상처를 입히려 할 텐데 그것을 감당할 수 있겠습니까?" …

나는 이 정도로 내 뜻을 이야기하면 그가 적당한 명분을 찾아 후보 출마를 철회하리라고 생각했다. 하지만 후에 보고를 받고 보니 철회는커녕 그대로 밀고 나갈 태세라는 것이었다. … 나는 박 최고위원을 다시 만나려 했으나 마침 남부 지방에 행사가 계획되어 있어 그냥 전화로 이야기하기로 했다. 박 최고위원에게 "앞으로의 행보에 대해 내 참모의 이야기를 잘 들어보시고 결정해주십시오"라고 말한 후, 그 참모에게 "그분에게 모든 것을 사실대로 이야기해서 올바른 결심을 할 수 있게 도와주라"라고 지시했다.

지방에 있는 동안 전화보고가 있었다. "그분과 관계되는 자료를 정리해 사실 그대로 말씀드렸더니 그분이 심사숙고한 끝에 후보 철회를 결심했다"는 내용이었다.*

▲ 1992년 4월 25일 서울 프레스센터에서 필자가 민자당의 대통령 후보 경선에 출마하겠다는 선언을 한 직후, 거리로 나선 박태준과 필자를 비롯한 우리 캠프 일행.

여기서 노태우 대통령이 말한 '참모'는 이상연 안기부장이었다. 이 부장은 노골적으로 박태준에게 경선 포기를 강요했던 것이다.

그날은 4월 16일이었다. 박태준이 항변했다. "누구 지시를 받고 이런 압력을 가하는 것이오? 여기 CIA에서 제보한 것을 보시오. 김영삼은 안 되오." 나는 CIA 문서를 직접 본 일은 없으나, 보나 마나 '김영삼 불가론'이었을 것이다. 진짜 CIA 문서인지 나도 의심이 갔지만, 박태준은 이를 굳게 믿고 있어서 이상연에게 항변했던 것이다.

"제 말대로 하십시오. 절대 출마 못 합니다."

"이유를 말하시오."

"제가 이렇게 진언했는데도 불응하신다면 최후 수단밖에 없지요."

---

* 노태우, 『노태우 회고록(상권)』, 509~511쪽.

이상연은 정보보고서 꾸러미를 내놓았다. 그리고 불응하면 비상수단으로 공개하겠다고 협박했다. 박태준 같은 강철 의지의 소유자도 흔들렸다.

"우리 모두 역사의 죄인이 되지 맙시다."

박태준의 마지막 말이었다. 그는 이미 김영삼의 집권이 어떤 결과를 초래할지 예언하는 듯했다. 어쨌거나 박태준은 결국 경선 출마를 포기했다.

저녁 7시, 식사가 들어왔지만 우리는 박태준의 표정을 살피느라 제대로 먹지도 못하고 에둘러 헛말만 빙빙 돌렸다. 박태준이 저렇게 표정이 어두운데 나나 이한동이 드러내놓고 의사를 표시하기는 어려웠다. 참다못한 박태준은 소리를 빽 질렀다.

"두 사람이 옆 별실에 들어가 합의하시오. 우리는 이 방에서 기다릴 거요."

마치 교황을 뽑는 콘클라베 방식처럼 하라는 주문이었다. 이한동과 나는 별실로 갔다. 분위기가 참으로 어색했다. 내가 먼저 말을 꺼냈다. 지금까지 각종 조사에서 내가 그래도 지지율이 약간 높으니 이번에 나에게 기회를 주면 앞으로 우리 둘이 당을 위해 공동 노력하자고 제의했다. 하지만 이한동의 입장도 확고했다.

"지금 우리 당이 마치 군 출신, 육사 출신의 당처럼 됐소. 그래서 병영 색깔의 정당이라는 지적도 받았소. 국민의 소망은 문민정부를 만들라는 것으로 이해하오. 그러니 이번에는 내가 나서서 당의 분위기를 일신하는 게 좋을 것 같소."

그는 나의 약점을 찔렀다. 그의 말을 부정할 수 없었다. 우리 당에 '육법당'이란 지적이 있는 것도 사실이다. '육사 출신'과 '법대 출신', 특히 판검사 출신이 유난히 많았다. 하지만 그런 면에서는 법관 출신인 그도 자유로울 수 없었다.

"나는 그 점도 맞다고 생각하오. 하지만 나는 지금까지 김영삼 대표를 정면으로 반대해왔소. 김영삼 대표가 민주화 투쟁에는 큰 공적을 세웠지만 이제 정부를 경영·관리한다는 것은 또 다른 면이라 생각하고 후보로는 부적절하다고 공개적으로 비판했소. 그런 연장선에서 우리의 입지를 강화하자는 뜻에서 경선 출마를 결심했소."

이한동은 양보하지 않을 태세였다.

"민정계가 꼭 단일화할 필요 없이 각자 나가서 경쟁하도록 합시다."

나는 그의 의견에 찬성할 수 없었다.

"만약 각자 나가서 뛴다면 김영삼 대표가 가장 유리하게 될 것이오."

그러나 그는 자유경선이므로 각자 자유의사에 맡기자고 하면서 한 치도 물러서지 않았다. 시간은 흘러갔다. 박태준이 다시 방으로 들어와 소리를 지르며 불같이 독촉했다. "무엇들 하는 거요? 빨리 결정하시오!" 그렇게 다그치면서 한 가지 아이디어를 냈다. "이번에 만약 누구로든 단일화가 이뤄지면 당의 후보로 선출되든 안 되든 차기는 경선에 나서지 않겠다고 서약하도록 합시다." 나와 이한동은 수락하겠다고 했다.

그러나 자정이 되어도 결론이 나지 않았다. 박태준과 나머지 의원들이 표결로 결정하자는 의견을 제시했다. 표결하면 자칫 대결하는 모양새가 될 것 같아 피하고 싶었지만 다른 참석자들의 마지막 권유를 받아들이지 않을 수 없었다. 이한동도 내키지 않았지만 수락했다.

표결 결과 내가 압도적으로 지지를 받았다. 다행히 이한동은 결과에 승복하겠다고 하면서 나와 굳은 악수를 나누었다. 그때가 18일 0시 40분. 마라톤 회의였다.

아테네가든의 방문을 개방했다. 기다리던 기자들이 몰려들었다. 나는 목소리를 가다듬고 소감을 밝혔다.

"민정계 후보 단일화는 박태준 최고위원과 이한동 의원의 살신성인의 협조로 이루어졌습니다. 두 분을 포함해 장시간 토의에 협조해준 의

원들께 감사드립니다. 지난 총선에서 표출된 민심이 무엇입니까? 첫째
는 구태의 정치를 청산하고 새로운 정치를 하라는 명령이었습니다. 둘
째는 망국적인 지역감정을 청산하라는 것이었습니다. 나는 이런 국민
의 여망과 총선 민의를 바탕으로 당내 경선에 임할 것입니다."

경선 전초전

나는 경선이 본격적으로 시작되기 전인 4월 21일 아침 이한동 의원의 집과 이춘구 사무총장의 집을 각각 방문했다. 두 사람에게 경선을 원만하게 치를 수 있도록 도와달라고 부탁했다. 마음이 좋은 이한동은 경쟁하던 사이라 씁쓸해하면서도 금세 이해하는 자세였다. 하지만 이춘구는 냉랭했다. 그는 나의 사관학교 선배였다. 그리고 사무총장으로서 중립을 지켜야 하는 입장도 이해되었지만, 역시 그는 노태우 대통령의 충실한 참모였다.

마침 이웃에 유학성 전 안기부장의 집도 있어서 찾아가 인사하며 도와달라고 부탁했다. 그런데 그분의 말씀이 유난히 마음에 걸렸다.

"이 의원, 내가 드러내놓고 돕지 못하는 걸 이해하시오. 왜냐하면 나의 행동이 바로 각하의 의지로 비치기 때문입니다. 내가 이 의원을 지지한다는 사실이 알려지면 곧 각하가 중립을 지키지 않고 이 의원을 돕는다고 대외적으로 알리는 결과가 됩니다. 각하를 보호해야지요."

"무슨 말씀인지 이해합니다. 하지만 마음속으로라도 저를 도와주시기 바랍니다."

며칠 후 유학성이 김영삼을 수행해 대의원 집회에 나가는 모습이 신문과 TV에 나왔다. 그는 한때 나의 상관이었다. 나는 배신감을 느꼈다. '김영삼을 따라다니는 것이 각하의 의지였나?' 나는 중얼거렸다. 유학성은 그런 식으로 '김영삼 대통령 만들기'에 적극적으로 협조했으나, 그

후 덕을 보기는커녕 '5·18특별법'에 의해 구속되고 재판에 회부되었다. 그는 감옥에서 병을 얻어 끝내 세상을 떠나고 말았다.

경선은 처음부터 시련이었다. 민자당의 선거 관리 시행세칙에 따르면, 후보로 등록하려면 대의원 6896명 가운데 전체 시도에서 골고루 10분의 2 선인 1300명의 추천을 받아야 했다. 김영삼 측은 경선 개시 호각을 불자마자 대의원 서명을 받아 등록 서류를 완비해놓고 있었다.

나는 일일이 지구당위원장들에게 전화로 부탁했다. 그 일이 얼마나 어려웠는지 실례를 들어보자. 나는 서울 중구 지구당에도 당연히 대의원 추천을 부탁했다. 장기홍 위원장도 이의 없이 도와주겠다고 했다. 그곳은 원래 제12대 국회까지만 해도 종로·중구 지구당의 일부로서 나의 선거구였다. 제13대 총선에서 소선거구제로 바뀔 때 내가 종로 선거구를 택하면서 독립했고, 내가 가장 신임하던 장기홍 부위원장을 그곳 위원장으로 밀어주었다. 또 나의 조직부장이던 정수웅 군을 사무국장으로 승진시켜 내보낸 곳이었다. 말하자면 중구는 나의 분신이었다.

등록 마지막 날 아내가 중구 지구당으로 서명 용지를 찾으러 갔다. 정 사무국장은 난처해하며 서명을 다 못 받았다고 실토했다. 장 위원장은 아예 모습도 보이지 않았다. 화가 치민 아내는 정 국장으로부터 서명 용지를 도로 받아서 밤을 새우다시피 대의원 집을 일일이 찾아다니며 서명을 받았다. 아내가 만난 어떤 대의원은 이렇게 말했다.

"장 위원장이 그러면 안 되지. 누구 덕에 위원장 됐는데···. 오늘 오전에 안기부 조정관이 찾아왔다고 하더군요. 그래서 자기는 시골로 피신한다고 하데요."

이런 악전고투 속에 추천을 받아 후보로 등록할 수 있었다. 그 과정에서 이미 김영삼 측에 지지 표명을 한 의원 중에서도 서울의 김기배·남재희·김우석, 대구의 김복동, 인천 심정구, 대전 이인구·윤성한, 강원도 한승수·김문기·이응선, 충남 윤재기 의원 지구당의 대의원들이 은밀히 협조해주어 큰 힘이 되었다. 특히 경북 김천의 박정수 선배는 공개적으로 대의원 20명을 모아놓고 10명씩 갈라서 김영삼과 나를 추천하도록 협조했다. 그는 나의 추천에 협조한 '괘씸죄' 탓이었는지 김영삼 대통령 시절 내내 찬밥 신세였다. 오죽했으면 그가 나중에 민자당을 탈당하고 김대중 지지로 돌아섰겠는가?

나는 한 후배에게 부탁해 광화문 빌딩 4층을 선거사무소로 빌렸다. 쪼들리는 살림살이였지만 대외적으로 과시하기 위해 다소 무리해 사무실을 꾸몄다. 4월 25일 오전 프레스센터에서 기자회견을 한 후 박태준, 채문식, 윤길중 등 원로들을 앞세워 당원들과 함께 광화문 사무실까지 걸어가서 현판식을 거창하게 열었다. 그리고 우리 경선대책본부의 인선을 발표했다.

- 경선대책위원회 명예위원장: 박태준 / 위원장: 채문식 / 고문: 윤길중, 왕상은, 이한동 / 중앙대책본부장: 심명보 / 부본부장: 장경우, 조남조 / 대변인: 최재욱
- 시도별 담당 위원
  서울: 오유방, 김영구, 이종률 / 대구: 유수호, 이정무 / 인천: 강우혁, 심정구 / 광주: 이영일, 지대섭 / 대전: 남재두 / 경기: 이해구, 안찬희, 정해남 / 강원: 박우병, 이응선 / 충북: 안영기, 민태구 / 충남: 김현욱 / 전북: 이호종, 이건식 / 경북: 김중권, 이진우, 장영철 / 제주: 고세진, 이기빈

부산과 경남에서는 협조할 의원들을 찾지 못했다. 그러나 이 명단이 나가고 얼마 뒤 이종률, 유수호, 이정무, 심정구, 남재두, 이해구, 정해남, 장영철 등이 자기 이름을 빼달라고 요구했다. 일일이 확인해 명단을 작성한 장경우는 분개했지만, 그것이 현실이었다. 이처럼 곳곳에서

우리 경선 캠프로 유형무형의 압력이 가해졌다.

경선을 앞두고 그런 압력보다 더욱 난감한 문제는 선거운동 방법과 관련된 씨름이었다. 이것은 경선 처음부터 마지막 순간까지 내내 문제였다. 지금 생각해봐도 치졸하기 짝이 없는 논란이었다.

선거 관리 시행세칙에 따르면, 대의원을 상대로 하는 선거운동 방법으로는 ① 경선 후보 간 합동연설회, ② 대의원을 소집한 개인연설회, ③ 전당대회 날 정견 발표 등 세 가지 방법뿐이었다. 그런데 김영삼 측에서 합동연설회를 거부하고 나선 것이다. 김영삼이 나와 함께 연설하면 위상이 격하되는 것이 이유라고 했다. 그런가 하면 이춘구 사무총장은 전당대회장에서의 정견 발표에 대해서도 '대회장 질서가 혼란스러워진다'는 이유로 불가하다고 밝혔다. 우리는 즉각 반발했다. 세칙이 정한 대로 하자고 일관되게 주장했다.

그 무렵 민정계 지구당위원장 71명이 김영삼 측에 줄을 섰다는 보고를 받았다. 그 가운데는 나와 가까웠던 사람도 있었다. 손주환 청와대 정무수석이 "왜 그렇게 눈치가 없느냐?"고 종용해 돌아선 사람이 상당수라는 말도 들렸다. 또 안기부에서는 나와 함께 공채 1기로 입사한 친구들이 당시 국장들이었는데, 이상연 부장이 그들을 보직 해임했다는 소리도 들렸다. 나는 그들의 인사에 한 번도 도움을 주지 못했는데, 나와 동기생이라는 이유만으로 피해를 입었던 것이다.

이렇게 유형무형의 압박이 계속되는 가운데 경선의 전초전으로 언론사 대담이 하나 마련되었다. 4월 23일 중앙일보가 김영삼 측의 남재희와 우리 측의 오유방을 초청해 토론의 장을 마련한 것이다. 이런 것이 '정치의 무상함'이라는 거다. 남재희와 오유방은 청주고 선후배였고, 공화당의 개혁파로 뜻을 같이하던 동지였다. 또 민정당 창당 시 나는 남재희를 초치해 정책의 산파역을 맡길 정도로 신뢰하는 사이였고, 남재희는 바로 오유방을 내게 소개한 장본인이었다. 하필 그가 김영삼 측을 대변하다니…. 비감했다. 이런 감정의 흐름 때문인지 토론은 뜨거웠다.

남재희(이하 남) 김영삼 후보가 되는 것은 대세다. 벌써 민정계 70명이
　　지지하고 있다.

오유방(이하 오) 14대 총선 민의를 봐라. 70명의 위원장은 지지했는지
　　모르나 대의원의 70%는 아니다. 김 대표가 초반에 우세하니 줄 서려
　　는 철새는 의미가 없다.

남 대세가 김 대표 쪽인지 알면서도 지는 쪽에 줄 서는 것은 바보 새
　　다. 김영삼 대표는 유비 같은 친화력이 있다.

오 내각제 각서 파동을 보라. 걸핏하면 탈당, 분당한다고 하는 것이
　　정치 지도자인가?

남 김 대표는 그런 무책임한 행동 안 했다.

오 세대교체는 나이를 말한 것이 아니다. 사고의 교체를 의미한다.
　　'무사고(無思考)'의 인물이 사고를 전환할 수 있겠는가?

이 말에 남재희가 발끈했다. 그는 "앞으로 후보가 되면 김대중 후보
와 경쟁할 판인데 우리 당 후보가 될 사람을 '무사고'라고 흠집 내도 되
느냐?"라고 항의하면서 "이종찬 의원은 군 출신이요, 정보부 출신 아닌
가?"라며 역공했다. 다시 이에 대해 오유방이 "하여간 합동연설회와 전
당대회에 정견 발표는 반드시 있어야 한다"라고 강조하는 것으로 대담
은 정리되었다.

나도 김영삼 대표를 '무사고'라고 한 부분에 대해서는 지나쳤다고 생
각했다. 그러나 당시 상황은 그만큼 우리를 격앙시킬 정도로 일방적이
었다. 왜 '무사고' 이야기가 나왔겠나? 경선이라면 문자 그대로 후보들
이 나와서 자기 정견을 밝히고 대의원과 깊은 대화를 나누어야 했다.
이를 피하면 도대체 무엇 때문에 막대한 예산을 써가며 경선을 하나?

언론도 "당당한 정책 대결 보여라"(≪경향신문≫, 1992년 4월 28일 자), "공개적 정책 토론 꼭 있어야"(≪세계일보≫, 1992년 4월 27일 자) 등의 사설과 시론으로 후보들 간의 정책 토론을 촉구했지만 김영삼 측은 마이동풍이었다. '노심'을 앞세워 두더지처럼 맨투맨식 지지 서명 작업만 이어갔다.

4월 28일, 마침내 김종필이 김영삼 지지 선언을 했다. 김영삼 캠프에서는 날개를 단 듯 환영했고 냉큼 그를 '김영삼후보추대위원회'의 공동위원장으로 모셨다. 이로써 추대위원회의 진용은 갖추었다. 권익현, 김재광, 이병희 등 각 계파의 대표 원로가 부위원장이 되고, 김윤환이 대표 간사가 되어 지구당위원장들을 포섭하는 데 박차를 가했다.

김종필은 기자들에게 '김영삼 대통령 후보'와 관련해 "3당 통합 때 이미 약속한 사항"이라고 변명했다. 그렇다면 3당 합당 때 '내각제 약속'은 애초부터 없었다는 말 아닌가? 여기에 반발해 김용환, 이인구, 신오철, 윤성한, 유기수, 윤재기 등 충청권 의원들이 이탈할 분위기였다.

사실 '김영삼후보추대위원회'란 그 자체가 변칙 플레이를 하자는 것이었다. 주역은 김윤환이었다. 그는 추대위 대표 간사라고 하면서 국회의원과 지구당위원장들을 하나씩 불러들여 '김영삼을 후보로 추대한다'는 서명 작업을 진행했다. 전국 237명의 지구당위원장 가운데 170명이 서명했다. 그들은 벌써 72%의 지지를 받았다고 떠벌리고 다녔다. 나는 마지못해 서명했다고 해서 마음속으로도 지지하는 것은 아니라고 믿었지만 이들을 그물로 묶는 효과는 분명히 있었다. 이에 대해 몇 번씩 '변칙하지 말라'고 경고했지만 아무 소용없었다.

우리 캠프에서는 어떻든 정책 토론에서 승기를 잡자는 뜻에서 '합동토론회'를 끈질기게 물고 늘어졌다. 김영삼이 이종찬과 합석하는 것을 기피한다면 시차를 두고 같은 대의원들에게 김영삼이 먼저 발언하고 퇴장한 뒤 이종찬이 발언하는 '시차제 토론회'라도 하자고 요청했으나

▲ 1992년 4월 28일 관훈토론회에서 필자는 대통령 후보 경선에 나서게 된 기본 취지를 설명했다. 이날 밝혔던 '경제민주화'의 과제는 아직도 유효하다.

이것도 안 된다는 회신이었다. 마지막으로 '전당대회 석상에서의 정견 발표'를 다시 요구했다. "대통령이 되겠다면 어떤 경우든 자기의 정책과 소신을 밝혀야 국민이 선택할 것 아닌가? 당내 경선에서 이렇게 피해 가면 본선에서 김대중 같은 논객과 어떻게 경쟁한단 말인가?" 들은 척도 안 했다. 당 선거관리위원회는 난처하다는 입장만 전해왔다.

"모처럼 여당에서 정당사에 남을 만한 경선을 실시하는데 모양 갖추기만 한다면 내가 참여할 의사도, 의미도, 가치도 없지 않으냐. 이런 소문을 내는 사람들에게 경고하고 싶다. 만약 경선이 중단되면 어떤 결과가 될지 알아야 할 것이다."

그동안 쌓였던 불만이 처음으로 나도 모르게 터져 나왔다. 그날 저녁 관훈클럽 토론회에 연사로 초청받았다. 나는 애써 정치 문제를 피하고 경제 이슈에 관해 발표했다. 정책 토론의 가능성을 염두에 둔 것이었다. 제목은 '변화와 도전의 시대에 우리 경제가 가야 할 길: 선진 도약을 위한 정치의 역할과 과제'였다.

"오늘날 경제민주화에 대한 요구와 노사분규, 경쟁 질서 확립을 위한 노력과 대기업의 경제력 집중, 임금 상승과 수출 경쟁력의 둔화… 이러한 상충하는 요인들이 갈등을 빚고 있습니다. 정치는 이 같은 갈등을 회피해서는 안 됩니다."

나는 이 연설문을 최근 다시 읽으면서 20여 년 전에 한 말들이 지금도 통용될 수 있다는 사실에 놀랐다. 당시 내가 너무 앞서 나갔던 것은 아니었을까? 경제문제를 주제로 삼으려는 나의 의도와 달리 기자들과의 일문일답은 경제보다 정치 쪽으로 흘러갔다.

백화종(국민일보) 외압을 말씀했는데 구체적인 사례를 들어주기 바라고, 만약 시정이 안 되면 탈당도 불사하는지?

나 자유경선의 원칙은 정책 대결이어야 한다. 외압의 사례는 많다. 대통령의 주변 인물이 대의원들에게 줄 잘 서라고 요구하고 있다. 자유경선이라면 합동연설회와 정책토론회가 있어야 한다. 이런 룰을 지키지 않고 배후에서 줄서기만 강요한다면 내가 모시고 있는 분들과 의논하여 중대 결심을 하지 않을 수 없다.

고흥길(중앙일보) 정책 대결을 강조하는 것은 대의원들에게 바람을 일으키자는 전략 아닌가?

나 대의원의 수가 약 7000명이다. 그들에게 후보가 누구이고, 어떤 생각을 하고 있는지 알리는 것은 기본적인 의무다.

고학용(조선일보) 외압의 구체적 사례와 노 대통령의 중립 의지에 대해 설명해달라.

나 솔직하게 말해서, 이번에 등록하기 위해 대의원의 서명을 받았는데 마치 옛날 독립운동하면서 군자금 모으듯이 밤에 몰래 다녔다. (일

동 웃음)

4월 30일 청와대에서 당 최고위원과 경선 출마자를 초청한 오찬회동이 있었다. 청와대로 출발하기에 앞서 장경우는 나에게 청와대에 손주환 정무수석이 있는 한 공정한 경선은 어렵다는 보고를 했다. 그는 그야말로 청와대 내의 '트로이 목마'였다. 그가 사태를 관망하던 의원들에게 일일이 전화해 '김영삼을 지지하라'고 종용했다는 말이 흘러나왔다. 전화 받은 사람들이 직접 전한 말이었다. 청와대에서 오찬까지는 잘 마쳤다. 노 대통령은 특유의 웃음으로 이날 회동을 적당히 넘길 태세였다. 그때 내가 말을 꺼냈다.

"각하, 이번 경선은 각하의 공약과 철학, 방침에 따라 진행되는 것으로, 역사에 남을 일입니다. 우리 정당사에 여당이 경선을 한다는 것 자체가 신선한 충격을 줄 쾌거라 생각합니다. 이번 경선을 끝까지 공명정대하게 관리해나가는 것이 중요합니다. 그러나 작금 옥의 티가 나타나 이런 경선 정국을 흐리게 하는 것도 사실입니다. 특히 청와대 내에서 각하를 모시는 측근들이 경선에 개입하는 것은 자칫 이 경선이 연극이라는 평가를 받게 하기 쉽습니다. 각하께서 이런 문제의 소지를 근본적으로 제거해주십시오."

김영삼은 불쾌한 표정이 역력했고, 김종필은 좋은 분위기 깨고 있다는 표정을 지었고, 박태준은 할 말을 다 한다는 얼굴이었다. 당황한 것은 대통령 자신이었다.

"좋은 말인데 우리가 지금 개혁해나가고 있지 않나요? 많은 문제점이 있겠지만 이런 전통을 살려 나가야 하지요. 하나하나 차근차근 고쳐나갑시다. 하루아침에 모든 게 이루어진다고 생각하지 말고 해결해나갑시다."

드디어 언론에서 거들고 나왔다. 5월 5일 한국리서치의 여론조사 결과에 따르면, 민자당 전당대회장에서 두 후보가 합동연설을 하는 것에 대해 찬성하는 의견이 73.8%, 반대하는 의견이 11.7%였다. 합동연설을 하라는 쪽이 압도적이었다. '현재 김영삼, 이종찬 두 후보의 경선은 공정하게 진행된다고 보십니까?'라는 질문에 대해서도 '공정하게 진행된다'가 28.7%, '그렇지 않다'가 45.5%로 나타나, 대부분이 경선 과정을 불공정하다고 인식하고 있었다.

《한겨레》(1992년 5월 9일 자)는 "'벙어리 경선'으로 대통령이 되려는가: 김영삼 후보는 정당한 경쟁을 하라"는 제목의 사설에서 민자당 경선을 신랄하게 비판했다. 이처럼 여론이 들끓는 상황에서 우리 진영은 지금 같은 제한된 경선 룰로는 도저히 안 되겠다는 판단에 따라 '이제 국민에게 직접 정견을 밝히는 전략으로 전환해야 한다'는 데에 의견이 모였다. 1차로 5월 4일 저녁에 서울에서 대규모 후원 집회를 열기로 결정했다.

청와대가 다급해진 모양이었다. 이상연 안기부장으로부터 조용히 만나자는 연락이 왔다. 5월 2일 오전에 롯데호텔 2166호실로 갔다. 그가 대령으로 보안사 정보처 보좌관으로 있을 때, 우리는 함께 민정당 창당 작업을 하면서 알게 된 사이였다. 매우 영리하고 상황 파악이 빠른 사람이었다. 그러나 이번 경선에서는 나를 많이 괴롭혔다. 자연히 좋은 감정으로 만날 수 없었다.

"각하께서 많이 걱정하고 있습니다. 경선을 그래도 잘 치러서 피차 금이 가지 않게 해야 하지 않아요?"

"나는 청와대에 나를 도와달라고 말하지 않습니다. 경선을 경선답게 해야 누가 후보가 되더라도 본선에서 이길 것 아닙니까? 같이 연설하자, 정견 발표하자 그게 무엇이 어렵습니까? 어차피 본선에 들어가면 벌어질 일 아닙니까? 그쪽 사람들이 자꾸 '노심' 이야기를 합니다. 그러면 숫제 지명하는 것이 떳떳하지 않아요?"

내가 퍼부어댔다. 하지만 이상연은 노련했다.

"오해될 일은 없습니다. 각하께서 정무수석도 중립적인 사람으로 갈 겠다고 합니다. 그러니 이제 조용한 가운데 축제 분위기로 전당대회를 마치도록 노력합시다."

손주환 정무수석비서관은 김영삼의 부인과 가까운 인척간이었다. 그 때문만은 아니겠지만 그동안 김영삼 후보를 돕느라 많이 오버하고 있었다. 이렇게 경선 전초전은 경선 방법상의 본질적인 문제들을 전혀 해결하지 못한 채 본격적인 대결 국면으로 넘어가고 있었다.

"김영삼과 김종필의 시대는 갔다"

5월 4일, 코엑스 전시관에 나의 후원 회원들이 모였다. 상상한 것 이상으로 많았다. 사실 그 넓은 공간을 어떻게 채우나 걱정했는데 장경우가 고집해 마련한 모임이었다. 참석한 후원 회원들은 서울만이 아니라 인천과 경기도에서도 몰려왔다. 나는 '이게 민심이구나. 민심은 바로 천심이다'라고 뼈저리게 느꼈다. 사실 이때 알아차린 천심을 끝끝내 잊지 말았어야 했는데, 이를 잊은 것이 그 뒤로 연속된 패착의 원인이었다.

식전 행사에 나온 가수들도 일류였다. 테너 임웅균 교수는 그야말로 숨은 다이아몬드였다.* 그는 지금까지 음악인으로서가 아니라 모든 면에서 나의 멘토다. 그날 임 교수는 우리 가곡 가운데 「목련화」를 선택해 그 상황에서 나의 마음을 대변해주었다.

또 한 사람의 동지가 있었다. 가수 이선희였다.** 그는 서울시 의원으

---

* 임웅균 교수는 연세대를 나와 이탈리아에서 유학한 전통적인 벨칸토 테너 가수다. 이탈리아에 유학하면서 타고난 재질을 유감없이 개발해 웅장한 성량, 수준 높은 가창력으로 우리나라 테너계의 거물이 되었다. 현재는 한국예술종합학교 교수로 후진을 양성하고 있다.
** 이선희는 영원히 잊을 수 없는 나의 동지다. 1991년 장경우 의원이 마포구의 시의원으로 출마를 권유했으나 사양하는 바람에 아버지까지 설득해 출마했다. 그리고 당당히 당선되어 장안의 화제가 되었다. 그는 1995년 시의원 생활을 끝내고 다시 가수로 돌아갔지만 1997년 김대중 대통령 선거 때도 열렬히 도왔다.

▲ 1992년 5월 4일 서울 코엑스 회의장에서 개최된 '이종찬후보 돕기모임'의 현장. 이날 모임은 엄청난 인파가 모인 가운데 뜨거운 열기 속에 진행되었다.

로 출마해 당선된 당당한 정치인이기도 했다. 1984년 강변가요제에서 「J에게」로 대상을 받았던 이선희는 작은 체구에서 뿜어져 나오는 열정의 노래로 그날 장내를 휘어잡았다.

장내가 정리된 뒤 장예준 후원회장의 인사에 이어 채문식 대책위원장의 축사가 있었다. "요새 썩은 줄에 서 있는 사람들이 많은데, 오늘 여기 참석하신 분들은 작지만 튼튼한 줄에 섰습니다"로 시작해 장내를 웃고 박수하도록 유도한 그의 능변은 노련한 정치 그 자체였다.

그 뒤 내가 연단에 올랐다. 우레와 같은 박수가 나왔다. 몇 차례 선거를 치르며 대중 앞에서 별반 흔들리지 않았지만 이날은 달랐다. 나도 모르게 흥분해 사실 연설 자체는 망쳤다. 나는 "이 자리에 오신 애국시민 여러분, 여러분이야말로 어려운 여건에서 외압을 이기고 저를 찾아주셨습니다"라고 말문을 뗀 뒤 '노심 팔아 줄 세우기', '각종 정책 토론의 실종', '청와대와 당 고위 관계자들의 직권남용' 등 그동안 가슴에 응어리졌던 이야기들을 단숨에 토해냈다.

여기서 나는 조금 숨을 돌렸어야 했다. 그리고 왜 내가 출마를 결심했는지를 밝혔어야 했다. 그런데 참석자들의 열띤 호응에 내가 더 흥분해 한 발짝 더 나아갔다.

"정치의 민주화는 정당이 민주화돼야 하고, 정당이 민주화되려면 정당 운영이 공개되고 투명해야 합니다. 도덕적으로 국민에게 신뢰받아야 합니다. 김영삼 대표는 대표가 된 이래 모든 것을 밀실에서 짜놓은 각본에 따라 운영하고 있습니다. 최고위원들 간에 당연한 협의가 생략되고, 당무회의가 유명무실해졌습니다. 그 결과 무엇이 일어나는지 아무도 모릅니다. 연수원을 팔아먹어도 아는 사람이 없습니다. 왜 못 밝힙니까? 누가, 언제, 어떤 과정을 거쳐서 팔았는지 밝혀야 합니다."

박수가 터져 나왔다. 그런데 연수원 문제는 꼭 내가 지적해야 했을까? 품격이 떨어지는 폭로성 이야기, 그건 나의 성격에도 맞지 않고 나의 위상을 깎아내리는 발언이었다. 오히려 21세기 정치에 대한 구상, 책임 있는 정치 풍토로의 개혁 프로그램 등을 제시했어야 하지 않았을까? 그래야 현장의 호응은 비록 적더라도 여운을 남기지 않았을까?

일단 집회는 큰 성공이었다. 청와대와 중앙당에서도 긴장했다. 안기부는 이번 경선이 당을 위태롭게 만들고 정국을 파탄 낼 수도 있다고 과장되게 보고했다. 청와대 내에서는 손주환 정무수석을 경질해 급한 불을 꺼야 한다는 의견이 진지하게 논의되었다.

서울 집회가 성공적으로 끝난 뒤 박태준 명예위원장과 채문식 위원장이 김영삼 측의 김종필 명예위원장과 중앙당 선관위에 '전당대회에서의 정견 발표와 합동연설회 개최' 제안에서 후퇴해 '전당대회에서의 후보 인사말'과 '시차제 개인연설회'를 제의했다. 중앙당에서는 이를 긍정적으로 검토하겠다고 했다. 그러나 다음 날 김영삼 측에서 거부했다.

이제 우리에게 남은 선택은 하나밖에 없었다. 국민과 직접 만나는 대중 집회를 계속 열 수밖에 없었다. 사실 서울 대회가 성공적이어서 우리는 고무되어 있었다. 7인 대책 회의도 앞으로 당에서 주관하는 개인 연설회보다 이런 대중 집회가 바람을 일으키는 데 유리하다고 판단했다. 이에 따라 집회 일정이 마련되고 연사들까지 결정되었다.

5월 6일, 청와대에서 노태우 대통령은 노기를 띠고 "경선 정국을 문란하게 만들고 혼란을 거듭하면 묵과하지 않겠다"라고 엄포를 쏘았다. 그리고 손주환 정무수석의 사표를 수리하고 후임에 김중권 국회 법사위원장을 임명했다. 김중권은 그동안 중립적인 위치에서 성실하게 의원 생활을 했다는 점에서 발탁된 것 같았다. 나와의 관계도 원만했다. 우리 캠프에서도 환영했다.

그러나 경선 분위기는 더욱 경직되어갔다. 그것이 몸으로 느껴질 정도였다. 사무실에 들어오면 참모들의 불평이 여기저기서 들렸다. 하루는 박주선 의원이 팸플릿을 디자인해 주겠다고 가지고 가서 소식이 없기에 알아봤더니 안기부에서 그에게 압력을 가하는 바람에 초안 스케치북과 사진 자료를 모두 광화문 사무실로 돌려보내고 종적을 감추었다는 것이었다.

그런 상황에서 김영삼 측이 청주에서 첫 번째 개인연설회를 열었다. 김영삼은 쟁쟁한 당의 간부들을 총동원했다. 단상에서 가장 눈에 띄는 인물은 금진호와 박세직 전 서울시장이었다. 대의원들에게 '노심이 어디 있는지 알아서 기어라'는 인상을 주기에 족했다.

하지만 후보 간의 토론은 물론 전당대회에서의 연설도 김영삼 측은 여전히 기피했다. 벙어리식 경선은 그 후에도 번번이 문제가 되었다. 1997년 경선 때도 이회창을 비롯한 당권파는 전당대회 연설을 기피했고, 이인제와 박찬종 등은 이를 적극적으로 주장했다.

그날 오후, 힐튼호텔에서 대통령 부인 김옥숙 여사의 오빠인 김복동 선배가 나와 은밀히 만났다. 그는 오래전부터 나와 호형호제하는 사이였다. 나는 그의 조언을 듣고 싶었다.

"이봐, 아우! 이제 이만하고 중지하는 것이 어떻겠나?"

"이제 시작입니다. 중지하면 우리 정치가 무슨 꼴이 되겠습니까?"

"아냐, 결론은 나 있어. 더 이상 끌고 가도 결과는 같아. 내 말은 아우가 헛고생하는 것 같아서 하는 이야기야."

"결론이 났다니요?"

"이런 이야기를 듣고 오해하지 말게. 청와대에서 노 대통령 내외, 우리 내외, 금진호 의원 내외가 모여 가족회의를 했는데 이번에는 김영삼이라고 합의했네."

이 대목에서 나는 발끈했다.

"아니, 선배님! 그게 무슨 말입니까? 가족회의에서 대한민국의 운명을 결정합니까?"

선의로 나에게 조언해주는 선배에게 결례한 것이라고 나중에 생각했지만, 당시로서는 그런 마음의 여유가 없었다.

"아우가 그렇게 말하면 나로서는 할 말이 없군."

그분은 벌떡 일어나 나가버렸다. 나는 망연자실했다.

5월 7일, 김영삼 측은 강원도 강릉을 찾아 두 번째 연설회를 열었다. 민정계에서는 김정례가 동원되었고, 1차 때 수행했던 금진호, 박세직에 유학성 전 안기부장, 구자춘 전 내무장관 등 거물들이 더 따라붙었다. 날이 갈수록 막강한 진용을 과시했다.

5월 8일, 우리는 첫 번째 집회를 국토의 중심부 대전에서 열기로 했다. 역시 당에 의탁해 대의원을 소집하는 대신 국민대회 성격의 '이종찬 돕기 모임'이라는 형식을 취했다.

아침에 대책 회의를 마치고 대전으로 갔다. 국립묘지에 들러 헌화하고 아버지 묘소에 서서 마음속으로 고유했다. 나는 나를 따라 고생길에 들어선 오유방, 심명보, 조기상, 지대섭, 강우혁, 박범진 동지들이 있음에 감복했다. 특히 그간 압력을 받아 고민을 많이 해온 마음씨 고운 남재두 의원과 공화계의 윤성한 의원이 용기를 내 묘지에 나와준 데 대해 감사했다.

행사장에는 박태준 최고위원, 채문식 위원장, 윤길중 고문이 빠지지 않았다. 대전에서는 그들 외에도 공화계를 대표해 김용환 의원이 참석했다. 나는 다시 용기를 내 기염을 토했다.

"역사상 처음인 자유경선을 뜻있게 진행해야 한다. 우리는 건전한 정책 대결을 희망했다. 그러나 대결할 장소와 기회가 마련되지 않아 실망했다. 벙어리 대회로는 정책 대결을 할 수 없다."

이어서 "당원은 거수기가 아니다. 200만 당원이 들러리 서던 시대는 지났다. 당원의 자발적 의사와 표결에 의해 모든 것이 결정되는 당을 만들어가자"라면서 국회의원 공천과 주요 당직 선출의 자유경선제, 국회의원의 소신에 따른 민의 대변 등을 주장해 큰 박수를 받았다.

이 대전 대회도 기대 이상의 성과를 올렸다. 김용환까지 가담한 8인 중진회의에 한국리서치의 조사 결과가 보고되었다. '46.2대 37.1'로 내가 우세했다. 5월 9일 중진회의에서는 그간의 성과를 점검하며 숨을 고르고 향후 대책을 논의했다.

경선을 열흘 남겨둔 그때까지 서울과 대전의 대중 집회는 기대 이상의 성공을 거두었다. 특히 시차제 합동연설회까지 거부한 김영삼 측에 대한 비판 여론이 정점에 달했다. 우리 측의 대중 집회에 대해 이춘구 사무총장은 불법이라고 비난했다. 우리 캠프에서는 대중 집회 외의 다른 방법이 있으면 제시하라고 반박했다.

5월 11일 월요일, 우리는 광주 집회를 될 수 있는 대로 차분하게 진행하기로 했다. 그러나 현지에 내려가 보니 벌써 그 열기가 끓었다. 공항부터 영접하는 사람들이 줄을 섰다. 나는 우선 광주학생독립운동기념

▲ 1992년 5월 15일 대구 지역에서 개최된 필자의 '경선 후보 개인연설회'에 모인 청중. 이 날 연설회에는 청중이 많았다. 아마도 이 지역 출신인 유수호, 박철언 의원 등이 우리 캠프에 가담하고 있기 때문이었을 것이다.

탑에 헌화한 뒤 바로 실내 체육관 행사장으로 갔다.

청중이 입추의 여지 없이 들어찼다. 모두 자발적으로 모인 사람들이었다. 광주는 항상 나를 따뜻하게 맞아준다. 그 이유는 무엇일까? 내가 지역감정으로 소외된 지역에 마음을 쓴 것은 사실이지만 그렇다고 특별히 호남 지역을 의식해 행동하지도 않았다. 그럼에도 호남인들은 나를 친절한 이웃처럼 배려했다. 김대중 대통령도 언젠가 이런 말을 한 적이 있다.

"이상하게도 이 의원은 나만큼은 아니라도 호남인들한테 대대적인 환영을 받거든…. 다시 생각해보면 그게 이상하지 않아요. 호남인들은 자기들에게 정을 표시하면 반드시 갚는 것이오."

같은 날 김영삼 측은 서울 개인연설회를 올림픽 역도경기장에서 개최했다. 서울 지역 대의원 2223명 가운데 1920명이 참석해 86%라는 놀라운 동원력을 과시했다. 지구당위원장 44명 가운데 33명이 참석해 눈도장을 찍었다. 그러나 무엇보다 그날 압권은 김종필의 연설이었다.

"김영삼 후보가 되는 것은 역사의 순리다. 2년 전 3당 통합 전당대회에서 노 대통령이 총재가 되고 김영삼 대표가 2인자인 대표최고위원에 추대된 것은 노 대통령의 임기가 끝나면 김 대표가 뒤를 잇는다는 암묵적인 약속이 있었기 때문이다. 사실 3당 합당의 목적은 내각제가 아니라 안정과 국토 통일, 경제 회복의 주체 세력을 만드는 데 있었다."

얼마나 허망한 일인가? '5·16의 주역', '혁명아' 김종필, 그가 이처럼 타락했는가? 내각제로 가야 한다고 철석같이 약속한 것이 언제인데 이제는 그것이 아니라 김영삼 대통령 만들기가 숨은 목적이었다고? 이런 논리로 서울 대의원들의 환심을 살 수 있을까? 대의원들은 돌아서서 김영삼과 김종필의 시대는 이제 가야 한다고 입을 모았다.

아내가 김옥숙 여사를 만나다

경선이 점점 가열되면서 분위기도 심상치 않게 느껴졌다. 김복동 선배가 다시 나를 만나자고 했다. 그 자신도 많은 압력을 받고 있는 것 같았다. 결국 그도 김영삼의 손을 들어주어야 하는 입장에 처한 것 같았다. 김영삼 측은 어떻게 하든지 노태우 대통령의 주변 인척을 포섭해 간접적으로 노심이 자기에게 있음을 과시하는 비겁한 방법을 활용했다.

이런 분위기를 눈치챈 나의 아내가 5월 11일 광주 집회가 열리는 날, 청와대로 김옥숙 여사를 찾아갔다. 나와는 사전에 전혀 의논하지 않았다. 아내는 날마다 고민하는 나의 모습을 보면서 은밀하게 청와대에 면담 신청을 했던 것이다. 김옥숙 여사가 즉각 들어오라고 해서 만나게 되었다. 그날 아내는 김 여사에게 간곡하게 말했다.

"각하께서 만약 꼭 김영삼 씨를 후계자로 시키고 싶다면 영부인께서 솔직하게 저에게 말씀해주세요. 우리는 꼭 대통령 하겠다는 것도 아닙니다. 그러므로 오늘이라도 제가 이 의원을 졸라서 후퇴하겠습니다."

"아니에요. 경선이 과열된다고들 하지만 우리는 중립입니다. 금진호 장관이 김영삼 씨 측 행사에 나가서 각하가 오해받는 걸 보고 내가 금 장관더러 당분간 해외에 나가 있으라고 권했어요."

"그것만이 아닙니다. 김윤환 의원이 '이미 노심은 결정되었다. 이번 경선은 하나의 축제판으로 끝내야 한다'고 말하고 다닌다고 합니다. 김 의원은 누가 보더라도 각하의 측근 아닙니까? 그러니 이 판에 끼어서

▲ 아내는 1992년 민자당 경선과 대선 과정에서 어느 때보다 열심히 뛰었다. 그만큼 눈에 보이지 않는 가장 막강한 원군이었다. 사진은 필자가 민자당을 탈당한 직후 새정치국민연합을 결성하기 위해 동분서주하던 그해 9월 23일 대구지부 결성대회의 부대행사로 열린 여성 관계자들과의 간담회 석상의 아내.

우리가 욕먹을 일이 없지 않겠어요? 영부인께서 저에게만 말씀하세요. 그러면 우리는 미련 없이 중단하겠습니다."

"그러면 안 됩니다. 정말로 나는 중립이에요."

이 말을 듣고 아내는 너무 앞질러 진심을 말해버렸다.

"사실, 김영삼 씨를 믿지 마세요. 그가 무엇을 보장할 수는 없습니다. 설령 그가 각하의 사후를 보장하겠다 해도 그에게는 오늘까지 지내온 동료들이 있습니다. 그들이 김영삼 씨를 그대로 놔두지 않을 거예요."

김옥숙 여사는 일순 심각해졌다.

"일가들 가운데 김영삼 씨는 믿을 수 있다고 하는 분이 있어요. 그런데 나는 갈피를 잡을 수 없어요."

"하지만 우리는 달라요. 김영삼 씨와 성장 배경이 다릅니다. 우리는 각하를 배반할 수 없습니다."

김옥숙 여사는 심각하게 무엇을 생각하다가 한마디 했다.

"김윤환 의원이 그런 것처럼 이 의원도 오늘부터 노심을 파세요. '각하의 본심은 나였다'라고 하세요. 그러면 서로 의견이 엇갈려 어떤 것이 진실인지 모르게 되지 않겠어요?"

"그건 안 됩니다. 저희들이 그런 말을 하면 대부분 웃긴다고 할 거예요. 하여간 더 이상 노심 파는 행동은 자제시켜주세요."

결론을 얻지 못하고 아내는 청와대를 나왔다. 그러나 김옥숙 여사가 김영삼 측에 기울어지지 않은 것만이라도 확인한 것은 소득이라면 소득이었다.

최후의 선택을 향해

그간 장외 집회는 성공적이었지만 당내 일각에서 비판의 소리도 있었다. 박태준, 채문식 두 분은 당규에 따른 개인연설회도 열자고 했다. 한편 김영삼 측은 광주·전남 지역 대의원들을 상대로 연설회를 진행했다. 453명의 대의원 가운데 314명이 참석했다. 지구당위원장도 25명 중 11명이 참석했다. 하지만 분위기는 냉랭했다. 더구나 찬조 연사로 나온 김정례 고문의 연설이 대의원들 가슴에 못을 박았다.

"정치판에도 선후배가 있는데 대표최고위원을 제치고 새파란 후배가 새치기하여 정권을 잡겠다고 나올 수 있느냐."*

원색적으로 나를 비난했다. 그렇다면 애초부터 경선을 하지 말고 김영삼을 후보로 지명하면 될 것 아닌가? 이 말에 장내 대의원들이 웅성웅성했다. 이런 분위기를 알아차린 김영삼이 직접 나서서 분위기를 수습했다.

"김영삼 시대가 되든, 김대중 시대가 되든 어느 한 시대를 거쳐야 정치 안정과 정권의 정통성을 보장할 수 있다."

나는 김영삼의 이 말에 찬성한다. 전두환·노태우 정권의 정통성이 언제나 시비의 대상인 것은 사실이다. 그렇다면 김영삼은 왜 당당하게 정치적인 입장을 표명하면서 나오지 못하고 정통성이 취약한 노태우의

---

* ≪광주일보≫, 1992년 5월 13일 자 참조.

뒤에서 수단과 방법을 가리지 않고 권력 장악만 도모하는가?

우리 측 광주 집회의 열기가 너무 뜨거웠기 때문인지 그 이후 예상한 대로 당이 크게 흔들리고 있었다. 김영삼 측에서는 이제 노골적인 공격 자세로 태도를 바꾸었다. 우선 일차적으로 강경하게 청와대를 몰아세우며 우리 측 행동을 제압하라고 요구하고 나섰다.

5월 12일, 이춘구 사무총장은 청와대의 지시에 따라 당내 원로의원, 전국구 의원 및 중립적이라는 지구당위원장 등 75명을 63빌딩으로 소집했다. 이른바 '당을 걱정하는 모임'이라고 자칭하고 그날 첫 모임을 한다고 했다. 이 모임은 결코 중립적이지 않았다.

말은 "양측이 자제해야 한다"라고 하면서도 내용은 나를 표적으로 공격하는 모임이었다. 우선 이춘구 사무총장은 우리 측의 돕기 모임식 집회를 집중적으로 비난했다. 그는 "양 후보 측의 이성을 잃은 행태가 경선을 혼탁과 과열로 몰아가고 있다"라고 양측을 동시에 겨냥하는 듯하면서도 "장외 집회는 민주주의 소양을 의심케 하는 잘못된 방식"이라고 비판했다.

다른 의원들도 시시비비했지만 분이 풀리지 않았는지 이춘구 총장이 재차 마이크를 잡았다. "규칙과 약속을 지키지 않을 뿐 아니라 비난과 인신공격으로 당의 단합을 저해하고 있어 대선 승리에 영향이 심대하다"면서 "자칫 당이 침몰하고 공멸할 상황에 이르렀다"라고 말했다.

그러나 전당대회가 왜 과열되었는지, 탈법이라면 어떤 쪽이 탈법하고 있는지, 집회를 갖는 것이 탈법인지 아니면 뒤에서 대의원들에게 매표하는 것이 탈법인지는 누구도 말하지 않았다. 그러면서 결론은 '탈법적 선거운동과 비타협적인 행태'가 문제라고 우리 측을 겨냥했다.

우리 측 중진회의는 이런 일방적인 회의 결과를 듣고 헛웃음을 터뜨렸다. 5월 13일 나는 중앙당의 편파성에 대해 말하지 않을 수 없었다. 프레스센터에서 기자회견을 자청했다.

"당원들과 국민 모두의 기대 속에 이뤄진 자유경선을 초장부터 짓밟은 것이 누구냐? 바로 노심을 파는 사람들이다. 그러므로 이런 매명 행위에 대해 노태우 총재는 확실하게 밝혀야 한다. 아니면 지금이라도 관리자로서 제반 조치를 취해야 한다."

이를 위해 세 가지 조건을 제시하면서 당에서 15일까지 답하라고 촉구했다.

1. 자유경선의 본질을 훼손하고 뒤에서 매표 행위까지 서슴지 않는 이른바 추대위를 해체하라.
2. 노심을 팔면서 자유경선의 분위기를 혼탁하게 만든 장본인들을 문책하라.
3. 공정한 경선을 위해 합동연설회와 전당대회에서의 정견 발표를 허용하라.

사실 노태우 대통령을 직접 공격하는 것은 결례였다. 그러나 이춘구 총장이 소집한 당을 걱정하는 모임은 사태를 더 심각하게 만들었다. 전당대회 날짜가 가까워지면서 김영삼 쪽에서 마지막 회유 작전에 들어갔다. 그동안 중립을 지키던 김복동 선배도 그 전날 김영삼추대위를 방문하고 쓴웃음으로 지지를 표했다. 나는 김복동의 행동이 바로 "노심의 종착역"이라고 비꼬았다. 나는 이런 식으로 경선을 몰아간다면 가만히 당하고만 있지 않을 생각이었다.

이런 어수선한 분위기에서 부산·경남 지역 개인연설회가 열렸다. 적법하게 허가받은 집회였다. 장소는 억지로 부산시민회관을 얻었다. 김영세 동지가 일찍이 부산에 내려가 현지의 송석봉 동지와 함께 준비했다. 애로가 이만저만이 아니었다. 우선 대의원들 소집이 안 되었지만 인내심을 갖고 준비했다.

이날 오후 항공편으로 김해에 도착했다. 민자당 부산시 지부부터 찾았다. 김종순 사무처장의 영접을 받았으나, 예상대로 우리를 불청객으로 취급하는 분위기였다. 김영삼 직계인 문정수 시당위원장은 나타나지도 않았다. 우리 일행은 행사장으로 자리를 옮겼다. 대의원이라고 해봤자 30%도 안 되는 수가 자리 잡고 있었다. 그중에는 정보를 수집하러 온 기관원들이 '물 반, 고기 반'처럼 끼어 있었다.

박태준 명예위원장은 참다못해 "당내 경선은 대의원들이 누구의 훈수를 받고 지지하는 것이 아니라 각자 중심이 되어 선택하는 것"이라고 강조했다. 이어서 채문식 위원장은 "박수가 인색하군요. 우리 모두 한식구 아닙니까? 박수 많이 부탁한다"라고 어색한 축사를 했다. 나도 등단해 연설했지만, 김이 빠져 있었다.

"경제 민족주의, 지방 할거주의가 아닌 '지역 극복 민족주의', '통일 민족주의', '도덕과 윤리가 사는 민족주의'를 제창한다. 우리 모두 새로운 정치 시대를 열자. 민족의 자존을 드높이는 정치를 펴나가자."

열변을 토했지만, 호응은 별로 없었다. 단지 고마운 것은 곽정출 의원과 나의 육사 선배인 신재기 의원이 자기 지구당 사람들을 인솔해 용기 있게 참석해준 점이었다. 이들은 구 민정당 평생 동지로서 의리를 지켰다. 나는 지금도 이분들에게 고마운 마음을 간직하고 있다.

5월 14일, 중앙당에서 당무회의가 소집되었다. 오유방 의원이 참석했다. 김종필 최고위원이 서둘러 회의를 마치려 할 때 오 의원이 손을 들었다.

"부산 연설회에 가 보니 대의원은 30%밖에 나오지 않았더라. 대의원에게 이종찬 후보가 왜 경선에 나왔는지 취지라도 설명하여야 할 터인데 이렇게 편파적으로 해서야 공정하다고 하겠는가? 그래서 우리는 다시 합동연설회와 전당대회 석상에서의 정견 발표를 요구하는 것이다."

코너에 몰리자 김영삼의 비서실장인 신경식 의원이 답을 했다. 나는

▲ 1992년 5월 13일 필자는 대통령 후보 경선 개인연설회에 참석하고자 부산에 갔으나, 이 연설회에 참석한 대의원은 정원의 30%도 되지 않았다. 불공정 경선의 현장이었다.

이 말이 자기 캠프에서 결정한 말인지 아니면 현장에서 몰려서 나온 말인지 분간할 수 없었다.

"전당대회에서의 정견 발표는 대회 질서유지상 받아들이기 어렵다. 그러나 대회 전날인 18일 합동연설회를 시차별로 하는 방안을 고려하겠다."

사실 우리는 이것만이라도 받아야 할지 고민하지 않을 수 없었다. 그날 민주당의 김대중 대표는 여기 보란 듯이 "우리 당은 TV 공개 토론을 통해 후보를 선보이겠다"라며 기염을 토했다. 그리고 이부영 의원은 "민주주의의 요체는 당내 민주주의이고, 이것이 전제가 되어야 진정한 민주주의가 오게 된다"라면서 "우리 당은 이번 경선에서 모범적인 경선을 하겠다"라고 다짐했다.

그날 오후 우리는 경기 지역 개인연설회가 개최되는 수원으로 내려갔다. 하지만 대회장인 시민회관은 썰렁했다. 당에서는 80%의 대의원을 소집해주겠다고 약속했으나, 782명 중 367명만 참석해 50%도 채 되지 않았다. 김영광, 이택석, 임사빈, 이해구 지역구에서는 아예 대의원이 한 사람도 참석하지 않았다. 나는 분노를 참으면서 지방 기자 간담회에서 "여러분들이 실상을 파악해보세요. 이게 공정한 경선인가요?" 하며 반문했다.

그러나 나는 민심을 믿고 있었다. ≪일요신문≫에는 "YS가 이기겠지만 JC가 이겼으면 좋겠다"는 코리아리서치 조사 결과가 나왔다. 당선 예상은 JC 14%에 불과했고, YS는 56%였다. 하지만 후보 선호도에서는 JC가 36.9%, YS는 31.2%였다.

한편 김영삼 측은 같은 날 대구·경북 지역 연설회를 개최했다. 대의원 807명 중 775명이 참석했다. 93.8%의 참석률이었다. 그러나 행사장 밖에서는 민자당을 해체하라는 학생 시위가 있었다. 박세직은 찬조 연설에서 이렇게 말했다.

"만약 이종찬이 후보가 되면 야당의 김대중과 상대하게 될 것이다. 김대중 후보가 '1971년 대선 당시 나는 목숨을 걸고 민주화 투쟁을 했는데 당신은 정치공작이나 하지 않았느냐? 그때 당신의 상관인 강창성은 속죄의 뜻으로 내 밑에 와 있는데 그 부하였던 당신은 무엇하고 다니느냐'고 공격하면 어떻게 대답할 것인가?"

박세직은 나의 육사 4년 선배다. 그는 서울대학교 위탁 교육까지 받은 촉망받는 군인으로 선두를 달렸던 장군이다. 게다가 독실한 기독교 신자다. 예편 후에도 서울올림픽조직위원장과 안기부장, 서울시장을 두루 거쳤다. 이런 화려한 경력의 소유자가 이런 수준의 정치 인식밖에 갖추지 못했다니 안타까웠다.

D-4일인 5월 16일, 청와대에서 연락이 왔다. 이날 강원도 대회가 끝나 서울에 돌아오는 즉시 노태우 대통령이 만나고 싶다는 전갈이었다.

나는 장경우 의원에게 서울에 남아서 청와대에서 말할 자료를 준비해 달라고 당부하고 강원도로 떠났다.

강원도 집회도 마찬가지였다. 강원도지부 위원장은 김문기, 요새 말썽 많은 상지대학교의 '교주'다. 그는 과거 나를 도와 지구당 부위원장을 했고, 나는 그를 비례대표 후보에 넣기 위해 열을 올리기도 했다. 그는 당규상 집회 소집 책임자였다. 그런 그가 종적을 감추었다. 그러면 대의원의 출석률은 보나 마나 아니었겠나?

나는 개인연설회를 서둘러 끝낸 뒤 서울로 올라와 장 의원이 준비한 메모를 받아 청와대로 갔다. 야심했지만 노 대통령이 기다리고 있었다. 그는 "그간 수고했네. 여러 가지 잡음이 있었지만 나는 이 의원의 입장을 이해하네"라고 뜻밖에 호의를 표했다. 그런 웃는 낯에 어떻게 내가 불만스러운 이야기를 할 수 있었을까?

"경선 기간 심려를 끼친 점에 대해 송구하게 생각합니다. 하지만 경선이 잘 치러지면 대선에서 유리하게 된다는 점을 이해해주셨으면 합니다."

"나는 당초 이 의원이 선전할 것으로 생각하지 않았는데 그래도 정치적으로 저력이 있어서 많은 호응을 받은 것으로 듣고 있네. 이제 마지막 시점이 되었네. 경선을 포기하지 말게."

"이런 말씀 다시 드리는 것 대단히 죄송합니다. 그러나 저를 도와주는 분들은 당당하게 경선에 임하라는 주문입니다. 하지만 모양만 갖추는 그런 경선으로 간다는 것은 저 개인도 죽고, 당도 죽는다는 이야기입니다. 그래서 오늘까지 싸워왔습니다. 이제 최종적으로 한 가지만 각하께서 배려해주시면 이기든 지든 경선 결과에 승복하겠습니다."

"그게 무엇인가?"

"전당대회에서 정견 발표 연설회를 갖자는 것을 김영삼 측은 거부했습니다. 그러면 정견 발표는 없이 5분간 인사말이라도 하게 해주십시오. 전당대회장에 들어가면 다른 사람들은 축사를 하는데 막상 후보가 단상에 앉아 벙어리로 있으면 대의원들도 이상하게 생각할 것 아닙니까? 5분간 시간을 주면 그 자리에서 제가 김영삼을 비난하겠습니까? 덕담이나 하다가 끝나겠지요."

이 말에 노 대통령은 말문이 막혔는지 잠시 골똘히 생각하다가 입을 열었다.

"그것만 보장되면 끝까지 경선에 임하겠는가?"

"네, 약속하겠습니다."

"알았네. 내가 당에 지시하겠네."

노 대통령은 손을 내밀어 나와 굳게 악수했다. 나는 정중하게 인사하고 방을 나왔다. 그것이 그가 건강할 때 내가 마지막으로 그와 나눈 인사였다.

나는 대통령실 밖에서 기다리고 있던 김중권 정무수석을 만났다. 사실은 김 수석이 임명되고 나서 전화로만 인사했을 뿐 피차 일정에 밀려 만나기는 처음이었다.

"각하와 이야기 잘됐습니까?"

"잘됐습니다. 앞으로 남은 일은 김 수석이 해결해주십시오."

그리고 노 대통령과 나눈 내용을 간단히 설명했다.

"잘될까요? 사정을 뻔히 알고 계시지 않아요?"

길게 설명할 새도 없이 대통령이 찾는다는 이병기 비서의 전갈이 와서 그는 급히 대통령실로 들어갔다. 대통령실 문을 열기 전에 나에게 눈인사를 하면서 고개를 약간 까닥하는 것이 내 마음에 걸렸다.

5월 17일 아침, 나는 일찍 일어나 아내에게 말했다.

"김영삼이란 사람에게 모두가 포로로 잡혀 있는 꼴이 참으로 처참하게 느껴지네. 왜 이렇게 됐을까?"

"당신들은 정치 초단도 못되고, 그 사람은 9단이에요."

"이 복잡한 세상이 모두 그런 식의 단수로만 해결될 수 있을까?"

"그분들은 그런 식으로 살아왔지 않아요?"

나는 아침 10시에 북아현동 박태준 최고위원 댁으로 먼저 갔다. 그동안 그분은 나를 위해서 열심히 싸워주었다. 그분의 입장에선 선택하기 어려운 길인데도 나를 도왔다. 나는 우선 전날 밤 있었던 노 대통령과의 면담 결과를 알렸다. 그는 이미 사태를 예견하듯 말했다.

"그거 받아들일 것 같소?"

"제가 최후의 진언을 한 것입니다."

"하여간 결과를 지켜봅시다."

박태준의 말을 들으면서, '이분도 마지막 결단의 순간이 왔음을 예견하고 있구나' 하는 생각이 들었다.

"그동안 너무 많은 것을 저에게 베풀어 주셨습니다. 이제 오늘로서 중대한 결심을 제가 해야 할 시점인 것 같습니다."

그도 한참 침묵하더니 말문을 열었다.

"우리로선 최선을 다해 할 만큼 했어요. 애초부터 판을 결정하고 하는 경선이었어요. 그렇지만 우리가 해온 일에 자부심을 가집시다. 그리고 경선 이후 당이 어떻게 갈지 지켜봅시다."

쓸쓸한 기분으로 박태준의 아현동 집을 나섰다. 그 집을 나중에 김영삼 정권이 들어선 뒤 빼앗기게 될 것임을 그때로선 전혀 알 수 없었다.

광화문 사무실에 도착했다. 정오가 조금 지나자 모두 모였다. 오늘은 특별히 고문들까지 참석했다. 박태준, 채문식, 윤길중, 이한동, 김용환, 박준병, 심명보, 박철언, 양창식 모두 모였다. 긴장된 순간이었다.

청와대 김중권 수석이 아침 일찍 상도동을 방문했다는 기자들의 전언은 있었지만 결과가 알려지지 않고 있었다. 답답한 장 의원이 청와대로 전화를 걸었다. 그러나 통화가 안 되었다. 김 수석이 전화를 피하고 있는 것이 분명했다.

답답한 심명보 의원이 당사로 쫓아갔다. 그러나 사무처는 김영삼 측 눈치만 보고 있을 뿐이었다. 상도동에서 들려오는 소리는 "전당대회에서 인사말 한다꼬? 그런 전당대회가 으데 있노? 치아라!"라며 일축했다는 것이었다. 그러는 사이에 장 의원이 청와대와 통화가 되었는지 심각한 얼굴로 들어와 "상도동에서 거부했답니다"라고 알렸다.

우리 모두는 어안이 벙벙했다. 나는 직원에게 회의 참석자 모두에게 커피 한 잔씩 다시 돌리라고 주문하고 장내를 정돈했다.

나는 패배하지 않았다

"자, 이제 이 시점에서 우리의 대책을 논의합시다. 모두 거부된 마당에 우리가 전당대회에 어떻게 임해야 되는지 말씀 좀 해보세요."

채문식 대책위원장이 말문을 열자 심명보 의원이 받았다.

"우리가 백기 투항을 할 수는 없지 않습니까?"

이 말이 떨어지자 박태준 최고위원이 말했다.

"다른 의견 있습니까? 이 시점에서 가장 중요한 의견은 경선 당사자인 이종찬 후보의 의견이라고 생각합니다. 이 후보는 어떻게 결정하시겠습니까?"

나는 비장한 마음으로 발언을 시작했다.

"사실, 어제 노태우 대통령 각하께 솔직히 말했습니다. 우리가 요구한 세 가지 조건 전부를 들어달라는 요구가 아니었습니다. 단 한 가지, 전당대회에서 5분만이라도 인사할 기회를 달라는 요구였습니다. 오늘 아침에 이마저 거부당했습니다. 김영삼 대표는 이제 너희들 따라오려면 오고, 말라면 말라는 식입니다. 이런 모욕적인 대접을 받으면서 우리가 전당대회를 치른들 무슨 도움이 되겠습니까? 그래서 이런 경선은 거부하는 것이 마땅하다고 생각하게 되었습니다. 그간 여러분들의 노고에 무한한 감사를 드리고, 앞으로 무엇을 해도 여러분에게 진 커다란 부채를 갚지 못할 것 같습니다. 저의 충정을 이해해주시기 바랍니다."

"그러면 여기 모이신 여러분의 의견을 듣겠습니다. 방금 이 후보의 의견에 대해 각자 말씀해보시지요."

"우리가 여기 모인 것은 자유경선에 의해 모범적인 전당대회를 갖자는 뜻이었습니다. 그런데 지금 전당대회를 거부한다면 내 입장에선 여기 더 있을 이유가 없다고 생각합니다."

이한동 의원이 말을 하고 일어나 나갔다. 채문식 위원장이 다시 맡아서 장내를 정리했다.

"여러분의 의견을 듣고 결론을 내립시다."

"나는 이 후보의 어려운 결정을 존중합니다. 우리가 그동안 당이 이상한 방향으로 가는 것을 보아왔습니다. 이제 오늘로서 우리가 생각했던 당은 아니고, 다른 당이 될 것입니다. 그러므로 이 후보의 의견을 존중하고 싶습니다."

박태준 최고위원이 어려운 결정을 말했다. 이어서 박철언이 말했다.

"그간 경선 과정을 지켜봤는데 최선을 다했다고 말하기 어렵습니다. 체계적이고 조직적인 모양을 갖추지 못했습니다. 모든 결정을 후보가 한 것도 사실입니다. 그러나 이제 막다른 시점에 도달했습니다. 우리는 이제 박태준 최고위원을 중심으로 뭉쳐야 합니다. 그러므로 나는 이 후보의 결정을 따르겠습니다. 경선을 거부한 이후 오늘의 이 사태를 야기한 김영삼 측의 부당성을 낱낱이 정리해 전체 당원에게, 국민에게 알립시다."

그런데 박준병이 반대하듯 발언했다.

"나는 이한동 의원과 의견이 같습니다. 전당대회에 참여하겠습니다."

예측한 대로 박준병은 처음부터 여기에 참여할 사람이 아니었는데 박태준 최고위원의 제안에 따라 마지못해 따라온 것 아니냐는 것이 대체적인 평가였다. 그도 일어나서 문으로 나갔다. 참다못한 박 최고위원이 소리를 질렀다.

"저게 4성 장군이 할 짓이야? 이제 와서 나가면 어떻게 해!"

장내가 일순 어지러워졌다. 나는 그 순간 어안이 벙벙했다. 그동안 힘겹게 싸웠지만 이렇게 막다른 길에 몰리게 되자 갑자기 외로움이 느껴졌다. '나는 그동안 우리 캠프에 있는 동지들의 마음조차 사지 못했군!' 살면서 이때처럼 나의 한계를 느껴본 적이 없었다.

"이번 경선은 누가 무어라 해도 자유경선이 아니었습니다. 우리가 새 정치하자고 당원과 대의원들에게 호소했는데 무색하게 되었습니다. 지금 이 후보는 백척간두에 놓여 있습니다. 지금 그의 의견을 존중하고 같이 해결하는 자세가 필요합니다."

윤길중 어른의 무게 있는 발언이었다.

"이런 제안을 하고 싶습니다. 시간이 하루 남았습니다. 다시 한 번 당에 의견을 묻는 것입니다. 이렇게 마지막 제의마저 거부하면 우리의 선택은 경선 거부밖에 길이 없다고 말입니다. 그러고도 말 안 들으면 전당대회에 나가서 긴급동의로 언권을 달라고 하면 어떨까요?"

김용환의 신중한 제안이었다. 이에 대해 "철벽같은 김영삼 대표가 그걸 허용하겠어요?" 채문식 위원장의 말이었다. "결과는 똑같다. 더 이상 지체하면 대의원들에게 우리의 진의를 알리는 기회마저 잃게 된다"는 쪽으로 의견이 모였다.

마지막으로 채 위원장이 롤콜 방식으로 의견을 물었다. 박태준, 채문식, 윤길중, 심명보, 박철언, 김용환, 양창식은 '경선 거부', '전당대회 불참' 의견이었고, 이한동, 박준병은 퇴장하며 밝힌 대로 '전당대회 참여 속의 반대' 의견이었다. 결론은 내려졌다. 이때 장경우 의원이 독한 제안을 했다.

"제가 사전에 준비를 했습니다. 우리는 서울운동장에서 이번 경선이 불공정했다는 사실을 만천하에 폭로하는 그런 군중대회를 가져야 합니다. 그러지 않으면 우리가 불리하니까 거부했다는 말을 듣게 됩니다."

일순 장내가 조용해졌다. 엄청난 일에 중진들은 쉽게 동의하지 않으려 했다.

"장 의원! 그런 거 하지 말고 깨끗이 거부합시다."

이 말에 중진들은 대부분 '그 말이 맞다'는 표정이었다. 장 의원이 전날부터 이런 판국을 예견하고 동대문 서울운동장에서 군중집회를 열겠다고 장소까지 예약했던 것이다. 그러나 회의 참석자 누구도 그 의견에 동의하지 않았다. 나는 장 의원에게 그 계획은 취소하자고 했다.

그리고 급히 정리한 메모 한 쪽을 들고 회의장 밖으로 나갔다. 기자들이 몰려들었다. 나는 긴장했지만 담담한 심정으로 돌아가 메모를 보면서 말을 이었다.

"이번 자유경선은 집권당에서 갖는 역사적인 의미가 있었습니다. 그러나 소승적인 입장에서 어떻게 하든지 이겨야 된다는 생각에서 경선을 왜곡시키고 모양만 갖추는 식으로 몰아가는 데 대하여 참담한 심경입니다. 이는 6·29 정신을 철저히 배반하는 길입니다. 저는 이런 왜곡된 경선을 거부하는 길만이 당과 나라의 민주화를 열망하는 당원과 국민의 뜻을 받드는 길이라고 생각했습니다. 나는 결코 굴함이 없이 또 하나의 승리를 위해 새로운 결의를 다진다는 마음으로 이같이 결정했습니다."

질문이 쏟아졌다.

"전당대회는 참여합니까?"

"자유경선의 대전제를 훼손하고, 당원과 국민을 기만하면서 강행하는 전당대회는 참여하지 않겠고, 그런 전당대회에서 결정된 사항은 원천적으로 무효입니다."

"앞으로 탈당한다는 것입니까?"

"그 부분은 우리가 결정하지 않았습니다."

"본선 출마를 전제한 결정입니까?"

"그 문제도 토의하지 않았습니다. 우리는 이번 전당대회에 참여치 않겠고, 이런 경위에 대하여 당원들에게 널리 알릴 것입니다."

"민주당에선 어제 김대중 총재가 출마 선언을 했고, 앞으로 삼파전이 벌어진다고 합니다. 대의원 구성 문제를 놓고 그동안 시끄러웠는데 김 총재의 양보로 정리가 끝났습니다. 어떻게 생각하세요?"

"참으로 부럽습니다. 이 말로 대신하지요."

"어제 있었던 노태우 대통령과의 만남에 대해 상세히 설명해주십시오." "오늘 회의에서 '경선 거부'에 반대하는 사람도 있었습니까?" "이한동과 박준병 의원이 일찍 퇴장했는데 이견이 있었습니까?"

질문이 계속되었지만 나는 더 이상 아무런 말도 하지 않았다. 나중에 상세한 배경 설명을 하겠다고 말미를 주고 그 자리를 떠났다.

경선 거부 소식이 전해지자 청와대와 당에서 일제히 긴장했다. 노태우 대통령은 즉각 청와대에서 당정 최고간부회의를 소집해 노골적으로 나에 대해 비난을 퍼부었다. "전당대회를 이틀 남겨놓고 경선을 거부해 당의 명예를 훼손한 것은 명백한 해당 행위이며 따라서 당헌과 당규에 따라 조치할 것"이라고 했다. 하지만 나는 출당도 두렵지 않았다.

그러나 나의 '출당 불사' 의지를 감지한 청와대는 누그러지면서 박태준을 불러들여 전당대회가 비록 흠결이 갔지만 잘 진행하도록 협조하라고 요구했고, 김종필 최고위원도 박태준, 채문식을 따로 만나 협조를 당부했다. 그들은 나를 출당시킨다는 것이 오히려 부메랑이 되어 전당대회와 대선에 심대한 영향을 줄 것을 우려해 초기의 흥분을 가라앉히며 설득전에 총력으로 나섰다.

전당대회 날인 5월 19일 아침, 나는 착잡한 마음으로 잠자리에서 일어났다. 많은 당원 동지들은 어떤 심사겠는가? 나 자신에게 가장 신경 쓰이는 부분이었다. 오전에 광화문 사무실로 나가서 진행 사항을 점검하고 사후 처리를 했다. 당에서 전당대회에 참석하는 대의원들을 버스에 태웠는데, 들려오는 소리가 나를 숙연하게 만들었다.

나와 함께 당을 지켜온 사무당원들이 눈물을 머금고 버스 타는 대의
원들에게 결코 김영삼을 찍지 말아야 한다고 외쳤다는 소리를 듣고 나
는 망연자실했다. '내가 저들을 배반한 게 아닌가?' 하는 자성의 소리가
가슴 깊은 곳에서 울려 나왔다. 아무리 험난한 경선 판국이더라도, 아
무리 '상식'으로는 도저히 이해하기 어려운 '노심'과 '김영삼 세상'을 쫓
아가는 무리를 목도하더라도, 나는 끝까지 그 고난과 수모 속에 저 당
원들과 함께 서 있었어야 하지 않았을까? 이런 생각이 나를 괴롭혔다.

대통령 후보 표결 결과가 발표되었다. 김영삼은 전 인생을 통해 그
순간에 존재의 의의를 걸었을 것이다. 그에게는 그것이 전부였으니까.
대의원 총수 6682명 가운데 6660명이 참석해 김영삼은 4418표를 얻었
다. 66.6%를 얻은 것이다. 그런데 나는 경선을 거부했고, 참석도 하지
않았다. 그럼에도 나를 지지하는 표가 2214표가 나왔다. 전체 대의원
의 정확히 3분의 1인 33.4%가 나를 지지한 것이다. 정말 명예스러웠
다. 나는 패배하지 않았다.

12
새로운 모색

한국의 민주주의에 대해 우려할 것이 뭐 있느냐고
반문할지도 모른다. 그렇다고 해서 한국이 탱크를
앞세워 시위대를 무력 탄압했던 과거로 회귀할지도
모른다는 말은 아니다. 그러나 한국 민주주의의 '질'이
훼손되고 있는 것은 사실이다. 한국의 정치 지형을 보면
민주주의가 지금보다 후퇴해 장기적으로는 일당 체제가
도래하는 상황까지도 상상할 수 있을 정도다.

다니엘 튜더, 『익숙한 절망 불편한 희망: 서양 좌파가 말하는
한국 정치』(문학동네, 2015).

'새정치모임' 결성과 YS의 '백기 투항' 요구

전당대회가 축제 분위기와는 거리가 멀게 끝나자 언론에서도 불만을
표시했다.

> 여권의 분열과 함께 가장 비극적인 인물로 드러난 사람은 김영삼 씨이
> 다. 그는 이번 분열로 집권 40년을 바라보는 수구, 지역 패권주의 세력의
> 관리자로 확실하게 떠올랐다. 그는 3당 합당 이후 지금까지 여권 내부의
> 개혁 세력으로 가장해왔으나, 그 개혁 세력의 대표는 이종찬 씨라는 사실
> 이 분명히 드러났다. … 김영삼 씨는 이번 경선 과정에서도 지나친 비민
> 주성을 드러냈다. 노태우 대통령이나 김종필 씨와의 밀실 합의를 통해서
> 박태준 씨에게 사퇴 압력을 가해 출마를 못 하도록 했으며, 그 뒤에는 당
> 원들에 대한 온갖 회유와 압력을 통해 이른바 '세몰이'를 계속했다. 또 경
> 선 상대자와의 토론이나 합동연설회조차 끝까지 거부했다. 김 씨의 이런
> 비상식적이고 비민주적인 태도가 이종찬 씨의 결단을 재촉했다고 볼 수
> 있을 것이다.*

전당대회가 끝났지만, 온갖 회유와 압박에도 당원 3분의 1이 나를 지
지했다는 사실에 우리는 감격했다. 그것은 우리에게 아직도 할 일이 많

---

* "민자당 분열은 역사적 필연", ≪한겨레≫, 1992년 5월 19일 자 사설.

이 남았음을 알리는 신호였다. 바로 다음 날인 5월 20일, 우리는 점심을 겸해 향후 대책을 논의했다. 이 자리에는 강우혁, 남재두, 심명보, 오유방, 유경현, 유기수, 유수호, 이긍규, 이영일, 장경우, 조남조 등 많은 전·현직 의원들이 참석했다.

논의 과정에서는 '김영삼을 우리 당의 후보로 인정할 수 없다'는 의견부터 '올림픽체조경기장 같은 곳을 빌려 우리 뜻을 알리는 군중집회를 열자', '비주류로서의 입지를 분명히 하자'는 등의 의견까지 백출했다. 한 가지 분명한 것은 흩어지지 말고 단합해야 한다는 것이었다.

나는 모임에서 논의된 내용을 정리해 원로들과 의논했다. 박태준, 윤길중, 채문식 등 당의 원로들도 김영삼을 차기 대선 후보로 선뜻 인정하려 하지 않았다. 당내 민주주의의 부재를 절감한 것이었다. 또한 그동안 김용환, 박철언, 심명보, 이영일, 오유방, 장경우 등과 논의를 거듭하는 가운데 현재의 열기를 결속해 새로운 정치로 발전시켜야 한다는 데 의견 접근을 보았다. 이런 결론이 나기까지 적극적인 지지를 표하는 당원 동지들이 많았다.

우리는 5월 21일부터 매일 광화문 캠프에서 대책 회의를 열기로 했다. 하지만 하루가 지나면서 세가 줄어들고 있음을 직감할 수 있었다. 당과 기관원들이 집요하게 압력을 가했을 것이다. 정치란 현실이 아닌가. 하루빨리 우리의 저력을 묶을 필요가 있었다. 5월 22일 아침 대책 회의에서 용기를 내 '새정치모임' 결성을 발표하고 이를 극대화하기로 했다. 그때까지도 우리의 방향은 당을 떠난다는 것이 아니라 당내 비주류로 남아 계속 싸운다는 것이었다.

새정치모임을 발기하면서 다음과 같은 다섯 가지 목표를 제시했다. 첫째, 깨끗하고 정직한 정치, 투명하고 공개적인 정치를 실천해 정치에 대한 국민의 믿음을 회복한다. 둘째, 보스정치, 과두정치를 청산해 당원의 뜻이 굴절되지 않게 상달되는 당내 민주주의를 정착시킨다. 셋째,

▲ 1992년 5월 21일 민자당 대통령 후보 경선을 거부한 필자와 윤길중 고문 등은 가칭 '새 정치모임'을 결성하고 당내 민주화부터 실현할 것을 당에 요구했다.

지역 패권주의에 바탕을 둔 할거정치를 혁파해 국민 대화합을 이룩한다. 넷째, 경제·사회의 모순과 부조리를 시정하고 경제 재도약을 이룩하며 민생안정을 도모한다. 다섯째, 민족자존을 바탕으로 자주적·평화적 민족 통일을 앞당긴다.

　이런 움직임과는 전혀 다르게 노태우 대통령은 민자당 전당대회가 파행으로 끝난 것에 대해 격분하면서 그 책임을 모두 나에게 돌리고 있었다. 그는 확대당직자회의를 소집해 나의 징계 문제를 거론하기까지 했다. 하지만 노련한 김종필은 징계보다는 당내 결속이 먼저라고 설득했다.

　그들이 무슨 논의를 하든 나와는 관계없는 일이었다. 이제 나에게 남은 일은 무엇인가? 기왕에 '새 정치'를 주장해왔으니 당에 남든 떠나든 내가 살려야 할 과제는 그것이었다. 새정치모임의 결성도 바로 그런 취지였다.

　당에서도 나의 행동에 신경을 곤두세웠다. 5월 23일 이춘구 사무총장의 요청으로 저녁 식사를 함께했다. 그가 신경을 쓰는 부분은 우리가 탈당해서 나가면 당세에 결정적인 약점이 되고, 나아가 김영삼 후보가 불리해진다는 점이었다. 그런데 만나보니 그는 한 가지 우려를 더 안고 있었다. 혹시 우리가 김대중 측으로 넘어가지 않을까 하고 의심하고 있었던 것이다. 그 순간 내가 이부영, 홍사덕, 정기용 등을 만났고, 원로 교수 몇 분이 광화문 사무실로 찾아온 사실을 이미 어떤 경로로 듣고 하는 말이라고 짐작되었다.

　"제가 정무장관 하면서 겪어봤지만, 양 김 씨는 사상적으로 비교하기보다 능력 면에서 평가해야 합니다. 나는 김영삼 씨가 유신체제에 용기 있게 저항한 민주화 지도자라고 평가해왔습니다. 하지만 직접 겪어보니 민주적 소양이나 국가 경영 능력이 있는지 진실로 의심스럽습니다."

　이춘구는 그 부분에 대해 응답을 피했다. 이 회동 이후 당에서 징계론은 잠잠해졌다. 아마 '징계 → 탈당 → 신당 창당'의 길로 들어서지 않도록 조심하는 것 같았다. 사실 나를 지지해준 분들 가운데 대부분은 그때까지만 해도 탈당을 고려하지는 않았다. 당의 비주류로 남자는 마음이 지배적이었다. 윤길중 선생은 "경선을 거부한 행동과 당내 비주류로 잔류하는 일이 상충되지 않는다"라고 회의 때마다 역설했다.

　노태우 대통령은 전당대회 이후 당직을 개편했다. '사무총장 김영구'는 아마 우리 캠프에 있다가 간 이한동을 의식한 배려인 듯했다. '정책위 의장 황인성'은 호남 배려였다. '원내총무 김용태'는 조선일보 편집국장 때부터 친YS였고, '정무장관 김용채'는 JP계 몫이었다.

　나는 '새정치모임' 결성 뒤 우선 '새 정치'란 무엇인지 국민들에게 알릴 필요를 느꼈다. 그래서 5월 30일 대전에서 첫 번째 세미나를 열었다. 국민들에게는 다소 생소했겠지만 나는 연사로 주관중 교수를 초대했다. 주 교수가 1960년대 초『정치공학』이라는 책을 써서 많은 이들에게 주목을 받았기 때문이다. '정치공학'은 정치를 어떤 목표를 추구하는 메커니즘으로 보고 이를 효과적으로 달성할 수 있는 공학적 방법을 개발하는 데에 집중하는 것이었다. 그의 눈에 지금의 정치가 어떻게 비치는지 궁금했다. 과연 주 교수의 발제는 날카롭고 신랄했다.

"3당 합당이란 일본의 자민당 통합을 모델 삼아 내각제 개헌으로 계파 간 정권 순환의 빈도를 높임으로써 보수계끼리의 정권 투쟁을 완화하고 경제 운용의 안정을 기하려는 정신에서 시작된 것인데, 내각제 개헌이 좌절됨으로써 원활한 계파정치의 실현을 못 보고 마치 특정인에게 대권을 이양하는 것이 당초 약속인 양 왜곡되고 말았다. … 새 정치와 개혁은 아무나 하는 것이 아니다. 철학도, 지식도, 아이디어도 없이 오로지 보좌관들에게 '알아서 하라'고 맡기는 지도자에게 신진대사식 '새 정치'는 불가능하다."

이날 오유방 전 의원은 주목할 만한 제안을 했다.

"이번 경선 과정에서 파생된 문제를 수습하고 김 후보 측과 이종찬 의원 측의 진정한 화해가 이뤄지려면 두 가지 전제조건이 충족되어야 한다. 첫째, 김 후보 자신이 이번에 이뤄진 경선을 어떻게 평가하고 있는지를 공개적으로 당원이나 국민들에게 밝혀야 한다. 둘째, 당 지도부와 견해를 달리하는 사람들의 집단을 민주자유당 내에서 허용해줄 수 있느냐, 없느냐 하는 태도가 먼저 표명되어야만 이 의원에 대한 진정한 화해 제의라고 생각한다."

나는 이 두 가지가 세미나의 압축된 결론이라고 생각했다. 그러나 청와대와 당은 세미나의 취지나 의미도 모른 채 단순히 정보기관의 보고만 듣고 긴장했다. 세미나를 내가 탈당하기 위한 워밍업으로 보는 시각이 대부분이었다. 청와대는 당에 지시해 나의 징계를 다시 검토하라고 강력히 촉구했다. 김영구 사무총장은 "당의 포용 정신에 입각해 징계

▲ 1992년 5월 30일 새정치모임은 대전에서 세미나를 개최했다. 이 자리에서 오유방 의원은 당의 분열을 막기 위한 몇 가지 전제조건을 제시했다.

문제를 신중히 검토한다"고 마지못해 말했다. 솔직히 나는 이미 징계 문제에 대해 신경을 쓰지 않고 있었다. 오히려 울고 싶을 때 매를 든 격이라고 생각했다.

그때까지만 해도 나는 새정치국민모임을 결성하고 당내에서 '새 정치'를 부르짖으며 시시비비하고 있었지만 민자당을 떠날 수는 없었다. 나를 위해 많은 아이디어를 내고 조언을 해준 김영작 교수도 "탈당은 명분이 없다"고 강력하게 만류했다. 무엇보다도 박태준, 윤길중, 채문식 등 나를 아껴주던 분들, 그 엄혹한 당내 분위기에서도 나를 지지해 준 당원 동지들이 마음에 걸렸기 때문이다.

이렇게 내가 진로를 놓고 장고하고 있을 때 나와 김영삼 간의 화해를 추진한 사람들도 많았다. 김우중 대우그룹 회장은 "앞으로 당을 떠나든, 아니면 남든, 또는 어딜 가게 되든 일단 YS와 만나 대화를 해봐라.

그러지 않으면 대인이라고 할 수 없지 않겠느냐?"라고 했다.

6월 5일, 나는 이런 화해 제의를 피해 경주에 갔다. 박범진, 박명환, 전용원, 정해남 등이 경주까지 와서 향후 정치 진로를 놓고 함께 의논했다. 대체적인 의견은 '당내 비주류로 남아 시시비비를 가려야 한다', '전당대회를 파행시키듯 당내 민주주의가 제대로 실현되지 않으면 언제든 독자적인 행동을 해야 한다', '비주류에 대한 김영삼의 생각을 확실히 하기 위해 당권의 상당 부분을 박태준에게 부여해야 한다'는 것 등으로 모였다.

서울로 상경했으나 김영삼 측과 면담하라는 주변의 요구는 계속되었다. 김우중 회장은 거의 매일 만나 집요하게 나를 설득했고, 이상연 안기부장, 김영구 사무총장, 최병렬 노동부 장관, 홍성철 전 청와대 비서실장, 이수성 전 서울대 총장까지 식사 약속을 하며 나를 설득했다.

그중 한 사람, 정재문은 참으로 신사였다. 그는 자신을 드러내지 않고 김영삼의 참모로서 충실하게 숨은 일꾼 역할을 해냈다. 그는 말수가 적고, 행동이 신중한 반면, 한번 마음먹으면 인내심을 갖고 추진하는 지구력이 있었다. 그는 "사정이 어떻든 김 대표를 한번 만나서 그간의 모든 문제를 이야기한 뒤 그의 반응을 보고 다음 행동으로 옮겨 가도 늦지 않다"라며 나를 설득했다.

나는 그의 집요한 권유에 일단 김영삼을 만나보기로 했다. 그런데 내가 오판한 것은 '비밀 회동'이라 할지라도 일단은 동지들과 상의했어야 하는데 그러지 못했던 점이다. 이런 사전 논의 과정을 거치지 않은 것은 분명히 경솔한 일이었다.

6월 25일, 나는 결심하고 오후 4시에 정재문 의원과 만나 그가 마련한 하얏트호텔의 방으로 갔다. 그때 대기하고 있던 정 의원의 아들 연준 군의 안내로 17층 방에서 YS를 만났다. 나는 인사를 나눈 후 어색한 장면을 모면하기 위해 직설적으로 먼저 말을 꺼냈다.

"저는 대표님을 우리나라의 민주화 지도자로 존경해왔습니다. 그러나 이번 전당대회 전후로 대단히 실망했습니다. 대통령 후보를 결정하는 전당대회 경선판을 이렇게 후유증을 남기게 만들 수 있는지, 정말 아쉽습니다. 이번 경선을 멋있게 치렀으면 대통령 선거가 훨씬 유리했을 겁니다. 많은 국민들이 민주주의에 대해 회의를 갖게 되지 않았나 생각합니다."

나는 사전에 이렇게 말이 술술 나올 줄 몰랐다. 마치 대사 외우듯 단번에 할 말을 다 했다. 하지만 김영삼은 그 특유의 침묵으로 듣기만 하다가 불쑥 한마디 했다.

"지난 일은 그만 얘기합시다. 당에 돌아와 앞으로 선거에서 나를 돕는 역할을 해주시오."

그 순간 나는 이 문제를 혼자서 결정하기 어렵다고 생각했다. 그래서 나는 앞으로 뜻을 같이할 동지들과 이 문제를 의논해보겠다고 말하며, 이런 말을 덧붙였다.

"당내에는 저와 같이 한때 대표님을 반대했던 분들도 많습니다. 그분들도 앞으로 활발하게 정치를 할 수 있는 분위기가 돼야 대표님께도 도움이 될 겁니다. 또 박태준 최고위원처럼 존경받는 분들도 있습니다. 모두가 대표님께서 끌어안아야 할 분들입니다. 오히려 그런 분들을 앞세우면 대표님의 지도력에 큰 이점이 되어 돌아올 겁니다."

"나도 그렇게 생각하고 있어요."

그는 선뜻 나의 의견을 받아주었다. 대화가 쉽게 풀리고 있는 것인가? 그런 생각을 할 때 그가 손을 내밀어 악수를 청했다. 나는 내가 공세인 줄 알았는데, 아니었다. 수세였다.

게다가 다음 날 오후 5시, 김영삼은 우리 광화문 캠프 사무실을 예고 없이 찾아왔다. 경선 과정의 앙금이 가시지 않고 있던 때라 김영삼 수행원들과 우리 캠프 사람들 사이에 충돌이 빚어질지도 모르는 상황이었다. 김영삼은 우리 측 중진 몇 사람과 참모들이 모여 있는 자리에서 기선을 제압하듯 말했다.

"이 의원, 경선 과정에서 있었던 일은 잊어버리고 같이 갑시다. 여기 있는 분들도 이제 마음의 앙금을 털고 우리 같이 대선 승리를 위해 노력합시다."

그 말이 떨어지자 좌중은 웅성대고 매우 시끄러워질 것 같았다. 나는 생각을 고쳐먹었다.

"대표님께서 여기 오신 뜻을 알겠습니다. 내일 대표님과 제가 함께 당사에서 기자회견을 가졌으면 합니다. 그래야 대외적으로도 마음의 문이 열리고 묵은 찌꺼기가 청산되지 않겠습니까?"

"그럽시다."

김영삼은 손수 주머니에서 수첩을 꺼냈다. 표지가 까만 얇은 수첩에 일정이 빽빽하게 적혀 있었다. 다음 날이 토요일임에도 불구하고 그는 시간을 짚었다.

"내일 10시 당사로 나오시오."

김영삼의 기습적인 광화문 캠프 방문은 효과가 있었다. 김영삼이 사무실을 떠난 뒤 기자들이 몰려왔다. 나는 다음 날의 공동 기자회견에 대해서는 말을 삼가고 "새 정치 활동이 독자적으로 가능하다면 당내에 남아 하나의 밀알이 되겠다"라는 원론적인 이야기만 했다.

그러나 다음 날 아침 신문에서는 "이 의원은 지난 25일 김 대표와 만나 당내 잔류를 포함해 비주류에 대한 지분 문제 등에 대해 원칙적인 합의를 보았다"라는 기사까지 보도되었다. 기자들이 앞질러 간 것인지, 김 대표 측의 장난인지 알 수 없었다.

그런데 실제 다음 날 아침 당으로 나갈까 하면서도 이상한 느낌이 들어 기자실로 전화를 걸었다. 기자실 관계자는 나와 김영삼의 공동 기자회견 일정이 잡혀 있지 않다고 했다. 나는 대표실의 김기수 비서에게 전화를 걸어 김 대표의 일정을 물었다. 김 비서는 당황해하더니 "잠시 기다려주십시오. 확인해보겠습니다"라고 했다. 잠시 후 김 비서는 "대표님께서 이 의원님이 혼자 기자들을 만나서 회견을 끝내달라고 하십니다"라고 전했다. 나는 그 순간 '아! 나보고 백기 투항을 하라는 말이었군' 하고 울화가 치밀었다. 나는 "그래요? 그러면 오늘 일은 없던 거로 하자고 전해주세요"라고 말한 뒤 전화를 끊었다.

나는 얼마나 황당하고 격분했는지 '이런 것이 구정치의 음모로군' 하는 배신감이 뇌리에서 떠나지 않았다. 그날 안드레이 사하로프의 부인 엘레나 보네르 여사를 위해 내가 환영 만찬을 베풀기로 되어 있어서 롯데호텔 식당으로 가기는 했지만, 그 자리에서 무슨 말을 했는지 모르겠다. 아마도 횡설수설했을 것이다.

'독립운동 세력이 왜 퇴조했는지 알겠다!'

분한 마음을 도저히 가라앉힐 수가 없었다. 누구와도 만나고 싶은 마음이 없었다. 결국 나는 6월 29일 현대아산병원에 입원했다. 병원에서 나는 그간의 정치 행로에 대해 많은 회오와 반성을 거듭했다. 김영삼식 정치가 얼마나 매몰차고 집요한가. 설득과 공작에 방심하여 일어난 결과를 놓고 나는 몸 둘 바를 몰랐다. 이미 언론에서는 나에 대해 "판단착오와 결단 부족으로 호기를 놓치고 있다"라고 비판하고 있었다. 정치란 결과를 두고 비판하는 것이다. 아무리 과정을 설명한들 결과에 묻히고 만다.

나는 우리 정치사를 다시 돌아보게 되었다. 왜 해방 이후 임시정부와 독립운동 세력이 남한 내의 권력투쟁에서 모두 퇴조하고 탈락했는가? 바로 이것이었다. 현실정치에 어두웠기 때문이다. 일제강점기와 해방 이후 미군정 때 끈질기게 권력에 다가갔던 사람들의 노하우를 모르고 자기의 소신 하나만 내세우며 싸우다 패배한 것이었다. 나도 선배들의 전철을 밟고 있었다.

그해 여름은 유난히 더웠다. 나는 7월 2일 퇴원하고 곧장 전국을 순회했다. 가는 곳마다 동지들에게서 따뜻한 격려를 받았고 정국 향배에 따른 진로에 대해서도 많은 충언을 들었다. 일면식이 없는 사람들이 더욱 반갑게 맞아주는 데에 감동했다.

나는 지방을 순회하는 동안 여러 가지 생각을 했다. 김영삼이 지배하는 민자당에 남으려는 생각은 이미 버렸다. 서영훈 같은 분은 창당도 선택의 폭을 넓히는 방법이라고 충언해주었다.

"우선 강원용 목사를 만나보시오. 그분은 한국 정치의 이상과 현실에 밝은 분입니다. 강영훈 총리는 나하고 같은 '영훈'이지만 나보다 훨씬 추진력이 있는 분입니다."

나는 이런 분들의 충언을 종합해 오유방, 장경우, 이동진 등과 의논하면서 이를 행동화하고자 종로의 대일빌딩에 새 정치 운동을 위한 사무실을 열었다. 이제 민자당을 떠나 본격적으로 새로운 정치 무대를 만들어보자고 결심한 것이었다. 그동안 나의 좌고우면하는 태도, 정치를 너무 순진하게 본 불찰로 가까웠던 동지들이 많이 떠났고 나도 상처를 입을 만큼 입었다. 이런 나 자신에 대한 모멸감이 오히려 나를 일어서게 한 원동력이 되었다.

그 무렵 민자당은 김영삼이 명실공히 당권을 장악했는데도 구태의연했다. 새로워졌다는 인상은 눈을 씻고도 찾아볼 수 없었다. 여전히 계파 간 갈등으로 중병을 앓고 있었고, 대통령 선거전에 무슨 정책을 내놓을 것인지도 깜깜했다. 막연하게 문민정치라는 구호를 내세울 뿐 내용이 없었다. 지방자치단체장 선거의 실시 여부를 두고 민주당과 티격태격하고…. 짜증이 날 뿐이었다. 오죽하면 김영삼 후보 만들기에 앞장섰던 보수 진영 신문에서까지 비판이 나왔을까.

민자당은 TK와 김영삼 그룹과 김종필 그룹 간의 무상한 이합집산, 합종연형, 면종복배, 권모술수, 밀실거래, 위약의 반복으로 영일이 없는 꼴이다. 이것이 과연 21세기적인 변혁을 앞둔 이 나라 집권당의 정체인가를 생각할 때 국민의 심경은 실로 분노 그 자체일 뿐이다. 지금 국민의 눈에 비치고 있는 민자당 지도자의 모습은 구국의 결단이기는커녕 그저 하나의 권력 그 자체를 위한 마키아벨리스트들의 엄연한 연합에 불과하다.[*]

나는 새 정치 구현을 위해 더 이상 민자당에 머물러서는 안 되겠다고 생각했다. 그래서 두 가지를 병행했다. 하나는 '새정치모임'에 당외 인사까지 참여시켜 '새정치국민연합'을 결성하고 창당 정지 작업에 들어가도록 준비하는 일이었다. 다른 하나는 민자당 내 호응 세력을 될 수 있는 대로 많이 영입해 신당 창당에 나서도록 유도하는 작업이었다.

이런 작업을 진행하면서 내가 주로 상의해온 사람들이 있었다. 첫째는 나의 친우 김우중 대우그룹 회장이다. 창당하려면 자금이 필요했고, 그는 정주영의 국민당이 계속 인기를 끌고 있었으므로 경쟁 기업으로서 위협을 느꼈다. 그래서 창당 작업에 적극적이었다. 둘째는 민자당에서 새정치모임을 중심으로 꾸준히 작업해온 동지들이었다. 채문식, 윤길중 등 선배들과 심명보, 박철언, 오유방, 김현욱, 이영일, 장경우, 홍성우, 박범진 등이 그들이다. 셋째는 새롭게 신당 창당에 호응한 세력, 이를테면 김종필에 반대해 독자 노선에 들어간 김용환, 그리고 야당에서 떨어져 나온 한영수가 집요하게 접근해왔다.

7월 말부터 신당 창당 준비 작업에 들어갔다. 매일 동지들과 머리를 맞대고 향후 정치 일정을 숙의했다. 8월에 들어서며 정세는 급변했고, 신당 바람이 불기 시작했다. 12월 대선을 앞두고 이제 정치권의 이합집산 기운이 점점 현실화되었다. 민자당 안에서 김영삼으로는 안 된다는 소리가 나오기 시작했다. 당연했다. 정주영의 국민당이 예상외로 선전하고 있었고, 또 민주당이 전당대회를 차질 없이 진행해 김대중 후보를 결정한 상황이었기 때문이다. 보수 성향의 두 후보가 표를 가르고 진보 성향의 단일 후보가 대결하는 구도! 김영삼 진영에서는 1987년 대선의 망령이 떠오르며 불리하다는 세평이 돌았다.

8월 17일 탈당 기자회견을 단행하기로 했다. 정말 어려운 결심이었

* "민자당 돌아가는 모습", ≪조선일보≫, 1992년 8월 1일 자 사설.

다. 민정당은 내가 정치를 시작하며 처음 창당했으며 또 내가 성장한 토대였다. 비록 노태우가 자기를 선출해준 당을 헌신짝처럼 버리고 민자당으로 변신했지만, 아직도 어려운 시기에 이 시대를 책임지겠다는 결의로 나와 더불어 선거를 치르고 격려해준 따뜻한 마음의 동지들이 많이 남아 있었다. 그들의 사랑과 희망을 두고 간다는 것은 참으로 괴로운 일이었다. 그래서 더욱 쉽게 발이 떨어지지 않았다. 돌이켜 생각해보면, 3당 합당을 그 당시에 거부하지 못한 것도 후회되었다. 대통령 후보 경선을 통해 뒤늦게 뒤집기를 시도했지만 그것도 실패했다. 그러나 지금 이 시점까지 왔는데 여기서 결행하지 못하면 나는 영원히 반(反)정의와 타협하는 것이었다.

한편으로 탈당은 나의 정치 일생을 거는 일대 모험이기도 했다. 실제로 이때의 탈당으로 나는 정치적 기반을 잃었고, 나를 지지했던 많은 국민에게 실망을 주었다는 것을 부인할 수 없다. 하지만 당시로서는 탈당이 나에게 남은 유일한 선택지였다. 나는 참모들이 작성한 회견문안을 놓고 밤새 고민하다가 결국은 메모만 준비해 17일 아침 기자회견을 열었다.

"저는 대통령 후보 경선 과정과 새정치모임 결성을 전후하여 제가 겪었던 형언할 수 없는 갖가지 시련과 고난을 가슴 깊이 묻어둔 채 그래도 민주자유당이 국민의 신뢰를 회복하고 책임 있는 공당의 모습으로 거듭나기를 바라는 실낱같은 희망을 가졌었습니다. 그러나 이 희망마저 무참히 깨지고 말았습니다. … 저는 새 정치를 바라는 국민적 여망에 부응하기 위해 우리 모두를 짓눌러온 허위와 가식의 틀을 깨고자 당을 떠나려 합니다. 비록 구시대의 잔재가 저에게 엄청난 탄압과 시련을 준다 해도 국민 여러분과 함께 흔들림 없이 앞을 향하여 갈 것입니다. '정치도, 정권도 유한하지만 민족과 역사는 영원하다'는 교훈을 믿고 '새 정치', '국민 정치', '희망의 정치'를 이 땅에 뿌리내리는 데 신명을 바

▲ 민자당 탈당 하루 뒤인 1992년 8월 18일, 광주에서 열린 이영일 의원의 탈당식에 참석해 '왜 우리가 탈당의 길을 선택하였는가'를 설명했다.

칠 각오입니다."

8월 18일에는 광주에서 이영일 의원이 나를 따라 동반 탈당한다는 소식을 듣고 내려가 격려사를 했다. 나는 당초 계획한 대로 우선 새정치국민연합의 결성을 서둘렀다.

민자당은 당 총재직을 김영삼에게 이양하기로 했다. 이 계획은 중간에 노태우의 사돈 기업인 SK를 제2이동통신사업체로 결정하는 문제 때문에 약간 삐걱거리기는 했으나, 큰 틀은 변함없이 진행되었다. 당 총재직은 김영삼이, 대표직은 김종필이 각각 이어받았다.

이런 탐욕스러운 연극을 보며 나는 한층 더 새 정치를 강력히 주장하게 되었다. 모두가 허위일 뿐 선의의 정치는 실종되었다. 9월 3일, 나는 서둘러 동숭동 우당기념관에서 '새정치국민연합'을 출범시켰다. 나는 개회사에서 이렇게 부르짖었다.

"국민은 지역 고정표를 유일한 지지 기반으로 삼는 치졸한 지역 패권주의를 극복할 것을 주문하고 있습니다. … 낡은 정치 세력은 끊임없이 우리의 분열을 조장하고 있습니다. 우리의 세력화가 그들의 종말임을 잘 알기 때문입니다. 오늘 우리가 이 자리에 모인 것은 엄청난 역사적 의의를 갖고 있습니다. 이 단결의 발판을 딛고 우리는 더욱 많은 뜻있는 인사들을 견인하고 규합해 한국 정치사의 일대 혁명적 계기를 마련할 것입니다."

내가 탈당하자 민자당이 흔들리며 복잡해졌다. 그러나 더 이상 김영삼과 정면 대결을 하지 않고서는 우리 공동체 전체가 오염되고 타락하고 말 것이라는 내 나름의 뚜렷한 명분이 있었다.

그 무렵 김영삼 총재 체제의 민자당에서 또 사고가 터졌다. 총선거 후유증의 일환이었다. 8월 31일, 충남 연기군 군수였던 한준수가 지난 14대 총선 당시 민자당 후보였던 임재길을 도우라는 상부 지시를 받아 자신이 직접 관권선거를 지시하고 행동했다며 그 전모를 폭로했다.

야당은 즉각 총공세에 들어갔다. 공세의 표적은 김영삼 후보였다. 그는 당시 총선거는 자기 책임하에 치른다고 공공연히 말했기 때문이었다. 야당 측에서는 김영삼에게 '깨끗한 정치'를 한다고 하면서 뒤로는 부정선거 실상이 폭로되었는데 이런 허위 정치에 대하여 사과하고, 앞으로 관권선거를 하지 않을 것을 보장하라고 요구했다.

그러나 김영삼은 책임지는 태도를 보이지 않았다. 도리어 그는 기자 회견에서 관권선거를 시도한 임재길 후보를 구속하라고 역습했다. 임 후보는 육사를 나왔고, 출마 직전까지 청와대 총무 비서관이므로 책임이 있다면 노태우가 져야지 자기가 질 일은 아니라고 빠졌다. 그리고 이 기회에 관권선거의 책임자로 이종국 충남 도지사, 선거 당시 내무장관이었던 이상연 안기부장, 안기부장이었던 서동권 정치특보가 실질적인 주동자라는 사실을 언론에 흘렸다. 김영삼은 앞에서도 말한 바와 같이 정치 국면 전환에 천부적인 자질을 갖고 있었다. 그는 수세 국면을 일신하고자 총리를 포함해 중립적인 선거 내각으로 개각하라고 노태우 대통령을 압박했다. 모든 책임을 노 대통령에게 돌렸다. 그야말로 무책임하고 이기적인 발언이었다. 당시는 정원식 총리가 평양을 방문해 북한의 연형묵 총리와 남북기본합의서 세부 실천 사항을 놓고 밀고 당기기를 하는 민감한 시점이었는데, 김영삼은 이런 정황은 아랑곳하지 않고 일선에 나간 총리의 방석을 빼내 골탕을 먹인 격이었다.

노태우는 그제야 김영삼이라는 사람의 본심을 알았다. 그와 자신의 사후 보장을 밀약한 것이 얼마나 허망한 것인지도 알았다. 9월 18일, 김영삼 후보와 사후 수습책을 논의하기 위해 회동하는 자리에서 노태우는 마지막 카드를 꺼내 들었다. 개각을 단행해 중립내각을 구성할 것이며, 이를 위해 자신도 탈당하겠다는 결심을 기습적으로 내놓은 것이다. 이 말에 김영삼은 당황했다. 훗날 그는 당시를 이렇게 회고했다.

> 1시간여 동안 화를 내기도 하고 설득도 해보았지만 막무가내였다. '마음대로 해보라. 대통령 선거가 끝날 때까지 당신을 만나는 일은 없을 것이다.'*

그때 김영삼도 노태우와 갈라서기로 작심한 것이었다. 이때 생긴 감정의 골이 훗날 김영삼 정권에서 노태우를 구속하는 데까지 이르지 않았을까 짐작해볼 수 있다.

노태우의 탈당 소식이 전해지면서 정국은 크게 흔들렸다. 민자당 전체가 지진을 만난 듯했다. 9월 21일, 경기도의원 허석을 비롯한 12명이 탈당했다. 그들은 탈당 성명에서 노 대통령의 탈당을 지지한다면서 "김

---

* 김영삼, 『김영삼 회고록 3』(백산서당, 2000), 317쪽.

영삼 후보가 당 총재로서 국정 표류와 혼미 상황에 대한 책임을 회피하며 대권욕에만 매달려 있다"라고 공격했다. 이를 시작으로 동반 탈당하는 사태가 예견되었다.

사실 앞서 나의 민자당 탈당에 대해 뒷공론이 많았다. "이종찬이 장고 끝에 악수를 둔 것 아닌가", "정치적 욕심 때문에 외딴 길로 간 것이 아닌가" 하는 악평들이었다. 하지만 민자당 탈당이 줄을 잇자 오히려 탈당이 선견지명이었다는 평가로 돌아섰다.

나는 이 기회를 이용해 새정치국민연합으로의 영입 작업을 활발히 진행하는 동시에 지방 행사도 부지런히 이어갔다. 중앙에서 깃발만 올리면 다 된다는 생각을 버렸다. 지방 행사 가운데 특히 9월 22일 인천의 현판식 및 결성 대회, 9월 23일 대구 결성 대회를 진행하면서 민심의 호응을 피부로 느낄 수 있었다. 많은 지지자가 몰려들었고 새 정치의 구체적인 내용도 모른 채 막연히 기대하는 국민도 많았다. 이렇게 외곽에서 중앙으로 몰려드는 그 열망을 처음에는 각 정당도 무시하다가 차츰 주목하게 되었다.

신당 창당 작업과 김우중의 아리송한 행보

노태우 대통령이 민자당을 공식 탈당한 것은 10월 5일이었다. 그날 그는 역사적인 6·29 선언의 현장이자 대통령 선거전의 둥지였던 관훈동 당사를 마지막으로 찾았다. 탈당계를 제출했고, 당원들에게 짤막한 인사를 했다. 이로써 민자당은 관훈동 시대 11년의 막을 내렸다.

> 한국의 전통적 권력파는 자유당 → 공화당 → 민정당 → 민자당의 계속적인 헤게모니 장악에 의해 정치적 리더십을 유지해왔고 체제 유지 기능을 도맡아왔다. 그러나 9·18 사태*를 분기점으로 민자당이 집권당의 지위를 상실한 데 이어 민정계란 기존의 단위마저 해체된다면 이제 남는 것은 '김영삼 씨의 민자당'뿐이며….**

이런 판국에 민정당 시절부터 함께해온 '평생 동지'들에게 주어진 길은 김영삼 체제에 남느냐, 다른 길로 가느냐 하는 갈림길이었다. 자연히 관심의 초점은 민정계의 수장 역할을 해온 박태준 최고위원에게 모

---

* 9·18 사태란 이날 노태우 대통령이 '자신의 민자당 탈당'과 '중립적 선거 관리 내각의 구성' 방침을 밝힌 것을 가리킨다. 이로써 민자당은 대통령과 별개가 되었다. 즉, 집권당의 지위를 잃었다는 것이다.

** "김영삼 씨의 홀로서기", ≪조선일보≫, 1992년 10월 6일 자 사설.

였다. 다음 날 박태준은 우선 포항제철 명예회장직을 사임했다. 이어 당이 제시한 선거대책위원장직을 고사했다. 주변 정리를 한 것이다. 박태준은 그의 성격대로 무슨 일이든 질질 끌지 않고 처신을 명료하게 했다. 마지막으로 동지들과 개인적으로 접촉하며 탈당 시기를 정하기 위한 장고에 들어갔다. 당이 동요했다.

현승종 중립내각이 구성되고 정부가 안정을 되찾으며 사회 분위기도 어느 정도 잡혔다고 판단되자 10월 9일에 박태준은 탈당 의사를 밝혔다. 그리고 광양으로 내려갔다. 이제 정가의 모든 관심은 그가 과연 신당 창당에 참여하느냐 하는 문제에 집중되었다. 나는 박태준의 신당 참여가 바람직하기는 하지만 쉽지는 않으리라고 봤다.

이런 민자당의 동요 속에 신당에 대한 기대는 점점 커졌다. 민자당원들 가운데 집단 탈당해 신당에 가세하겠다고 타진하는 사람들이 늘어갔다. 채문식 전 국회의장도 발 벗고 나섰다. 김용환과 이자헌은 공화당 때부터 재무장관과 언론인으로 맺은 인연이 있어 모든 논의에 손발이 척척 맞았다. 두 사람은 매일 찾아와 신당 구상을 놓고 검토했다.

그동안 무소속 의원들의 '구락부'를 형성하고 있던 정호용 의원은 '민자당 입당'과 '신당 참여'를 놓고 저울질하고 있었는데 민자당의 탈당 러시 속에 점차 신당 쪽으로 기울었다. 하지만 그는 신당 내에서의 자신의 입지에 대해 크게 신경을 썼다. 그는 국민후보를 영입한다는 말에도 선뜻 동의하지 않았다. 자신이 나서려는 것이었을까? 그는 계속 눈치를 살폈다.

누구보다 신당 창당에 큰 힘을 준 것은 김우중 회장이었다. 많은 사람이 김우중이라는 든든한 '빽'이 배후에 있다는 소문을 듣고 자신도 참여할 수 있겠느냐고 타진해왔다. 정치에는 세와 돈이 무엇보다 중요한데 두 가지 요소가 마련된 셈이었다. 이제 인물만 나타나면 되는 상황이었다. 나도 힘이 나고 우쭐해졌다.

10월 10일, 김영삼이 광양까지 쫓아가 설득했는데도 박태준은 탈당 의사를 굽히지 않았다. 김영삼 집권 이후 박태준이 수사를 받는 등 질곡을 겪게 된 것도 이 무렵 고조된 김영삼과의 불화에서 비롯된 일로 보는 것이 일반적이다. 물론 박태준은 신당에도 가담하지 않겠다고 밝히고 우리와 일정한 거리를 두었다. 하지만 그의 심중에 김영삼 불가론은 누구보다 철저했다. 민정계의 큰 기둥인 박태준까지 탈당하자 당은 크게 흔들렸다.

10월 13일, 드디어 채문식, 윤길중 두 고문을 위시해 이자헌, 김용환, 유수호, 박철언, 장경우 등 다섯 명의 현직 의원과 김현욱, 오유방, 이진우, 윤재기, 윤성한, 이동진, 최명헌, 김동인, 이영일, 이낙훈 등 열 명의 전직 의원이 전경련회관에서 탈당 선언을 했다. 이들은 '민주자유당 탈당 및 헌정 개혁 선언'이라는 거창한 표현으로 현 시국과 정치 개혁에 대한 소망을 내세웠다.

그리고 10월 19일에 여의도 전경련회관에서 창당준비위원회가 결성되었다. 김용환이 당명을 '새한국당'으로 하자고 의견을 내놓아 채택되었다.

새한국당은 집단지도체제로 출범했다. 대표최고위원에 채문식, 최고위원에 이종찬, 이동진, 김용환, 박철언, 이자헌이 각각 추대되었고, 고문에 윤길중, 박종태 두 분을 모셨다. 사무총장에 장경우를 임명했다. 이처럼 창당 작업이 착착 진행되자 민자당에 비상이 걸렸다. 탈당한 사람들이 대거 신당으로 모여드는 추세였다. 정주영의 국민당도 아연 긴장했다.

그때 난데없이 '김우중 신당설'이 흘러 나왔다. 8월 25일에 열린 관훈클럽 토론에서 그는 자신의 정치 참여를 부인하면서도 "현재의 정치는 반드시 변화해야 한다"라고 열변을 토했다. 그는 심지어 "정치 지도자 가운데 민주화에 자기를 희생했다고 하는 분들이 있다. 그분들이 끝까지 민주화를 위해 희생하는 모습을 보여줘야 존경받을 수 있다"라는 아리송한 발언을 했다. 누구를 겨냥한 것이었을까? 그는 이어 "한국의 정치적·사회적 현실에서 훌륭한 지도자가 나타나야 하는데 50대가 그 중임을 맡아야 한다"라고도 했다.

10월 24일, 드디어 '김우중 대선 출마설'이 각 신문에 머리기사로 실렸다. 어떤 신문은 강영훈이 국민후보로 추대되었으나 고사해 김우중이 마지막 카드로 선택된 것이고, 그는 대우그룹과의 관계를 정리할 방침이며, 심지어 김용환과 내가 집중 설득했다고까지 썼다. 나는 실무자들과 새한국당 창당 선언과 창당발기인대회 1000명 동원 계획을 수립하고 있었지만, '김우중 영입'은 전혀 거론한 적이 없었다. 물론 그때까지 우리에게 뚜렷한 간판스타가 없었던 것은 사실이다.

우선 김우중과 가장 가까운 김용환에게 물었다. 그는 뜻밖에 김우중이 전면에 나서는 것을 찬성하지 않는다고 했다. 김용환과 이자헌은 탈당 이전에 어떤 시나리오를 갖고 있는 것 같았다. 김준엽 전 고려대학교 총장 영입도 거론한 일이 있었다. 나는 "그분은 총리도 고사했는데 이런 판에 대선에 끼어들겠느냐?" 하며 고개를 저었다. 실제로 그가 김우중에게 완곡한 거절 의사를 표했다는 말을 들었다. 우리는 만나면 늘 여러 카드를 내놓고 검토하곤 했다. 강원용 목사에 대해서도 조심스럽게 탐색했다. 그분은 신당 창당에 기대를 걸면서도 직접 나서기를 주저했다.

이렇게 제3의 후보에 대해 여러 의견이 분분할 때 나의 정치적 향방을 타진하는 사람도 많았다. 그러나 나는 그동안 상처를 많이 입었다는 이유로 나서는 데 주저했다. 오히려 내가 제3의 후보를 추대하는 것이 명분에 맞는다고 생각했다. 문제는 새한국당을 창당하는 과정에서 우리가 합의한 '신망 있는 국민후보'로 누구를 내세우느냐는 것이었다. 몇몇 이름이 거론되던 차에 갑자기 김우중 회장이 강력하게 대두했다.

나는 고민하지 않을 수 없었다. 김우중 회장은 나의 오랜 친구이고 김용환과도 재무장관 시절부터 가까운 사이였다. 새한국당 창당을 추진하는 사람들 사이에서도 창당 자금을 김우중 회장에게 의지할 수 있겠다는 기대감이 암암리에 확산되어 있었다. 사실 그는 초기에 나에게 약간의 자금을 지원했다. 김우중 영입설이 보도되자 대우그룹은 속도전에 들어갔다. 역시 대한민국 기업은 속도 하나는 알아줄 만했다. 홍보전에서 '김우중 대망론'을 밀어붙이는 듯했다. 창당 작업도 기름을 쳤기 때문인지 홍청거렸다.

나의 고민이 깊어지면 깊어질수록 김용환과 이자헌은 김우중 영입에 더욱 적극적으로 되어갔다. 유수호와 박철언은 신중했다. 그러나 시간이 지나면서 창당 멤버들 중에도 김우중을 후보로 추대하자는 움직임이 점차 많아졌다. 하지만 김우중의 처신은 미묘했다. 그는 전남대학교에서 강연하면서 "지금은 희생하는 지도자가 나와야 할 때"라고 전제하고, "이번에 안 되더라도 50대가 높이 평가되어야 하며, 지금부터 키워 다음번에 이용할 수 있어야 한다"라고 어중간한 발언을 했다. 김우중의 정치 참여 의사는 확실하게 '새 정치, 양 김 청산'이 아니라 정주영을 목표로 두고 '노인네가 나오는 것보다 젊은이를 키우라'는 메시지라고 나는 읽었다.

나는 깊이 생각해봤다. 만약 김우중이 나온다면 정주영과 대선에서 격돌하게 될 것이다. 이는 정치가 아니라 재벌 싸움으로 비치지 않을까? 둔감한 나도 여기까지 생각하는데 민감한 언론이 가만히 있을 리 없었다. 이미 "우리는 특정 계급의 이해를 집중 추구한 사회주의 체제의 실패와 똑같은 차원에서 사적인 이해관계가 걸리는 정치 참여 현상을 심각하게 우려한다"*라는 경고음이 울리고 있었다.

---

* "재벌과 정치", 《조선일보》, 1992년 10월 26일 자 사설.

언론만 그런 것이 아니라 시장도 민감하게 반응했다. 10월 24일 증권 가에 김우중의 새한국당 대통령 후보 출마설과 더불어 대우그룹이 전환사채를 정치자금으로 유용할 것이라는 소문이 퍼지자 대우의 주가가 13.48포인트 떨어졌다. 김우중도 당황했을 것이다. 그는 일본에서 측근을 통해 아직 새한국당에서 대선 후보로 공식 제의를 받지 않았음을 언론에 흘렸다.

그때 김우중의 출마에 회의적이던 유수호와 박철언은 지방에 머물고 있던 박태준을 만나 대선 출마를 권유했다. 하지만 박태준 대표의 반응은 냉담했다.

"당신들이 노 대통령을 잘 알지 않소. 비록 정당을 떠났지만 그분은 김영삼 이외에 누구도 지지하지 않을 겁니다. 그런 상황에서 내가 나서면 자칫 우스운 꼴만 보게 될 수 있습니다."

김우중이 일본에서 돌아온 10월 27일, 나는 밤늦게 힐튼호텔 23층 그의 방으로 찾아갔다. 새벽 1시 반까지 대화했다. 그는 에둘러 말했지만 자신의 출마 가능성을 나에게 떠보듯이 말했다. 그래서 내가 물었다.

"너, 출마할 생각 진짜 있는 거냐?"

노골적인 질문에 그도 솔직하게 답했다.

"정주영 회장이 대통령 하겠다고 나서는데, 나라고 못 할 것 있겠냐? 나이로 봐도 정주영 회장이야 고령이지만, 나는 연부역강하지 않니?"

"너와 정주영 씨가 경쟁하게 되면, 이 나라 정치판은 재벌 싸움판으로 바뀌지 않겠냐? 이런 점에 대해서 많은 사람들이 지적하고 있다."

"나는 시작하면 대우를 처음 시작할 때와 똑같이 아파트 생활을 하면서 생활 자체를 바꿀 각오로 나가려 한다."

"그렇다면 기업을 완전 청산하는 프로그램을 내놓아야 한다. 그렇지 않으면 누가 믿겠냐?"

그는 움찔했다.

"너도 그렇게 생각하나?"

"그래도 너는 우리나라에서 기업인으로 신화를 만든 사람인데, 정치판에 끼어 정주영과 다투게 되면 지금까지 쌓아놓은 명예가 다 더럽혀지는 것까지 각오했냐?"

그는 담배를 꺼내 물고, 잠시 눈을 감은 채 깊은 생각에 빠졌다.

"네가 반대하는 것 같은데, 내가 다시 생각하지."

몹시 서운한 눈치였다. 김우중의 출마 문제에 대해서는 나 자신도 혼란스러웠다. 당시 그의 생각이 무엇이었는지는 나 자신 지금도 잘 모른다. 지난 경선 이후 나에 대한 태도가 우왕좌왕하는 것도 나를 갖고 노는 것인지, 그 자신 입장 정리가 안 되어 그러는 것인지 도대체 분간하기 어려웠다. 나는 그와의 40년 우정에 금이 갈 일은 애써 피해왔다. 그런데 이런 막다른 길에 들어서고 보니 신뢰가 가지 않았다.

나도 온종일 고민에 빠져 있었다. 밤늦게 이자헌 선배가 신교동 나의 집으로 찾아왔다. 그가 나의 집을 찾은 것은 처음이었다. 그는 탈당하기 전부터 김용환과 더불어 대선판의 방향을 돌리기 위해서는 결국 김우중을 내세워 이열치열하는 방법밖에 없겠다는 결론을 내렸다고 밝혔다. 나도 양 김의 대결과 양 재벌의 대결이 함께 어우러진 싸움판의 광경을 상상해보며, 이 또한 새로운 정치 실험일 수도 있겠다는 생각은 했다. 하지만 한 가지 의문이 남았다.

"대우 김우중은 현대 정주영과는 다른데, 이런 어려움을 극복하고 끝까지 갈 것 같습니까?"

"그건 우리가 하기 나름이겠지요."

나는 일단 찬동했다.

"그러면 당에서 후보로 추대하겠다는 의사를 공식적으로 전달하는 수순을 밟지요."

10월 29일 아침, 다시 힐튼호텔로 김우중을 찾아가 만났다.

"네가 걱정하는 것, 마음에 새기고 정치하는 것 포기하기로 했다."

그는 하루 사이에 생각이 완전히 달라져 있었다. 그는 기자회견을 한다고 나갔다. 나의 수행비서가 보고한 그의 기자회견 내용은 이러했다. "아직 당으로부터 어떤 공식 제의를 받은 바는 없지만, 나에게 소임을 맡긴다면 출마해 구태의 정치를 개혁할 마음이 있었다. 그러나 현재와 같은 상황에서 내가 출마하는 것이 적절치 못하다고 생각해, 나의 각오를 접고 이제 사업에 전념코자 한다."

그리고 기자와의 일문일답에서 그는 자신의 상황을 조금 더 설명했다. "청와대와 접촉한 사실도 없고, 누구의 압력도 받은 사실이 없다. 모든 것이 나의 단독 결심으로 이루어졌다." "양 김 구도 청산도 생각해 봤다. 그런 국민의 열망을 내가 더 잘 실현할 수 있을 것이라는 생각도 했다. 하지만 이런 일은 정치권이 해결할 문제라고 생각하게 되었다."

김우중은 기자들에게 대선 불출마 의사를 밝히고 어디론가 사라졌다. 나는 나중에야 그가 기자회견을 한 배경을 알 수 있었다. 여러 가지 사실을 그는 나에게 전혀 말하지 않고 있었다. 첫째, 그는 노태우 대통령으로부터 압력을 받았다. 하지만 당시 그는 이를 극구 부인했다.[*] 둘째, 김영삼 측에서도 사람을 보내 회유했다. 김영삼의 뜻을 들고 찾아간 사람은 이춘구였다. 셋째, 청와대 요청에 따라 유혁인 공보처 장관과 김동익 정무1장관이 김우중의 숨은 상담역인 김성진 전 문화공보부 장관과 더불어 김우중을 설득했다.

김우중의 불출마 선언으로 대우는 큰 걱정에서 헤어났다. 주가는 12.58포인트나 급등했고 차츰 오름세가 이어져 지수 580선을 돌파했다. 그동안 대우에 대한 세무조사가 24일로 끝나기로 했다가 무기한 연

---

[*] 이와 관련해 노태우 회고록에 당시 김우중에 대한 집요한 설득 과정이 상세하게 실렸다. 노태우, 『노태우 회고록(상권)』, 535~536쪽.

기되어 조사가 강화되었는데, 불출마 선언이 나오자 이마저 서둘러 끝났다.

김우중은 불출마 선언을 한 그날 밤늦게 연설회를 위해 대전 리베라 호텔에 머물고 있는 김영삼을 찾아가 자초지종을 해명했다. 거기에 더해 사과의 대가로 김영삼이 기대했던 것 이상의 정치자금을 건넸다는 믿을 만한 정보도 들렸다.

하지만 김우중의 출마 연극으로 나는 큰 피해를 봤다. 내가 사전에 여러 사람과 의논한 뒤에 김우중을 만났어야 했을 터인데, 당시 나는 그런 절차를 거치지 않았다. 물론 나는 김우중과 나 사이의 관계를 공개할 필요가 있을까 생각했는데, 이는 나의 오산이요 실수였다. 이 때문에 내가 대통령 욕심이 있어서 의논도 없이 단독으로 김우중을 후퇴시켰다는 바가지를 몽땅 뒤집어썼다. 부인하기도 어려웠다. 새한국당은 초장부터 삐걱거렸다.

새한국당 창당

'수평적 정권 교체'를 위해

나는 다른 의도를 가지고 김우중을 밀어냈다는 오해를 풀기 위해서라도 국민후보를 영입하는 데 더욱 적극적으로 나서기로 했다. 김우중이 기자회견을 마치고 사라진 직후, 나에 대해 뒤에서 계속 비난하고 있던 박철언을 힐튼호텔 일식당으로 불러 점심을 함께 먹었다. 그 자리에서 강영훈 전 총리와의 접촉을 서두르자고 합의했다. 10월 31일 아침, 겨우 시간을 얻어 박철언과 함께 북아현동 강영훈 전 총리 댁으로 갔다.

"저희가 찾아뵈러 온 것은 나라가 어지러운데 총리님같이 경험도 많고, 국민들로부터 존경받는 분을 모시기 위한 것입니다."

내가 이렇게 운을 떼자 박철언이 마치 준비한 대사처럼 우리가 모시려는 국민후보에 관해 설명했다. 강영훈은 사전에 박철언으로부터 이야기를 들었던 것인지, 국민후보론에 대해 본인도 여러 날 생각해봤는데 찬동한다고 했다. 하지만 막상 자신을 추대한다는 말을 듣고는 주저했다.

"나는 돈도, 조직도 없는 사람입니다."

"저희가 총리님을 모시면서 어떻게 총리님께 돈까지 내라고 하겠습니까. 돈을 만드는 일은 저희가 하겠습니다. 총리님께서 나서시면 국민들의 열렬한 호응이 있을 겁니다."

강 전 총리는 입을 쩝쩝 다시더니 이렇게 말했다.

"이게 적절한 얘기인지는 모르겠지만… 해방 후 북한에 있을 때, 반

(反)김일성 운동 모임에 나간 일이 있어요. 그때 동료들이 '네가 앞장서면 우리 모두 따라가겠다'고 하기에 얼결에 내가 모임의 대표가 됐어요. 그런데 며칠 지나고 보니, 어느 사이엔가 나를 따라오겠다던 사람들이 하나둘씩 빠져버리고 나 혼자만 덜렁 남게 되었습니다. 결과적으로 이것이 내가 서둘러 남하하게 된 동기가 되었지요."

우리는 옥신각신 말을 이었지만 '이분은 어렵겠구나' 하는 생각이 들었다. 강 전 총리 댁을 나서는데 부인이 따라 나오면서 이렇게 말했다. "우리 저 양반을 그냥 조용히 살게 내버려둬 주세요. 부탁입니다."

우리가 국민후보로 추대하고자 했던 또 한 사람으로 노신영 전 총리가 있었다. 그는 김용환이 설득하기로 했다. 얼마 후 노신영 전 총리로부터도 거부 의사를 통보받았다.

이렇게 국민후보 추대 작업이 암초에 부닥치면서 신당 창당 준비위원들 간에 여러 의견이 나왔다. 가장 강력한 권고는 박태준으로부터 전달된 메시지였다. "민자당의 김영삼과 맞설 수 있는 후보는 뭐니 뭐니 해도 정주영이야!" 그런 메시지는 조용경 보좌관을 통해 장경우에게 계속 입력되었다.

그런가 하면 물밑으로는 민주당이 접근해오기도 했다. 하나는 조승형 비서실장을 통해 오유방을 설득하는 라인이었다. 그리고 나에게도 강창성을 통해서 완곡한 타진이 있었다. 그는 그때 민주당에 합류해 있었다.

"김영삼이 당선되는 것을 정권 교체라고 할 수 없다. 그는 민주화 세력을 배신하고 노태우, 김종필과 손잡은 사람이다. 설령 그가 정권을 잡아도 이는 자유당 → 공화당 → 민정당 → 민자당으로 이어지는 만년 여당의 연장이지 정권 교체는 아니다. 진정한 정권 교체는 김대중이 당선되어야 이뤄진다."

이것이 그들이 전하는 메시지였다. 정치 명분에 철저한 오유방은 나에게 "당장 결심하기 어렵겠지만 정주영보다는 이 길이 정의로운 길이다"라고 말했다.

이런 여러 갈림길에서 갈피를 잡지 못하고 있을 때, 나를 지지하는 창당 실무진들은 내가 직접 나서야 한다는 주장을 굽히지 않았다. 그들에게는 김영삼과의 경쟁에서 34%나 얻었다는 자신감이 있었다. 하지만 현시점에서 나는 이런 주장의 공허함을 알고 있었다. 그들과의 논쟁에서 타협 선은 일단 창당하고 보자는 것이었다. '그러면 국민의 지지도 오를 것이고 또 다른 변수도 생길 것이다. 그때 반YS 진영 간의 합작이나 공동전선을 지향하는 길을 모색해보자.' 이렇게 잠정적인 의견 일치를 보았고 창당 작업을 서둘렀다.

그동안 새한국당은 53개 지구당위원장 후보를 선정했고, 그 가운데 20개 지구당은 적법 절차에 따라 지구당 대회에서 위원장을 선출했다. 당시 정당법상 중앙당 창당 요건은 48개 지구당의 창당이었다. 나머지를 채우기 위해 우리는 동분서주했다.

그러나 당내에서는 '후보도 없는데 창당해서 무엇하겠느냐?' 하는 회의론이 일기도 했다. 나는 성심성의껏 설명하고 설득했다. 창당이 안 되면 당 대 당 합작으로 야당과 공동전선을 형성하기 어렵고, 민자당 탈당파들이 제각기 흩어져 민주당과 국민당에 개별 입당하면 무슨 정치적 효과가 있겠느냐고 반박하면서 창당 작업을 진행했다.

그 무렵 국민당 정주영 후보도 새한국당과의 합당 필요성을 인식했던 것 같다. 그는 기자 간담회에서 "우리나라도 경제의 기틀이 잡히면 내각제로 정치체제가 발전되는 것이 좋다"라면서 "만일 새한국당이 합류의 조건으로 내각제 공약 제시를 요구하면 검토할 수 있다"라고 언급했다.

이런 정세 변화에 힘입어 11월 7일 새한국당 고문 및 창당준비위원장단 회의는 나를 대통령 후보로 잠정 확정했다. 회의 결과는 "그간 대선 후보를 당 외에서 영입하고자 노력했으나, 더 이상 당 외에 국민후보가 될 인물이 없다고 판단해서 당내에서 이종찬 의원이 가장 적합한 인물이라는 데 공동으로 인식했다"라는 것이었다.

새한국당이 전열을 정비하는 데에 속도를 올리고 있을 때, 정주영 국민당 대표는 다른 한편에서 우리 측 채문식 창당준비위원장과 급속히 협상을 진행하고 있었다. 10월 9일 아침 회의에서 채 위원장은 정주영 대표와의 접촉 사실을 공개하면서 "양 김 반대 세력들이 힘을 합하자"는 데에 합의하고 구체적인 절차를 협상하기로 했다고 보고했다. 우리는 이런 합의를 존중해 협상 대표로 이자헌, 장경우, 유수호 의원과 이동진 전 의원을 선임했다. 한편 새한국당은 당 대 당 합당 절차를 염두에 두고 창당 작업도 차질 없이 진행하기 위해 11월 17일에 서울 잠실 체육관에서 중앙당 창당대회 및 대통령 후보 선출대회를 개최키로 확정했다.

사실 대통령 선거일이 얼마 남지 않았다. 우리는 합당 절차를 급속히 진행해야 했다. 그래서 새한국당의 4인과 국민당의 김정남, 김효영, 윤영탁, 변정일 의원이 매일 만나 머리를 맞대고 통합 절차를 서둘러 협의했다.

며칠에 걸쳐 협의한 결과, 문제가 몇 가지로 압축되었다. 첫째, 우리 측은 당명에서 우리의 '새 정치' 이미지를 살려야 더욱 광범한 지지를 받을 수 있을 것이라고 주장했다. 이는 합당으로 새로 태어나는 정당이 '재벌당' 이미지를 벗고 통합 효과도 극대화해 대선의 유리한 고지를 선점할 수 있게 하자는 전략적 배려였다. 예컨대 '새국민당' 또는 '새정치국민당' 정도의 당명이 좋겠다는 것이었다.

둘째, 합당 이후 정주영 대표가 후보로 나서서 당선되면 이론의 여지가 없지만, 낙선할 경우 당이 존속할 것인지 의문이 제기되었다. 이에 따라 새한국당은 앞으로 당 운영에 상당한 지분이 있어야 하며, 이와 함께 계속적인 지원 보장 방안이 마련되어야 한다고 주장했다.

셋째, 이른바 '새 정치' 이념의 상징적인 제도 개혁, 이를테면 내각제, 중·대선거구제, 선거공영제, 국민발안제 등을 당의 공약에 넣자는 주장이었다.

이런 조건들을 놓고 국민당과 격론이 벌어졌으나, 우리 측 요구가 오히려 국민당의 이미지를 높이려는 충정에서 나온 것임을 인정받아 대체로 양해되었다. 다만 이런 합의들은 최종적으로 정 대표가 직접 결심할 사항이어서 숙제로 남아 있었다.

이 표면적인 대화 외에 장경우 의원과 국민당 간에 별도의 물밑 대화가 하나 더 있었다. 그것은 당 대 당 통합 형식을 취하기 위한 실무 협의였다. 이를 위해서는 새한국당이 우선 창당하고, 그다음에 제2단계로 국민당과 통합해야 했다. 이런 복잡한 과정을 거쳐야만 정당법상 당 대 당 통합을 이룰 수 있고, 따라서 각 당의 재정 문제도 통합되기 때문이었다.

솔직하게 말하면 나에게는 남과 의논하기 어려운 고민거리가 있었다. 우리 당에서는 그동안 모든 살림을 내가 해결해왔다. 인사동 당사를 얻는 데에 김용환 의원이 절반, 즉 2억 5000만 원을 냈을 뿐(그나마 그것도 나중에 다시 찾아갔다!), 그 외의 창당 자금은 내가 도맡았다. 나중에 알려졌지만 수백억 원을 감춰두고 있던 사람도 실제 창당 작업에는 한 푼 내놓지 않고 큰소리만 쳤다. 나는 경선 이후 그 시점까지 몇 개월간 소요되는 자금을 얻는 데에 허덕였다. 이런 사정은 사무를 총괄하던 장경우만이 알고 있었다. 이는 공동대표나 후보 단일화 못지않게 중요한 문제였다. 바로 이 문제를 개인 간의 거래가 아니라 정당한 절차로 적법하게 해결하는 방식이 바로 정당법상의 당 대 당 통합이었다.

이런 사정을 잘 모르는 협상 대표들은 내가 '선 창당, 후 통합'을 고집하면 할수록 마치 그것이 통합을 방해하려고 까다로운 절차를 내세우

▲ 1992년 10월 19일, 여의도에 있는 전경련회관에서 새한국당(가칭) 창당발기인대회가 개최되었다. 왼쪽부터 필자, 채문식, 박종태, 한영수, 이자헌 의원 등이 참석자들의 환호에 답하고 있다.

는 것인 양 비판하기도 했다. 우리는 이 문제를 놓고 숙의를 거듭했다. 결국 창당대회를 약식으로라도 열어야 합당이 가능할 것이므로 형식을 갖추자고 결론이 났다.

그런데 다음 날 일이 크게 벌어졌다. 국민당과의 통합이 우선이라는 주장을 편 유수호와 박철언, 그리고 '김우중 추대'가 무산된 뒤 심기가 불편하던 김용환과 이자헌, 그리고 사사건건 반대를 하기 일쑤였던 한영수 등이 채문식 창당준비위원장을 앞세워 국민당 정주영 대표와 공동 기자회견을 열고 국민당과 새한국당이 통합한다고 선언했다. 이들은 모양을 갖추기 위해 통합 합의서에 "집단지도체제를 채택하고, 양측에 1인씩 공동대표를 두고 최고위원도 동수로 구성하며, 집권 전반기 중 내각제 개헌을 추진하고, 통합당을 공당으로 존속·발전시키기 위해 정 대표가 2000억 원의 정치발전기금을 출연한다"라고 발표했다.

하지만 이는 당 대 당 통합이 아니었다. 새한국당은 아직 정당법상의 창당 절차도 밟지 않았는데 어떻게 통합이 가능하겠는가? 정당법상으로는 현역 의원 몇 사람이 국민당에 입당한 것에 불과했다. 왜 이렇게 어설프게 야반도주식 행동을 했을까? 무엇이 그토록 급했을까? 그들에게는 나에 대한 불신이 있었다. 그들은 내가 '대통령병'에 걸려 국민당과의 통합을 내심 반대하기 때문에 까다로운 절차 문제로 제동을 걸고 있다고 의심했다. 물론 이런 의심을 해소하지 못한 것은 나의 부덕 탓이다.

그날은 하필이면 우당의 추모식 날이었다. 나는 이런저런 일로 사후 수습을 하느라 바빴다. 밤늦게 창당 절차를 마친 전국의 지구당위원장들을 포함해 윤길중, 박종태 고문, 장경우, 이동진, 이영일, 오유방, 김현욱, 홍성우 등 중진들과 함께 비상창당준비위원회를 열어 사후 수습책을 논의했다.

이 회의에서 결의된 내용은 다음 세 개 항이었다. 첫째, 몇 사람이 국민당으로 입당하면서 통합을 선언한 것은 무효다. 정당법상의 당 대 당 통합이란 선관위에 등록된 정당 간의 협상을 통해 정강과 정책은 물론 당의 자산이나 조직까지 완전히 통합한다는 각 당 및 합동수임기구의 결의를 거쳐야 성립되는 것이다. 그런데 새한국당은 아직 선관위에 정당으로 등록되지 않은 상태였던 것은 물론이고, 새한국당과 국민당 간의 통합에 필요한 적법 절차도 이뤄지지 않았다. 둘째, 우리는 예정대로 정당법상의 절차를 진행하기 위해 17일 창당대회를 개최한다. 셋째, 그동안 우리 당과 국민당이 협상한 결과로 합의된 사항은 존중하고 아직도 유효하다.

11월 17일 오후, 우리는 서울 잠실체육관에서 중앙당 창당대회를 강행했다. 대회에서 나는 대표 및 제14대 대통령 후보로 선출되었다. 그날 사실 마음속으로는 대회를 제대로 치를 수 있을지 걱정했지만, 예상

▲ 1992년 11월 17일 서울 잠실체육관에서 열린 새한국당 창당대회에서 필자는 당의 대표와 대통령 후보로 선출되었다. 그 자리에서 필자는 "누구와도 연대해 후보 단일화에 나서겠다"라고 선언했다.

외로 많은 사람이 참석해 거창한 출범식을 열었다. 나는 그날 '새한국당 대통령 후보를 수락하면서'라는 제목으로 연설했다.

"변화와 개혁을 향한 국민의 의지에 의해 진정한 국민 정치 시대가 되어야 하는 이 중대한 고비에, 저는 격변의 시대를 거쳐 가장 책임을 져야 할 위치에 이른 세대를 대표하여 대임을 맡고자 합니다. … 우리는 지난번 13대 대통령 선거에서 전두환 정권이 노태우 정권으로 교체되는 수직적 정권 교체는 경험했습니다. 그러나 여와 야가 서로 정권을 교체하는 수평적 정권 교체는 아직 달성하지 못했습니다. 수평적 정권 교체를 이룩하지 못하면 결국 1당의 영구 집권을 허용하는 것입니다."

전당대회 후 언론은 내가 "양 김 정치를 타파하고 새 정치를 이 땅에 뿌리내리겠다"라고 말했다고 보도했으나, 이는 겉핥기 또는 잘못된 취재였다. 나는 그 순간부터 '양 김 청산'이 목적이 아님을 분명히 했다.

거기서 방향을 돌려 '무능하고 부도덕하고 준비가 안 된' 김영삼에 맞서 야권이 연대해 싸워야 한다는 점을 강조했다. '수평적 정권 교체'라는 용어는 내가 처음 만들어 사용했다. 우리 정치가 이런 정권 교체의 위업을 이뤄낸다면 일본보다 정치 발전에서 앞서게 된다는 점을 강조하고 싶었다. 이 시대적 과제만 달성된다면 나는 누구와도 연대해 후보 단일화에 나서겠다고 선언했고, 새한국당이 그동안 국민당과 협상한 결과도 존중한다고 강조했다.

전당대회를 개최하고 나는 전열을 정비했다. 여러 가지 환경이 어렵지만 '백척간두 진일보'라는 마음에서 일단 대통령 선거전에 나서기로 했다. 공석이 된 최고위원에 박종태, 이동진 두 분을 보충했고, 사무총장에 장경우, 정책위 의장에 오유방, 대변인에 이영일을 임명했다.

그 무렵 언론에 발표된 각 대통령 후보 지지도는 김영삼 28.7%, 김대중 19.2%, 정주영 7.7%, 박찬종 5.9%, 이종찬 5.4%, 기타 0.8%, 그리고 아직 마음을 정하지 못한 유권자층이 32.3%나 남아 있었다. 나는 야권연대만 잘하면 김영삼을 패퇴시킬 가능성이 있다고 내다봤다.

이제 본격적으로 선거전이 시작되려는 시점에 여러 가지 해프닝이 잇달았다. 노태우 대통령의 처남인 김복동이 대구의 국민당에 입당하고자 은밀히 내려가는 도중에 고속도로에서 안기부원들이 그를 납치해 갔다. 김복동은 탈당의 뜻이 확고해 다음 날 국민당에 입당했다. 그러나 무소속으로 있으면서 신당에 기웃거리던 정호용은 민자당에 입당했다. 그리고 정주영을 따라 국민당을 창당했던 김광일은 탈당했다. 대통령 선거전을 앞두고 물밑거래와 이합집산이 거듭되고 있었다.

11월 19일, 민주당 강창성 의원에게서 만나자는 연락이 왔다. 잠실 롯데월드에서 만났다. 그는 대단히 진지했다.

"이 의원, 그동안 수고가 많은데 내가 도움이 안 돼서 미안하오. 그러나 이번 기회에 정권을 한번 교체합시다. 이게 국민의 요구라고 생각합니다. 나도 그동안 김대중에 대해 여러 가지 오해를 많이 하고 있었는데, 그래도 그분이 이 시대를 책임질 만한 인물이라고 생각해요. 또 호남에도 한번 기회를 주어야 지역감정이 풀리지 않겠어요?"

"저도 김영삼이 대통령이 되면 나라가 결딴난다고 생각합니다. 두 분 중에 김대중이 훨씬 낫다고 생각합니다. 하지만 우리는 국민당과의 통합 협상 과정에서 큰 피해를 봤습니다. 교섭 중에 몇 사람이 국민당으로 가버렸습니다. 이 문제를 어떻게 해결해야 할지 방향을 잡지 못해 우선 창당부터 하자고 해서 오늘까지 왔습니다. 오늘 말씀을 민주당의 협상 제안이라고 생각하고 당내에서 의견을 모아보겠습니다."

나는 다음 날 오유방과 장경우에게만 이 사실을 알리고 상의했다. 오유방은 민주당과의 연대 입장을 고수했다. 그는 이미 조승형 비서실장과 만나 그 길이 떳떳하다는 점을 강조한 바 있었다. 하지만 장경우는 좀 더 선거운동을 해서 당에 대한 관심을 높이자고 말했다.

대통령 후보 등록을 마치고 그다음 날인 11월 20일, 나는 독립기념관으로 갔다. 선거전 출범을 알리는 행사였다. 그러나 나는 마음속에 다른 생각이 있었다. 독립 선열들에게 '퀴바디스'를 고유하기 위해서였다. 정말 나는 정치적 위기에 서 있었다. 나는 선열들 앞에 머리 숙여 기도했다. 이는 나약해진 나 자신에 대한 채찍질이요 다짐이었다.

나는 주말에 등산과 예배를 번갈아 하며 유세팀을 편성했다. 홍성우는 어느 때보다 신이 났다. 유세만큼은 자신 있다고 자부했다. 유세용 버스도 준비했다. '월요일부터 출진이다.'

11월 23일, 첫날 오전에는 구리, 오후에는 양평에서 유세했다. 유세의 사회는 홍성우가 담당했다. 연사는 오유방, 김현욱과 이영일이 번갈아 맡았고, 마지막 후보 연설로 막을 내렸다.

유세하는 동안 우리는 각 지역에서 많은 문제를 제기했는데, 그 내용은 오늘날 다시 들여다봐도 대견하다. 당시 우리 캠프는 정책 기능이

▲ 1992년 11월 21일, 본격적인 대선 유세에 들어가기에 앞서 대전 독립기념관을 찾아 선열들의 영전에 대선 후보로서의 행보를 고유했다.

매우 취약했는데도 주요 국가적 이슈나 지역 문제를 빠짐없이 망라하고 있었다. 민자당 공약보다 우리의 것이 앞선 것도 많았다. 그렇지만 유감스럽게도 주요 언론에서 이를 한 줄도 실어주지 않았으니 얼마나 분통이 터졌겠는가.

11월 25일, 가수 이선희 양이 나를 위해 새한국당에 입당했다. 입당식에서 그는 "나는 가수 생활에 여러 가지 장애가 있을 것을 각오하고 이종찬 후보와 새한국당이 마음에 들어서 입당했다"라며 산뜻한 연설을 했다. 그는 그날 이후 유세팀에 합류했고, 가는 곳마다 대중을 동원하는 능력을 보여주었다. 그리고 한번 도와준다고 한 이상 군더더기가 없었다.

▲ 1992년 11월 25일, 가수 이선희 양이 필자를 지원하기 위해 새한국당에 입당해 선거운동의 일선에 나섰다. 그에게는 참으로 어려운 결심이었고, 필자에게는 천군만마였다.

11월 27일, 대천, 청양, 부여, 논산 유세를 마치고 저녁때 KBS 녹화를 위해 상경했다. 그런데 장경우가 선거 캠프를 더 이상 끌고 가기 어렵다는 사정을 보고했다. 자금 고갈 때문이었다. 그동안 아내가 백방으로 뛰어 하루하루 자금을 조달하고 있었지만, 이제 가까운 친구들도 모두 발을 끊은 상태였다. 이런 사정을 장경우는 알고 있었고, 그도 노력했지만 근본적으로 해결되지 않았다.

그날 작심하고 김우중을 만나러 방배동에 갔다. 그는 며칠 전까지 해외에 있었지만 이날은 집에 와 있다는 소식을 듣고 찾아갔던 것이다.

"나는 신당 창당에 내 나름으로 정성을 다했다. 그리고 독자적인 당을 지키고자 노력해왔다. 신당 초기에 약속했던 대로는 어렵겠지만 나에게도 정치자금을 지원해주기 부탁한다."

나는 담담하게 말했다. 아마 내 심중에는 '김영삼에게 정치자금을 제공했으면 나에게도 해야 하지 않는가?' 이런 잠재의식이 있었던 모양이다. 그러나 그는 냉담했다. 기업의 사정이 여의치 않아서 지원이 어렵다는 이유로 거절했다. 처음부터 크게 기대한 것은 아니었지만, 마지막 우정이라도 남았는지 확인하기 위한 것이었는데 예상대로였다. '언젠가 자네도 오늘처럼 초라한 나를 기억할 날이 있을 것이다.'

눈물의 합당

11월 말부터 민주당과 국민당이 더욱 적극적으로 접근해왔다. 민주당 조승형 비서실장은 무게 있게 오유방을 설득했다. 오유방도 김대중과 더불어 민주화 대열로 가자고 주장했다. 국민당도 집요했다. 정몽준이 전면에 나섰다. 그는 그동안 대미 의원 외교에서 나와 더불어 많은 일을 했다. 당시 그는 수줍어했고 자기표현에 서툴렀다. "우리 아버님은 정치 오래 안 합니다. 이번이 마지막입니다. 그러면 우리 시대가 옵니다. 저는 의원님과 함께 그 이후의 시대에 역할을 하겠습니다. 이번엔 아버님을 도와주십시오." 간곡한 권유였다. 봉두완, 정남도 미리 국민당에 둥지 틀고 있으면서 옛 민정당 시절같이 다시 일어나자고 권유했다. 이들의 진심이 담긴 권유는 나의 마음을 흔들어놓았다.

12월 1일 성남, 과천, 안양 등지에서 유세 중일 때 강창성으로부터 급히 만나자는 연락이 왔다. 안양역 유세를 마치고 상경해 그와 저녁 식사를 했다. 그가 보는 대선 판도는 이러했다.

"여론조사에서 김대중 후보와 김영삼 후보 간의 격차가 처음 10%대에서 차츰 좁혀져 5%대에 육박했소. 이런 추세로 가면서 가장 중요한 5%를 보충하는 데에 이 후보의 지원이 필요합니다. 반민자당 세력이 연대할 시기가 온 겁니다."

"저는 이번에 꼭 대통령 하겠다고 생각하지 않았습니다. 그래서 국민후보를 찾으러 다녔지만 좌절됐습니다. 또 국민당과 당 대 당 통합을 위해 협상도 진행했지만, 협상 진행 중에 차질이 빚어졌습니다. 오늘 이렇게 제안하셨으니 원론적으로 김대중 후보를 돕겠습니다. 앞으로 민주당과 어떻게 보조를 맞춰야겠습니까?"

"국민당과 당 대 당 통합 교섭을 한 것처럼 민주당과도 상응한 협의를 해야겠지요."

"그러면 두 가지 방안을 갖고 선배님이 먼저 민주당 쪽 의사를 모아주세요. 하나는 이대로 나가면서 민주당은 공격하지 않고 민자당을 집중 공격해 보수층 표를 분산시키는 방안, 또 다른 하나는 민주당과 당대 당 통합하는 방안. 이 두 가지 가운데 하나를 선택하십시오. 저는 민주당의 방침이 결정되면 내부적으로 의견을 모으겠습니다."

강창성과 이렇게 합의하고 귀가했다. 그날 밤, 송현섭 의원이 집으로 찾아와 긴급 수혈을 해주어 숨을 조금 돌릴 수 있었다.

이튿날인 12월 2일 아침, 나는 유세차 당사를 떠나면서 장경우 총장에게 전날 있었던 일들을 설명했다. 그리고 민주당에서 연락이 올 것이라고 말했다. 그날 부평역 유세가 끝난 뒤 당사에 들러 다음 날 유세 상황을 협의하고 귀가하는 길이었다. 그날은 날씨도 을씨년스러웠고 해가 일찍 져서 날도 어두웠다. 골목길로 들어서서 막 차에서 내리려는데 웬 장대같이 키가 크고 시커먼 점퍼를 입은 사나이가 나를 막아섰다.

"당신 누구요?"

"실례합니다. 저는 나병식이라고 합니다. 잠깐 뵙고 말씀을 드릴 게 있어서 왔습니다."

전혀 만난 적이 없는 사람이었다. 그러나 말씨로 봐서 나를 해칠 사람 같지는 않아 일단 응접실로 안내했다.

"실례인 줄 알지만 찾아뵙고 한 가지 부탁을 드리고자 밖에서 기다리고 있었습니다."

우선 몸을 녹이게 차를 대접하면서 그의 표정을 살폈다. 굵직한 그의 목소리에 호남 사투리가 섞여 있었다. 이북 말투가 아니어서 일단 안심하고 그의 다음 말을 듣고자 했다. 그는 자기소개부터 했다. 자기는 민주당원은 아니지만 대학 시절부터 민주화 운동에 헌신해왔고 민청학련 사건으로 사형선고까지 받았었다고 했다. 그런데 그를 왜 내가 몰랐을까? 그는 열심히 말을 이어갔다.

"이번 선거는 민주화 운동의 결정판이 될 것입니다. 김영삼 씨는 이제 기득권 세력의 수혜자가 됐습니다. 그가 당선된다 하더라도 우리는 민주화의 승리로 보지 않습니다. 이제 남은 것은 김대중 후보를 지원해 당선시키는 일입니다. 그게 이 시대의 사명이라고 생각합니다."

이렇게 단숨에 말하면서 내가 민자당 내에서 김영삼과 대결하는 것을 보고 감동했다는 등 그간의 나의 정치 행로에 대한 찬사를 늘어놓았다. 긴 설명 끝에 그의 결론은 김대중 후보를 도와달라는 것이었다.

"지금 선거운동 중인데 어떻게 돕습니까?"

"후보 단일화를 하자는 것입니다."

"글쎄요, 가능하겠습니까?"

"가능합니다. 그러면 큰 역사를 만들게 됩니다."

"하여간 나 선생의 뜻은 알았습니다. 오늘은 이 정도로 하고, 생각할 시간을 좀 주십시오."

그를 보낸 후 나는 전날 강창성 의원의 말이 생각났다. 그리고 민주당과의 단일 후보 교섭에 대해 곰곰이 생각해보았다. 한편으로는 '저렇게 자발적으로 뛰는 사람들이 있으니 김대중은 참으로 행복한 사람이다'는 생각도 했다.

12월 3일, 강창성이 보좌관 편으로 서신을 전해왔다. 내용은 이런 것이었다.

1. 1방안(각자 독자 선거운동)보다 2방안(당 대 당 통합)을 김대중이 결

심했다.

2. 당 대 당 통합 조건으로 내세운 '내각제'는 관훈클럽 토론회에서 간접적으로 언급하겠다.*

3. 통합이 성사되면
   - 대선 기간 후보는 김대중, 당 대표 최고위원은 이종찬으로
   - 당선되면 당 대표 이기택, 총리 박태준, 서울시장 이종찬을 기본 골격으로 한다.
   - 장경우, 오유방, 이영일 당무위원 우선 배려
   - 단시일 내에 박태준 영입 교섭 요망. 구체적 협의는 김원기와 한다.

나는 이 서신을 오유방과 장경우에게 보여주고 의논했다. 그들은 큰 충격을 받은 것 같았다. 다만 강창성이 그만한 것을 당내에서 요리해낼 수 있을지 의문시했다. 나는 지금도 당시 이런 김대중의 전략이 실현되었다면 대선 결과는 달라졌을 것이라고 아쉽게 생각한다.

12월 3일, 밤늦게 김원기 민주당 원내총무가 집으로 찾아왔다. 총재의 지시라며 당 대 당 통합 준비를 하겠다고 약속했다. 민주당이 바짝 서두르고 있는 것이 느껴졌다. 나는 우선 우리 당내 절차가 필요하다는 사실을 말하고, 이를 위해 양당 사무총장이 구체적인 협의를 하자고 제의했다. 그도 동의하여 민주당의 한광옥, 우리 당의 장경우 사무총장이 접촉하게 했다. 김원기는 박태준 건에 대해 물었다. 나는 그가 해외에

---

* 《조선일보》, 1992년 12월 3일 자, 2면. 김대중은 그 전날 관훈클럽 초청 토론에서 "대통령중심제를 분명히 지지한다. 14대 총선에서는 어느 당도 내각제를 공약으로 제시하지 않았기 때문에 14대 국회에서 내각제 개헌을 주장할 권리가 없다. 14대 국회 말기에 공론을 일으켜 15대 총선에서 국민에게 물어볼 필요가 있다. 만일 국민이 받아들이면 대통령의 잔여 임기 포기가 옳다"라고 나에게 약속한 바를 언급했다.

▲ 1992년 12월 6일 광주 연설회 현장에서 필자와 윤길중 고문, 이영일 의원 등이 군중의
환호에 답하고 있다.

머물고 있으나 곧 연락해 귀국을 종용하겠다고 약속했다.

12월 4일 아침, 나는 1박 2일 일정으로 충북 지방 유세를 떠나면서
장경우에게 김원기의 방문 사실을 전하고 주말까지 한광옥과 협의하라
고 당부했다.

12월 6일, 윤길중 고문과 박종태 최고위원을 모시고 아침 일찍 KAL
기 편으로 광주로 내려갔다. 함평을 거쳐 신양파크호텔에서 각계 지도
자들과 오찬을 하고 광주학생운동기념탑에 헌화했다. 그리고 광주공원
으로 가서 연설회를 가졌다. 군중 규모가 대단했다. 가장 신바람이 난
사람은 이영일이었다. 그는 한껏 기염을 토했다. 나는 정세에 대해 간
단히 설명하고 "이번 대선에서 금권정치를 하는 국민당도 문제지만, 그
렇다고 검찰권을 발동해 현대라는 기업을 집중 수사하는 민자당 정부
의 관권선거는 더 나쁘다"라고 하면서 "지금 청와대가 중립내각을 구성

했다는 것은 거짓이다. 해외에 있는 박태준, 총리를 지낸 노재봉을 집중 마크하고 있다. 그들의 마음은 이미 민자당에서 떠났다. 그런데 그들이 자유롭게 정치적인 선택을 하려는 것을 막고 있다"라고 폭로했다. 실제로 박태준에게 연락을 취하려 했지만 연결이 잘 안 되고 있었다.

그날 밤 10시에 KBS를 통해 방영된 아내의 선거 방송이 공전의 인기를 끌었다. 일요일 밤이라 시청률도 높았고 호소력이 있었다. 여기저기서 격려 전화가 쇄도했다.

12월 8일, 경향신문에 강창성이 민주당과 새한국당의 후보 단일화 이면 교섭을 하고 있다는 기사가 나왔다. 강원도 유세 출발에 앞서 서울에 남은 장경우에게 내가 이틀간 서울을 비운 사이에 야권 후보 단일화 및 통합 문제를 완전히 매듭짓도록 주문했다. 그래야 선거운동을 하든 말든 처신이 분명해질 것이라고 보았다.

12월 9일, 강원에 이어 대구 유세가 끝날 즈음, 나는 강창성의 두 번째 서신을 받았다. 비서관이 급히 대구까지 와서 전해준 것을 보면 심상치 않았다.

1. 민주당 내 사정이 당장 당 대 당 통합할 수 있는 여건이 안 되어 있다. 계파 갈등이 심하여 김대중 자신이 지금은 단안을 내릴 만한 입장이 아니라는 사실을 비쳤다.
2. 민주당은 지나친 자신감 때문에 당 대 당 통합하여 완전히 YS를 압도하면 상대측에서 다른 방식으로 나오게 되어 지금의 승세 분위기를 잡치게 되지 않을까 우려하고 있다.
3. 민주당은 오히려 이종찬이 독자적으로 선전하여 보수계 표를 잠식하는 것이 더 이득이라고 이기적으로 생각하고 있다.

민주당과의 단일화 협상이 어려워진 것이었다. 생각을 재정리해야 했다. 일단 남은 유세 일정을 진행했다. 남원, 전주, 군산, 이리… 호남 지역을 돌며 강행군을 벌였다. 의사의 응급조치를 받아가며 겨우 일정을 마쳤다. 12월 10일 밤, 지칠 대로 지쳐서 상경했다. 장경우가 그날 낮 채문식과 윤길중 두 분이 만났다는 사실을 보고했다.

"채 의장께서 당 대 당 통합을 진행하다가 중단된 것을 다시 마무리 짓도록 최종 결심해달라는 요구를 윤 고문께 해왔습니다."

"이제 다시 이야기하는 것은 너무 늦지 않았나요?"

"국민당 사정이 복잡한 것 같습니다."

국민당의 인기가 올라가자 당국이 현대에 대해 수사할 뿐 아니라 현대에서 국민당에 파견된 사람들까지 일일이 감시하며 선거운동 자체를 방해하고 있다는 것이었다. 그래서 마지막 충격요법으로 새한국당과의 당 대 당 통합으로 기세를 올리자는 것이었다.

"내일 아침 선거대책위원들을 소집해 조찬 간담회를 합시다. 그 자리에서 상황을 총점검하고 차후 대책을 논의합시다."

나는 몸이 천근같이 무거움을 느꼈다. 나는 목욕을 하고 쓰러져 잤다. 12월 11일 아침 8시, 롯데호텔 일식당에서 조찬 겸 회의를 했다. 그날 나의 일기다.

08:00 청곡 윤길중 선대위원장 주재하에 조찬 간담회가 있었다. 진로 문제에 대하여 진지한 토의가 있었다. 많은 참석자들이 이제는 더 이상 버틸 필요가 없이 가장 유리한 편에 서서 이 국면을 탈피하자는 의견을 제기했다. 그런데 장경우가 일어나 그간 자기는 국민당과 막후교섭을 했노라고 말한다. 많은 사람들이 놀랐지만 의외로 윤 위원장은 놀라지 않았다. 그는 출마를 선언해도 언제든지 협상을 하는 것이 정치라고 말한다.

나는 이제 와서 후보 사퇴는 너무 시간이 지났다, 그대로 가자는 의견을 제시했다. 홍성우가 찬동한다. 그런데 장경우가 벌떡 일어나더니 "나는 할 대로 다 했다. 이제 더 이상 버티기 어렵다. 따라서 나는 오늘부터 사무총장을 그만두고 지구당으로 돌아가서 내가 맡은 지역만 열심히 하겠다"라고 폭탄선언을 한다. 일시에 조용해졌다. 장경우같이 당선된 국회의원 1석의 비중이 이렇게 큰지 몰랐다. 국회의원직에서 낙선한 오유방, 김현욱은 모두가 묵묵부답. 장경우는 퇴장했다.

장경우에게 물론 미안했다. 그동안 그에게도 남모를 출혈이 많은 것 역시 알고 있었다. 그렇지만 지금은 다른 길이 없지 않은가. 자동 산회가 되었다. 내가 일어나서 나오려는데 윤길중 위원장과 박종태 선배가 잠시 이야기하자고 하여 기다렸다. 셋이 남았다. 윤 위원장이 참으로 하기 어려운 말을 나에게 했다.

"이 후보, 그간의 노고를 우리가 모르는 바 아니오. 당초 출마 선언을 할 때부터 우리는 언제든 단일화 협상에 문을 열어놓지 않았어요? 협상을 하는 것이 정치입니다. 내가 과거 진보당 할 때 죽산에게 신익희와 후보 단일화를 하자고 건의했고, 그 중간에서 나도 일역을 했어요. 지금은 부도덕한 민자당의 김영삼을 반대하기 위해 우리는 공동 노력을 해야 하지 않아요?"

윤길중 위원장은 나의 정치적 멘토였다. 나는 그에게 많은 것을 배웠다. 박종태 선배가 거들고 나섰다.

"나도 한마디 하겠어요. 지난번 광주 유세 때 나도 그 지역 민심을 살피기 위해 따라갔었어요. 그분들이 이 후보에게 열렬한 지지를 보내고 있는 것도 알았습니다. 그런데 정작 내심을 알아보니 '이번에 이 후보가 김대중을 도우면 다음에 기회가 있다'는 것이었습니다. 그런데 민주당과 협상이 깨졌습니다. 이번에 국민당과 단일화하면 김대중이나 정주영 두 사람 중 하나가 되는 것 아닙니까? 미안한 말이지만 이 후보는 밀고 나가도 당선 가능성이 없다고 생각됩니다."

나는 이분들의 충고를 듣고 마음이 흔들렸다. 그러는 사이 이동진 전 의원이 또 들어왔다. 그도 두 분의 말씀을 들었다.

"나는 이 후보가 어떤 길을 가든 따라갈 겁니다. 그러나 두 분 선배의 말씀과 같이 이번에는 후보 단일화를 위해 국민당과 당 대 당 통합을 하는 게 길인 것 같습니다."

우리 넷은 점심을 먹을 때까지 숙의를 거듭했다. 그리고 나는 결심했다. 즉시 장경우 총장을 불러 국민당과 실무 협상을 하라고 지시했다.

나는 너무 피곤하여 이발소에서 면도하면서 잠시 눈을 붙였다. 저녁 때 장경우는 국민당과 합의한 내용을 들고 와서 윤길중 고문에게 보고했다. 대개 이런 내용들이었다.

- 정당법상의 당 대 당 통합을 실현한다.
- 대통령 선거에서 후보 단일화를 이루며, 새한국당의 이종찬 후보는 사퇴하고, 양당은 일사불란하게 선거운동을 전개한다.
- 대통령 선거 이후 적절한 시기에 전당대회 등 당내 절차를 진행한다.
- 대통령 선거기간 중 국민당이 중심이 되어 선거에 임한다.
- 대통령 선거 후 내각제 개헌을 위해 노력하고, 중·대선거구제, 선거공영제, 국민발안제 등 정치 개혁을 실현한다.
- 대통령 선거 이후 양당은 범국민 정당으로 확대·발전하기 위해 정주영 대표의 정치발전기금 조성 공약을 존중한다.
- 당 대 당 통합 정신에 따라 대통령 선거를 위해 양당의 모든 자산과 부채를 통합하여 운용한다.

그날 밤 9시 삼청동 현대 영빈관에서 나와 정주영 대표가 만났다. 수행비서가 준비했는지 그는 합의서를 두 장 들고 나왔다. 각자 이를 읽어본 뒤 정 대표가 먼저 서명했다. 나도 따라서 서명했다. 각각 하나씩 나누었다. 그 뒤 차를 한잔 나누었다. 먼저 정 대표가 말을 꺼냈다.

"합의해주어서 고맙습니다."

"무엇보다 대통령 선거에서 이기셔야죠. 건강은 괜찮습니까?"

"나 젊어서부터 건설 현장에서 단련된 몸입니다. 요새 민자당에서 퍼트리는 말은 죄다 거짓말입니다. 그러면 내일부터 우리 같이 선거운동을 합시다. 시간이 없습니다."

"현재까지 유리하다는 조사 결과를 들었는데 어떻게 보고 계십니까?"

"나는 국내 조사도 참고하지만 외국 기관에서 조사한 것을 보고 있습니다. 대외적으로 발표하지는 않지만 유리합니다. 마지막으로 관권이 어떻게 나올지가 문제입니다. 그래서 트집 잡히지 않도록 조심하고 있습니다."

"너무 늦어서 돌아가겠습니다. 내일부터라도 합당 발표를 하고 선거운동에 임하겠습니다."

12월 12일 토요일, 나는 선거운동을 중지하고 오후 5시에 당무회의를 소집했다. 여기서 공식적으로 국민당과의 당 대 당 통합 사실을 보고하고 절차를 밟아나갔다. 이미 예측한 그대로 당무위원들 반 이상이 반대했다. 장장 세 시간 난상 토론이 벌어졌다. 다행히 윤길중, 박종태, 이동진 세 분이 적극적으로 설득해나갔다. 가장 미안한 것은 장경우가 모든 모사를 꾸민 것으로 오해받는 대목이었다. 그는 구석에서 침묵으로 일관했다. 마지막으로 오유방이 발언했다.

"이해합니다. 창당 초기에 새한국당을 우선 결성하고, 당 대 당 통합을 하기로 한 것도 맞습니다. 또 선거운동을 하면서 유리한 후보 쪽으로 밀자고 논의한 내용도 이해합니다. 그렇지만 이제 선거운동 막바지에 정주영 후보에게 양보하는 것은 대의에 어긋난다고 생각합니다. 그러므로 당의 결정에 부득이 동의하지만 저 자신은 이 기회에 참여하지 않겠습니다."

홍성우도 "오 의원과 생각을 같이한다"라며 따라 나갔다. 장내는 쥐 죽은 듯이 조용했다.

"모두가 같이 가야 대통령 선거 후 우리가 원하는 새 정치를 할 수 있지 않겠습니까? 이번에 국민으로부터 가장 큰 실망을 받을 사람은 저입니다. 정치 생명도 끝난 것 아닌가 생각해봤습니다. 저를 지지하던 국민들이 어떻게 생각할지 대단히 두렵습니다. 어쩌면 우리 가족부터 동의하지 않을 거예요. 그렇지만 백척간두에서 진일보해야죠. 함께 고난의 길을 갑시다."

나의 절규에 가까운 호소로 당무위원들이 결국 통합 결의에 찬동했다. 우리는 모두 울적한 마음에 근처 파주옥으로 몰려가 식사를 겸해 소주를 많이 마셨다. 12월 13일 일요일, 조찬을 마치고 집으로 돌아왔다. 문에 들어서는 순간 아내가 눈물을 흘리며 항변했다.

"왜 그런 중요한 결정을 하면서 나에게는 한마디 의논도 안 하는 거예요? 도무지 이해할 수가 없네요. 지금 다들 뭐라고 하는지 알아요? 이종찬은 정치적으로 죽었다고들 해요. 그런데 혼자서 다 결정하고 나는 뭐예요?"

나는 할 말이 없었다. 그동안 내내 롯데호텔에서 당 간부들과 의논하면서 한 번도 집에 전화하지 않은 것이 사실이었다.

"어젯밤부터 한숨도 못 잤어요. 철우도 화가 나서 난리를 치고 친구들과 나가버렸어요."

그간 아들 철우는 친구들을 조직해 유세정책팀을 구성하고 동숭동 우당기념관에서 밤을 새우며 뒷받침해왔다. 후보를 사퇴하게 되었다는 소식을 듣고 얼마나 허망했겠는가. 나의 실수였다. 내가 가장 가까운 가족에게도 알리지 않고 혼자서 결정하다니 이런 경솔한 일이 어디 또 있을까? 후회막급이었다. 나는 무거운 발걸음으로 내의만 갈아입고 묵묵히 집을 나섰다.

그날 오후 2시, 지구당위원장과 당무위원 연석회의가 열렸다. 지구당위원장만 50명이 넘었다. 그동안 선거운동에 열심히 뛴 청년·여성 분과위원장까지 포함하면 100여 명이 넘었다. 회의장 분위기는 말하나마나 살벌했다. 장경우의 불참으로 백청수 사무차장이 경과보고를 했지만 말이 끝나기도 전에 지구당위원장들이 발언권을 달라고 아우성을 쳤다.

"오늘까지 우리는 굶어가며 선거운동을 했습니다. 그런데 이제 와서 누가 당을 팔아먹었는지 밝혀야 합니다."

"아무리 당 대 당 통합이라고 하지만 누가 이것을 믿어요? 재벌에게 당을 팔아먹은 것 아니고 무엇입니까?"

고성의 항의가 소나기처럼 쏟아졌다. 나는 끝까지 그들의 발언을 제지하지 않았다. 청년들을 이끌고 오늘까지 달려온 김태국은 땅을 치며 엉엉 울었다. 약 1시간의 소동 속에 나는 미동도 않고 그들의 발언을 다 들었다. 전혀 반박하지 않았다. 이동진 의원이 발언권을 얻었다.

"이제 여러분의 충정 어린 말씀 다 들었습니다. 모두 옳은 말씀입니다. 그런데 한 가지 생각하고 넘어갑시다. 우리가 이번 대통령 선거에서 달성하려는 목표가 무엇입니까? 엉터리 3당 합당을 해서 후보가 된 김영삼의 집권을 막는 일이지요? 이를 위해 힘을 모아야 하지 않겠어요? 국민당과 새한국당이 끝까지 가서 표가 분산되면 김영삼한테만 좋은 일 만들어주는 것 아닙니까?"

이 말에 장내가 조용해졌다. 이들 대부분은 민정당을 지켜왔고 3당 합당 이후에는 나를 지지해준 동지들이었기 때문이다.

"이해합니다. 그러나 왜 국민당과 통합하는 겁니까?"

발언자는 호남 사람이었다. 이 부분에는 내가 나서야 할 것 같았다.

"그동안 우리는 부도덕한 김영삼 후보에게 반대하는 방안을 다각적으로 검토했습니다. 다른 당과도 물밑 대화를 했습니다. 그러나 그쪽에도 사정이 있어서 결렬되었습니다. 그래서 이 길을 택했습니다. 설령 내가 이번에 살신성인해서 물러나도 여러분이 있는 한 우리에겐 재기할 기회가 있다고 생각합니다."

회의 분위기는 약간 수그러들었지만 긴장 상태가 계속되었다. 이때 위원장 한 사람이 일어나서 불쑥 이렇게 발언했다.

"알았습니다. 지금까지 우리는 고생, 고생하며 선거운동을 했습니다. 개인적으로 출혈도 많이 했습니다. 이제부터는 더 이상 그런 식의 선거운동은 안 됩니다. 여러분 안 그래요?"

이 말에 "옳소" 하는 소리와 함께 장내가 소란스러워졌다. 백청수가 재빨리 "그 부분은 나도 동감이다. 그 의견이 충분히 반영되도록 하겠다"라고 답변했다. 나도 그들에게 더 이상 희생을 강요할 수 없다고 생각했다.

"자, 여러분의 뜻을 충분히 알았습니다. 나는 여러분의 적극적인 지지로 오늘까지 정치를 해왔습니다. 나의 괴로운 마음은 여러분 이상입니다. 그러나 우리 2보 전진을 위해 1보 후퇴하는 그런 마음으로 저를 믿고 따라주십시오. 여러분에게 간곡히 호소합니다."

나의 발언이 끝나자. 이동진이 자리에서 벌떡 일어나 "자, 우리 대표에게 용기를 주기 위해 박수합시다"라고 말하며 먼저 손뼉을 쳤다. 참석자의 3분의 2는 따라서 손뼉을 쳤다. 나머지는 고개를 숙이고 있었다. 나의 눈에도 이슬이 맺혔고, 마음이 극히 신산스러웠다.

회의는 그렇게 끝났다. 백청수는 그들을 모두 데리고 근처 식당으로 갔다. 나는 당 대표실로 돌아와 문을 굳게 닫고 묵상에 들어갔다. 무엇보다 외로움을 느꼈지만, 혼자 있고 싶었다.

얼마나 지났을까, 내가 아우처럼 아끼는 정남과 장경우가 사무실로 찾아왔다. 정 의원은 국민당 선거운동 중에 장 의원의 연락을 받았다. 우리는 근처 해물집을 찾아 소주를 들이켰다.

처절한 파탄

'민불신불립(民不信不立)'이라는 공자 말씀처럼 국민당과의 합당 무렵의 나의 처지를 적절하게 표현해주는 말은 없다. 아무리 좋은 명분을 둘러대도 나는 패배했고, 국민들로부터 엄청난 불신을 샀다. 당 대 당 통합을 이루기 위한 것이라고 해봤자 그것은 정당법의 내용을 아는 사람들끼리의 이야기일 뿐이고, 국민이 법조문까지 들여다보며 비판하지 않는다. 국민의 대세가 국민당과의 합당이 '아니다'고 하면 아닌 것이다. 밤새도록 전화기가 깨질 만큼 전화가 왔다.

"재벌한테 가서 꼴좋다."

"돈 얼마 받았냐? 새 정치 좋아하네!"

"이제 정계를 떠나라!"

별별 소리를 다 들었다. 나중에는 아예 전화기 코드를 빼놓았다. 가장 아픈 것은 가족까지 이제는 나를 신뢰하지 않게 된 것이었다.

나는 12월 14일, 그런 소나기 같은 불신의 광풍 속에 도살장에 끌려가는 소의 심정으로 국민당사를 찾아갔다. 그런데 의외로 전날 나를 비난하던 지구당위원장 여러 명이 당사 앞에서 나를 기다리고 있었다. 그리고 나를 에워싸고 당사 안으로 함께 들어갔다. 기자회견장에는 사람들로 꽉 차 있었다. 맨 앞자리는 기자석이고, 그 바로 뒤에 우리 위원장들이 임석해 있었다. 그들은 나에게 '기죽지 말라'고 신호를 보내고 있었다.

▶ 1992년 12월 14일 국민당과의 합당 후 정주영 후보의 지원 유세에 적극적으로 나섰다.

드디어 정주영 후보가 입장하고, 우리 둘은 나란히 서서 이날부터 후보를 단일화해 대선에 임한다고 밝혔다. 먼저 정 후보가 "오늘 이종찬 대표를 모시게 되어 백만 원군을 얻은 것이나 다름없다. 이 여세를 몰아 기필코 승리해 김영삼과 민자당을 무너뜨리고 새로운 세상을 만들겠다"라며 기세를 올렸다. 내 차례가 왔다. 나는 미리 작성한 원고를 한 줄씩 읽어나갔다. 나는 "새한국당이 통일국민당과 당 대 당 통합을 하기로 결정한 것은 내각제와 중·대선거구제를 비롯한 헌정 개혁 및 당내 민주주의가 확립된 국민 정당의 건설이라는 선진 정치 실현"의 큰 뜻을 실현하고, "양 김 구도 청산과 정권 교체라는 과제를 달성하기" 위한 것이라고 하면서, "후보를 사퇴함과 동시에 정주영 후보의 당선을 위해 전심전력하고자 한다"라고 밝혔다.

기자회견이 끝나자마자 정주영의 선거 일정에 따라 헬리콥터 편으로 포항으로 갔다. 그리고 영덕, 경주, 부산을 돌아 상경했다. 헬리콥터로 움직이니 능률적이기는 했지만, 나의 지원 연설은 기가 빠졌다. 오히려 정주일(이주일)의 코미디 연설이 군중에게 더 환영받았다.

인사동 당사에 돌아와 썰렁한 대표실에 앉아 있는데 장경우 총장과 백청수 차장이 들어와서 보고했다. 장 총장이 국민당에 요청해 어젯밤 긴급히 1차 자금이 들어와 밤을 새워 70여 개 지구당위원장들에게 선거 자금을 풀었다는 것이다. 위원장들이 예상보다 많은 자금을 수령하고는 만족해서 돌아갔다고 했다. 당내 반발도 이제 한풀 수그러들었다. 지구당위원장들에게 그간 미안했는데 다행이라고 생각했다. 국민당으로부터 2차 자금이 들어오는 대로 그동안 밀린 중앙당 부채도 청산하겠다는 보고가 있었다. 장 총장이 회계보고서를 들이밀며 서명하라고 했지만, 나는 보고서를 보기조차 싫었다. 이런 보고를 듣노라면 이는 정치가 아니라 장삿속처럼 느껴졌기 때문이다. 가난한 빚쟁이들이 매혈해서 전당포 빚을 갚았다는 소설 속의 이야기를 듣는 것 같아 비참했다. '결국 나의 귀중한 명예를 팔아 빚 갚는 신세가 됐군….'

국민당은 새한국당과의 통합의 여세를 몰아 그동안 주춤했던 분위기를 반전시키려고 했다. 그전까지 국민당은 정부의 현대그룹 세무사찰, 당원들에 대한 집단 탈당 공작 등으로 고전하고 있었다. 이번 통합을 계기로 분위기를 일신해 양 김 반대표를 결집할 수 있기를 고대했다.

국민당은 이같이 분위기 호전 양상을 지속시킬 최대 카드로 '박태준 영입'을 꼽고 있었다. 그가 응하기만 하면 그를 차기 총리로 내세워 정주영·박태준 티켓으로 막판 뒤집기를 시도한다는 이야기였다. 그러나 그것은 김칫국부터 마시는 격이었다. 박태준에게는 행동의 자유가 전혀 없었다.

D-3일이던 12월 15일 아침 7시, 김동길 국민당 선거대책위원장과 서린호텔에서 조찬을 함께했다. 이날부터 유세팀을 정주영 후보팀과 김동길·이종찬팀으로 나눈다는 것이었다. 식사가 끝날 무렵 김 박사는 오늘 중대한 발표가 있어 자기는 당사로 가야 한다며 유세를 잘 이끌어주기를 부탁했다. 식사 후 경기도 일원의 과천, 하남, 양평, 부평 등을 돌며 유세를 했다. 도중에 김 박사가 중앙당에서 어마어마한 관권선거 음모를 폭로했다는 소식이 들렸다.

나흘 전인 12월 11일에 부산의 '초원복집'이라는 식당에서 부산 지역의 시장, 교육감, 경찰청장, 검사장, 안기부 지부장, 보안부대장, 상공회의소 회장단 등이 모여 이 지역에서 정주영 표를 10% 이내로 축소시키기 위해 지역감정을 부추기고 정 후보에 대한 대대적인 인신공격을 획책하는 등 관권선거 음모의 논의 현장이 모두 녹음되어 공개되었다. 나는 이제 역전극이 벌어질 것으로 기대했다.

나도 그 경위가 궁금했다. 알아보니 내부고발자가 그 모임을 사전에 알고 대화를 몰래 녹음해 그 테이프를 12월 12일 정몽준 의원에게 전달한 것이었다. 국민당은 그 테이프를 극비리에 모두 풀어 녹취록을 작성해 만반의 준비를 갖추었다. 이 관권선거 음모의 공개 시기를 놓고 저울질하던 끝에 민자당의 수습이 불가능하다고 판단되는 선거 직전 D-3일을 택했던 것이다.

12월 16일에도 국민당은 이 문제를 집중적으로 물고 늘어졌고 민자당은 완전히 수세였다. 검찰도 바로 수사에 착수했다. 그런데 그날 오후부터 이상한 바람이 불기 시작했다. 민자당에서 "참석자들의 대화 내용보다 그 대화를 녹음하고 폭로한 과정이 오히려 공작적"이라며 국민당을 역습하기 시작했다. 그야말로 적반하장이었다.

보수 언론도 그에 동조했다. 그날부터 민자당은 일제히 도청 행위를 집중 공격했다. 언론에서도 관권선거 시비는 온데간데없이 사라지고 도청 시비만 남았다. 참으로 해괴한 일이었다.

그 후 이 사건은 어떻게 처리되었을까? 김영삼 집권 이후 사건의 주역인 김기춘 전 법무부 장관은 예상대로 무죄를 선고받았을 뿐 아니라 1996년 제15대 국회의원 선거에서 김영삼의 고향인 거제에서 공천을 받으면서 연거푸 3선을 했다. 사건에 연루된 부산 기관장들도 영전했다. 당시 부산지검장 정경식은 헌법재판관으로, 부산경찰청장 박일룡은 안기부 국내 담당 차장으로 각각 출세 가도를 달렸다.

그 대신 초원복집 사건의 논의 내용을 폭로한 도청 관련자 세 명은 주거침입죄로, 당시 배후 인물로 지목된 정몽준 의원은 범인도피 혐의로 각각 징역 1년을 구형받았다. 당시 구형을 한 서울지검 특수1부의 김진태 검사는 박근혜 정부 들어 2015년 현재 검찰총장이고, 정홍원 특수1부장은 박근혜 정부의 국무총리였다. 김기춘 전 장관 역시 장기간 청와대 비서실장을 지냈다. 정홍원은 김영삼과 김기춘의 경남중학교 후배다.

아무리 도청이 불법적인 방법이라 하더라도, 이것이 공익에 도움이 되었다면 충분히 참작되어야 했다. 도청으로 폭로된 관권선거 음모는 민주주의의 가치를 근본적으로 위태롭게 하는 범죄가 아니었나? 과연 어떤 것이 더 무거운 범죄였을까?

초원복집 사건으로 승세를 잡았다고 기세를 올리던 국민당이 오히려 역풍을 만났다. 특히 부산과 경남의 유권자 상당수가 말 그대로 "우리가 남이가"로 변신했다. 위기감을 느낀 그들은 오히려 김영삼에게 몰표를 주었다. 부산에서 정 후보는 박찬종 후보에게도 밀릴 정도로 급전직하했다. '현대시'라는 울산에서도 국민당은 동구 한 곳에서만 1위를 기록했다.

다시 선거 이야기로 돌아가 보자. D-2일인 12월 16일, 아침 일찍 국민당 당사로 나갔다. 이날은 대선 마지막 총정리 회의가 있었다. 이 자리에서 나온 전망은 나쁘지 않았다. 마지막 기세만 올리면 승기를 잡을 수 있다고 다들 낙관했다. 오히려 너무 낙관하는 분위기에 나는 어리둥절했다.

나는 그날도 김동길 박사와 같이 유세를 다니며 나름대로 정주영 후보의 지지를 힘주어 설득했지만, 군중의 호응이 예전만 못하다는 것이 확실히 느껴졌다. 내가 국민당을 돕는 일은 모두 허사가 되었다는 생각이 들었다. 유세 후 나는 힘없이 인사동 새한국당 당사로 돌아왔다.

이날도 장경우는 국민당과 지역별·조직별 선거운동을 협의했고, 이에 필요한 자금을 수령했다. 그는 대단히 영리했고, 기업 경험도 있었다. 그는 기업하는 사람들과는 돈에 관한 한 철저하게 계산해야 한다고 했다. 대선이 끝난 뒤에는 계산이 보장되지 않는다는 것이었다.

드디어 유세 마지막 날인 12월 17일, 그날도 여러 곳을 돌았다. 사실 그런 방식의 유세는 득표에 별반 도움이 되지 않는다. 후보 자신은 오히려 사태를 정관할 필요가 있다. 그런데 정주영은 건설 현장을 누비듯이 마지막까지 직접 뛰었다. 서울 효제초등학교에서 마지막 대규모 집회를 열었다. 사실 군중은 대부분 현대 관련자였다. 열기가 대단했다.

유세 후에 나는 정 후보와 같이 국민당 당사로 돌아왔다. 차 안에서 정주영은 나에게 쪽지를 하나 보여주었다. 그 쪽지에는 "정주영 후보 근소한 차로 당선 확실! 예측 정주영 32.5%, 김대중 31%, 김영삼 30%, 박찬종 5%"라고 쓰여 있었다.

"미 CIA에서 오늘 오전에 조사한 것인데 극비리에 아까 유세장에서 나에게 전달한 것이오."

그 순간 나는 '누군가 또 정보 장사를 했군!' 하고 직감할 수 있었다. 박태준도 CIA에서 나온 정보라며 자신이 대통령 후보로 나가면 승리할 것으로 철석같이 믿었었다. 똑같은 수법이었다.

12월 18일, 드디어 대통령 선거일이 밝았다. 결과는 정주영의 참담한 패배였다. 김영삼이 42%, 김대중이 34%를 득표했고, 정주영은 고작 16%를 득표해 두 사람의 절반에도 미치지 못했다. "시련은 있어도 실패는 없다"는 그의 일생에 이렇게 무참한 실패가 있을 수 있나 싶었다.

12월 19일, 국민당은 선거대책위원회 운영위원회를 열어 선거 패배의 책임을 지고 전 당직자가 일괄 사퇴하기로 의견을 모았다. 회의에서는 또한 국민 화합 차원에서 그동안 국민당이 고소·고발한 사건을 일괄 취하하기로 했다. 초원복집 사건도 그중 하나였다. 꼬리부터 내린 격이었다.

국민당 전체는 침묵 속에 장고에 들어갔다. 정주영은 서산과 경주로 돌면서 현대에 가해져 오는 비자금 출처 수사, 국민당에 약속한 2000억 원의 정치 헌금을 포함한 국민당의 장래, 국민당이 약속한 새한국당과의 합당 등의 문제로 고심하고 있었다.

국민당 의원총회가 있다는 통고를 받고 경주로 내려갔다. 나와 가까운 김정남, 김범명 의원이 나에게 귀띔을 했다.

"지금 왕회장이 가장 고심하는 것은 선배님의 처리 문제입니다."

새한국당과 통합을 약속했고, 대선 이후 통합전당대회를 열기로 했는데, 이제 그런 절차를 밟기가 어렵게 되었다는 것이었다.

"그렇게는 안 됩니다. 이미 당 대 당 통합을 전제로 후보를 사퇴했고, 열심히 정주영 후보를 지지해달라고 호소하고 다녔는데 이제 와서 없던 일이라고 한다면 누가 믿겠습니까?"

"그래도 왕회장 측에서 이 문제를 심각하게 생각하고 있어요."

"정 그렇다면, 내가 일단 백의종군하지요. 그렇지만 당 대 당 통합은 그대로 진행하는 것이 순리입니다."

통합 시 약속한 당의 공동대표는 내가 양보하더라도 정당법상 당 대 당 통합을 무효화하면 이는 위법이었다. 그렇지만 나의 이런 합리적인 제안이 통할 리 없었다. 정주영 대표는 우선 나의 '백의종군'을 받아들이면서도 당 대 당 '통합' 절차는 미루며 시간을 끄는 쪽으로 나아갔다.

의원총회에서 많은 의원들이 나름대로 국민당 패배의 원인을 분석하면서 앞으로 더욱 일치단결하자고 다짐했다. 특히 의원들이 강조한 부분은 "대표께서 약속한 대로 정치발전기금을 마련해주면 우리는 다시 당을 한국의 대표적 야당으로 발전시키겠다"는 것이었다. 끝으로 김동길 공동대표는 "우리는 정주영 대표께서 일찍이 기업을 창업했던 그 의지를 믿으며 '시련은 있지만 실패는 없다'는 그분의 신념도 믿는다"라고 일장연설을 했다.

의원들의 발언이 끝나자 정주영은 마이크를 잡고 "여러분의 그간의 노고에 감사한다"라면서, "앞으로 나는 여러분의 뜻에 따라 국민당을 올바르게 운영해나가겠다. 정치발전기금도 당장은 어렵지만 시간을 두고 해결해나가겠다"라고 확인했다. 말미에 한마디 붙였다. "이종찬 대표께서 백의종군하겠다고 말한 부분에 대해 감사한다. 이로써 당 대 당 합당 문제는 원만하게 해결해나가게 될 것이다"라고 아리송한 발언을 했다. 많은 의원이 박수를 보냈지만, 나는 어떤 예기치 않은 일이 벌어질 것 같은 느낌을 받았다.

정 대표의 그런 어물쩍 넘어가려는 사정을 이해 못 할 바는 아니었다. 선거 직후 국민당과 현대그룹에 가해진 압력은 상상 이상이었다. 초원복집 사건의 선거법 위반 혐의 수사만 해도 서울지검 공안1부는 이날 참석자들에 대해서는 '무혐의' 방향으로 수사한다고 밝히면서, 녹음 작업을 한 내부고발자들에 대해서는 불법 도청 혐의로 집중 조사를 진행했다. 정치 검찰의 민낯이었다.

현대는 일체의 은행 거래가 중단되었고, 검찰과 세무 당국의 비자금 수사망이 좁혀 들어오고 있었다. 더욱이 선거 막바지에 정주영은 어디서 입수한 정보인지 "민자당은 한국은행에서 돈을 마구 찍어내 3000억 원의 자금을 조성했다"라고 비난을 퍼부은 일이 있었다. 이것이 빌미가 되어 조순 한국은행 총재는 허위 사실 유포로 그를 고발한 상태였다. 정주영이 아무리 빈손으로 대기업을 성취한 신화의 주인공이라지만 정치판에서는 '초짜'에 불과했다. 그는 대선에서 패배자가 되었을 뿐 아니라 검찰 수사의 피의자가 되었다. 정주영으로서는 팔십 평생 이처럼 퇴로가 차단된 경험을 해본 일도 별로 없었을 것이다. 그는 완전히 넋 나간 사람처럼 동분서주했다.

나는 이런 상황에서 정주영이 더 이상 정계에 남기 어렵겠다고 생각했다. 하지만 아무리 어렵더라도 국민당만은 잘 추스르면 활로가 전혀 없는 것도 아닐 터였다. 그러나 정주영 노인은 이미 옛날 창업 시절의 그가 아니었다. 그럴 만한 의지와 용기가 있는지도 의심스러웠다. 그는 한시바삐 국민당에서 손을 떼고 싶었던 것이다.

12월 26일, 정주영의 아우 정세영 회장은 김영삼 당선자를 찾아가 현대그룹의 정치 참여로 물의를 일으킨 데 대해 사과했다. 그리고 국민당을 지원했던 현대 임직원 전원을 탈당시켜 기업으로 복귀시키고 앞으로는 기업 활동에 전념케 하겠다고 다짐하면서 현대그룹 관련자들에 대한 수사에 관용을 베풀어달라고 애원했다. 이에 대해 김영삼은 돈이면 다 된다는 그런 사고를 뜯어고치겠다고 일갈하면서 "새 정부는 법과 질서를 바로잡는 것이 일차적인 목표이며 현대라고 예외일 수 없다"라고 잘라 말했다. 현대그룹의 한국 경제에 대한 기여도를 고려해 김영삼이 온정을 베풀어줄 것을 바랐다면 이는 큰 착각이었다.

해가 바뀌어 1993년이 되었다. 나는 새해 단배식을 마치고 스위스그랜드호텔로 들어가 지난해 나의 실수들에 대해 반성하며 괴로운 시간을 보냈다. 앞으로 김영삼 시대를 어떻게 극복할 수 있을지 깊이 생각했다.

1월 4일, 정주영으로부터 만나자는 연락이 와서 국민당 당사로 갔다.

비서실에서 유난히 친절하게 안내하는 것이 왠지 불길한 예감이 들었다. 정주영은 약간 멈칫하더니 본론을 꺼냈다.

"그동안 새한국당과 당 대 당 합당 문제를 많이 생각했습니다. 내가 실수를 한 것 같습니다. 법적인 문제를 많이 생각 못 하고 덜컥 합의하고 서명했는데 이제 다시 법적인 조치를 취하려니 당내, 특히 당무위원들이 반대해서 전당대회 개최가 어렵게 되었습니다. 그러니 개별 입당 해주면 좋겠고, 다른 방법이 있으면 강구해보시지요. 전적으로 이 의원에게 맡기겠습니다."

근래 유난히 늙어 보이는 그의 얼굴을 물끄러미 보는 중에 착잡한 심정이 들었다.

"저도 한 사람의 공인입니다. 작은 정당이지만 새한국당도 90명의 조직책을 임명했고, 그중 50여 개 지구당은 이미 창당되어 지역 선관위에 등록까지 필했습니다. 이런 당원들이 모두 제 얼굴만 보고 있는데 제가 경솔하게 개별 입당을 할 수 있겠습니까? 저는 공인으로서 합의서에 서명했고 어렵게 당무회의 결의를 거쳤습니다. 합법적인 절차를 밟은 것이지요."

나는 이 말을 하며 그를 살펴봤다. 그는 애써 나의 시선을 피하고 있었다. 나는 큰 숨을 몰아쉬며 다시 말을 이었다.

"김대중 씨는 선거 후 물러남으로써 명예를 찾았습니다. 그러나 정대표께서는 참여, 더 적극적인 참여를 함으로써 명예를 찾아야 합니다. 지금 김영삼 씨는 '강력한 정부', '강력한 여당'을 만들겠다고 호언하고 있습니다. 강력한 여당만 있고 견제할 야당이 없으면 독재가 됩니다. 이를 막기 위해 야당을 단합시켜야 합니다. 현재 야당은 구심점이 사라져 방황 중입니다. 이럴 때 정 대표께서 대부 역할을 해야 합니다. 그럼으로써 야당을 단합시킬 수 있다면 기업을 위해서도 좋고, 국민당을 위해서도 도움이 된다고 봅니다. 그러면 국민으로부터 존경받게 될 것이고, 정 대표는 다시 살아나게 됩니다."

나는 힘주어 역사와 국민의 편에 서라고 말했다. 그러나 정 대표를 설득하지는 못한 것 같았다. 다음 날인 1월 5일 기자회견에서 정주영은 불쑥 발표했다. 새한국당과의 통합 선언이 무효이며, 한국은행 발권과 관련된 발언도 실수라는 것이었다. 그는 "새한국당이 정당법상 등록이 돼 있는지 알지도 못했고, 당내 협의 절차도 거치지 않은 것은 실수였다"라고 말했다. 통합하지 않겠다는 말이었다. 듣는 이들이 아연했다. 이것이 과연 공인의 발언인지 의심스러웠다.

새한국당 측은 즉각 "정 대표가 공당의 대표 자격으로 대선 막바지에 당 대 당 통합을 먼저 요청했으며 양당이 약속하고 서명한 합의 사항을 일방적으로 파기하는 것은 공인의 도리가 아니다"라고 반박했다. 통합 과정에서 실무를 담당했던 장경우는 더욱 격분했다.

그는 통합 합의서를 기자들에게 내보이면서 설명했다. 모두 여섯 개 항으로 되어 있는 합의서에는 '당 대 당 통합 원칙', '이종찬 의원의 공동 대표 보장', '당직 반분', '당의 공당화(당 발전기금 2000억 원 조성)', '당의 자산과 부채에 대한 정리' 등이 명확히 규정되어 있었으며, 정 대표가 직접 서명까지 한 문건이었다. 완벽주의에 가까운 깐깐한 성격의 장 총장이 합의서까지 공개한 것이 너무 나간 것이 아닌가 걱정되었지만, 이미 엎질러진 물이었다.

이처럼 수세에 몰리자 정주영은 1월 6일 열린 기자회견에서 "새한국당의 부채 청산을 위해 50억 원을 주었다"라는 사실을 기자들에게 흘렸다. 현금이 오갔다는 충격적인 기삿거리를 제공함으로써 큰불을 꺼보자는 수작이었다. 나는 엄청난 충격을 받았다. '아, 내 정치 일생이 여기서 치명적인 타격을 받고 끝나나 보다' 하고 생각했다. 새한국당은 벌집을 쑤셔놓은 것처럼 튀었다.

'새한국당의 50억 원 수수설'은 좀처럼 꺼지지 않는 인화성을 갖고 있었다. 정주영은 충격요법으로 발설한 것이었지만, 가장 큰 피해는 나에게 돌아왔고, 정주영 본인도 떳떳하지 못하게 되었다. 이렇게 될 줄 알고도 지껄인 정주영의 판단력에 문제가 있었다.

새한국당 측은 1월 6일과 7일 잇달아 당직자회의와 지구당위원장회의를 열어 정 대표의 합당 무효화 선언을 규탄하고, 50억 원 문제와 관련해 "언제 누구에게 주었는지 분명히 밝혀야 할 것"이라고 반박했다. 이는 일종의 마지노선이었다. 기왕에 대선 자금을 서로 공개하기로 한다면 같이 까발리자는 것이 나의 배짱이었다.

하지만 나는 새한국당 회의석상에서 "합당 때 자산과 부채를 새로 합당된 당에 승계키로 합의했다"라고 설명했고, "그러나 장경우 사무총장에게 확인해보니 아직 부채 청산 단계에 들어가지 않았다고 했다"라고 변명했다. 그리고 "합당키로 한 뒤, 전국적인 선거운동을 위해 우리 조직을 가동하는 데 드는 비용은 받았다"라고 설명했다. 그러나 사실은 부채 청산 비용도 상당액 받은 것이 사실이었다. 모두 합쳐봐야 50억 원이 안 되는 액수였지만, 이 문제는 지금도 나의 마음속에 나 자신을 속였다는 응어리로 남아 있다.

아무튼 당 대 당 통합 합의는 완전히 파탄 났고, 거기에 더해 돈거래까지 있었다는 최악의 상황에 이르렀다. 이제는 과연 누가 먼저 사법당국에 고발할 것이냐를 놓고 계산하게 되었다. 일단 검찰 손에 넘어가면 그것은 김영삼의 영향하에 들어가게 될 것이고, 아마 난장판이 될 것이었다. 국민당 측이 1월 7일 최고위원회의를 열어 "50억설은 없던 것이다. 더 이상 이러쿵저러쿵하는 것은 바람직하지 않다"라며 먼저 파문 축소 쪽으로 방향을 잡았다. 가장 큰 피해를 본 나도 확전으로 더 큰 분란이 일어나기를 바라지 않았다.

이런 정치에 환멸을 느꼈다. 물론 나는 국민당과의 합당 과정에서 중대한 실책을 저질렀다. 돌이킬 수 없는 나의 오산이요 과오였다. 어쩌면 나의 정치 생명의 끝을 보는 것 같았다. 나 자신의 문제를 넘어서 과연 정치가 이렇게 가도 되는 것인지 심히 우려되었다. 국민에게 신뢰를 잃으면 정치는 공허한 것이기 때문이었다. 공자 말씀에 '민불신불립'이라 했는데….

'야당 정치인'으로 거듭나기

국민당과의 당 대 당 합당이 무산된 뒤 나는 새한국당 대표로서 정치를 재개하기로 결심했다. 대선에서 승리한 김영삼은 언론과 밀월 시대에 들어섰다. 3당 합당 이후 비판적이던 언론들은 언제 그랬나 싶게 논조를 바꾸었다. 김영삼 자신도 국민에게 인기 끌 만한 말이면 모두 쏟아냈다. "신한국을 건설하자", "대화합 시대를 열어나가자", "안정 속에 개혁을 추진한다" 등등.

나는 쓸쓸한 마음으로 이런 모습을 지켜보며 정치권에 심상치 않은 암운이 드리우는 것을 예감할 수 있었다. 국민당은 정당으로서 계속 유지될 것인지 심각하게 의문시되었고, 민주당도 김대중의 정계 은퇴로 리더십에 공백이 생긴 상태였다. 이제 정계에는 김영삼의 강력한 집권 여당만 남은 셈이었다. 결과적으로 '문민 독재'가 대두할 것을 염려하지 않을 수 없었다. 마침 지난 연말에 정주영이 동교동을 방문했다는 기사가 나서 나는 궁금하기도 하고 또 혼란한 정치 상황에 대한 조언을 듣고자 1월 6일 동교동으로 김대중을 찾아갔다. 마침 그의 생일이어서 내방객이 많았다. 그런데도 김대중은 나를 서재로 안내해 따로 만나 대화했다.

"지난번 대선에서 제가 도와드리지 못한 점 사과드립니다."

"그보다 이 의원과 인연을 맺어 좋은 정치를 할까 했는데 유감스럽게 됐습니다."

▲ 1993년 정초에 김대중을 찾아가 속 깊은 대화를 나누었다. 이날 대화가 그 이후 필자의 정치 행로에 중요한 계기가 되었다. 사진은 그 무렵 김대중과 필자.

"지난 연말 정주영 대표가 찾아뵌 것으로 아는데 특별히 말씀 나누신 것 있었습니까? 그분은 정치에는 초년병이어서 대선 패배 이후 갈 길을 몰라 방황하는 게 안타깝습니다."

"특별한 대화는 나누지 않았지만 김영삼이 보복할까 봐 겁을 내고 있는 것 같았어요."

"저도 그분에게 야당이 단결해야 김영삼이 집권하더라도 견제가 가능하다는 말씀을 드리면서 총재님도 은퇴했으니 이제는 야당의 대부가 되시라고 권했는데 말의 뜻을 못 알아듣는 것 같았습니다. 대선 후에는 정치를 계속할 의지도 없는 것 같고요. 어떻게든지 현실에서 벗어나고 싶은 것으로 보였습니다."

"이 의원, 그 사람은 기업인이고 재벌입니다. 재벌이란 자기의 것을 지키기 위해 언제든지 변신할 수 있어요. 그런 사람과 야당을 어떻게 같이하나요."

그의 말에는 내가 정주영과 합당한 것이 잘못이었다는 의미가 섞여 있었다.

"그렇지만 지금처럼 야당이 지리멸렬하면 견제 세력도 없이 김영삼에게 독재로 가도록 허용하게 되지 않겠습니까?"

"이 의원은 김영삼이라는 사람을 잘 모르는 것 같아요. 그는 목표를 정하고 앞으로 치고 나갈 때 물불을 가리지 않는 사람이에요. 지금 이 시기는 뭐니 뭐니 해도 김영삼 시대예요. 국민이 그렇게 만들었어요. 지금은 김영삼과 맞대결하면 얻을 것이 없어요. 국민이 김영삼에 대해 실망할 때까지 우리는 참호 속에 있어야 해요."

그리고 잠시 생각에 잠기는 듯하다가 나에게 뼈아픈 충고를 했다.

"내가 정치를 오래 한 사람으로서 이 의원에게 몇 가지 충고를 할 터이니 들어보시오. 이 의원은 너무 마음이 선량하여 성질이 모질지 못한 것이 흠이오. 정치인은 자기 주견을 뚜렷하게 세우고 모든 결정을 거기에 맞추어 강하게 밀고 나가야 합니다."

나는 그의 충고를 들어야겠다고 생각해 더 가까이 다가갔다.

"이 의원은 지난번 정주영 쪽으로 간 것이 잘못된 결정이었는데, 내가 보기에는 본인의 잘못이라기보다 주변 사람들의 권유를 제대로 소화해서 모질게 자르지 못한 것이 원인입니다. 이 의원은 지난 반년 동안 너무나 많은 것을 잃었습니다. 그러나 내가 보기에는 다행히도 국민들은 이 의원이 나쁜 짓을 하기 위해 음모를 꾸미다가 잘못된 것이 아니라, 무언가 잘해보려고 하다가 모질지 못하고, 타이밍을 놓치고, 그리고 판단을 잘못해서 얻어진 결과라고 인정하는 것 같아요. 그래서 국민들은 마음속으로 안타깝게 생각하는 면이 없지 않다고 봅니다. 그러므로 지금이라도 실망한 국민의 뜻에 맞추어 방향을 잘 잡아나가야 합니다. 우선 시야를 21세기에 맞추고 변화하는 세계에 초점을 맞추었으면 합니다. 지금의 모든 학설, 이론, 정책을 소화해야 합니다. 그리고 새로운 시각에서 정책을 구상해야 합니다. 새한국당이 김영삼의 신한국 건설보다 더 앞서야 합니다. 어차피 정부 여당은 기득권에서 헤어나지 못할 겁니다. 그러나 야당 입장에서 발전하는 이론을 구체화함으로써 더욱 많은 대안을 제시할 수가 있습니다."

김대중은 나의 약점도 제대로 파악한 것 같았고, 특히 나의 방황을 꿰뚫어보고 새로운 방향을 제시해준 것이 고마웠다. 더욱이 통합 파동으로 소멸되다시피 한 새한국당의 역할도 다시 자리매김해주는 것이 아닌가.

"앞으로 2년간 모질게 마음먹고 홀로 서도 좋으니 싸워나가면 멀어졌던 국민들이 돌아올 겁니다. 그때쯤 돼야 이 의원의 가치를 국민들이 알게 될 겁니다. 이 의원은 야당으로 투쟁하는 법도 익혀야 하는데, 가만히 보니 지구전에 약한 것 같아요. 위기관리를 해야 합니다."

나는 크게 한 방 맞았지만, 이런 쓴 약이 지금 나에게는 필요했다.

"그러면 총재님은 앞으로 어떻게 향방을 결정하셨습니까?"

"나는 잠시 외국에 나가 공부 좀 더 하렵니다. 이 의원도 외국에 나가 바람 좀 쐬고 오세요."

"저는 김영삼 정권을 견제할 야당의 단합을 위해 국내에서 더 할 일이 있지 않을까 생각했습니다. 그런데 오늘 총재님 말씀 듣고 보니 좀 더 준비할 시간이 필요할 것 같습니다."

"오늘 낮에 국민당 중진들이 인사차 찾아와 만났어요. 나는 그들에게 '어째서 새한국당과의 약속을 일방적으로 파기했는가, 정치인 간에는 신의가 중요한데 이렇게 약속을 마음대로 파기하면 앞으로 우리나라 정당정치가 얼마나 크게 악영향을 받게 되겠는가, 당초 약속대로 이행해야 하지 않는가' 하고 나무랐어요. 이 의원도 앞으로 국민당이 변신하면 몰라도 정주영 같은 사람이 있는 이상 야권 연합 같은 거 기대하지 마시오. 장사꾼은 그 한계를 벗어나지 못해요. 솔직히 50억 원도 지금 시비가 일어나고 있지만 미리 받았다면 잘한 일이에요. 장사꾼은 일이 끝나면 약속 지킬 사람들이 아닙니다."

그는 나의 아픈 점을 짚었다. 장경우가 한 말이 생각났다. 기업하는 사람들과는 돈에 관한 한 철저하게 계산해야 한다고 했는데, 김대중도 장사꾼의 생리를 잘 아는 것 같았다.

"오늘 말씀 잘 들었습니다. 총재님같이 크게 생각하는 분이 정계 은퇴를 하신다니 아쉽습니다. 빌리 브란트나 지미 카터 같은 분들은 정계 은퇴 이후 더 많은 일을 했다고 생각합니다. 영국에 가시더라도 총재님의 모럴 리더십을 더 바라고 있겠습니다."

김대중과의 그날 대화는 여러 가지로 의미가 있었다. 무엇보다도 나의 정치 역정에 미친 영향이 만만치 않았다. 나도 이제 온실 속에서 자란 정치인의 생리에서 벗어나 국민 눈높이에 맞추는 지혜를 갖춰야 한다는 교훈을 얻었다.

김대중은 1월 26일 영국 케임브리지 대학에서 연수하기 위해 출국했다. 약 6개월 예정으로 공부하기 위한 것이라고는 했지만, 사실은 김영삼의 예봉을 피해 스스로 유배의 길을 떠난 것이었다. 그는 김영삼 정권의 장래에 대해 누구보다 잘 파악하고 있는 것 같았다.

나는 김대중의 '지구전론'이 대단히 현명하다고 생각했다. 그래서 김영삼이 집권하는 초기에는 나도 되도록 국외로 나가 있기로 했다. 그래서 부랴부랴 1월 17일 미국으로 떠났다. 내가 원내총무 시절부터 미국의 CSIS(국제전략문제연구소)와 더불어 연례 한미안보학술회의를 개최하기로 한 바 있었는데, 그 시기에 맞추어 워싱턴으로 갔다. 김대중처럼 아예 미국의 대학에 연구 코스라도 사전에 준비했더라면 좋았을 것을, 미처 거기까지는 생각하지 못했다. 그래서 미국 전역을 돌며 2월 9일까지 체재했다.

귀국하는 날 김포공항에서 그날 정주영이 국민당 대표직을 내놓았다는 소식을 들었다. 이제 국민당에 대한 정부 여당의 총공세가 시작되겠구나 하는 예감이 들었다.

　1월 13일, 정주영이 검찰에 소환되었다. 대선 기간에 현대중공업에서 비자금을 조성한 것이 불법이라는 혐의를 받은 데다 대선 기간에 3000억 원 발권설을 언급한 것에 대해서도 조사한다는 것이었다. 그러나 후자는 이미 정주영이 기자회견에서 실수였다고 사과했고, 조순 한은총재가 같은 강원도 출신으로서 이미 너그러이 넘어간 것 아닌가? 그러나 김영삼 당선자는 조순이 정주영을 관대하게 용서한 것을 두고 노발대발했다고 한다.

　서울지방검찰청은 2월 6일 현대중공업 수출 대금 유출 사건과 관련한 '특정경제범죄 가중처벌 등에 관한 법률' 위반(업무상 횡령) 혐의와 '대통령선거법' 위반(특수 관계를 이용한 선거운동) 혐의를 적용해 정주영을 불구속 기소했다. 구속 기소감인데 고령이고 현직 국회의원인 점을 고려한 결과라고 했다.

　2월 9일에 의원총회가 소집되었다. 이 자리에서 정주영은 전격적으로 당 대표최고위원직을 사퇴했다. 그러면서 "나는 앞으로 당을 떠나 정치 발전보다는 지금까지 해오던 대로 경제 발전으로 국가 발전에 도움이 되도록 하겠다"라고 아예 정계 은퇴 의사까지 밝혔다.

　조만간 국민당은 와해될 것이 분명했다. 이렇게 서두르는 것을 보면 틀림없이 김영삼 대통령 취임 전까지 국민당을 해체하라는 주문이 있었던 것이 확실했다. 나의 예감은 틀리지 않았다. 정주영은 울산에 머물면서 당 소속 국회의원들에게 배후에서 탈당을 권유하고 있었고, 현대건설 사장을 시켜 당사를 비우라고 재촉했으며, 당에 나와 있던 현대 직원들에게 2월 12일까지 회사로 복귀하라고 지시했다. 배가 조난을 당하면 가장 먼저 배를 떠나는 것이 무엇인가? 국민당 국회의원들의 탈

▲ 필자는 1993년 6월 이후 새한국당을 대표해 이기택 민주당 총재, 김동길 국민당 총재와 수차례 만나 야권 통합 문제를 협의했다.

당 러시가 꼭 그 꼴이었다. 국회 의석 37석의 원내 제3당이던 국민당이 열흘도 채 안 되어 교섭단체(20석) 요건조차 채우지 못하게 되었다.

그때 나는 거의 매일 김동길과 만나 국민당 사후 수습을 다소라도 거들까 생각했다. 2월 15일, 국민당 최고위원회의는 그를 대표로 선출하고 수습을 맡겼다. 김동길로서는 대표직을 맡으려 해도 당장 고민되는 문제가 많았다. 당이 부채를 갚으려면 수백억 원이 필요했고, 교섭단체가 깨진 상태여서 국고보조도 기대할 수 없었다. 이런 사정은 모두 정주영의 무리한 창당의 부산물이었다. 정주영은 기업인으로서는 국가에 기여했는지 모르나, 정치인으로서는 정계에 많은 상처만 남긴 채 무책임하게 물러났다. 김동길도 그런 정주영을 알고 단념했어야 할 터인데 마지막까지 그와 담판을 짓고자 연락을 취했으나 면담은 이뤄지지 않은 채 당은 표류했다. 나는 김동길에게 제안했다.

"이제 국민당만으로는 정당 구실하기가 어렵게 되었습니다. 야당이 이제야말로 합쳐서 건전 야당으로 거듭나야 합니다. 이제 다시 출발합시다."

그는 나의 말에 찬성했다. 우리는 매주 만나 그간의 정계 움직임에 대해 의견을 나누었다. 그리고 시간이 지나면서 야권에서는 어쨌든 민주당이 가장 큰 정당이므로 야권 연대에는 우선 민주당이 동의해야 한다는 점을 깨닫게 되었다. 하지만 이기택을 대표로 하는 민주당은 내부 사정이 복잡했다. 그야말로 군웅할거 시대였다. 김영삼 정권에 맞서는 대안 세력으로서의 역할을 모색하기보다 당내 기득권을 잡는 데에만 열을 올리고 있었다.

정책 연합이든 통합이든 야권의 단합이 과연 어느 지점에서 가능한 것인지를 놓고 고민이 시작되었다.

민주당 합류

'정치 초심'으로 돌아가기

1993년 6월, 나는 이스라엘을 방문하기 위해 중간 기착지인 영국에 갔다. 영국에는 마침 런던정치경제대학에서 유학 중인 아들 철우가 있었다. 얼마 전 김대중이 런던에 강연차 왔을 때 철우가 인사했더니 "아버지는 언제 영국에 오시느냐? 오시거든 꼭 내게 연락을 해달라고 전해달라"면서 연락처를 주고 갔다는 것이었다. 그 번호로 전화를 걸었더니 김대중은 당장 만나자며 차를 보내겠다고 했다.

나는 아들이 운전하는 차를 타고 케임브리지로 갔다. 김대중을 수행해온 이강래 비서가 수발을 들고 있었다. 나는 김대중과 근처 중국음식점에서 식사하며 이야기를 나누었다.

"김영삼 씨도 대통령을 하고 있으니 총재님도 한번 하셔야 하지 않겠습니까? 지난 대선 때는 직접 도와드리지 못했지만 앞으로 정치를 다시 시작하신다면 힘이 있는 한 돕겠습니다."

"고마운 이야기입니다. 하지만 나는 이제 현실정치에서 떠났습니다."

"아직도 많은 국민이 기대하고 있는데 재기하셔야지요. 그동안 우리 정치가 많이 방황했지만 그러면서도 민주제도는 정착되어가고 있다고 봅니다. 다시 말해 이승만·박정희 시대 때 통용되던 1인 독재는 사라졌고, 정권 교체가 비록 수직적이기는 하지만 이루어지고 있습니다. 또 김영삼 대통령이 당선됨으로써 우리나라에서도 여당에서 여당으로의 정권 교체는 정착된 것 같습니다. 이제 여당에서 야당으로 정권을 교체하는 과제가 남아 있습니다. 저는 이것을 '수평적 정권 교체'라고 말하고 싶은데, 이 과제는 우리가 풀어야 할 과제라고 생각합니다."

이런 나의 분석에 김대중은 눈을 크게 뜨고 응시했다. 나의 의견에 동감한다는 뜻을 그의 표정으로 읽을 수 있었다. 나는 신이 나서 말을 이어갔다.

"수평적 정권 교체를 우리가 이루지 못하면 민주화의 역사적 과제를 다하는 것이 아니겠지요. 이를 위해 총재께서 한 번 더 나서주셔야겠습니다."

이 말에 대해서 김대중은 즉답을 피했다.

"아니, 나는 이미 정계를 은퇴했소. 이 의원 같은 분들이 이제 나서야 합니다."

나는 김대중의 정계 복귀를 놓고 이 자리에서 서로 밀고 당기는 것은 의미가 없다고 생각했다. 그래서 말을 돌려서 그의 의지를 확인하고자 했다.

"강력한 김영삼 정권을 견제하기 위해서나 수평적 정권 교체를 위해서나 야권이 준비해야 할 터인데, 현재로서는 야권 전체가 방향을 잡지 못하고 분열되어 있습니다. 제가 서울에서 이기택 민주당 대표와 김동길 국민당 권한대행을 수차례 만나 야권의 대민자당 공동전선에 대해 의견을 나누었지만, 전부 원칙에는 동의하면서도 나서지 않으려 하고 있습니다."

김대중 씨는 수첩에 나의 말을 기록했다.

"야권의 단결이 선결 과제이지요. 내가 이기택 총재에게 말을 전하겠습니다. 그런데 야권 통합을 위해 한 가지 충고하자면, 박찬종과 김근태도 포함시키도록 하세요."

이 말을 들으며 나는 김대중이 정계 복귀에 대해서는 답하지 않았지만 야권 통합에 의지를 표명한 것으로 보아 언젠가는 복귀할 것이라는 확신을 얻었다. 그리고 나는 영국을 떠났다.

귀국 후 얼마 안 되어 권노갑의 전화가 왔다. 만나자는 것이었다. 그는 민주당 내 사정이 복잡하다는 사실을 전하면서 "그러나 어른의 지시를 당내에서는 내가 잘 소화해나갈 터이니 야당 통합 운동의 중심이 되어 추진해달라"라고 각별히 부탁했다. 필요하면 수시로 연락하자는 말도 했다. 민주당 사람 중에서는 적극적으로 나서는 이를 처음 본 것이었다.

그날부터 나는 야권 통합을 위해 동분서주했다. 민주당의 최대 주주인 김대중계도 오더를 받았는지 점점 적극적으로 나섰다. 나는 이기택, 박찬종과도 따로 만나 야권의 단합을 설득했지만, 좀처럼 어떤 길을 찾기가 어려웠다. 선거가 코앞에 놓여 있다면 길을 찾기가 훨씬 쉬웠겠지만, 당장 그런 계기가 없다 보니 공통의 이익이 눈에 잘 들어오지 않는 것 같았다.

1993년 8월 12일, 국회의원 보궐선거가 있었다. 대구 동구을과 춘천 등 두 곳이 해당되었다. 나는 새한국당의 안택수를 대구 후보로 추천하기로 하고 민주당의 이기택 등 중진들과 교섭했다. 하지만 국민당 후보로 지난 총선에 출마해 낙선한 서훈이 공천을 신청한 상태였다. 그럼에도 나는 '야권 단일 후보'라는 의미를 강하게 붙이자며 안택수를 적극적으로 밀었다. 민주당은 협량했다. 민주당이 무공천으로 하면서 새한국당 후보를 단일 후보로 밀 수는 없다는 것이었다. 할 수 없이 나는 안택수를 민주당에 입당시켜 후보로 내보내기로 했다. 그러나 박찬종이 서훈을 밀면서 야권 단일 후보의 인상을 지워버렸다.

결국 민주당은 두 지역에서 모두 고배를 마셨다. 특히 대구에서는 서훈이 압승했고, 안택수는 그야말로 참패했다. 민주당 간판 자체가 대구에서는 허용되지 않았다. 그뿐 아니라 선거 과정에서 박찬종은 완전히 독불장군이었다. 야권 단일화는 당분간 재론하기 어렵게 되었다.

영국에 머물던 김대중 씨가 1993년 말 귀국했다. 김영삼 정권이 한창 설칠 때 소나기를 피해 영국으로 갔던 것인데 이제 소나기가 그쳤다고 본 것이었을까? 그도 민주당을 원격조종하며 야권 통합을 기대했지만, 상황은 그의 뜻대로 되지 않고 지지부진했다. 다음의 지표가 야권 통합이 잘 추진되지 않을 수밖에 없었던 당시 상황을 잘 보여준다.*

- 지지 정당: 민자당 29%, 민주당 18%, 국민당 0.7%, 신정당(박찬종) 2.2%였고, '지지 정당이 없다'는 반응이 무려 49%에 달했다.
- 김영삼의 국정 능력 평가: 아직 63.3% 수준이었다. 정권 출범 직후 80% 이상의 지지율에 비하면 많이 떨어졌지만, 아직도 기대하는 국민이 많다는 반응이었다.
- 정치인에 대한 호감도: 박찬종이 23.8%로 단연 우세했고, 다음으로는 김대중 8.0%, 이회창 6.8%, 김종필 4.0%, 이기택 4.0%, 최형우 2.8%, 노무현 2.5% 등이었다.

이런 상황에서 야권 연합은 어려웠다. 우선 박찬종은 자기가 중심이 되지 않은 야권 연합을 바라지 않았다. 또한 대다수 국민이 아직 김영삼에게 상당한 기대를 걸고 있는데 야당에 무슨 매력을 느끼겠는가?

나는 시간이 더 필요하다고 느꼈다. 1994년을 자체 정비 기간으로 생각했다. 사실 야권의 공조나 통합은 정치인에게 절실한 필요가 없으면 추진하기 어렵다. 더욱이 김대중이 정치 일선에서 물러나 있어 뚜렷한 지도력이 없는 것도 큰 한계였다.

이기택은 야권 통합이라는 지각변동으로 자신의 경쟁자가 외부에서

---

* "시사저널 정기여론조사(2)", ≪시사저널≫, 1994년 1월 13일 자(제220호), 16~17면 참조.

들어오고 이 때문에 자신의 민주당 내 입지가 흔들리게 되는 상황을 우려하는 것이 분명했다. 박찬종도 호남색이 강한 민주당과 연대함으로써 혹시 자기의 공든 탑이 흔들릴까 걱정하는 것이 당연했다. 거기에다 김동길은 전통 야당 체질이 아니었다. 전략이나 방식도 대단히 온건했다. 생리적으로 전통 야당 사람들과는 어울리기 어려웠던 것 같다. 내가 억지로 이기택과 김동길의 회동 자리를 마련해보기도 했지만 진전이 없었다.

이런 야권의 사정을 김대중처럼 노련한 지도자가 모를 리 없었다. 그는 벌써 지방선거에서 당내 기반을 확고히 하는 쪽으로 방향을 잡고 있었다. 특히 1995년 중순에 실시될 지방자치제 선거는 우리나라 헌정 사상 처음으로 네 가지 지방선거*가 동시에 실시되는 역사적인 계기였다. 이것은 대통령이나 국회의원 선거에 못지않게 정국의 향배에 중요한 의미를 갖는 것이었다. 어느 날 김대중은 동교동으로 권노갑과 나를 불러 저녁을 함께하며 서울시장 선거 문제를 논의했다. 김대중은 김영삼 정권에서 물러난 이회창 전 총리와 조순 전 부총리를 한번 생각해보자는 의견을 제시했다.

"이 의원은 그분들과 허심탄회하게 말할 수 있겠어요?"

"그분들의 의향이 어떨지는 모르지만 한번 접촉해 보겠습니다."

11월 9일, 나는 이회창과 수정이라는 한식집에서 만나 의견을 타진했다. 그러나 이회창은 정중히 거절했다. 자신의 격에 맞지 않는다는 이야기였다.

---

* 1995년 6월 27일에 실시된 지방자치제 선거는 광역자치단체(특별시·직할시·도)와 기초자치단체(시·군·구)의 장과 의회 의원을 동시에 선출하게 되었다. 그 가운데 기초자치단체 의회 의원을 제외한 나머지 세 개, 즉 광역자치단체장과 의회 의원, 기초자치단체장의 후보는 정당 공천이 허용되었다. 이보다 앞선 1991년 지방자치제 선거 때는 광역자치단체와 기초자치단체의 의회 의원만을 선출했었다.

"내가 그래도 국무총리를 지낸 사람인데 서울시장에 어떻게 나가겠습니까?"

"지방자치제가 실시되기 전에는 대통령이 임명하는 지방 장관에 불과했지만, 이제 선출제 아래에서 서울시장의 격이 그때와 다를 텐데요."

"그래도 응할 수 없습니다."

다음 날 나는 조순 전 부총리를 만났다. 그는 제안에 매우 긍정적이었다.

"김대중 총재께서 나에게 그런 배려를 하신다니 고맙습니다. 그러나 나보다 더 적합한 사람이 있을지도 모르니 자세히 생각하시고 나에게 귀추를 알려주시기 바랍니다."

인사치레로 사양하는 것처럼 말했지만, 사실은 수락한다는 말로 나는 알아들었다.

1995년에 들어서면서 야권이 서서히 달아오르기 시작했다. 지방선거를 앞두고 무엇인가 야당도 변화해야 할 시점이었다. 김대중은 지방선거가 중요하다고 느껴 새 인물 발탁 등 여러모로 손을 쓰고 있었지만, 당의 총수인 이기택 총재는 맥을 놓고 있었다. 당을 추스르려 하지도 않고, 오로지 자기의 입지 강화에만 열을 올리고 있었다. 이에 대해 김대중은 불만이 컸지만, 달리 어떻게 할 방법이 없었다. 측근인 권노갑 의원에게 야권 전체를 추슬러 지방선거 체제를 미리 갖추라고 독려할 뿐이었다.

이제 1995년 지방선거가 눈앞에 다가왔다. 김대중은 나와 김근태에게 더 이상 시간을 끌어서 야권 전체의 통합 그림을 그리기는 어렵겠다고 지적하며 양대 세력만이라도 민주당과 합치자고 제의했다. 야권 통합을 위해 근 2년 노력했으나 사실 동상이몽일 뿐 진척이 없었다.

나는 새한국당에 남아 있는 장경우, 오유방, 이영일, 김현욱, 홍성우 등의 동지들과 의논했다. 보수적인 김현욱은 시큰둥하게 들었고, 나머

▲ 지방선거를 앞둔 1995년 2월 24일, 야권 통합의 시대적 과업을 더 이상 미룰 수 없다고 판단한 필자는 새한국당 동지들을 이끌고 민주당에 합류했다.

지는 대선 기간에도 국민당보다 민주당을 도와야 한다는 명분론을 내세웠던 터라 이런 모험을 해보자는 쪽으로 결론이 났다.

그리하여 민주당은 새한국당과 재야 세력만 영입하는 모양새로 1995년 2월 24일 전당대회를 열었다. 야권 단일화의 부분적인 완성이었던 셈이다. 첫날부터 이기택은 신경이 날카로워져 있었다. 그는 김대중이 왜 나와 김근태를 당으로 끌어들이는지 의심했고, 어떤 때는 노골적으로 불만을 드러내기도 했다. 긴 안목으로 계산하지 않고 목전의 정치적 입지만 생각하는 것 같아 실망스러웠다. 특히 나에 대해 사사건건 견제가 들어왔다. 전당대회 석상에서도 당 사무국은 나와 김근태의 연설 시간을 5분으로 제한했다. 이기택은 자신이 총재라는 사실을 과시하기 위함인지 몰라도 연설 시간도 길게 잡았다. 하지만 그 내용은 몹시 지루하게 느껴졌다. 거기다 영상물까지 준비하여 4 · 19 혁명 과정에서 자신을 영웅처럼 부각시키려 했고, 1979년 신민당 전당대회에서 자신의 역할을 찬양하는 장면 등을 내세웠다.

나의 입당 수락 연설은 짧았지만, 오히려 당원들로부터 더 큰 박수와 지지를 받았다. 단상의 여러 사람들이 당황할 정도였다.

"당원 동지 여러분! 지금 우리 앞에 놓인 가장 중요한 과업은 역사적으로 한 번도 경험하지 못한, 야당이 정정당당하게 선거를 통해 집권하는 일이라고 생각합니다. 이와 같이 당과 당이 서로 정책으로 대결하고 경쟁하는 가운데 수평적으로 정권이 교체되는 정치가 바로 진정한 민주정치인 것입니다. … 이를 위해서는 이번 6월에 있을 지자제 4대 선거부터 모두 승리해야 합니다. 그리고 내년 총선거에서 민주당이 원내 제1당으로 우뚝 올라서야 합니다. 그리고 97년 대통령 선거에서 민주당이 승리해야 합니다."

우레 같은 박수가 터졌다. 연설이 끝난 뒤 김상현은 "오늘 전당대회는 완전히 '이종찬 대회'가 되었구먼. 당장 총재 선거에 들어갔다면 이변이 나왔을 거야"라고 공개적으로 평가했다. 그날 내가 박수를 많이 받은 것은 웅변을 잘해서가 아니라 당원들이 바라는 바를 역설했기 때문이었다.

나는 한국의 야당은 항상 당내 권력에 집착한 나머지 근시안이 되었고, 정국 전체의 그림을 등한시한다고 생각했다. 나의 생각은 과히 틀리지 않았다. 그래서 나부터 시각을 멀리 잡고 자세를 낮춰야 당의 단결을 도모할 수 있다고 확신했다.

나의 이런 낮은 자세와 달리 김근태는 재야의 지지를 얻어 처음부터 강세로 당의 개혁을 요구했다. 그에게는 그럴 만한 배경과 능력이 있었다. 그의 주장은 재야 세력으로부터 많은 박수를 받았다. 언론에서는 이렇게 다소 상반된 우리 두 사람의 입당 후 행보에 주목했다.

입당 후 나의 일차적인 목표는 앞으로 선거에서 연전연승하여 김영

▲ 민주당 인사들은 필자의 입당을 크게 환영했다. 앞줄 왼쪽부터 필자, 이우정, 이기택, 김희선 등.

삼 정권을 올바로 심판하는 데 있었다. 그러므로 어떤 시련이 있더라도 나는 과거 민정당에서 쌓은 경력이나 관록을 내세우지 않고 정치 입문 초심으로 돌아가기로 했다.

1995년 지방선거의 명암

지방선거를 앞두고 서울시장이 되겠다는 당내 인사는 조세형, 홍사덕, 한광옥, 이철 등 네 명이었다. 이들은 일찌감치 경선 준비를 서두르고 있었다. 하지만 김대중의 생각은 달랐다. 모두 성에 차지 않았다. 국민의 의표를 찌르는 후보가 필요하다고 생각했다. 그는 특히 광역자치단체장 선거의 승리를 중요시했다.

그리하여 서울시장 선거에 대해 조순을 '히든카드'로 두고 있다가 최종 순간에 내놓았다. 권노갑이 이기택을 찾아가 "서울시장 후보로 조순 교수를 출마시키자"라고 제의했다. 하지만 이기택 대표는 "왜 그렇게 인선을 마음대로 하느냐"면서 "경선을 거쳐야 한다"라고 고집했다. 경선에 앞서 조순이 입당 절차를 밟기 위해 당사에 왔을 때도 이기택 대표는 '여기에 무슨 일로 오셨느냐' 하는 듯한 태도를 보이며 노골적으로 홀대했다.

이기택은 당의 승리를 위한 큰 구도를 생각한 것이 아니라 혹시라도 자기 위상이 흔들리지는 않을까 하고 조바심을 드러내는 듯했다. 또한 김대중이 배후에서 원격조종하지 않나 의심하고 있었다. 그는 "이 사람들이 나를 바지저고리로 아는 거냐?" 하는 말을 서슴지 않기도 했다.

1995년 2월 합당 직후 장경우가 나를 찾아와 지방선거에서 경기지사로 나설 뜻을 밝혔다. 나도 동의하고 그를 추천하고 싶었다. 그래서 조심스럽게 이기택 총재에게 그 뜻을 타진해보았다.

"장경우 의원은 경기도 토박이이고 선거구도 안산·옹진이라 경쟁력이 충분히 있다고 생각합니다. 그래서 경기지사 후보로 추천합니다. 장군은 이 총재의 고려대학 후배이고 인재입니다. 후배를 키운다는 뜻에서도 한번 밀어주십시오."

'고려대 후배'라는 말까지 한 것은 혹시 내가 자기 사람 심는 것으로 오해하지 않을까 싶어 그의 의심을 불식하기 위해서였다.

"당내에 제정구, 문희상 등 잠재적인 경쟁자가 많습니다. 여러 각도로 검토해보겠습니다."

총재로서 당연한 반응이었다. 4월에 들어서니 제정구 그룹에서 여론조사를 했다는 소문이 들렸다. 조사 결과 의외로 내가 가장 강세로 나왔다는 것이었다. 그리고 동교동에서 나를 경기지사 후보로 마음에 두고 있다는 말이 들렸다. 오랜 뒤에 들은 바로는, 그 무렵 이강래가 남산의 성재 동상까지 찾아가서 우리 집안의 내력을 조사했다고 한다. 우리 집안은 대대로 경기도에서 살아온 것이 사실이다. 선영도 서울 주변 100리 안쪽에 산재해 있다.* 하지만 나는 서울 한복판이 기반이다.

이런 사정을 전부 파악한 김대중은 4월 24일 동교동 자택에서 만나자고 갑자기 연락했다. 순간 나는 경기지사 문제 때문일 것이라고 직감했다. 예상한 대로 그는 수도권 지방선거에서 가장 중요한 것이 서울과 경기 지역이니 조순 후보와 쌍벽을 이뤄 내가 경기지사 후보로 나가는 것이 좋겠다는 의견을 제시했다. 제정구 의원이 조사한 여론조사 결과도 내놓으며 나를 설득했다. 물론 나의 정치적 장래 문제까지 언급했다. 그 순간 나는 앞서 장경우를 추천했는데 그를 제치는 것이 무리라

---

* 12대조 백사(白沙) 이항복은 포천, 9대조 구천(龜川) 이세필은 평택 진위, 5대조 오천(梧川) 이종성은 장단(현 비무장지대 내), 그리고 우당(友堂) 이회영은 개풍에 각각 유택을 모셨다.

▲ 민주당에 입당한 필자(고문)와 김근태(부총재)가 이기택 총재와 자리를 함께했다.

고 생각했다.

"총재님의 생각을 잘 들었습니다. 그런데 사실 저는 경기도 사람이라고 생각하고 있지 않습니다. 선거구도 서울이고요."

한 발짝 뒤로 뺐다.

"내가 다 알아봤어요. 원래 서울 사람, 경기도 사람이 따로 있지 않아요."

"제가 사정을 말씀드리지요. 얼마 전에 제가 이기택 총재에게 장경우를 추천했습니다. 이렇게 사정이 바뀌면 제가 먼저 이 총재에게 지난번 장경우 추천 건을 거둬들이고 이야기를 시작해야 할 것 같습니다. 당내에서 의견 일치로 저를 민다면 나가야 되겠지만 말입니다."

"잘됐습니다. 안 그래도 이 총재에게 누가 말을 시작하면 좋을까 생각했는데 직접 만나서 의견을 들어보세요."

나는 즉시 마포 당사로 이기택을 찾아갔다. 그리고 지난번 장경우 군을 추천했는데 이번 지자체 선거가 중요하고 또 경쟁력을 조사해보니 내가 강세로 나와서 "부득이 장경우 추천을 철회하고 내가 나서기로 했으니 도와주시오"라고 말했다. 눈을 지그시 감고 나의 설명을 듣던 이기택은 길게 생각하지도 않고 나에게 물었다.

　"이거 동교동의 생각이지요?"

　"아니, 동교동의 생각이기도 하지만 나도 여러 데이터를 종합해 결심한 것입니다"

　"저는 이 고문의 요청에 동의할 수 없습니다."

　"아! 뜻밖입니다. 무슨 이유가 있습니까?"

　"이건 김대중의 정계 복귀 시나리오입니다."

　"아니, 왜 그렇게 생각합니까? 지자체 선거에서 승리하면 그 영광은 이 총재의 것이지 어떻게 정계에서 은퇴한 분의 공적이 됩니까?"

　"그래도 나는 동의하지 못합니다."

　"유감이군요. 이 총재가 그렇게 좁게 생각할 줄 몰랐습니다."

　나는 실망하고 당사를 떠났다. 이런 사태를 의논하고자 김상현을 만났다. 그는 나의 설명을 듣더니 일이 꼬일 것 같다는 의견을 내놨다. 동교동에서 이기택과 진지한 대화 없이 불쑥 한 장씩 후보 추천 카드를 내미니 이기택으로선 소화하기 힘들 것이라는 설명이었다.

　다음 날 이기택과의 면담 결과를 김대중에게 알려야 할 터인데 걱정스러웠다. 나 때문에 당의 불화가 조성되는 것만은 피하고 싶었다. 일단 아태재단 사무실로 김대중을 찾아갔다. 이기택이 의구심을 갖고 있는 부분에 대해서는 애써 말을 피했다.

　"이 총재는 자기가 생각하는 구도가 있는 것 같습니다."

　"어떤 구도인데요?"

　"장경우를 계속 밀고 싶은 것 같습니다."

"안 될 사람을 민다니 이상하군요."

그는 눈치가 빨랐다. 내가 침묵해도 그대로 넘어갈 사람이 아니었다.

"어제 이기택이 기자들에게 조순 후보가 박찬종에게 코가 납작해져야 김대중이 정신 차린다는 말을 했다는데 그럴 수 있습니까? 무엇인가 나를 의심해서 장경우를 고집하는 것 아니에요?"

4월 27일, 장경우는 경기지사 출마 기자회견을 강행했다. 그는 사전에 나와 한마디도 의논하지 않았다. 아마 내가 그의 후보 자리를 탐하는 것으로 오해하는 것 같았다. 그 후 이기택과 동교동 간에 계속 불협화음이 터져 나왔다. 김대중은 장경우를 직접 불러서 설득하기도 했다.

"장 의원은 다음번에도 국회에 들어가는 것이 정치 장래를 위해 더욱 바람직하다고 생각하니 경기지사 출마는 양보하는 게 어떻겠소? 이번에 양보하면 앞으로 진로는 내가 보장하겠소."

"무슨 말씀인지 알아듣겠습니다. 그러나 이 문제는 제가 결정하지 못하고 이기택 총재와 의논해야 될 것 같습니다."

"아니, 장 의원의 일생을 결정할 문제를 왜 이 총재에게 미루지요?"

"아닙니다. 이 문제는 저의 의사로 좌우될 문제가 아닙니다."

장경우 자신도 결정하지 못할 만큼 일이 꼬여 있었던 것이다. 그러나 김대중은 나의 경기지사 출마를 단념하지 않았다. 일종의 집념이라고 할까? '서울시장 후보 조순과 경기지사 후보 이종찬', 이것이 황금의 카드라고 강조했다. '이 카드로 수도권과 호남에 맞바람 효과를 기대할 수 있다. 그러면 강원도까지 넘볼 수 있다. 이를 기반으로 밀고 나가면 총선, 대선 모두 승세를 잡을 수 있다.' 이것이 그의 구상이었다. 권노갑 의원이 나를 찾아왔다.

"이기택 총재가 설득되지 않으니 이젠 경선을 할 수밖에 없겠어요."

"장경우는 내 아우나 마찬가지입니다. 그러잖아도 내가 자기 정치 생명에 큰 장애가 되었다고 생각하고 있는데, 만약 내가 그와 경선을 한다면 세상 사람들이 다 나를 야박한 사람이라고 하지 않겠어요? 장경우가 나가도록 합시다."

"안 됩니다. 이 문제는 당의 운명을 결정짓는 것인데 그런 인정론으로는 안 됩니다. 안동선이라도 내보내서 이기택의 의지를 꺾어야 됩니다."

이로써 경기지사 문제는 제2라운드에 들어갔고 갈등은 심화되었다. 민주당 분당의 실마리는 이때 싹트기 시작했다.

5월 13일 오후, 안양 예술문화회관에서 경기지사 후보 선출 대회가 있었다. 2차까지 가는 안동선과 장경우의 표 대결 끝에 간발의 차이로 장경우가 후보로 선출되었다. 그러나 그 과정에서 돈 봉투 논란, 대회장 폭력 사태, 투표함 보전, 추후 개표 등으로 김이 빠졌다.

이런 소란스러운 상황을 보고 나는 참으로 크게 실망했다. 이런 창피스러운 꼴을 적나라하게 보여주고 무슨 염치로 국민에게 표를 달라고 할 것인가? 민주당의 경기지사 선거는 패배가 확실했다. 그 가운데 가장 큰 패배자는 이기택과 장경우가 될 것이 분명했다.

6월 6일 저녁, 김대중은 서교호텔로 모이라는 전갈을 보내왔다. 이제 서울시장 선거에 매진하자는 것이었다. 먼저 이해찬 서울시장선거대책본부장의 브리핑이 있었다.

이해찬이 설명하는 서울 상황은 이랬다. 조순이 서울시장 후보로 결정된 5월 3일부터 경기도 대회가 열린 5월 13일까지는 그의 인기가 연일 상승해 24%까지 올라갔다. 그러나 그 뒤 경기지사 후보 선출 대회에서의 당내 불화가 노출되어 지지도가 하향 곡선을 그려 6월 5일 현재 19% 정도이고, 유권자 수로 따지면 135만~145만 표 정도를 확보하고 있다는 보고였다.

박찬종 후보는 현재 30%로 안정세를 유지해 약 222만 표를 확보하고 있는 반면, 민자당의 정원식 후보는 14% 정도로 약 100만 표를 확보하는 데 그쳤다. 이처럼 1위와 2위 간 차이가 큰 데에는 물론 민주당의 당내 갈등이라는 요인도 있지만 근본적으로는 조순이나 정원식이 공히 박찬종에 비해 현저하게 지명도가 떨어진다는 데에 원인이 있었다. 당시 두 사람의 지명도는 기껏해야 40~50% 수준이었던 데에 반해 박찬종은 90%에 육박했다.

이어서 이해찬은 선거 자금에 대해서도 언급했다. 법정 비용이 14억 5000만 원이고, 거기에 운영 자금을 합치면 줄잡아 20억 원이 필요하며, 그 외의 각종 경비를 합치면 24억~25억 원이 소요될 것으로 판단된다는 것이었다. 이 가운데 당에서 약 16억 원을 조달해준다고 하니 나머지는 모금해야 할 판이었다. 마지막으로 이해찬은 "조순 후보가 낼 수 있는 최대 액수는 3억 원이다. 통장을 아예 나에게 맡기면서 이게 전부라고 했다"라고 보고했다.

김대중 이사장은 그 자리에서 즉시 자금 할당 지시를 내렸다. 자신이 우선 5억 원을 내놓겠다며 권노갑 1억 원, 이종찬 1억 원, 한광옥 1억 원, 김상현 1억 원… 각각 자금 조성에 협조하라고 지시했다. '아, 이런 게 야당식이로군!' 처음으로 접하는 상황이었다. 나는 당장 돈이 없었다. 그래서 부득이 동숭동 우당기념관을 담보로 은행에서 대출을 받아야 했다.

6월 14일, 다시 서교호텔 회의에 참석하라는 전갈을 받았다. 밤 10시 반, 이해찬 본부장은 조순 후보가 회복기에 접어들었다고 보고했다. 현재로서는 조순 후보의 예상 득표수가 150만 표 정도이지만 1주일 후면 170만 표까지 올라갈 것이며, 정원식 민자당 후보는 100만 표, 박찬종은 180만 표에 머물고 있어, 앞으로 종반전에 접어들면 약 30만 표를 놓고 서로 싸우는 형국이 될 것이라는 관측이었다.

그사이에 한 가지 기이한 현상이 벌어졌다. 그때 김대중은 전국을 돌며, 지방자치단체장의 선출을 계기로 지방화 시대에 들어가면 명실공히 '지방 등권(等權) 시대'가 열린다는 주장을 펴고 있었다. 이런 주장에 대해 김종필의 자민련도 반쯤 동의한 상태였다. 그런데 이에 대해 이기택은 그것이 지역감정을 이용해 집권하려는 꼼수라면서 공격하고 나섰다. 더욱이 이기택은 김영삼을 공격하기보다 김종필을 집중 공격했다. '중앙정보부를 창설해 애국자를 살해하고, 민자당에서 쫓겨 나와 정당을 급조한 것이 과연 충절이냐?' 하는 식이었다. 자민련에서는 강력한 불만을 표시하고 나왔다. 지방선거의 형세로 보나 정국의 흐름으로 보나 당시 필요한 것은 자민련과의 공조 분위기였다. 그런데 밖으로 향해야 할 칼날이 안으로 향하고 있었던 것이다. '전략 개념이 없기 때문이었을까, 아니면 그때부터 야권 공조를 염두에 두고 이를 방해하기 위한 포석이었을까?' 내 상식으로는 도저히 알 수 없었다.

6월 15일, 김대중이 나에게 한 가지 지시를 했다.

"자민련은 서울에 후보를 내지 않았으니 공개적으로 조순 지지를 선언해달라고 김종필 총재에게 부탁해보시오."

나는 서울 캐피털호텔에서 김종필 총재의 비서실장을 맡고 있는 김동근 의원을 만나 김대중의 부탁이라면서 자민련과의 연합전선 구축 의사를 전달했다.

"자민련에서 공천을 하지 않았고, 조순 후보에 대해서는 거부감이 없을 겁니다. 이번 지방선거를 통해 야당 공조 기반이 조성되면 앞으로 반김영삼 전선도 같이할 수 있을 겁니다. 선거 진행 상황을 보면서 협조 사항이 있으면 계속 연락하겠습니다."

김동근 의원은 과거 나의 상관이었고, 그간 형제처럼 많은 일을 의논해온 처지였다. 속내의 이야기도 마음 놓고 말할 수 있는 관계였다. 그는 내가 말한 취지를 열심히 기록해서 김종필에게 보고하겠다고 약속하면서 야당 공조 문제에 대해서도 관심을 표명했다.

나는 그날부터 조순이 승리할 것이라고 확신했다. 모래내 유세장에서 처음으로 김동길이 조순 지지를 위해 연단에 올랐다. 자발적인 지지

▲ 1995년 5월 지방선거에서 필자는 조순의 서울시장 당선을 위해 혼신의 힘을 다했다.

그룹으로 『나의 문화유산 답사기』를 써서 유명한 유홍준을 비롯한 문화예술인들도 대거 참여했다. 손님이 꼬이면 선거는 이기는 법이다.

TV 토론에서 정원식 후보는 교수답게 청산유수의 능변을 보여줬고, 박찬종 후보는 기지가 넘치는 그야말로 일당백의 논객다운 모습을 보였다. 그런데 조순 후보는 눌변인 데다가 수줍음도 타서 다른 후보를 공격하지도 못하는 숙맥 스타일이었다. TV를 지켜보던 우리는 크게 실망했다. 그런데 여론조사 결과는 달랐다. 조순 후보의 설명이 가장 진실하고 믿음이 간다는 반응이었다. '아, 꼭 말을 잘해야 점수가 올라가는 것은 아니군!'

드디어 6월 27일 지방선거의 날, 전국적으로 평온하게 투표가 진행되는 가운데 오후 들어 벌써 여당 참패론이 나오기 시작했다. 이는 출구 조사에서도 드러났고, 개표 결과도 마찬가지였다.

다음 날 새벽, 서울시장 선거는 조순이 압승한 것으로 끝났다. 조순이 42.4%, 박찬종이 33.5%, 정원식이 20.7%를 득표했다. 초반에 기세를 올리던 박찬종은 막판에 무릎을 꿇을 수밖에 없었고, 민자당은 민주당의 절반에도 못 미쳤다. 그러나 나머지 수도권 지역에서 민주당은 죽을 쒔다. 모두 승리할 수 있었는데도 이기택의 졸전으로 경기도와 인천을 민자당에 내준 것이었다. 경기도에서는 장경우가 민자당의 이인제에게 10% 포인트 이상 뒤졌다.

하지만 전체적으로 1995년 지방선거 결과는 김영삼 정부에 대한 혹독한 심판이었다. 특히 3당 합당 과정에서 '4·8 밀약'까지 맺어가면서 김종필을 이용할 대로 이용한 뒤 헌신짝처럼 걷어차 당에서 축출한 김영삼식 정치에 대해 국민이 심판한 것이었다. 자민련은 대승했다. 대전과 충청남북도뿐 아니라 강원도에서도 승리했다.

전국 15개 광역 시·도지사 선거에서 민자당이 5개, 민주당이 4개, 자민련이 4개, 무소속이 2개 지역을 각각 차지했다. 김영삼은 자기가 집권함으로써 3김 시대가 끝났다고 호언했지만, 다시 3김이 지역별로 할거하는 시대가 찾아왔다. 김대중과 김종필의 생환은 '지방선거 이후'의 정국에 대단히 큰 의미를 갖는 것이었다.

총원 230명의 기초자치단체장(시장·군수·구청장) 선거에서도 민주당이 가장 많은 84곳(37%)을 차지한 반면, 민자당은 전체의 3분의 1에도 못 미치는 71곳(31%)을 얻었을 뿐이었다. 그 밖에 자민련이 23곳(10%), 무소속이 52곳(23%)에서 각각 당선되었다.

특히 서울의 25명 구청장 가운데 민주당이 23명을 배출했고, 민자당은 서초와 강남에서만 겨우 살아남았다. 광역의원에서도 민주당이 352명, 민자당이 287명, 무소속이 150명, 자민련이 86명 당선되어 민자당이 참패했다. 김영삼 정부는 중간평가를 톡톡히 받은 것이었다. 이때 나는 이미 김영삼 정부의 레임덕의 그림자를 보았다.

어쨌든 이번 선거는 민주당과 자민련을 위한 선거였다. 게다가 선거 운동 기간에 김대중과 김종필의 연합 가능성이 제시된 것이 주목할 만한 점이었다.

지방선거를 계기로 많은 국민이 민주당의 장래에 관심을 쏟게 되었다. 민주당은 8월 전당대회를 예정하고 있었다. 이를 통해 자연스럽게 당권이 교체될까, 아니며 분당될까? 분당은 가장 큰 악수가 될 것이었다. 과연 김대중은 어떤 선택을 할 것인가?

13

김대중 대통령 만들기

루쉰의 말처럼 처음부터 길은 없었다. 한 사람, 두 사람…
걸어가면 그것이 길이 되는 것이다.
마음속의 38선을 넘은 사람들, 그들이 길을 만들었다.
통일 논의의 물꼬가 터졌고, 냉전의 우상들이 하나하나
무너져갔다. 산비탈의 작은 샛길도 사람들이 다니면
넓은 길로 변하지만, 다니지 않으면 잡초가 자라 길을
막는다.

김연철, 『냉전의 추억: 산을 넘어 길을 만들다』(후마니타스,
2009).

15대 총선 패배를 딛고 대선기획팀을 꾸리다

1996년 4월 11일에 실시된 제15대 국회의원 선거는 새정치국민회의(이하 국민회의)의 완패로 끝났다. 선거 결과를 봐도 쉽게 이해할 수 있었다. 국회의원 의석수 299개 가운데 여당인 신한국당이 139석을 얻은 반면, 국민회의는 79석에 그쳤다. 여당에서 축출당하다시피 한 김종필이 급히 창당한 자민련도 무려 50석을 확보해 예상 밖의 선전을 했고, 민주당에서 분당하여 국민회의를 결성할 때 반대하고 잔류한 '꼬마 민주당'도 15석이나 건졌다. 무소속이 16석으로 늘어난 것도 민주당의 분당이 초래한 결과였다. 국민회의는 특히 수도권에서 부진했다. 거기에는 나의 낙선도 포함되어 있었다. 국민회의 창당 때 김상현이 "의리상 김대중 총재를 따라가긴 하지만, 선거에서 대패할 것을 각오한다"라고 예견했던 것이 그대로 적중했다.

국민회의는 확고한 지역 기반인 호남에서 대승을 거두었을 뿐, 중부권과 수도권에서는 완패했다. 강원(6.7%), 경북(1.6%), 경남(4.2%), 부산(6.4%), 대구(1.4%) 등 동부 지역에서는 전멸하다시피 했다. 1997년 대통령 선거에 국민회의의 간판으로 출마해야 할 김대중으로서는 이 총선이 중요한 징검다리였는데, 이처럼 부진한 결과를 받아 든 이상 출마하겠다는 말조차 하기 어렵게 되었다. 당의 장래에 암운이 몰려오는 듯한 위기감이 감돌았다.

국민회의 안에서는 선거 결과를 놓고 여러 가지로 패인을 분석했다.

으레 그렇듯이 여권의 탄압과 불공정 선거(금권, 관권, 언론 독점, 흑색선전, 북풍 등)가 원인이라는 지적도 있었지만, 당원들은 마음속으로 민주당을 깨고 국민회의로 분당한 것이 결정적인 패인이라고 여기고 있었다. 김대중 총재의 권위에 묻혀 누구도 그것을 터놓고 말하지 못했을 뿐이다.

예컨대 분당 전인 1995년의 지방선거에서 민주당의 서울시장 후보 조순은 42.4%를 얻어 당선되었다. 그때 서울시의회 의원들의 득표 합계는 48.6%였고, 구청장들의 득표 합계도 47.9%에 이르렀다. 그러나 이번 총선거에서는 서울 지역의 득표를 모두 합쳐봐야 35.2%에 지나지 않았다. 이런 부진은 경기도나 인천에서 모두 비슷했다.

이런 총선 부진은 시간이 지나면서 차츰 김대중 총재의 정권 창출 회의론으로 이어져 입에 오르내리기 시작했다. 반DJ 성향의 언론에서는 기다렸다는 듯이 1998년 김영삼 대통령 임기가 끝남과 동시에 '3김 퇴진'도 이뤄져야 한다는 논조가 등장했다.

총선 패배 이후 김대중 총재는 당사에 나타나지 않고 자택에 칩거했다. 아태재단 사무실에 나와도 면회를 일절 사절한 채 사태를 정관할 뿐이었다. 당원들의 사기도 떨어질 대로 떨어져 있었다.

나는 어떻게든 이를 수습할 필요가 있다고 생각해 나름대로 향후 계획서 하나를 작성했다. '97 대선 승리를 위한 계획시안'*이라고 제목을 달았다. 이를 들고 아태재단으로 김대중 총재를 찾아갔다. 마침 권노갑도 있기에 보고서를 놓고 약 두 시간 동안 함께 진지하게 의견을 나누

---

* 필자는 이 보고서에 'VICI보고서'라는 별명을 붙였다. 로마의 시저가 기원전 47년 소아시아 전투에서 손쉽게 승리를 거두자 본국에 'VENI(도착했다)', 'VIDI(전투 현장을 보았다)', 'VICI(승리했다)'라고 라틴어의 운을 살려 간략하게 보고했다는 유명한 이야기가 있다. 여기서 'VICI'는 승리를 나타내는 말이었다.

었다. 보고서는 1997년 대선을 전제로 향후 정국의 큰 흐름을 살펴보는 내용이었다.

1. 1997년 대선의 선거인 수를 약 3200만 표로, 투표율을 75%로 각각 가정하면 투표자 수는 2400만 표가 될 것이다. 그 가운데 최소한 900만 표(37.5%) 이상을 얻어야 당선을 겨우 바라볼 수 있다. 지난 1992년 14대 대선 때 김대중 총재는 800만 표를 얻고도 낙선했다. 그러므로 900만 표는 득표 하한선이 될 것이다.

2. 1992년 제14대 대선 때 김영삼 대통령은 997만 표를 얻어 당선되었다. 이번 총선거에서 신한국당이 얻은 표 678만 표와 자민련이 얻은 표 317만 표를 합하면 995만 표가 된다. 이 표가 보수층의 지지표라고 본다. 이번 선거에서는 김영삼이 대통령으로 당선되었을 때 얻은 표가 신한국당과 자민련으로 나뉘었다는 계산이다.

3. 이번 총선에서 국민회의가 얻은 490만 표와 민주당이 얻은 220만 표를 합하면 710만 표가 된다. 이것이 한국의 리버럴층과 진보층의 표라고도 할 수 있다. 만약 900만 표를 얻어야 겨우 당선권을 바라볼 수 있다면, 앞으로 근 200만 표 이상을 더 얻어야 한다.

그러므로 '김대중 대통령 만들기'의 첫 번째 과업은 우선 국민회의가 민주 세력의 결집을 통한 야권 단합을 강구하는 것이다. 현 상황에서 '국민회의 490만 표 + 민주당 220만 표 + α'라는 개념으로 접근하자는 것이다. 여기서 가장 중요한 전제는 민주당과의 재합당 내지 연합이다. 그렇지만 지난 총선에서 딴살림 차려 서로 싸운 탓에 감정이 악화될 대로 악화된 상황에서 과연 재결합이 가능할까? 설령 가능하다 해도 그것으로 얻을 수 있는 표는 710만 표 + α에 불과하다.

그렇다면 두 번째 방안을 고려해야 한다. 이는 국민회의가 민주당을 흡수하고 자민련과 연합하는 방안이다. 이럴 경우 야권 전체의 득표 '710만 표 + α'에 자민련 지지 약 400만 표까지 더하면 약 1200만 표 내외가 된다. 이런 가정이 성사되면 무난히 대선에서 승리를 기대할 수 있을 것이다.

그러나 과연 국민회의와 자민련의 연합이 가능할까? 더욱이 '내각제 권력구조 개헌'을 일관되게 주장하고 있는 자민련을 과연 무슨 방법으로 끌어들인단 말인가? 이야말로 큰 숙제다. 나는 이런 설명을 하면서 김대중 총재의 의향을 떠보기 위해 말했다.

"국민회의와 자민련은 정치의 출발점도 다르고, 철학도, 당의 이념도 모두 다른데 과연 연합이 가능할지 의문입니다. 우선 총재님을 비롯해 당원들이 납득할 것인지부터 문제입니다."

자민련과의 연합 시도에서 가장 중요한 조건은 김대중 총재 자신의 마음가짐이었다. 그래서 그의 의중을 조심스럽게 탐색해본 것이었다. 나의 말을 들은 김 총재는 창밖을 물끄러미 응시하다가 불쑥 한마디를 던졌다.

"이 의원은 나를 혁명투쟁가로 보는 모양인데, 나는 타협과 협상을 주장하는 의회주의자요."

이 말은 내가 기대했던 대답이었다. 말하자면 '나는 누구와도 협상할 용의가 있다'는 말이었다. 이 말 한마디로 충분했다. 결론은 난 것이었다. 나는 보고서를 모두 챙기면서 말했다.

"이제부터 할 일을 즉시 가동하는 일만 남았습니다."

할 일이란 다음 세 가지로 집약할 수 있었다. 첫째, 당이 어떤 방향으로 나가든 국민회의는 김대중 총재를 중심으로 단결한다. 둘째, 당은 급진 정당이 아니라 개혁, 온건, 자유, 통일, 복지를 표방하는 중도 정당으로 이미지를 개선하고 지지를 확대해나간다. 셋째, 다른 어느 세력과도 연합할 수 있도록 모든 가능성에 문호를 열어놓고 준비를 갖춘다.

"이제 방향이 결정되었으니 내일부터라도 즉시 착수해주시오."

김대중 총재가 말했다. 나의 일명 'VICI보고서'로 새로운 씨앗을 뿌리게 되었으니 거두는 작업도 내가 직접 하라는 뜻이었다. 그날 이후 우리는 아태재단 3층에 별도의 사무실을 두고 대선 기획에 착수했다.

5월 13일, 스승의 날을 앞두고 김대중 총재는 이대부속고등학교에 일일교사로 가서 특강을 했다. 총선 이후 첫 대외 활동이라는 점에서 기자들도 많이 수행했다. 특강 주제는 '삼봉 정도전의 신권정치'였다. 여러 가지 함의가 있을 수 있는 주제였다. 이렇게 김 총재가 다시 기지개를 켜고 대외 활동에 나서면서 우리 대선기획팀의 활동에도 가속이 붙기 시작했다.

다만 총선 패배의 후유증이 아직 남아 있다는 점에서, 그리고 야당생활을 오래 해온 사람들의 자존심을 건드려서는 안 된다는 점에서 나는 계획 추진에 몸을 낮추었다. 그래서 '97필승팀'은 당과는 별도 기구로서 공식적인 당무를 떠나 후보를 중심으로 한 기본 전략에만 집중하기로 했다. 처음에는 세부 팀으로 전략기획팀, 이미지개발팀, 조직담당팀을 구성했으나, 조직담당팀은 당과 마찰이 생길 수 있다는 이유로 폐지했다.

97필승팀의 전략기획 담당은 이강래였고, 전반적인 지원은 박금옥이 맡았다. 그 밑에 약간의 실무자를 두었다. 이강래는 기획에 천부적인 자질이 있었다. 그가 작업한 전략기획팀의 기초 계획을 놓고 매주 위원들이 모여 심층 토론을 했다.

97필승팀은 대외적으로는 '동북아연구모임'으로 위장하고 아태재단 3층에 사무실을 열어 작업을 진행했다. 제1차 과제는 '김대중 이미지 만들기' 작업이었다.

이미지 개발의 가장 중요한 토대는 김대중 총재에 대한 국민의 인식을 파악하는 작업이었다. 이 작업은 가혹하다고 할 만큼 철저하게 진행

▲ 1996년 총선 이후 필자는 '대선 승리 계획'을 작성해 '김대중 대통령 만들기'에 적극적으로 나섰다. 그 무렵 대선 대책 회의에 김대중 씨와 함께 참석한 필자.

했다. 후보의 모든 것을 완전히 벗기는 작업이었다. 우리는 이 작업을 위해 어떤 선입견이나 개인의 감정을 떠나 철저한 브레인스토밍을 해야 한다고 여러 차례 강조했다. 사실 1987년 선거와 1992년 선거에서 그의 측근 모두 그를 제왕처럼 떠받들 줄만 알았지 후보로서의 약점과 미비점을 보충하는 데에는 소홀했다고 보았기 때문이다.

인간 김대중의 약점을 완전히 까발리는 작업을 진행하는 데 가장 중요한 것은 우리와 총재 간의 신뢰였다. 김 총재에게 무슨 말이든 다 할 수 있는 소통의 신뢰가 중요했다. 이 작업을 위해 '밝은세상'이라는 기획팀이 꾸려졌다. 그 팀의 수장은 윤홍렬로 김 총재 사돈의 아들, 즉 김홍일 의원의 처남이었다. 그는 광고 기획에 일가견이 있었다. 팀원들의 면면도 기획 부문에서 발군의 실력가들이었다. 이 팀을 뒷받침하는 사람은 김 총재의 차남 김홍업이었다. 이 정도 진용이라면 냉정하게 '김대중 후보'라는 작품을 만들어가는 데에 손색이 없었다.

필승팀은 출범 이후 매주 한 차례 아태재단 사무실에서 정기회의로 모였다. 위원으로는 임동원(아태재단 사무총장), 황용배(후원회 처장), 정동영, 천정배, 정세균, 배기선, 전병헌, 라종일, 박지원 등이 참여했다. 필승팀 회의는 정말 진지했다.

필승팀은 마치 영화 제작에서 감독과 같은 역할을 수행했다. 감독이 반드시 주연배우보다 더 우수하다고 볼 수는 없다. 그러나 일단 영화를 제작할 때에는 어떤 유명 배우도 감독의 명령에 따라야 한다. 명배우라고 해서 감독을 제치고 자기가 대본도 고치고, 메가폰도 잡고, 카메라 앵글도 결정하려 들면 그 영화는 죽도 밥도 안 된다. 선거도 같다. 후보는 기획팀이 정한 일정대로 뛰어야 하고, 연기를 해야 한다. 웃을 때는 웃고, 웅변이 필요할 때에는 부르짖어야 한다. 과연 자존심 강한 김대중 총재가 우리 기획을 순순히 따를까? 걱정이 컸다.

그렇다고 후보가 연기할 수 없는 것, 교정이 불가능한 것을 강요해서는 안 된다. 예컨대, 후보의 호남 사투리를 교정하려 애쓴 일이 있었다. 불가능했다. 일생을 통해 고정된 말투를 바꾸기란 불가능했다. 차라리 이를 선용하는 방법이 더 좋지 않을까 하는 생각으로 나아갔다.

여하튼 기획팀이 절대적인 권한을 행사하도록 위임을 받아야 한다는 데에는 이론이 없었다. 후보는 일단 기획팀이 일관된 선거 전략을 추진하도록 보장해야 한다. 과거에도 기획팀이 있었다. 그러나 선거 중반전에 들어가면 많은 사람들이 저마다 한마디씩 거들어 결과적으로 선거 전략에 심대한 차질을 빚었던 쓰라린 경험이 있었다.

한편 김대중이라는 인물을 가령 '21세기를 바라보는 대통령', '통일 대통령', '정권 교체를 이번만은!', '37년간의 경상도 정권, 이번만은 바꿉시다!' 등등 국민들 마음속에 숨어 있는 감정에 호소할 수 있는 이미지로 내세우면 효과가 있을 것 같기는 했으나, 좀 더 고려해야 할 부분이 있었다. 국민 가운데 정권이 다른 지역을 기반으로 하는 세력으로 바뀌어야 한다는 데에는 동의하면서도 김대중으로 바뀌는 문제에 대해서만은 거부하는 층도 상당히 있음을 인식하고, 이에 대한 전략을 준비해야 했다.

자민련과의 연합 공조에 대해서도 깊이 생각해야 했다. 김종필 총재와의 연대나 자민련과의 공조는 일정한 기간이 넘어가면 그때마다 새로운 명분을 제시할 필요가 있었다. 내각제 수용은 가장 기본적인 합의사항이 될 것이고, 그보다도 실질적인 권력 분점 구상들을 내놓아 자민련의 참여 의욕을 돋우고 안심시켜야 했다.

필승팀에서 주기적으로 논의된 내용을 총정리해 '대선 계획'이라는 종합기본계획서(마스터플랜)를 작성했다. 그리고 이 계획을 심층적으로 검토하고자 그해 8월 15일 휴가 기간을 이용해 워크숍을 열었다.

워크숍 전날, 우리는 가족을 동반해 각자 휴가를 간다는 구실로 제주도로 몰려갔다. 비교적 인적이 드문 중문 지역 한 모텔에 여장을 풀었다. 그곳은 나의 친우가 운영하는 해안가 모텔이었다. 우리는 이를 통째로 빌렸다. 유난히도 더운 여름 날씨에도 가족들은 소풍 가는 아이처럼 기뻐했다. 라종일의 개구쟁이 아들, 박지원의 예쁜 딸들… 모두가 활달했다. 가족들을 모두 관광 보내고 우리 팀은 김대중 총재와 함께 진지한 토론을 계속했다.

우리는 그간 매주 논의된 내용을 종합한 이강래의 '97필승 준비계획: 중간검토자료'와 '밝은세상'이 작성한 'FGI조사보고'[*]를 바탕으로 열띤

---

[*] 'FGI'란 'Focus Group Interview'의 약자인데 불특정 사람들을 선발한 뒤 특정한 주제를 놓고 편안하게 토론하는 가운데 민심의 향방을 찾는 작업이다. 우리는 주로 DJ에 대해 국민들이 갖는 인상, 호불호를 포함한 인식도와 이해도, 그리고 앞으로 DJ에게 기대하고 요망하는 사항 등을 체크했다.

▲ 1996년 8월 새정치국민회의 대선기획팀은 제주에 모여 비공개 워크숍을 진행했다. 그 자리에서 대선 기획의 대강을 결정했다. 워크숍 참석자와 그 가족들.

토의를 벌였다. 논의된 내용을 간추려본다. DJ가 대통령이 되어야 하는 이유는 대략 이러했다.

첫째, DJ를 중심으로 수평적 정권 교체를 이룩함으로써 민주주의를 완성하고 국격을 높인다. 이미 경제적으로 우리보다 못한 나라들도 민주화 지도자가 국가의 수반이 됨으로써 국격을 높였다. 이를테면 폴란드의 바웬사, 체코의 하벨, 남아공의 만델라가 그러했다. 우리도 DJ를 모시는 것이 하나의 도덕적 보상이라고 할 수 있다.

둘째, 지역 간 정권 교체를 이루는 문제에 대한 반응을 조사했다. 긍정적 지지가 59%였고, 반대는 38%였다. 지지자는 대부분 호남 출신이었고, 연령층으로는 30~40대가 가장 많았다.

셋째, 20세기가 21세기로 바뀌는 중요한 시기에 '큰 인물', '큰 정치'를 기대하는 여론이 지배적이며, 그 인물이 바로 DJ라는 층도 상당했다. 특히 FGI 결과에 따르면, DJ에 대한 평가는 '정치 거목(경륜과 경험)', '거대한 비전과 구상', '국제 무대에서의 리더십', 'YS의 무능한 국정 운영에 대한 상대적 우월성' 등이었다. 그러나 경제의 어려움을 해소할 능력에 대한 기대치는 그리 높지 않았다. 그가 쓴 『대중 참여 경제론(Mass-Participatory Economy)』(1985)이 하버드 대학 출판부에서 출판되었지만, 경제학자들은 이를 올바르게 해석하지도 않았고 인정하지도 않았다.

넷째, 남북문제를 포함한 한반도 긴장 완화에 도움이 될 것이라는 기대는 컸다. 특히 탈냉전 시대에 필요한 단계적·점진적 통일 방안을 DJ는 일관되게 주장해왔다. 그는 1971년 대선 이래 용공 세력이라는 오해를 받아가면서까지 평화교류, 평화공존, 평화통일의 3단계 통일 방안을 제시했고, 4대국 보장론도 주장했다. 그러므로 DJ는 통일 방안에 관한 한 전문가적인 식견을 갖고 있다고 국민들이 인식하고 있었다.

하지만 DJ가 대통령이 되는 데에는 걸림돌도 만만치 않게 많이 존재했다.

첫째, 지난 1987년과 1992년 두 차례의 대선, 그리고 지난 4월 11일 총선 이후 호남 민심은 이미 DJ에 대해 반쯤 포기한 상태였다. "그만큼 밀어줬으면 됐지, 또 나와서 망신당할 필요는 없지 않은가?" 호남 사람 가운데 이런 반응을 보이는 이가 상당수였다. 더욱이 그의 정계 복귀에 대해 많은 사람들이 거부감을 느끼고 있었다. 여론조사 결과 DJ를 좋아하는 사람 가운데에서도 '복귀에 찬성'하는 이는 29.4%뿐이고, 복귀하고 말고는 '개인의 자유'가 아니냐고 하는 이가 26.1%인 데 반해, '잘못한 일'이라고 하는 이가 44.6%나 되는 것으로 나타났다.

둘째, 자민련은 DJ의 '거국내각' 주장에 대해 대다수 긍정적인 반응을 나타내면서도 연합의 대상으로는 DJ가 아닌 제3의 인물을 강력하게 요구할 가능성이 있었다. 또 신한국당 밖의 영남 세력, 예를 들면 박태준,

박철언, 김복동은 TK 독자 후보를 내세우려 할 가능성이 컸다.

셋째, YS는 DJ의 집권을 필사적으로 저지하려 할 것이다. YS는 자기의 집권으로 3김 시대가 끝난 것으로 만들고 싶은 욕망이 매우 컸다. 그렇게 함으로써 역사적으로 자기의 위상을 한결 높이고 싶어 하는 욕망이 눈에 보였다. DJ에 대한 그의 질투심은 이미 오래된 이야기였다.

넷째, TK나 PK 지역의 비호남 정서에서는 설사 정권 교체를 희망한다 해도 "DJ만은 안 돼!"라는 반응이 상당했다. 특히 역대 영남 정권이 심어놓은 DJ에 대한 음해가 상당히 심각한데, 이를 극복하기란 매우 어렵다.

다섯째, 북한은 과거 선거 때마다 보수 정권에 항상 도움을 주어왔다. 1987년 대선 때는 KAL기 폭파 사건으로 노태우 당선을 도왔고, 1992년 대선 때는 거물 간첩 이선실 사건이 발생해 역시 YS의 대세를 굳히는 데 도움을 주었다. 이번에 또 북한이 무슨 사건을 터뜨려 정부와 여당이 벼르는 'DJ 죽이기'에 일조를 할 것인지 예측하기 어려웠다.

여섯째, 민주당은 DJ에 대해 여당 이상의 적대감을 갖고 있다. 특히 이기택, 김원기, 이부영 등은 분당 사태로 감정이 악화될 대로 악화되어 DJ를 사갈시했다. 그뿐만 아니라 신한국당과 보수 여권 단체는 단합하게 될 것이고, 야권은 사분오열해 지리멸렬 상태가 될 가능성이 매우 컸다.

그 외에도 DJ에 대한 적대적인 세력은 많았다. 군부는 물론이고 각 정보기관에 이르기까지 비우호적인 기관들과 단체들이 대선을 기해 일제히 공격을 퍼부을 가능성이 농후했다.

이런 모든 사항에 대비해 항목별로 진지한 토론이 있었다. 모두가 가장 불리한 상황을 가정해 대책을 세우고 의견을 모았다. 마지막 건의 사항도 검토했다. 이강래는 당초 건의 사항을 여러 가지 준비했지만, 나는 DJ가 당장 시행할 수 있는 한두 가지 시급한 과제로 집약하자고 주장했다. 주문이 너무 많으면 혼란스러워질 것이고 지켜지지 않을 가능성도 있기 때문에 건의 사항을 압축했다. 그래서 내가 말문을 열었다. 첫 번째 건의 사항!

"현재 당의 운영은 모두 총재 중심으로 되어 있습니다. 심지어 10만 원짜리 사업도 총재가 결재해야 집행됩니다. 총재가 외부 행사에 나가면 모두가 총재가 나타나기만 기다리고, 총재가 돌아오면 서로 결재를 받으려고 줄을 섭니다. 이는 비능률적입니다. 앞으로 행사가 점점 많아질 텐데 집안 살림에 대한 권한 위임이 필요합니다. 그러므로 '총재권한대행' 체제를 두어야 합니다. 그리고 상한을 두어 가령 500만 원짜리 사업 이하는 총재권한대행이 결재할 수 있도록 위임해야 합니다."

DJ는 동의하면서도 한마디 짚고 넘어갔다.

"그러면 누구에게 대행을 시키면 좋겠소?"

그는 내 얼굴을 빠히 쳐다봤다. 나는 그 순간, '혹시 내가 대행하고 싶어 하는 이야기로 들리지 않았을까?' 하는 생각이 들었다.

"저는 아닙니다. 연령순으로 우선 조세형 부총재를 먼저 시켜보시지요. 만약 못마땅하면 그다음 김영배 부총재 순으로 내려가면 되지 않을까요?"

이 말에 DJ는 수긍했다.

"서울 올라가서 결정합시다."

이는 승낙의 표시였다.

두 번째 건의 사항!

"이제부터의 총재님의 일정은 선거 전략의 일환으로 짜야 합니다. 지금까지는 총재님이 일정 수첩을 보고 직접 결정했지만, 이제는 그 수첩을 우리에게 주어서 우리가 스케줄을 짜도록 해야 합니다."

DJ는 이 문제에 관한 한 양보하지 않을 태세였다.

"아니, 일정 수첩에는 나만 알고 있어야 할 일정도 있는데 어떻게 모두 공개합니까?"

할 수 없이 절충안을 마련했다.

"그러면 우리가 대충 주간 일정을 짜서 보내면, 총재께서 빈칸에다 채워주셔서 일정을 운영토록 하지요."

이렇게 정리했다.

어렵게 워크숍이 끝나고, 이제 본격적인 후보 전략 일정에 따라 한 주 한 주 보내게 되었다. 앞으로 국민회의의 후보 결정 과정을 어떻게 국민이 납득할 수 있는 방법으로 풀어나갈지가 걱정이었다. 자칫 국민들이 "늙은 DJ가 또 나와?", "정권욕이 많군", "3전 4기 한다고? 그만하지!"라고 비난하는 가운데서도 꿋꿋하게 "역시 김대중이야!" 하는 찬사가 나올 수 있도록 그 프로세스가 멋있어야 했다. 어떻게 할 것인가? 어려운 과제가 남아 있었다.

DJ 비서실장직을 고사하다

'국민회의 대통령 후보 = 김대중 총재'라고 생각하는 경향이 있었다. '전당대회 해봤자 만장일치 박수대회로 끝날 것이 뻔한데 적당히 하지…'. 그런 인식이 태반이었다. 그러나 실제로는 그것이 그렇게 간단하지는 않았다. 국민회의 전당대회는 1997년 5월 19일 올림픽경기장에서 진행되었다. 전당대회가 열리기까지 많은 우여곡절이 있었다.

첫째, 김상현이 정대철과 함께 반DJ 연합전선을 형성했다. 김상현은 총선 참패 이후 이미 DJ와 대립각을 세워왔다. 총선 부진은 민주당과의 분당에 그 원인이 있고, 총선 참패는 DJ에 대한 국민의 심판이라는 주장이었다. 그리고 은근히 자기 계파 사람들에게 'DJ 다음은 김상현'이라는 구도를 비춰왔다. 사실 김상현의 조직력은 만만치 않았다. DJ도 나에게 "김상현을 우습게 보지 마시오. 조직 관리에 철저한 사람이오"라는 경고를 여러 번 했었다.

김상현은 사실 야당 내 비호남 지역에 뿌리를 깊이 내리고 있었다. 호남은 이미 DJ의 영토이므로 비호남 지역을 목표로 일찌감치 공을 들여왔다. 이런 문제를 사전에 알고 DJ 측근 그룹에서도 이에 대비했다. 권노갑을 경북 안동 지구당위원장으로 보낸 것, 한화갑을 내세워 영남·충청권 위원장 50여 명을 홍도로 초청해 관광을 시킨 것 모두가 그 일환이었다.

그러나 김상현이 가만히 있을 리 없었다. 그는 DJ에 비해 국제적 식견이나 비전이 약하다는 점을 보완하기 위해 미국 내셔널프레스클럽에서 연설하는 계획을 추진하고 일본도 방문하는 등 보폭을 넓혔다.

김상현의 계파로 드러난 사람만도 박정훈, 김원길, 신기하, 장영달 등 쟁쟁한 일꾼이 많았다. 원외 지지 세력은 더욱더 만만치 않았다. 그들은 김상현이 DJ의 대안이라고 공공연히 말했다. 김상현도 스스로 "DJ 이외에 대안이 없다는 생각은 큰 잘못"이라는 말을 서슴지 않았다. 그는 "국민은 새로운 지도자를 원한다"라는 말도 했다.

그러나 한보 사건으로 권노갑이 구속되고, 김상현의 이름도 오르내리면서 수난을 겪었다. 자연히 '김상현 대권론'은 쑥 들어갔다. 그러자 그는 당권과 대권을 분리하자는 안을 내놓았다. '후보는 김대중, 당 총재는 김상현'으로 하자는 것이었다. 이 말의 숨은 뜻은 김대중 후보가 설령 대선에 실패하더라도 당권만은 자신이 확실하게 잡겠다는 속셈이었다.

나는 개인적으로 김상현과 친숙한 사이였지만, 그의 당권 도전에는 반대할 수밖에 없었다. 나는 김상현식 정치에 찬동하지 않았다. 그것은 일본 스타일을 닮은 구시대의 유물이었다. 보수 체제를 유지하기 위한 고육책이었을 수도 있다. 하지만 탈냉전 시대의 정치는 당연히 정책 대결로 넘어가야 했다.

둘째, 정대철이 대선 후보 경선에 나서기로 했다. 정대철도 제15대 총선 이후 DJ 시대가 끝났다고 노골적으로 공언하고 다녔다. '포스트 DJ' 고지를 선점하려는 계획을 세운 것이었다. 그는 조직력이 취약했다. 그래서 김상현과 연합해 당권과 대권을 분리하는 방안에 편승했던 것이다.

그는 노골적으로 나에게 자기를 지지해달라고 요청했다. "형이 DJ에 대해 무엇을 안다고 그러시오. 이번에 또 실패합니다. 그러면 당도 죽고 본인도 죽습니다. 숫제 나에게 기회를 주면 당도 살고, DJ는 호메이니가 되면 되는 것 아닙니까."

나는 할 말이 없었다. 한 가지만 말했다. "자네 선친이나 자친 이태영 박사가 계셨다면 과연 자네가 이런 길로 가는 것을 찬동했을 것이라고 생각하나?" 그리고 더는 말하지 않았다. 정대철로서는 경선을 하는 것이 어떻든 손해 볼 것이 없다고 생각했을 것이고, 형식에 불과하더라도 김대중과 맞수로 경쟁한 기록이 더 중요했는지도 모르겠다.

셋째, 김근태는 전당대회에서 통과의례로 후보를 선출하면 안 된다는 주장을 폈다. "보세요! 신한국당에서 저렇게 7룡, 8룡이 나와서 경쟁하니 후보 선출 과정을 모든 언론이 중요하게 다루지 않습니까? 만약 우리가 전당대회를 박수대회로 끝내면 정말 더 어려운 싸움을 하게 될 겁니다. 전당대회의 열기를 올리는 방향으로 갑시다." 그의 말은 백번 옳았다. 그러나 과연 DJ를 상대로 경선을 한다고 열도가 높아질까? 잘못하면 쇼한다는 말이나 듣게 되지….

이런 고집스러운 주장들이 계속 나오고 있었기 때문에 전당대회를 앞두고 나는 김대중대통령후보추대위원회 위원장으로서 가능한 한 많은 대의원을 만나 설득 작업을 벌였다.

이 경선에는 방송 토론도 포함되어 있었다. 신한국당 후보들이 모두 방송에 출연해 기염을 토하는 것처럼 야당에도 기회를 나누어주었다. 신한국당에 비해 김이 빠지기는 했지만, 그래도 DJ는 열심히 토론했다. 그는 경쟁 대상인 김상현이나 정대철을 의식하지 않고 앞으로 나라를 어떻게 만들겠다는 자신의 구상만 열심히 설명했다. 이런 전략은 주효했다.

전당대회 당일에도 각 후보는 연설 기회를 가졌다. 김상현으로서는 흥분한 나머지 본의 아니게 '미친놈', '정신병자' 등의 표현을 쓴 것이 결정적 실수였다. 물론 그가 연설하기는 대단히 어렵게 되어 있었다. DJ를 직접 비난하거나 공격하기도 어려웠다. 그래도 그의 평소 지론, 즉

당권·대권 분리론을 요령 있게 주장해야 했는데, 그만 흥분하고 말았던 것이다. 매끄럽게 하지 못했다.

정대철은 "DJ는 안 되고 나는 된다"라는 식의 장황한 설명을 폈다. 여론조사 수치에 지나치게 의존한 설명은 설득력이 약했다. 대통령이 되면 무엇을 하겠다는 비전 제시가 부족해 대의원들이 실망했다. 정대철이라는 상품을 세일즈하기에 호기였는데, 준비가 부족한 듯했다.

오히려 내빈으로 연단에 오른 자민련의 김복동 부총재와 조순 서울시장의 연설이 대의원들의 호감을 얻었다. 김종필 총재를 대리해서 온 김복동 부총재는 '콘크리트 야권 공조'와 '단일 후보 필승론'을 강조해 우레와 같은 박수를 받았다. 또 조순 시장의 '정권 교체 당위론'이 대의원들의 공감을 샀다. 특히 김복동은 자민련 TK 세력 대표 주자인데 야권 공조를 주장함으로써 더욱 환영을 받았다.

전당대회에 참석한 대의원들의 수준은 상당히 높았다. 대회 진행도 물 흐르듯 자유로우면서 열도가 있었다. 투·개표를 거쳐 드디어 결과가 발표되었다. 김대중이 '대선 후보'로 77.5%, '총재 후보'로 73.5%의 지지를 얻었다. 나는 결과에 만족했다. 나의 희망은 '7강 3약(DJ 75%, 다른 후보 25%)'이었는데 그대로 적중했다. 만약 김상현·정대철 진영의 득표율이 10%대였더라면 우리 당이 사당(私黨)이라는 지적을 받았을 것이며, 30%가 넘었더라면 DJ의 권위에 손상이 갔을 것이다. 그러나 결과는 기자들의 평가와 같이 마치 '짜고 만든 작품'처럼 김상현·정대철 콤비의 지지도가 20%대에 머물러 당의 자유로운 기풍을 과시한 동시에 총재의 절대적인 권위도 확인했다.

전당대회 직후인 5월 20일, 국민일보에서 여론조사를 실시했다. 출마 가능한 모든 후보를 대입해 조사한 결과, 지지도가 김대중이 24.9%, 이회창이 23.5%, 박찬종이 17.1%, 조순이 6.6%, 김종필이 6.2%, 이인제가 4.2%, 이수성이 2.4%, 이홍구가 1.3%, 이한동이 0.8%, 김덕룡이

0.7%로 나타났다. 그러나 막상 여당 후보가 이회창으로 확정될 때를 가정하면 상황이 완전히 달라졌다. 이회창이 45.5%, 김대중이 28.7%, 김종필이 7.8%, 박찬종이 16.8%의 순으로 나타났다. 아무리 봐도 쉽지 않은 싸움이었다. 벌써부터 DJ가 또 한 번 망신당할 것이라는 풍문이 돌았다.

그 무렵 한 가지 특기할 사항은 전당대회가 성공적으로 끝난 뒤 DJ가 나를 비서실장 겸 선거대책본부장으로 생각했다는 사실이었다. 그런 의사를 간접적으로 전해왔다. 나는 직접 그를 찾아가 "그대로 부총재로 있으면서 대선 기획을 계속하겠다"는 의사를 분명히 전했다.

DJ는 상당히 의아했던 모양이다. 당시 비서실장을 하고 싶어 하는 사람들이 많았다. 그러나 나는 너무 측근처럼 행동하는 것이 싫었다. 나는 어디까지나 정권 교체라는 대의에 따라 그를 돕는 것은 돕는 것이고, 동교동계 사람들처럼 그의 심복이나 수족이 되기를 바라지 않았다.

"나는 이 부총재가 더 소신껏 일하려면 나와 거리가 더 가까워져야 한다고 생각했는데…."

그는 말끝을 흐렸지만, 나의 고사는 단호했다.

"제가 너무 앞에서 설치는 것이 오히려 부담이 될 것 같습니다. 하지만 대통령 선거운동만은 제가 책임지고 끌고 나가겠습니다."

그것은 나의 자존심이었다. 그러나 DJ는 몹시 실망한 눈치였다. 아마 이때 느꼈던 거리감 때문에 그는 나를 참모로 기용하면서도 다른 한편으로는 내가 그의 품속으로 쉽게 들어가지 않는 것을 보며 거리를 두었던 것 같다. 이런 감정은 오래 지속되었다. 하지만 내가 DJ의 품속으로 들어가기에는 피차 사이즈가 맞지 않는다는 생각을 떨칠 수 없었다.

전당대회를 계기로 당직이 개편되었다. 내가 건의한 대로 당헌개정안이 상정되어 통과되었다. 많은 사람들이 감투 쓰기를 바라고 있었다. 그래서 대선본부도 당무본부와 기획본부로 양분했다. 당무 쪽은 당내

▲ 1997년 5월 김대중 씨를 새정치국민회의 전당대회에 총재 겸 대통령 후보로 등록하는 필자. 오른쪽은 안동선 의원이다. 필자는 당시 김대중 총재 겸 후보의 추대위원장으로서 그의 당선에 중심축 역할을 했다.

인맥을 잘 아는 안동선 부총재가 맡고, 기획 쪽만 내가 맡기로 했다. 나는 오랫동안 야당을 해온 사람들을 위해 자리를 마련하는 것이 당연하다고 생각했다.

야권 단일화 작업에 끼어든 JP의 '정치적 음모'

제15대 대통령 선거의 성패를 좌우할 가장 중요한 조건은 '야권 단일화'였다. 한마디로 새정치국민회의 혼자 힘으로는 '자유당 → 공화당 → 민정당 → 민자당 → 신한국당'으로 이어져 온 한국 보수주의의 장벽을 깨기 어려웠다.

이렇게 말하면 요즘 새누리당 사람들 가운데 펄쩍 뛸 사람도 있을지 모르겠다. 어떻게 자신의 원조가 이승만 독재의 자유당, 군부 독재의 공화당이냐고…. 하지만 가만히 생각해보면 알 것이다. 김대중 집권 전까지 여당에서 여당으로만 권력이 이어져 왔지 언제 야당으로 넘어간 일이 있는가. 거슬러 올라가면 뿌리는 하나다. 특히 지방에 가보면 '만년 여당' 세력이 있다. 이들이 지금 새누리당의 기반이다.

오죽했으면 YS가 야당으로는 도저히 집권할 가능성이 없다고 보고 3당 합당을 통해 궁정 권력 쟁탈식으로 정권을 쟁취했겠는가?

그렇지만 '야권 후보 단일화'는 말이 쉽지 실현되기는 상당히 어려웠다. 이승만 독재에 함께 대항한다던 1956년 제3대 대선 때도 신익희와 조봉암의 단일화는 실패했다. 박정희 민정 이양 후에도 여러 차례 후보 단일화 노력이 있었지만, 모두 말뿐이었고 실제 이루어진 적은 없었다.

그런 점에서 1997년의 대통령 선거는 대단히 중요했다. 야당이 여당이 되는 최초의 역사를 만드는 작업이었다. 야당의 오랜 투사 DJ를 대표 선수로 일단 전제하고 단일화 작업을 추진하는 것이었다. 갈 길은 첩첩산중이었지만, 단일화 작업을 성공시켜보자는 의욕은 솟구쳤다.

자민련과의 후보 단일화는 '공동 정권'을 전제로 진행되었다. 정당 간의 연립 정권은 대통령제하에서 시행하기 어려운 과제였지만, 이를 실현한다면 그것 또한 우리 정치사상 초유의 실험이 될 것이었다. 우리 정치사에 기적으로 기록될지도 모르는 일이었다.

물론 국민회의 내부 작업도 전혀 만만치 않았다. 당내에서는 재야 세력을 망라해 '민주 연합'을 먼저 하고, 그다음에 자민련과 '후보 단일화'를 하자는 소리가 매우 높았다. 김상현, 정대철, 김근태가 주동이 된 이 주장은 "지금까지 온갖 희생을 무릅쓰고 DJ를 지지해온 반독재 민주화 세력, 운동권 출신의 젊은 세대, 사회변혁을 바라는 온건 진보 세력, 시민·인권 단체, 노동·농민 운동 세력 등을 모두 먼저 묶어 지지 기반을 확보하자"는 것이었다.

그러나 나나 조세형, 한광옥의 주장은 이들 재야 세력이야 어차피 DJ에게 오겠지만 자민련과의 후보 단일화 교섭은 시기가 중요하니 자민련이 한눈팔기 전에 결론을 내야 한다는 것이었다. 성향으로 볼 때 자민련이 신한국당과 연합할 가능성이 더 큰 것은 불문가지였다. 그러나 YS와 그 측근들이 JP를 몰아내는 바람에 자민련이 태어났고, 자민련은 지난 제15대 총선에서 그런 JP의 굴욕감을 바탕으로 반사이익을 누리지 않았나. 실제 총선 과정에서도 자민련은 신한국당과 곳곳에서 격렬하게 싸웠다. 이러한 구원(舊怨) 때문에 자민련은 신한국당과 재결합하기 쉽지 않았다. 그런 상황이 우리와의 연합에 좋은 촉진제가 된 측면이 있었다.

하지만 자민련 내에도 국민회의와의 단일화에 반대하는 세력이 상당수 있었다. 그들은 청와대에 파이프라인을 대고 싶었으나 YS의 무시하는 태도로 언감생심 말도 못 꺼내고 있었다. 그렇지만 이동복을 비롯한 일부 세력은 고건 총리와 진지하게 대화를 나누고 있었다. 이런 움직임이 지속되면 YS도 마음이 달라질 수 있고, 신한국당과의 연대도 불가능하지 않았다.

이런 어려운 시점에 DJ의 측근 이영작 박사는 또 다른 주장을 폈다. 과거 선거 때마다 DJ는 '용공 음해'로 큰 피해를 보았는데 자민련과 연합하게 되면 중도 온건주의로 비치고, 따라서 '레드 콤플렉스'를 불식시키는 데 결정적인 계기가 될 것이라면서 어떤 대가를 치르더라도 자민련과의 후보 단일화를 먼저 성사시켜야 한다고 강력히 주장했다.

이 박사는 그 직전에 있었던 러시아 선거에서 옐친이 형편없는 인기에도 당선된 것은 그가 공산당을 강력하게 공격했고 스스로 중도 이미지를 만들었기 때문이라는 미국 측 자료를 내놓고 설명하기도 했다. 그는 또 클린턴이 재선에 성공한 것도 중도 노선으로 선회했기 때문이라고 말했다. 그의 말은 일리가 있었다. 그렇긴 해도 DJ 주변에는 아직 재야 세력을 의식하는 사람들이 많았다. 그들은 산토끼 잡으려다 집토끼 놓칠까 우려했다.

내가 자민련과의 '선(先) 단일화'를 주장한 데에는 또 다른 이유가 있었다. 자민련에는 집권 경험이 있는 인사들이 많아 국민에게 안도감을 준다는 것이었다. 자민련에는 과거 3공, 5공 시절 근대화와 산업화의 주역이었거나 과거 정부에서 경험을 쌓은 이들이 많았다. 그러나 국민회의에는 그런 인물이 대단히 희소했다. 그래서 후보는 준비가 되었지만 정당은 미숙해 정권을 잡으면 많은 시행착오를 거치리라는 국민의 불안감에도 사전에 대비해야 했다. 이는 독일 사민당의 집권 과정을 보면 쉽게 이해할 수 있었다.

독일에서는 오랫동안 집권해온 기민당의 대체 세력인 사민당(SPD)이 국민들로부터 많은 지지를 받고 있었으나, 선거 때만 되면 야당 집권에 불안을 느낀 유권자들이 표를 몰아주지 않아 번번이 실패했다. 1966년 사민당은 집권 전략의 일환으로 기민당과의 대연정을 통해 야당 집권에 대한 국민의 불안감을 불식시킨 뒤 1969년 드디어 단독 집권에 성공했다.*

국민회의는 제15대 국회의원 선거 이래 자민련과 철저한 '정책 공조'를 이뤄왔다. 이를테면 6월 13일 양당은 합동의원총회를 소집해 주식용 쌀 수입 문제에 관한 공동성명을 발표했고, 선거법, 정치자금법, 세법, 중소기업 활성화 관련 법, 통합방송법 등에 관해서도 공동 작업에 들어갔다. 이러한 노력을 두고 여당인 신한국당은 '찰떡궁합'이라고 비아냥거리기도 했다. 이 모든 것은 최종적으로 후보 단일화를 이루기 위한 사전 조율이었다.

이런 노력의 한편에서 국민회의는 서둘러 '야권대통령후보단일화추진위원회'(이른바 '대단추')를 구성했다. 6월 10일, 당내에 대단추 첫 모임이 열렸다. 위원장은 한광옥, 부위원장은 박상천 원내총무가 각각 맡았고, 위원으로는 조세형, 김봉호, 김영배, 김근태, 박상규, 이종찬, 김인곤, 임채정 등이 선임되었다. 간사는 박광태였다. 위원들은 크게 두 부류였다. 과거 경력으로 미루어 자민련 쪽과 친숙한 사람들이 한 부류였고, 재야 쪽과 많은 유대 관계를 맺고 있는 사람들이 또 한 부류였다.

대단추가 구성되었으면 그다음 절차는 자민련과 본격적으로 대화하는 일이었다. 그러나 자민련은 6월 25일 전당대회 이후라야 교섭이 가능하다고 버텼다. 전당대회를 앞두고 JP의 내각제 관련 발언 수위가 점점 높아졌다. 그는 "다음 대선에 출마할 것이고, 만약 당선되면 즉시 내각제 개헌에 착수할 것이며, 개헌안이 통과되면 대통령직에서 물러나겠다"라고 공개적으로 표명했다. 그는 개헌에 대한 국민회의와의 차이

---

* 이종찬, "야당연합-후보단일화 정권교체 지름길", ≪신동아≫, 9월호(1997), 146~150쪽.

▲ 필자는 1997년 6월부터 김대중 후보를 '세일즈'하기 위해 각종 모임을 적극적으로 주선했다. 특히 보수층을 끌어안는 일이 핵심이었다.

점도 지적했다. "자민련은 대선의 목적이 내각제 실현인 반면, 국민회의는 대통령 선거 승리가 목적이고 그 후에 내각제를 하자는 것"이라면서 "그러나 이런 이견이 있지만 후보 단일화를 위한 협상 창구는 열어놓겠다"라고 여운을 남겼다.

DJ도 JP의 발언에 힘을 실어주기 위해 "내각제 실현을 위해 노력할 것이며, 국민 4500만 명을 증인으로 자민련과 약속하는 것이므로 합의하면 반드시 지킬 것"이라고 말했다.

국민회의와 자민련의 이런 장군 멍군 식 화답은 당시 신한국당 8룡의 경선에 묻혀 큰 관심을 받지 못했지만, 자민련 내의 후보 단일화 반대 측에게는 상당한 쐐기가 되었던 것이 사실이다.

6월 25일 자민련 전당대회가 열렸다. 예상대로 JP는 대의원 82.3%의 지지를 받아 압도적으로 승리했다. 전당대회 후 자민련도 즉시 선거 대

책 기구를 발족했다. 그 기구의 명칭은 '집권기획위원회'였다. 국민회의
는 선거 대책 기구와 단일화 추진 기구를 이원적으로 구성했지만, 자민
련은 단일 기구화함으로써 적극적인 인상을 주었다. 이 위원회는 김용
환 부총재를 위원장, 이정무 원내총무와 이태섭, 배명국, 박철언, 정상
천, 주양자 등 부총재, 강창희, 김종학, 지대섭, 조부영, 김정남 당무위
원 등 11명의 위원으로 구성되었고, 간사는 이양희가 맡았다. 대개 나
와는 민정당 시절부터 허심탄회한 사이여서 대화 통로가 마련된 셈이
었다.

그러나 역시 후보 단일화는 어려운 작업이었다. 국민회의의 대단추
는 몸이 달아 바짝 서둘렀으나, 우리의 상대는 계속 미태(媚態)를 보이
면서도 결코 서두르지 않았다. 언제나 몇 가지 조건을 놓고 저울질했다.

첫 번째 문제는 역시 후보를 누구로 하느냐가 될 수밖에 없었다. 국
민회의는 물론 '김대중 후보'를 기정사실로 하고자 할 것이다. 그렇지만
자민련의 생각은 다를 수도 있다. 둘째, 내각제에 대해 어떤 형식으로
합의할 것이냐는 문제다. 국민회의나 DJ가 내각제에 큰 의지를 갖지 않
은 것은 사실이었다. 마지못해 응하고 있다는 인상을 지우기 어려웠다.
그렇지만 자민련이 신한국당으로부터 갈라선 것은 내각제를 기대하기
어려웠기 때문이라고 그들은 설명했다. 자민련 창당의 가장 선명한 명
분도 '내각제 개헌'이라 했다. 결국 내각제 개헌에 합의한다면 개헌 시
기가 가장 중요한 현안이 될 것이다. 차기 대통령 임기 중, 아니면 임기
말? 이 문제도 상당한 변수였다.

그런 가운데 7월 초 어느 날 이태섭, 이건개, 김근태와 함께 저녁 식
사를 하며 단일화에 대한 의견을 나누었다. 이건개는 노골적으로 불만
을 드러냈다.

"무조건 김대중 후보로 단일화하는 것을 전제로 따라오라고 하는 건
문제가 있습니다. 당내 사기에도 영향이 크고…."

나는 이태섭, 이건개 두 사람에게 분명하게 몇 가지를 정리해주었다.

"후보 단일화는 물론 최종 단계에서 양 후보 간에 직접 담판으로 결정될 일이지만, 우선 현재 국민 여론을 보면 '이번에는 김대중!'이라는 말이 더 설득력이 있지 않나. 또 정당 지지도도 국민회의가 더 높은 것이 현실 아닌가. 마지막으로 우리 정치에서 영호남의 대립이 심각한 가운데 호남은 항상 소외되어 온 것이 사실이다. 그러므로 이번 한 번은 호남에서 대통령이 나와야 전국적인 지역감정이 누그러질 것 같다. 물론 충청도 민심이 그렇지 않다는 주장도 이해한다. 그러나 김종필 총재는 이미 한 나라의 2인자로서 확고한 위치에 있었던 분 아닌가."

며칠 후 JP와 가장 가까운 한병기 대사와도 만나서 진지하게 의견을 교환했다.

"국민회의는 분명히 김종필 총재를 공동 정권의 수장 가운데 한 분으로 모십니다. 그리고 내각제는 지금 당장 실현하기는 어렵지만 국민회의가 단일화를 위해 마지못해 수용하는 것이 아니라, 21세기형 권력의 안정화를 위해 필요하다고 생각하고 있습니다."

7월 18일, 김대중 총재가 직접 주재하는 대단추 모임이 있었다. 자민련과의 공동 정부론을 다시 분명하게 정리했다. DJ는 이렇게 말했다.

"첫째, 야권 단일화는 단순히 권력 나눠 먹기가 아니다. 산업화 세력과 민주화 세력이 화해하고 화합하는 역사적 의미가 있다. 둘째, 보수 세력과 개혁 세력이 결합하는 역사적 의미도 있다. 셋째, 정치 안정을 희구하는 지지층과 안정 속의 개혁을 지지하는 층 모두에게 희망을 줄 수 있다."

역시 DJ는 이런 식의 정리에 탁월했다. 그리고 회의 말미에 DJ는 자민련과의 후보 단일화를 위해 모두 말조심하자고 강조했다. 국민회의 측이 너무 서둘러서 자민련을 자극하는 현상도 일부 있었다. 사실 자민련이 수세이다 보니 눈치만 살피고 있었는데, 이런 상황에서는 약간의 잡음이 대세를 그르칠 우려도 있었다.

나는 자민련과의 후보 단일화는 반드시 이뤄질 것으로 믿었고, 김대중 후보가 단연 우세하다는 점에 대해서도 확신하고 있었다. 문제는 단일화 이후의 지지도였다. 단순 산술로는 호남 25%, 비호남 진보 성향 10% 등 35%가 DJ 자신의 득표력이었고, 여기에 JP 지지표 8%까지 더하면 43%가 후보 단일화로 얻을 수 있는 표의 최대치였다. 물론 JP 지지표 가운데 단일화에 반대해 5% 정도가 빠진다고 보면 득표력은 38% 정도로 볼 수 있을 것이었다. 어떻게 봐도 단일화가 유리했다.

문제는 당 안팎에서 계속 제기되는 이견들을 어떻게 관리하느냐는 것이었다. 첫째, 일부 언론과 신한국당 측은 '권력 나눠 먹기'라며 비난을 퍼부었다. 서구에서는 이미 일반화된 연립 정권의 개념조차 파악 못한 사람들의 일방적인 헐뜯기여서 일일이 반박할 필요도 없었지만, 용공 음해를 일삼아 온 사람들에게는 오히려 음해의 구실을 없앤다는 점에서 다행스럽기도 했다.

둘째, DJ를 지지하는 사람들로부터는 왜 '반쪽짜리 대통령'을 하려 하느냐는 비판을 받았다. 대통령 임기 중 개헌을 하면 결국 어렵게 당선되고서 2년 반 만에 임기를 끝내야 하는 것 아니냐는 지적이었다. 이에 대해서는 임기 중 개헌을 하더라도 부칙에 경과 규정을 두어 차기 대통령이 임기를 마친 뒤 내각책임제를 시행하는 국회의원 선거를 하도록 명시하면 반쪽짜리 대통령을 피할 수 있다고 구체적인 사례를 제시해 가며 설명했다.

셋째, 연립 정권이 들어서면 과연 어떻게 권력을 나누느냐는 지적이었다. 자칫 현행 헌정 질서만 문란케 하고, 권력을 장악한 쪽에서 일방적으로 약속을 파기하면 정국이 더욱 경화될 것 아니냐는 우려였다. 이 주장의 근저에는 3당이 분명하게 각서까지 썼는데도 무산된 것처럼 과연 연립 정권이 지속가능하겠느냐는 의심이 깔려 있었다. 사실 이 부분

▲ 오랜 산고 끝에 1997년 9월, 드디어 DJP 연합이 성립되었다. 이것이 그해 말 대통령 선거의 결정적인 분수령이었다. 앞줄 왼쪽부터 박광태, 이종찬, 박상천, 조세형, 한광옥, 김용환, 이태섭, 뒷줄 왼쪽부터 박상규, 정희경, 김정남, 지대섭 등.

은 국민회의 측에서도 "우리는 YS와 다르다. 우리는 절대로 약속을 지킨다"라고 재삼재사 다짐했다.

후보 단일화 작업에는 정치적 음모가 끼어들기도 했다. 그중 한 가지는 후보 단일화를 끝까지 늦추어 그 기간에 다른 대안을 찾으려는 자민련 일각의 움직임이었다. 이를테면 이동복 비서실장은 공개적으로 후보 단일화 3단계론을 내놓고 초를 쳤다. 그는 1단계로 우선 내각제 실시 시기를 논의하고 연립 정권의 지분을 분명하게 해놓으며, 2단계로 후보 단일화의 조건, 원칙, 방법에 대해 협상하고, 3단계에 가서 단일 후보를 선출하자는 것이었다. 이렇게 미룬다면 단일화는 11월에 가서야 결론이 날 것이었다. 나는 수차례에 걸쳐 이동복에게 '조기 단일화'의 불가피성을 설득했지만, 그는 다른 생각이 있어서 전혀 호응하지 않았다.

이런 지연작전에 보조를 맞추듯 JP가 느닷없이 '완전연소론'을 제기했다. 그는 "얼마 남지 않은 나의 정치 생명을 불사를 것"이라면서, "내가 가장 보기 싫은 것이 타다 남은 장작개비이며 나는 완전연소되어 재가 되고 싶다"는 등의 교언으로 많은 사람을 헷갈리게 했다.

그러는 가운데 그해 9월 김우중 회장이 북한 진출 사업을 위해 평양에 다녀온 뒤 방북 결과를 설명하고자 당시 권영해 안기부장을 찾아간 일이 있었다. 이때 권 부장이 "김대중이 집권하면 우리 경제는 완전히 깨지고 만다. 어떤 방법이든 막아야 한다"라면서 김 회장이 자민련 교섭 창구인 김용환과 친하니 단일화를 포기하도록 그를 잘 설득해달라고 부탁했다. 말이 부탁이지 명령이나 같은 것이었다.

김우중은 당황해 즉시 김용환을 찾아 권 부장의 메시지를 전했지만, 김용환은 이를 불쾌하게 받아들였다. 사실 김용환에게는 그 나름대로 생각이 있었다. 이미 전해인 1996년 말, JP의 지시를 받아 DJ를 따로 은밀히 만나 내각제를 전제로 한 DJP 공조 문제에 대해 깊은 대화를 나누었다. 그러므로 한광옥과의 협상은 형식적일 뿐이었다.

그런데 그 순간에도 JP가 뒤에서 이중 플레이를 하는지는 김용환도 몰랐다. JP는 YS와 따로 내각제에 합의하고자 추진 중이었다. 그러던 중 《매일경제》에 JP의 인터뷰가 보도되었다. "국가가 편안해지려면 김영삼 대통령이 영단을 내려 중대 결심을 해야 한다"라는 내용이었다. 이는 현재 진행 중인 대선을 중지하고 비상사태라도 선포해 내각제 개헌을 하라는 압력이었다. 김용환도 놀랐다. 즉시 비서실장인 이동복에게 확인한 결과 그것이 JP의 진의임을 그제야 알았다.

좀 더 자세히 파고들어 가니 김용환 자신이 전혀 알지 못하는 음모가 진행되고 있었다. 그는 즉각 당 사무국에 있는 측근 송업교에게 확인했다. 송업교는 JP의 밀명에 따라 서울 시내에 사무실을 차리고 헌법 개정 연구를 진행 중이라고 말했다. 거기에는 청와대와 JP가 보낸 인물들과 권영해가 파견한 안기부 요원까지 섞여 있었다. 그리고 유신헌법을 만든 한태연 교수도 그 자리에 끼어 있었다는 것이다. 김용환만 이런 음모를 모르고 있었던 것인가?

김용환은 분개하지 않을 수 없었다. 권영해 부장이 김우중 회장을 통해 전한 협박은 결국, "JP와 다 합의된 사항인데 왜 김용환, 네가 초를 치느냐? 이제 그만둬라!" 이런 뜻 아니었겠는가? 그는 JP의 이중성에 새삼 놀랐고 크게 실망했다. 어떻게 DJ와 약속을 해놓고 또다시 대선을 중단한단 말인가? 결국 이 계획은 마지막 단계에서 YS가 대선을 중단하기란 불가하다고 결심하는 바람에 수포가 되었다. 역시 YS는 민심을 읽는 데는 선수였다. 만약 이 계획을 강행했다면 YS는 역사에 큰 죄를 지었을 것이고, 국민이 이를 묵과할 리도 만무했다.

그 후 김용환과 JP가 정치 행로를 달리하게 되고, 2002년 제16대 대선 때 김용환이 이회창과 JP의 연대를 끝까지 반대한 이유도 이런 원천적인 불신 때문이 아니었을까 짐작해본다.

'DJP'를 넘어 'DJT'로!

DJP 연대에 대한 DJ의 노력은 집요했다. 시계를 조금만 뒤로 돌려보자. 7월 말 보궐선거에서 국민회의는 후보를 내지 않았다. 평소 같으면 생각할 수 없는 일이었다. 충남 예산에서는 자민련 조종석과 신한국당 오장섭이 대결했고, 포항에서는 민주당 이기택, 신한국당 이병석, 무소속 박태준이 출마했다. 두 곳에서 DJ의 국민회의는 조종석 후보와 박태준 후보를 적극적으로 지원했다.

특히 포항에는 김민석을 파견했고, 나도 지원차 포항에 내려갔었다. 포철 성공 신화의 고장인 포항은 박태준이라는 이름이 강력하게 각인된 곳이다. 그렇지만 허화평 의원이 '5공 청산'의 덫에 걸려 물러난 자리에서 치르는 보궐선거였기에 허 의원 지지자들을 규합해 박태준 지지로 돌리는 것이 중요한 작업이었다. 나는 많은 허화평 지지자들을 만났다. 또한 젊은 세대가 나이 든 박태준을 부담스럽게 여길 수도 있다는 생각에서 여러 가지 선거 전략도 구상해보았다. 상대는 이기택이라는 야당의 거물이었다. 마침 박태준과 오랫동안 인연을 맺어온 작가 조정래 부부가 선거운동에 가담해 열심히 포항 사회의 지식인층을 누볐고, 김민석은 학생운동권을 중심으로 청년층을 동원했다.

선거 결과, 예산에서는 신한국당이 승리했고, 포항에서는 박태준이 47.0%를 득표해 압승했다. 이 선거의 결과도 앞으로 진행될 DJP 연대에 상당히 긍정적인 영향을 주었다. 첫째, 충청도에서 자민련 후보의 패배는 이곳에서 JP의 영향력이 쇠퇴하고 있음을 보여준 증거였다. 자민련은 JP가 단독 후보로 나갈 수 있다는 꿈을 접게 되었다. 둘째, 박태준의 승리와 이기택의 패배는 꼬마 민주당의 근저를 완전히 흔들어놓았다. 소위 '통추(국민통합추진회의)'의 이름으로 개혁 세력들을 흡수해 반DJ 제3의 후보를 만들어보려는 희망이 무산된 것이었다.

이런 민감한 시기에 조순이 대선 가도에 뛰어들었다. 정치 단수로는 최고로 꼽히던 DJ도 허점이 있었는지 조순에게 회심의 한 방을 맞았다. 그는 한때 조순에게 반해 서울시장 선거에 정성을 다했다. 이를 보고 DJ 측근들은 불평했다. "우리는 일생을 바쳐 어른을 모셨지만, 어느 누구도 조순만큼 혜택받은 사람이 없었어요. 처음이에요. 왜 그렇게 빠졌는지 몰라요."

조순이 돌아서자 DJ는 애써 실망감을 감추고 보수층 끌어안기에 더욱 열을 올렸다. DJ는 주변에서 조순을 비난할 때마다 오히려 그런 더러운 싸움에 말려들면 자칫 목표를 잃게 된다고 나무랐다. 이런 조심스러운 행보 속에 서서히 DJ의 지지도가 오르기 시작했다. 8월 13일 조선일보와 갤럽이 공동으로 실시한 여론조사에서는 DJ의 지지도가 무려 6.7%나 상승한 28.0%로 나타나 30% 고지에 근접했고, 반면 이회창은 25.9%로 떨어졌다. 그동안 이회창이 두 아들 병역 문제로 집중타를 맞는 바람에 드디어 역전된 것이었다. 후보의 가족사가 대선 지지도에 영향을 준 첫 사례였다.

나는 외곽에서 JP에게 단일화 추진의 압력을 가해야 할 필요성을 절실히 느꼈다. 가장 중요한 대상은 박태준이었다. 영남 출신이며 군 출신인 그는 DJ와는 한 번도 인생의 행로를 같이해본 적이 없었다. 그러나 나는 "우리 정치의 고질적 병폐인 지역감정을 극복해야 한다. 3김 가운데 저희가 정치적으로 가장 낮게 평가하는 YS도 했으니 DJ에게도 기회를 주어야 한다"라는 논리로 박태준을 설득했다. 사실 박태준은 YS

에게 해묵은 원한이 있었다. YS 집권 이후 혹독한 보복을 당한 것을 잊을 수 없었다.

기회는 왔다. 9월 28일 도쿄에서 2002년 한일 월드컵 지역 예선 한국과 일본의 경기가 열렸다. 정몽준의 주선으로 실력자들이 모두 도쿄로 갔다. 김대중, 박태준, 정주영, 이홍구, 김윤환, 김용환 등 국회의원들이 많이 갔다. 나는 평소 박태준과 가까운 한 인사에게 이 기회에 박태준과 김대중의 단독 회담을 주선해달라고 부탁했다. 박태준은 성격이 깔끔해 친하기 어려우나, 일단 한번 친해지면 신뢰를 주는 성격이었다.

그런데 예상 밖으로 당내에서 반발이 터져 나왔다. 간부회의에서 김봉호가 후보 일정에 대해 왜 사전에 의논하지 않았느냐며 불만을 터뜨렸다. DJ 측근들도 여기저기서 "만약 한일전에서 한국 팀이 이기면 다행이지만, 지면 말하기 좋아하는 사람들이 DJ가 가서 졌다고 비난하지 않겠느냐?"라며 불만을 토해냈다. 사실 '부자 몸조심'이라는 말과 같이 이제 겨우 선두를 달리기 시작했는데 자칫 잡음이 끼면 어떻게 할지 걱정이 없던 것도 아니었다.

나는 DJ에게 물었다. "동경행에 대해 당 간부들로부터 반대의 소리가 많습니다. 그래도 가시겠습니까?" 확실한 의중을 알고자 했다. DJ는 단호했다.

"한번 결정했으면 그대로 합시다. 어디를 가나 진흙탕은 있게 마련이오. 그걸 피하면 목표에 가기 어렵지 않겠어요?"

마침내 도쿄 국립경기장에서 경기가 열렸다. 누구나 그랬겠지만 나는 한국 팀이 이기기를 간절히 소망하며 축구 중계를 지켜봤다. 전반전은 무승부로 끝났지만 후반전 시작 10분 만에 우리가 먼저 한 골 먹었다. 가슴이 철렁했다. 그 후 조마조마하게 게임이 진행되더니 후반 38분 서정원 선수의 헤딩슛으로 용케 한 골 얻어 동점이 되었다. 시간이 얼마 남지 않았다. 무승부로 끝날 것 같던 후반 41분, 이민성 선수가 수

비를 제치고 중거리 슛을 한 것이 상대 그물을 흔들었다. 이런 기적이 어디 있는가? 감격의 역전승이었다. 도쿄 국립경기장에서 붉은 악마들이 북을 치고 춤을 추며 흥분의 시간을 보냈다. 나도 이것이 우리 대선을 상징한다며 흥분했다. 다음 날 아침, 감격이 채 가시지 않은 훈훈한 분위기에서 김대중과 박태준의 단독 회담이 있었다. 김대중은 정국 구상과 공동 정권의 의지를 분명하게 밝혔다. 솔직하고 인간적으로 접근해 박태준의 마음을 흔들었다. 박태준은 회담 후 기자들에게 이렇게 말했다.

"나와 김대중 후보가 대화한 것만도 큰 의미가 있습니다. 아마 영남 사람들의 불안을 많이 해소하는 기회가 됐을 거예요."

도쿄에서 김대중과 박태준 회담이 성공적이라는 보고를 접한 나는 드디어 'DJP'가 'DJT'로 발전했다는 사실을 은근히 언론에 흘렸다. 다음 날 MBC와 갤럽이 공동으로 실시한 여론조사에서 DJ가 처음으로 지지율 30%대 고지에 올라섰다. 31.9%였다. 2위는 이인제 23.3%로 약간 상승, 다음은 이회창 17.1%, 조순 9.1%로 동반 침하, 그리고 JP는 4%대에 머물렀다.

자민련 내에서도 JP의 좌고우면하는 태도에 대해 비판의 목소리가 커지기 시작했다. 선봉에 나선 사람들은 박준규, 박철언 등 TK 그룹이었다. YS 집권 기간 내내 물먹은 반YS 그룹이었다. 이들의 압박은 JP를 둘러싼 보수 대연합 측이 더 이상 딴 방향으로 나가지 못하게 제동을 걸었다. 김용환도 10월에 들어서며 "단일화 협상은 이제 절반을 넘어섰다"라고 하면서 되돌릴 수 없음을 은근히 내비쳤으나, JP는 여전히 분명한 태도를 밝히지 않았다. 그 특유의 어법은 듣기에 따라 독자 출마를 의도하는 것도 같고, 때로는 보수 대연합을 기도하는 말로 들리기도 했다. 그의 행로는 여전히 안갯속에 있었다.

이 시기에 이회창은 전세를 만회하기 위해 조순을 끌어안고자 했다.

또한 조순도 대선 참여 선언 이후 여론의 지지를 받지 못하고 지지율이 한 자릿수로 추락해 고민 중이었다. 조순은 DJ 비자금 폭로를 계기로 후퇴의 명분을 찾아 이회창과 반DJP 연대를 형성하는 쪽으로 키를 틀었다. 10월 13일, 조순은 "부패정치를 막기 위해 신한국당을 비롯해 이인제 전 지사와 시민단체를 포함하는 '건전한 세력'을 모으겠다"라고 선언했다. 물론 조순도 나름대로 계산이 있었다. 만약 이회창이 중도에 하차하면 자기가 대안이 될 수 있다는 생각도 은근히 했다. 조순이 이회창과 이해가 합치되자 신한국당과 민주당 내 반DJ의 이기택, 이부영은 조순과 함께 합당론을 제기했다. 하지만 조순을 따라 신한국당으로 합류하기를 반대하는 김원기, 노무현, 김정길, 박석무, 김원웅 등은 국민회의로 합류했다. 이리하여 민주당은 정계에서 완전히 사라졌다.

한나라당과 꼬마 민주당의 합당 움직임은 반DJ 세력을 결집시켰다기보다 오히려 DJP 단일 후보 협상을 가속화시켰다. DJ는 박정희 전 대통령의 저서인 『국가와 혁명과 나』 출판기념회에 참석했고, JP는 10월 26일 박 전 대통령 기일 행사의 추모사를 통해 '김대중 후보가 출판기념회에 참석한 사실'을 애써 고유했다. 이는 고 박 전 대통령과 현 김대중 대통령 후보 간의 화해라는 점에 그 나름의 뜻이 있었다. 그리고 11월 3일, 역사적인 'DJP 후보 단일화'가 서명되었다.

한편 11월 7일에는 신한국당과 민주당이 합당했다. 당명은 조순의 제의로 '한나라당'이 되었다. 이것이 조순이 우리 정치에 남긴 마지막 작품이었다. 이로써 정계를 뒤흔들던 대선 합종연횡의 막이 일단 내렸다. 나는 DJP 단일화를 단순한 대선 전략의 결과물로 보고 싶지 않다. DJP 연합은 세속적인 정치공학을 넘어서는 의미가 있었다. 산업화 세력과 민주화 세력 간의 화해라는 큰 역사적 의미가 있었다. 제발 이런 화해의 정치가 깨지지 않기를 바랐다.

DJP 연합이 발표되면서 많은 비판의 소리가 있었다. 과거 3당 합당을 비판했던 김대중이 DJP 연합을 추진한 것은 이율배반이 아니냐는 것이었다. 이에 대해 나는 반박했다. 첫째, 3당 합당은 국민 몰래 밀실에서 추진되었지만, 자민련과의 연합은 국민이 정당성을 검증할 수 있도록 공개적인 방법으로 진행되었다. 둘째, DJP 연합은 합당이 아니라 국민회의와 자민련이 상호 차이점을 인정하면서 공동의 정책 목표를 실현하기 위한 연합이었다. 이런 연합은 유럽에서 흔히 있는 방법이다. 셋째, 3당 합당은 특정 정당과 지역의 영구 집권을 위한 것이었고, DJP 연합은 여야 간 정권 교체를 실현시키는 데에 목적이 있었다.

그리고 무엇보다도 나는 이 DJP 연합이 우리 정치의 암적 요소인 지역감정을 해소하고, 영호남과 중부권 전체의 화합인 동시에 21세기 화해와 통합의 정치를 준비하기 위한 큰 그림으로 승화되기를 기원했다. 그런 의미에서 후보 단일화의 대전제인 내각책임제 개헌도 이런 통합의 정치라는 큰 그림 속에서 국민의 의사를 물어 결정해야 한다고 생각했다.

DJP 연합에 대한 나의 이런 구상은 너무 순진한 것이었을까? 김대중 집권 이후 'DJP 공동 정권'이라는 명분은 과연 얼마 동안 유효했던가?

'준비된 대통령'론으로 '비자금' 파고를 넘다

1997년의 제16대 대통령 선거 과정을 복기해보면 신의 섭리를 느끼게 된다. 이는 결코 인간의 힘으로 만든 드라마가 아니었다. 국민회의가 1996년의 제16대 국회의원 선거에서 참패한 것 자체가 섭리의 시작이었다.

　DJ에게는 자유당이나 공화당, 또는 민정당에 대해 알레르기 반응 같은 것이 있었다. 그는 1971년 대통령 선거에서부터 민중의 힘을 믿었고, 민주당이나 신민당에서도 개혁 내지 혁신 세력과 동거하기를 즐겼다. 1987년 대통령 선거에서도 '4자 필승론'을 펴며 YS와 거리를 두는 개혁 세력의 지지를 기대했다. 당명도 평화민주당, 즉 평민당을 선택했다. 그러나 선거 결과는 27.0% 득표로 YS에게조차 뒤진 3위였다. 1992년 대통령 선거에서도 그는 이른바 '개혁적 민주 세력'의 결집에 열을 올렸다. 중도보수 세력을 거부한 것이었다. 이때도 실패했다. YS와 정주영의 지지층이 비슷해 표가 갈렸는데도 그는 33.8%밖에 얻지 못해 2위로 낙선했다.

　만약 DJ가 1997년의 제16대 대통령 선거에서도 과거와 마찬가지로 개혁 세력, 시민단체, 운동권 등 재야 세력을 믿고 선거에 나섰다면 결과는 어떠했을까? 만약 국민회의가 1996년 국회의원 선거에서 승리는 못해도 평년작이라도 했다면 DJ가 과거와 다른 길을 선택했을까?

　이 국회의원 선거의 대패가 DJ의 선택을 지금까지와 전혀 다른 길로 이끌었다. DJ는 전통 보수 세력인 JP와의 연대에 눈길을 돌렸다. 그는 'DJP 연대' 이외에 길이 없다는 것을 깨달았다. 이는 보수 세력뿐 아니라 영남과의 연대에도 길을 열어주었고, 이것은 오랫동안 DJ를 억눌러 왔던 용공 음해를 해소하는 데에도 큰 도움을 주었다.

DJ는 이런 연대를 위해 자신의 모든 것을 재점검하고 스스로 변화하고자 노력했다. 그리고 가장 취약한 대목, 즉 1992년의 정계 은퇴를 번복하고 복귀했다는 점에 대해서도 적극적으로 대처했다. DJ가 '큰 인물'이고 '준비된 대통령 후보'로서 당시 거명되는 다른 후보들에 비해 월등하게 우월하다는 점을 부각하고자 노력했다. 사실 당시 경제 상황은 절박했다. 한보 사태, 기아 사태로 경제적 난국이 시작되었다는 위기감이 이미 국민 마음속에 자리 잡았고, 이런 상황에서 '유능한 지도자 대망론'이 자연스럽게 싹트고 있었다.

DJ는 이런 바람을 탔다. 그의 '준비된 대통령' 주장을 뒷받침해준 것은 뜻밖에도 신한국당 7명 후보들 간의 치열한 싸움이었다. 그 싸움 과정에서 각 후보의 여러 가지 약점이 모두 노출되었다. 그리고 차례로 중도에 탈락했다. 이런 가운데 국민은 군계일학 같은 DJ를 봤다. DJ는 이런 국민의 열망을 알아차리고 집중적으로 '준비된 대통령'론을 홍보했다. "나는 준비가 되어 있습니다. 준비되지 않은 사람이 대통령이 되면 나라가 망합니다." "이런 위급한 상황에서 대통령을 처음 시험적으로 하기에는 너무 사태가 긴박합니다." 그는 이런 말로 차별화를 시도했다.

이에 반해 이회창은 신한국당의 후보로 선출된 직후 두 아들의 병역 기피 사실이 폭로되면서 그의 유일한 자산인 대쪽 이미지에 금이 가서 인기가 급락했다. 이인제의 탈당도 가시화되고 있었다.

DJ는 자신의 강성 이미지 개선을 위해서도 필사적인 노력을 했다. 일화 한 가지를 소개한다. 1997년 7월 학생들의 급식 상태를 알아보기 위해 한 초등학교를 방문한 일이 있었다. 사전에 나는 교장에게서 학생들에게 배식할 때 배식하는 이가 앞치마와 위생모를 쓴다는 사실을 전해 들었다. DJ가 정희경 교육분과위 소속 의원과 함께 도착했다. 교장이 앞치마와 위생모를 내주며 "앞치마는 두르시고 모자는 안 써도 되겠습니다"라고 DJ를 배려하듯 말했다. 이때 DJ는 "학부형들은 다들 모자를 썼지요?"라고 물었다. 교장이 주변 눈치를 보며 그렇다고 답했다. "그러면 써야지요." DJ가 쿡 모자를 들어 손수 썼다. 정말 쿡처럼 보였고, 평소의 근엄한 모습이 사라졌다. 모두 "와!" 하며 웃었다. 옆에 있던 정희경 의원도 주저하다가 모자를 썼다. 아주 어울리는 한 쌍의 남녀 쿡이 탄생했다.

DJ는 주부들 클럽에도 갔다. 주부들이 일제히 반기자 손수 차를 따라 주고 농담을 걸었다. DJ는 버스 투어를 하면서 도처에서 강성 이미지를 지우고 소박한 인간미를 보여주는 명연기를 했다. 청소부와 함께 청소를 한 것은 물론이고, 시장의 짐꾼 노릇도 했다. 행상을 하면서 소리도 질렀다. "쌉니다, 싸! 지금이 기휩니다. 사세요, 사!"

DJ는 나이가 들었다는 약점을 커버하기 위해 서태지를 만나 록 음악 이야기를 나누었고, 그의 곁에는 언제나 발랄한 정동영과 추미애 두 젊은 의원이 동행했다. 그는 전투적인 동교동 측근들의 수행을 허용하지 않았다.

나는 안무혁 전 안기부장이 이끄는 한국발전연구원에서 DJ가 조찬강연을 할 기회를 마련했다. 여기 참석하는 멤버들은 대부분 예비역 장성이나 고위 공무원 출신이고 이들은 대개 반DJ였다. 7월 4일 인터콘티넨털호텔 볼룸은 이 이색적인 연사를 보고자 가득 찼다. 나는 사전에 분위기를 살폈지만 그다지 적의가 있는 것 같지는 않았다. DJ가 도착하고, 안무혁 원장이 "이제 화해의 시대가 왔습니다. 산업화 세력과 민주화 세력이 모두 나라를 위해 서로의 가치를 인정하는 시대가 왔습니다.

오늘 김대중 후보를 이 자리에 모신 것도 그런 노력 가운데 하나입니다"라고 상당히 의미 있는 인사말을 했다. 이 자리에서 DJ는 자신의 정치신념에 관해 설명하면서 "나는 많은 오해를 받아오면서도 나의 신념을 밝힐 기회를 갖지 못했다. 나의 기본적인 구상은 인간 역사의 이성적 진보를 믿는 보수주의, 자유와 경쟁을 기본원칙으로 하는 자유주의, 상식과 합리를 존중하는 확고한 역사의식"이라고 분명하게 밝혔다. 그리고 청중이 큰 관심을 갖는 남북관계에 대해서도 '평화공존, 평화교류, 평화통일'의 3단계 통일 방안을 명료하게 제시했다.

　질문 시간에 상당히 날카로운 질의가 이어졌다. "통일 방안으로 연방안은 마땅치 않다. 연방제로 가면 남북 간에 군사적 충돌 위기가 생길 수 있다. 그러므로 흡수통일이 방안이 아니냐?" "국가보안법 폐기를 정말 원하느냐?" 이에 대해 DJ는 그야말로 준비된 답변을 했다. "나의 통일 방안은 노태우 대통령의 단계적 통일 방안과 다르지 않습니다. 나는 그분이 북한과 합의한 '남북기본합의서'를 존중합니다. 국가보안법은 폐기하는 게 아니라 '민주질서보호법'으로 개정하자는 것입니다. 그것도 북한의 노동당 강령에 언급된 '한반도 적화통일' 내용이 개정될 때 동시에 하자는 것입니다." 이런 확실한 답변으로 그를 둘러싼 좌중의 오해가 상당 부분 풀린 듯했다. 나는 연설회에 참석한 박창암 장군까지 공감한 것을 보고 안심했다.

　DJ는 재향군인회, 자유총연맹 등 역대 정권에 순응해온 각종 관변 단체에 일일이 찾아가 국민회의 강령에 입각한 정책 방향을 설명했다. 집요하고도 철저한 노력이었다. 그것은 그에게 드리워진 두터운 불신의 벽을 깨기 위한 설득 작업이었다.

　이런 노력도 운이 따라야 한다. 마침 이회창은 신한국당 후보로 선출되자마자 아들 문제로 인기가 급락하면서 자연스럽게 후보 교체론에 시달렸다. 이런 기류를 타고 이인제가 돌풍을 일으키기 시작했다. 그의 단문단답식 연설과 주저함 없는 화법에 많은 사람이 매료되었다. 그는 경선 과정에서 진행된 TV 토론을 통해 일약 스타로 떠올랐다. 당시 한 매체는 "이인제가 이한동, 이수성, 박찬종, 김덕룡 등 2위 그룹을 밀어내고 이회창 대표를 위협할 수 있는 유일한 주자로 떠올랐다"라고 소개하면서 이러한 현상에 대해 "혁명적이다"라는 표현을 쓰기도 했다.[*]

신한국당 경선의 1차 투표에서 이회창이 41.12%를 얻은 가운데 이인제가 14.72%를 얻어 2위로 부상하면서 다른 후보들을 따돌렸다. 이어진 결선투표에서는 이회창 59.96%, 이인제 40.04%의 득표율을 기록했다. 비록 패하기는 했지만 이인제의 이러한 급작스러운 부상은 그를 이회창의 대안으로 부각시키기에 충분했다.

여권 내에서 이회창의 지지는 올라가지 않았고, 이인제는 후보를 교체하라고 계속 압력을 가하고 있었다. 이회창 측은 마지막 카드인 네거티브 캠페인으로 방향을 돌리려 했다. 회심의 카드는 'DJ 비자금' 폭로였다. DJ 일가친척의 은행 계좌까지 샅샅이 뒤져 만들어낸 자료는 정계에 큰 파문을 일으켰다. 그 시점의 지지도 1위인 DJ를 공격함으로써 당내분도 수습하고 자신의 인기도 만회하려는 양면용 카드였다.

신한국당은 DJ를 고발했고, 국민회의도 가만히 있을 리 만무했다. 국회 국정감사장은 서로 비방하는 소리로 시끄러웠다. 그러나 국민은 대단히 성숙했다. 이런 폭로전이 가열되어도 이회창의 지지도는 올라가지 않았고, DJ는 타격을 받은 것 같았지만 큰 영향은 없었다. 정치판만 오염되었을 뿐이다. 이런 시점에 정치적 감각이 뛰어난 신한국당 총재 비서실장 박범진 의원이 청와대에서 김영삼 대통령과 독대하는 기회를 가졌다. 그는 과감하게 진언했다.

"이번 김대중 총재의 비자금 사건에 대해 검찰은 수사하지 않아야 합

---

[*] 《시사저널》, 1997년 7월 10일 자(제420호), 22~27면 참조.

니다. 수사하더라도 대선 이후에 해야 합니다."

사태의 심각성을 느꼈는지 김 대통령은 즉답을 피했다.

"국민 여론은 어떤 쪽이라 생각하나?"

"여론조사를 해보지는 않았지만 수사를 한다면 대체로 공정한 선거라고 보지는 않을 겁니다."

"음…."

"만약 수사로 인해 현재 여론조사에서 선두를 달리고 있는 김대중 후보에게 결정적인 타격이 온다면 사태는 심각해질 수 있습니다. 또다시 광주 사태 같은 전면적인 저항운동이 일어날 가능성도 있습니다."

이 말에 김 대통령은 움찔했다. "내가 신중하게 생각하겠네"라고 말을 끊었다. 비자금 수사를 맡은 검찰 측도 고민이 컸다. '대선을 불과 2개월 앞두고 과연 수사가 제대로 될 것인가', '공연히 정치적으로 말려들어 여야로부터 공격만 받고 만신창이가 되지 않을까' 하는 걱정이었다. 김태정 검찰총장은 고등검사장회의를 비공개로 소집해 중지를 모았다. 결론은 '수사 연기'가 우세했다. 김 총장은 청와대를 방문해 YS에게 검찰 측의 대체적인 의사를 보고했다. YS 또한 무리한 수사로 심각한 사태가 올지 모른다는 보고를 받은 터였다. 김 총장은 YS의 내락을 얻고 기자회견에서 "수사를 대선 이후로 연기한다"라고 발표했다.

신한국당은 깜짝 놀랐다. 비자금 폭로 한 건으로 대선의 결정적 전기를 마련하려 했는데, 닭 쫓던 개 꼴이 된 것이었다. 이에 격분한 이회창 측은 YS와 DJ가 한통속이 되었다고 노골적으로 불만을 표했다. "검찰총장 사퇴하라", "김대중을 봐주는 김영삼 대통령은 당을 떠나라"라는 등의 극단적인 발언들을 마구 쏟아냈다. 그러면 그럴수록 신한국당 내에서 YS를 지지해온 '반DJ · 비회창' 그룹은 더욱 이회창 거부로 기울어졌다. 그들은 노골적으로 후보 교체론을 주장하기에 이르렀다.

이회창은 자신의 독선적인 행동으로 지지도가 반전되기는커녕 오히려 16.1%까지 추락했다. 이에 반해 34.3%로 1위인 DJ와 26.8%로 2위인 이인제(한나라당을 탈당하고 국민신당 창당해 대통령 선거에 가세)의 양자 대결 양상은 굳어져 갔다. 조순(5.5%)이나 JP(3.3%)는 이제 공히 소멸할 위기에 처했다.[*]

11월에 들어서면서 합종연횡은 일단락되고 대선 경쟁자도 김대중, 이인제, 이회창 삼파전으로 압축되었다. 3위로 전락한 이회창으로서는 우선 2위로 올라서는 것이 급선무였다. 그는 이인제의 국민신당 배후에 YS가 있다는 대대적인 선전전을 전개했다. 한나라당의 이인제 집중 공격은 국민회의로서는 나쁠 것이 없었다. 오히려 한나라당과 국민신당이 모두 한 뿌리인데 서로 공격하면 국민회의는 어부지리를 얻을 수 있다는 계산이었다.

---

[*] 지지도는 1997년 10월 26일, MBC와 갤럽에서 공동으로 실시한 여론조사 결과에 따른 것이다.

외래형 책사 vs. 토착형 책사

미국에 PSB(Penn Schoen Berland)라는 선거 컨설턴트 회사가 있다. 이들은 러시아의 옐친 선거에 참여해 성과를 올렸다고 자기들을 소개하면서 우리 대선본부에 접근해왔다. 이들은 만약 자기 그룹이 "대선 기획에 참여하면 옐친처럼 DJ의 대선 승리도 장담할 수 있다"라고 큰소리치며 구체적인 내용이 담긴 제안서를 제시했다. 그들이 참여 대가로 요구한 금액은 무려 200만 달러였다. 하지만 당시 우리에게는 그만한 여유 자금이 없었다. 그래서 우리는 정중히 사양했다. 최근에 나온 『킹메이커』(2012)라는 책을 보면 딕 드레스너, 조 슈메이스, 조지 고든 등 세 사람이 한 팀으로 옐친 선거에 참여해 큰 성과를 올렸다고 소개되었다. 아마 이들이 바로 우리에게 접근한 사람들이 아니었나 싶다.

대선이 끝난 뒤 나에게 영문 보고서 한 통이 입수되었다. 바로 우리가 거절했던 선거 컨설턴트 회사가 1997년 10월 24일 자로 작성한 한나라당 이회창 선거 캠프 한 달 동안의 '작업 결과 보고서'였다. 우리 캠프에 손을 내밀었다가 거절당하자 이회창 캠프로부터 일거리를 받아 활동한 모양이었다.

그 내용을 살펴보니 여론조사 등의 기법을 통해 단시일 내에 한국 대선의 양상을 잘 파악한 것을 알 수 있었다. 후보들의 성향 분석도 비교적 정확했다. 하지만 한국 선거 풍토의 고유한 성격 내지는 맛에 그들은 숙달되지 못했다. 한국의 선거는 어떤 룰에 의한 경쟁이라고 보기에는 너무나 많은 변수가 있었다. 서양인들로서는 이해하기 어려운 괴이한 변수들까지 단시일 내에 파악하기에는 역부족일 수밖에 없었을 것이다.

이를테면 이회창의 아들 병역 문제는 그가 두 번에 걸친 대선에서 실패한 가장 중요한 요인이었다. 그 약발은 대단히 거셌다. 베이비붐 시대 이후 자식을 하나 내지 둘밖에 낳지 않는 가정이 많았다. 그런 귀한 아들이 군대에 가서 혹시 잘못되지나 않을까 노심초사하는 부모가 대부분이었다. 그런데 역대 정권 이래 유력 자제들의 상당수가 용케도 군대에 가지 않고 병역을 기피한 가운데 외국으로 유학을 떠났고, 돈 없고 빽 없는 아들들만 군대에 가고 있었다. 이에 따른 불평불만이 절로 부모들의 마음속에 자리 잡고 있었다. 바로 이 대목이 집중 공략을 받으면서 이회창은 치명적으로 점수를 잃었다. 그의 전매특허인 대쪽 이미지도 가짜임이 드러났다. 이런 괴이한 변수를 외국인이 어찌 심각하게 생각할 것인가?

그 밖에도 용공 음해라든가 대선 비자금 수사와 같이 선거판을 뒤흔들 '네거티브 소재'들을 외국인이 이해하고 대처하기란 아무래도 무리이지 않았을까? 그래서 외국의 책사들을 고용하더라도 토착성에 신경을 쓰고 한국 특유의 선거 변수들을 고려해 전략을 수립해야 성공할 수 있지 않았을까? 그들이 옐친은 당선시켰는지 몰라도 이회창의 선거전에서는 실패를 거듭했다.

DJ에게는 충성스러운 처조카 이영작 박사가 있었다. 그는 우수한 통계학자로서 한때 미 연방정부의 공무원으로 있으면서 사회현상을 해석하는 탁월한 방법을 제시해 크게 인정받기도 했다. 그는 10년 이상 그의 고모부를 돕기 위해 직접 뛰었다. 1997년 대선이 끝난 뒤에는 『대통령 선거전략 보고서』(나남, 2001)라는 책도 저술했다. 그는 이 책에서 "내가 선거 전략 수립에 참여하게 된 과정에는 데이비드 모레이라는 미국 선거 전략가의 도움이 컸다"라고 술회했다. 모레이는 필리핀에서 코라손 아키노를 대통령에 당선시키는 데 큰 역할을 한 책사였다.

이영작은 1992년 선거부터 모레이와 유종근, 정동채 등과 팀을 이뤄 선거 전략을 수립했었다. 그들은 이때 처음으로 네거티브 캠페인 기법이 무엇인지 알게 되었다고 했다. 하지만 막상 대선에서 효과적으로 방어하지 못했다. 그는 "30년 민주화 동지를 용공으로 몰고 지역감정을 적극적으로 부추기는 바람에" DJ가 실패했다고 분석했다. 그들은 이론적으로 네거티브 캠페인을 파악했지만 김영삼 후보 측이 동원한 각종 한국적 음모, 모략, 네거티브 수단에 대해서는 속수무책이었다.

1992년 대선 실패 후 이영작은 모레이를 비롯해 제리 캐시디, 스티브 코스텔로와 같은 선거 전략가와 함께 소위 '뉴 DJ 플랜'을 다시 만들었다고 한다. 그러나 이영작은 자신의 선거 전략 기법을 설명하는 가운데 걸핏하면 미국의 사례를 들었기 때문에 이해찬, 김한길, 이강래, 윤홍렬 등 우리 측 책사들과 격론을 벌이곤 했다. 여전히 미국식 선거 전략에 너무 빠져 있다는 비판을 받았다.

미국 대선의 가장 유명한 책사들로는 클린턴 대통령을 만든 딕 모리스와 부시 대통령을 만든 칼 로브를 빼놓을 수 없다. 그들은 저마다의 장기를 가지고 대통령을 만드는 전략을 구사했다.

이를테면 딕 모리스의 전략은 '확장형'이었다. 그는 표만 있으면 모두 끌어들이는 전략을 택했다. 필요하면 철학도 공약도 변형했다. 이로 인해 민주당 내에서 클린턴은 일관된 정책이 없는 사람이라고 손가락질 당했지만, 그는 그런 비난에도 흔들림이 없었다. "멍청아, 문제는 경제야!"라고 외치며 유권자들의 환심을 샀다.

이에 반해 칼 로브의 전략은 '표 다지기형'이었다. 원래 공화당의 지지층은 보수적이고 결집력이 크다. 바람만 불어도 가볍게 날아가는 그런 표가 아니었다. 그런 고정적인 지지자들을 투표장에 끌고 나와 투표에 참여시키는 것이 중요했다. 특히 선거판을 결정하는 몇 개 캐스팅 보트 주에서 표를 다지면 승산이 있다고 보고 이 지역을 적극적으로 공략해 승리를 쟁취했다.

DJ는 지역적으로는 호남, 그리고 성향으로는 진보 개혁 세력이라는 두 종류의 확고한 지지층을 갖고 있었다. 이를 다지기 위해서는 칼 로브의 전략이 필요했다. 그러나 그것만으로 집권하기는 어려웠다. 호남과 진보 성향의 표만으로는 과반수를 얻을 수 없었기 때문이다. 그래서 DJP + α로서 DJT까지 아우르는 큰 그림이 있어야만 했다. 자연히 딕 모리스의 전략과 같이 과감하게 충청과 영남의 온건 보수 표까지 영역을 확장해나가는 이중성이 필요했다.

이런 두 가지 혼합형을 우리는 '뉴 DJ 플랜'이라고 불렀다. 사실 우리 선거운동본부의 기획이란 이런 상반된 성향을 어떻게 전략으로 묶어 조화시키느냐, 또 이를 어떤 방식으로 때와 장소에 맞춰 풀어나가느냐에 달려 있었다. 자칫 집토끼도 산토끼도 다 놓치는 결과가 될 수도 있었기 때문이다.

여기서 한 가지 꼭 주의할 점이 있다. 그것은 선거 전략에 대한 과신이다. 우수하고 잘 짜인 선거 전략만 있으면 이길 수 있다고 과신해서는 안 된다는 말이다. 아무리 우수한 책사들이 수립한 선거 전략이라 해도 그것은 하나의 보조 수단일 뿐이다. 기본은 후보 자신의 삶과 생각이다. 이것이 역사의 운과 맞아 떨어질 때 승리하는 것이다.

그런데 이영작은 항상 전략에 지나치게 많은 비중을 두었다. 그래서 우리 선거운동본부 요원들과 여러 차례 논쟁이 있었다. 가장 많이 다툰 이해찬의 전략은 대단히 현실적이고 토착적이었다. 그는 항상 사태를 냉정하게 관찰했다. DJP 연합이 성사되어도 유권자들의 마지막 표심이 DJ로 향한다는 보장이 없다고 그는 말하곤 했다. 1987년과 1992년 두 차례 대선에서 단단히 교훈을 얻었던 것 같다.

12월에 들어서면서 이해찬은 나에게 매일 여론조사를 실시하고 그 결과를 후보에게 알려야 한다고 강조했다. 우리 본부에서는 갤럽에 여론조사를 맡겼다. 그리고 거의 매일 아침 갤럽 관계자와 만나 조사 결과를 놓고 그 의미를 해석했다. 갤럽은 매우 신중했다. '1~2% 우위'라고 하면서도 이는 '오차 범위 내'라고 여지를 두었다. 다음 날 DJ에게 결과를 보고하면 그는 늘 다른 보고서를 내놓곤 했다. 그 보고서에는 언제나 5~6% 앞서는 것으로 나와 있었다. 그러면서 DJ는 짜증부터 냈다.

 "아니 이렇게 죽자고 뛰는데도 지지율이 오르지 않는다는 말이오?"

 노련한 DJ도 자기에게 유리한 통계, 듣기 좋은 말에 솔깃했던 것 같다. 나는 단호히 말했다.

 "이 보고서는 갤럽에서 나온 권위 있는 조사 결과입니다. 그리고 전문가의 검토를 거쳐 가장 정확한 해석을 했다고 저는 평가합니다."

 그래도 DJ는 양보하지 않았다.

 "이 조사도 권위가 있어요. 미국의 통계학 박사가 조사한 거예요."

 허탈해서 사무실로 돌아오면 이해찬이 어떻게 된 일이냐고 물었다. 나는 자초지종을 말해주었다. 그가 혀를 차면서 말했다.

 "지난 대선 때도 항상 그자가 초를 쳐서 우리하고 다퉜는데, 또 그 병이 도졌군요. 우리는 우리대로 나갑시다."

 선거전이 중반으로 넘어가면서 이회창의 지지율이 좀처럼 올라가지 않았고, 우리는 DJP 연합으로 지지율에 가속이 붙었다. 선거판이란 유리해지면 지지자들이 모이는 법이다. 우리 선거운동본부에는 손님이 들끓기 시작했다. 자천타천 전문가들이 모여들었다. 맨 먼저 박상천 원내총무가 찾아왔다. 그는 그동안 원내 문제에 집중하다 보니 좀처럼 얼굴을 비치지도 않았다.

 "선거운동본부를 도와주려고 왔습니다."

 "아! 고맙습니다. 모두가 도와주시니 이번에는 꼭 승리할 수 있다는 자신감이 생깁니다."

나는 인사말로 대화를 끝내려 했다. 그런데 그는 말을 이어갔다.

"그래서 일을 좀 덜어드리려고 합니다."

"어떻게요?"

"TV 토론 분야를 떼어주시면 제가 책임지고 진행하겠습니다."

"국회 일도 바쁠 텐데요. 그리고 TV 분야는 김한길이라는 전문가가 전담하고 있습니다. 그가 의욕적으로 하고 있어서 나도 간섭하지 않고 그가 최대한 능력을 발휘하도록 하고 있습니다."

"나도 간섭하려는 것이 아니고 그를 도와주려고 하는 겁니다."

"TV 토론은 대선본부와 장단이 맞아야 합니다. 우리는 매일 회의를 하면서 그 콘셉트를 그대로 방송에도 가지고 나가고 있어요."

이 정도면 확고하게 거절한 것이었다. 그런데 다음 날 김대중 후보가 나에게 말했다.

"선거운동본부가 너무 일이 많아서, TV 분야는 내가 박상천 의원에게 맡아서 하라고 했어요."

나는 속으로 '벌써 일산으로 찾아가서 졸라댔군!' 짐작했다. 박 의원은 자기에게 유리한 일이라면 물불 가리지 않는 집요한 사나이였다. DJ는 그에게 약했다. 나는 한편으로 오히려 편하게 되었다고 생각하기도 했다. 이제부터 모든 예행연습도 그가 알아서 할 테니 말이다. 우리 선거운동본부 내의 일꾼들은 모두 불만이었지만, 후보가 결정한 일이니 이의를 제기하기 어려웠다. 특히 개성이 강한 김한길은 투덜거렸다.

"이제 와서 무엇을, 어떻게 돕는다는 거예요? 자기도 선거운동에 일역을 했다는 기록을 남기려는 수작이지요. 밥이나 자주 사라 하세요."

11월 말 DJ가 나에게 말했다.

"노태우 대통령 밑에서 정무수석을 지낸 김중권이 협조하기로 했어요. 그가 특별대책팀을 만들도록 협조해주세요."

나는 반가웠다. 안 그래도 우리 선거운동에서 가장 취약한 부분이 영남 지역이었다. 더욱이 김중권은 나와 특별한 인연이 있었다. 우리는 민정당 시절에 동해 선거를 승리로 끝낸 전례가 있었다. 그는 매우 성실하고 맡은 일을 빈틈없이 수행하는 일꾼이었다. 그때에도 그는 동해시에 여관방을 잡고 약 2주 동안 현지에 체류하며 선거운동을 했다.

　　나는 즉시 김중권을 찾아서 만났다. 그는 마포 가든호텔에 방을 얻어 선거운동을 돕겠다고 말했다. 그러면서 실무 담당을 추천해달라고 했다. 나는 거침없이 이강래를 추천했다. 사실 대선 초기에 우리 선거운동본부의 주장은 이강래였다. 그런데 어느 날 동교동 직계들이 그를 끌어내리고 배기선을 추천했다. 한참 선거 대책을 기획하고 있던 주무 참모를 바꾼다는 것은 이례적인 일이었다. 그래서 나는 항상 이강래에 대해 아쉬움을 갖고 있었다.

　　DJ의 의사에 따라 김중권과는 대선전략자문회의(약칭 '마포팀')를 구성하고 나를 포함해 조세형 총재권한대행, 박상천 의원, 정동영 대변인 등과 김중권이 수시로 만나 선거 대책을 강구하도록 했다. 나는 DJ의 의중을 알았다. 늦게라도 참여한 영남 출신의 김중권을 치켜세우자는 뜻이었다. 하여튼 우리는 주 1회 모임을 갖고 선거운동본부와 중앙당이 서로 협조하는 중앙 매개 체제의 역할을 했다.

　　김중권의 역할은 거기서 그치지 않았다. 나는 김대중 캠프 내에서 가장 취약한 영남 지역의 선거운동을 김중권이 맡아주기를 희망했고, 김중권과 이강래 콤비는 선거 막바지에 이 지역에 많은 노력을 기울였다. 한나라당이 DJ 건강 문제를 물고 늘어져 집중 공격을 할 때 이를 방어해낸 것도 이 팀의 공로였다.

마지막 고빗길 '외환 사태'

1997년 대통령 선거에서 가장 중요한 이슈는 경제문제였다. 김영삼 정권 말기에 이미 경제위기의 징후가 여기저기서 나타났다. 고비용 저효율로 기업이 경쟁력을 상실한 산업 불황, 한보와 기아 사태에서 드러난 금융 불황, 이에 따른 주식 폭락, 부동산값 폭락 등이 겹친 이른바 '복합 불황'의 그림자를 피부로 느낄 수 있었다.

김영삼 정권이 들어설 때 400억 달러에 불과했던 외채가 무려 1000억 달러를 돌파했다. 1996년 말 50억 달러 정도의 경상수지 적자가 예상된다고 했는데 웬걸, 200억 달러 적자가 났다. 우리나라는 무역으로 먹고사는 나라다. 그런데 무역적자가 미국에 이어 두 번째로 큰 국가로 전락했다. 외국에서 볼 때 한국은 언제 부도가 날지 모르기 때문에 투자를 기피하는 첫 번째 대상국이 되었다. 국민 생활은 문자 그대로 살얼음판을 걷는 듯했다.

여론조사에서도 국민의 59.2%가 경제 회복을 가장 긴급한 과제로 요구했다. 그리고 물가 문제에 대한 요구도 7.3%에 달했다. 이 둘을 합치면 66.5%가 경제문제였다. 우리도 이에 초점을 맞추지 않을 수 없었다.

김대중은 이미 1971년 대선 직전에 『대중경제론』을 발간하고 경제정책을 바탕으로 한 『100문 100답』이라는 공약집도 낸 바 있다. 『대중경제론』은 지식인층뿐만 아니라 노동자층에서도 상당한 호응을 얻었다. 그는 1983년 미국 하버드 대학에 연구원으로 가 있는 동안 여러 학

▲ 김대중 후보의 경제철학이 담긴 『대중 참여 경제론』 출판기념회에서 건배를 제의하는 필자. 그러나 이 저서의 내용이 곧바로 경제 분야 대통령 선거 공약이 될 수는 없었다. DJP 연합으로 그 기조가 상당 부분 조정되었기 때문이다.

자와 참모의 도움으로 이 책을 수정·증보해 『대중 참여 경제론』(1985)이라는 책을 펴냈다.

　『대중 참여 경제론』은 1997년 대선 때 다시 한 번 둔갑해야 했다. 박정희 정권의 2인자였던 김종필과 공동 정권을 추진하는 마당에 기조를 조정할 수밖에 없었다. 두 당의 주장이 적절히 조화된 안을 도출하는 작업이 김원길 정책위 의장에게 맡겨졌다. 대단히 유능한 김원길은 기업을 경영한 경험도 있었고 이론적으로도 무장된 전문가였다. 기업과 학계 인사들을 동원해 실용적인 경제 공약을 작성해냈다. 이 공약이 DJP 연대의 바탕이 되었다.

　1997년 9월에 첫 번째 경제 공약이 나왔다. 2002년까지 국민소득 2만 달러를 달성하고 5년 이내에 GDP 대비 세계 7위(중국 및 러시아 제외)에 도달하는 데 이어 2010년에는 세계 5위까지 도달할 수 있다고 부푼

꿈을 내세웠다. 이는 『대중 참여 경제론』에서 강조한 분배나 균형보다 고도성장으로 나아가겠다는 공약이었다. 이 공약은 이명박이 내세운 '747(경제성장률 7%, 국민소득 4만 달러, 세계 7대 강국)' 공약의 원조라고 해도 좋을 것 같다.

이에 대해서는 많은 논쟁이 있었다. 초점은 "김대중이 드디어 성장위주론자로 돌아선 것이냐?" 하는 것이었고, 성장의 목표가 많이 부풀려졌다는 지적도 받았다. 하지만 김대중으로서는 이렇게 하지 않을 수 없었다. 성장론자인 자민련과의 정책 공조도 염두에 두어야 했지만, 그보다 국민에게 경제 불황을 헤쳐나갈 용기를 주려면 분배보다 성장을 앞세워야 했다.

그 후 김대중 선거운동본부는 '중산층과 서민의 당 새정치국민회의 공약집'을 내놓았다. 공약집에서는 경제 난국 해결 방안과 더불어 경제 살리기 비전을 제시하면서 '① 대기업 자율 보장, ② 중소기업 지원·육성, ③ 가정경제 보호·안정'이라는 3대 기조를 내세웠다. 요컨대 김대중의 이른바 DJ노믹스는 시간의 흐름과 환경 변화에 따라 많은 변용을 겪으며 현실에 적응해왔다. 그리고 1997년 하반기 외환위기를 맞으면서 김대중의 공약은 한층 더 현실주의로 방향을 잡았다. 한국 경제의 고질적 병폐인 고비용 저효율 구조에서 김영삼 정권은 단기 외채를 무분별하게 도입했고, 문민정부라고 하면서도 정경 유착은 여전했으며, 관치 금융은 도를 넘어섰다. 아마 대통령 선거 때 신세를 진 기업들을 봐주기 위해서는 불가피한 것이 아니었나 싶다. 그런데도 김영삼 정부는 환율만은 꽉 잡고 있었다. 달러 환율 저평가로 수치상의 '소득 1만 달러' 시대가 후퇴하고, 임기 말에 그런 불명예를 뒤집어쓰기 싫었던 것이다.

이런 취약한 한국 경제의 체질에 마침내 동남아로부터 외환위기의 바이러스가 침투했다. 정부는 비상사태에 들어갔다. 9월부터 경제 대

란설이 솔솔 불어오기 시작했다. 10월에 접어들자 홍콩의 주가가 폭락했다. 10월 27일, 김영삼 대통령은 확대경제장관회의를 소집했다. 정부는 부랴부랴 채권시장 개방, 외국인 주식 보유 한도 확대 등 외자를 끌어들이기 위한 방안을 짜냈다. 하지만 다음 날 미국 투자은행 모건스탠리는 "아시아 물(物)을 팔라"라는 보고서를 발표했다. 그날로 종합주가지수가 35포인트 빠져 500선이 무너졌다. 한국은행은 환율 개입을 포기하고 외환 거래를 중단시켰다.

강경식 경제부총리는 김영삼 대통령에게 위급한 외환 상황을 일일 보고했다. 그런데도 김 대통령은 심각성을 느끼지 못하고 넘기곤 했다. 11월 19일에도 강 부총리는 IMF 측에 100억 달러 구제 요청을 했다고 보고했으나 김 대통령은 보고서를 놓고 가라고만 했다. 대통령 집무실에서 나왔을 때 김용태 비서실장이 부총리 경질을 귀띔해 주었다. 격분한 강 부총리는 사무실로 가서 인계인수할 준비를 하지 않고 집으로 직행했다. 후임 임창열 부총리에게 제대로 인계 작업이 이뤄지지 않은 것이다. 임 부총리는 그간 IMF와의 교섭 상황을 모르는 채 기자들에게 "IMF에 구제금융을 요청하지 않는다"라고 발언해 혼란을 빚었다. 나중에 사태가 더 악화되자 그는 미셸 캉드쉬 IMF 총재에게 300억 달러를 새롭게 요청하는 교섭을 벌이기도 했다. 이런 요령부득의 상황은 이렇게 정리할 수 있다. 김영삼 대통령은 외환위기 자체를 잘 몰랐고, 강경식 전임 부총리는 IMF 대처를 제대로 하지 못한 것은 물론 후임자에게 인계 작업조차 정확하게 하지 않은 무책임한 공직자였고, 임창열 후임 부총리는 상황을 제대로 파악하지도 못한 채 발언을 남발한 오점을 남겼다.

그에 반해 오히려 캉드쉬는 당시 한국의 정치 상황을 잘 알고 있었다. 그는 다음 정권에서도 IMF와의 협의가 차질 없이 진행될 것인지 물었다. 이런 질문을 받은 정부 측이나 한국은행은 빈틈없는 그들의 접근

방식에 놀랐다.

청와대는 11월 19일 이렇게 부총리를 경질한 데 이어 21일, 3당의 대통령 후보와 총재들을 초청했다. 이에 가장 당황한 것은 한나라당의 이회창 후보였다. 국가 부도를 나게 하고 경제를 파탄시켰다는 현 정부에 대한 빗발치는 비난으로부터 여당 후보인 그가 자유로울 수 없었기 때문이다. 그는 청와대 회담에 불참하겠다고 했다.

우리 선거운동본부가 이런 상황을 놓칠 리 없었다. "김영삼 대한민국 주식회사 회장이야 내년 2월이면 퇴임할 것이지만 이 정부의 감사원장과 국무총리를 지낸 이회창 한나라당 후보가 김 대통령의 뒤를 이어 경영권을 물려받겠다는 것은 어이없는 일"이라고 일침을 가했다.

경제적 상황이 이렇게 긴박한 데도 한나라당 대선 본부의 홍보·선전 기능은 마비된 것이 틀림없었다. 11월 20일 자 주요 신문에는 경제 파탄에 책임을 지고 강경식 부총리가 물러났다는 기사 밑에 여전히 '깨끗한 정치와 튼튼한 경제'를 부르짖는 한나라당 대선 광고가 실려 있었으니 말이다.

11월 21일, 청와대에 각 당 후보와 총재들이 모였다. 이인제 후보는 불참했고 이회창은 거자 씹는 듯한 표정으로 참석했다. 우리 측에서는 김대중 후보 겸 국민회의 총재와 박태준 자민련 총재가 참석했다. 그 자리에서 신임 임창열 부총재가 외환 상황을 설명하면서 IMF에 구제 요청이 불가피하다고 밝혔다. 무거운 침묵이 흐른 뒤 김영삼 대통령이 조심스럽게 입을 열었다.

"이번에 캐나다 밴쿠버에서 11월 24일부터 25일까지 APEC 총회가 개최되는데 내가 참석해야 할지…. 여러분의 의견을 말씀해주시기 바랍니다."

어떤 상황에서도 자신만만하던 김영삼이 그날만은 초라해 보였다. 좀처럼 남에게 의견을 구하거나 남의 의견을 경청하지 않던 그가 그날

만은 완전히 다른 사람이 된 것 같았다. 한마디로 기가 다 빠졌다. 이쯤 되면 잘 다녀오라고 해도 좋으련만, 이회창은 그러지 않았다.

"나라 경제를 결딴내놓고 무슨 낯으로 외국 국가원수들을 만난다는 겁니까? 그들이 정신 나간 것으로 보지 않겠습니까?"

독설이 튀어나왔다. 배짱 좋기로 이름난 김영삼이 이렇게 앉은 자리에서 무안당한 일은 좀처럼 없었을 것이다. 이회창은 김대중 비자금 수사를 중지시킨 김영삼에 대한 원한까지 한꺼번에 폭발한 것 같았다. 그러나 김대중은 침착하게 말했다.

"제 생각은 좀 다릅니다. 이럴 때일수록 국가원수가 해외에 나가서 우리 경제 사정을 설명해야지요. 만약 예정했던 회의에 불참한다면 오히려 한국 경제가 얼마나 급하면 회의까지 불참하느냐는 말이 돌 거예요. 적극적으로 나가서 경제외교를 벌여야지요."

이 말에 김 대통령은 구원투수를 만난 것 같은 표정이었다고 한다. 박태준 총재도 같은 의견으로 말했다. 노기가 충만한 이회창은 끝내 굳은 표정을 풀지 않았다.

청와대 회담 결과를 듣고자 우리는 김종필 총재와 함께 한 식당에서 기다렸다. 식당에 들어선 박태준 총재의 표정이 야릇했다.

"나 오늘 험한 꼴 봤어요. 이회창의 공격에 YS가 한마디 대꾸도 못 하더군. 별꼴 다 봤네."

11월 23일, 우리는 기회를 잡았다. 박태준 총재가 김대중 후보의 메시지를 가지고 미국과 일본을 방문한다는 성명을 발표했다.

"IMF가 200억 달러를 긴급 수혈한다고 결정했지만, 현 사정으로 보아 500억 달러라야 소요에 맞출 수 있기 때문에, 급거 미국과 일본에 가서 뱅크론(Bank Loan)을 놓고 교섭할 것이다."

앞으로 탄생할 공동 정부의 능력과 위상을 과시한 것이었다.

11월 24일에 발표된 여론조사 결과는 김대중 33.1%, 이회창 28.9%

였고, 이인제가 다소 떨어져 20.5%였다.

11월 26일, 김대중 후보는 등록을 마치자마자 먼저, 경제난국을 초래한 한나라당 정부를 향해 공격을 가했다. TV 토론에서 김 후보는 "경제를 망친 책임을 따져야지 그대로 두고 가면 안 된다"라며 기염을 토했다. "국민이 분노하며 책임을 묻는 만큼 국정이 왜 이 지경이 됐는지 청문회를 열어야 한다"라고도 했다. 당도 성명을 내어 "이회창 총재가 국가 부도는 자신과 무관하다고 발뺌한 것은 부도덕하다"라고 맹공을 퍼부었다.

11월 29일, IMF는 한국에 금융지원을 하겠다는 뜻을 전해왔다. 하지만 그동안 우리 경제는 방만한 운영으로 외채의 총량조차 파악하기 어려운 상황이었다. 200억 달러 지원 요청 이후에 추가로 얼마가 더 필요한지도 알 수 없었다. 블랙홀에 빠진 느낌이었다. IMF 측은 부실기업을 정리할 것을 강력하게 요구했다. 정부에서는 기업의 구조조정은 시장원리에 맡겨야 한다고 했지만 설득력이 없었다. 김영삼 정부가 들어선 이후 기업에 대한 정부의 개입과 간섭은 늘면 늘었지 절대 줄지 않았다. 정경 유착은 더 심각했다. 그런데 이제 와서 시장원리라고 하면 누가 믿겠나. 정부는 "IMF의 요구를 전면 수용한다"라고 하루 만에 손을 들었다. IMF 측은 선도금 조로 돈을 약간 풀면서 정부의 진정성 있는 개혁을 촉구했다. 그들의 요구 사항에는 재정 긴축, 부실금융기관 조기 정리, 부실기업 정리, 세율 인상을 통한 세수 증대 등 우리 경제를 옥죄는 여러 주문이 담겨 있었다. 경제총독부가 등장한 것이었다.

가장 당황한 것은 정부라기보다 이회창 캠프였다. 경제정책 실패에 따른 비난을 받은 것은 물론이고 기업으로부터 들어와야 할 정치자금까지 뚝 끊겼다. 원래 여당의 선거 대책이란 천문학적으로 돈을 조달하고 이를 무제한 퍼내는 것이었다. 그것이 역대로 내려온 관성이었다. 그러므로 선거 자금이 쪼들리면 가동조차 안 되는 것이 그 당의 생리였다. 그리하여 선거 막바지에는 기업으로부터 어음도 받고, 당의 재산을 담보로 사채 시장에서 돈을 융통하기도 했다.*

12월에 들어서자 정부는 본격적으로 IMF와 협상에 들어갔다. 한나라당의 이회창 후보는 시간이 갈수록 코너에 몰렸다. 12월 1일, 세 후보가 나선 TV 토론에서 주요 이슈는 역시 경제문제였다. 김대중은 현 경제 파탄의 책임을 한나라당과 정부가 공동으로 져야 한다고 몰아붙였고, 이회창은 "김영삼 대통령 밑에서 2년간 집권당 대표를 지낸 김종필 총재와 연대한 김대중 후보가 그렇게 말할 수 있느냐?"라며 궁색하게 반격했다.

12월 4일, 정부는 IMF로부터 550억 달러를 긴급히 지원받기로 최종 합의했다. 하지만 단서가 붙었다. 차기 정부를 책임질 세 후보의 이행각서를 함께 제시하라는 것이었다. 이에 대해 이회창과 이인제 후보는 자신이 대통령에 당선되면 IMF와 협의한 내용을 그대로 이행하겠다는 내용의 문서에 서명했다. 하지만 김대중 후보는 정부의 문서에 서명하는 대신 별도의 문서를 작성해 제출했다. 내용은 "협의 내용을 원칙적으로 수용한다. 그러나 구체적인 이행단계에서 계속적인 논의와 세부적인 협상을 통해 대량 실업 등에 따른 고통을 최소한으로 줄여야 할 것"이라는 단서를 붙였다.

이는 빈틈없는 김대중식 발상이었다. 왜냐하면 당시 노조 측은 끊임없이 IMF 측이 요구하는 구조조정에 반발하고 있었기 때문이다. 그들은 "근로자파견법, 정리해고제 등 한국 노동자의 고용 불안을 조장하는 IMF의 내정간섭에 단호히 반대하며, 고용안정특별법을 조속히 제정하

---

* 당시 한나라당이 천안 소재 연수원의 토지 약 5만여 평(공시지가 1000억 원 상당)의 물건을 담보로 명동의 사채 시장에서 500억 원을 차용하고자 교섭한다는 정보가 우리 측에 입수되었다. 우리는 이러한 사실을 기자회견에서 공개했다.

▲ 대통령 선거가 한창이던 1997년 12월 4일 도하 각 신문에 게재된 새정치국민회의의 광고. 외환위기 사태의 책임이 한나라당에 있음을 분명히 하는 동시에 우리 당은 이 '치욕적인 사태'를 조기에 극복하겠다는 의지를 강조했다.

라"고 노골적으로 요구해왔다. 그러므로 IMF 측의 요구는 부득이 수용하더라도 노조를 달래는 조치를 병행할 필요가 있었던 것이다. 그러나 이회창이나 이인제는 그런 정도의 노련함이나 신중성이 없었다.

그날 우리 선거운동본부는 광고를 크게 냈다. "IMF의 치욕적 타결, 1년 반 안에 극복하겠습니다!" 부제는 이런 내용이었다. "오늘의 경제파탄 그 책임을 묻지 않을 수 없습니다." "고용안정과 도산방지를 위한 추가협상을 반드시 이루어내겠습니다."

우리 측의 이러한 '경제 파탄 책임론'에 한나라당은 적잖이 당황했던 것 같다. 그들은 김영삼 정권과 마치 아무 관계가 없는 것처럼 선을 그었다. 오히려 외환보유고가 이 지경이 된 것을 속였다고 정부를 윽박질렀다. 그것으로도 모자랐는지 12월 8일 한나라당은 이회창 후보 이름으로 광고를 냈다. "김영삼 대통령은 국민 앞에 사죄하고 기업의 연쇄부도를 막아야 한다." 아무리 김 대통령이 탈당한 상태라지만 이야말로 누워서 침 뱉기 아닌가. 거기에 더해 작은 글씨로 "책임전가만 하지 말고 대통령 스스로가 책임감을 갖고 온몸을 던져 우선 기업의 연쇄 부도 방지와 예금자 보호를 위해 동원 가능한 모든 비상수단을 강구해주기 바란다. 지금 우리에게는 시간이 없다"라고 했다. 얼마나 궁색한가?

한나라당은 이 광고로 많은 비난을 받았다. 급해진 이회창 측 선거운동본부에서는 12월 10일에 새 광고를 냈다. "모두가 경제를 살리겠다고 약속합니다. 그러나 약속을 지킬 대통령은 이회창뿐입니다." 그리고 작은 글씨로 이렇게 설명을 달았다. "IMF 경제국치로 인한 국민 여러분의 분노를 잘 알고 있는 이회창이 경제를 살리는 데 한 몸을 던지려 합니다. … 과연 누가 혼란 없이 안정적으로 경제를 살릴 수 있겠습니까?" 이처럼 한나라당의 선거 대책은 갈팡질팡했다. 하지만 아무리 얼굴에 분칠을 해봤자 외환위기의 책임을 모면할 수는 없었다.

한나라당이 이처럼 수세에 몰려 고심하고 있을 때 JP모건을 비롯한 외국계 금융기관들이 대통령 선거가 끝날 때까지 자금 제공을 관망하고 있다는 뉴스가 전해져 왔다. 이는 한국 정부가 "즉각 구조조정 등 약속한 프로그램을 이행하고 새롭게 출발해야 할 터인데 지지부진하다"라는 IMF 측의 압력이었다. 그런데 한나라당은 이런 IMF의 자금 지원 늦추기가 김대중의 '재협상' 각서 때문이라고 뒤집어씌우고 나왔다.

한나라당은 IMF 사태로 인한 수세에서 벗어나고자 대대적인 공세를 취했다. 선거를 며칠 앞둔 12월 13일, 드디어 대대적인 광고전에 들어갔다. "김대중 후보의 IMF 재협상 주장이 나라를 망치고 있습니다." 부제로 "달러유입중단, 달러폭등, 금융기관도산, 주가폭락이 이어지고 있습니다"라는 선동 문구도 있었다.

이회창 후보는 MBC 방송 연설에서, "김대중 후보의 IMF 재협상 발언 때문에 환율이 폭등하고 있고, 불과 며칠 사이에 23조 원의 환차손이 났다"라며 노골적으로 비난했다. 그는 이로 미루어 김대중은 대통령 자격이 없는 사람이라고 직격탄을 날렸다. 후보가 상대 후보를 그런 식

한나라당이 망친 경제 김대중과 살립시다

새정치국민회의

국가를 부도낸 사람들에게 또다시 나라를 맡길 수는 없습니다

이번 선거는 나라 경제를 망친 여당 후보를 심판하자는 것입니다

이회창 후보는 경제에 대해 말할 자격조차 없습니다.

오늘의 IMF 치욕은 경제에 무능한 여당과 대통령의 장책아래 때문입니다. 또한 IMF 추가협상에 대해 사실을 왜곡하여 국민과 발뜯을 가중시켰습니다. 대통령 자체의 이희창 후보였으며 초순에는 잘못 여당의 부통령의 국민고통을 위한 추가협상의 기대를 마우라 했습니다. 그리고 제협상 때문에 돈을 안 주나고 저질렀습니다. 그동안의 IMF 너희를 맡긴다누 정부 세계적인 무능함이라기 될 것입니다.

나라 경제를 망친 여당 후보를 다시 뽑아주는 국민은 세계 어디에도 없습니다.

지난 5년 동안 정책의 여당과 688회의 낭선회의를 통해 국정 을 주도했으나 특히 이회창 후보는 오늘의 국가 부도를 가져오게 한 OECD 가입 경제, 한보사태, 기아에도 등의 실정의 책임을 져주었습니다. 그리고 나라 이때 이회창 아닙니다 모혀니구요? 지난 5년 동안 여당은 빼내구요 선거로서 국민은 안중에 없고 재집권에 급급한 시대착오적인 우리는 선거로 심판해야 합니다.

김대중의 경제외교력만이 나라를 살릴 수 있습니다.

김대중 후보는 IMF 치욕을 1년안에 극복할 것입니다. 세계의 흐름을 읽는 미래관과 시각, 세계 각국과의 협력을 이끌고 국민을 지킬 수 있는 김대중만이 아무급한 대외협상을 이뤄낼 수 있는 능력, 국민을 위한이 연체보증과 대외산업을 막고자 추가 협상을 주장했던 김대중 후보만이 국민을 보호할 수 있습니다. 김대중의 경제외교력만이 오늘의 국가위기를 극복할 수 있습니다.

경제외교력이 있는 든든한 대통령

기호 **2 김대중**

▲ 1997년 12월 15일 새정치국민회의가 신문에 게재한 마지막 광고. 우리는 한나라당의 '안정이냐 혼란이냐'는 식의 구태의연한 양자택일 전술에 휩쓸리지 않고 담담하게 우리 메시지를 전달하는 데에 집중했다.

으로 노골적으로 공격한 것을 보면 급하긴 급했던 모양이다.

선거 막바지에 이런 공격이 어이없기는 했지만, 안정 희구 유권자에 게는 일정한 정도 영향을 준 것이 틀림없다. 우리 선거운동본부도 긴장했다. 그러나 이에 대해 변명하거나 추가로 설명할 필요는 없다고 판단했다. 오히려 이를 무시하고 "국가를 부도낸 사람들에게 또다시 나라를 맡길 수는 없습니다, 이번 선거는 나라 경제를 망친 여당 후보를 심판하자는 것입니다"라는 주장으로 일관했다.

12월 16일, 드디어 한나라당이 마지막 카드를 꺼냈다. "혼란 속의 침몰이냐, 안정 속의 재기냐?" 유권자를 양자택일하도록 막다른 골목으로 몰아넣는 최후의 광고가 각 신문 1면에 실렸다. 우리는 이미 며칠 전 최병렬이 뒤늦게 한나라당 공동선거대책위원장으로 참여했다는 소식을 듣고 이런 전술을 구사할 것으로 예상했다. '안정이냐 혼란이냐' 하는 식의 협박 전술은 이미 노태우 대통령 선거 때 써먹은 낡은 방식이었다. 지나간 물이 물레방아를 돌릴 수는 없었다.

IMF 외환위기 사태를 둘러싸고 이처럼 대통령 선거전에서 격렬한 공방이 있었다. 그러나 한나라당은 집권 여당이었다. 안간힘을 써서 공격의 과녁에서 벗어나려고 했지만, 책임을 비켜 갈 수는 없었다. 김대중이 IMF를 향해 아주 약간의 '자주적'인 목소리 내는 것까지 시비를 걸어보았지만, 그것은 선거전에서 지엽 말단의 문제였을 뿐이다. D-2일, 이것으로 대통령 선거는 사실상 끝났다. 한나라당이 쓸 무기가 더는 없었다.

하지만 이 IMF 이행 각서 문제는 또 다른 시각에서 볼 필요가 있다는 것이 내 생각이다. 김대중 당선 이후 IMF 측이 강요한 프로그램을 그대로 받아들인 결과 한국 경제는 얼마나 깊은 상처를 입었던가. 당시 말레이시아의 마하티르 총리는 끝까지 IMF의 무리한 요구에 저항했다. 당시 IMF 측이 아시아 여러 나라에 요구한 개혁 프로그램들이 과연 타당했느냐는 문제를 둘러싸고 오늘날 많은 비판이 제기되고 있다. 김대중 대통령도 재협상하겠다고 해놓고서 집권 이후 IMF의 요구에 너무 고분고분했다고 오히려 비판을 받고 있다. 이헌재 전 경제부총리는 당시 모라토리엄이라도 각오했어야 옳았다는 말까지 했다. 이런 사정까지 종합해볼 때 지나간 선거전은 결코 이성적인 캠페인이 아니라, 서로가 선동하는 감정싸움, 국민을 속이는 묘수의 경쟁이었다는 생각을 떨칠 수 없다. 아무리 선거전이라도 좀 더 정직했어야 하지 않았을까?

14

/

헌정 사상 최초의 인수위 활동

1998년 2월 취임한 이래 김대중 대통령은 무엇을
해왔는가? 김 대통령은 결국 한국을 미국화했을 뿐이다.
그는 미국이 하라는 대로 이제까지 한국의 경제성장을
지탱해온 재벌을 해체했다. 어떤 새로운 경제적 전망도
제시하지 못하고 IMF나 미국계 투자은행이 하라는 대로
재벌 해체 작업을 시작한 것이다. 말하자면 미국
금융제국주의를 지지한 것에 지나지 않는다.

오마에 겐이치, ≪월간조선≫, 9월호(1999).

김대중 대통령 당선 직후의 나날들

1997년 12월 18일, 김대중이 제15대 대통령에 당선됨으로써 우리나라의 민주정치는 일보 전진하게 되었다. 크게 보면 정치의 패러다임이 바뀐 것이었다. 이제 우리나라는 정권 교체가 빈번해질 것이다. 5년마다 여당에서 야당으로 정권이 넘어가는 길이 최초로 열렸기 때문이다. 이 전환의 과정을 순조롭게 밟는 것이 대단히 중요해졌다.

나는 이 전인미답의 과정에 참여하는 행운을 누렸다. 여기 당시의 정권 인수 과정을 상세하게 기록으로 남긴다. 이 기록이 앞으로 정권 교체 과정에서 일할 사람들에게 조금이라도 도움이 되기를 바란다.

12월 19일(D+1일): 야당 출신 첫 대통령 당선자의 버거운 하루

김대중 대통령 당선자의 첫날 아침이었다. 하룻밤 사이에 신분이 '후보'에서 '대통령 당선자'로 바뀌었다. 그의 일산 자택으로 몰려들어 밤을 지새운 군중에게 얼굴을 내민 김대중 대통령 당선자는 손을 흔들었다. 군중이 목청이 떨어져라 외치는 소리는 차라리 절규였다. 누구인들 김대중이 대통령이 된다고 믿었을까? 아마 본인도 확신하지 못했을 것이다. 그것은 기적이었다. 군중 가운데는 당연히 호남 사람이 많았다. 그들은 한을 푼 것이라고 해도 과장이 아니었다. 하지만 나는 그런 흥

▲ 1997년 12월 19일 아침, 김대중 대통령 당선자는 국회의사당 앞에서 환호하는 군중에게 인사하고 기념촬영을 했다. 앞줄 오른쪽 끝이 필자.

분과 환호 속에서도 김대중의 당선이 야당이 여당이 된 첫 사례라는 역사적인 의미를 잊지 말아야 한다고 생각했다.

김대중 대통령 당선자의 차를 따라 우리는 국회의사당 정문 앞 계단에 서서 환호하는 군중에게 인사하고 당선자를 중심으로 사진을 촬영한 후 국회의원 회관 대회의실에 마련된 기자회견장으로 향했다. 이때 나에게 쪽지 한 장이 전달되었다. 쪽지에는 "오전 10시 30분 클린턴 대통령으로부터 축하 전화가 올 예정"이라고 적혀 있었다. 나는 부리나케 단상으로 올라가 김대중 당선자에게 이 사실을 전하면서 기자회견을 신속히 끝낼 것을 건의했다.

"전화를 국회 사무실에서 받을 터이니 준비해주시오."

그러나 기자회견은 예상보다 길어졌다.

냉정하기로는 결코 누구에게도 뒤지지 않는 김대중이었지만, 그날만

▲ 김대중 대통령 당선자가 국회의원 회관 대회의실에서 기자회견을 막 시작하려는 순간 필자는 미국 클린턴 대통령으로부터 축하 전화가 걸려올 것이라는 메모를 받고 바로 기자회견장 단상으로 올라가 이 소식을 김 당선자에게 전했다.

은 흥분했던 것 같다. 전날 밤 나와 이해찬 의원이 정리한 회견문을 그에게 전달했지만, 그는 이를 참고만 했을 뿐 스스로 손질한 회견문을 읽어 내려갔다. 그런데 너무 길고 장황했다. 요약하면 "자유민주주의와 시장경제를 위해 앞장서겠다"는 내용이었다. 아마 IMF 측 눈치를 살폈던 것 같았다. 이어 질문이 쏟아졌다. 아직도 후보인 것처럼 말을 너무 많이 하는 것 아닌가 다소 걱정되었다. 남북정상회담, 민주주의와 시장경제의 동시 발전, IMF 협약의 충실한 이행, 그러면서도 대량 실업, 대량 부도의 방지를 위한 노력 등 기자들의 질문에 일일이 답했다. 어느 외신 기자가 이 점을 꼬집었다. "IMF 협약을 충실히 따른다면서 정부의 노력으로 실업을 막겠다는 것은 상호 모순 아닌가?"

질문이 계속 이어졌다. 나는 다시 쪽지를 김 당선자에게 전하면서 다음 일정이 남아 있음을 환기시켰다.

김 당선자는 기자회견을 서둘러 끝내고 국립묘지로 향했다. 나는 국회에 남아 국가원수 간 통화하는 시스템을 청와대에 요청했다. 이 시스템은 통역이 중간에서 말을 잇는 특별한 장치인데 당시만 해도 청와대만 보유하고 있었다. 청와대 통신실에서 즉각 달려와 국회 야당 대표실에 그 시스템을 설치했다. 통역으로 국회의장실에 근무하는 강경화 씨를 대기시켰다.

나중에 들으니 김대중 당선자는 국립묘지에 도착해 현충탑에 헌화한 뒤 이승만과 박정희 두 전직 대통령 묘소에도 참배했다. 이 묘소 참배는 크게 부각될 수도 있었지만 사전에 언론에 알리지 않아 카메라가 준비되지 않았다. 이런 실수가 선거본부를 통할한 나의 실수인지, 아니면 총재 비서실의 잘못인지 모르겠지만 하여간 준비가 안 되어 있었다.

국립묘지에서 돌아온 김대중 당선자는 국회 야당 총재실에서 클린턴 미국 대통령과 통화했다. 통화하는 동안 사무실 밖에서 대기하고 있던 나는 예상외로 통화가 길어지는 것을 의아하게 생각했다. '축하 전화라면 길어야 10분일 터인데 아무리 통역 시간을 감안해도 너무 긴데…' 약 40분이 지나 총재실을 나서는 김 당선자의 얼굴이 흙빛이었다. 불쾌함이 역력했다.

"모든 일정을 취소하고 일산에 가 있겠소."

한마디만 남기고 그는 뒤도 돌아보지 않고 사무실을 나섰다. 나는 통역을 담당한 강경화 씨의 표정을 살폈다. 겨울 날씨임에도 땀을 흘리고 있었다.

"무슨 일이 있었어요?"

"이런 통역은 처음입니다. 너무 힘들었어요."

강경화 씨가 속기했던 메모장을 열어 설명해준 통화 내용은 '축하'가 아니라 '강경한 힐난'이었다. 클린턴은 축하 인사말은 두어 마디뿐이고 직설적으로 자기의 의견을 피력했다. "당신이 말한 IMF와의 재협상이 많은 오해를 낳고 있습니다. 당신은 하루속히 당신이 한 말을 정정해야 합니다."* 이에 대해 김대중 당선자는 변명도 아니고 항변도 아닌 어중간한 답을 했다.

"무언가 오해가 있는 것 같습니다. 이 자리에서 답변하기에는 이야기가 좀 깁니다."

클린턴 대통령은 한국에 나가 있는 자신의 전직 보좌관 제프리 셰퍼라는 사람의 보고를 인용하며 마치 김 당선자가 모라토리엄(외환 지불정지)이라도 선언할 것처럼 말했다고 한다. 이는 분명 와전된 내용이었다. 아무리 빚진 죄인이라지만 클린턴 대통령의 무례는 정도가 지나쳤다. 미국이 한국의 정권 교체를 못마땅해하는 것 아닌지 의심이 들 정도였다. 대통령 선거기간 중 김 후보는 IMF 측이 요구하는 이행 각서에 경우에 따라 재협상할 수도 있다는 단서를 붙였다. 이를 두고 한나라당은 모략 공격을 퍼부었다. 이 단서로 인해 IMF 측이 한국의 요구를 들어주지 않을 것처럼 신문에 광고까지 냈다. 이런 일들 때문에 미국 측이 오해하는 것으로 짐작되었다.

김대중 당선자는 4·19 묘소를 거쳐 일산 자택으로 돌아갔다. 오후

---

* 클린턴의 전화는 이런 내용이었다. "As to the financial crisis in Korea, I have to be frank with you and make a few points. In your statement, You talked about economic reform and your committment to the IMF agreement. But your remark about 'renegotiation' has had immediate, negative impact and the markets have already responded to it. Now, I know that you made the comment out of your concern for the difficulties that the austerity measures are going to bring to the everyday people in Korea. Now, I know that. But the investors have misunderstood, and read it to mean the sustainment of policies which are unsustainable under the present circumstances. So, I think it would be good if you can find a way to correct this before the day is over. Perhaps you can discuss this with Amb. Bosworth."

네 시에 국회 총재실에서 접견하기로 한 스티븐 보스워스 주한 미국 대사와의 면담 장소도 일산 자택으로 바뀌었다. 유재건 비서실장이 당황해 미국 대사관에 급히 전화했다. 그리고 핑계를 댔다. 김대중 당선자가 대사와 단둘이 긴요한 이야기를 하기 위해 장소를 부득이 옮겼다고 말했다. 미국 사람들 관행에 따르면 사저에서 만난다는 것은 친근함의 표시이기 때문에 보스워스 대사는 양해한다고 했다.

이제 김대중은 '대통령 당선자'가 되었다. 이제부터 일상적인 언사도, 의전도 모두 국가 원수의 형식에 맞게 진행해야 했다. 이처럼 생활 패턴의 변화를 빨리 알아차리고 적응해야 했지만 워낙 '첫 경험'이다 보니 참모들의 손발이 잘 맞지 않았다.

일본의 하시모토 총리가 축하 전화를 걸어왔다. 그런데 일본어 통역관이 준비되지 않았다. 할 수 없이 김대중 당선자가 직접 "모시, 모시…" 하며 일본어로 통화하는 수밖에 없었다. 이렇게 모든 일이 뒤엉킨 하루였다.

클린턴 대통령이 전화에서 언급한 제프리 셰퍼라는 전직 보좌관은 샐러먼 브라더스의 부회장으로 한국에 체재 중이었다. 그는 특히 대통령 선거 막바지에 한국에 머물면서 각종 정보를 수집해 백악관에 보고했다.

라종일 교수가 바로 그날로 셰퍼를 만났다. 그 자리에는 도이치 모건 그렌펠 증권의 윤여진 지사장과 샐러먼 브라더스의 김병주 지사장이 합석했다. 이들은 모두 미국통 금융 분야 관계자로, 한국이 처한 금융위기를 매우 걱정했고 정권 교체기에 자칫 예상치 못한 차질이 생길 수 있다고 여겨 자진해서 모임을 마련했던 것이다.

라종일 교수는 그 자리에서 김대중 당선자의 진정한 뜻을 전했고, 이를 증명이라도 하듯 김 당선자의 영문 기자회견문을 보여주었다. 윤여진이 직접 번역한 것이었다. 셰퍼는 깐깐하게 회견문을 읽어보고 나서야 마음이 풀렸는지 내용이 좋다는 식으로 만족감을 표했다. 그는 "많은 사람들이 김대중은 사회주의자라고 악평을 하더라"라며 그동안 자기가 들었던 김대중에 대한 왜곡된 평판을 말해줬다. 대통령 선거 막바지에 벌어졌던 혼란상 속에 김대중에 대한 음해가 얼마나 심했었는지 거기서도 읽을 수 있었다.

"아직도 한국에 나와 있는 외국인 투자가들(finance circle)이 김 당선자의 경제정책에 관해 유보(reserve)하는 입장임을 알려드립니다."

그는 또 "근본적으로 외국인들은 김대중을 사상적으로 좌 편향된 인기주의자(populist)로 보는 시각이 강하다"라고 전하면서 이 점을 풀어야 한다고 충고했다. 셰퍼는 끝으로 중요한 정보를 하나 제공했다. 그날 중으로 주한 미국 대사관에서 한국 정부에 통보할 내용을 알려줬던 것이다.

"워싱턴에서 전해온 이야기입니다. 나의 재무부 차관 후임인 데이비드 립튼이 곧 한국을 방문해 김 당선자를 만날 것입니다."

나는 클린턴 대통령이 그 전날 김대중 당선자와 통화한 이후 김대중이 과연 어떤 생각을 갖고 있는지 직접 사람을 보내 테스트하려는 것이라고 판단했다.

나는 앞으로 해야 할 일 몇 가지를 정리했다. 엄격히 따지면 내가 할 일은 아니었다. 나의 대선기획본부장 임무는 이제 끝났다. 하지만 김대중의 주변에는 대통령 당선자로서 해야 할 일을 사전에 챙길 사람이 전혀 없었다. 모두 흥분한 상태에서 붕붕 떠다녔다. 당의 비서실도 그 점에서는 마찬가지였다. 그러므로 당장 내가 정리할 일은 다음과 같았다.

1. 일산 숙소는 중심지와 거리가 멀고 경호상 문제도 있어 적당한 숙소를 물색해야 한다.
2. 당선자가 취임 준비를 하기 위한 사무실이 필요하다. 어떻게 마련할

것인지 정부 측과 협조해야 한다.

3. 신속히 인수위원회 설치령을 통과시켜야 한다. 근거로는 '정부조직법' 제4조를 원용하면 된다는 법 해석이 있다.

4. 당장 밀려들고 있는 언론과의 대화가 문제다.

5. 대통령 선거에 공로가 많은 김종필, 박태준과의 저녁 회동 준비. 이를 위한 풀 기자들의 취재 편의와 홍보 방향 등도 준비해야 한다.

6. 대선의 경쟁자 이회창, 이인제 후보와도 화합 차원에서 만남을 추진해야 할 터인데 어떻게 준비해야 할까?

7. 대통령으로서의 첫인상이 대단히 중요하다. 이미지 메이킹을 위한 공보팀 구성. 스피치라이터 3~4명 필요. 이 문제를 정동채, 김한길과 의논해야겠다.

이 외에도 IMF 대책, 대통령의 개인 살림 대책, 인수위원회 구성 문제 등 신속히 처리해야 할 문제를 하나하나 점검해나갔다. 유재건 비서실장은 말도 잘하고 외국 사람과의 교제도 능란한데, 이런 행정적인 조치에는 약했다. 내가 일일이 부탁해야 움직였다.

12월 20일(D+2일): 사적 채널을 단절하는 것이 무엇보다 중요

아침 일찍 일산 자택으로 가서 김대중 당선자와 함께 아침을 먹으면서 향후 일정을 보고했다. 물론 전날 밤에 있었던 라종일 박사와 셰퍼의 대화 내용을 상세히 보고했다. 그리고 립튼 미 재무부 차관과의 회동을 준비해야 한다는 점을 상기시켰다.

"대통령 선거기간 중에 안티 그룹들이 별별 악평을 다 내놓아 미국 정부가 IMF에 열쇠를 잠가놓은 상태인 것 같습니다. 립튼을 만난 뒤라야 그 문제가 해결될 것 같습니다."

김대중 당선자도 내 말에 동의했다. 그리고 무언가 열심히 메모했다.

그날 나는 홍석현 중앙일보 사장 초청으로 둘이서 점심을 먹었다. 대선 기간 중 중앙일보가 편향된 보도를 했지만 나는 그 부분은 언급하지 않았다. 그는 균형 잡히지 못한 보도 태도를 인식하고 있는 것이 분명했다.

오후 4시에 일산으로 오라는 김대중 당선자의 전갈이 왔다. 일산에 도착해서 약간 기다렸다. 김중권이 먼저 면담을 하고 갔다. 2층 서재로 올라가 김대중 당선자를 만났다. 그는 경제문제를 화제로 꺼냈다. "내가 당선되자마자 경제가 풀리고 있어요. 이제 세계가 안심하고 있다는 평입니다." 그분 특유의 자기 과시였다. 내가 듣고 있는 바와는 달랐다. '아직 신인도가 오르지도 않았는데 너무 자화자찬하는 것 아닌가? 또 누가 찾아와서 알랑거렸구먼….' 그리고 김 당선자는 옷매무새를 고치며 불평을 시작했다.

"신문들이 정권인수팀에 관해 과열되게 보도하고 있는데 무슨 일이에요?"

그는 약간 불쾌한 어조로 말했다. 당선자의 일정을 맡을 사람이 없어서 내가 대행하고 있을 뿐인데 나를 두고 하는 말인가? 의아했다. 언론이 정권인수팀의 구성과 역할에 대해 집중 보도하고 있는 것은 사실이었다. 야당이 처음 여당이 되었으니 그런 추측 보도도 이해되기는 했다. 그렇다고 내가 지금 정권인수팀장으로 만족할 사람인가? 그랬다면 잘못 본 것이었다.

"이 의원은 그동안 대선 준비에 만전을 기했으니 다음은 여당이 된 당의 체질을 바꾸는 데 힘써야 합니다. 이 부분을 깊이 생각해보세요."

나에게 당을 맡으라는 암시인 것 같았다. 그렇다면 조세형이 담당했던 총재 권한대행을 맡으라는 말인가? 아무튼 당을 본격적으로 장악하라는 메시지인 것 같았다. 그런가 하면 김상현이 작금 조기 전당대회 개최론을 내놓은 것을 불쾌하게 여기면서 이를 제압하는 방안을 궁리 중인 것 같기도 했다. 당을 장악하는 일은 중대한 일이었다. 사실 나는 야당에 뿌리가 없었다. 이번 기회에 당을 완전히 장악해야만 힘을 쓸 수 있다는 생각도 들었다.

오후 늦게 김영렬과 김주채, 이기홍, 허억 등 동창생들을 만나 저녁 식사를 함께했다. 그동안 고교 동창들 중에서는 이회창 후보가 동창인데도 내가 그를 돕지 않고 김대중 당선에 열중하는 데 대해 비난하는 사람이 많았다. 그런 가운데서도 이날 만나 저녁을 나눈 이들은 나를 이해하는 사람들이었다. 지금같이 나라가 부도난 상태에서는 이회창 선배로는 헤쳐 나가기 어렵다는 것이 그들의 공통된 생각이었다.

《동아일보》에서는 저명 학자들이 김대중 당선자에게 해준 충고를 열거했다. 경제에 정치 논리 금물, 독선적인 자세 배제, 아들의 국정 농단 방지, 가신 정치의 과감한 탈피 등등이었다. 물론 이런 사항은 그의 임기가 끝날 무렵 그를 평가할 기준이기도 했다. 나의 메모판에 몇 가지 현안과 김대중 당선자가 유의할 사항을 정리했다.

1. 이번 선거 결과에서 보듯 김대중 당선자에 대한 본능적인 저항 세력이 있다. 재벌, 언론, TK그룹이다. 앞으로 이 세 그룹을 잘 다루지 않으면 큰 반격을 당할 것이다. 그러나 현재 개혁을 피할 수는 없다. 그러므로 다음 몇 가지에 유의해야 한다.
   - 안정을 유지해가면서 서서히 개혁 프로그램을 진행해야 한다.
   - IMF를 통해 재벌 구조조정(restructuring)을 하는 것이다. IMF 위기를 초래한 원인을 내세우면 재벌들도 뒤로 물러설 수밖에 없다. 그러므로 IMF를 앞세워야 한다.
   - 아직도 당선자에 대한 미국 측의 시선이 곱지 않다. 진보주의자 아니

면 인기주의자로 보고 있는 것 같다. 이를 시정하기 위한 대책이 필요하다.

2. 이영작 군이 정부로 들어가 무엇을 하고 싶어 한다. 나는 그에게 미국의 인권문제연구소를 잘 끌고 왔으니 앞으로도 대통령의 친척으로 국내에서 활동하는 것보다 기반이 있는 미국에서 돕는 것이 좋을 것이라고 충고했다.

3. 아태평화재단의 향후 운영
   • 조속한 시일 내에 재단에 임무를 주어 바쁘게 만들어야 한다. 대선이 끝났다고 여유를 주면 다른 잡스러운 요소들이 끼어들어 자칫 이권 집단이 될 수 있다.
   • 지금부터 해야 할 일은 김대중 당선의 세계사적인 의미를 넬슨 만델라와 비교해 더욱 부각시키는 작업이다. 민주주의의 승리, 야당으로의 정권 교체는 세계적으로 한국의 위상을 높인 것이다. 이런 톤으로 이미지 빌드 업을 해야 한다.

4. 보스워스 대사의 충고에 따라 내주 월요일 IMF에 대표단을 파견해야 한다. 구성을 어떻게 할 것인가? 김원길, 장재식, 김상우, 유종근 등과 긴밀히 협의해 결정하자.

5. 정권 인수의 방향, 그리고 개혁의 진행 방향을 사전에 준비하자.

6. 지금부터 취임일까지 우선 60일 계획을 수립하자. 여기에 필요한 요소는 다음과 같다.
   • 총재의 위상과 건의 채널: 공식화·제도화가 중요하다. 지금은 모두가 한마디씩이다.
   • 할 일을 대폭 위임해 당선자의 일을 덜어야 한다.
   • 과거의 인연을 앞세운 사적인 채널은 끊어야 한다.
   • 정당과의 관계도 거리를 두어야 한다. 자칫 대통령직을 동네잔치 하듯 돼서는 안 된다.

▲ 김대중 대통령 당선자 시절, 새정치국민회의는 당선자의 바쁜 일정을 소화하기 위해 중앙당의 인력을 조정 배치하는 문제를 협의했다.

12월 21일(D+3일): 언론의 아첨에 국민이 식상해하다

설훈 의원이 찾아와 당선자의 비서실 편성 문제(언론관계, 수행비서, 내무관계) 등에 대해 논의하기 시작했다. 아직 당선자의 의중을 모르기 때문에 선거 대책에 관여했던 측근들만 모여 논의했다. 특히 당선자의 공식 행사를 위한 의전 비서 문제가 시급한데 누구도 이를 계획하는 중심에 서 있지 못했다. 그래서 다음과 같이 사람들을 모았다.

- 외신팀과 공보팀 운영에 대해 이해찬, 박지원, 고재방, 배기선, 장성원, 박홍엽, 설훈, 김한길, 임채정 등과 의논했다.
- 박지원의 소개로 박노수 통역사의 면접 시간을 마련했다.
- 이해찬의 요청으로 IMF 체제에 대한 노동부 장관의 대책을 브리핑받기

로 했다.

김영삼 대통령이 이끄는 정부가 엄연히 존재하고 모든 정부 기능이 가동되고 있었음에도 당선자에게는 무척 많은 과업이 떨어졌다.

1. 12월 22일 국회 개원. 가장 중요한 안건은 20조 원에 달하는 국채발행 문제였고, 나머지 일정은 총무 회담을 통해 결정하기로 했다.
   - 이에 따라 국회의원과 당무회의 합동 총회를 열기로 했다.
   - 12월 27일 국회 폐회: 국회 회기 중 당선자가 이회창 후보(신경식을 통해), 이인제 후보(김학원을 통해)와 각각 만나도록 절충한다.
2. 12월 25일 성탄 미사 참여 문제, 소외된 곳을 찾아 위로하는 문제
3. 방송에서 당선자에 대해 과도하게 아첨하는 내용의 프로그램을 내보내 국민이 식상해하고 있다. 예컨대 이런 것들이다. "신광개토시대가 도래했다", "인동초는 꺾이지 않는다".
4. 연말연시 전방 군부대 위문 고려
5. 외국 국가원수와의 통화 또는 서신 보내기
6. 경제정책에 대해 경제계에서 궁금해하고 있다. IMF 문제 처리 방향 등에서 기업인들을 안심시켜야 한다. 처리 과정에서 인기를 과도하게 의식하면 개혁을 할 수 없다.

12월 22일(D+4일): '당선자가 말을 아껴야 할 터인데…'

미국에서 립튼 재무부 차관이 도착해 이날 아침 김대중 당선자와 일산 자택에서 만나기로 약속되어 있었다. 김 당선자는 며칠 동안 일산 자택에서 과외 공부(?)를 했다. 유종근과 장재식이 많은 조언을 했다.

자민련에는 과거 정부에서 일했던 유력한 사람들이 많아 그들의 의견도 들었다.

일산 자택에 도착해서 보니 미국에서 막 돌아온 김기환이 당선자와 함께 서재에서 내려왔다. 그가 워싱턴에서 벌어진 일들을 상세하게 설명했다고 한다. 미국의 요구는 IMF 측이 요구한 것 이상이었다고 한다. KDI 원장과 상공부 차관을 역임한 김기환은 개방경제론을 일관되게 주장해온 사람이다. 그는 평소 한국 경제의 폐쇄성 문제를 많이 지적했는데 이 기회에 'IMF+'를 김대중에게 제시한 것 아닐까 생각되었다. 이른바 미국이 제시했다는 'IMF+'에는 적대적 인수·합병(M&A) 허용, '외국환관리법' 전면 개정, 집단소송제 도입 등이 포함되어 있었다. 나는 이런 민감한 사항까지 김기환이 보고했다는 말을 들으면서 얼마 전 홍석현 사장이 비슷한 말을 한 것이 생각났다. 그러면서 친미적 경제통들이 어떤 합의를 하고 그 내용을 김 당선자에게 제시하고 있지 않나 하는 의구심도 들었다. 사실 이런 사회에서 김대중이라는 인물은 외톨이다. 그가 'IMF+'를 어떻게 수용할지 궁금했다. 그러나 시간이 급했다. 이것저것 판단할 여유가 없었다. 미국 검증팀이 온다고 해서 서둘러 일산 자택에서 당사로 떠나야 했다.

오전 11시 30분, 보스워스 대사의 안내로 립튼 차관이 당사로 왔다. 립튼은 월스트리트에서 볼 수 있는 단정한 복장에 빈틈없는 말쑥한 차림이었다. 비좁은 사무실 회의 탁자 중앙에 김대중 당선자가 앉고 오른편으로 보스워스 대사와 립튼 차관 등 미국 측 인사가, 왼편에는 유종근, 장재식, 유재건이 각각 자리 잡았다. 통역은 유종근이 맡았다.

"내가 이끄는 앞으로의 한국 정부는 민주주의와 시장경제를 기본으로 삼을 겁니다. 은행의 정경 유착 고리를 끊을 것이고, 모든 기업의 투명성을 보장할 것입니다."

김 당선자가 기자회견문에서 이미 밝힌 내용을 중심으로 설명했다.

설명을 들은 뒤 립튼 차관은 가지고 온 현황판을 펼쳐 보면서 "노동시장의 유연성에 대한 대통령 당선자 각하의 의견을 듣고 싶습니다"라고 조심스럽게 말했다. 김 당선자는 기다렸다는 듯이 명쾌하게 답했다.

"나는 한국 경제에서 가장 중요한 문제가 기업의 경쟁력이라고 생각합니다. 경쟁력에 도움이 된다면 당연히 노동시장의 유연성을 보장해야 한다고 생각합니다. 기업의 경쟁력이 살아나면 소득도 늘고 고용도 늘어납니다. 이 길이 경제가 안정되고 성장하는 길입니다."

그 순간 미국 측 인사들의 얼굴이 환해졌다. 그들은 그동안 김대중이라는 인물에 대해 오해하고 있었음이 틀림없다. 이제야 오해를 풀었다고 안도감을 느끼는 듯했다. 한국 측 배석자들은 모두 김대중 당선자가 '과외 공부'에서 얻은 모든 정보를 충분히 소화했고, 가르치는 선생들보다 더 정확하게 의사를 전달했다고 감탄했다.

립튼 차관은 IMF의 기능을 다시 한 번 설명한 뒤 미국이 동의한다고 다 되는 것이 아니라 13개국이 합의해야 한다는 점을 누누이 강조했다. 그러기 위해서는 한국의 기업과 근로자가 모두 바뀌어야 한다고 말했다. 직설적으로 'IMF+'라는 말은 안 했지만 그게 그 말이었다.

립튼은 자리를 뜨기 전 김대중 당선자에게 비록 취임 전이지만 현 정부와 긴밀히 협조해 경제위기 해소에 미리부터 나서라고 충고했다. 그들은 김영삼 정부를 신뢰하지 않는 기색이 역력했다. 그렇지만 김대중 당선자가 직접 청와대에 "이제 내가 나서겠다"라고 말하기는 어려운 일이었다. 미국 측이 이 뜻을 간접적으로 청와대에 전했다.

말하자면 미국은 눈앞에서 돈다발을 흔들며 우리 목줄을 틀어쥐고 있었다. 그리고 이런 견제 조치를 푸는 역할을 현 정부가 아니라 미래 정부의 수장인 김대중에게 숙제로 준 것이었다. "그동안 노동법의 국회 통과를 어렵게 만들고 IMF에 딴지 걸어온 당신이 직접 풀라." 이것이 미국 측 메시지였다.

그날부터 김대중은 경제위기를 푸는 문제에 관한 한 현직 대통령이 수행할 일들을 모두 위임받아 처리해나갔다. 임창열 부총리는 현직과 미래 대통령 사이를 왔다 갔다 하며 능숙하게 일을 처리했다. 백악관에서는 김대중 신정부에 IMF 측과 더욱 적극적으로 교섭하라고 조언했다. IMF의 요구를 모두 들어주라는 사인이었다. 시티은행, 체이스 맨해튼 은행, 뱅크 오브 아메리카 등 미국의 거대 은행들로부터 부실채권에 허덕이고 있는 우리나라 시중 은행을 매각하는 문제에 대한 자문을 받으라고도 했다. 나는 이 말을 듣고 김대중 정부가 은행까지 외국에 팔아치웠다는 비난을 받게 될 것으로 우려했다.

  청와대 비서실 진용이 아직 갖춰지지 않아 김대중 당선자는 아직도 모든 것을 내가 처리하기를 바랐다. 자연히 내 책상 위로는 매일 정보가 산적해갔다. 그중에서도 가장 시급히 처리해야 할 문제는 다음과 같은 사안이었다.

  첫째, 가장 중요한 안보·외교·통일 문제에 대해서는 임동원 아태재단 사무총장이 경험이 많았다. 그는 노태우 정부의 김종휘 전 외교안보 수석을 가장 유능한 참모라고 평가하고 있었다. 임 총장에게 김 전 수석과 논의해 안보 분야 진용을 짜도록 했다.

  둘째, 카터 전 미국 대통령이 당선자의 양해하에 평양에 가서 정상회담을 추진해보겠다고 요청해왔다. 이를 구체적으로 추진하기 위해 보좌진을 한국에 파견하겠다고 했다. 그러나 내 생각은 '아직 취임도 하기 전인데 너무 서두를 필요가 있을까?'라는 것이었다.

  그런 가운데 워싱턴에서 한반도 문제를 종합적으로 협의하는 회의가 개최되었다. 국무부, 국방부, CIA 등 세 개의 기관이 모여 한국 관계 전문가들을 초청한 자리였다. 여기서도 정상회담보다 특사 교환 정도가 현 단계에서 적절하다고 결론이 났다. 그리고 남북기본합의서에 명시된 다섯 개 공동위원회를 정상화하는 것이 더욱 중요하다고 했다. 나는 이 결과를 자연스럽게 카터 측에 전달하도록 외무부에 통고했다.

셋째, 김영삼 대통령 집권 기간 중 군부에서 불평이 많았다. 하나회가 없어지기는 했지만, 그 대신 '나눔회'가 은밀히 새로 결성되었다. 권영해 안기부장, 김동진 합참의장, 윤용남 육군참모총장이 이들의 공격 목표로 꼽혔다. 이들은 대선 기간 중 이회창 후보를 지지하려다 중단했는데 최승우(하나회 소속)가 주역이었다. 이들은 김대중 대통령 취임 전에 한판 승부를 보려 할 것으로 예측되었다. 군권을 쟁탈하기 위해 별별 음모를 다 꾸밀 가능성이 있었다. 특히 윤용남이 공격의 대상이 되기 쉬웠다. 이 문제는 인수위원회가 구성되고 국방부 장관이 결정되면 중장기 과제로 넘겨 군이 흔들리지 않고 안보 태세를 강화하는 방향으로 처리해야 했다. 김영삼 대통령은 하나회 척결을 너무 정치적인 쇼로 처리해 군의 전투력에 많은 손상을 가져왔다.

넷째, 김대중 당선자는 임창열 부총리에게 필요 없는 말을 많이 해 인구에 회자되고 있었다. "나는 어떤 기업으로부터도 신세 진 것이 없고 특별히 봐줘야 할 기업도 없다. 따라서 내가 기업을 평가하는 기준은 국제 경쟁력이 있느냐에 달려 있을 뿐이다." 이 말이 새어 나와 기업의 사기에 엄청난 파장을 일으켰다.

기업인들은 삼삼오오 모이면 극도로 긴장했다. "과거 YS는 '돈 있는 사람들에게 고통을 주겠다'고 말하곤 했는데 DJ는 더하는 것 아닌가?" 경제가 위기 상황이므로 기업이 정치권 눈치 보지 말고 경영에 전념할 수 있는 분위기를 만들어야 했다. 김대중 당선자가 말을 아껴야 할 터인데, 걱정이었다.

다섯째, 김대중 당선자에게 잡다한 사무적인 일이 몰려들어 어느 것이 중요하고 어느 것을 버려야 할지 분간할 수 없을 정도였다.

여섯째, 당선자 부인의 경호 문제가 대두해 여성 경찰관 한 명을 배치하기로 했다. 부인의 전담 비서관으로 정미홍(전 조순 시장 비서관)을 임명하는 문제를 논의했다.

당 총재 비서실은 대통령 선거 이후 헛바퀴 돌고 있었다. 그래서 당에서는 나를 원망하는 말들이 돌았다. 나는 가급적 당이 소외되지 않도록 신경 썼다. 이날부터 24일까지의 당선자 일정을 당사로 보냈다. 나는 어디까지나 대통령 비서실 진용이 갖춰질 때까지 잠정적으로 맡아서 처리한다는 점을 주지시켰다.

대통령 비서실 진용이 확정되지 않았어도 일단 전담 대변인은 박지원이 맡기로 했다. 외신 관계 전문팀도 필요했다. 앞으로 청와대에도 외신만 상대하는 요원이 있어야 했다.

12월 23일(D+5일): 'IMF+'에 전면적으로 호응하다

'대통령직인수위원회 설치령'이 국무회의를 통과해서 대통령령 제15547호로 공포되었다. 이제 인수위를 구성하는 문제가 본격적으로 대두했다. 김대중 당선자를 보좌하는 나의 일도 인수위가 결성되면 종료될 예정이었다.

IMF 측의 독촉에 따라 김대중 당선자는 김영삼 대통령과 협의해 12인 비상경제대책위원회를 구성했고, 이날 첫 상견례를 가졌다.

비상경제대책위원회는 밤 10시에 심야 회의를 개최하고 'IMF+'의 일환인 '외국환관리법' 폐지와 경제 개혁의 조기 가시화 방안을 서둘러 논의했다. 일이 두서없이 벌어지고 있었으나 기록해둬야 할 사항들을 정리했다.

1. 김한길 의원은 공보팀을 총괄하기를 희망하고 있다. 그러나 박지원이 걸림돌이다. 두 사람은 계속 불화하고 있다. 김한길은 자기가 전문가

이므로 당선자의 이미지 메이킹은 자기가 할 일이라고 말하고 있다. 김대중 당선자의 이른바 참여민주주의 개념을 구체화하기 위해 자기가 방송 프로그램도 계획하고 있음을 강조했다.

2. 김대중 당선자의 경제 두뇌로서 많은 역할을 한 이진순, 김태동 등이 비상경제대책위원회를 자문하고 싶다고 요청해왔다.

3. 립튼 차관이 오늘 이한했다. 그에게 어제 김 당선자가 한 말 이상으로 '외국환관리법' 전면 개정, 소액 주주 권익 보호, 노동법 일부 조항 유보 등 그야말로 'IMF+'를 다 주기로 약속했다.

4. 동아일보의 오명 사장이 찾아왔다. 김병관 회장이 김대중 당선자와 개인 면담을 요청했으나 확답이 없어서 왔다는 것이었다. 그리고 "동아일보가 친DJ 호남 신문으로 취급받아 왔는데 DJ를 대신해서 김 회장을 만나달라"라고 나에게 제의했다. 나는 "현 단계에서 내가 김 회장을 만나는 것은 적절치 않은 것 같다"라고 완곡하게 거절했다.

12월 24일(D+6일): 인수위원 선정 작업 시작

김대중 당선자로부터 국민회의와 자민련에서 반반씩 은밀하게 인수위원을 선정해달라는 요청을 받았다.

12월 25일(D+7일): 한마디 언질도 없이 인수위원장 내정 발표

김 당선자가 정리해고제를 받아들였다는 소식이 알려지자 노동계가 일제히 거부 움직임을 보였다. 나는 당에서 노동계를 전담해온 조성준, 조한천 두 의원을 대동하고 일산 김대중 당선자 댁으로 갔다. 이유는

▲ 인수위원회 전체회의에서 위원장인 필자가 개회 인사를 하는 모습. 오른쪽부터 김대중 대통령 당선자, 필자, 이해찬 운영분과 위원장, 신건 운영분과 위원.

내일 한국노총의 박인상 위원장을 만나기로 했는데 거부하는 태도가 역력하다기에 이를 대비하기 위함이었다. 한국노총은 대통령 선거에서 김대중 후보 지지를 반공개적으로 선언했었다. 그러나 선거가 끝난 뒤 그에 대해 고맙다는 말 한마디 없이 외국 압력에 따라 노동시장 유연성 문제가 김대중의 주머니 속 물건인 양 언론에서 다뤄지고 있다는 것이 그들의 불만이었다. 그들은 면담 거부까지 고려했으나 일단 만나기는 하겠다는 정도로 약간 누그러진 상태였다. 이러한 노총 분위기를 당선 자에게 전했다.

"솔직히 우리 노동운동에 대해 나만큼 일찍부터 관심을 갖고 앞장서 온 사람이 있소? 하지만 지금은 나라가 6·25 전쟁 이후 처음 겪는 위기 상황이오. 외환위기를 극복하기 위해 IMF에 사정해야 하는 입장이오. 나도 대통령 후보 때 IMF와의 협상 가운데 재고할 일이 있으면 재고하겠다고 약속했소. 하지만 우리도 스스로 해결할 부분이 있으면 자진해서 나서야 하오. 그렇기 때문에 정부, 기업인, 가정 모두가 이제는 약간씩 희생할 수밖에 없소. 따라서 근로자도 같이 고통을 분담해야 하지 않겠소?"

노동계와 대화할 때 중요한 것은 언어 선택과 태도, 그리고 진정성이다. 김대중 당선자가 이런 논리로 설득한다면 노총도 이해할 것으로 판단했다. 나는 두 조 의원에게 노총에 가서 김대중 당선자의 방문에 앞서 분위기를 조성해달라고 부탁했다.

일산 총재 댁에서 나와서 성탄 예배차 중앙성결교회로 가는데 내가 정권인수위원장으로 내정되었다는 발표가 방송에서 나왔다. 황급히 전화로 정동영 대변인에게 확인했다. 내가 일산에서 떠난 직후 김 당선자가 그렇게 발표하라고 지시하면서, 다만 그 기능을 행정적 인수에 한정한다는 단서를 달았다는 것이다. 그동안 언론을 통해 인수위가 너무 강력한 기능을 갖출 것 같은 인상을 줘서 균형을 맞추기 위한 포석으로 이해했다. 하지만 나에게는 사전에 한마디도 없었다.

예배가 끝난 뒤 당사 사무실에 들러 당선자가 오후에 강서구의 사회복지시설을 방문한다는 사실을 확인하고 그쪽으로 달려갔다. 행사를 끝낸 김 당선자가 차에 탈 때 나도 동승했다.

"언론을 통해 인수위원장을 맡게 되었음을 알았습니다. 지난번에 당을 잘 장악하라는 분부가 있어 최근 분주하게 당 간부들과 물밑 접촉을 해왔습니다. 오늘 갑자기 인수위원장을 맡게 되어 혹시 다른 뜻이 있지 않으신지 알고자 왔습니다."

김대중 당선자는 약간 난처한 표정을 지었다.

"미안하게 됐어요. 조세형 대행과 당 간부들이 당이 갑자기 변화되는 걸 걱정해 나에게 당분간 당을 흔들지 말아 달라고 해서 부득이 인수위를 맡으라고 했소. 지금은 위기 상황인데 너무 자기들 입장만 생각하는 것 같소."

위기 상황인데 자기들 입장만…. 나는 더 이상 말을 할 수 없었다. 이것이 나를 두고 하는 말인지, 아니면 당의 구 당료파를 두고 하는 말인지 알 수 없었다. 하지만 일찍부터 나에게 인수위원 선정 작업을 맡긴 것을 보면 김 당선자는 당과 인수위 가운데 어느 쪽을 맡길까 고심하다가 오늘 아침 인수위를 한시적으로 맡기고 차후에 나를 중용하기로 생각한 것 같았다. 그날 아침 노총 문제로 면담할 때까지도 그는 인수위원장 내정 사실을 나에게 한마디도 언급하지 않았다.

"총재님의 어려운 결심의 뜻을 알겠습니다."

인수위원 진용은 이미 다 마련되어 있었다. 나는 당료들이 반발한다는 말에 모욕감을 느꼈지만 그대로 받아들이기로 했다. 그러면서 김대중 당선자에게 접근하는 경로가 별도로 여러 가지 있다는 사실을 알게 되었다. 김대중 당선자와 정치 행로를 같이하려면 나는 항상 제한을 받을 수밖에 없다는 사실도 다시 한 번 확인했다.

대통령 선거에서 승리하자마자 나에게 축하 카드, 축전, 편지 등이 답지했다. 내가 당선된 것도 아닌데 웬 난리들인가?

12월 26일(D+8일): 김대중의 인사 스타일

나는 인수위원장을 맡음으로써 그간 비서실장이나 다름없던 짐에서 벗어나야 할 터였는데, 아직 인선이 안 되어 한동안 양수겸장으로 바쁘게 지냈다. 김 당선자를 보좌할 청와대 진용을 짜는 데 고심하는 흔적이 여기저기서 나타났다. 그럼에도 김 당선자는 나에게 청와대 비서실장직을 제안하지 않았다. 그가 대통령 후보로 결정될 때 내가 비서실장을 맡지 않겠다고 말한 사실을 기억하고 있기 때문이었을 것이다.

이제 와서 돌이켜 평가해보면, 김대중 당선자의 인사 스타일은 철저한 자기중심주의였다. 그는 자신의 정치 인생 프로그램에 도움이 되는지 걸림돌이 되는지를 항상 생각하고 인사를 했다. 그런 점에서 그는 유럽의 거인 샤를 드골이나 콘라트 아데나워와 달랐다. 넬슨 만델라와도 달랐다. 그들은 국가 목표 또는 세계적인 기여를 생각하고 인물을 찾아냈는데, 그런 점에서 김대중은 시야가 좁았다고 할 수 있다.

　그가 발견한 인사 가운데 그의 정치 인생 전체에서, 특히 대통령 재직 중에 세계와 호흡 가능한 인사는 임동원 외교안보 수석 한 사람뿐이었다. 한때 그의 주변에 많은 인사들이 포진해 있었지만 그들은 충분히 비상하지 못한 채 그를 떠났다. 이런 약점이 김대중 한 사람에게 국한된 것은 아니었다. 어쩌면 역사적으로 볼 때 우리나라 정치가 세계를 향해 뻗어나가기보다 정권 고수에 급급하다 보니 불가피한 일이었는지도 모르겠다.

사상 첫 정권인수위원회의 명과 암

대통령 선거가 끝난 뒤 당선자의 모든 업무는 총괄해 '정권 인수'라고 할 수 있다. 우리나라는 '공직선거법'상 5년에 한 번씩 대개 12월 18~20일에 대통령 선거를 치른다. 따라서 그다음 날부터 이듬해 2월 25일 취임식 직전까지 70일 조금 안 되는 기간 동안 대통령 당선자가 하는 모든 행위가 정권 인수 작업인 셈이다. 1997년 제15대 대통령 선거의 경우 그 기간이 68일이었다.

여기서 한 가지 알아둬야 할 것이 있다. 대통령직을 인수하는 작업, 다시 말해 정권을 인수·인계하는 일은 실질적으로 대통령책임제 정부에만 해당된다는 사실이다. 내각책임제 국가에서는 정권이 불신임받거나 국회가 해산되면 바로 선거를 치르고 거기서 승리한 정당이 자동적으로 정권을 인수하기 때문에 야당은 늘 정권 인수에 대비하고 있다. 그렇게 대비하는 야당 조직이 '그림자 내각(shadow cabinet)'이라고 불리는 예비 내각이다. 부처별로 예비 장관이 지정되어 있어 평소 소관 업무에 따라 정부 정책을 비판하거나 대안 정책을 발표한다. 그러다 정권이 교체되면 그림자 내각이 즉각 실제 내각으로 전환된다. 그러니 정권의 인수·인계 절차가 복잡할 리 없다.

1997년 5월 1일, 영국 노동당이 선거에서 승리했다. 다음 날인 5월 2일 오전 11시 30분, 보수당의 존 메이저 총리가 엘리자베스 여왕을 알현해 총리직을 사임했고, 이어 정오에는 토니 블레어 총리가 여왕을 알현해 조각 위임을 받았다. 이로써 정권의 인수·인계는 모두 끝났다. 실제 정권이 교체되었어도 각료급 90명과 그 보좌관만 바뀌었을 뿐, 직업 관료는 변동이 없었다.

그러나 대통령책임제 정부는 일정한 임기 동안 권력을 독점적으로 보장받는다는 점에서 큰 차이가 있다. 그래서 대통령 선거를 통해 당선자가 결정되어도 전임자의 잔여 임기가 남아 있기 때문에 당선자는 취임 때까지 '대통령'이 아니라 '대통령 당선자'일 뿐이다. 이 당선자 신분으로 취임 때까지 하는 행위가 바로 정권 인수 작업인 것이다.

그나마 여당에서 여당으로 정부가 승계될 때에는 인수·인계 과정이 순조로운 편이다. 전임 정부와 후임 정부가 모두 같은 정당 소속이라 기본 정책이나 진행 중인 사업이 혼란이나 차질 없이 인계될 수 있기 때문이다. 하지만 야당이 집권할 때에는 문제가 그렇게 간단하지 않다. 각종 정책 현안의 책임 소재를 분명하게 짚고 넘어가야 하고, 전임 정부가 평소 야당과 정보를 공유하지도 않고 집권 경험을 제대로 전수해주지도 않기 때문에 정부 업무 전반에 대한 재고 파악(inventory)이 필요하다.

우리나라의 경우 1988년 전두환이 역사상 처음으로 대통령 임기를 제대로 마쳤기 때문에 정권 인수·인계라는 표현이 그제야 비로소 대두했다. 하지만 같은 민정당 소속인 노태우 당선자에게 정권을 인계한 것이어서 이렇다 할 절차가 없었다. 노태우 당선자도 '정권인수위원회'라는 표현조차 사용하지 않고 '대통령취임준비위원회'를 구성해 취임 준비에만 바빴을 뿐이었다.

1993년 김영삼이 당선되어 정권을 인계할 때는 사정이 달랐다. 당시 노태우 대통령이 대선을 앞두고 민자당을 탈당해 중립 내각을 구성한 가운데 선거를 치렀던 관계로 김영삼 당선자는 노태우 정권과의 단절을 바랐던 것 같다. 그래서 처음에는 전임자와 마찬가지로 '대통령취임

▲ 김대중 대통령 당선자가 1997년 12월 26일 서울 삼청동 교육행정연수원에서 대통령직
인수위원들과 함께 인수위원회 현판식을 갖고 있다.

준비위원회'를 구성하려 했지만 바로 '대통령직인수위원회'로 명칭을
바꾸었다. 그러나 실제 인수위원회는 완전히 겉돌았다. 인수위원만 자
그마치 78명이었지만 실질적으로 아무런 역할도 하지 못했다. 당시 실
세는 인수위원회 밖에 있던 아들 김현철이 주도하는 '임팩트 코리아
(Impact Korea)'라는 사조직이었기 때문이다. 그 사조직에서 신정부 정
책을 결정했다. 정원식 위원장이 이끄는 인수위는 모양만 갖추었을 뿐
실제 인수 업무를 제대로 처리하지 못했다.

 본격적인 정권 인수·인계는 1997년 12월, 야당 후보인 김대중이 당
선되면서 처음 이뤄졌다. 대통령직인수위원회가 법령에 따라 정식으로
구성된 것도 이때가 처음이었다. 법적 근거는 '정부조직법' 제4조 부속
기관의 설치 조항이었고, 그 내용은, 행정기관에는 소관 사무의 범위
안에서 필요한 때에는 대통령령이 정하는 바에 의해 시험연구기관, 교

육훈련기관, 문화기관, 의료기관, 제조기관 및 자문기관 등을 둘 수 있다는 것이었다. 즉, 대통령직인수위원회의 법적 위상은 하나의 자문기관이었던 것이다.

아무튼 이런 역사적 시점에 내가 대통령직인수위원회를 맡게 되었다. 우리 역사상 초유의 경험이었다. 따라서 많은 시행착오를 겪었다.

내가 인수위원장으로 발표되자 국민회의와 자민련의 인수위원 희망자들이 너도나도 고개를 내밀었다. 김대중 당선자는 공동정부를 구성하기 위해 자민련을 많이 배려했다. 양당의 수를 맞추다 보니 각각 12명씩 모두 24명이 되었고 위원장인 나까지 포함하면 정원이 25명으로 늘어났다. 여기에 국민회의와 자민련에서 파견한 전문위원 8명과 정부에서 파견한 각급 인력 80명(1~3급 전문위원 7명, 4급 과장 20명, 5~6급 행정요원 41명, 사무보조 12명)이 인수위의 실무진을 구성했다.

인수위는 새로운 정부의 출범을 알리는 중요한 기능을 수행한다. 과연 새 정부가 어떤 모습을 보일지 모두 궁금해할 때 첫선을 보이는 것이다. 또한 대통령 당선자의 첫 인사이기 때문에 언론도 유난히 관심이 클 수밖에 없다. 나도 언론의 집중적인 취재 대상이 되어 일거수일투족이 주목받았다. 참으로 부담스러운 시간을 보내야 했다.

인수위원장이라는 자리가 본래 지난 정부와 새 정부 간의 교량 역할을 해야 하기 때문에 어렵지만, '제15대 대통령직인수위원회'는 68일간 차기 정부의 출범을 준비하며 특히 많은 어려움을 겪었다. 이 조직이 제대로 일하기 위해서는 이 조직에 모든 권한이 집중되어야 했는데 현실은 그렇지 못했기 때문이다. 김대중 당선자는 자신 외에 권력의 중심이 따로 있는 것을 극히 경계했다. 인수위원장이 언론에 주목되는 것 자체를 싫어했다. 게다가 인수위 자체가 초유로 만들어진 조직이어서 역할과 한계도 모호했다. 김 당선자의 방침은 "인수위의 역할을 행정 분야로 국한한다"라는 것이었지만, 행정 분야가 어디서부터 어디까지 해당하는지는 나도 잘 알 수 없었다.

　김대중 당선자는 이런 기본 방침에 따라 인수위원회 외에 몇 개의 조직을 더 두어 권한을 분산시켰다. 이를테면 금융위기를 전담하는 비상경제대책위원회는 IMF 측과의 대책 협의를 위해 이미 출범되었다. 그 밖에도 인사위원회, 정부조직개편심의위원회, 제도개선위원회, 지역화합위원회 등을 두어 제각기 새 정부의 출범을 준비하게 했다. 이렇게 위원회가 난립한 데에는 그 나름의 계산도 있었다. 감투를 많이 만들어야 불평이 적어진다는 정치적 타산이었다.

　사실 김대중은 오랜 야당 생활로 인해 일종의 본능에 가까운 경계심을 갖고 있었다. 그는 모든 업무를 직접 통할하려 했고 업무를 위임하는 데 매우 인색했다. 끊임없이 감시받는 야당 지도자로서 모든 사안에 일대일로 정보를 듣고 결심하는 습관이 몸에 배어 있었다. 그래서 모든 보좌 기구가 자신을 중심으로 방사형으로 집중되기를 희망했다. 정부 인수 업무도 인수위만을 통하는 것을 원치 않았다. 각 기구가 병립해 자신에게 집중되기를 희망했던 것이다.

　물론 그가 경계하듯이 업무가 한곳에 집중되면 부작용이 생길 수도 있다. 그러나 행정은 상호 협조가 필수적이고 위원회 간의 칸막이가 과도하면 비능률의 결정적인 요인으로 작용한다. 다행히 나는 김용환 비상경제특별위원장이나 박권상 정부조직개편심의위원장과는 평소 가깝게 지내거나 시사포럼*의 일원으로서 허심탄회한 대화를 나눠왔기 때

---

* 박권상은 1989년 주간지 ≪시사저널≫의 주필에 취임하면서 여야 중진들을 모아 1개월에 수차례씩 비보도를 전제로 시국 현안에 대해 허심탄회하게 대화하는 자리를 마련했다. 참여자들은 이를 '시사포럼'이라고 명명했다. 여기 참여한 여당(민자당) 구성원은 김윤환, 남재희, 이종찬 등이었고, 야당(민주당) 구성원은 김원기, 조세형, 김근태, 이부영, 김광일, 박관용 등이었다. 자민련에서는 김용환이 참여했다. 나중에 재야인사로 장기표도 참여했다.

문에 쉽게 협조할 수 있었다.

또한 인수위원회는 국민회의와 자민련이 거의 동수로 구성되어 대단히 이질적인 조합이었다. 다행히 나는 여당과 야당을 두루 거쳤기 때문에 국민회의와 자민련 소속의 거의 모든 위원들과 인화할 수 있었다. 아마 이런 이유로 나를 인수위원장에 임명했던 것 아닌가 싶다.

이처럼 인수위원회 내부에서, 그리고 다른 위원회와의 관계에서 조율할 수 있는 구조는 대체로 갖췄지만, 인수 업무는 쉽지 않았다. 여야 간의 첫 정권 교체이기도 했거니와, 전임 김영삼 정권 말기에 외환위기라는 초유의 사태가 발생함으로써 업무를 주고받는 일이 결코 간단하지 않았기 때문이다. 게다가 IMF 측 요구에 따라 김대중 당선자는 취임도 하기 전에 경제문제에 깊이 관여했기에 상황은 더욱 복잡했다.

정부 업무를 인수하노라면 지금까지의 시책에 대해 깊이 있게 묻고, 또 잘못된 점이 있으면 그 원인이 무엇인지 캐묻는 것은 자연스러운 일이었다. 더욱이 당시는 외환위기를 초래한 정부에 대해 사회 전체의 불신이 고조되어 있던 때였다. 자연히 인수위원들의 태도도 고분고분할 리 없었다. 나는 정부 측에 불만이 있는 것을 감지하고 여러 차례 각 분과위 간사들을 모아서 좀 더 자세를 낮추라고 요구했지만 실제 불만을 해소할 정도에는 미치지 못했다.

그러던 차에 노골적인 비난이 터져 나왔다. 일부 언론에 "대통령직 인수위는 기본적으로 현 정부의 인사 및 국정 운영 경험 등 행정 사항들의 인수에 중점을 둬야 하는데도 각종 실정과 비리 의혹을 파헤치는 데 주력하고 있다는 것이 청와대의 시각"이라는 보도가 나왔다. 거기에 더해 "정부와 당선자 측이 동수로 구성된 비상대책위의 경우도 정부 측이 주도하고 당선자 측이 좋은 방안을 제안하는 형식이 되어야 함에도 모든 사안을 당선자 측이 좌지우지하는 것은 바람직하지 않다"라는 지적까지 있었다. 말하자면 현직 대통령이 엄연히 존재하고 있는 마당에 당선자 측이 월권하고 있다는 노골적인 불만이었다.

이런 분위기를 반영하듯 1998년 1월 5일 홍사덕 정무1장관이 강경한 항의 성명을 발표했다. "현재 대통령직인수위 활동은 지난 80년대 초반 국보위를 연상케 하는 감마저 준다"라면서, "원래 인수위 활동 범위는 미국의 예를 준거로 삼을 경우 대통령직을 포함한 정부직의 원활한 인계·인수 및 취임식 준비에 한한다"라고 지적했다. 홍 장관은 한 걸음 더 나아가 "대통령책임제를 택한 어느 나라에서도 유례가 없는 비상경제대책기구를 만들고, 양 기구에 모두 자문위원이나 사무처 같은 하부 기구를 방대하게 둠으로써 자칫 두 개의 정부가 활동하는 듯한 느낌을 주고 있다"라면서 인수위와 비상경제대책위를 싸잡아 공격했다.

이러한 공격이 나온 다음 날인 1월 6일, 김대중 당선자가 청와대를 방문해 김영삼 대통령과 만났다. 두 사람 간에 어떤 대화가 있었는지는 모르겠으나, 김 당선자가 수행한 박지원 인수위원 겸 당선자 대변인을 꾸짖었다는 사실이 일부 언론을 통해 보도되었다. 정부 측의 불만을 대변한 기사였다.

이런 불만은 정부 측에만 있는 것이 아니었다. 집권당이 된 국민회의 내부는 소외감을 느끼고 있었다. 1월 15일 국민회의 의원총회에서 이협 의원은 "대통령직인수위, 비상대책위, 노사정위가 활동하고 있지만 거기에 속하지 않은 사람들은 중요한 국정 과제가 어떻게 되어가는지 모르고 있다"라며 불만을 토로했다. 정균환 의원은 "비상경제대책위 등 모든 위원회의 심의 결과에 당의 의사가 반영되어야 하고, 국회 상임위별로 관련 정책과 기구 개편 등에 의원들이 참여할 기회를 주어야 한다"라고 주장했다.

이런 식으로 인수위의 활동상에 대해 행정부 및 여야 모두의 눈길이 그리 곱지 않았다. 물론 정권 초 권력 구조 개편 시기에 으레 나올 수 있는 불만이긴 했다. 그럼에도 당선자가 정권을 효과적으로 인수할 수 있도록 뒷받침하는 것이 인수위의 주된 과제였다. 이 말 저 말 다 듣다가는 인수 작업을 실효성 있게 진행할 수 없었다.

인수 작업에서 가장 중요한 일 중 하나는 정부 조직의 개편 문제였다. 이미 말했듯이 김대중 당선자는 인수위에는 행정 인수 작업만 맡도록 했기에 정부 조직 개편은 다른 기구에서 맡았다. 따라서 인수위는 행정 각 부처 업무의 인수 과정에서 개편의 필요성이 제기되면 해당 자료를 정부조직개편심의위원회(이하 정개위)에 넘기는 방식으로 일을 처리했다.

각 부처의 현황 보고만 잘 들어도 정부 기구들이 안고 있는 문제점을 파악할 수 있었다. 기구 통폐합의 필요성, 과거 기구 개편의 문제점, 그리고 앞으로 정부 기구 운영에 참고할 점들이 속속 드러났다. 다행히 정개위의 박권상 위원장을 비롯한 위원들이 대부분 개방적이고 합리적인 분들이어서 별반 거부감 없이 대화할 수 있었고, 합동회의를 열어 인수위가 파악한 정부 조직의 문제점을 묶어서 전달할 수도 있었다. 실제로 인수위가 제기한 정부 기구 개편 방안과 그 구체적인 추진 내용은 다음과 같았다.

첫째, 국무회의를 실질적인 토론이 가능한 회의체로 만들기 위해 국무위원 수를 축소해야 한다는 것이었다. 이런 기본적인 구상에 따라 정부 기구 개편 작업을 시작했다.

둘째, 청와대 비서실의 정무수석실과 정무1장관실의 업무가 대단히 유사하다는 것이었다. 당시까지는 내부적으로 다른 기능을 수행했는지 모르겠으나, 정부의 장관 직제는 줄여야 마땅하다고 판단했다.

셋째, 외교 업무와 통상 교섭 기능을 통폐합하는 방안을 제안했다. 냉전 시대에는 매년 유엔에서 북한과 대결하기 위해 정무가 중요한 비중을 차지했다. 그러나 탈냉전 시대에는 경제외교에 더욱 비중을 둬야 했다. 특히 우루과이라운드를 아무 대비 없이 겪었고, IMF 위기까지 초래한 당시로서는 경제외교를 아무리 강조해도 지나치지 않았다. 그런데 당시 정부의 경제외교 업무는 통상산업부와 외무부로 나뉘어 있어 경제외교에 중점을 두기 어려웠으므로 외교와 통상을 합치는 방안이 강력하게 제기되었다. 이 문제는 김영삼 대통령 시기에도 제기된 바 있었다.

이와 관련한 인수위원들의 의견은 모두 통상 기능을 외무부에 합치자는 것이었다. 그러나 통상산업부의 극렬한 반대에 부딪혔다. 인수위는 외무부와 통상산업부를 함께 초청해 공청회를 열기도 했다. 만장일치로 외교통상부로 정리하려는 찰나 의외의 복병이 나타났다. 외무부 소속의 이장춘 대사가 "통상 기능을 외무부로 이관하는 것은 이론상으로는 적절하지만 현재 외무부는 통상 기능을 소화할 능력이 없다. 오히려 통상 기능만 약화시키는 결과가 될 것"이라고 자가비판을 하고 나섰던 것이다. 난상토론 끝에 외무부에 통상 기능을 합쳐 외교통상부로 하되, 일정 기간 신중하게 관찰하기로 했다.

참으로 어려운 작업이었다. 이런 기능 재조정 때문에 나는 상공부 공무원들에게서 비난도 많이 받았다. 그러나 나는 일단 외교통상부로 기능을 통합하면서 당시 장관에게 통상본부에 독립되고 전문화된 인사규정을 만들라는 조건을 붙였다. 하지만 외교통상부는 이런 약속을 지키지 않았고, 결국 박근혜 인수위원회가 외교통상부의 통상 기능을 다시 산업통상자원부로 이관했다. 내가 우려한 바와 같이 외교통상부가 대외 통상 업무를 발전시키는 노력을 전혀 기울이지 않았기 때문이었다. 당시 이장춘의 지적처럼 통상 기능의 약화만 초래했다는 비판을 받았다. 이 부분은 결과적으로 나의 판단이 잘못되지 않았었나 반성한다.

셋째, 김영삼 정부는 경제기획원과 재무부를 합쳐 재정경제원(이하 재경원)이라는 방대한 기구를 만들었다. 그리고 부총리 겸 장관 한 사람이 이 기구를 통솔하도록 했다. 어쩌면 이런 개악으로 외환의 흐름을 모니터링조차 못 하게 되어 결국 외환위기가 온 것 아니냐는 비판이 일었다.

따라서 경제 부처의 개편 문제가 중요하게 부각될 수밖에 없었다. 방대한 재경원 기능을 세분해 우선 금융 업무는 '금융감독위원회'로 이관하고, 예산 및 기획 기능은 '기획예산처'로 분리시켰다. 따라서 재경원은 '재경부'로 축소되었고 부총리제도 폐지되었다.

그러나 이런 식으로 축소한 결과 역기능도 만만치 않았다. 그 후 재경부 장관이 다시 경제 부처의 통괄 기능을 수행할 수 있는 부총리로 승격되었다. 경제기획원이 재경원 또는 재경부로 개편됨으로써 우리나라의 중·장기 국가 기획 기능이 약화되었다는 지적이 대두되기도 했다. 아무리 시장경제가 오늘날의 키워드라고 하지만 국가가 존재하는 한 국가의 장기 기획이 없다는 것은 정부 기능의 불구를 의미하기 때문이었다. 앞으로 이 문제는 심각하게 검토할 필요가 있다.

넷째, 당초 해양수산부는 폐지하고 수산청은 농수산부로, 해운항만청은 건설교통부로 이관하도록 했다. 그러나 수산업계 및 어민과 부산 지역의 반대에 따라 마지막 단계에서 김대중 당선자의 결단으로 다시 살아났다. 그러나 이 역시 재검토가 요구된다.

다섯째, 교육부는 애초 초등교육 기능을 대폭 지방자치단체에 위임하고, 고등교육 기능은 축소해 대학의 자율권을 확대하기로 했다. 그러나 나중에 이를 번복하고 교육인적자원부로 확대하면서 동시에 장관도 부총리로 승격시켰다. 교육은 현재 가장 심각한 문제로 제기되고 있다. 앞으로 정부 기구의 개편 때 재검토가 요구된다.

여섯째, 김대중 당선자는 야당 총재 시절부터 공보처를 상당히 불신했다. '국정 홍보'가 아니라 '정권 홍보'라는 낙인이 찍혔다. 사실 그런 오해를 살 만도 했다. 그래서 많은 사람이 국정 홍보의 필요성을 역설해도 김대중 당선자의 고집으로 선거 공약에 '공보처 해체'가 포함되었다. 그러나 막상 공보처를 폐지하자 국정 홍보 기능을 수행할 대체 기구가 없었다. 이 역시 잘못 판단한 것이었다. 그래서 2차 정부 기구 개편 때는 국정홍보처가 일부 다시 살아났다.

이 외에도 검토하기는 했으나 반영하지 못한 중요한 사안이 많았다. 예컨대 청와대 본관이 지나치게 행사 위주의 공간으로 설계되어 있어 대통령의 국정 운영에 지장이 많았다. 처음에는 청와대 본관에 비서실장 사무실도 없었을 정도였다. 그래서 김대중 당선자는 대통령 집무실을 종합청사로 이전하는 방안까지 고려했다. 그러나 총무처와 경호실의 반대로 성사되지 못했다. 그래서 청와대 비서동을 개축해 그곳에 대통령 집무실을 두는 방안도 검토했으나, 일정이 촉박해 역시 성사되지 못했다. 청와대 본관에 문제가 있다는 지적은 그 뒤로도 대통령이 바뀔 때마다 제기되었다.

또 외환위기로 인해 정부부터 긴축하라는 국민의 소리가 컸다. 그래서 예산을 10% 감축하는 추경예산안이 검토되었지만 이에 대해서는 국방부의 반대가 컸다. 그뿐 아니라 2002년 월드컵 경기 반납, 고속전철 사업 재검토 등이 거론되었다. 그러나 긴축은 하되 주요 사업은 그대로 실행하라는 김대중 당선자의 지침에 따라 이런 사업은 다시 복원되었다.

인수위원회의 업무는 아니지만 인수위원회의 여건에 대해 따져볼 일이 하나 있다. 인수위원회의 임무는 새 내각이 출범해 바로 업무에 착수할 수 있도록 준비하는 데 만전을 기하는 것이다. 하지만 지금 제도대로라면 대통령 당선 이후 취임 때까지 귀중한 2개월을 허송하기 십상이다.

이를테면 인수위원회는 우선 각 부처로부터 인수·인계할 사항을 보고받은 뒤 새 정부의 계획을 세우느라 2개월을 보낸다. 그 뒤에 총리가 지명된다. 새 대통령 취임 이후에는 국회 동의 절차에 시간이 지나가고, 만약 총리 인준에 실패하면 제2, 제3의 인준 절차를 다시 거쳐야 한다. 자연히 새 정부의 업무 개시가 상당히 뒤로 미뤄진다. 그렇게 국회 인준 절차가 끝나면 총리가 임명되고 헌법 절차에 따라 총리가 국무위원을 제청한다. 이때도 헌법에는 명시되지 않았지만 근래의 선례에 따라 청문회 절차를 거쳐 장관을 임명한다. 여기서도 장관이 적합지 않다고 해서 재차 임명되는 경우가 허다하다. 이렇게 국회에서 내각 구성을 검토하는 시간이 상당히 길어진 것이 근래 등장한 비능률적인 행정의 사례다. 대통령 취임 후에도 상당 기간 내각이 구성되지 않은 채 청와대만 존재하는 행정부가 되는 셈이다.

이런 기이한 현상을 방지하려면 총리 후보가 인수위원장을 맡고 각 부처의 장관 후보자가 인수위원인 실질적인 인수위원회를 구성하는 것이 바람직하다고 생각한다. 그러면 2개월 동안 청문회와 인준 절차를 모두 끝내서 행정 공백을 최대한 막을 수 있다.

실제로 내가 인수위원장일 때 총리는 공동정부의 취지에 따라 김종필로 이미 결정되어 있었다. 그러므로 국회 동의만 얻으면 될 터였는데 인수위원회 때문에 국회 인준이 2개월 지연되었다. 그리고 국회에서 한나라당이 DJP 공조를 거부하고 협조하지 않는 바람에 인준이 한없이 지연되었다. 오죽했으면 김영삼 정부의 마지막 총리인 고건의 제청을 받아 김대중 초대 내각을 구성하는 우스운 꼴이 되었을까? 그 뒤로도 김종필은 인준을 받지 못해 상당 기간 총리서리로 일해야 했다. 이는 DJP 연대 때문에 자신이 낙선했다고 생각하는 이회창 한나라당 명예총재의 분풀이로 보였다.

이런 제도적 맹점 속에서도 나는 인수위원장으로서 새 정부가 들어서면 즉시 대령할 따끈한 메뉴를 우선순위에 따라 정리했다. 인수위가 정리한 '국정 100대 과제'가 그것이었다. '국정 100대 과제'에서는 김대중 당선자의 국정 이념인 '국민이 함께하는 정치', '민주주의와 경제 발전의 병행', '21세기 정보화 사회의 준비'를 구현하는 데 역점을 두었다. 대부분 선거 공약을 정부 측과 협의해 구체화한 것이었다.

  김대중 정부도 인수위원회 활동이 썩 원활하진 못했지만, 그 후 노무현 정부는 인수위원회 따로, 실세 따로인 이중적인 모습이 문제로 지적되었다. 이명박 정권 때는 비능률의 극치였다. 인수위원회가 헛바퀴 도는 가운데 어륀지 사건,* 전봇대 소동** 같은 쓸데없는 일들이 벌어졌다.

---

* 2007년 대통령직인수위원장 이경숙은 영어 교육이 독해력 위주여서 영어 발음조차 제대로 가르치지 않고 있다고 문제를 제기했다. 예컨대 '오렌지'라고 하면 외국 사람이 못 알아들으니 '어륀지'라고 발음해야 한다는 것이었다. 이를 두고 영어 발음까지 대통령 인수 업무에 포함되느냐는 비아냥거림을 받았다.
** 이명박 대통령이 직접 규제 완화를 지시하면서 지방 공단의 전봇대 하나 옮기는 데도 행정 절차가 여러 부처를 거쳐야 해서 어렵다고 예시하는 바람에 느닷없이 이 전봇대를 옮기는 소동이 벌어졌다.

'국민의 정부'의 새 지평을 열다

인수위원장으로서 한 일 가운데 가장 기억나는 것은 역시 초기 IMF 체제에 대응했던 것이다. 당시는 1997년 12월 3일 우리 경제가 참담한 IMF 관리 체제에 들어간 직후였다. 미셸 캉드쉬 총재는 우리 경제를 완전히 장악했다. 그가 구조조정을 하라고 명령하면 그대로 해야 했다. 그리고 구조조정의 잣대는 미국의 신용평가사인 S&P와 무디스가 갖고 있었다. 이들이 매기는 우리나라의 국가 신용등급은 계속 하락하고 있었다.

이들이 1998년 1월 14일 오전과 오후에 걸쳐 각각 인수위원회를 방문해 나를 만나겠다고 연락해왔다. 이 두 회사는 공히 근간 한국 정부가 발표한 외채 보증 방침이 외국 투자자의 한국 신뢰도를 더욱 악화시키고 있다는 입장이었다. 말하자면 김영삼 정부의 대책을 불신하는 입장에서 인수위원회를 방문하는 것으로 이해되었다.

덜컥 걱정되었다. 나는 경제 사정, 특히 외환 사정에 관한 한 상식적인 이해를 가진 수준에 불과했다. 그런데 미국 굴지의 신용평가사에서 나를 만나러 온다니 긴장할 수밖에. 인수위원들이 정리해준 자료를 참고하면서 나는 그들을 만나 차분하게 설명했다. 우선 새 정부의 입장부터 설명했다.

첫째, 김대중 당선자는 대통령 선거 때부터 민주주의와 자유 시장경제를 근본으로 하는 정책을 지켜왔으며, 그간 우리의 경제성장 과정에서 일어난 문제점을 조기 개혁을 통해 수습하려는 구상을 하고 있다. 지금은 취임 전이지만 IMF 측 권고에 따라 현 정부와 합의하에 비상경제대책위원회를 설치하고 이를 통해 여러 가지 긴급 대책을 협의·조정해가고 있다.

둘째, 대통령직인수위원회는 새 정부 출범 이후 해결할 구조 개혁 역점 과제를 성안 중이다. 거기에 포함될 내용은 노동 개혁, 정부를 포함한 공공 부문 개혁, 기업의 원활한 시장 진입과 퇴출을 저해하는 규제의 과감한 철폐, 재벌 개혁 등이다. 특히 투명한 기업 경영을 위해 재무제표 등 관련 규정과 기준을 대폭 강화함으로써 해외 투자자의 신뢰를 회복해나갈 것이다.

셋째, 이러한 개혁 과제는 IMF의 요구가 아니더라도 세계화를 향한 한국 경제의 본질적이고 구조적인 체질 개선을 위해 최우선순위로 추진할 것이다.

넷째, 김대중 당선자는 그동안의 투쟁 역사로 인해 국민에게 고통을 함께 나누자고 설득하기에 유리한 입장이다. 김 당선자 스스로 이번 금융위기가 지난 30년 한국의 산업화 과정에서 누적된 구조적 문제에서 비롯되었다는 인식을 갖고 있다. 앞으로 이런 인식을 바탕으로 경제 개혁 프로그램을 실천해나갈 것이다. 특히 각종 구조 개혁 사업과 관련된 법률들은 2월 임시국회에서 일괄 개정할 계획으로 준비 중이다.

나는 이번 기회에 두 기관이 한국의 새로운 시도를 신중하게 지켜봐주고, 나아가 우리의 국가 신용도를 향상시켜주기 바란다고 말했다. 이런 설명을 듣고 그들은 몇 가지를 질의했는데, 그들이 신용등급을 조정하는 것과 관련된 사항이 망라되어 있었다.

문 국민회의와 자민련이 공동정부를 출범시킨다는데, 각료 배분과 임명 시기는 어떻게 되나?

답 각료는 50대 50으로 배분한다는 원칙이다. 단, 우리는 대통령책임제 국가이므로 의원이 내각을 구성하는 것은 아니다. 양당의 의원이나 당료도 가능하고, 양당에서 추천하는 최적의 인사를 기용한다는 취지 아래 50대 50이다.

문 향후 6개월 동안 추진할 중점 과제는 무엇인가?

답 노동 개혁, 대기업 구조조정, 추경예산 편성이다(이 대목에서 S&P는 고속전철 사업도 축소할 것이냐고 추가적으로 물었다. 나는 그것도 물론 포함되며 국방비 삭감도 불가피하다고 답변했다. 그들은 정부의 의지를 확인했다는 반응을 보였다).

문 국민회의와 자민련의 정책 차이점은?

답 과거 자민련은 대기업 중심의 정책을 가지고 있었으나 2년 전부터 각종 선거를 계기로 후보 단일화 과정을 거치면서 경제위기를 해소하기 위한 방안으로 대기업 개혁, 중소기업 육성 등에 대한 공감대가 형성되어 있다.

문 대기업 정책은?

답 현 경제 상황으로 볼 때 재벌의 구조조정은 불가피하다. 어제 당선자가 대기업 총수들과 만나 다섯 개 사항에 합의했다(이때 합의 내용을 소개한 신문 자료를 제공했다).

문 노동시장의 유연성 제고 방향은?

답 노동계와 노동조합의 지도급 인사들은 개혁의 불가피성을 인식하고 있다. 문제는 그들이 조합원을 어떻게 설득하느냐에 달려 있다. 특히 김대중 당선자는 과거부터 노동자의 권익 보호에 앞장서왔기 때문에 노조에 설득력이 있다. 그것도 국민들이 이번에 그를 대통령으로 선택한 이유 중의 하나라고 생각한다. 기대해보라!

문 정리해고 관련법이 통과된 뒤 파업 가능성은 없는가?

답 다시 말하지만 노조를 설득하는 데 최선을 다하겠다. 국민 여론도 정리해고의 불가피성을 인정하고 있다. 파업이 예상되지만 지금의 경제위기 때문에 국민의 지지를 받지 못할 것이다. 나도 오늘 금융노조 지도자들과 조찬을 같이했다. 그들은 내일(15일) 국회에서 정리해고 문제를 입법화하는 것은 무리이므로 '노조원 설득을 위한 시간을 달라'라고 요청하더라. 이처럼 계속 설득해나가고자 한다(S&P 대표는 나의 답변을 들으면서 국제 금융기관의 신뢰를 유지하기 위해 정리해고법이 중요하다고 지적했다).

문 당선자의 향후 정책 방향은?

답 우선 청와대 기구의 축소, 정부 조직 개편을 통한 작은 정부 지향, 대기업 구조조정, 노동시장의 유연성 제고 등 네 가지가 현재의 중점 사항이다.

문 새 정부의 기본 정책 방향은?

답 과거에는 안보와 경제 발전에 우선순위를 두었다. 그러나 새 정부는 민주주의와 경제를 함께 발전시켜나가는 정책을 추구할 것이다. 이게 김대중 당선자의 기본 틀이다. 정치는 정치 논리로, 경제는 경제 논리로 풀 것이며, 과거처럼 관치 금융이나 정경 유착은 없을 것이다.

문 투명성을 어떻게 제고하나?

답 투명성은 기업에만 해당하는 것이 아니다. 정치 후원금 제도도 정착시켜 투명한 정치를 기하도록 제도 개혁을 할 것이다.

문 앞에서 국방 예산 삭감도 언급했는데….

답 국방부의 브리핑을 들어본 결과, 국방부는 이미 환차손과 예산 삭감으로 큰 고통을 받고 있다. 내가 보기에 북한의 위협은 상존하지만 그쪽도 심각한 경제난으로 남침 가능성이 적어졌다. 미국의 안보 공약, 4자회담, 한반도 평화를 바라는 중국·러시아·일본 등 주변 환경 등을 고려하면 국방 예산을 일부 삭감한다고 해서 북한의 위협이 증가하지는 않으리라고 판단한다.

　이 같은 진지한 토론을 펼쳤다. 그들은 현재 진행 중인 개혁 계획 자료를 요구했다. 사전에 비상경제대책위원회에서 작성한 자료를 제공했고, 2월 임시국회에 제출할 법안 제목도 제시했다. 그들이 우리의 국가 신용등급을 향상시키도록 성의를 다해 대화했다.

　인수위원회는 산하에 제15대 대통령취임행사준비위원회를 두고 운영분과 위원장인 이해찬에게 위원장의 중책을 맡겼다. 1998년 2월 25일 0시 보신각종을 타종하는 것으로 김대중 대통령의 시대가 열렸고, 취임식은 그날 오전 10시 국회의사당 앞 광장에서 열렸다. 이 준비까지 끝내고 인수위원회는 해체되었다.

　내가 인수위원장으로서 가장 보람을 느낀 부분은 역사적인 여야 정권 교체와 외환위기가 겹친 아주 드문 시점에 일한다는 것이었다. 그래서 인수위원회는 야당의 집권 능력을 과시하는 동시에 총체적 위기 상황에서 우선적으로 해결해야 할 100대 국정과제를 선정하면서 40개 과제를 경제에 집중시켰다. 이들 과제는 정부 관련 부처와 정당, 학계 인사들을 모아 심혈을 기울여 선정했다. 누구든지 입각하면 이 과제를 제일 먼저 생각하고 우선적으로 실천해달라는 일종의 주문서였다.

　당시 인수위원회는 법적으로 아주 근본적인 문제를 안고 있었다. 즉, 법적 권한이 없는 기구였던 것이다. 현 정부가 엄연히 존재하고 있었기 때문에 당선자라는 위치부터 모호했다. 따라서 인수위원회도 주마간산 격이 되기 쉬웠다. 또 여야가 바뀌는 상황에서 현 정권이 문서를 소각하는 등 부실을 은폐한 일도 있었다. 그런가 하면 뻔히 아는 사실을 문의해도 부인으로 일관했고, 계획서나 평가서를 보자고 해도 응하지 않는 등 애로가 많았다. 이런 상황은 시간이 지나면서 차츰 나아지긴 했다. 앞으로 이런 정권 인수의 기회가 많아질 것이기 때문에 인수위원회가 단순히 자문 기구에 그치지 않고 법적 권한을 지닌 기구가 될 수 있도록 법제화하는 것이 필요하다. 이를 위해 초안도 만들어두었다.

오랫동안 정권을 교체하지 않아 굳어 있던 여당에서 사실상 집권 경험이 없는 야당으로 정권이 교체된 것은 실로 엄청난 변혁이었다. 대통령직 인수·인계에서 드러난 전임 정부의 실정을 되풀이하지 않기 위해 마련한 국정지표 100대 과제, 그리고 경제위기에 대처하기 위한 긴급 현안 과제와 주요 정책 등은 68일간 계속된 인수위 활동의 결정판이었다. 이 모든 과정과 내용을 『제15대 대통령직인수위원회 백서』에 담아 출간했다. 이 백서는 지금 다시 들춰 봐도 '국민의 정부(Government of the People)'가 펼쳐야 할 국정의 새로운 지평을 제시했다는 점에서 만족스럽다.

15
/
국정원에서 바라본 세상

그날 이후로 나는 KCIA와의 협조를 통해 우리가 북한에
대해 수집한 정보의 질을 개선하려고 계속 노력했지만
아무런 소용이 없었다. 그들에게는 한두 명의 우수한
북한 문제 전문 분석가들이 있었지만 그들이 주로
강조하는 건 남한을 정치적으로 조용하게 유지해야
한다는 것뿐이었다.

도널드 그레그, 『역사의 파편들』, 차미례 옮김(창비, 2015).

불행하게도 한국의 정보기관은 태생부터 일제
폭압기구의 유산을 많이 안고 출범했다. 독립운동
과정에서 일제에 저항했던 인적 요소나 기구는 전혀
전수되지 못했다. 자연히 독립군들이 갖고 있던 애국심,
민족을 사랑하는 의지가 정보기구에 반영되지 못하고,
냉전의 반대 세력, 즉 공산주의자들을 감시하고
탄압하는 임무에 쫓길 수밖에 없었다. 이 같은 기능
위주의 정보기구 운영은 필연적으로 정치에 개입하고,
각종 국내 상황과 연결될 수밖에 없었다. 아무리
단기적으로 개혁을 부르짖어도 시간이 지나면 또다시
유습이 되살아나곤 했다.

이종찬, "국정원이 가야 할 길", 《월간조선》, 12월호(2008).

17년 5개월 만의 귀향

1998년 2월 25일 대통령 취임식 이후 여러 사람들이 나에게 다음번에는 서울시장 출마를 목표로 나아가라고 권고했다. 나도 김대중 대통령 만들기의 장정이 끝났으니 이제 다시 나의 문제를 숙고해야겠다고 생각하고 있었다. '서울시장 출마'를 제1번 카드로 정하고 당내 분위기를 살폈다. 잠재적인 후보는 조세형, 정대철, 한광옥 등이었다. 하지만 김대중 대통령이 막 취임했기 때문에 그의 발언권이 절대적이었다. 그렇다면 나 이상 적절한 후보는 없다고 생각했다.

그런 마당에 가장 반대하는 사람이 집안에 있었다. 아내였다. 우리 부부는 그동안 밖으로 뛰어다니느라 가사를 전혀 돌보지 못했다. 자연히 살림도 엉망이 되었고 부채도 있었다. 그렇지만 내가 가사에 전념한다고 해결될 문제도 아니었다. 목표를 향해 뛰면서 문제도 해결해가는 그런 생활이 정치인들의 살아가는 방식 아닌가? 나는 일단 일을 저지르면 아내도 따라오리라고 막연하게 생각했다.

우선 여의도 대하빌딩에 사무실을 하나 빌리기로 교섭해두었다. 3월 2일 김중권 청와대 비서실장 내외가 점심을 사겠다고 해서 롯데호텔 메트로폴리탄 클럽에서 동부인해서 만났다. 여러 가지 잡담이 오간 뒤 김 실장이 넌지시 나에게 물었다.

"이 선배께서는 앞으로 어떻게 하시렵니까?"

"글쎄, 생각 중인데…. 대통령님의 의사는 어떤지요?"

"특별한 말씀은 없었는데…. 한번 서울시장에 출마해보시면 어떻겠어요?"

"나도 고려하고 있는 중입니다."

그런데 아내가 불쑥 나섰다.

"아! 그 지긋지긋한 선거를 또 해야 돼요?"

김 실장이 웃으면서 말했다.

"하하, 고생이 많으셨던 모양이지요. 그렇지만 이번에는 다릅니다. 한번 도전해보세요. 주변에서도 그간 수고하신 걸 알고 모두 도우려 할 겁니다."

"나도 도전할 의사가 있습니다. 물론 저 사람이 그간 고생이 많아서 지겨워하지만, 정치인의 삶이라는 게 늘 선거와 함께 가는 것 아니겠습니까?"

"대통령님께서는 여러 가지 생각하신 것 같은데, 요새는 일정이 워낙 바빠서 주변의 일은 거의 거들떠볼 시간이 없었습니다."

이런 대화가 오간 뒤에 작별했다. 헤어질 무렵 아내가 한마디 아퀴를 지었다.

"우리, 선거 그만두게 해주세요!"

이틀 뒤인 3월 4일, 나는 서울시장 출마를 결심한 상태에서 명사의 가정을 소개하는 KBS의 프로그램에 출연했다. 그 자리에는 아내와 가수 이선희 씨가 동반했다. 프로그램이 아주 재미있게 진행되었다. 이선희 씨가 말을 썩 잘해서 나와 아내를 시청자들에게 모범 가정인 양 소개했고, 재미있는 에피소드도 곁들였다. 방송이 끝난 뒤 가뿐한 마음으로 집으로 돌아왔는데, 김중권 청와대 비서실장으로부터 바로 전화가 걸려왔다. 안기부장으로 결정되었으니 오후 5시 30분까지 청와대로 동부인해서 들어오라는 통보였다.

나는 순간 당황했다. 사실 2월 16일 마지막 인수위 보고 때 김대중 당선자는 나에게 안기부의 인수 상황을 물었고, 나는 안기부의 현 실상을 보고했었다. 안기부는 김영삼 정부에서 여전히 권력의 핵심부 역할을 담당했고, 대통령 선거에서도 많은 방해 공작을 펼쳤으며, 간부들이 특정 지역을 중심으로 편중되어 있다는 등의 내용이었다. 그때 김 당선자는 누가 안기부장이 되어야 개혁이 가능하겠느냐고 물었다.

"인사 문제 전반을 깊이 생각해보지는 않았지만, 안기부는 조승형 변호사가 어떤가 싶습니다. 대통령님의 생각도 가장 잘 알고, 또 법률문제에도 해박해 적당하지 않나 생각합니다."

나는 오래전부터 조승형 전 헌법재판관이 새 안기부장으로 가장 적절하다고 생각해왔다. 김 당선자 자신이 안기부에 대해 많은 원한을 갖고 있음은 설명할 필요도 없었다. 그래서 안기부 개혁을 가장 우선적이고 중요한 과제로 여기리라는 것도 쉽게 짐작이 갔다. 바로 그렇기 때문에 조승형처럼 비서실장으로서 김 당선자를 모시며 충실히 보좌한 경력이 있고 직언도 서슴지 않는 분이 나서야 한다고 생각했던 것이다. 며칠 뒤인 2월 18일 나는 조승형의 사무실로 찾아가 이런 대화 내용을 에둘러 귀띔해주기까지 했다.

그런데 느닷없이 내가 안기부장직을 맡게 된 것이었다. 청와대에서 발표했는지 금세 언론사들로부터 연락이 오기 시작했다. 나는 일단 당에 가서 보고해야겠다는 생각으로 여의도 당사로 갔다. 조세형 권한대행과 당 간부들이 일제히 반겼다. 나는 "내가 안기부 출신이기는 하지만 이미 오래전에 떠나 정치에 몸담아왔기 때문에 다시 어떻게 시작해야 할지 잘 모르겠습니다. 그러나 안기부 개혁 작업이 끝나면 곧 돌아오겠습니다. 그때까지 자주 뵙지 못하더라도 계속 한 가족으로 생각해주십시오"라며 인사를 전했다.

오후 5시 30분, 청와대 회의실에서 우리 내외만을 위한 임명장 수여 행사가 진행되었다. 임명장 수여, 대통령 부부와 우리 부부의 사진 촬

▲ 필자는 1998년 3월 4일 김대중 정부의 첫 안기부장으로 임명되었다. 이로써 17년 5개월 만에 다시 옛 직장으로 돌아갔다.

영 등을 다 마치고 자리에 앉았다.

"윤 여사! 이제 선거 안 치르게 되어 좋지요?"

그 첫마디에 나는 어떻게 아내의 마음을 그리 정확하게 짚나 의아했다. 그러고는 다음 순간 김중권 실장으로부터 상세히 보고받은 후 결정한 인사였구나 하고 깨달았다.

"여러 가지 생각해봤는데 아무래도 안기부 개혁은 이 부총재가 맡으면 좋겠다는 결론을 냈소. 그곳의 사정도 잘 알고 대선 기간 중에 안기부 개입으로 고생도 많이 했지 않아요? 앞으로 안기부가 무엇을 어떻게 하면 좋겠는지 생각해보고 근본부터 개혁해나갑시다. 그러면 차장은 누구와 같이 일하면 좋겠는지 말해보시오."

나는 인선할 준비가 전혀 되어 있지 않았다. 그런데 선거 막바지에 매일 '노란 봉투'에 정보를 넣어 김대중 후보에게 몰래 전달한 안기부 차장이 있었다는 사실이 머리를 스쳤다. 정권 말기에 정보를 팔아 개인의 이익을 보려 했던 사람은 언제 또 배신할지 모른다. 이런 사람은 설령 일시적으로 우리 캠프에 도움이 되었다 하더라도 중용해서는 안 된다. 이것이 나의 확고한 생각이었다.

"갑자기 말씀하셔서 우선 생각나는 대로 건의드립니다. 국제 문제는 라종일 박사가 전문가입니다. 그가 주관하는 국제회의에 저도 여러 번 참가했습니다. 국제 정세를 꿰뚫고 있는 사람입니다."

"좋아요, 그렇게 하시오. 다음 국내 차장은?"

"신건 전 법무부 차관을 건의드립니다. 저와 함께 인수위원으로 잘 활동했습니다. 작금 법무부 장관으로 언론에서 하마평이 돌았지만 이번에 안 되어 본인이 실망하고 있을 겁니다. 저와 같이 국내 대공 사범 처리와 정보 업무를 맡으면 잘할 것 같습니다."

신건은 김대중이 마음속으로 생각해온 인물과는 달랐겠지만 나의 설명을 거부할 명분은 없었다. 오히려 무슨 일이든 타당한 논리를 좋아하는 그의 취향의 정곡을 찌른 것 같았다.

"아! 좋지. 그렇게 하시오. 또 다음은?"

"앞으로 개편 계획에서 설명드리겠지만 차장은 해외와 국내 대공, 이 둘이면 충분하다고 생각합니다. 전문화시켜야지, 분야를 많이 나누면 또 국내 정치에 개입할 소지가 생길 것 같습니다. 그리고 가장 중요한 자리가 기획조정실장입니다. 정보 예산을 총괄하는 책임자입니다. 그 자리는 저와 같이 96년 대선 기획 단계부터 손발을 맞춰 일해온 이강래 군을 보내주십시오."

"잘됐어. 이 군을 어디로 보낼까 생각했는데 그것도 좋은 의견이오. 그대로 하시오!"

모두 '합격'이었다. 옆에 앉았던 김중권이 의외라는 듯이 눈을 깜빡거렸다. 나는 청와대에서 나오는 길로 권영해 부장을 만났다. 사무 인계에 관해 대충 설명을 듣고 헤어졌다. 그리고 밤 9시, 아현동 박태준 집을 찾아 만났다. 1992년 경선의 어려운 고비를 함께 넘은 이래 그분은 나의 멘토였다.

그리고 밤늦게 나는 조승형을 캐피탈호텔 라운지에서 만났다. 김상현과 동석해 있었기에 오히려 잘되었다 싶어 전후 사정을 알렸다. 조승형은 담담하게 말했다.

"지난번에 이야기했지만 나는 안기부장으로 적절치 않아요. 오히려 이 의원이 맡게 되어 다행입니다. 그쪽 사정도 잘 알지 않아요? 어른이 나를 시키려 하지 않았을 거예요."

나는 그의 이야기를 이해하지 못했다. 내가 그 말의 뜻을 알기까지는 상당히 오랜 시간이 걸렸다. 조승형은 이미 오래전에 김대중에게 "대통령이 되시려면 김홍일의 국회 진출은 적절치 않습니다"라고 진언해 눈밖에 났다는 것이다. 정말이지 충심에서 우러나온 간언이었는데 그 말이 받아들여지지 않은 것을 조승형은 그때까지도 안타깝게 생각하고 있었다.

3월 5일, 나는 안기부장에 취임했다. 17년 5개월 만에 다시 정보기관으로 돌아왔는데 이번에는 수장으로 왔던 것이다. 한편으로는 감개무량했고, 다른 한편으로 내가 다시 온 것이 잘한 일인지 회의하는 마음도 없지 않았다. 특히 정치권 밖에서는 잘된 인사가 아니라는 사람이 많았다. 한 후배는 국제전화로 "형님이 할 일은 따로 있습니다. 거기는 아닙니다"라며 아쉬워하기도 했다.

나는 취임사에서 몇 가지를 강조했다. 먼저 "17년 5개월 만에 다시 돌아와 감회가 새롭다"라면서 부의 임무와 관련해 "안보 태세를 공고히 해 북한의 도발을 억제하고 '남북기본합의서'에 따라 남북 관계를 실질적으로 개선해나간다면 21세기 통일 시대를 앞당길 수 있을 것"이라고 밝혔다. 그리고 "낡은 껍질을 깨뜨리는 데에는 많은 아픔이 따르겠지

▲ 1998년 3월 5일, 안기부 내곡동 청사로 가서 보국탑에 묵념을 올리는 것으로 업무를 시작했다. 그곳은 이름 없이 순직한 직원들의 헌신을 기리는 엄숙한 장소다. 필자는 그분들께 이 기구가 국가 안보를 지키는 파수꾼 역할에 충실할 수 있도록 지휘할 것을 고유했다.

만, 새로운 시대정신에 걸맞게 본연의 임무에 충실한 순수 정보기관이 되어야 한다"라고 강조했다.

나는 바로 개혁 작업에 착수했다. 돌이켜 생각해보니 나는 이미 여러 차례 중앙정보부 개혁을 도모했다. 1969년 김계원 부장의 수행 비서였던 박정원 군을 통해 부장 면담을 요청해 시내의 한 식당에서 김계원 부장과 은밀히 만난 일이 있었다. 그때 나는 겁도 없이 부장에게 중앙정보부가 국내 문제에 개입하다 보니 대북정보 및 국제정보에 소홀하다고 직언했다. 돌아온 답은 이랬다. "자네 말은 일리가 있지만 정보부가 현실적인 문제를 놔두고 빠르게 변하기는 어렵네. 우리 차츰 변화하도록 같이 노력하세." 그의 답변은 나에게 실망만 안겨주었다.

10·26 직후에도 중앙정보부의 개혁을 열망했다. 국내 정치에 깊이 개입하다 보니 대통령을 시해하는 중앙정보부가 되었다고 개탄했다.

그래서 이희성 부장과의 면담을 시도했다. 그러나 12·12로 부장이 경질되었다.

마침내 전두환 부장서리의 취임 이후 나는 중앙정보부 개혁안을 작성할 수 있었다. 놀랍게도 전두환은 중앙정보부가 무소불위의 권력을 행사하는 '정부 위의 정부'로 존재하기보다 '세계적인 정보기관'으로 거듭나게 하자는 지침까지 주었다. 하지만 5·18 민주화운동, 그리고 뒤를 이은 그의 국가보위상임위원장 겸직과 정치 활동으로 그가 추진한 중앙정보부 개혁안 역시 중도에 좌절되었다.

나는 김대중 정부에서 네 번째 개혁을 시도하는 셈이었다. 나중에 생각하니 이 역시 실패나 다름없었다. 얼마 전 원세훈 전 원장이 '대통령선거법' 위반죄로 법정 시비가 붙은 사태를 보면서 '아직도 구시대적 유물에서 벗어나지 못하고 있구나!' 하는 생각을 떨칠 수 없었다. 근본적으로 개혁하려면 국정원을 완전히 해체하고 다시 편성해야 하나? 착잡하기 이를 데 없었다.

두 번씩이나 직접 개혁 작업에 손을 댄 입장에서 개인적으로 가슴에 맺힌 부분이 있다. 개혁 과정에서 많은 부원이 회사를 떠나게 했다는 사실이다. 전두환 정권 시절 개혁 때는 주로 선배와 동료들이 떠났고, 김대중 정권 시절 개혁 때는 후배들이 짐을 쌌다. 하지만 어떤 경우든 사감으로 그들을 퇴출시킨 것은 아니었다. 그리고 매번 국내 분야에서 많은 수가 희생되었다. 그럴 수밖에 없는 것이 매번 국내 담당 조직이 축소되어 자리가 한정되었기 때문이다.

오해도 많이 받았다. 특히 김대중 정권 시절 개혁 때에는 "호남 사람들을 발탁하려고 타 지역 직원들을 솎아냈다"라거나 "대공 요원이 많이 쫓겨나 대공 기능이 약화되었다"라는 말을 들었다. 그러나 둘 다 오해라고 분명히 말할 수 있다. 개혁 내용을 들여다보면 내 말이 진실임을 알 수 있을 것이다.

김대중 시대 정보기관 개혁의 기본선

1998년 부장으로 취임한 후에 우선 국가안전기획부(약칭 안기부)라는 명칭을 국가정보원(약칭 국정원)으로 바꾸었다. 국가안전기획부는 이름 자체가 거짓이다. 안전을 기획만 하고 활동은 하지 않나? 아니다. 실제로는 전권을 휘두르면서 마치 기획하는 부처인 양 위장했다. 그보다는 국가 정보를 총괄하는 기관임을 떳떳하게 내거는 것이 더 낫지 않을까? 'Agency for National Security Planning'이던 영문명도 'National Intelligence Service'로 개칭했다. 'Agency'는 '기관'이라는 뜻이지만 'Service'라고 하면 다분히 '봉사'라는 의미가 내포되기 때문이었다.

조직도 명칭에 걸맞게 손질했다. 안기부는 1차장이 국내 담당, 2차장이 해외 담당이었다. 한때 대북 분야를 3차장으로 독립시키기도 했지만, 나는 해외와 북한 정보는 떼려야 뗄 수 없다고 오래전부터 생각해왔다. 그래서 1차장이 해외 및 북한, 2차장이 국내 및 대공 수사를 맡도록 역할을 묶으면서 우선순위도 바꾸었다.

특히 국내정보 담당은 '국가정보원법'의 입법 취지에 맞게 국내 보안 정보로 역할을 한정했다. 국내정보 전반을 다루다 보면 자칫 무소불위에 빠질 수 있기 때문이었다. 이는 언제나 개혁을 용두사미로 끝나게 할 소지가 있는 부분이기도 했다. 안기부 시절에는 국내정보의 수집과 분석·판단 업무를 분리하면서 특히 수집 분야에 중점을 두었다. 수집이란 결국 국내 각 기관·단체·개인을 목표 삼아 정보를 얻어내는 과정이므로 자연히 월권하기 쉬워 민원의 소지를 만들어왔다.

나는 수집과 분석·판단을 분리하고 유사 업무를 통합해 일곱 개 단(團)을 다섯 개 단으로 축소했다. 그리고 활동 자체도 비노출로 하도록 했다. 이처럼 직제가 축소되는 과정에서 많은 요원이 퇴출되었다. 그러나 대공 수사 부문은 국장 산하 네 개 단을 그대로 두었다. 원래 네 개

▲ 1998년 5월 12일 김대중 대통령은 안기부를 초도순시하면서 "정보는 국력이다"라는 새 부훈석을 제막했다. 이 부훈은 지금과 같은 정보화 시대에 부원들이 지향해야 할 가장 적합한 방향이다. 그러나 유감스럽게도 이 부훈은 유지되지 않았다.

단 가운데서도 한 개 단은 이른바 보안 수사를 담당했다. 보안 수사란 무엇인가? 이후락 시대에는 10·4 항명 파동의 주역들을 잡아와서 혼내주고 그들을 국회의원직에서 강제로 사퇴시킨, 정권의 도구였다. 민주화 시대에는 보안 수사가 국정원 본연의 임무가 아니었다. 보안 수사를 담당하던 단은 대공 수사를 맡도록 전환했다. 대공 수사를 담당하는 단이 늘어난 셈이었다. 이것이 어찌 대공 능력의 약화란 말인가?

개혁의 두 번째 과제는 부훈(部訓) 개정이었다. 안기부는 1961년부터 1998년까지 장기간 "음지에서 일하고 양지를 지향한다"라는 부훈을 지켜왔다. 이 부훈은 김종필 초대 부장의 작품이었다. 그러나 김대중은 음지라는 말을 끔찍이도 싫어했다. 그는 나에게 "음지란 정보기관의 음산한 배후를 가리키는 것 같아 말만 들어도 소름이 끼친다"라고 했다. 그분은 일본에서 납치도 되었고, 중앙정보부 지하조사실에서 조사받은 뒤 사형선고도 받았다. 그가 본능적으로 이런 용어를 거부하는 것은 인간적으로 충분히 이해할 수 있었다.

정보이론의 대가인 서먼 켄트는 "정보란 지식이다"라고 정의를 내린 바 있다. 부원들의 여론을 조사하고 켄트의 정의를 원용해 "정보는 곧 국력이다"라고 부훈을 정했다. 최종 결재 단계에서 김대중 대통령은 '곧'을 빼고 "정보는 국력이다"라고 고쳐 재가했다.

나는 지금도 이것이 아주 잘 된 작품이라 생각한다. 올바른 정보를 많이 가진 나라, 다시 말해 지식을 많이 축적한 나라야말로 부강한 나라라고 생각한다. 우리는 이런 강한 나라를 지향해야 한다. 세계 인구의 0.2%밖에 되지 않는 유대 민족이 노벨상의 20%를 휩쓰는 것은 그들이 지식을 생산하고 축적하고 활용하는 일에 능하기 때문이다. 활어처럼 생생한 정보를 확보한 나라가 강한 나라임은 두말할 필요도 없다. 이런 정신에 따라 부의 이름도 국가정보원으로 바꾸었던 것이다.

그런데 이명박 정부가 들어서자 원훈부터 바꾸었다. 원훈의 정신이 무엇인지 알아보지도 않고 김대중 대통령 때 만든 것이라며 무조건 없앴다. "그러니까 국정원이 방향을 잃고 다시 국내 정치에 기웃거리게 되는 거다. 인터넷 댓글이나 달고 선거에 개입한다는 오해받을 짓을 한 것이다. 정보가 무엇인지 모르는 문외한들이다."* 그들이 바꾼 원훈을 보자. "자유와 진리를 향한 무언의 헌신"이라고 정문 앞의 큰 돌에 새겨놓았다. 언뜻 보면 국가 정보기관이 아니라 철학자 양성소 같다. 국정원이 자유와 진리라는 보편적 가치를 위해 존재하는가? 그러려면 부의 명칭도 '자유진리탐구원'으로 바꿔야 마땅하지 않을까?

세 번째로 내가 고민한 사항은 오랫동안 국내 정치에 탐닉하고 순치된 조직원들의 의식을 고치는 일이었는데, 그것은 일조일석에 되는 일

---

* ≪한겨레≫, 2013년 9월 13일 자 참조.

이 아니었다.

내가 처음 입사할 때만 해도 일제 고등계에서 훈련받은 수사관도 남아 있었고, 김창룡 시대에 날리던 정보맨들도 있었다. 비록 나이는 들었지만 그들은 노련한 표범처럼 일단 먹잇감을 발견하면 절대 놓치지 않는 맹수 같았다. 그러나 그들은 식민지 시대나 냉전 시대에 교육을 받았기 때문에 비이성적인 반공 이념이 판치는 환경에서는 충직한 수사관으로 평가받았을지 몰라도 민주화 시대에 유능한 정보맨은 아니었다. 그들 대부분은 식민지 시대에는 총독부에 충성을 다해 '불령선인(不逞鮮人)'을 색출해냈고, 해방 후에는 독재 정부의 도구가 되어 진짜인지 가짜인지 알 수도 없는 '빨갱이' 처단에 앞장섰던 충견이었다. 그들에게 민족의 양심이나 백성을 사랑하는 마음은 오히려 귀찮고 하찮은 일에 불과했다. 정보기관은 그들이 하는 초법적 행동의 기반이 되었다. 그런 전통과 악습은 알게 모르게 당시 신입 사원이던 우리를 옥죄었다.

더욱이 중앙정보부는 처음부터 5·16 직후의 이른바 반혁명 세력을 거세하기 위해 창립된 조직이었다.* 따라서 국내정보가 우선이었고,

---

* "중앙정보부의 기본 아이디어는 미국 중앙정보국(CIA)에서 따왔다. 한국형 CIA를 만들겠다는 구상은 1958년 육본 정보국 행정과장 시절부터 갖고 있었다. CIA 소속 스미스 대령(가명)의 특별 강의가 계기가 되었다. 스미스 대령은 CIA의 기능과 활동 방식을 설명했다. CIA는 국가의 모든 정보기관을 총괄·조정한다. 수집된 첩보·정보를 조사·분석한 뒤 고급 정보로 숙성시켜 대통령에게 제공하는 것이다. 우리나라도 CIA 같은 정보기관이 필요했다. 하지만 그것만으로 충분치 않았다. 혁명의 특수 상황 때문이다. 혁명정부는 이제 출범했다. 아직 뿌리를 단단히 박지 못한 상태였다. 외부 세력이 혁명에 반기를 들고 일어난다면 얼마든지 흔들릴 수 있었다. 별 사람이 다 와서 혁명 과업을 집적거리고 훼손하려 했다. 그래서는 어렵고 산적한 혁명 과업을 과감하게 추진해 나갈 수 없었다. 그런 것을 막고 혁명정부를 보호하는 역할을 수행해야 했다. 북한의 위협에도 대비해야 했다." "김종필 증언록 '소이부답'(15): 한국판 CIA의 출범", ≪중앙일보≫, 2015년 4월 3일 자 참조.

수사도 대공 수사보다는 정권 안보 수사를 위주로 했다. 사실 국가 정보기관 본연의 길에서 처음부터 이탈했던 것이다. 이런 폐습이 기관 전체의 기저에 단단히 뿌리박고 있었다. 그래서 개혁한다고 해봐야 겉치레였을 뿐, 나라와 겨레 사랑의 근본으로 내면 깊숙이 돌아가지 못했던 것이다. 새로운 정권이 들어섰다고 해서 과거 권력의 도구나 충견 노릇을 했다는 이유로 무조건 몰아내는 것은 능사가 아니다. 하지만 근본이 바로 서지 않은 채 개혁을 진행한다면 시간이 지나 다시 국내정보를 탐닉하고 권력기관으로 군림하게 되지 않을까? 나는 이런 악순환의 고리를 끊고 싶었다.

나는 진정한 개혁은 요원들의 의식을 바꾸는 데서부터 시작해야 한다고 생각했다. 이를 위해 요원들에게 이해하기 쉽게 "왜 모사드가 강한가?"부터 가르쳤다. 이유는 딱 한 가지라고 설명했다. 안기부와 모사드는 근본이 다르다. 안기부의 전신은 중앙정보부요, 중앙정보부의 근본은 국가 안보보다 정권 안보에 있었다. 그러나 모사드는 이스라엘 민족과 더불어 싸워왔다.* 2000년 동안 자기들이 살던 땅에서 쫓겨나 전 세계를 방황하던 유대 민족을 다시 묶어내고 옛 땅을 되찾아 나라를 세우는 운동을 '시오니즘'이라는 이름 아래 처음 제창한 사람은 테오도르 헤르츨이었다. 모사드는 이 시오니즘을 절대적으로 신봉하고 그 정신

---

* 박재선, 『세계를 지배하는 유대인 파워』(해누리, 2010), 272~273쪽. "모사드의 모체는 1929년 창설되어 1948년까지 존속한 샤이(Shai)다. 히브리어로 '선물'이라는 뜻의 샤이는 이스라엘 건국 전 영국 위임통치하의 팔레스타인에 있던 비밀민병대 하가나(Haganah) 산하의 정보조직이었다. 샤이는 위임통치 기구에 잠입해 정보를 수집하고, 국제 시온주의 확산을 위한 대유럽 공작을 펼쳤다. 또 팔레스타인과 유럽의 유대인 공동체 보호와 아울러 홀로코스트를 피해 팔레스타인으로 이주하는 동유럽 출신 유대인의 이동과 정착 그리고 안전을 주요 임무로 해 후일 이스라엘 건국에 초석을 놓았다."

▲안기부장으로 취임하면서 필자는 국가 정보기관의 임무가 국가 보위를 위한 일념으로 귀착되어야 한다고 다짐했다. 국민을 감시하고 억압하는 기관이어서는 안 된다는 것이었다. 따라서 독립운동 과정에서 비밀 임무를 수행한 김구의 한인애국단과 신채호의 조선혁명선언을 지향한 애국 단체들이 적에게는 공포의 조직이었지만 우리 백성들에게는 박수받는 기관이었던 것처럼 우리도 그런 기관이 되어야 한다고 부원들에게 강조했다. 이를 위해 김구와 신채호 두 분의 초상화를 내걸고 본보기로 삼기로 했다. 사진은 이 사실을 알고 필자를 찾아온 김구의 아들 김신 전 장관과 함께 찍은 것이다.

을 현실적으로 수행하는 정보기관이다. 그러므로 강할 뿐만 아니라 전 세계 유대인으로부터 사랑과 존경을 받고 있다.

우리도 만약 안기부의 모체가 나라를 되찾아 독립 국가를 세우는 활동을 중국에서 해온 김구의 한인애국단이나 신채호가 직접 '조선혁명선언'을 작성해 교시한 의열단이라면 얼마나 당당할까?* 나는 이런 포부를 구체화하고자 국정원 강당의 가장 잘 보이는 곳에 김구와 신채호

---

* 독립운동사를 연구해 깊이 들어가 보면 김구의 한인애국단이 광복군 탄생의 단초이고 의열단이 조선의용군의 모체임을 알 수 있다.

▶국정원 원장 시절, 국 정원 직원들이 우리 역 사에서 국운이 대외적으 로 가장 융성했던 시대 를 상기하며 활동할 수 있게 하자는 다짐을 담 아 광개토대왕비 모형을 제작해 국정원 정문 앞 에 세웠다. 그러나 이제 이것도 제자리에 있지 않다.

의 초상화를 내걸고 이렇게 설명했다. "안기부의 뿌리는 일제시대의 경 찰이나 정보기구가 아니라 독립운동가들이 애국단 등을 창설해 비밀 아지트에서 항일 운동을 위한 정보활동을 한 데 있다." 그러면서 안기 부의 뿌리를 '민족정신, 민족자존, 민족독립'에서 찾아야 한다고 역설했 다. 그러나 내가 퇴직한 이후 그 초상화는 온데간데없이 사라졌다.

나는 또 청사 정문 앞의 조형물이 양철 재질에 높이 10미터의 뾰족한 탑 모양이라서 권위적인 분위기를 조성하는 것이 늘 부담스러웠다. 그 래서 이 조형물을 정보통신센터 광장으로 옮기고, 그 자리에 6.7미터짜 리 광개토대왕비 모작(模作)을 세웠다. 우리 역사에서 대외적으로 가장 융성했던 시대를 본보기로 삼자는 뜻이었다. 백범은 『백범일지』에서 일찍이 이런 말을 했다. "나는 우리나라의 청년 남녀가 모두 과거의 조그맣고 좁은 생각을 버리고 우리 민족의 큰 사명에 눈을 떠서 제 마음을 닦고 제힘을 기르기를 낙으로 삼기 바란다." 좁디좁은 한반도 안에서 서로 으르렁거리는 환경에서 벗어나 넓은 대륙으로, 망망한 대해로 뻗어나가라는 당부였다. 국정원이 이런 자세로 나간다면 해외 정보활동에 더욱 박차를 가하게 되지 않을까?

그러나 내가 국정원장에서 퇴직한 뒤 광개토대왕비 역시 치워졌고, 아예 국가기록원에 기증해 옮겨졌다. 그리고 그 비를 세워 국정원이 불행해졌다고 언론 플레이까지 했다.* '역사 인식'이라는 측면에서 내가 아주 낮게 평가하는 이명박 정부만이 할 수 있는 짓이었다. 그렇다면 그 비를 없앤 뒤 국정원은 어떤 모습이 되었나? 이명박 정부가 임명한 원장은 뇌물 혐의로 옥살이를 했고, 형기를 마치자마자 다시 정치 개입으로 유죄선고를 받아 법정에서 구속되었다. 이는 국정원이 세계 속에 한 민족의 발판을 만드는 당당한 국가 정보기관이 아니라 결과적으로 이권에 개입하는 기관으로 전락했음을 보여주는 증좌가 아니었나? 통탄할 일이었다.

나는 다시 주장한다. 국정원이 대통령 한 사람의 번견(番犬)으로 돌아가서는 안 된다. 이러한 악습을 청산하지 못하면 원장이 경질된 후 후임 원장에 의한 숙정 작업이나 보복 인사가 횡행하게 된다. 모사드를 벤치마킹하려면 우선 우리의 역사와 민족 사랑에 투철해야 하고 나라를 위해 봉사하는 근본정신부터 배워야 한다.

박정희 대통령이 김재규에게 시해되던 날 어떤 대화를 나눴는가? "중앙정보부를 사람들이 무서워해야 하지 않나?" 박 대통령은 이렇게 김재

---

* "국정원 수난이 모조 광개토대왕릉비 때문?", ≪조선일보≫, 2013년 8월 24일 자.

규를 나무랐다. 옆에 있던 차지철은 반정부 데모가 확대되면 탱크를 몰고 가서 깔아뭉개자고 맞장구쳤다. 그렇게 해서 궁지에 몰린 김재규가 총을 들었던 것이다. 이런 역사적 사실을 우리는 잊어선 안 된다. 정보 기관이 집권자의 충견이 되어 국민에게 무서운 존재가 되고 국민을 탄압하면 비극이 온다는 사실을 절대로 잊어서는 안 된다.

일찍이 누가 이런 말을 했다. "혁명가는 물고기요, 인민 대중은 물이다"라고. 이처럼 국민에게 사랑받는 기관이 되어야 정보활동에 떳떳해지며 우수한 젊은 전사들이 모여든다. 그런 날이 언제 올까?

국가정보원의 인사 쇄신 작업

상당수의 안기부 직원들은 야당이 처음 여당이 된 상황 자체를 몹시 불안해했다. 그도 그럴 것이 그동안 이 기관은 역대 부장들이 갖고 있던 DJ에 대한 거부감으로 인해 정치적 중립을 지켰다고 하기 어려웠고, 특히 지난 대통령 선거에서는 '북풍'과 같이 아주 구체적인 낙선 공작이 있었던 것이 사실이다. 그런 방해물을 뚫고 야당이 권력을 장악했던 것이다. 그리고 내가 이 기관에 책임자로 왔다. 낙선 공작을 주도한 사람들은 '아차!' 싶었겠지만, 대부분은 나를 환영했다. 그래도 정보의 생리와 안기부의 사정을 아는 선배가 왔으니 막무가내식 인적 청산은 없으리라고 기대했을 것이다. 이 때문에 김대중 대통령이 나를 임명했는지도 모르겠다.

나는 취임하자마자 현황부터 파악했다. 이미 예상했던 대로 안기부는 내부적으로 골병이 들어 있었다. 중앙정보부 창설 이래 최악의 상태였다.

첫 번째로 착수한 구체적인 개혁 작업은 직원들이 본연의 직무에 충실하도록 만드는 인사 쇄신이었다. 하지만 공정 무사하게 적재적소에 인사하는 것은 결코 용이한 일이 아니었다. 사실 내가 부장으로 임명되자마자 안기부 내에서는 살생부가 만들어져 당의 인맥을 통해 나에게 전달되었다. 나는 그 문서를 보자마자 부내에서 소외되었던 호남 출신 간부가 만든 것임을 알 수 있었다. 살생부란 작성 과정부터가 대단히 무모한 짓이었다. 정보기관의 가장 중요한 행동 지침 중 하나는 차단이다. 각 부서가 무슨 임무를 수행하는지 알 수도 없고 알 필요도 없다는 것이 정보기관의 수칙 제1호다. 그런데 이 살생부는 안기부 내의 각 부서에서 벌어진 일을 종합하고 그중에서 부적절한 대상자를 골라낸 흔적이 뚜렷했다. '차단의 원칙'에서 벗어났던 것이다. 나는 이 살생부를 누가 어떤 과정을 거쳐 만들었는지 조사했다. 물론 그 주모자를 알아냈다. 나는 살생부대로 인사 쇄신 작업을 하지 않았다. 그리고 살생부를 파기했다.

그리고 곰곰이 생각했다. 그 무렵 안기부를 타락시킨 가장 큰 원인은 문민정부의 문란한 인사였다. 김영삼은 군부 독재 정권을 비난했지만 문민정부는 더 엄청난 일을 서슴지 않았다. 이 시절의 안기부가 사유화됨으로써 자의적 인사가 횡행했던 것은 이미 언론을 통해서도 여러 차례 지적된 바 있다.

"새 정부 출범 직후인 3월 안기부장실 김덕 안기부장과 한 고위 간부의 입씨름이 이어졌다. 그들 사이에는 안기부 요원 특채안이 놓여 있었다. 김덕 부장은 '말이 안 되는' 특채안을 한마디로 물리쳤다. 마주 앉은 간부도 만만치 않았다. 그는 끈질기게 결재를 요구했다. 인사 대상자는 민주산악회, 나라사랑실천운동본부(나사본) 등 김영삼 대통령 만들기 사조직 출신 20여 명이었다. 김덕 부장은 굽히지 않았다. '그래도 내가 부장인 동안은 절대 안 돼요.' 김덕 부장은 며칠 뒤 일부 수정된 특채안에 서명했다. 청와대와 또 다른 권력 핵심의 '지원 사격'을 감당하지 못했던 것으로 알려졌다."*

나는 이 기사의 사실 여부를 확인해봤다. '한 고위 간부'란 김영삼의 비서 출신으로 기조실장에 새로 임명된 김기섭이었고, 특채 계획을 강력히 요구한 '또 다른 권력 핵심'은 김영삼의 아들 김현철이었다. 정보기관의 사유화는 여기서 끝나지 않았다. 이 기사는 이렇게 이어진다.

"○○○ 씨는 김영삼 정부 출범 2년 만에 두 계급을 수직 상승했다. 그는 김영삼 정부의 요직을 과점하고 있는 이른바 '케이 2'(경복고) 출신이다. 그는 인천지부장, 1국장 등 요직을 거쳐 안기부 2인자 자리에 올랐다. 그는 지난해 말, 장관급으로 진출했다가 최근 경질되었다. 그의 승승장구를 두고 직원들은 이렇게 말하곤 했다. '철'이 세긴 세구나."

그 사람이 민감한 정보를 계통을 통해 대통령에게 보고하기 전에 자기를 출세시켜준 '철'에게 먼저 가져간 것은 두말할 필요도 없었다. 그가 이런 정보를 충족하기 위해 나중에 폐기된 '미림팀'을 부활시켜 직접 운영했다는 말도 들렸다. 이것이 중앙정보부의 탄압을 받고 불굴의 민주화 의지로 문민정부 시대를 이룩했다는 김영삼 정부의 민낯이었다.

안기부를 이처럼 타락한 상태에서 구제할 첫 번째 길은 공정한 인사밖에 없다고 단단히 결심했다. 우선 새로 만들어진 직제에 따라 부서장(국장급 이상) 인사를 했다. 물론 차장과 기조실장이 모여 하나하나 심도 있게 논의했다. 나도 17년여 만에 돌아오다 보니 내가 실력과 사람됨을 직접 아는 간부들은 대부분 퇴직했고 일부만 남아 있었다. 하지만 그들도 사실상 퇴직 대기 상태였다. 그렇지만 퇴직 대기인 사람들 중에는 나와 고락을 함께하며 지냈던 옛 부하들이 있었다. 나는 그들 몇을 다시 부서장으로 발탁했다. 이 때문에 후배들로부터 "왜 퇴직하려는 선배들을 재기용하느냐?"라는 원망의 소리도 들었다. 그러나 나는 이런 잡

---

* "안기부 대해부 1: 인사난맥, YS 사람들 '낙하산'", ≪한겨레≫, 1997년 3월 12일 자.

음에 동요하지 않았다. 나의 옛 부하들 중에는 한때 사선을 넘나들며 싸운 경험자도 있는 데다 대부분 자기 직무에 충실했던 전문가들이어서 사장시키기가 아까웠다. 그 가운데 가장 성실한 이문옥에게 인사 실무 작업을 맡겼다.

그리하여 1차장 산하의 국제 및 북한 담당 국장들을 모두 유임시켰다. 그러나 2차장 산하의 국내 보안 정보 및 대공 수사 분야는 상당수 경질했다. 이를 통해 국외 정보나 북한 담당은 오히려 강화되었고, 국내정보 분야, 말하자면 정치나 이권 개입에 직간접으로 관련 있는 간부들은 교체되었다. 그러므로 국정원 본연의 임무나 대공 능력이 약화되었다는 허무맹랑한 비난에 나는 동의하지 않는다.

다만 나의 인사 작업 가운데 오점이 하나 있긴 했다. 다름 아니라 내가 국정원장직을 떠난 뒤인 김대중 정부 말기에 사회적 비난을 받은, 이른바 '진승현 사건', '보물섬 사건' 등 국정원 이권 개입 사건의 당사자인 김 모 차장을 초기 인사에서 정리하지 못한 것은 나의 책임이라고 할 수 있다.*

두 번째 인사 원칙은 능력 위주와 적재적소였다. 나는 지역 편중 인사는 생각해보지도 않았다. 그래서 내가 대통령으로부터 임명장을 받는 날 차장 인사를 건의할 때에도 지역 문제를 전혀 의식하지 않았다.

---

* 1997년 12월 내가 대통령직 인수위원장일 당시 안기부는 국내 분야를 담당해온 김 모 차장(당시 국장급)을 인수위에 파견했다. 나는 권영해 부장에게 인수위에 필요한 사람은 기획 및 예산 등 안기부 현황을 종합적으로 아는 간부라고 지적했고, 그 결과 최상렬 기획담당관이 교체 파견되었다. 그러나 김 모 차장은 용산고등학교 후배인 이해찬 의원에게 인수위에 남게 해달라고 간청해 운영분과 소속으로 남았다. 인수위 활동이 끝나 그가 원 소속으로 복귀할 즈음 내가 안기부장으로 임명되어 그는 1차 인사 작업에서 운 좋게 살아남았다. 나는 그의 능력이나 소양을 알고 있었으므로 그를 본부에 남겨두지 않고 대전지부장으로 내려보냈다. 이것이 나중에 화근이 될 줄은 몰랐다.

그럼에도 내가 전북 출신만 발탁했다는 소문이 들렸다. 라종일 차장은 사실 정읍 출신이지만 서울에서 성장했고 고향에 별반 연고가 없었다. 신건 차장은 고향이 부안이고 전주고를 졸업했다. 이강래 기조실장은 남원 출신이다. 이런 소문을 들은 김대중 대통령은 나에게 "너무 전북 출신으로 편중되었다는 여론이 있으니 문희상과 이강래를 교체하자"라고 제의해 문희상이 기조실장으로 오고 이강래가 정무수석비서관으로 자리를 옮겼다.

그리고 나머지 부서장은 영남 출신 위주였던 과거 구성에서 벗어나 균형을 잡았고 모두 전문 분야를 살렸다. 나는 취임 초, 부원 특별 교육에서 이렇게 강조했다.

"나는 누구를 선발하고 누구와 같이 일하고자 할 때 그 사람의 지역을 따져 묻지 않습니다. 유능하면 나와 더불어 일하게 될 것이요, 숨어서 일해도 그를 발탁할 것입니다. 대외적으로 중앙정보부에서 생산되는 정보를 사적인 용도로 이용하고, 보안을 누설하고, 옛날처럼 '남산에 있다'고 거들먹거리는 삼류 조직원은 불이익을 보게 될 것입니다. 아무리 새 정부 주요 인사의 부탁이라 해도 나의 인사 원칙은 능력과 적재적소입니다. 진급도 그렇고 보직도 그렇습니다. … 나는 이번에 부장으로 오면서 많은 메모를 받았습니다. 부원들이 무언가 불안을 느끼고 있기 때문에 일어난 일이라고 판단했습니다. 그러나 여러분, 안심하십시오. 절대로 보복성 인사는 없습니다. 지역 편중 인사도 없습니다. 메모를 받았지만 일일이 공개하지 않겠습니다. 야당이 여당 되는 새로운 시대가 되었습니다. 이는 정부 수립 이후 50년 만에 처음 경험하는 새로운 시대입니다. 그렇기 때문에 불안을 느낀다는 점을 나는 이해하고 넘어가겠습니다. 그러나 오늘 이후에는 이런 메모가 외부에서 전해져 오지 않도록 협조해주기 바랍니다. 외부에 부탁해서 될 일은 없습니다. 그런 부탁을 할 만한 사정이 있으면 직접 나를 찾아주기 바랍니다."

세 번째, 나는 공정한 인사를 위해 외부에서 인사 청탁을 해올 때 충실한 방패 역할을 하기로 했다. 직제 개편을 한 나로서는 축소된 직제로 인해 부득이 퇴직한 직원들에게 항상 미안한 마음을 갖고 있었다. 그러나 당시 우리는 한국전쟁 이후 최대의 국난인 외환위기를 맞아 '작지만 강력한 정보기관'을 만든다는 것이 모토였다. 구조조정이 횡행했던 당시에는 직장에서 물러난 사람이 국정원에만 있는 것이 아니었다. 사회 전체가 그런 퇴직 혼란에 빠져 있었다. 그러므로 나부터 공정하게 인사를 해야 퇴직한 직원들에게도 정당성을 주장할 수 있다는 생각에 외부 청탁에 대해 단호했다.

부장 취임 직후 당에 신임 인사차 갔을 때부터 인사 청탁을 받았다. 그것은 김대중 대통령의 후보 시절 근접 경호를 담당했던 충실한 당원들의 향후 진로 문제였다.

"이제 어른이 청와대로 갔고, 경호실에서 경호 업무를 담당하게 되어 우리는 할 일이 없어졌습니다. 우리 팀이 안기부에서 일할 수 있도록 배려해주십시오."

"아직 부내 사정을 잘 모릅니다."

일단 이런 식으로 미뤄뒀다가 나중에 그들에게 현재 많은 부원들을 구조조정하고 있는 마당에 외부에서 새 부원을 데리고 들어가는 것은 문제가 있으므로 다른 일자리를 알아봐 주겠다고 답했다. 정중하게 거절한 셈이었다. 나는 김영삼 정부가 들어서면서 민주산악회와 나사본 사람들을 특채해 인사를 엉망으로 망친 전례를 반복하고 싶지 않았다.

그러던 차에 김대중 대통령의 장남 김홍일 의원이 찾아왔다. 그의 말은 참으로 거절하기 어려웠다.

"제가 원장님 소신대로 일하시는데 청탁하러 온 것이 아닙니다. 호남 출신 직원이 정당하게 한 일로 부당한 처우를 받아서 시정해달라는 요청을 드리러 왔습니다. 다름 아니라 대통령 선거 직전에 강제 퇴직당한 김 모라는 사람이 있습니다. 그는 전남 광양 출신입니다. 그는 공채 시험에서 1등으로 입사한 우수한 직원이었습니다. 그러나 지난 대선 때 부에서 용공 조작하는 정황을 포착하고 항변하다가 감찰실에 끌려가 감금당했고 할 수 없이 사표를 냈습니다. 억울한 일 아닙니까? 그래서 그를 복직시켜주십사 요청드립니다."

나는 사실관계를 확인했다. 그가 우수한 직원이라는 사실은 맞았다. 그는 유능했기 때문에 내곡동 신청사 건립 때 현장 책임자 격인 검수 담당으로 일했다. 그 외에도 여러 요직을 맡았다. 그러나 대선 직전 안기부 내의 비밀이 담긴 이른바 K파일을 들고 함세웅 신부에게 가서 신변 보호를 요청했다. 그러다가 12월 9일 앰버서더호텔에서 자기가 소속된 감찰실 직원에게 연행되어 감금당했다. 그리고 대통령 선거일에 사표가 수리되고 풀려났다.

나는 인사 실무자들의 의견을 들어봤다. 여러 정황으로 볼 때 그를 복직시킨다는 것은 인사 원칙에 배치된다는 것이었다. 나는 인사 실무자에게 본인을 면담해 다른 직장이나 방계 연구소에 재취업하도록 권고하게 했다. 그러나 그는 우리의 제안을 받아들이지 않았다. 내가 퇴임한 뒤 그는 즉각 재임용되었을 뿐만 아니라 한 직급 승진해 요직에 보임되었다. 직원들 사이에 "어제는 '철' 자가 세더니 오늘은 '홍' 자가 세구나!" 이런 말이 돌았다. 이런 인사가 김대중 정부 시대에 국정원 인사 문란의 단초가 된 것은 안타까운 일이다.

김대중 정부는 초기에는 개혁적인 인사를 하는 듯하더니 중반기에 들어서서는 인사 문란으로 김영삼 정부의 전철을 밟았다. 왜 그렇게 똑같이 닮아갈까? 참으로 이해할 수 없었다.

첫 번째 나타난 현상은 나와 더불어 개혁 작업을 벌였던 라종일 1차장, 신건 2차장, 문희상 기조실장이 내가 퇴임한 뒤 이어서 일제히 물러난 것이었다. 그리고 두 번째 팀이 들어섰다. 군의 정보사령관을 역임한 권진호 장군이 1차장, 엄익준이 2차장(그는 대선 말기 '노란 봉투'를 김대중에게 전달한 장본인이었다)을 각각 맡았다. 그리고 기조실장은 광주 출신 최규백이 승진해 맡았고, 대공정책실장에는 김은성이 들어섰다. 나는 이 인사를 보는 순간 뭔가 국정원의 화근이 될 것 같은 예감을 떨칠 수 없었다.

김대중 대통령의 안기부 초도순시

1단계 개혁 작업이 마무리되어가던 1998년 5월 12일, 김대중 대통령이 안기부(국정원)를 방문했다. 전체 부원을 한곳에 소집할 수 없어서 김 대통령은 실내 방송을 통해 직접 특별히 당부의 말을 전했다. 우선 감회가 새롭다고 피력했다. 그로서는 그러한 감회를 느끼는 것이 당연했을 것이다.

"과거 불행했던 안기부 역사의 표본은 바로 나입니다. 납치, 사형선고 등 안기부의 용공 조작 때문에 별일을 다 당했습니다. 내가 당했던 일을 안기부가 다시 해서는 안 됩니다. 완전히 새 출발을 해야 합니다. 대통령은 국가의 원수이자 행정 수반으로서 받드는 것이지, 정치적으로 받들 필요가 없습니다."

김 대통령은 이렇게 말하고 몇 가지 중요한 지침을 제시했다.

• IMF 사태 조기 극복에 유익한 정보를 제공하라: 냉전 시대와 달리 경제 전쟁에서는 정보 제공이 가장 중요하다. 능력과 역량을 발휘해 어떤 연구기관 못지않게 우리 경제가 국제 경쟁에서 이길 수 있는 정보를 제공하라. 그리하여 IMF 사태를 조기에 극복할 수 있도록 하라.
• 대북정보가 중요하다: 북한의 상황이 어렵다. 다급하면 무슨 일이 벌어

▲ 안기부의 개혁이 일단락되자 1998년 5월 12일 김대중 대통령은 안기부를 초도순시했다. 왼쪽부터 임동원 외교안보수석, 박지원 청와대 대변인, 필자, 김대중 대통령, 김중권 비서실장과 청사의 현황을 설명하는 여직원.

질지 모른다. 북한이 개방할 수 있도록 유도하라. "한국의 안기부는 돈은 많이 쓰지만 실제 효과를 못 보고 있다"라는 말을 외국 정보기관 간부로부터 들었다. 대통령이 안심하고 대북정책을 수립할 수 있는 대북정보를 확보하라.

• 국가 위기 요인을 철저히 관리하라: 안기부도 외환위기 조기 경보를 하지 않았다. 당시 나는 대통령에게 "중대한 경제위기가 온다. 당적을 버리고 경제에 전념하라"라고 충고했는데 너무 늦게 당적을 버리더라. 여러분은 앞으로 정부에 대해 언제나 직언하고 경고하라.

• 국민의 지지를 얻기 위해서 부단한 자기 개혁을 지속하라: "옛날 안기부가 아니다", "안기부를 믿자. 아니 사랑하자" 이런 생각이 국민들 사이에서 일어나도록 이제 새로운 부장 밑에서 부단히 개혁을 추진해나가야 한다.

- 명실상부한 정보기관으로서 자리매김하라: 부 명칭과 부훈이 잘 바뀌었다. "정보는 국력이다!" 이 말 이상 아무것도 필요 없다. 여기에 합당하게 행동하라.
- 정치적 중립을 유지하라: 국민회의나 자민련 등 여당을 위해 일할 필요 없다. 대통령이 부당한 지시를 할 때 따를 필요도 없다. 나는 안기부를 절대 정권의 도구로 이용하려 하지 않을 것이다.

김대중 대통령의 훈시가 끝난 뒤 부훈석을 제막하는 행사가 진행되었다. 김 대통령은 '情報는 國力이다'라는 휘호를 해주면서 특별히 이 글씨에 이름을 남기지 말라고 당부했다. 그래서 나는 이를 실무자에게 그대로 전했다. 그런데 나도 알지 못하는 사이에 그는 다심해 부훈석 뒤에 작은 글씨로 "김대중 대통령의 휘호"라고 썼다. 김대중 대통령은 이를 발견하고 역정을 냈다. 나도 당황했다. 그래서 즉시 그 부분을 마모해 지워버렸다. 김 대통령은 이런 좋은 부훈이 나중에 자신이 썼다는 사실 때문에 치워질 것으로 예측했던 것이다. 그런데 그의 예측은 적중했다. 이명박 정부가 국정원에 가장 먼저 손댄 일이 이 부훈석을 치워버리는 것이었다.

국정원 개혁은 정권이 바뀔 때마다 등장하는 단골 메뉴였다. 그러나 초기에는 잘나가다가도 끝내 좌절되곤 했다. 왜 그랬을까? 첫 번째로, 초심을 유지하지 못했기 때문이다. 김대중 대통령도 절호의 기회를 맞았지만 초심이 흔들려 개혁에 실패했다. 두 번째로, 국정원 개혁은 한두 해로 끝날 일이 아니었기 때문이다. 그러므로 중립적인 원장이 적어도 3~5년간 한눈팔지 않고 개혁 작업에 몰두해야 한다. 그런데 현실은 그렇지 않다. 우선 대통령 임기가 5년으로 한정되어 있다. 국정원장은 정권과 관계없이 임무를 계속할 수 있어야 하지만, 한국의 현실에서 그것이 과연 가능할까? 오늘도 나는 현직 원장이 본연의 임무로 돌아갈 수 있도록 과감하게 개혁하기를 바란다. 대통령 임기 중에 국정원장을 경질하지 않는 것은 물론이고, 가능하다면 대통령이 바뀌어도 국정원장만은 그 직책을 계속 수행하는 전통이 만들어져도 좋겠다.

북풍과 총풍의 전모

국정원장 취임 이후 나를 가장 먼저 찾아온 간부는 이대성 국장이었다. 그는 비밀공작 서류를 한 파일 통째로 묶어서 나에게 내놓았다.

"부장님! 신정부의 본색이 드러난 상황에서 우리 부가 국가 안보를 끝까지 보위하기 위해 싸워야 하지 않겠습니까?"

이대성은 입사 무렵부터 내가 잘 아는 사람이었다. 그의 집안은 서울에서 호텔을 경영하는 재력가였다. 그는 입사한 뒤 일본어 공부를 열심히 해서 일본 전문가가 되었고, 부내에서 승승장구한 행운아로 꼽히기도 했다. 그런데 나는 그의 말뜻을 이해할 수 없었다.

"무슨 말을 하는 거요?"

"지금 새로 들어선 정부에 북한과 내통한 사람들이 있어요. 그래서 제가 남아 우리 부를 지켜야 한다는 말입니다. 이게 그 증거 서류입니다."

나는 급히 몇 장을 넘겨봤다. 대부분 대통령 선거 당시 우리를 괴롭혔던 용공 음해 서류였다.

"이봐요, 이 국장! 당신이 회사에 남고 싶고 또 앞으로 수행할 임무가 남아서 끝맺음하고 싶다는 뜻이라면 이해하겠는데, 이따위 허황된 서류를 들고 와서 나에게 협박을 하는 거요, 협상을 하자는 거요? 분명히 말하시오!"

그는 내가 화났음을 감지하고 더 이상의 말을 삼갔다. 그러나 다음 날 그 서류가 국민회의의 한 국회의원에게 넘어가 복사된 뒤 청와대 문희상 정무수석에게도 전달되었다는 말을 듣고 더는 참을 수 없었다. 즉각 감찰실장을 불러 정보 문서가 유출된 경위를 조사하라고 지시했다.

그 정보 문서의 주인공인 윤홍준은 1998년 2월 14일 해외 도피 중 몰래 귀국하려다 인천공항에서 수배 인물로 붙잡힌 사람이었다. 그는 대선 막바지에 '김대중 후보는 북한과 연결된 인물'이라는 내용의 기자회견을 베이징, 도쿄, 서울에서 계속함으로써 새정치국민회의에 의해 고발되어 수사가 진행 중인 북풍 사건*의 주범이었다. 윤홍준을 조사하는 과정에서 사건의 전모가 드러났다. 당시 동아일보는 이 사건에 대한 검찰 수사 결과를 인용해 "검찰은 '북풍 사건'의 본질은 김대중 후보의 대통령 당선을 원치 않는 북한과 이를 교묘하게 이용한 당시 안기부의 '합작 공작'이라고 결론지었다"면서 "권영해 전 부장은 대선 직전인 지난해 12월… 재미동포 윤홍준 씨 기자회견을… 지시함으로써 김 후보 낙선에 총력을 기울였다"라고 보도했다.** 요컨대 안기부장이 진두지휘한 대선 개입 공작이었다는 것이다.

나는 안기부장으로 취임할 때까지 이런 수사가 진행 중인 것을 몰랐

---

* 북풍 사건이란 안기부가 1997년 12월 대통령 선거 막바지에 재미 교포 윤홍준을 협조자로 만들어 "김대중 후보는 북한과 연결된 인물"이라는 시나리오를 기자회견을 통해 폭로하도록 한 사건을 말한다. 윤홍준은 12월 10일 중국 베이징에서 동아일보와 SBS 기자에게 이렇게 폭로했으나 무시되었다. 그는 다음 날 도쿄로 건너가 재차 기자회견을 했으나 역시 언론들이 이를 일축하고 기사화하지 않았다. 그러자 이번에는 서울로 와서 이철승까지 배석시킨 가운데 똑같은 주장을 반복했다. 언론은 이를 끝내 외면했다. 나는 이를 지켜보며 안기부의 공작 능력을 한심하게 생각했다. 이미 언론에서 보도 가치가 없다는 사실이 판명되었는데도 이를 서울까지 가지고 와 끝장을 보겠다는 우매함 또는 집요함은 공작에서 금물이다. 새정치국민회의가 윤홍준을 선거법 위반과 허위사실 유포 혐의로 고발해 수사가 시작되었는데, 그는 미국으로 돌아갔다가 무엇 때문인지 1998년 2월 14일 귀국하다 인천공항에서 검거되었다.

** "북풍은 남북 합작품", 《동아일보》, 1998년 5월 23일 자 참조.

다. 이대성이 나를 찾아와 공작 서류를 놓고 간 것도 사건이 확대되고 있음을 알고 미리 방어선을 치기 위해서였던 것 같다. 3월 12일 전임 권영해 부장이 또 시내에서 나를 만나자고 해서 나갔더니 역시 공작 서류를 내놓고 "더 이상 문제가 확대되면 이 서류가 공개된다"라면서 협상하자는 것인지, 협박하는 것인지 알 수 없는 말을 했다.

"이 문제는 지금 검찰 수사 단계에 있습니다. 과거 안기부는 선거 사범 수사를 중지시킬 만한 막강한 권한을 갖고 있었는지 모르지만, 현재 나는 중대한 선거 사범 수사를 중지시킬 만한 권한이 없습니다. 그러니 수사 결과를 지켜보고 다시 재론합시다."

나의 확고한 입장을 듣고 그는 실망해서 돌아갔다. 그 뒤 며칠 안 되어 수사가 확대되어 권영해와 이대성 모두 구속되었다. 권 전 부장은 독실한 기독교인으로서 얼마나 괴로웠으면 자해하는 일까지 벌어졌을까? 참으로 안타까웠다.

이대성이 이 서류를 한 국회의원에게 넘겨준 것도 사실은 청와대에 보고해 수사를 중지시켜달라는 취지였던 것 같다. 그러나 그 의원이 이를 복사하는 바람에 사안이 언론에 공개되었고, 이는 정치 문제로 확대되었다. 내가 국회 정보위원회의 여야 틈바구니에서 진땀을 흘린 것도 이 때문이었다. 이 문제는 수사가 끝나면 공작 서류에 담긴 '김대중 용공 음해'의 전모가 드러날 터이니 그때까지만 지켜보면 될 일이었다. 나는 한나라당 의원들의 추궁에 어처구니가 없었다. 국민이 선출한 대통령에게 바로 얼마 전까지 '북한 연계설'을 제시하며 음해한 데 대해 미안한 마음을 가지기는커녕, 오히려 허무맹랑한 공작 서류의 진실 여부를 따지려 하고 있었다.

나는 북풍 사건을 더 이상 확대하고 싶은 생각이 없었다. 그러나 이 대로 마무리하기에도 적당치 않았다. 공작원 같지도 않은 윤홍준을 앞세워 말도 안 되는 북풍 사건을 기획하고 거기에 귀중한 정보 예산을 퍼 넣었던 바보 같은 짓과 절연하려면 아픔을 견디는 수밖에 없었다. 그 판단은 이제 사법부에서 가려지게 되었다. 될 수 있으면 정보기관 본연의 기밀 사항에 손상이 가지 않는 범위 안에서 밝힐 것은 모두 드러내놓고 사법부 판단에 맡기자는 것이 나의 결심이었다.

총풍 사건은 더욱 한심한 선거 개입 공작이었다. 김대중 정부 시절, 남측에서 북측을 방문한 대표단 일행이 만찬 이후 북측 인사들과 사적인 대화를 나누는 가운데 김정일이 이런 말을 했다.

"남측 국정원장 가운데 제일 마음에 드는 사람은 ㅇㅇㅇ이고, 제일 형편없는 사람은 ××× 라고 생각합니다. ×××는 우리한테 선거 때 총 쏴달라고 요청했으니 한심한 사람 아닙니까?"

나는 이 말을 대표단으로부터 전해 듣고 섬뜩했다. 그는 우리 내부의 약점을 손바닥 들여다보듯 알고 있었던 것이다. 더욱이 우리 내부의 권력투쟁 때문에 외적에게 공포를 쏘고 연극을 해달라고 한 짓도 알고 있다니 이 얼마나 수치스러운 일인가? 이야말로 중대한 이적 행위였다.

지금 생각해보면, 선거 때마다 전선(戰線) 지역에서 남북 간 군사적 긴장이 조성되어 여당에 유리한 상황이 왕왕 벌어지곤 했다. 특히 김영삼 정부 시절인 1996년 총선 때에는 판문점에서 북한이 실제 무력시위를 벌여 한나라당이 엄청난 이득을 보았다. 그러나 묘하게도 당시 유엔군사령부는 북한군의 무력시위에 대해 "이 사건은 매우 위험한 상황은 아니므로 이에 맞는 적절한 조처가 취해지면 된다"면서 한국 정부에 강경 대응을 자제할 것을 요청하면서 워치콘 상태를 유지했을 뿐이다.*

그런가 하면 1992년에도 그러한 긴장 조성 시도가 있었다는 흥미로운 보도가 있었다.** 이런 정황에 따라 1997년 대통령 선거에서도 여권

---

* "96총선 때도 '북풍 조성' 의혹", ≪한겨레≫, 1998년 3월 13일 자 참조.
** "아침햇발: '공작'과 '거래' 사이", ≪한겨레≫, 1998년 10월 13일 자 참조. 이 기사

이 장난질하지 않고 그대로 넘어갈 리 없다고 보고 이에 철저히 대비했다. 선거기간 내내 긴장했다. 북풍은 불었지만, 천만뜻밖에 판문점은 조용했다. 하지만 후에 보니 그것이 아니었다. 시도했지만 불발된 것이었다.

이처럼 북한 측에 총 몇 방 쏘고 판문점에서 시위해달라는 공작을 우리는 '총풍'이라고 통칭했다. 이 사건은 한성기라는 (주)진로의 고문과 전임 청와대 비서실장의 조카인 오정은 청와대 4급 행정관, 그리고 장석중이라는 (주)대호차이나의 경영자 등 세 명이 의기투합해 벌인 일이었다.

1997년 11월, 3인은 공모해 한나라당 이회창 후보의 지지율을 올리기 위해 북한에 무력시위를 요청하고 총격 장면을 카메라로 찍어 홍보하기로 결의하면서 시작되었다. 이들은 당시 여야 후보의 지지율 대결이 막바지 불을 뿜던 1997년 12월 10~12일 중국 베이징 켐핀스키호텔에서 북한 아세아태평양위원회 위원 박충 참사 등을 만나 판문점에서 무력시위를 해달라고 요청, 총풍을 실행에 옮기려 했다.[*]

수사가 진행되고 사건이 입건되어 검찰로 넘어갔다. 이때 세 사람 모두 수사 과정에서 고문을 당했다며 역공을 시도했으나, 우리는 이에 대해 확실한 증거를 갖고 있었다. 수사 과정에서 피의자 세 사람을 안기

가 전재한 1995년 5월 29일 자 ≪워싱턴타임스≫ 보도에 따르면, "소식통은 한국의 한 고위 정치 지도자가 1992년 대통령 선거 직전 한국군 특수부대원들에게 북한군 군복을 입혀 비무장지대에서 사건을 일으키려 계획했다고 전했다. 이 도발 행위는 여론 조사 결과가 김영삼 후보에게 불리할 경우 실천에 옮길 예정이었다"는 것이었다.

[*] "최대 쟁점 '고문' 생략, 자백에 기초", ≪일요신문≫, 2000년 12월 24일 자.

부 내의 유치 시설에 재우지 않았으며, 매일 서초경찰서 유치장을 이용하도록 했다.

사실 수사관이 매일 피의자를 대동해 경찰서에 가서 입회 경찰관에게 신체를 검사하게 한 뒤 유치시키고 다음 날 아침에 다시 피의자를 경찰서에서 데리고 나와 안기부 수사실에서 조사를 진행한다는 것은 여간 귀찮은 일이 아니다. 그러나 신건 차장은 수사의 베테랑이었다. 고문했다는 역공이 들어오면 사건 자체가 흐려진다는 사실을 예단하고 수사관에게 절대로 부내 유치실에서 피의자를 재우지 말라고 강력히 지시했다. 그래서 우리는 서초경찰서 유치장 감시 경찰관으로부터 매일 피의자의 신체에 이상이 있는지 여부를 확인받은 서류를 확보했다.

그러나 재판 결과는 만족스럽지 못했다. 1998년 11월 30일 첫 공판이 열린 뒤 피고 측은 고문으로 조작된 사건으로 방향을 돌리려 했다. 이런 지리멸렬한 공방이 벌어졌고, 변호인단은 네 차례나 재판부 변경 신청을 하는 등 집요하게 사건을 덮으려 했다. 한나라당이 명운이 걸린 일이라고 보아 배후에서 쟁쟁한 율사들을 총동원했음은 두말할 필요도 없다. 공판은 2년이나 걸려 2000년 12월 11일에서야 1심 판결이 나왔다. 판결은 피고인들이 사전 공모해 북한에 무력시위를 요청했다는 검찰의 공소 사실, 즉 총풍 사건의 실체를 인정하면서 "피고인들이 휴전선에서의 긴장 조성이라는 목적을 달성하지는 못했지만, 범행을 모의하고 실행에 옮긴 것만으로도 국가 안보상 심각한 위협이며, 선거제도에 대한 중대 침해"라고 밝혔다. 피고에게 내린 형량은 다음과 같았다.

재판부는 오 씨 등에 대해 국가보안법상 회합·통신죄 등을 적용해 실형을 선고하고 보석을 취소했다. 오 씨에게는 징역 5년에 자격정지 3년, 한 씨와 장 씨에게는 각각 징역 3년에 자격정지 2년이 선고되었다. … 또 총풍 사건에 대한 첩보를 입수하고도 사건을 은폐하려 한 혐의(국보법상 특수직무유기)로 기소된 권영해 전 안기부장에게는 '사건 자료를 적극적으로 폐기했거나 은폐한 증거가 없다'며 무죄를 선고했다.[*]

이에 대해 검찰과 피고 양측 모두 불복해 항소했다. 그러나 2001년 항소심 재판부는 이상하게도 피고인들이 무력시위를 사전 모의한 부분을 인정하지 않고 북한 측 인사들과 접촉해 무력시위를 요청한 부분만 인정해 징역 3~2년과 자격정지 2년에 집행유예 5~3년을 선고했다. 검찰이 다시 불복해 상고했으나 2003년 대법원이 이를 기각해 2심 판결이 확정되었다.

사건이 대법원에서 확정되기까지 무려 5년이나 걸렸다. 그러다 보니 나도 국정원장에서 퇴임한 지 오래되고 또 정권도 바뀌어서야 사건이 마무리되었다. 하지만 북한에 총격을 요청한 이 가증스러운 음모만큼은 절대 용서할 수 없었다. 어떻게 문민정부라고 입만 열면 자랑하던 정부가 정권 유지를 위해 이적 행위나 다름없는 일을 감행할 수 있었을까? 그래서 나는 일개 야인이 된 뒤로도 재판 결과를 주의 깊게 관찰했다. 그러나 "사전 모의는 없었고, 북측 인사를 만나 우발적으로 총격을 요청한 사실은 인정된다"라는 재판 결과에 적지 않게 실망했다.

재판을 오래 끈 결과 대선 과정에서 이 가증스러운 사건에 대해 가졌던 흥분된 마음이 옅어지고 수사와 재판에 직접 참여했던 수사관이나 검찰도 바뀌면서 재판 대책을 충분히 세우지 못해 이런 판결이 나온 것 아닌가 생각되었다. 안타까웠다. 어쨌거나 세상을 떠들썩하게 만들었던 총풍 사건을 마지막으로 그 뒤에는 이런 유의 매국적 선거운동이 다시 일어나지 않았다는 사실을 그나마 다행스러운 일로 여기고 위안으로 삼으려 한다.

---

[*] "국기문란 공방 2년 만에 일단 매듭", 《문화일보》, 2000년 11월 12일 자.

IMF 사태에 자극받아 국제경제조사연구소 신설
경제 시스템 붕괴되면 국가 안보도 동반 약화

대통령직 인수위원장으로 있을 당시 나는 전임 권영해 부장에게 안기부가 외환위기의 징후를 파악하지 못했었느냐고 물어본 일이 있다. 그때 권 부장은 사전에 이상 징후를 발견하고 경제위기가 올 수 있다는 정보 보고를 했지만 강경식 부총리가 이를 불쾌하게 생각해 더 이상 보고하지 않았다고 했다.

그러나 내가 원장으로 취임해 알아본 바에 따르면 일반적인 경제 상황, 이를테면 한보, 삼미, 기아 등 기업이 줄줄이 도산하는 상황은 보고했지만 외환위기가 올 것이라는 조기 경보를 울린 일은 없었다. 사실 당시 이런 위기가 닥칠 것으로 예측한 사람은 거의 없었다 해도 과언이 아니었다. 경제 부처에서도 깜깜했으니 안기부야 두말할 나위 있겠는가?

이런 위기 상황을 정보기관이 세밀하게 파악해야 했는데 경제는 우리 일이 아니라고 안이하게 넘어간 것이 실수였다. 특히 세계를 지배하는 경제 패권에 눈을 감으면 우리의 안보도 살아남을 수 없음이 자명해졌다. 그래서 비록 국정원은 경제 동향을 파악하는 전문 기관은 아니라 하더라도 세계경제의 움직임을 모니터링해야 할 필요성을 절감했다.

당시 안기부는 외곽에 세 개의 연구소를 두고 있었다. 세 연구소 공히 국제정보와 대북정보에 치중하고 있었으므로 중복된 부분도 많았다. 그리하여 그중 국제문제조사연구소를 '국제경제조사연구소'로 개명하고 국제 경제에 대해 모니터링하도록 개편했다. 연구소장으로는 박유광 전 경제기획원 차관보를 영입하고, 미국의 월가 사정에 밝은 경제통 전문가들을 선발해 강팀을 만들었다. IMF의 감독을 받던 시기라 나는 그들의 조언에 따라 정보를 판단하기를 기대했다. 만약 우리 자체의 힘이 모자라면 외부 기관과 일정한 범위 안에서 협조를 요청할 수 있다고 임무를 주었다.

그 시점에 김대중 대통령은 국정원의 일차적인 임무를 국가 안보에 두고 대북정보와 국제정보 수집을 중요시하면서도 이에 못지않게 경제정보, 특히 IMF의 조기 극복을 위한 정보에 상당한 비중을 두었다. 그는 국정원 직원들에게 훈시하면서 "여러분은 경제 전쟁에서 승패를 결정하는 중요한 결정을 해야 합니다. … 국가 기관과 정보를 공유해 국가 위기 원인을 철저히 관리해야 합니다"*라고 강조했다.

이런 지침에 따라 나는 국제경제조사연구소의 설립이 대통령의 방침에도 부합한다고 생각했다. 연구소에 새로 편성된 인재들은 출범하자마자 작업을 서둘렀다. 한국 경제의 펀더멘털이 건전한데도 IMF의 도움을 받을 수밖에 없는 위기 상황이 왜 찾아왔을까? 그 의문을 푸는 것이 첫 번째 과제였다.

그 무렵 외환위기가 인도네시아, 태국을 비롯해 아시아권을 휩쓸었다. 체질이 강하다는 우리나라에도 위기가 닥쳤다. 여기에는 그만한 이유가 있었다. 즉, 냉전 체제가 무너진 뒤 경제에 관한 한 "서구에 도전한 세력은 80, 90년대 고도성장을 바탕으로 급속하게 결속한 아시아권"이었는데, "유교적 가치에 의한 국가 주도형 성장 전략을 내세운 아시아 경제는 서구식 표준에서 보면 허점이 많은 '미완의 대륙'이었다."**

---

*   김대중, 『김대중 자서전(제2권)』(삼인, 2010), 51쪽.

** "글로벌 스탠더드 시대 1: '하나의 표준'이 세계를 지배하다", ≪동아일보≫, 1998년 4월 1일 자.

따라서 글로벌 스탠더드에 길들어야 했다. 일본은 이미 1985년에 이른 바 '플라자합의'로 한 방 먹고 순순히 꼬리를 내렸다. 그런데 한국은 고삐 풀린 망아지 모양으로 마구 뛰었다. 그래서 매를 들기로 했는데, 김영삼 정부는 그것도 모르고 OECD 가입과 자본시장 개방을 선선히 받아들였다. 매를 자청한 격이었다. 이런 실수가 재현되지 않게 하기 위해서는 국제경제 정보가 필요했다.

비록 늦었지만 우리나라 외환위기의 본질과 내막을 복기하는 마음으로 연구소의 전문가들로부터 분석 보고를 받았다.

이경식 한국은행 총재는 가용할 수 있는 외환이 부족한 사실이 점차 드러나자 다급한 마음에 미국으로 갔다. 11월 20일 티머시 가이트너 미 재무부 차관보(나중에 버락 오바마 정부의 초기 재무장관 역임)와 테드 트루먼 연방준비제도이사회(FRB) 국제금융국장을 만났고, 그날 오후에는 스탠리 피셔 IMF 수석부총재(나중에 이스라엘 중앙은행 총재 역임, 현 FRB 부의장)를 차례로 만나 비밀리에 구제금융에 대한 협상을 벌였다.

그러나 당시 미국의 방침은 한국이 국제 금융시장의 특정 은행과 직접 교섭해서 돈을 빌려 쓰는 길을 막는 것이었다. 오로지 IMF를 통해 구제금융을 받는 길로 유도했다. IMF는 일단 한국의 멱을 잡아 한국의 경제를 틀어쥐고 이 기회에 버릇을 고쳐주자는 쪽으로 의견이 일치되어 있었다. 이런 조치를 그들은 한국을 '완전 개방된 시장경제'라는 글로벌 스탠더드에 강제 편입시킨다는 식으로 표현했다.

한국은 그동안 개방 쪽으로 간다고 하면서도 찔끔찔끔 문을 열었고, 다국적 기업에는 여러 가지 규제를 가하면서도 국내 재벌들은 뒤를 봐줬던 것이 사실이었다. 은행은 재벌의 사금고가 되었고, 회계 처리는 국제 방식을 도외시해 투명하지 못했다. 이런 한국을 이 기회에 혼내주자는 것이 선진 자본 그룹의 일치된 분위기였다. 우리 정보기관은 이런 낌새를 전혀 눈치채지 못하고 오로지 국내 정치 문제, 특히 대통령 선거에서 김대중 후보를 방해하는 데 온 정력을 쏟고 있었으니 얼마나 한심한 일인가?

연구소의 박유광 소장은 첫 보고에서 월가의 실상을 소개했다. '보고'라기보다 '교육'이라고 하는 것이 적절한 표현일지도 모르겠다.

"원장님, 글래스-스티걸 법이라는 게 있는데, 미국 금융기관의 건전성과 안전성을 높이는 법입니다. 그런데 은행들은 이 법으로 인해 발이 묶인다면서, 규제 완화 차원에서 이 법을 무력화시키려고 로비가 한창입니다. 이 법이 무력화되면 거대 은행이 밀림의 법칙처럼 전 세계 금융시장을 누비게 됩니다. 한국은 이런 판에 또 위기를 겪게 될지 모릅니다."

사실 나는 그런 법이 있다는 사실도 몰랐다.

"정부가 먼저 이런 분위기를 알고 대처해나가야 합니다."

그 후 나는 대통령에게 월가의 동정을 보고할 수 있었다. 이렇게 연구소에서 가장 민감하게 관심을 두는 목표가 월가였다. 그래서 국민들이 쉽게 이해할 만한 소개 책을 하나 만들도록 했다. 그렇게 나온 책이 『월가의 큰 손들』인데, 글도 평이했고 내용도 재미있으면서 월가의 사정을 소상히 소개한 책이었다. 1999년 2월 여러 주 동안 베스트셀러 반열에 있었다.

이처럼 국제경제조사연구소는 세계경제를 모니터링하기 위해 만든 기관이었다. 정보기관에 이런 기능이 필요하냐고 이의를 제기하는 사람도 있었지만, 나는 경제를 모르고 어떻게 국가 안보를 튼튼히 할 수 있느냐며 반론을 제기했다.

북한 읽기의 어려움

1994년 7월 8일 북한의 김일성이 급서했다. 그 뒤를 이을 후계자가 김정일이라는 사실은 의심할 바 없었다. 그런데도 그를 국가주석으로 선출하려는 움직임이 전혀 없었다. 그가 군부대를 열심히 시찰하는 동향만 포착되었다. 안기부의 북한 전문가는 매일 주시하고 있었지만 1995년 1주기가 지나도 큰 변화가 없었다. 그 무렵 가장 우세한 전망은 북한의 인민들에게 '효자 소리' 들으려고 삼년상을 치른 뒤 주석직에 오르리라는 것이었다.

그런데 북한의 경제가 김일성 사후 1년에 들어서자 급속히 어려워졌다. 1995년 엄청난 수해를 당해 농업 분야가 형편없는 흉작을 면치 못했다. 자연재해라 누구에게 책임을 물을 수도 없었다. 북한은 처음으로 190만 톤의 농작물이 피해를 당했다고 대외적으로 발표했다.

그런데 여기서 끝나지 않았다. 1996년에 또다시 수해가 찾아와 북한 전체를 휩쓸었다. 8개 도의 117개 시·군이 피해를 보았다. 430만 톤으로 예상했던 곡물 수확량 가운데 실질적으로 확보된 것은 300만 톤에 불과했다.* 북한에 경제위기와 심각한 식량난이 찾아왔던 것이다.**

---

* 와다 하루끼, 『와다 하루끼의 북한 현대사』, 남기정 옮김(창비, 2014), 251~253쪽.
** ≪서울신문≫ 1996년 10월 20일 자 '서울신문 창간 51돌 제2회 국제포럼' 관련 기사에 실린 서대숙의 견해 참조. "북한의 경제는 일반의 이해와는 달리 김일성 사망

우리나라 통계청의 추계(2010년 11월 22일)에 따르면 북한에서는 '고난의 행군' 시기(1996~2000년)에 33만여 명이 사망한 것으로 보인다.

이처럼 연이은 자연재해로 김정일이 권력 장악에 노골적으로 나서지 못한 것이 분명했다. 사실 북한에서는 최고인민회의 선거가 1990년에 있었기 때문에 그 임기가 1995년에 끝났다. 물론 북한 체제에서 김일성 급서라는 국가 비상시국에 총선거를 실시하기는 어려웠을 것이다. 그렇지만 1995, 1996, 1997년 연거푸 최고인민회의가 소집되지 않았다. 예산심의도 하지 않았는데 어떻게 국가가 운영되었는지 알 길이 없다.

1998년이 되어서야 최고인민회의 제10기 대의원 선거가 실시된다고 해서 연초부터 관심이 쏠렸다. 7월 26일로 선거일이 결정되었다. 우리가 주목한 것은 이번 최고인민회의에서 과연 김정일을 국가주석에 선출하느냐 하는 문제였다.

당시 세계 곳곳에는 이른바 주체사상연구소라는 단체가 있었다. 특히 아시아, 아프리카 및 중동 지역에서 이 연구소는 북한의 선전 창구 역할을 비교적 활발하게 전개했다. 이런 곳에서 연이어 "위대한 영도자 김정일 장군을 주체의 나라 조선민주주의인민공화국의 주석으로 모시자"라는 구호성 전문이나 건의 서신이 평양으로 계속 전달되었다. ≪로동신문≫은 매일 이런 호소문을 게재하며 이것이 마치 세계 여론인 양 선전전을 벌였다. 자유선거가 없는 나라에서 통용되는 여론몰이였다. 북한 전문가들은 이런 전문이나 서신을 퍼즐처럼 하나하나 꿰맞췄다.

7월 26일, 북한에서 최고인민회의 선거가 실시되었다. 총 687개 투

후 갑자기 나빠진 것이 아니다. 북한 경제의 어려움은 중앙 계획경제의 구조적 문제들과 과도한 군사비 지출 등이 겹쳐 거의 10년 동안 누적되어온 것이다. 지난 95년의 대홍수는 북한 경제의 심각한 실상을 모든 사람들에게 드러내는 계기였을 뿐이다."

표구에서 모두 김정일을 후보로 등록해달라고 요청했는데, 김정일은 666호 선거구에 등록했다. 그리고 투표 결과, 99% 투표율에 100% 가까운 지지율로 당선되었다.

8월 초, 북한의 2인자 박성철 부주석이 남아프리카공화국 더반에서 개최되는 제12차 비동맹정상회의에 참석차 가는 길에 태국 방콕공항에 환승하기 위해 잠시 머물렀다. 그러자 내외신 기자들이 이곳으로 몰려갔다. 모두의 관심 사항은 새로 구성된 최고인민회의의 첫 번째 회의에서 과연 누가 차기 주석직에 선출되느냐는 것이었다. 박성철은 당연한 것을 왜 묻느냐는 태도로 말했다.

"우리 공화국에서 위대한 지도자 동지는 김정일 장군밖에 누가 더 있습네까?"

당연한 답변이었다. 9월 5일에 북한의 최고인민회의 제10기 제1차 회의가 소집되었다. 이를 앞두고 대통령에게 북한의 권력 변동 상황을 보고하기 위해 준비했다. 북한정보에 관한 한 손꼽히는 전문가들이 보고서를 작성했다. 그중 어떤 이는 ≪로동신문≫을 계속 읽어 말투까지 북한 용어로 바뀔 정도의 전문가였다. 그들이 내린 결론은 명확했다.

"9월 5일 개최되는 북한의 최고인민회의 제10기 제1차 회의에서 조선노동당의 총서기이며 당의 군사위원회 주석인 김정일을 국가주석으로 선출할 것이다."

나는 이런 결론을 읽고 잠시 생각하다가 그들에게 말했다.

"나도 여러 징후로 봐서 여러분이 내린 최종 판단이 맞다고 생각하는데, 그래도 북한에서 오셨고 북의 권력 속성을 가장 잘 아는 황장엽 선생에게 한번 물어보고 최종 결론을 내립시다."

내 말을 들은 전문가들은 자존심이 상했는지 못마땅하게 여기는 기색이 역력했다. 마치 자기들을 신뢰하지 못하는 것처럼 원장이 말하는 데 대해 화가 난 표정이었다. 얼마 후 그들은 다시 나에게 왔다. 황장엽의 생각은 전혀 딴판이라는 것이었다.

"그렇게 가지 않을 겁니다. 북에서 아마 헌법을 바꿀 거예요. 그리고 국가주석이라는 자리는 없애고 그보다 더 강력한 자리를 만들 겁니다. 그리고 대외적으로 국가를 대표하는 직책을 하나 만들어서 모든 대외 행사를 그 사람에게 맡길 겁니다. 아마 김영남이 그 역할을 담당할 겁니다."

전혀 막힘없이 손바닥 들여다보듯 북한 상황을 설명했다. 그리고 김영남의 역할까지 알려주는 것 아닌가? 그러나 언필칭 북한 전문가들은 고집을 꺾지 않았다. "아니 박성철까지 확언했는데, 어떻게 개헌을 한다는 겁니까?"

청와대에 올라갈 보고서의 앞부분에는 국가주석으로 김정일이 선출될 것이라고 썼다. 모든 증거를 설명란에 상세하게 기록했다. 그리고 말미에 황장엽의 의견이라며, 개헌 가능성과 김정일이 뒤에서 실권을 행사할 것이라는 전망을 보일까 말까 한 작은 글씨로 써놓았다. 그런데 김대중 대통령은 큰 글씨의 본론은 넘기고 황장엽의 의견을 주의 깊게 읽었다.

"나는 황장엽 씨의 손을 들어주고 싶은데요."

"대통령님께서는 왜 그렇게 판단하십니까?"

"북한이 지금 경제적으로 최악 아닌가요? 김정일이 왜 최고 권력자로서 경제 파탄의 책임을 다 지려 하겠습니까? 방파제를 하나 만들고자 하겠지요. 그러니까 권력은 행사하고 책임은 넘길 수 있는 그런 위치를 찾을 겁니다. 황장엽 씨는 그걸 본 거예요. 더욱이 김정일은 사람들 앞에 나서기를 꺼리는 수줍은 성격의 사람 같아요. 대외적으로 대용품이 필요할 겁니다."

나는 내가 보지 못한 권력의 속성이라는 측면에 주목한 분석에 감탄하면서도* 다른 한편으로 '독재정치에서도 권력과 책임의 관계가 성립

할까?'라고 잠시 생각했다.

북한은 며칠 지나지 않아 최고인민회의 준비 모임을 거창하게 열었다. 아마 그 모임에서는 황장엽의 전망대로 김정일의 지시에 따라 헌법 개정안을 만들었던 것 같다. 그리고 예정대로 9월 5일 최고인민회의에서 헌법을 개정했다. 그들이 내세운 명분 또한 걸작이었다. 국가주석은 김일성이 죽었다 하더라도 영원불멸하게 누리는 자리이므로 누구도 이 자리는 대신할 수 없다는 것이었다. 그래서 주석직은 폐지하고 국방위원회를 두기로 했고, 그 권한을 "국가 주권의 최고 군사지도기관이며 전반적 국방관리기관"으로 규정했다. 자연히 국가 최고의 권력자는 국방위원장이 되었다. 그리고 대외적인 국가원수직은 최고인민회의 상임위원회 위원장이 행사하도록 했다. 물론 상임위원장으로는 황장엽의 말대로 김영남을 선출했다.

세계에 이런 헌법은 없을 것이다. 국가의 국방위원장이 최고 권력자인 헌법, 이는 삼권분립도 아니고 내각책임제도 아닌 독특한 북한만의 권력 체계다. 이것을 족집게처럼 집어낸 황장엽의 시각을 나는 존중하지 않을 수 없었다. 북한정보에 대해 권위 있다고 자부하던 전문가들은

---

* 《중앙선데이》 2015년 4월 19일 자 "사진과 함께하는 김명호의 중국 근현대" 제 422회에 소개된 다음 일화도 같은 맥락에서 음미해볼 만하다. "마오쩌둥은 국가주석 제도가 못마땅했다. '있으나 마나 한 쓸데없는 자리, 없느니만 못하다.' 1970년 3월 8일, 마오는 헌법 개정과 국가 체제 개혁, 국가주석 폐지에 관한 의견을 중앙정치국에 전달했다. … 이때 린뱌오(林彪)는 수저우(蘇州)에 있었다. 마오에게 의견을 전했다. '마오 주석이 국가주석에 취임하기를 바란다.' 중앙정치국은 토론회를 열었다. 다들 린뱌오의 의견에 동의했다. 마오쩌둥은 뜻을 굽히지 않았다. '국가주석은 형식이다. 허직(虛職)은 없는 게 낫다.' 이어서 특유의 어투를 구사했다. '삼국시대에 이런 일이 있었다. 손권은 조조에게 황제가 되라고 권했다. 속셈이 따로 있었다. 조조를 화로 위에 올려놓고 구울 심산이었다. 너희들에게 권한다. 나를 조조로 만들지 마라. 너희들도 손권이 되지 않기를 바란다.'"

크게 한 방 먹었다. 그때 나는 이렇게 생각했다. 정보 판단에서는 아무리 밖에서 완벽하게 들여다본다 하더라도 내부에서 보는 시각을 따라갈 수는 없다고 말이다.

국내정보에서 손 떼기는 쉽지 않았다
방향 전환을 위한 시도와 시행착오

국정원장에 취임한 이후 나는 국정원이 정치에 개입하지 않는다는 다짐을 여러 차례 한 바 있다. 원장인 나뿐 아니라 김대중 대통령까지 나서서 "국정원의 힘을 빌려 정치할 생각은 추호도 없다"라고 단언했다. 그러나 국정원의 고질적인 정치 정보 수집 활동이 은연중에 전개되어 당황한 일이 몇 차례 있었다. 이로써 나는 한 기관이나 단체의 길들여진 행동이 하루아침에 바뀔 수 없음을 실감했다. 몇 가지 실수 사례를 고백한다.

농·수·축협 개혁 작업

외환위기 이후 농협, 수협, 축협 등의 구조조정 문제가 대두했다. 1998년 4월 조합개혁위가 구성되고 7월 말 개혁안이 확정되어 추진되었으나, 지방 토호들의 이권이 걸린 문제여서 좀처럼 계획대로 움직여지지 않았다.

그간 이런 단체들은 농민을 지원하기보다 신용 사업에 치중해왔다. 당시 전체 금융권의 예치금이 400조 원 규모였는데 그 4분의 1에 해당하는 103조 원을 4대 협동조합이 운영하고 있었다. 따라서 전체 직원 중 78%가 신용 부문에서 근무했으며, 실제 농민을 위한 서비스는 소수에 불과했다. 1개 군에 8~16개 단위조합이 난립하기도 했다. 자연히 단위조합은 토호 세력이 장악해 비리가 횡행하면서 일종의 사각지대를 형성하고 있었다. 이런 상황에서 단위조합을 과감하게 통폐합하는 것은 쉬운 일이 아니었다.

IMF에서 요구하는 개혁 작업을 추진하는 중이었지만 농림부나 금융감독위원회의 힘으로는 이 개혁 작업을 추진하기가 어려웠다. 지방에서는 이런 상황으로 연일 갈등이 빚어지고 있어 중앙의 지시 사항이 먹혀들지도 않았다.

이런 시기에 안기부의 각 지부에서 연일 보고가 올라왔다. 결국 국내 담당 부서에서 이런 보고를 종합해 대통령에게 올리는 보고서를 작성했다. 결론은 이런 개혁 작업을 집행하기 위해서는 비상 인력을 투입하고 구조조정에 반대하는 강성 조합장을 내사해 이들을 통제해나가야 한다는 것이었다.

사실 나도 별다른 의식 없이 주례보고에서 김대중 대통령에게 이런 내용을 그대로 보고했다. 그러나 김 대통령은 보고를 듣고 한참 동안 눈을 감고 망설이다 입을 열었다.

"이 부장! 애초부터 우리가 이런 일 하지 말자고 안기부를 개혁한 것 아닙니까?"

나는 그 순간 '아차, 내가 이런 개입이 우리 본연의 임무가 아님을 말로는 강조하면서도 나도 모르게 무엇엔가 홀렸구나!' 하는 생각이 들었다. 나는 대통령에게 사과하고 그 보고서를 챙겨 나왔다.

호남 편중 인사 보고서

김대중 정부가 출범한 뒤 부처별로 호남 출신들이 기를 펴게 된 것은 어쩌면 당연한 일이었다. 왜냐하면 박정희 18년, 전두환 8년, 노태우 5년, 김영삼 5년 등 합계 36년 동안 영남 정권이 이 나라를 통치해왔기 때문이다. 자연히 영남 인맥이 주류를 이루었고, 나머지 지방은 소외되었다. 특히 호남 출신들의 고위직 진출은 더욱 어려웠다. 오죽하면 구색을 맞추기 위해 특정한 인물 몇 사람을 우대해 그것으로 지역 균형을 이루었다고 변명하곤 했을까?

따라서 김대중 당선 이후 호남 출신이 두각을 나타낸 것이 사실이었다. 이에 대해 한나라당이 집중 공격하기 위해서 7월 4일 백서를 발표했다. 이에 대해 안기부는 「한나라당의 호남 편중 인사 주장에 대한 평가」, 「국가 지원 예산의 호남 편중 주장 실태 및 평가」, 「새정부 인사 관련 일부 지역 오해 불식 방안」 등의 보고서를 작성했다. 보고서의 내용은 이런 것이었다.

- 장관급 총 29명 중 호남이 10명, 영남이 7명이라며 '호남 인사'라고 주장하나, 영남 출신의 대통령 비서실장(김중권)은 제외하고, 호남 출신의 한은 총재(전철환)는 포함시켜서 왜곡했다.
- 통계 작업에서 주민등록상의 호남 인구 비율 11.7%를 분모로 할 때 장관급이 100만 명당 1.8인이라고 했으나 사실 호남 출생 인구 22.5%를 분모로 할 때에는 100만 명당 0.9인에 불과하다.

그 보고서들에는 이 외에도 '각종 통계 자료의 객관성 결여', '작위적 비교 기준', '반호남 정서 조장 의도 내포' 등 눈에 거슬릴 만한 표현이 많았다. 그뿐 아니라 한나라당의 공격과 정부 내 일부 불만을 불식하기 위해 "야당의 정치 공세에 대해 구체적인 반박 자료를 제시해 적극 대응할 것", "언론사 사주나 간부에 협조를 구해 정부 인사정책을 홍보해 국민의 오해를 불식시킬 것", "당 대변인 성명을 통해 공정한 인사안을 논리적으로 부각시킬 것" 등의 방안까지 제시했다. 이는 분명히 안기부의 개입이고 월권이었다.

원래 정보 원칙에 따르면 정보 생산 부서는 방안을 제시하지 않아야 한다. 그러니 호남 편중 인사에 대한 오해를 정보 보고하는 것도 문제였지만 불식 방안까지 제시한 행위는 과거 중앙정보부나 안기부에서 늘 하던 악습이 틀림없었다.

그런데 이 보고서가 대통령에게 보고된 것은 물론이요, 비록 대외비라는 도장은 찍혔지만 정부 내의 각 부처와 여당인 새정치국민회의에까지 전달되었다. 이는 정치 개입이요, 내가 누차 강조한 국내 정치 활동이라고 해도 변명할 여지가 없다.

한나라당과 언론에서 일제히 공격이 시작되었다. 안기부는 궁여지책으로 "대통령의 직속 기관으로서 대통령의 국정 운영을 보좌하기 위해 각 분야의 주요 이슈를 분석하고 대책을 건의하는 것은 당연한 기본 임무"라는 억지 주장으로 반박했다.

여당인 국민회의 정균환 사무총장은 "안기부가 정보 수집을 하는 것은 당연한 일이며, 중요한 것은 정치공작을 했는지 여부인데 문건 내용을 보면 공작적 내용은 일절 없다"라고 했다. 하지만 언론사 사주에게 협조를 구한다는 말 자체가 공작이라고 볼 소지도 있었다.

이는 정보기관이 구습을 버리지 못했음을 여실히 보여준 사례였다. 원장인 내가 이런 보고서를 작성하지 못하도록 사전에 확고하게 걸렀어야 했는데 그대로 넘어간 것이 잘못이었다.

나는 혹독한 시련을 겪었다. 한나라당은 전국 지구당위원장 회의를 소집해 이를 규탄했고, 때마침 7·21 재보선을 앞두고 있어 공격은 더욱 가열되었다. 그들은 '김대중 대통령의 사과'와 '나의 안기부장 해임'을 주장했다. 이 일은 나중에 청와대 대변인의 유감 표명으로 일단락되었지만, 나는 값진 시련을 겪은 셈이었다.

지금도 이런 실수는 얼마든지 있을 수 있다. 이를테면 '지하철 7호선 안전 점검 결과', '엘니뇨 현상이 올해 농작물에 끼치는 영향' 등의 정책 보고를 국정원에서는 정보 서비스라고 여기지만, 이런 보고가 '국정원법' 제5조에 규정된 임무 5개 항 가운데 어디에도 속하지 않는다'라는 지적에 대해 적절한 답을 내놓지 못하고 있는 실정이다. 국정원의 정보 서비스를 어디까지로 규정할 것인가? 이런 문제를 앞으로 깊이 연구해야 하며, 이에 대한 국민적 합의가 있어야 한다.

국회 529호실 사건

1998년 12월 31일, 한나라당 소속 이신범 의원은 국회 529호실이 안기부 사무실이며 이곳에서 국회의원들의 통화 내용을 도청하고 국회 내 정보를 수집해 일시 작업한다는 헛소문을 듣고 한나라당 소속 의원과 간부들을 은밀하게 소집해 감시하도록 했다. 때마침 국회 연락관인 안 모 직원이 방에 들어가는 것을 계기로 사무실을 급습했다. 그리고 사무실을 샅샅이 뒤졌으나 도청할 만한 장비나 문건이 없음을 알고 캐비닛에서 문서만 몽땅 들고 갔다.

나는 그 보고를 받기 전까지 그런 사무실이 존재하는지조차 몰랐다. 담당 국장의 보고에 따르면, 529호실은 국회 정보위원회가 신설된 1994년 6월부터 존재해왔으며, 당시 황낙주 국회의장과 신상우 정보위원장, 이종률 국회 사무총장 간의 합의로 만들어진 것이었다. 사무실을 개설한 이유는 정보위원회로부터 정보 자료나 문서에 대한 요구가 많아서 그 문서들을 그때그때 일일이 안기부에서 옮겨와서 심의하고 또 옮겨가는 번거로움을 피하고 정보위원들의 요구가 있을 때 수시로 열람하기 위한 것으로, 일종의 정보 자료 열람 공간이었다. 이 사무실을 만들기 위해 1996년 3월에는 2억 2000만 원의 예산을 들여 529호실뿐 아니라 530호실(자료보관 및 열람실), 531호실(정보위 회의실), 532호실(수석전문위원실), 533호실(입법조사관실)도 방음 등 특수 보안 시설 공사를 마친 상태라고 했다.

이런 점으로 미루어 한나라당 의원들이 국회 정보 수집을 위한 사무실이라고 알고 급습한 것 자체가 헛다리 짚은 일이었다. 그러나 이들은 헛짚은 행동을 어떻게든 만회하기 위해 탈취해간 문서를 분석했다. 그 문서는 금고가 아니라 일반 캐비닛에 있던 것들이어서 엄격히 말해 기밀문서도 아니었다.

한나라당은 이 문서들이 대부분 1995~1997년 국회에서 참고했던 자료라는 사실을 알았다. 이를테면 '1994~1995년 의원 외교 활동 현황', '공직 선거 및 선거부정방지법 개정 의견' 등의 일반 문건이었다. 그러나 하필이면 그날 출입했던 안 모 직원의 휴대 가방에서 '국회 현안 관련 여야 대치 동향 및 국회 개혁 방안 심의 동향', '휴가 중 국회 업무 총괄 관련 사항', '국회정치개혁특위, 안기부장 인사청문회 대상 문제로 여야 간 공방' 등의 문서가 나왔다. 이를 두고 한나라당은 정치 개입과 정보 수집 활동의 전모를 밝히는 증거품이라고 대대적으로 선전했다.

한나라당 박희태 원내총무는 "이곳은 비밀 자료를 보관하는 장소가 아니라 안기부의 사찰 자료실"이라고 했고, 안택수 대변인도 "국회에 출입하는 안기부 요원들이 적어도 8월경부터 이 사무실로 출퇴근하며 정치권 동향을 보고해왔다"라고 주장했다.

오해를 받을 수 있는 상황이었다. 비록 하찮은 문서라 하더라도 "여야 대치 상황을 왜 파악하려 했느냐"라고 따진다면 답이 궁색했다. 나는 지금도 그 직원이 왜 그런 문서를 작성했는지 모른다. 아마 입사 이후 내내 국회에 출입하다 보니 누가 요구하지 않아도 그런 식의 문서를 관성적으로 작성해온 것이 아닌가 생각된다. 담배를 끊은 사람이라도 오랫동안 주머니를 뒤지듯이 말이다. 이처럼 거의 본능화된 행위는 아마 오래갈 것이다. 나는 대변인에게 "국회 정보위원장에게 전달할 보고서나 연락관의 개인 메모 수준"이라고 해명토록 했다.

설령 그렇다 하더라도 국회 내의 사무실을 때려 부수는 행동이 정당화될 수는 없었다. 1999년 1월 1일 안기부는 529호실 강제 진입에 개입한 이회창 총재 등 40여 명을 폭력 행위·주거 침입 등의 혐의로, 또 안기부에서 정보를 수집하는 사무실이라고 폭로했던 이신범 의원을 명예훼손 혐의로 각각 고소했다. 국회 사무처도 검찰에 이 사건을 수사 의뢰했다. 이렇게 강경하게 나간 것은 한나라당이 이를 정치 문제화하려 했으므로 공격이 최상의 방어라고 판단했기 때문이다.

그런데 1월 5일 검찰은 이 사건을 정치 사건으로 보지 않고 폭력 사건으로 처리했다. 그리하여 사건이 대검 공안부에서 강력부로 넘어갔다. 사건의 성격도 '국회 정보위 자료 열람실 불법 난입 및 기밀문서 탈취 사건'으로 변질되었다.

강력 사건으로 수사가 진행되자 한나라당의 반발도 만만치 않았다. 과유불급이라고, 지나치면 모자람만 못한 법이다. 국민 여론도 비판하던 분위기에서 동정하는 분위기로 변해갔다. 국회의원들을 폭력범으로 모는 데 대한 부당함을 지적했다. 그런 가운데 1월 8일 서울지법 남부지원은 현장에서 국회 직원들을 밀쳐내고 공구로 문을 파괴한 한나라당 당직자 세 명에 대해 검찰이 청구한 구속영장을 기각했다. 검찰은 허탈해졌다. 검찰은 영장을 재청구하겠다고 별렀지만 일단 김이 샜다. 그 후 사건 수사는 흐지부지되었다.

이 사건은 한나라당의 과도한 의심에서 비롯된 것이었다. 김영삼 정부 시기에도 안기부가 정치에 개입해왔으므로 정치인들은 새로 들어선 정부에 대해 항상 "너희들은 정치 개입 안 한다고 했지? 어디 두고 보자!" 하는 심리를 갖고 있었다. 일종의 콤플렉스였을까, 아니면 자기들이 불륜을 저지르면 남도 따라 하기를 바라는 공범 의식이었을까?

이 529호실 사건을 두고 한나라당 내에서는 지나쳤다는 자성론이 일었다. 나도 이 문제를 확대해봤자 아무 실익이 없음을 알고 검찰 수사에 더 이상 기대를 걸지도 않았다.

국가 정보기관장의 평양행
그곳에는 무슨 좋은 것이 있을까

내가 안기부장으로 취임하고 얼마 안 되어서다. 판문점에 오래 나가 있던 한 연락관이 원장실로 찾아왔다.

"원장님께 건의 사항이 있어 찾아뵙고 말씀드리기 위해 왔습니다."

"아, 그래요? 말씀해보시지요."

"다름 아니라 원장님도 북한을 한번 다녀오셔야지요."

그 말을 듣는 순간 당황하지 않을 수 없었다. 나는 북한을 방문할 생각이 없었으므로 전혀 예기치 않은 건의였다.

"내가 왜 가야 하나요?"

"부장님들이 취임하시면 다들 북한을 한번 다녀왔고, 또 방문하기를 기대했었습니다."

"무슨 그럴 만한 일들이 있었나요?"

"아니, 꼭 특별한 일 때문은 아니고, 북한과의 대화 채널을 갖는 것이 유리하기 때문이지요."

가만히 생각해봤다. 정보기관장이 북한과 대화 채널을 갖는 것이 유리한가?

"생각해보겠습니다. 그러나 과거에 부장들이 갔다 온 기록들을 좀 읽겠습니다. 놓고 가세요."

그런데 그가 자리를 뜨면서 하는 말이 마음에 걸렸다.

"부장님도 오래 하시려면 북한과 잘 지내시는 것이 필요할 것 같습니다."

"이거 보세요! 나는 부장 오래 할 생각도 없고 그 때문에 북한 측과 잘 지낼 이유도 없습니다. 특별한 임무가 있으면 당연히 북한과 비밀 접촉을 해야지요. 그런데 지금 특별한 임무도 없는데 내가 신임 인사차 갑니까? 조공 바치듯 가야 합니까?"

내가 좀 흥분했나? 과격하다 싶게 너무 앞질러 말을 하고 말았다. 그는 겸연쩍어하면서 물러갔다. 1998년 5월, 중앙일보 홍석현 회장이 북한에 다녀온다고 하면서 인사차 나를 찾아왔다.

"이번에 북한의 로동신문 책임주필 김철영과 아태평화위원회의 김용순 위원장 초청으로 북한을 방문합니다."

"잘 다녀오십시오. 중앙일보에서 대표단을 구성했나요?"

"아닙니다. 중앙일보보다는 개인적으로 누나를 모시고 갑니다."

나는 약간 흥미를 느꼈다. "아, 그래요? 북측에서도 대대적으로 환영하겠군요." 누나라면 이건희 삼성 회장의 부인이기 때문이었다. 1995년 조문 파동이 났을 때 김대중 당시 야당 총재가 홍 회장을 불러 3단계 통일론과 햇볕 정책에 대해 소상히 설명했다고 한다. 그 뒤로 ≪중앙일보≫의 논조는 ≪한겨레≫와 ≪조선일보≫ 중에서 오히려 ≪한겨레≫ 쪽에 가까웠다는 것이 일반적인 평가였다. 이래저래 그의 북한 방문은 관심을 모을 만했다.

그가 북한 방문을 마치고 돌아온 후 6월 초, 홍석현 회장과 저녁을 나눌 기회가 있었다. 이때 홍 회장은 북한을 방문한 감상을 이야기하면서 북한에 체재하는 동안 리종혁 아태평화위 부위원장이 수행했다고 설명했다. 그러면서 나에게 그의 말을 한마디 전했다.

"리종혁이 선배님의 안부를 묻습디다. 그리고 그 자리(안기부장)가 그리 좋은 자리가 아니니 오래 하지 말라고 전합디다."

"별사람 다 보겠네. 쯧쯧…."

나는 어이가 없어서 혀를 찼다.

"그리고 왜 한번 안 다녀가시느냐고 하더군요."

리종혁은 내가 알기에는 월북 작가 이기영의 아들이다. 그는 북한에서 드물게 볼 수 있는 세련된 매너의 소유자로 북한의 대외 연락 창구였다. 그는 한완상이 방북했을 때에도 친절하게 안내해 우리 측의 주목을 받았다.

"그가 이기영의 아들임이 확실하면 피차 알 만한 가문이지요."

그러나 리종혁이 그런 말을 하는 것을 보면 역대 부장들이 적지 않게 방북한 것이 빌미가 되어 그도 나에게 조공 바치러 오라는 것이 아닌가 하는 생각이 들었다.

사실 그동안 국정원(과거 중앙정보부와 안기부 포함) 책임자가 비밀 방북하는 것이 국민의 시선에 그리 좋은 모양새는 아니었다. 물론 1972년 이후락의 방북은 냉전 시대의 통일 정책에 큰 획을 그었다. 또는 임동원처럼 통일원 차관 때부터 남북 대화를 주도해온 경험과 인맥을 갖췄다면 모를까, 한국의 정보 총수가 적진 한가운데 자주 나타나는 것은 바람직하지 않았다. 그런데 역대 원장들, 이를테면 장세동, 서동권, 김만복 등은 물론이고, 실세라는 박철언까지 중국에 밀사로 잠행했던 미국의 헨리 키신저 흉내를 내며 북한을 빈번히 방문하는 것은 좋아 보이지 않았다. 더구나 대화의 내용을 살펴보면 모두가 남북정상회담을 구걸하는 모양 같아서 공개하면 국민의 분노를 살 만한 일이 많았다.

이런 일들이 빈번히 벌어졌기 때문에 내 부하인 판문점 연락관이 감히 나를 찾아와 '부장 오래 하려면 방북을 한번 고려하라'라고 말하는 식이 되지 않았는가? 더욱이 북측에서 '너도 별수 없는데 왜 한번 와서 인사(신고)하지 않느냐?' 하는 투로 말하는 것은 참으로 불쾌했다.

나는 남북정상회담도 이제 체통을 지켜야 한다고 생각한다. 회담의 형식이나 장소에 대한 고려가 있어야 한다는 뜻이다. 이런 형식부터 평등해야 제대로 된 정상회담이 이루어질 수 있다. 균형이 잡히지 않으면 그 자체가 회담에 임하는 자세와 연결된다.

1994년 김일성이 사망하기 직전 카터의 주선으로 김영삼과의 정상회담이 이루어질 뻔했다. 그때 회담 장소는 북한 지역이었다. 2000년 6월에 있었던 김대중과 김정일의 남북정상회담도 평양에서 이루어졌다. 그런데 2007년 10월 노무현과 김정일의 정상회담 역시 평양에서 개최되었다. 이때 나는 불만을 갖고 정상회담의 장소부터 공평치 못하다고 지적했다. 동독과 서독의 경우 통일되기 전 정상회담이 네 번 있었는데, 동독에서 2회, 서독에서 2회 진행했다. 공평한 일이었다. 이런 문제 때문에 김대중은 제2차 정상회담을 구상하면서 개최 장소를 남측으로 유치하려 했다. 당시 김대중은 직접 김정일에게 서울에 와야 한다고 강조하기도 했다. 그래서 사전에 여론을 띄우기 위해 조선일보, 중앙일보, 동아일보 이른바 보수 3사의 의견을 수렴하려 했다. 그러나 이런 설득이 먹혀들지 않아서 3사에 대한 압력으로 세무조사를 시켰다는 오해를 받기도 했다.*

앞으로 남북정상회담의 기회가 생기면 가장 먼저 개최 장소가 문제로 대두할 것이다. 이번에도 평양에서 개최하고 남측의 지도자가 방북한다면 국민들이 과연 좋다고 할까? 나는 국정원장도 이런 총체적인 판단하에 차후 행동에 들어가야 한다고 감히 충고한다.

---

* "강인선 LIVE 인터뷰: 김대중 신문기자 50년", ≪조선일보≫, 2015년 5월 30일자. 이 기사에서 김대중 전 주필은 "2001년 김대중 대통령 시절 방상훈 사장이 감옥 들어가기 직전이었다. 김정일 답방을 지지해달라는 DJ의 요청을 거부하자 압박이 왔고 그게 세무조사로 이어졌다"라고 주장했다.

대우 해체의 막전 막후

김우중은 나와 고교 동기 동창이다. 대구 피난 시절을 포함해 재학 시절부터 우리는 비교적 가깝게 지냈다. 그러나 졸업 후 그는 연세대에 진학하고 나는 육사로 가는 바람에 한동안 서로 잘 만나지 못했다.

그 사이에 그는 사업을 일으켜 급성장했고, 박정희 대통령의 주목을 받았다. 항간에는 그의 부친이 대구사범 교사 시절 박정희의 은사였기 때문에 특별히 사랑을 받았다는 말이 있지만, 박정희는 그런 인정에 끌리기보다 젊은 경영인이 자신의 수출 지상주의 정책을 일선에서 충실하게 추진하고 있으니 그것이 마음에 들었을 것이다. 그렇게 박정희의 관심을 끌다 보니 박정희 측근 인사들과도 가까이 지냈다. 하지만 그것이 잘못되어 한때 윤필용 사건에 연루된 적도 있었다.

개인적으로는 정치를 시작한 이후 그의 도움을 많이 받았다. 그러나 나는 그와의 관계에 선을 그었다. 선거와 같은 대사 때에는 듬뿍 지원은 받았지만 평소에 푼돈을 받는 일은 결코 없었다. 그와 건전한 우정 관계를 유지해야지, 자칫 재벌의 심부름꾼이 되어서는 안 된다는 내 나름의 자존심 때문이었다. 그와는 언제나 평행선을 유지하면서 지냈기 때문에 그도 나의 그런 자존심을 이해했으리라 생각한다.

그는 기업인으로서 누구보다 출중해 재빨리 한국 재벌의 선두 그룹에 진입할 수 있었다. 많은 젊은이가 그를 우상처럼 따랐다. 다시 말해 그의 신화를 쫓아가는 키즈(kids)가 많았다. 율산, 제세…. 김우중식 성

◀ 김우중 대우 회장 (왼쪽)과는 고교 시절부터 가까운 친구였다. 비록 서로 다른 길을 걸어왔지만, 필자는 한 번도 소년 시절의 우정을 버리지 않았다.

장 코스를 밟는 듯하다 명멸하긴 했지만 그런 후배들이 "김우중 선배가 우리 롤 모델입니다"라고 망설임 없이 말할 때마다 나는 그가 개발 시대의 자라나는 기업인들에게 미친 공로를 인정하지 않을 수 없었다.

김우중의 이런 신화는 김대중 정부 때 외환위기를 해결하는 과정에서 종말을 고했다. 그는 해외 도피, 입국, 구속, 재판 등으로 수없는 고통을 겪었다. 지금도 그는 기업을 모두 잃고 무거운 벌금과 전과자라는 불명예를 안고 베트남에서 대부분의 시간을 보내고 있다. 나는 친구로서 그를 대단히 안타깝게 생각하는 사람 가운데 하나다.

그는 자신의 패배에 대해 반론과 변명을 거듭했지만, 누구도 그를 진정으로 이해하려 하지 않았다. 그가 나락으로 떨어지던 순간 나는 마침

▲ 김우중 회고록 『세계는 넓고 할 일은 많다』 출판기념회에서 자리를 함께한 고교 시절 친구들. 왼쪽부터 김종학 화백, 이기홍 서울예술대학교 이사장, 김우중 회장과 필자.

국정원장으로 있었고, 그를 돕고 싶었다. 그러나 방법이 없었다. 그가 해외에 나가 있을 당시 현직에서 물러나 있던 나는 그가 재기하지는 못하더라도 명예라도 회복하길 바랐다. 그러나 그것 역시 여의치 않았다.

나는 그를 둘러싼 여러 가지 평가 또는 '대우는 왜 망했는가?'라는 의문에 대해 나름대로 생각을 정리해보았다. 그 과정에서 그를 둘러싼 각종 논란과 김우중 자신이 주장한 내용의 허실도 자연스럽게 드러났다.

"김우중 회장이 기업인입니까?"

1983년, 내가 서울 종로·중구에서 처음 당선되어 초선 의원이던 시절, 나의 지역구에는 대통령 선거인단으로 당선되어 자동적으로 평통 자문위원이 된 유명 인사들이 많았다. 기업가 정주영, 조중훈, 구자경, 최종환 씨와 작곡가 김동진 씨, 원로배우 황정순 씨 등이 그 면모였다.

당시 종로의 평통위원들은 적어도 한 분기에 한 번씩 간담회를 가졌다.

어느 간담회 날, 옆에 앉은 구자경 회장이 불쑥 나에게 "김우중 회장이 친구시죠?" 하고 물었다. 나는 답을 않고 그를 물끄러미 쳐다보았다. 나의 응시는 '말 안 해도 알고 있지 않습니까?' 그런 뜻이었다. 그가 말했다. "김우중 회장이 기업인입니까?"

그제야 나는 "젊고 패기 있는 기업인으로 우리 경제계에 기적을 이룬 사람 아닙니까?"라고 대꾸했다. 그러나 그는 나의 대답이 채 끝나기도 전에 나의 말을 잘랐다. "기업인이라면 창업을 해야죠. 대우그룹은 기업을 인수만 했지, 창업한 것이 있습니까?"

맞다. 대우는 모기업인 대우실업 외에는 창업한 것이 거의 없다. 부실기업을 부채와 함께 인수하면서 엄청난 인수 자금을 은행으로부터 특혜 융자로 받아 그 기업을 정상화하는 식이었다. 이를테면 경남기업은 원래 나의 친구인 신기수가 오너였다. 그러나 은행의 지원이 끊어져 부도를 냈다. 그러나 대우가 인수하면서 당초 신기수가 은행에 지원을 요구했던 자금의 두 배 이상을 받았다. 신기수의 말은 이랬다. "정부가 대우에 지원해준 액수의 반만 나를 지원했으면 경남은 정상화됐을 거다."

김우중이 이렇게 한국기계공업, 조선공사, 새한자동차, 대한통신, 국방부 조병창, 대한전선, 동양증권, 삼보증권 등을 인수하고 막대한 자금을 지원받아 대기업군을 형성한 것은 사실이다. 이런 경영 행태를 국내 기업인들이 곱게 볼 리 없었다. 그래서 그가 전경련 회장이 된다고 하니 정주영은 "정치인이 전경련 회장이 되었다"라고 비판하기도 했다.

외환위기 극복을 위한 철학과 방법론의 충돌?

2014년 6월 싱가포르 국립대의 신장섭 교수는 『김우중과의 대화: 아직도 세계는 넓고 할 일은 많다』라는 책을 펴내 화제를 모았다. 2010년 여름부터 해외에 은둔해 있던 김우중을 찾아가 대화한 내용을 엮어 펴낸 책이었다. 그때까지 대우의 몰락과 관련해 막연히 생각되던 내막이 소상히 밝혀져 있다 보니 이 책이 주목을 받은 것은 당연했다. 신 교수는 이 책을 펴낸 사정을 이렇게 설명했다.

> 내가 보기에 대우 해체의 진실 규명의 핵심은 1997년 외환위기 극복을 위한 철학과 방법론을 둘러싼 충돌이었다. 당시 김대중 대통령은 김우중 회장에게 '경제대통령을 해달라'며 김 회장을 경제정책 논쟁의 장으로 끌어들였다. 국제통화기금 처방을 그대로 집행하는 것이 한국 경제에 좋은 일인지 의문이 많았기 때문이었다. 실제 DJ는 대통령 후보 시절 3인의 유력 후보 중 유일하게 '재협상' 얘기를 꺼낸 인물이었다. 재협상 발언이 나오자마자 미셸 캉드쉬 당시 IMF 총재가 한국으로 날아와 세 후보에게 각서를 받아 갔다. 김영삼 정부에서 약속한 IMF 프로그램을 대통령이 되더라도 그대로 집행하라는 것이었다.[*]

그러나 김대중 대통령은 당선 이후 미국의 압력 아래 IMF 처방에 너무 고분고분 순종해 한국 경제를 미국 투자은행의 먹잇감으로 만들었으며 그 과정에서 한국 재벌들이 해체되었다는 비판을 받았다. 일본의 경제평론가 오마에 겐이치는 이러한 비판의 선봉에 섰다.

> 1998년 2월 취임한 이래 김대중 대통령은 무엇을 해왔는가? 김 대통령은 결국 한국을 미국화했을 뿐이다. 그는 미국이 하라는 대로 이제까지 한국의 경제성장을 지탱해온 재벌을 해체했다. 어떤 새로운 경제적 전망

---

[*] ≪중앙선데이≫, 2014년 9월 7일 자 참조.

도 제시하지 못하고 IMF나 미국계 투자은행이 하라는 대로 재벌 해체 작업을 시작한 것이다. 말하자면 미국 금융제국주의를 지지한 것에 지나지 않는다.*

이런 비판은 국내에서도 제기되었다. 송병락 서울대 교수는 『기업을 위한 변명』이라는 책을 펴내 김대중 정부가 IMF의 요구 사항에 너무 집착해 우리 경제의 경쟁력을 약화시켰다고 비판했다.

일본은 서양보다 100년 늦게 공업화를 시작했고, 선진 공업국의 대기업과 싸우기 위해 게이레쓰(系列)라는 기업 무리를 만들었다. 한국도 마찬가지다. 기업 집단의 해산은 한국 기업을 잡아먹을 외국 기업의 입장에서 보면 이치에 맞는다. 그러나 잡아먹히는 입장에서 보면 다르다.**

IMF가 요구하는 재벌 해체란 결국 한국을 경제적으로 지배하기 위한 외국 기업의 수단이었다는 시각이 국내외에 광범위하게 존재했다.

"시장은 늘 꼴찌부터 삼킨다"

김우중은 신장섭 교수와의 대화집에서 "15년 전 대우 해체는 김대중 정부의 경제 관료였던 강봉균 당시 청와대 경제수석과 이헌재 당시 금

---

* ≪월간조선≫ 1999년 9월호는 일본의 격주간 시사 잡지 ≪SAPIO≫ 1999년 7월 28일 자에 오마에 겐이치가 게재한 글을 번역해 소개했다.
** ≪월간조선≫ 1999년 9월호는 '화제의 책'에서 송병락 교수의 김대중 재벌 해체 정책에 대한 비판을 "재벌 해체하려다 한국의 국부 해체할지도…"라는 제목 아래 소개했다.

융감독위원장의 책임이 크다"라고 주장했다.

강봉균이 반박했다. "김 전 회장은 5대 재벌 중 한 명이었을 뿐, 경제 정책 문제와 관련해 정부와 대립할 위치가 아니었다"라면서 "다른 재벌도 빚이 많았지만 시장의 신뢰를 얻으려고 자구 노력을 기울인 반면, 김 전 회장은 그런 노력을 할 생각이 전혀 없어 시장의 불신이 컸다. 결국 대우그룹의 유동성 위기는 대우그룹이 자초한 것"이라고 설명했다.

강봉균은 이어, "대우그룹의 유동성 위기가 불거진 1998년 상반기부터 6개월 동안 김 회장을 20차례가량이나 만나 정부 방침과 국내외 상황을 설명했다. 그때마다 김 회장은 '금융을 지원해주면 대우는 아무 문제 없다'는 말만 되풀이했다. 김대중 대통령도 어떻게든 대우를 도우려고 했지만, 대우가 구조조정을 늦추다가 불가피하게 해체되었던 것이다. 당시 경제 관료들이 김 회장을 어떻게 하려 했다느니, 기획 해체였다느니 하는 말은 틀린 말이다"라고 해명했다.[*]

이헌재도 김우중이 책에 언급한 내용에 대해 "(김 전 회장이) 그간 해오던 얘기와 다르지 않다. 대우가 정권에 의해 기획 해체되었다는 주장에 동의하지 않는다"라고 말했다. 이헌재는 김우중과 오랜 인연을 갖고 있었다. 그가 재무부에서 나온 이후 김우중은 말없이 그를 도왔고, 결국 그를 대우맨으로 만들었다. 그러나 이헌재는 천생 공무원이었다. 그래서 다시 관계로 돌아왔다. 하지만 그는 대우 생활을 통해 김우중에게 반해 있었다. 그래서 김우중을 도우려는 마음이 분명했다. 하지만 IMF 감독하의 한국에서는 아무리 금감위원장이라 해도 돕는 데 한계가 있었다. 그는 자신의 회고록에서 이 부분도 해명했다.

대우가 해체된 건 시간 싸움에서 졌기 때문이다. 1999년 7월까지 대우

---

[*] ≪데일리한국≫, 2014년 8월 22일 자 참조.

는 구조조정에 소극적이었다. 자산 매각이든 외자 유치든 5대 그룹 중 꼴찌였다. 1998년 5월 제출한 그룹별 구조조정 계획에서 삼성·현대는 목표치의 100% 넘게, SK·LG는 90% 넘게 자구 노력을 달성했지만 대우는 고작 18.5%였다. 시장은 늘 꼴찌부터 삼킨다. 동물의 세계와 마찬가지다. 대우는 그런 시장의 법칙을 외면했다.*

나 나름대로 대우의 몰락을 둘러싼 각종 논란을 살펴봤다. 엄청난 시각차가 존재함을 알 수 있었다. 이렇게 대우는 아직도 논란을 불러일으키고 있다.

1992년 대선 과정에서 김우중과 서먹하게 결별한 이후 나는 정치적인 수난 시대를 보내느라 그를 만날 기회가 없었다. 그도 나같이 야당 생활을 다시 시작하는 정치 낭인을 반길 일이 없었을 것이다. 내가 어렵게 치렀던 1996년 제15대 국회의원 선거에서 그가 나의 상대 후보였던 이명박을 도왔다는 소문도 들렸다.

관료들과의 충돌, 세계 자본과의 충돌

내가 김우중을 다시 만난 것은 안기부장이 된 뒤였다. 그가 모교의 동창회장으로 선출되어 몇몇 동창을 힐튼호텔로 만찬에 초대했을 때였다. 그는 어떻게 생각하는지 모르겠지만 나는 우리가 학창 시절부터 쌓았던 우정에 금이 가게 할 마음이 조금도 없었다. 그의 활동을 도우려는 마음도 변치 않았다. 그런 것이 인간사에서는 소중한 것 아닌가?

---

* "이헌재 위기를 쏘다(23): 김우중과 나(7) '다 내놓겠습니다'", ≪중앙일보≫, 2012년 1월 20일 자.

나에게 대우에 대해 좋지 않은 정보가 계속 올라왔다. 특히 IMF 측에서 김우중 회장의 언동을 못마땅하게 생각한다는 정보였다. 그가 전경련 회장대리를 맡은 뒤 김대중 대통령의 신임을 믿고 행정부의 기업 개혁 작업에 사사건건 제동을 건다는 말도 들렸다.

다른 재벌 기업들은 구조조정하느라 쥐어짜고 있는데 대우는 쌍용차를 인수하고 해외 수출에 열심히 페달을 밟아 순풍에 돛 단 듯했다. 시중의 얘기는 모두 그를 시기하는 소리라고 생각하고 나도 무시했다. 내 생각이 맞았는지 과연 1998년 1분기 조선·자동차 수출에서 대우는 경쟁사를 훨씬 능가하는 실적을 올렸다. 그는 기회만 있으면 "외환위기란 유동성에 일시적으로 문제가 생긴 것뿐이다. 열심히 수출해서 외화를 벌어들이면 이런 빈혈 현상은 곧 해결된다"라고 큰소리쳤다.

그럴수록 그에 대해 꼬집는 소리도 많아졌다. 그를 두고 '경제총리'라고 비아냥거리는 소리도 들렸다. 그러던 중 그는 1998년 3월 불쑥 '500억 달러 흑자 달성'이라는 카드를 꺼내 들었다. 정부는 물론 재계에서도 깜짝 놀랐다. '아니, 당장 100억 달러가 없어서 IMF에 손 벌리느라 이 고생을 했는데 500억 달러 흑자라니?' 회심의 미소로 반긴 것은 누구보다도 김대중 대통령이었다. 1년 만에 흑자로 돌아선다면 이는 누구의 공로가 되겠는가? 나는 김우중에게 전화를 걸었다.

"김 회장! 500억 달러 흑자, 엄청난 이야기 했는데 진짜 가능한 거야?"

"왜 정부 사람들은 모두 불가능하다는 거야? 불쑥 꺼낸 말이 아니란 말이야. 세밀하게 검토하고 계산해서 내린 결론이야. 생각해보라고! 매년 우리 기업들이 리노베이션하느라 자재를 엄청 많이 들여왔는데 금년에는 모든 기업이 외화가 부족해 수입을 중지했어. 그러니까 수입은 줄고 수출은 늘게 되지 않나? 벌써 상반기에 200억 달러 경상수지 흑자가 될 전망이야. 내가 큰소리치는 것이 아니라고. 하반기에 페달을 좀 더 세게 밟을 수 있게 수출 금융이나 해주면 되는데, 그게 우리 난관일

세. 정부 사람들 알아듣게 자네가 나서서 설득 좀 잘 해주게."

그 뒤 내 나름대로 그의 판단이 과연 실현 가능한 것인지 검토해보았다. 무리한 판단은 아니었다. 그렇지만 정부는 김우중의 500억 흑자론을 전혀 반기지 않았다. 김우중이 옛날식으로 수출 금융을 따먹기 위해 수를 쓰는 것이라는 말이 돌았다. 김우중식 수출은 밀어내기식 수출이었다. '미국 가봐라. 창고에 그대로 상품이 쌓여 있다. 이제 박정희나 전두환 시대가 아니다. IMF가 시퍼렇게 눈 뜨고 있는데 어떻게 수출 지원금을 바라느냐?'는 비판이 재계와 관료들에게서 일어났다.

그해 연말에 결산해보니 399억 달러 흑자였다. 1997년 84억 달러 적자에 비하면 흑자를 낸 것만도 대견한 일이었다. 그럼에도 강봉균 청와대 경제수석부터 "수출이 늘기는커녕 전년보다 2.3%(38억 달러) 줄고, 수입은 35.5%(514억 달러)나 대폭 줄어서 얻은 결과"라고 냉담해했다. 김우중은 왜 그토록 관료들의 마음을 사지 못했는지…. 사사건건 시비가 붙었다.

김우중과 재계 관료 간에 제2라운드 논쟁이 벌어졌다. 1998년 7월 19일, 전경련 하계 세미나에서 김우중은 "정리해고는 경기가 좋아진 이후로 미루는 것이 바람직하다"라고 발언했다. 취지를 모르는 바는 아니었다. 불황기에는 고용 조정이 사회적 불안 요인으로 작용하니 경제 전체의 큰 문제로 발전하는 것을 경계하자는 취지였다. 이 정도의 발언은 경제 총수 모임에서 적당히 넘길 수도 있었지만, 때는 바야흐로 IMF의 감독하에 있던 시기였다. 자칫 이런 의견이 재계 전체의 생각으로 비칠 수도 있다고 우려해 정세영 현대자동차 명예회장이 이견을 제시했다. 그것이 김우중의 사견임을 못 박으면서 "과거부터 남아도는 인력을 그때그때 처리하지 않고 넘기다 대량 해고를 해야 하는 사태로 발전했다. 근로자들도 이제 고용의 유연성을 받아들여야 한다"라고 반박했다.

이날 더욱 주목된 것은 초청 연사인 강봉균 청와대 수석의 발언이었다. 그는 "정리해고를 통한 구조조정을 이번에 하지 못하면 개혁은 성공하지 못한다"라고 말했다. 정세영의 손을 들어준 것이었다. 김우중만 머쓱하게 되었다. 왜 그런 튀는 발언을 골라가면서 하는지 이해되지 않았다. 더욱이 당시 진행 중이던 대우자동차 노사협상에서 김우중은 "노조 측이 임금 인상 요구를 철회하지 않으면 2995명을 정리해고하겠다"라고 통보해 이중성을 드러내기도 했다.

김우중의 제3라운드 충돌은 1998년 7월 31일 관훈토론회 발언에서 불이 붙었다. 이날 초청 연사로 나온 그는 "공정거래위원회의 무리한 부당 내부 거래 조사로 기업들이 피해를 보고 있다"라면서 행정소송을 하겠다고 정면으로 치고 나왔다. 발끈한 전윤철 공정거래위원장이 해명을 요구하자 "발언이 다소 와전됐다"라며 후퇴했다.

재4라운드는 금융 산업에 대한 공격이었다. 그는 1998년 8월 18일 고려대에서 마련한 '금융 산업의 위기와 정보통신 산업'이라는 주제의 학술회의에서 또다시 주목되는 발언을 했다. "제조업의 경쟁력을 강화하기 위해서는 개혁의 핵심이 금융 분야다. 그동안 우리는 관치 금융의 한계 속에서 경쟁력이 취약해졌다. 46개국 가운데 26위다. 수출 원가에서 차지하는 금융 부담이 일본의 3.5배, 유럽의 2배나 된다"라고 지적했다.* 맞는 소리였다. 그러나 그 자신이 관치 금융 아래에서 성장했다. '자기가 그렇게 커놓고서….' 그의 등 뒤에서 비웃는 소리가 들렸다. 정부더러 금융 산업에 손대라고 촉구하는 이야기라는 해석도 있었다.

이렇게 어수선한 가운데 김우중의 돌출 행동은 계속되었다. 그는 청와대에 들어가면 김대중 대통령이 자신을 경제 교사인 양 대접한다고 우쭐해했다. 그래서 경제 참모들을 제치고 직접 대통령에게 '묘책'을 내놓곤 했다. 대표적인 아이디어가 '500억 달러 흑자', '제조업의 유휴 시

---

* "제조업 살려야 국가경쟁력 산다", ≪매일경제≫, 1998년 8월 18일 자.

설 총가동', '정리해고 유예' 등으로, 김 대통령의 비위에는 맞았는지 모르지만 경제 관료들에게는 대단히 못마땅한 소리들이었다. 당시 정부가 위기를 전화위복의 기회로 삼기 위해 추진하던 4대 개혁(재벌 개혁, 금융 개혁, 행정 개혁, 노동 개혁)과 상당히 엇나갔다.

김우중에 대한 비판 여론이 점점 심각해졌다. 나는 참다못해 나의 직분에 맞지 않지만 친구로서 그에게 충고했다.

"세계경영을 하려면 집안 단속부터 해야 하지 않나? 지금 대우는 구조조정과는 역방향으로 나가고 있다는 비판이 일고 있네. 내실부터 튼실하게 챙기고 자기가 서 있는 기반을 튼튼히 해야 세계경영도 되는 것 아닌가? 내가 자네에게 상식적으로 말하는 것일세."

그는 펄쩍 뛰면서 나의 말을 반박했다.

"구조조정을 누가 소홀히 하겠나? 그런데 누가 사 가야지, 내놔도 사 갈 사람이 없어. 그렇다고 싸게 팔면 국가에도 이익이 될 게 없지 않나? 이게 다 IMF 뒤에 숨은 외국자본의 장난이야!"

"우량 기업부터 내놔야지, 적자 기업 내놓고 사라면 누가 사겠는가?"

"나도 자동차 사업에 전념하려는 생각이라 다른 기업들은 처분하고 싶네. 값만 잘 받는다면 당장에라도 처분하겠네."

나는 1998년 5월 말 현재의 계수를 보면서 그에게 말했다.

"하여튼 대우가 서둘러야 하네. 지금 많은 사람들이 대우가 구조조정에 소극적이라고 지적하고 있어. 5대 그룹 가운데 꼴찌라고 하네. 회사를 처분하든, 외자를 유치하든 빨리 서둘지 않으면 찍히게 되네."

그는 상기된 얼굴로 나를 쳐다봤다. 그 표정에는 '너도 나를 못 믿는 거야?'라는 원망이 서려 있었다. 그렇지만 내친김에 한마디 더 했다.

"김 회장! 나는 자네가 김대중 대통령이 선거를 치르고 정치하는 데 많은 도움을 주었다고 생각하네. 그러나 그런 은혜를 입었다고 김 대통령이 반대급부로 무엇을 해주리라 기대하진 말게. 과거 박정희나 전두환은 대우가 삐걱하면 경제 부처장들 불러서 '대우가 망하면 한국 경제가 흔들려. 그러니 봐줘야 해!' 이렇게 말할 수 있는 분들이었네. 그러나 김대중도 그런 말 해주리라 기대하지 말게. 그분은 그럴 만한 배포도 없고, 그런 식의 기업 살리기가 잘못되었다고 지금까지 비판해온 사람이네. 그런데 어떻게 이제 와서 자기가 한 말을 뒤집겠나? 김 대통령 입장에서는 김우중도 잘되고 대우도 잘되기를 바라겠지만, 어디까지나 자구 노력을 잘하라는 것이지, 그가 대통령 권한으로 보호할 수 있을 거라는 기대는 전혀 안 하는 게 좋을 걸세."

그 후 김우중의 행동을 보면 내 말을 충고로 받아들이지 않은 것 같다. 그는 여전히 대통령 면담을 위해 노심초사했고, 대통령을 만나면 수출을 위해 금융을 풀어야 한다는 요청을 되풀이했다. 실로 3공, 5공 방식에서 조금도 벗어나지 못했다. 대우라는 거대 기업군의 명운은 그의 원맨쇼에 달려 있었다.

1998년 10월 29일 드디어 노무라연구소에서 최초의 비상벨이 울렸다. "대우그룹에 대한 경종"이라는 기사가 나오자 국내외 시장은 아연 긴장했다. 주가는 계속 내려갔고, 대우로부터 자금을 회수하려는 움직임이 일자 이미 발행한 어음의 기한 연장도 어려워졌다.

문제는 기사의 내용보다 그런 글이 노무라연구소에서 나왔다는 사실에 있었다. 이것이 문제인 이유는 첫째, 대우라는 거대 기업이 국내외적으로 몰릴 정도로 체질이 취약해졌음을 뜻하기 때문이었다. 물론 그 글은 의도적이었다고 생각한다. 재계와 관계가 김우중을 포위해서 몰매 주려는 심사가 작용한 글이었다. 둘째, 대우가 국제적으로 고립되어 있음이 증명되었기 때문이었다. 나는 이 사실을 중시했다. 그는 세계경영을 주창했고, 기회만 있으면 자신의 회고록 제목과 같이 "세계는 넓고 할 일은 많다"라고 외치며 밖으로, 세계로 나갔지만, 아무리 세계를 주름잡더라도 더 큰 세계, 서구 자본이 판을 치는 세계의 입장에서 보면 그는 부처님 손바닥 위에서 뛰노는 손오공에 불과했다.

그동안 김우중은 너무나 방약무인하게 세계를 향해 공격적인 경영을 펼쳤다. 그러느라 적을 많이 만들었다. 물론 그는 국제적인 인물들과도 활발히 교류했다. 그 정도 되면 세계적인 자본 권력가들로부터 설령 대우가 건방지다는 평을 들어도 방어할 수단이 충분하리라고 생각했다. 하지만 나의 판단은 틀렸다. 그가 위기를 맞자 그런 세계적 네트워크는 가동되지 않았고, 그는 고립되었다. 세상을 너무 쉽게 봤던 것 같다.

김우중은 리비아와 미국의 관계가 악화되었을 때 미국 조야를 쫓아다니며 리비아를 위해 설득 작업을 했다. 물론 대우가 리비아 건설 사업에서 100억 달러 이상의 공사를 수주했으니 당연히 리비아를 위한 일이 자기 회사의 이익이라고 생각해서 뛰었겠지만, 미 정보기관에서는 그를 주시하고 있었을 것이다. 그는 미국 측에서 무아마르 카다피의 사저를 폭격할 것이라는 정보를 입수해 리비아에 전달하기도 했다. 과연 1986년 4월 16일 미 전폭기가 카다피 사저를 폭격했지만 카다피는 피한 뒤였다. 이런 아슬아슬한 행각을 그는 용감하게 하고 다녔다.

1986년 리비아의 원유가 미국의 금수 조치로 판로를 잃자 대우도 건설 공사의 대금을 받지 못하게 되었다. 이에 김우중은 원유를 대금으로 받았다. 그리고 미국 몰래 리비아의 원유를 빼내고 벨기에 앤트워프에 있는 정유 공장을 사들인 뒤 거기서 정제해 국제 시장에 팔아 대금을 회수했다. 여기서 재미를 본 대우는 1992년 쿠바와도 원유 거래를 했다고 한다.* 미국이 금수 조치한 틈바구니에서 돈을 번, 희한한 김우중식 발상이었다. 하지만 이런 활동이 하나하나 미국 정보 당국자의 파일에

---

* 추호석, 「뜻이 있으면 길이 있다: 리비아에서 받은 원유로 시작한 국제 오일무역」, 대우세계경영연구회 엮음, 『대우는 왜?』(북스코프, 2012), 81~95쪽에 그 전말이 자세히 기술되어 있다.

기록되었을 것이다.

이렇듯 세계경영은 대우를 세계 속으로 웅비하도록 만들었으나 그에 따른 부작용도 만만치 않았다. 투자와 진출에 위기와 모험이 따른다는 것은 상식이다. 하지만 대우는 투자만 생각했을 뿐, 자신들에게 닥칠 어두운 그림자는 보려 하지 않았다.

1993년 대우는 말레이시아에 K200 장갑차를 판매하고자 진출해 미국의 FMC, 프랑스의 GIAT, 영국의 ALVIS 등을 제치고 입찰에 성공했다. 그 과정에서 FMC는 CIA까지 동원해 한국제 K200에 대한 악평과 역정보를 퍼뜨렸지만 대우는 이를 극복했다. 미국의 전통적인 군산복합체는 대우에 밀리자 부글부글 끓었다고 했다.

1996년 대우는 세계 4위로 평가되던 프랑스의 가전산업체인 톰슨을 인수하고자 입찰전에 참가했다. 상대는 역시 다국적 기업인 알카텔이었다. 더욱이 톰슨은 프랑스의 전자 방위산업체였다. 대우는 방위산업 부문을 프랑스의 미르타에 넘긴다는 조건으로 강적 알카텔을 물리치고 입찰에 성공했다. 하지만 프랑스의 자존심이 이를 허락하지 않았다. 프랑스 의회에서 톰슨의 민영화에 제동을 걸었다. 입찰에 성공하고도 회사를 인수하는 데는 실패했지만 동북아의 조그마한 분단국 한국의 기업이 톰슨을 먹으려 했다는 사실 자체가 토픽감이었다. 세계는 '무서운 아이(enfant terrible)' 대우를 다시 한 번 주목했다. 아마 물밑에서는 언젠가 이런 버릇없는 대우를 손봐야 한다고 벼르는 세력도 있었으리라.

대우가 결정적으로 세계 자본가 그룹에 괘씸죄로 걸린 것은 자동차 산업의 동구권 진출 과정에서 GM을 보기 좋게 물 먹인 사건이 아니었나 싶다. 1995년 대우는 1년 동안 우즈베키스탄, 폴란드, 루마니아, 인도, 우크라이나 등과 자동차 합작회사 설립에 성공했다. 특히 그 가운데 폴란드와 우크라이나는 미국에서 눈독을 들인 나라였다. 그래서 세계 1위의 자동차 기업인 GM이 나섰다. 그러나 대우는 물러서지 않았다. 결국 GM은 물불 가리지 않는 대우의 공세에 나가떨어졌다. 이 작업의 선두에 나섰던 박동규 사장은 이때를 회고하면서, 당시 무언가 불안한 느낌을 떨칠 수 없었다고 밝혔다.

1999년 2월, 이제는 김대중 대통령도 대우의 세계경영에 불안을 느꼈던 것 같다. 도대체 해외에 얼마나 많은 회사를 차렸는지 아무도 모른다면서 나에게 이를 파악해보라고 지시한 일이 있었다. 그때 파악한 현황은 모두 50개국 199개 현지 법인에 54억 달러를 투자하고 있다는 것이었다. 물론 미처 파악하지 못한 회사도 있었을 것이다. 이를 고려하면 200여 개 법인을 거느렸던 셈이다. 이런 방대한 법인을 운영하기 위해 대우가 해외에서 기채한 액수는 무려 400억 달러라는 첩보도 있었다.

아니나 다를까, 그해 3월 15일 국제경제조사연구소가 전한 바에 따르면 "한국의 (주)대우는 창사 이래 최대의 위기를 맞고 있다. 유동성 악화, 대외 신인도 하락, 세계경영 실패, 현황 파악이 어려운 해외 누적 부채 등으로 인해 IMF에서 정부 지원을 견제하고 있으며, 이런 상황이 계속되면 한국 금융기관 차입금의 만기가 몰리는 6월경이 최대 위기가 될 것이다"라고 했다.

1999년 4월, 미국의 영향력 있는 신용평가회사 S&P는 대우의 신용 등급을 B에서 B-로 하향 조정하면서, 만약 대우그룹이 부채 감축을 지연하면 추가로 하향 조정이 불가피할 것이라고 발표했다. 국제금융센터의 어윤대 사장은 S&P가 한 단계 더 하향 조정하면 '투자 부적격'으로 분류되어 해외 금융기관으로부터 일제히 채권 회수 사태가 벌어질 것이라고 예견했다. 위기가 목전까지 다가와 있었다.

"이헌재 좀 불러내 주라!"

"나 우중인데, 부탁 하나 하자. 이헌재가 나를 만나주지 않고 피하는데, 너 헌재 좀 불러내서 나하고 면담 한번 주선해주라."

"헌재가 피한다면 이유가 있겠지. 어떻게 그가 빅 브라더인 김 회장을 피하겠나?"

"농담 말고. 내일 아침 조찬이라도 함께하도록 불러주게."

1999년 4월 20일, 김우중이 나에게 전화를 해왔다. 이 전화를 받고 나는 여러 가지 생각을 했다. 국정원장으로서 그의 청을 들어주는 것이 맞는가? 결론은 나 개인으로 돌아가기로 했다. 물론 자기 합리화였지만, 그가 과거에 나에게 어떻게 했든 나는 우정을 뿌리치지 않는다는 것을 보여주고 싶었다. 나는 이헌재에게 전화해서 한 일식집에서 다음 날 아침을 하자고 초대했다. 장소를 국정원 안가로 하지 않은 것은 어디까지나 사적인 만남임을 분명히 하기 위해서였다.

다음 날 아침 김우중은 먼저 와서 대기하고 있었다. 이헌재는 정시에 아무것도 모르고 방으로 들어서다 김우중을 보고 화들짝 놀랐다. 그럴 수밖에! 어색한 장면에 내가 끼어들었다.

"이 위원장, 김 회장을 만나서 자세한 사정을 듣고 판단은 직접 하기 바랍니다. 피할 필요는 없고 정확한 실정을 들어봅시다."

김우중은 서류를 꺼내 무언가 빠른 어투로 설명했다. 사실 나는 CP가 어떻고, 발행 한도가 어떻고, IMF와의 협정이 어떻고 하는 사정을 자세히 알지 못했지만 알 필요도 없어서 밥만 열심히 먹었다. 다만 이헌재의 절규 같은 한마디는 지금도 기억하고 있다.

"회장님, 제가 어떻게 회장님을 배신할 수 있겠습니까? 회장님의 청을 제가 들어주고 제가 죽어서 문제가 해결된다면 제가 죽겠습니다. 그러나 회장님이 말한 것으로는 문제가 해결되지도 않고, 저도 죽고, 회장님도 죽습니다. 누구도 살아남지 못합니다."

이헌재는 그 말을 던지고 방을 나가버렸다. 김우중은 허탈해했다.

"김 회장! 너무 늦었어. 내가 작년에 말하지 않았나. 김대중 시대는 다르다고 말이야."

얼마 후 김우중은 해외로 나갔다. 대우가 공중분해가 되는 시점이었다. 될 대로 되라는 심정으로 나갔을 것이다. 그러나 김 대통령이 해외로 나가 있으라고 권해서 나갔는데 약속을 지키지 않았다고 김우중은 나중에 주장했다. 나는 잠시는 몰라도 근 6년 동안 나가 있던 이유가 이해되지 않았다. 해외에 나가 있는 동안 사태는 더욱 악화되었고, 김우중은 해명할 기회도 얻지 못했다. 김 대통령도 김우중이 국내에 들어오기를 정녕 바랐다면 국정원이 얼마든지 그를 찾아내 설득했을 것이다. 그러나 이런 조치도 없었다. 결국 무언가 얽힌 일들이 있는 것 같았다.

해외에 있는 동안 김우중은 김대중 대통령에게 간절히 호소하는 서신을 보냈다. 모든 책임은 자기에게 있으니 회사 임원에 대한 사법 처리를 중지해달라는 호소였다.

"… 김대중 대통령님! 제가 이렇듯 장황하게 반추하고 싶지 않은 결과를 말씀드리는 것은 제가 그동안 수행해온 경영 정책과 전략의 오류나 불찰을 호도하거나 변명하려는 뜻이 절대로 아닙니다. 대통령님께 커다란 부담을 드린 채 2년 전 조국을 떠날 때 말씀 전해드린 것처럼 이제 저에게는 가슴 짓누르는 실패의 책임만 있을 뿐, 한 줌의 회한도 남아 있지 않습니다. … 다만 햇볕조차 들지 않는 다락방에서 칩거하던 중 최근에야 대우에 관련한 여러 조치의 전말을 접할 기회가 있었던바, 제 가슴 속에 묻어두는 것은 인간의 도리가 아니기 때문에 피눈물로 마지막 간청을 드릴 수밖에 없어 이렇게 힘든 붓을 들지 않을 수 없었습니다."

그러나 김 대통령의 입장에서 사법부에 어떤 요청도 하기 어려운 것이 당시 사정이었다. 결국 대우 임원들에게도 상당한 책임이 돌아갔다.

이렇게 괴로운 나날을 보낸 김우중은 좀처럼 귀국의 기회를 잡지 못했다. 그것은 김대중 정권이 물러나고 노무현 정권이 들어선 이후에도 마찬가지였다. 그는 1999년 10월 중국 옌타이(煙台) 대우자동차 중국 공장 준공식에 참석한 뒤로는 계속 해외로 떠도는 위성 같은 신세였다. 말로는 당시 채권단과 임직원의 권유를 받아 해외 도피 생활을 시작한 것이라고 했지만, 나는 납득할 수 없었다. 5년여 전 김우중은 과거 동구권 진출을 위해 프랑스 국적을 취득한 바 있었는데, 그 여권으로 해외 체류 중에 독일과 수단, 프랑스, 베트남 등지를 왕래했던 것 같다.

마지막으로 베트남의 고위 인사가 노무현 대통령 방문 시 대우가 베트남에 기여한 공로를 참작해 김 회장의 무사 귀국을 호소했던 듯하다. 이에 우리 정부도 호의를 보여 일단 국내에 들어와 재판을 받으면 절차가 끝난 뒤 다시 베트남으로 갈 수 있다는 언질을 준 것이 아닌가 생각된다. 그래서 늦게나마 김 회장이 귀국해 재판에 회부되었던 것 같다.

김우중 실패의 원인

김우중이 실패한 원인은 무엇이었을까? 첫째, 세계는 넓다고 외쳤지만 사실 넓지 않았다. 그는 세계를 지배하는 자본의 힘을 경시했다. 언제든지 요리할 수 있다고 과신했던 것이다. 하지만 국제적으로 과두 자본에 찍히면 살아남지 못한다는 사실을 왜 그는 그 많은 네트워크를 구축하고도 알지 못했을까?

1997년 12월 한국은 혹독한 외환위기를 겪었다. 대우가 이렇게 곤경에 처한 것도 그 위기의 한복판에 서 있었기 때문이다. 당시 마하티르 모하마드 말레이시아 총리는 "외환위기는 동남아를 위시한 신흥공업국의 경제를 국제 유대 자본에 예속시키려는 국제 유대 자본의 음모"라고 비난하면서 유대계 금융 투자가인 조지 소로스를 찍어서 이 음모의 주범으로 몰아세웠다.

이런 음모론은 그 뒤로도 계속 퍼졌다. 2011년 9월 유럽의 금융위기가 재현되는 시점에 영국의 한 금융 전문가가 BBC 방송에 나와서 "정부가 세계를 지배하는 게 아니다. 골드만삭스가 세계를 지배한다. 골드만삭스가 유로 위기 구제안에 관심을 갖지 않으면 대규모 펀드도 흔들린다"라고 말했다. 과연 이것이 지나친 말이었을까?

대우그룹은 리비아, 우크라이나, 우즈베키스탄, 파키스탄 같은 틈새시장에서 사업을 전개하면서 유대계 금융자본이 지배하는 국제 금융 질서에서 한 발짝 벗어나 있었다. 이는 전 세계 금융시장, 자원시장을 손에 쥔 유대계 자본의 신경을 건드렸으며, 결국 대우가 유대계 자본의 공격 목표가 되었다는 것이다. 마치 유대계 금융 가문인 로스차일드가 미국은 물론 전 세계 금융시장을 좌지우지한다고 주장한 『화폐전쟁』(쑹훙빙 저)의 한 대목을 연상케 한다. *

나는 이 주장이 이상하게 들리지 않는다. 유대계 금융자본이 세계를 지배한다는 사실을 잊어선 안 된다. 2014년 '세계 경제대통령'이라고 불릴 정도로 영향력이 막강한 미국 연방준비제도이사회 의장직을 재닛 옐런 연준 부의장이 자연스럽게 맡았을 때 언론은 무엇이라 했는가? "폴 볼커, 앨런 그린스펀과 벤 버냉키 의장에 이어 유대인이 39년 연속 세계 금융의 최고 권력자 자리를 차지하는 셈이 되었다"라고 꼬집었다. 유대인의 파워는 의장 자리뿐만이 아니다. 임기 14년의 연방준비제도이사회 이사 여섯 명 중 네 명이 유대인이다. 이들의 말 한마디에 세계

---

* "경제초점: 실패에서 배우지 못하는 한국", ≪조선일보≫, 2010년 11월 7일 자.

경제는 춤을 추고 있지 않는가?

이런 막강한 힘을 가진 금융자본 앞에서 김우중은 겁도 없이 리비아
의 카다피에게 친절을 베풀고 국제 제재를 위반해가며 원유도 대신 팔
아주었으니 괘씸죄에 걸려도 할 말이 없었다.

나는, 그동안 한국이 세계화되었다고 외쳤지만 실제 정서는 우물 안
에 머물러 있으면서 활개를 친 결과 외환위기가 닥쳤다고 본다. 그 결
과 우리 은행들의 주식 절반 이상을 외국인이 차지하게 되었고, 재벌도
버릇없이 굴면 여지없이 응징당한다는 것을 보여준 사례가 대우였지
않나 하는 생각을 떨칠 수 없다.

둘째, 김우중은 "개인의 이익을 위해 기업을 경영하는 것이 아니다",
"무언가 새로운 가치를 성취하고자 일에 도취해 있다"라는 말을 자주 했
다. 거기에 발맞춰 언론 및 그와 동행한 작가들도 김우중을 24시간이
모자라 비행기 안에서 잠을 자고 오늘은 유럽, 내일은 중동, 모레는 아
프리카로 뛰어다니는 '일 중독자'로 묘사했다. 매일 "조찬 회동, 오전 상
담 두 차례, 오찬 회동, 오후 상담 또 한두 차례, 만찬 회동, 그리고 다시
야간 상담…. 이렇게 상담에서 상담으로 이어지는데, 나는 가만히 앉아
구경만 해도 서너 번이면 벌써 지쳐 떨어질 지경이었다"[*]라는 관찰기
도 있다.

그러나 그것이 칭찬받을 일인가? 그것이 우리나라 섬유 수출의 왕좌
를 차지한 대우실업의 사장이라면 칭찬해야 할 일인지 모르지만 우리
나라 굴지의 재벌그룹 대우의 총수라면 칭찬보다 비판받아 마땅한 일
이라고 생각한다. 대우는 1998년 공중분해 되기 직전 41개 계열사에
국내 9만 명, 해외 15만 명의 고용을 유지했던 어마어마하게 큰 그룹이

---

[*] 조동성 외, 『김우중: 신문배달원에서 세계 최고 경영자까지』(이지북, 2005), 21~
22쪽.

었다. 회장 한 사람이 이리 뛰고 저리 뛰어서 끌고 갈 회사가 아니었다.

우리나라 기업의 경영 행태는 대개 이병철형과 정주영·김우중형으로 나눌 수 있다. 전자는 총수가 항상 상황을 정관하면서 기업이 나갈 방향을 설계하고, 예하 기업은 사장에게 권한을 위임한 채 그들이 경영 능력을 발휘해 회사를 건실하게 키워나가도록 독려하는 스타일이다. 그러나 후자는 총수가 직접 챙기는 스타일이다. 권한의 위임도 지극히 제한하고, 무엇이든 총수가 직접 확인하고 결심해야 일이 추진된다. 하지만 21세기형 리더십은 아무래도 전자라야 한다고 나는 생각한다.

옥포조선소에서 노사 분규가 발생하면 직접 내려가 목침대 깔아놓고 자면서 한 달간 근로자와 대화하고, 해결되면 수단으로 달려가 타이어 공장 운영 실태를 체크하고, 그다음 날은 또다시 폴란드 자동차 공장에 가서 챙기는 그런 스타일이 과연 바람직할까? 그는 여기에 대해 의문을 제기하는 나에게 이렇게 말했다. "나같이 열심히 하면 안 될 게 있겠어?" 하지만 그 결과는 실패였다.

만약 김우중이 '세계경영'이라며 지구 방방곡곡 현장을 찾아다니며 뛰지 않고, 서울에 남아 외환위기 상황을 점검하고 대우가 나아갈 길을 조용하게 찾았더라면 진작 구조조정을 성실히 서둘렀을 것이며, 폴란드의 FSO 자동차 공장을 GM에 양보하는 한이 있더라도 세계경제의 흐름이나 그룹 내부의 재정 상태를 체크했다면 이처럼 무참하게 무너지지는 않았을 것이다. 참으로 아쉽다. 역설적으로 김우중의 초인적인 부지런함이 오히려 대우를 해체시킨 원인이 되지 않았을까?

셋째, 김우중은 관료 사회가 변했음을 이해하려 하지 않았다. 1970~1980년대 대우가 성장할 때의 관료들, 이를테면 신현확, 남덕우, 김정렴, 김용환, 이승윤 등은 모두 일선에서 물러났고, 김대중 정부가 들어설 때에는 개발 시대의 국장급 또는 그 이하 관료들이 행정부의 책임자로 들어섰다. 경제 관료의 세대교체가 이뤄졌던 것이다. 하지만 김우중은 여전히 그들을 손아래로 보고 고분고분하지 않았던 것은 물론이고 그들을 가르치려 했다.

나는 이규성 부총리, 진념 장관, 강봉균 수석, 이헌재 위원장 등이 나누는 대화를 들어봤다. 시대가 빠르게 변했음을 알 수 있었다. 더욱이 외환위기라는 큰 파도를 겪으며 이들의 사고는 글로벌 수준으로 한두 단계 뛰어올랐다. 여기서 옛날식 논리는 통하지 않았을 것이다. 예컨대 한때 풍미했던 수출 만능주의 시대의 이야기는 설득력을 잃었다. 그들은 밀어내기식 수출을 간파해 대우의 수출 전략을 근본적으로 비판했다. 김우중 입장에서는 관료들이 의식적으로 자기를 견제하는 것이라고 생각할 수도 있었겠지만 시대가 변했음을 나는 말해주고 싶었다.

거기에 더해 재벌 간의 경쟁에서도 대우는 밀렸다. 실력에서도 밀렸지만, 무엇보다 정치권력에 너무 밀착한 것이 패착의 원인이었다. 이제 우리나라는 여야 간에 권력이 수평적으로 교체되는 변화를 겪었다. 박정희 18년, 전두환 8년처럼 권력이 집중되는 시기는 지나갔다. 시장에서 밀리면 정치권력이 이를 막아줄 방법이 없다. 그런데도 김우중이 해외에서 마지막까지 청와대로 편지를 보내 자동차 기업만은 경영하고 싶다든지, 사법 처리를 원만히 해결해달라고 한 것은 아직 옛 사고방식에서 벗어나지 못했음을 보여주는 것이었다.

나는 대우의 해체를 바라보면서 세계도 변했고 시대도 변했음을 절감했다. 김우중 같은 출중한 기업인도 이런 변화의 큰 소용돌이를 읽지 못하고 주저앉는 것을 보면서 이것이 하나의 섭리가 아닌가 생각했다. 대우의 실패에서 우리 세대가 한 가지 교훈으로 삼아야 할 것이 있다면, 빨리 다음 세대에게 바통을 넘기라는 것이다. 대기업들은 창업 과정에서 신화와 같은 많은 이야기를 남겼지만, 그것은 결코 지금 세대가 참고할 영웅담이 아니다. 단지 한 시대의 본보기였을 뿐이다. 지금 필요한 것은 이를 뛰어넘는 용기와 지혜다.

김대중 대통령의 노벨평화상 수상 이야기

1994년 4월 어느 날 김대중 총재는 처조카인 이영작 박사를 나에게 보낼 터이니 자세한 설명을 들어달라고 전화했다. 그런데 다음 날 김 총재의 비서실장인 정동채(나중에 광주 지역구 국회의원 역임)가 유종근(나중에 전북지사 역임)이라는 재미 교포를 데리고 찾아왔다. 유종근은 뜻밖에 김 총재의 소개 편지를 가지고 왔다. 편지의 요지는 "이영작 박사 대신 유종근 박사를 보낸다. 이 사람은 내가 적극적으로 신임하는 사람이니 잘 의논해 일을 추진하면 좋겠다"라는 것이었다. 나는 김 총재가 사람을 소개하면서 새삼스럽게 이런 신임장까지 들려서 보낸 것에 조금 의아했다.

유종근은 미국에서 공부한 경제학 박사였고, 미국 럿거스 대학교에 재직 중이었다. 그의 설명을 듣고서야 비로소 김 총재가 이렇게 조심스럽게 사람을 보낸 이유를 알았다.

"김대중 총재는 1986년부터 노벨평화상 대상자로 선정되었는데 매년 낙방했습니다. 금년에도 후보로 추천되었는데 조건은 좋지 않지만 우리 노력 여하에 따라 달라질 수도 있을 것 같습니다. 이 의원님을 이 운동을 담당할 최적임자로 생각하고 있습니다. 함께 노력할 것을 부탁드립니다."

"왜 하필 나입니까?"

"사실, 여러 가지로 생각했습니다. 이 의원님은 정부의 장관도 지내

셨고, 국제 분야에 경험도 많으셔서 가장 적임자라고 총재께서 말씀하셨습니다."

"앞으로 어떻게 하면 되지요?"

"우리가 하나의 태스크포스를 만들어 활동하자는 것입니다. 미국에는 제가 있고, 이영작 박사는 수시로 서울로 왔다 갔다 하면서 일하고, 한국에서는 의원님께서 뒷받침해주시면 잘되겠습니다. 그리고 차츰 우리 활동 범위도 넓혀나가면 되겠습니다."

나는 노벨상에 대해서 무지했던 만큼 이러한 제안을 선뜻 받아들이기 주저했지만, 김 총재의 간곡한 요청이라는 말에 결국 수락했다. 얼마 후 미국에서 귀국한 이영작 박사가 또 나를 찾아왔다. 이번에는 다짜고짜 말했다.

"선배님, 저하고 노르웨이에 한번 다녀와야겠습니다."

"아니, 아무런 준비도 없이 불쑥 가면 어떡합니까?"

"지금 사태가 약간 급박하게 돌아가고 있습니다. 최근에 김영삼 대통령이 '마틴 루터 킹 비폭력평화인권상'을 수상했습니다. 그 공로로 권영민 애틀랜타 총영사가 노르웨이 대사로 영전됐습니다. 그리고 권영민 대사에게 내밀하게 김영삼 대통령의 노벨평화상 수상 작업을 진행하도록 임무가 주어진 것으로 알고 있습니다. 김대중 총재는 노벨평화상 후보로 1986년부터 거론되었는데 아직 수상하지 못했고, 김영삼 대통령은 이제 시작인데 김대중 총재와 경쟁하게 되었습니다. 한 나라에 두 번 노벨평화상을 줄 수는 없을 것입니다. 그래서 우리도 서둘러야겠습니다."

나도 그런 소식을 듣고 있었지만 어디부터 손을 대야 할지 어리벙벙했다. 그렇다고 노르웨이 오슬로로 무작정 상경하듯이 갈 수도 없는 노릇이고…. 좌우간 기초 연구부터 해놓고 행동으로 옮기자고 약속하고 헤어졌다.

나는 오랫동안 나와 형제처럼 지낸 스웨덴의 한영우 선배*와 나의 친구인 안데스 비올크** 당시 스웨덴 국회부의장을 만나야겠다는 생각부터 했다.

노벨위원회와의 첫 만남

노벨평화상에 대한 여러 가지 지식과 정보를 충분히 축적한 뒤 우리는 오슬로로 떠났다. 나는 서울에서 출발했고, 이영작 박사와 아태평화재단 미국 사무실에 주재하는 스티븐 코스텔로 대표는 워싱턴에서 출발해 오슬로에서 합류하기로 했다. 여러 가지 일어날 수 있는 잡음을 막기 위해 여행 사실은 일체 비밀에 부쳤다. 나는 런던에서 공부하고 있는 아들을 만난다는 핑계로 출국했다.

1995년 4월 5일 오후, 이영작 박사와 코스텔로가 오슬로에 도착했다. 코스텔로는 처음 만났다. 우리는 저녁을 함께하면서 내가 느낀 노르웨이 분위기를 전하고 다음 날 노벨위원회를 방문할 계획을 검토했다. 그들은 내가 현역 국회의원이고 금년도 노벨평화상 한국 측 추천인의 한 사람이기 때문에 직접 설명하는 것이 좋겠으며, 자기들은 부족한 부분

---

* 한영우는 나의 고등학교 5년 선배다. 박정수 전 외교통상부 장관, 함병춘 전 청와대 비서실장 등과 동기다. 한국전쟁 때 스웨덴 부대에 근무한 인연으로 스웨덴에 가서 의과대학을 졸업하고 왕립의사회 회원으로 활동했다. 중앙정보부 이철희 차장과 친해 나와도 알게 되었다. 스웨덴 사회에 교유 관계가 넓고, 한국과 스웨덴의 관계에도 크게 기여했다.

** 안데스 비올크는 스웨덴 중앙당 의원으로서, 보수당과 연정하던 시절 국방부 장관과 국회 부의장을 역임했고, 유럽의회에서 의장직도 수행했다. 한영우의 소개로 1970년대 그가 초선 의원일 때부터 교유해왔다.

만 보충하겠다고 했다.

다음 날 오전 10시, 노벨위원회에 도착했다. 예이르 루네스타* 사무총장실로 안내를 받아 들어갔더니 키가 나보다 머리 하나는 더 큰 신사가 우리를 반갑게 맞았다. 나보다 9년 연하였지만 머리가 희끗희끗해 겉보기에는 연상 같았다. 일견 대단히 성실한 사람이었다.

사무실은 그다지 넓지 않았지만 햇볕이 잘 들어와 불을 켜지 않아도 매우 밝았다. 그의 책상에는 자료가 수북이 쌓여 있었다. 별도의 응접용 소파가 없어 그는 자기 의자를 밀어서 우리 일행이 원탁 테이블에 마주앉을 수 있게 해주었다. 간단한 수인사를 나누고 나는 직접 본론으로 들어갔다.

"이번에 한국의 국회의원들이 김대중 아태평화재단 이사장을 올해 노벨평화상 후보로 추천했는데, 나도 직접 서명한 의원으로서 진행 사항을 알아보고자 왔습니다."

그리고 내가 정부의 장관과 여당 원내총무를 역임했다는 사실을 소개했다. 우리는 김대중의 반독재 투쟁과 민주주의에 대한 신념, 인권 사상, 그리고 통일 정책 등을 요약해서 설명했다. 사실 소개가 필요 없었다. 그는 벌써 지난 몇 년간 김대중이 추천되었다가 낙방한 사실을 잘 알고 있었고, 그 과정에서 김대중의 개인사를 꿰뚫고 있었다. 나의 설명이 끝나자마자 그가 질문을 시작했다.

"김대중 씨의 통일 정책이 중장기 정책으로는 유용할지 모르지만 현

---

* 예이르 루네스타는 노벨평화상위원회의 사무총장직을 1990년부터 5년 동안 맡고 있었다. 1945년생으로 오슬로 대학교에서 역사학을 전공하고 1976년 박사 학위를 받은 토종학도였다. 그는 대학에서 국제관계사를 가르치는 한편 노벨평화상위원회에서 봉사하기 시작했다. 1978년 미국 하버드 대학교에서 1년 연구했고, 그 후 워싱턴DC에 있는 우드로 윌슨 센터에서 근무했다. 이런 경험이 참작되어 노벨평화상위원회 사무총장으로 임명되었다.

재 재야 지도자로서 통일 정책을 직접 수행하기는 힘든 일 아닌가요?”

“네, 김대중 씨는 단순한 야당 지도자가 아니라 국가 지도자로서 영향력을 크게 미칠 수 있습니다. 실례로 1994년 북한이 NPT를 탈퇴하며 핵 개발을 선언한 시기에 미국은 유엔 안보리를 통해 제재하는 방향으로 선회하면서 여차하면 북한의 핵 시설을 공격하려는 긴장 상태가 계속되었습니다. 그때 마침 김대중 씨는 미국을 방문 중이었습니다. 그는 ‘유엔이 제재하기보다 미국이 북한과 대화해야 한다’고 주장했습니다. 미국신문기자클럽(NPC)에서 연설했고, 방송에 나가 약 5000만 명의 미국 시청자들에게 호소했습니다. 그 결과 지미 카터 전 대통령이 북한을 방문하게 되지 않았습니까?”

루네스타 총장은 이 사실은 처음 들었던 것 같다. 그는 열심히 기록했다. 우리네 같으면 옆에 비서가 들어와서 기록을 거들 테지만, 그는 스스로 모든 것을 기록하고 챙겼다.

“작년에는 이런 일도 있었습니다. 김대중 씨가 중국을 방문했을 때 중국의 당 서열 4위인 리루이환(李瑞環) 전국정치협상회의 주석을 만났습니다. 당시 리 주석은 김대중 씨에게 ‘김 이사장이 노력해 지미 카터 전 미국 대통령이 그때 북한에 가서 김일성 주석을 만나 기본적인 합의를 봤으니 얼마나 다행한 일입니까? 그의 아들 김정일은 지금 김일성의 노선을 그대로 답습하고 있기 때문에 그 당시 합의 내용을 따를 것입니다. 만약 김일성이 미국과 아무런 합의도 보지 못하고 사망했다면 지금 김정일은 미국과 단독으로 어떤 합의도 볼 수 없었을 것입니다. 참으로 적절한 시기에 카터가 북한을 방문한 것이라고 생각합니다’라고 말했습니다.”

자연스럽게 대화가 남북 대화와 통일 방안으로 넘어갔다. 나는 김대중의 연합제 통일 방안을 풀어서 설명한 뒤 그가 “통일 정책에서 가장 앞서 나가는 입안가이자 추진자(major thinker and promotor)임에 틀림없다"라고 말을 맺었다. 그러자 바로 질문이 나왔다.

"지금 보도를 보면 남북 대화가 교착 상태에 있습니다. 앞으로의 전 망은 어떠하며, 김영삼 정부가 추진하는 통일 정책에 대해서는 어떻게 생각하십니까?"

"김영삼 정부의 통일 방안은 김대중 씨의 방안을 약간 변형한 것에 불과합니다. 김대중 씨의 통일 방안에 국민들이 광범위하게 호응하고 지지하는 분위기가 무르익자 우리 정부도 통일 정책을 평화적·단계적 방안으로 수정한 것입니다."

"지금 설명대로라면 적어도 남북 대화나 통일 논의에서 여야가 이론 이 없을 것 같은데, 제가 듣기에는 많은 이론이 있는 것 같습니다."

"현 정부가 김대중 씨의 통일 방안을 모방하긴 했지만 근본적인 철학 이 바뀌지 않고 단순히 외형만 모방한 것에 불과합니다. 김영삼 정부가 들어선 이래 여러 차례 정책 기조가 바뀌었습니다. 처음에는 북한을 포 용하는 유화적인 자세를 보이다가 어느 날 갑자기 강경 대결 방향으로 나가 국민들은 정부가 일관성이 없다며 불만을 표시하고 있습니다. 저 도 국회에서 현 정부의 통일 방안에 대해 사우나식이라고 비판한 일이 있습니다. 계속 냉탕과 온탕을 거듭하고 있습니다. 이 때문에 남북 대 화는 다시 중단 상태에 빠지게 되었습니다."

내가 '사우나식'이라고 설명하자 루네스타는 파안대소하며 재미있다 고 말했다. 그렇지만 이내 파일을 넘겨다보며 "풍문에 따르면 김대중 씨가 정계에 복귀한다는 말이 많은데…"라고 운을 떼고는 이를 어떻게 봐야 하느냐고 물었다. 분위기가 일순 바뀌었다. 나는 '이제 본론이 나 왔군!' 속으로 생각하며 목소리를 가다듬었다. 이 부분은 우리가 사전 에 준비한 질문 사항이었다.

"그분은 현재 현장 정치에서 손을 떼고 있지만 나라가 올바른 방향으 로 가게끔 영향력을 행사하고 있는 것은 틀림없습니다. 이를 두고 여당 측에서는 정치에 간섭한다고 비난하고 있지만 그것은 국민으로서, 아니 야당 당원의 한 사람으로서 당연한 도리가 아닙니까?"

"내가 말하는 것은 그게 아니라 김대중 씨가 노벨평화상을 받게 되면 혹시 이를 정치적으로 활용할 것이라는 세간의 주장에 대해 어떻게 생각하느냐는 것입니다."

바로 이것이 그가 묻는 핵심이어서 나는 긴장했다. 옆의 이영작도 바짝 긴장했는지 앞에 있는 물컵을 들어 한 모금 마셨다.

"노벨평화상은 국제적으로 명성이 손꼽히는 상임에 틀림없습니다. 그러나 김대중 씨 정도의 관록 있는 정치인은 평화상을 이용할 수준은 이미 지났다고 생각합니다. 또 그럴 수도 없습니다. 김대중 씨는 언제든지 자신의 목소리로 올바른 주장을 해왔고 앞으로도 계속할 것입니다. 다만 노벨평화상이 김대중 씨처럼 일생을 평화와 민주주의를 위해 헌신해온 분에게 돌아감으로써 오히려 상의 명성이 올라갈 것이라고 생각합니다."

이 말을 하는 나의 목소리가 약간 떨렸던 것 같다. 그의 질문은 나의 자존심에도 일침을 가하는 모욕처럼 들렸지만 나의 해명이 그에게 그다지 설득력 있어 보이지는 않았다. 그의 질문에는 노벨평화상을 정치적으로 이용하게 놓아두지 않겠다는 결심이 분명하게 담겨 있었다. 대화 분위기가 어색해진 것 같았다. 그는 나의 마음을 읽었는지 재빨리 변명처럼 말했다.

"작년에 아라파트에게 상을 주었다고 심사위원 한 사람이 사임했을 정도로 이것은 정치적으로 매우 민감한 문제입니다. 노벨평화상위원회도 올바르게 대상자를 선정하고자 노력하고 있습니다. 그 점을 이해해 주었으면 합니다."

그는 잠시 머뭇거리더니 또 한마디 핵심을 찌르는 말을 중얼거리듯 했다.

"사실 김대중 씨는 1987년에 좋은 기회를 놓쳤습니다. 그해에 그는 가장 유력한 후보였습니다. 그러나 그가 대통령에 출마함으로써 한국의 야당이 분열되었습니다. 그는 많은 사람들의 원망을 샀고 비난을 받았습니다. 그해 우리는 다른 사람에게 평화상을 수여했습니다."

나는 이 말에 아무런 답을 하지 못했다. 그는 애써 우리 시선을 피했고, 그를 찾아간 우리 셋은 서로 얼굴을 마주 보았다. 그는 어색한 분위기를 다시 진정시키듯 화제를 돌려 아태평화재단의 운영 문제 등을 조금 더 물었고, 이에 대해서는 이영작 박사가 설명했다. 이제 루네스타는 들을 만한 말을 다 들었는지 자료를 정리하면서 농반진반으로 불쑥 한마디 던졌다.

"김대중 씨가 노벨평화상을 받는다면 이를 시기하는 사람도 있지 않겠습니까?"

"아마 한국 국민 모두가 환영할 것입니다. 한 사람만 빼고 말입니다."

우리는 "와" 하고 일제히 웃었다. 우리 일행은 루네스타와 악수하고 헤어졌다. 그의 외모는 호인형이었고 태도 역시 시종 정중하고 호의적이었다. 그러나 돌이켜 생각해보면 그의 질문은 매우 까다로웠고 우리의 약점을 꿰뚫어보고 있었다.

그의 김대중 파일에는 별의별 내용이 다 있는 것 같았다. 그러나 나는 어떤 자료든 김대중에 관한 자료를 그에게 더 많이 보내줘야 할 필요를 느꼈다. 로비란 다른 의미가 있는 것이 아니다. 상대가 올바로 인식하도록 만들기 위해 노력하는 과정이다. 정확하고 신뢰가 가는 자료를 많이 보내는 작업이야말로 가장 중요한 것 아닌가?

주노르웨이 권영민 대사와 만나다

다음 날 우리는 현지의 권영민 대사에게 연락을 취해야 할 것인지를 놓고 토론했다. 결론은 권 대사를 만나 우리가 김대중의 노벨평화상 수상을 위해 노력하고 있음을 알림으로써 김영삼 수상 문제에 쐐기를 박는 것이 유리하다는 데 합의했다.

나는 국회의 외무위원이고 권 대사를 아는 처지여서 직접 대사관으로 전화를 걸었다. 전화를 받은 권 대사는 몹시 당황했다. 권 대사는 오슬로에 모처럼 왔으니 관저에서 저녁을 하자고 제의했다. 일행이 있어서 곤란하다고 했지만 그는 막무가내였다. 결국 관저에 나 혼자 가기로 했다.

그날 예정했던 몇 가지 일정을 마친 뒤 나는 일행과 헤어져 권 대사가 제공한 차편으로 관저로 갔다. 권 대사와 안기부에서 나온 최종흡 참사관이 대기하고 있었다. 오랜만에 맛있는 한식을 들면서 대화를 나누었다. 나는 먼저 여행 목적을 그들에게 알렸다.

"이번에 김대중 총재의 노벨평화상 때문에 면담 약속이 되어서 왔습니다. 불필요한 오해가 있을 것 같아 사전에 알리지 않았습니다. 권 대사께서 아시다시피 한국 사람이 노벨상을 받게 되면 한국의 국제적 위상에도 도움이 될 것 아닙니까? 현지에서 많이 도와주시기 바랍니다."

권 대사는 약간 긴장하면서 답했다.

"저는 부임한 지 얼마 안 되어 아직 사정을 상세히 파악하지 못했습니다. 요새는 주재국의 고위 인사들을 차례로 예방하고 있습니다. 오늘도 사실은 이 나라 국회의장을 만나고 왔습니다."

"김대중 총재는 벌써 여러 해 전에 노벨평화상의 가장 강력한 후보로 추천된 것을 권 대사께서도 알고 있을 겁니다. 금년에도 국내외 많은 인사들이 그를 추천했습니다. 그동안 그분의 공적으로 볼 때 노벨평화상을 수상하는 게 당연한 일 아닙니까? 어떻게 생각하십니까?"

그는 이 말을 듣고 더욱 당황하는 것 같았다. 그리고 배석한 최 참사관을 보며 답했다.

"제가 알기에 노벨위원회는 접근하기가 대단히 어렵고 제가 만나는 분들도 가급적 노벨상 문제는 화제에 올리려 하지 않고 있습니다. 위원회 사무총장과는 인사를 나눴지만 그 외에는 위원 명단조차 파악하지 못하고 있습니다. 그리고 대사가 직접 우리나라 후보들을 위해 로비하는 것이 오히려 역효과를 불러올 가능성도 있어서 되도록 조심하자는 것이 현재 방침입니다."

"아, 현직 대사가 공개적으로 로비해달라는 말이 아닙니다. 혹시 대사관에 김대중 선생에 관한 자료 요구라든가 각계의 문의가 있으면 적극적으로 PR해달라는 뜻입니다."

나는 가지고 온 김대중 홍보 자료 일부를 권 대사에게 전했다. 그리고 그들에게 격려의 인사를 전한 뒤 헤어졌다.

우리는 1995년 노벨평화상 심사가 본격적으로 진행 중일 때 일말의 희망을 갖고 기대했다. 그해 노벨평화상은 그리 경쟁이 치열하지 않았다. 다만 그 전해 수상자 선정의 잡음* 때문에 노벨위원회가 신중에 신중을 기하고 있다는 소식이 들렸다. 10월에 발표된 수상자를 보니 핵 없는 세계를 위해 노력해온 국제평화군축단체 퍼그워시 회의와 이 단체를 이끌어온 영국의 조지프 로트블랫이 공동 수상했다.

김대중은 또 한 번 낙방했다. 노벨평화상은 영원히 물 건너가는 것

---

* 1994년 노벨평화상은 이스라엘의 이츠하크 라빈 총리와 시몬 페레스 외무장관. 그리고 팔레스타인해방기구(PLO)의 야세르 아라파트 의장 등 세 명이 공동 수상했다. 노르웨이 정부의 중개로 '오슬로 평화협정'을 체결함으로써 중동에 평화를 가져온 공로를 인정받아 수상자로 선정되었던 것이다. 그러나 테러리스트 아라파트의 수상에 반대하는 세계 여론의 공격으로 물의가 일었다.

아니냐는 생각도 했으나, 다른 한편으로는 어차피 김대중의 인생은 7전 8기로 운명 지어졌으니 대통령에 다시 도전하는 것과 마찬가지로 노벨평화상에도 재도전해야겠다고 각오를 다시 했다.

김대중의 노벨평화상 수상을 방해한 역대 공작들

김대중이 노벨평화상을 받지 못하도록 방해하는 작업은 당시 정부, 특히 안기부를 중심으로 끊임없이 진행되었다. 이런 방해 활동은 2000년 그가 노벨평화상을 수상할 때까지 계속되었다.

시기적으로 구분해보면, 우선 1985년 6월부터 1987년 12월까지 '산림정책'이라는 공작명으로 추진된 작업을 들 수 있다. 이때는 김대중의 노벨평화상 문제가 처음 거론되던 무렵인데 마침 대통령 선거와 맞물려 가장 강력한 방해 공작이 펼쳐졌다. 1988년 1월부터 1992년 12월까지 노태우 대통령 치하에서는 '조선사업'이라는 공작명으로 추진되었다. 그리고 1993년 6월부터 1995년 12월까지는 '세종사업'이라는 이름 아래 김영삼 대통령도 노벨평화상을 받으려 노력하던 시기로, 이때 김대중 수상을 저지하는 맞불작전도 함께 진행되었다. 이 작업은 1996년 초부터 1997년 12월까지 '피요르드 사업'으로 개명되어 계속되었다.

이 가운데 1985년 시작된 '산림정책'은 안기부 통제 아래 현지 대사관을 중심으로 진행되었다. 안기부 파견관이 외교관 신분으로 노벨위원회에 접근했고, 현지 언론을 부추겨 김대중에 대한 중상과 비방 내용을 집중적으로 보도하도록 했다. 사실 김대중은 1987년 야당이 분열된 가운데 무리하게 대통령에 출마함으로써 언론의 중상 보도가 진실처럼 인식되어 노벨평화상의 꿈도 함께 사라졌다.

공작명 '산림정책'을 진행하는 과정에서 노벨위원회는 '산림 당국', 노벨위원회에서 일하는 연구위원과 조수들은 '산림 전문가', 김대중은 '수종(樹種)', 노벨평화상 심사는 '연구', 수상 결과는 '연구 발표'로 각각 암호가 정해졌다.

이를테면 노르웨이 파견관은 다음과 같이 전문을 보내왔다. "오늘 산림정책을 논의하기 위해 산림 당국자와 만나서 언제부터 연구 활동에 들어가느냐고 물었고, 논문 발표에 우리가 말하는 수종이 포함되었는지 문의했다. 연구 발표에 그 수종은 포함되지 않는다는 반응이었다." 서울 본부에서 이 전문을 해독하면 "김대중 노벨평화상 수상을 저지하기 위해 노벨위원회 위원들을 만나서 알아본바, 금년도 노벨평화상 수상 대상자에 김대중은 포함되지 않았다고 한다"는 내용이 된다.

1987년도 '산림정책 추진 계획서'에는 중요한 이야기가 포함되어 있었다. 당시 안기부가 저지 공작을 서두른 배경을 알 만했다.

"서독의 사민당 의원 73명이 김대중을 노벨평화상 수상 후보로 추천했다. 1987년 3월 말 1차 심사를 거쳐 수상 후보자를 10명 내외로 선정한다. 그 가운데 김대중이 포함되어 있다. 8월부터 10월까지 심사를 거쳐 최종 후보를 3~4명으로 다시 압축한다. 10월에 수상자 발표가 있고, 12월 10일 시상을 한다."

안기부가 긴장한 이유는 만약 10월에 김대중이 수상자로 발표되면 정국에 큰 파장이 예상되고, 여당의 정권 연장 계획에 큰 차질이 빚어질 것이기 때문이었다. 무슨 수를 써서라도 이를 막아야 한다는 것이었다. 이에 따라 방해 공작의 대상들을 다음과 같이 집중적으로 접촉한 결과 김대중의 노벨평화상 수상에 치명적인 악영향을 주었던 것이 사실이다.

첫째, 노르웨이 언론에 김대중에 대한 악선전 내용이 여러 차례 실렸다. 예컨대, 노르웨이의 주요 일간지인 《베르덴스 강》은 1987년 3월 17일 한국 관계 기사로 "김대중이냐 김영삼이냐"라는 제목하에 "이민우 민주화 7개 항에 대해 양 김 씨가 거부하고 서로 출마하기 위해 암투하고 있다. 김대중은 친북 태도와 집권욕 때문에 국민 대다수가 기피하고 있다"라고 보도했다. 이 기사는 마침 노벨위원회가 1차 심사를 진행하던 시기에 보도됨으로써 김대중을 집중 견제했다. 그러나 과연 효과가 있었는지는 의심스럽다. 또한 덴마크의 리차우 통신도 3월 20일 자로 한국의 발전상을 소개하는 가운데 "양 김 씨의 거부 때문에 내각제가 실현되지 못하고 있다"라고 보도했다.

김대중을 헐뜯는 이 같은 기사는 문공부를 통해 각 공관에도 시달되었다. 세계 언론에 확산되는 효과를 노린 것이었다. 1987년 7월 20일자 일본의 보수지 ≪산케이신문≫은 "일본 정치인이 부도덕하게 김대중의 노벨평화상 수상을 돕고 있다"라고 보도했다. 국내의 연합통신은 이 기사를 받아 영문으로 작성해 세계에 전파했다. "김대중이 노벨평화상을 받으면 그 발표 시기가 한국 대선의 2개월 전이다. 이를 노리고 일본의 친북 사회당 의원들이 김대중을 돕고자 뛰고 있다"라는 내용으로 풀어서 해설까지 달았다.

그러던 차에 ≪베르덴스 강≫은 그해 9월 1일 자 "선거전에서의 평화상"이라는 제하의 기사에서, "김대중은 자신의 권력 장악을 위해서가 아니라 민주화를 위해 노력해왔다고 주장하고 있으나 최근 대통령 출마 포기 선언을 교묘하게 번복한 인물이다"라고 보도했다. 노벨평화상이 한국의 대통령 선거에 이용될 수 있다는 기사였다. 이 기사야말로 그해 김대중의 노벨평화상 수상에 찬물을 끼얹은 결정적인 여론몰이 역할을 했다.

둘째, 주노르웨이 대사관과 국내의 유력 인사를 동원해 노벨위원회 관련자나 전문가와 접촉케 했다. 먼저 기드스케 안데르손 노벨위원회 위원은 1986년 3월 자신의 암 투병기를 한글판으로 번역해준 이규현 전 대사와의 개인적인 친분으로 한국에 대해 매우 호의적이었다. 이를 이용하기로 했다. 안기부는 조영식 경희대 총장에게 그를 초청하도록 했다. 마침 조영식도 노벨평화상을 꿈꾸고 있었기 때문에 기다렸다는 듯 기꺼이 초청장을 보냈다. 안기부는 조영식의 욕망을 자극함으로써 김대중을 견제하는 이중 플레이를 했던 것이다.

1987년에 들어서는 저지 공작이 얼마나 집요했는지 야코프 스베르드 루프 노벨연구소장에게 보낸 김대중 중상 자료만 무려 56건에 달했다. 그 자료들의 제목은 "김대중 정치 행적 및 실태", "민주화는 뒷전, 당권 쟁취 혈안" 등등이었다.

셋째, 김대중의 노벨평화상 수상을 저지하기 위해 국내 인사들을 노르웨이 현지에 보내 이들이 주재국의 친분 있는 인사들과 교유하면서 자연스럽게 방해 여론을 확산시키는 방법도 썼다.

이런 공작들은 유치한 것 같지만 주효했다. 김대중은 1987년 노벨평화상 후보로 막판까지 코스타리카의 오스카 아리아스 산체스 대통령과 경합했다. 산체스는 니카라과의 평화를 중재한 공로로 주로 남미 측에서 후원하고 있었다. 하지만 유럽의 각국 사민당 의원들이 연합해 추천한 김대중이 유리했다. 그렇게 잘나갔지만 대통령에 당선되기 위한 수단으로 노벨평화상을 이용하려 한다는 메시지가 먹혀들어 막판에 탈락했다.

이 메시지는 노벨위원회 위원들의 뇌리에 강하게 각인되었다. 그래서인지 그 후에도 매년 후보로 추천되었으나 그때마다 대통령 선거의 유력한 후보자라는 이유로 초기에 제외되곤 했다.

아태민주지도자회의 재활성화

내가 김한정 군을 만난 것은 1997년 대통령 선거가 막바지였을 때였다. 그는 1992년 대선 때 김대중의 비서였다. 그해 대선이 실패하자 그도 미국으로 건너가 박사 과정을 마쳤다. 나와 만났을 때는 논문 작성 과정만 남겨놓고 있던 시기였다. 대통령선거대책본부의 배기선 동지(나중에 국회의원 역임)가 소개해 그를 알게 되었고, 우리 선거 사무실에서 자원봉사로 열심히 운동했다. 나는 그가 영어에 능통한 것을 알아 외신을 담당하도록 배치했다.

안기부에 대한 개혁 작업이 거의 마무리되어가던 1998년 5월 말경 김한정 군이 나를 찾아왔다. 박사 학위 논문을 마무리하기 위해 다시 미국으로 돌아가겠다며 인사차 온 것이었다. 그 무렵 나는 김대중 대통령이 민주화 투쟁 시기에 형성한 세계적인 네트워크에 대해 신경을 쓰고 있었다. 그 네트워크와 유대를 가지며 이를 해외 정보활동에 활용해야겠다는 구상도 했다. 그리하여 김대중 대통령의 의도를 잘 알고 또 개혁 의지가 강한 일꾼들을 모아 수준 높은 국제정보 사업을 추진하는 태스크포스를 하나 구성하고 싶었다. 그래서 부의 안팎에서 사람을 찾고 있었다.

그리하여 김 군에게 정보 업무에 경험은 없지만 김 대통령과 나를 돕는 보람 있는 일을 한번 추진해보자고 제의했다. 그도 생각할 시간을 달라고 하더니 이에 응했다. 그뿐 아니라 중앙정보부 정규 과정 시험에 1등으로 합격했다. 과거에 마지막 구술시험에서 조승형 헌법재판관(당시 김대중 총재의 비서실장)의 조카라는 이유로 낙방했던 조준호 군도 특채했다. 조 군은 두 개 국어에 유창할 뿐 아니라 비행기 조종사 자격증까지 갖춘 에이스였다.

나는 우선 부장 직속으로 대외협력보좌관실을 임시 편성했다. 그리고 과거 나의 부하였던 이종훈(육사 출신, 정규 과정 7기) 군이 팀장이 되어 그들을 지휘하게 했다. 대외협력보좌관실이 노벨평화상 로비 활동을 위해 만든 조직이라고 헐뜯는 사람도 있지만, 근거 없는 헛소리다.

팀장인 이종훈 군은 과거 김대중 노벨평화상 반대 공작의 주역이었다. 어떻게 노벨평화상 로비 조직의 대표로 그를 기용한단 말인가?

나는 우선 김한정 군에게 정보 업무 전반을 공부해보라고 권했다. 그는 외국 정보기관의 역사와 성공 사례를 비롯해 우리 기관의 과거와 현재를 열심히 살폈다. 얼마 후 나를 찾아온 그는 솔직한 심정을 말했다.

"저는 솔직히 정보기관에 대해 나쁜 인상을 갖고 있었습니다. 민주 인사를 탄압하고, 무고한 국민을 간첩으로 몰아 고문하고, 대통령 후보였던 분도 납치하는 그런 무지막지한 기관으로 알고 있었습니다. 그런데 몇 가지 자료를 읽었더니 참 숨어서 많은 일을 했음을 알겠습니다."

"좋은 일은 선전하지 못하고 말썽날 일만 공개되다 보니 그런 억울한 평가를 많이 받았지요. 또 과거 중앙정보부 시절에는 무리한 수사나 공작을 많이 한 것도 사실입니다. 그게 충성이라고 당시 부원들이 생각했던 모양인데…. 백성을 사랑하지 않으면 정보기관이 아닙니다."

나는 대외협력보좌관실을 잘 활용했다. 우선 외국 정보기관과 정보 협력을 할 때에도 이들을 배석시켜 외부와의 접촉의 폭을 넓혔다. 그 뒤 김한정 군이 과거 김대중 노벨평화상 방해 공작의 후유증이 어느 정도 심각한지 노르웨이를 한번 다녀오고 싶다고 했다. 그렇게 노르웨이와 스웨덴에 한번 다녀오더니 김 군은 자기 일거리를 찾은 것 같았다. 그가 나에게 건의했다.

"지금은 오히려 해외 동포들이 각기 김대중 대통령 노벨평화상 수상 추진위원회를 만들고 반공개적으로 활동을 시작했습니다. 이를 통제하지 않으면 잡음이 생겨 노벨상 추진에 차질을 줄 것 같습니다. 이를 우리가 전담해 나가야겠습니다."

"정보기관에서 추진하다 노출되면 부작용이 크게 터질 것이네."

"초기 계획만 제가 개인적으로 세우고, 어느 정도 발동이 걸리면 밖으로 나가겠습니다."

"하여간 국정원 내에서 그 사업을 하는 것에 나는 반대요. 그러니 외부에 나가 활동할 준비를 하시오."

그 뒤 김한정 군은 열심히 쫓아다니며 왕년의 동교동 참모들이 해외지지 세력과 함께 떠들썩하게 벌이던 노벨평화상 추진 작업을 중지시키고 자신이 활동을 추스르고 나섰다.

1998년 말, 그는 나에게 노벨위원회에 직접 접근하기보다 외곽에서 여론을 형성해 들어가는 사업을 하겠다고 보고했다. '인간 김대중'을 소개하는 작품을 만들기로 하고 우선 『김대중 옥중서신』 번역 작업을 하겠다는 것이었다. 이 글은 특히 서구 사람들에게 감동을 줄 것이라고 나도 생각했다. 이 작업에 소요되는 예산은 약 10만 달러였고, 그 자금은 김홍일 의원이 자청해서 마련하기로 했다.

다음은 노벨평화상을 위해 드러내지 않고 활동할 수 있는 조직이 필요했다. 아태평화재단이 있지만 너무 방대해 좀 더 기동성 있게 활동할 수 있는 아태민주지도자회의(FDL-AP)를 재단에서 분리한 뒤 이 조직을 주체로 삼기로 했다. 사실 이 조직은 김대중 대통령 당선 이후 활동이 저조했다. 나는 김한정 군을 아태민주지도자회의의 사무차장으로 추천하고 조직을 개편하는 방안에 동의했다. 그래서 김상우 전 의원을 사무국장으로 하는 사무국을 발족시키기로 했다.

아태민주지도자회의를 재가동하려면 자금이 필요했다. 물론 후원회를 통해 공개적으로 상당한 금액을 모을 수도 있지만 그럴 경우 후원회가 자칫 하나의 이권 단체로 전락할 우려가 있었다. 나는 평소 가깝게 지내온 친구들과 의논해 작은 후원 그룹을 만들기로 하고 정부의 '기부금품모금법'에 따른 세금 감면도 받는다는 원칙 아래 정식으로 기부를 받았다. 그 외에 해외에서는 독일의 나우만 재단과 조지 소로스의 오픈소사이어티 등이 지원을 약속했다.

이런 준비를 위해 나는 1999년 초 김한정 군에게 서둘러 국정원을 퇴사하고 아태민주지도자회의의 사무차장으로 나가서 조직을 활성화하는 데 역할을 다하라고 권고했다.

아태민주지도자회의를 김대중 외교의 첨병으로

아태민주지도자회의는 1999년 2월 마포구 도화동 소재 거성빌딩 8층에 사무실 두 칸을 얻었다. 그리고 곧바로 조직을 활성화해 여러 가지 프로젝트를 재점화하기로 했다.

이때 가장 시급하게 대두된 과제는 김대중 이사장의 대통령 취임에 따라 공석이 된 이사장을 새로 선임하고 조직을 정비하는 문제였다. 나는 아태민주지도자회의의 이사장은 누가 보아도 김대중과 너무 밀착해 있지 않으면서 국제적으로 알려진 인사들을 중심으로 골랐다. 그때 부각된 인물이 김영삼 정권에서 외무부 장관을 역임한 한승주 박사였다. 나는 그야말로 삼고초려 해서 겨우 그의 승낙을 받았다. 김대중 대통령도 그의 발탁에 대단히 만족해했다. 한 박사가 이사장에 취임함으로써 코라손 아키노 전 필리핀 대통령, 아리아스 전 코스타리카 대통령, 소냐 간디 전 인도 수상 등 기왕의 공동의장단과도 격이 맞았다.

우리의 첫 번째 주안점은 아시아 지역에 민주화를 확산시키는 작업이었다. 이 사업은 김대중의 삶만 잘 소개해도 적합한 시나리오를 만들 수 있을 것 같았다. 아시아의 민주화를 이야기하려면 당연히 거론되는 나라가 미얀마였다. 아웅산수치 여사는 선거에서 승리했는데도 군사정권에 의해 연금 중이었으며, 민주화 세력은 탄압받고 국외로 축출되거나 투옥 상태에 있었다. 김대중은 대통령이 되기 전에도 군사정권과 수치 여사 간의 대화를 유도하기 위해 아태민주지도자회의 의장단이 직접 양곤을 방문하는 계획도 시도했으나 실패한 경험이 있었다.

미얀마는 민주화 투쟁을 위해 해외에 망명정부를 두고 있었는데, 테인 세인이라는 인사가 수반이었다. 우리는 그 단체에 자금을 지원하는 사업을 벌이기로 했다. 먼저 이 망명정부와 연관 있는 노르웨이의 PD-버마(PD-Burma)*라는 단체에 김상우 전 의원이 공동의장으로 선임되도록 했다. 우리의 구상은 PD-버마와 아태민주지도자회의가 공동으로 한국 민주화의 상징적인 도시 광주에서 망명정부를 위한 모금 콘서트를 개최하고 이를 전 세계에 방송해 모금하자는 것이었다.

시작은 좋았다. 1999년 6월 미얀마민주화국제회의를 개최했다. 나는 5월 국정원장에서 물러난 뒤 아태민주지도자회의 고문 겸 이사로 취임했다. 그래서 비교적 자유로운 입장에서 국제회의 참석 인사들과 만날 수 있었다. 이 회의에 미얀마 망명정부 측 인사와 국내외 인사 다수를 초청했다.

이 미얀마민주화국제회의에는 해외에서 많은 인사들이 참석했다. 노르웨이에서도 미얀마 관련 인사들이 빠짐없이 참석했는데, 그 가운데 특히 내가 주목한 사람은 에릭 솔헤임이라는 국회의원이었다. 그는 사회당의 전 당수였고, 인권 단체인 월드리뷰의 총재이기도 했다. 우리는 기회 있는 대로 과거 김대중이 미국에서 많은 친구들의 도움으로 외롭지 않게 민주화투쟁을 했다는 사실을 상기시키며 그 연장 선상에서 우리도 아시아 민주화에 노력하고 있다는 사실을 강조했다. 지금 돌이켜 생각해봐도 아태민주지도자회의가 노르웨이 인사들과 더불어 미얀마의 민주화를 돕는 사업을 벌였다는 사실이 수치 여사에게 오랫동안 강한 인상을 남겼던 것 같다.

---

* PD-버마(Promotion Democracy in Burma)는 셀 망네 본데비크 노르웨이 수상이 창설했으며 현재 에릭 솔헤임 총재가 뒤를 잇고 있다. 미얀마의 민주화를 위한 국제적인 연대를 확산해나가려 노력하는 국제 인권 조직이다.

아태민주지도자회의는 아태민주청년 워크숍도 개최했다. 미얀마, 인도네시아, 필리핀 등에서 청년 지도자들이 모였다. 아마 아시아 민주화를 위해 청년 지도자들이 모인 것은 그때가 처음이 아니었나 생각된다.

또한 뉴스레터로 아시아 민주주의 연례보고서를 발간했다. 여기에는 아태민주지도자회의의 활동을 소개하고 아시아권의 민주화 문제에 대한 국제적인 관심을 환기시킬 목적으로 각종 행사 내용을 담았다. 그 무렵인 1999년 7월 김대중 대통령은 미국을 방문해 필라델피아 인권상을 받았다.

1999년 8월 노벨위원회 다시 방문

국정원장을 퇴임한 뒤 나는 1999년 노벨평화상 수상 문제를 타진하기 위해 김대중의 허가를 받고 노르웨이를 다시 방문했다. 박경태 대사가 나를 반갑게 맞아주었다. 이제 공개하지만 박 대사는 홍순영 외교통상부 장관이 조용한 외교 능력을 높이 평가해 특별히 노르웨이 대사로 선정했던 인물이다. 김대중의 노벨평화상 수상에 가장 큰 공로자라면 나는 서슴지 않고 박 대사를 꼽고 싶다. 그런데 아무도 그의 공로를 알아주지 않았고 그는 김대중 노벨평화상 수상식에 임석하지도 못했다. 대단히 잘못된 처사였다.

박 대사는 현지 사정을 누구보다 많이 파악하고 있었다. 그에게 들은 바로는 그해 노벨평화상을 신청한 후보자는 모두 136건이었다. 개인이 100건, 단체가 36건이나 되었다. 2월에 1차 심사를 시작했고, 4월 말 후보 10여 명을 골라냈다. 이들을 대상으로 6월 초 재차 심사해 후보자를 다섯 명으로 압축했으며, 아마 다음 회의에서는 최종적으로 수상자가 선정될 것으로 본다고 했다.

그 다섯 명 중에서는 코소보 사태 해결에 평화유지군으로 큰 역할을 했던 나토(NATO)가 상당히 부상되어 있다고 했다. 그러나 심사위원장인 프란시스 사이스테드가 이에 적극적으로 반대한다는 것이었다. 그 이유는 어떤 역할을 했든 군사 조직인 나토가 어떻게 평화상의 대상이 되느냐는 것이었다.

나토를 빼면 대상자는 체코의 바츨라프 하벨 대통령, 미국의 리처드 홀브룩 유엔 주재 대사, 카터 전 미국 대통령이 부상되었으나 이들도 비켜 간 것 같고, 중국 민주화의 상징적 인물인 웨이징성과 왕단이 거론되었으나 중국 측에서 완강하게 이의를 제기하고 있다고 했다.

이러저러한 이유로 혼전 중이지만 김대중 대통령이 결코 불리하지 않다는 결론을 얻었다. 우선 그의 햇볕 정책이 정착되어 금강산 관광 사업이 활발해졌고, 북한에 대한 비료 지원 문제가 좋은 평가를 받고 있었다. 특히 미얀마 민주화를 위한 노력이 노르웨이 측에 상당한 호감을 불러일으켰다는 것이었다.

나는 이런 설명을 듣고 비교적 가벼운 마음으로 루네스타를 만나러 박 대사와 함께 한 노르웨이 전통 식당으로 갔다. 1995년에도 그를 만났으니 구면인 셈이었다. 그는 박 대사에게 사전에 솔직하게 대화를 나누자고 제의한 바 있어 나도 오늘은 빙빙 돌리지 않고 직설 화법을 쓰기로 마음먹었다.

그런 후 김대중 대통령 취임 이후 국정원장을 맡아 그 기관의 여러 가지 적폐를 개혁하려 1년간 봉사했고, 이제 그 직에서 물러났다고 근황부터 소개했다.

먼저 나는 김대중 대통령의 햇볕 정책에 대해 설명했다. 빌리 브란트의 동방 정책이 독일 통일의 기초가 되었듯이 나는 햇볕 정책이 통일의 기초가 될 것이라고 전제하며 설명했다. 루네스타도 개인적으로 햇볕 정책의 방향을 지지한다는 반응이었다. 그러면서 미국의 공화당도 이

정책을 지지하느냐고 물었다. 질문이 만만치 않았다.

"클린턴 행정부는 절대적으로 지지했습니다. 하지만 공화당은 아직 다른 대안을 찾지 못했습니다. 다만 미국의 강경파들은 계속해서 당근과 채찍을 희망하고 있는 것 같습니다. 우리도 근본적으로 채찍을 포기한 것은 아닙니다. 그러므로 그들에게서 크게 벗어나 있지 않다고 생각합니다."

이어지는 질문도 날카로웠다. 자기가 생각할 때 "햇볕 정책으로 오히려 통일의 실현이 더 멀어지는 것 아닌가 느껴질 때가 있다"라면서 햇볕 정책의 목표가 무엇이며 현 단계에서 성공할 수 있다고 보는지를 물었다.

"햇볕 정책은 당장 통일로 가자는 것이 아닙니다. 먼저 북한을 변화시키는 것이 주목표입니다. 적어도 중국이나 베트남 수준까지 변화시키자는 것인데, 통일은 그런 변화가 성숙되어야 실현될 수 있습니다."

루네스타는 나의 말을 경청하며 수첩에 기록했다. 그러면서 다시 "한반도의 평화와 긴장 완화를 위한 남북정상회담의 가능성은 없느냐?"라고 물었다. 나는 한참 생각을 정리해서 말했다.

"1994년 김일성 생존 시 남북정상회담을 추진했지만 성취되기 직전에 그가 갑자기 사망해 실현되지 못했습니다. 지금도 이를 아쉽게 생각합니다. 그 뒤 지금까지 내가 본 바로는 정상회담이 당장 실현되기는 어렵지 않은가 생각합니다. 첫째, 남북한의 경제적 격차가 워낙 커서 김정일은 심리적으로 위협을 느껴 정상회담이라는 형태의 급격한 변화를 기피하지 않겠나 싶습니다. 둘째, 북한은 김일성 사망 이후 통일 문제에서 한 발짝 뒤로 물러선 감이 있습니다. 오히려 약간의 긴장 상태가 내부 정비에 필요하지 않은가 판단하고 있는 듯합니다. 셋째, 김정일은 그간 보여준 행동을 보면 약간 콤플렉스가 있는 것 같습니다. 그는 외모도 김일성만 못하고 대외적으로 노출되기를 꺼리는 성격인 것 같습니다. 북한에서도 그의 음성을 들어본 사람이 많지 않습니다. 이런 사정으로 보건대 정상회담은 당장 이루어지기 어렵다고 생각합니다."

당시 이런 나의 판단은 그 뒤 일어난 사태를 보면 분명 빗나간 북한 인식이었다. 바로 다음 해 남북정상회담이 개최되고 6·15 공동선언이 채택되었으니 국정원장을 지낸 나는 헛다리를 짚었던 셈이다.

이어 우리는 주한미군 문제와 재벌 개혁에 대해서도 많은 대화를 나눴다.

시간이 어지간히 흐른 것 같았다. 식당의 손님도 많이 빠져나갔고 우리도 일어나야 할 시점이 되었다. 나는 마지막으로 노르웨이가 관심을 갖는 문제를 강조하고 싶었다.

"한 가지만 더 말씀드리겠습니다. 김 대통령은 우리나라의 민주화뿐 아니라 아시아 전역의 민주화가 경제 발전과 함께 가야 한다는 굳은 신념을 갖고 있습니다. 그래서 아태민주지도자회의를 창설했고, 아시아 지도자들이 참여하도록 권유하고 있습니다."

그는 덮었던 수첩을 다시 열어 메모하기 시작했다.

"지난여름에도 미얀마 민주화를 위해 아태민주지도자회의에서 국제 회의를 열었고, 대통령께서도 직접 미얀마 외무장관을 만났을 때 민주 회복을 위해 아웅산수치 여사와 대화해보라고 충고했습니다."

그는 대단히 흥미 있다는 듯 나를 응시했다.

"지금 우리는 미얀마 민주화에 노력하는 노르웨이의 PD-버마 사업을 지원하고 있습니다."

"PD-버마 사업을 지원한 데 대해 감사드립니다. 노르웨이는 김대중 대통령의 뜻과 똑같이 미얀마 민주화에 깊은 관심을 가져왔습니다. 그래서 아웅산수치 여사에게 노벨평화상을 수여한 것입니다."

루네스타와 장장 세 시간가량 대화를 나누었다. 그는 바쁜 일정임에도 서두르지 않고 차근차근 나의 설명을 들었다. 나는 그와 헤어지면서 무언가 문제가 풀리는 듯한 감을 가졌다. 김대중 대통령의 그간의 노력이 결코 헛되지 않음을 확인할 수 있었다.

그러나 유감스럽게도 10월에 발표된 1999년의 노벨평화상은 '국경없는의사회(MSF)*'에 돌아갔다. 김 대통령은 코앞까지 갔다가 또다시 낙방했던 것이다. 나는 김 대통령의 팔자가 7전 8기라고 강조하면서 용기내서 또 도전하자고 동지들에게 말했다. "1999년보다 2000년 노벨평화상이 더 의미 있다"라고 우리는 자위했다.

만델라 초청 불발

1999년의 대미는 역시 10월에 개최된 '새 천 년을 위한 민주주의와 평화의 전망'이라는 국제회의였다. 한 세기가 끝나는 시점, 2000년이라는 새 천 년의 새벽을 고하는 시점에 아시아의 민주주의와 평화를 다짐하는 행사를 분단 한국, 전쟁의 참화에서 다시 일어선 한국, 아시아에서는 드물게 야당이 정권을 교체해 정상적인 민주주의로 도약한 한국에서 갖는다는 것은 어쩌면 세계사에 기록될 만한 일이었다.

나와 한승주 이사장은 이 회의에 각 대륙의 대표적인 인물들을 초청

---

* 국경없는의사회(MSF, 프랑스어 'Medecins Sans Frontiere'의 약자)는 1968년 나이지리아·비아프라 전쟁 때 적십자 활동에 참여했던 젊은 의사들이 인종 청소에 항의하는 활동을 벌이자 적십자사에서 이를 만류하는 과정에서 태어났다. 이런 형식적 중립성에 항의해 의사들이 적십자 완장을 뜯어버리고 새로운 비정부기구를 조직한 것이 시초다. 이 기구는 그 후 캄보디아의 폴 포트 정권 당시 현지에 갔고, 에티오피아의 멩기스투 하일레 마리암 군사 쿠데타 현장에도 갔으며, 소련이 아프가니스탄을 침공하는 현장에도 갔다. 전쟁터나 위난 지대에 위험을 무릅쓰고 들어가 인도주의 활동을 벌였던 것이다. 1996년에 서울평화상을, 1999년에 노벨평화상을 각각 받았다.

하기로 했다. 초청하기 가장 어려운 인물은 역시 아프리카 지역 대표인 만델라였다. 그는 노령이어서 대통령직도 사임한 상태였다. 그래서 일찌감치 김대중 대통령이 직접 초청장을 보내고 한승주가 찾아가 교섭하기로 했다. 8월 11일, 만델라는 우리 공관장(박원화 대사)을 만나 "김대통령은 나의 친구다. 친구가 초청하니 10월 대회에 참석하겠다. 한승주 이사장이 오면 구체적으로 협의하겠다"라고 말해 한껏 우리의 기대감을 부풀렸다. 그러나 박 대사가 보낸 보고서 말미에는 "방한하면 한국 측에서 만델라재단에 20만 달러를 기부할 의향이라고 타진했더니, 김영삼 대통령이 초청할 때는 100만 달러를 기증한다고 했는데도 못 갔다며 은근히 증액을 기대하고 있다"라는 내용이 언급되어 있었다.

나는 국제회의 참석차 르완다에 나가 있는 한승주와 국제전화로 이 문제를 협의했다. 한승주에게 애초 허용했던 조건은 50만 달러였다. 그러나 이것으로는 부족할 것 같아 100만 달러 한도 내에서 여유를 갖고 교섭하라고 전했다. 하지만 한승주가 막상 현지에 도착해서 보니 공관장과 기업인들 의견이 최소한 그 금액의 두 배로 늘리라는 것이었다. 한승주는 정직하고 깐깐한 사람이었다. 그는 만델라에게 크게 실망했다면서 초청을 포기하고 돌아가겠다고 했다. 내가 중간에서 조정해 우리가 150만 달러를 준비하고 현지 기업인들이 이번 기회에 서울대회에 임원으로 참여한다는 조건 아래 같은 액수의 매칭 펀드를 마련하기로 했다. 이렇게 300만 달러로 그를 초청한다는 계획을 마련한 뒤 한승주는 어깨를 펴고 만델라를 만나 정중히 초청한다고 밝혔다. 능청스러운 만델라는 당연하다는 듯이 이렇게 말했단다.

"나의 장거리 여행은 주치의도 말리는 상황이지만 그래도 친구의 초청이니 만사 제치고 김대중 대통령을 마지막으로 만나보려고 한국에 가는 것이다."

이처럼 어렵게 만델라 방한이 성사되었지만 걱정거리는 남았다. 우선 돈을 마련할 방법부터 고민해야 했다.

나는 여러 날 이 문제로 고민하다가 박권상 KBS 사장과 의논했다. 마침 박 사장이 좋은 아이디어를 내놓았다. 어차피 이번에 대대적으로 국제 행사를 하는 것이니 평화콘서트를 KBS홀에서 열고 그 입장권을 파는 방식으로 기부를 받자는 것이었다.

박 사장은 또 좋은 정보를 알려주었다. 김대중과 목포상고 동기생으로서 상당한 재산을 형성했지만 그동안 정치색을 드러내면 기업이 망할 것 같아 피해온 인물이 있다는 것이었다. 그 외에도 비슷한 처지의 인물이 몇 명 더 있었다. 세상이 바뀌자 이들은 그동안 불가피하게 김대중을 기피할 수밖에 없었던 점을 사과하며 자진해서 기부할 의향을 알려왔다. 이들에게 콘서트 표를 팔아 목돈을 마련했다.

이런 과정을 거쳐 우리는 만델라를 중심으로 회의 일정을 다시 짜다시피 했다. 그러나 막상 10월 회의가 열리기 며칠 전 만델라의 방한이 건강상의 이유로 취소되었다. 우리의 실망은 이만저만이 아니었다. 대회는 예정대로 진행했다. 한승주와 나만 코가 빠졌다. 나중에 알아보았더니 그 기간에 마이크로소프트의 빌 게이츠 초청으로 미국을 방문했단다. 돈 때문이었을 것이다. 얼마나 받았을까? 밝혀지지는 않았지만 짐작건대 우리의 두 배 이상은 받았을 것이다. 그가 숨지기 전까지 만델라재단을 위한 모금에 몸이 달았던 사정은 이해한다. 그러나 그의 참여하에 예정되었던 '2000년 서울선언'을 했더라면 더욱 값진 역사 기록으로 남지 않았을까? 천하의 만델라도 이런 역사적 가치는 몰랐던 것 같다.

그가 불참한 가운데 10월 25일 역사적인 '새 천 년을 위한 민주주의와 평화의 전망' 국제회의가 신라호텔에서 개막되었다. 고노 요헤이(일본 외무장관), 라드나숨베렐린 곤치그도르지(몽골 국회의장), 조제 하무스 오르타(나중에 동티모르 대통령 역임, 1996년 노벨평화상 수상자), 테인 세인

(미얀마 망명정부 수상), 에릭 솔헤임(노르웨이 정치가), 울프 스베르드룹스(노르웨이 국제문제연구소장) 등이 참석했다.

김대중 대통령은 축사를 통해 평소 주장대로 아시아에서 빠르게 민주주의가 확산될 것이라는 본인의 신념을 밝히고 "평화 속에서만 민주주의가 풍성하게 자랄 수 있다"라며 '문명 간 대화'를 제기했다. "21세기를 맞으면서 세계는 종교와 인종의 대결 등 문명의 충돌이 급속히 확산되고 있다. 특히 종교적 원리주의는 매우 위험하다. 문명 간 대결을 완화하고 해결하기 위해 동아시아 문명, 힌두 문명, 이슬람 문명, 기독교 문명 등 상호간의 대화가 긴요하다. 대화는 상호 이해와 협력, 공영을 위한 유일한 길이다." 그의 연설을 오늘날 반추해보면 중동 일대에서 이슬람 극단주의자들이 학살, 납치, 고문 등을 공공연히 자행하는 현상을 예견한 것 같기도 하다.

나는 개막 연설을 했다. "20세기의 끝에서 바라본 민주주의는 수난 속에서도 흔들림 없는 전진을 거듭해왔다. 특히 아시아·태평양 지역에서 괄목할 만한 성장을 이룩했다"라고 진단하면서 "민주주의의 확산은 평화의 기회를 훨씬 더 많이 제공할 것"이라고 말을 맺었다.

분과별로 민주주의, 인권, 세계 평화에 대한 토론이 진행되었으며, 미얀마와 동티모르에 대한 결의문이 채택되었다. 마지막으로 평화콘서트가 KBS홀에서 열려 대미를 장식했다. 그날 예상보다 많은 청중이 모였고 조수미가 출연해 열창했다. 박권상 사장의 호의로 우리는 수익도 올리고 클래식 음악의 진수를 해외 인사들에게 선보이는 이중의 성과를 거둘 수 있었다.

그러나 세계적인 명사들을 대규모로 초청해 새 천 년의 희망을 한국에서 토해내겠다는 애초 계획은 실패했고, 기대했던 민주주의와 평화를 위한 서울선언도 불발되었다. 회의 자체도 축소 개최되었다. 하지만 변화하는 세기말에 세계적인 숙제를 한국이 주도해서 해결해나가고 있다는 인상은 이 회의에 참석한 각국 지도자들, 특히 노르웨이 측 인사들에게 깊이 남길 수 있었다. 소득이 없지는 않았던 것이다.

남북정상회담과 6·15 공동선언으로 노벨평화상 수상

노벨평화상이 김대중 대통령에게 돌아간 것은 아태민주지도자회의를 중심으로 몇 가지 사업을 벌였기 때문이 결코 아니었다. 더욱이 일부의 험담처럼 집요한 로비의 산물은 더더욱 아니었다. 그의 수상은 민주화와 인권, 그리고 평화에 대해 그가 한평생 보여준 일관된 신념과 행동의 결과였다. 그리고 무엇보다 가장 중요한 모멘텀은 2000년 남북정상회담이었다고 나는 생각한다.

김대중 대통령은 선거 과정에서 북한의 방해도 끊임없이 받았다. 그러는 한편 보수 진영에서는 그를 붉그스레한 색깔로 덧칠했다. 사실 사상적으로 양측에서 협공을 받았던 것이다. 이런 상황에서 그는 대통령으로 취임한 뒤 일관되게 남북의 화해와 협력을 부르짖었다. 베를린선언이 그러했으며, 남북의 정상회담 교섭도 그의 일관된 통일 정책의 연장 선상에서 이뤄졌다.

하지만 그의 햇볕 정책은 남측에서만 의혹을 받은 것이 아니라 북측에서도 마땅치 않게 받아들여졌다. 그는 통일이 북한의 변화를 통해 이룩된다고 생각했고, 이를 위해서는 북한이 폐쇄적인 외투를 벗고 개혁과 개방의 속살을 드러내야 한다고 주장했다. 이런 주장을 너무 강조한 나머지 북측에서는 "김대중의 햇볕 정책은 우리를 무장해제시키려는 음모"라고 오해하기도 했다. 오죽했으면 김 대통령은 "햇볕은 북측에만 쪼이는 것이 아니라 남측에도 쬔다"라는 주장으로 반박했겠는가? 이런 어려운 과정을 거쳐 남북정상회담이 이뤄졌다.

2000년 6월 역사적인 남북정상회담차 평양을 방문해 6·15 공동선언에 합의하고 돌아온 이후 김대중 대통령은 세계 여론의 시선을 한 몸에 받았다. 그해 노벨평화상은 별다른 물의 없이 김대중에게 돌아가도록 여론이 앞서갔다.

나는 현지의 박경태 대사로부터 정상회담 이후 북구의 전반적인 여론이 상당히 호전되었다는 소식을 들었다. 나는 이번에야말로 김대중이 노벨평화상을 수상하기에 가장 유리하다고 판단했다. 당시 나는 하버드 대학교에 제출할 논문을 준비하고 있었지만, 서울의 소식이 궁금했다.

드디어 10월 13일, 노르웨이 노벨위원회의 군나르 베르게 위원장은 "한국과 동아시아의 민주주의와 인권 증진, 특히 북한과의 평화와 화해에 기여한 공로로 김대중 대통령이 2000년 노벨평화상 수상자로 결정됐다"라고 발표했다.

김대중 대통령은 한국인 최초로 노벨평화상 수상자가 되었다. 1901년 앙리 뒤낭과 프레데리크 파시가 노벨평화상을 공동 수상한 이래 81번째의 수상자이자, 아시아인으로는 일곱 번째로 노벨평화상을 받게 되었던 것이다. 나는 이 소식을 듣고 그동안 노벨평화상 수상을 위해 여러 가지 노력을 경주했지만 모든 노력은 용의 형체를 그리는 것에 불과했고, 그림을 완성하기 위해 결정적인 것은 역시 남북정상회담이었다고 다시금 생각했다. 옛사람들은 이를 두고 '화룡점정'이라고 말했는데, 새삼 그 의미를 되새기게 되었다.

노벨평화상 시상식과 그 이후

통상적으로 노벨평화상 시상식은 노르웨이에서 먼저 진행하고 장소

▲ 김대중 대통령의 노벨평화상 시상식 수행원들. 왼쪽부터 이문영 전 고려대 교수, 한완상 전 통일부총리, 필자, 윤경빈 광복회장(김홍일 의원의 장인), 박영숙 여성운동가 등.

를 옮겨 스웨덴에서 국왕이 베푸는 만찬에 참석하는 순서로 진행된다. 당시에도 예년과 같이 12월 10일에 오슬로 시청 메인홀에서 시상식이 거행되었다.

　나는 사실 그 시상식에 참석하고 싶었다. 그래서 하버드 대학교에서 나의 마지막 논문 발표회를 끝내고 서둘러 귀국했다. 그러나 청와대 발표에 따르면 민주화 과정에서 고난을 함께한 인사로만 수행원단을 구성하고 청와대나 정당 인사는 제외되었다고 했다. 나는 약간 실망했다. 그때 스웨덴에서 한영우 선배가 전화를 걸어왔다.

　"아니, 수행원 명단을 보니 당신 이름이 없는데 어떻게 된 거요?"

　"아! 이번에는 과거 고난받을 때의 동지들로만 구성했다고 해요."

　"그건 말도 안 되오. 내가 노벨위원회 명의의 초청장을 지급으로 따로 보내지요."

▲ 스웨덴 국왕 초청의 노벨상 수상자 만찬장에 참석한 필자 내외. 이 만찬은 최대한의 의전이 적용되는 행사여서 필자는 연미복 차림에 훈장을 패용했다.

초청장이 왔다. 화이트 타이 예복에 훈장을 모두 휴대하고 동부인해서 오라는 것이었다. 나는 부랴부랴 준비해서 12월 8일 스웨덴으로 떠났다. 스톡홀름의 콘서트홀에서 진행된 노벨평화상 시상식은 장엄했다. 모든 참석자들이 화이트 타이에 훈장을 있는 대로 달고 나와 과시하는 날인 것 같았다. 장내에 이런 예복을 갖춘 빈객들이 모두 모여 국왕이 일어날 때마다 따라 일어나는 격식이 엄격했다. 사실 나는 시차 때문에 졸려서 꾸벅꾸벅 졸면서 따라 했다.

그리고 화려한 국왕 만찬장으로 이동했다. 각국의 노벨상 수상자 및 노벨위원회 인사들과 환담을 나누었다. 나는 노벨평화상을 수상한 김대중이라는 인물을 설명하느라 진땀을 뺐다.

그런데 다음 날 서울에서 도착한 수행원들과 아침 식사를 하는 시간에 갑자기 마음이 불편해졌다. 내 시각에서 도저히 납득 못 할 장면에

화가 치밀었던 것이다. 고 문익환 목사의 부인 박용길 여사나 한승헌 전 감사원장 같은 분은 고난의 시절을 함께 동고동락했으니 이 영광된 자리에 참석한 것, 이해하겠다. 그런데 그들 틈에 최열 환경운동가가 끼어 있는 모습을 보고 의아했다. 그는 불과 몇 달 전 제16대 국회의원 선거 때 김상현과 나를 막판에 '낙선운동 대상명단'에 추가시킨 총선시민연대의 대표였다. 당시 나는 내가 도대체 왜 거기 포함되었는지 납득되지 않아 내가 아는 시민단체 관계자들을 통해 경위와 배경을 알아보았다. 모종의 움직임이 포착되었다. 게다가 총선시민연대는 선거운동 기간에 20회 이상 내 선거구인 종로에서 낙선운동을 벌여 나를 골탕 먹이기도 했다. 바로 그런 장본인이 노벨평화상 수상 축하단의 일원으로 내 눈앞에 앉아 있었던 것이다. 나는 이 상황이 당시 낙선운동의 성격을 말해주는 듯 느껴졌다. '그렇다면 나는 이 자리에 왜 있어야 하나?'

다음 날 김대중의 스웨덴 국회 연설이 있었다. 나는 예의상 국회 참관석에 앉아 있었지만 더 이상 체재하고 싶지 않아 서둘러 스웨덴을 떠나고자 여장을 쌌다. 김한정 군이 미안했던지 나에게 대통령 면담 시간을 마련하겠다고 했지만 고사했다. 그는 수행하는 바쁜 시간에 호텔로 와서 공항까지 전송하지 못함을 사과했다.

"노벨상을 받게 되어 축하드리고 싶지만 주위에 너무 눈에 거슬리는 것들이 많아 그대로 떠납니다. 대통령께 뵙지 못하고 떠난다고 전해주시오."

1995년부터 내가 걸머졌던 숙제, 다시 말해 김대중 노벨평화상 수상이라는 숙제가 풀리니 그동안 항상 무거웠던 내 마음도 이제 가벼워졌다. 비행기 안에서 밤을 보내고 창문을 살짝 열어 밖을 보니 구름 위로 해는 또다시 떠올랐다.

'통신감청 논란'의 뿌리

통신감청은 어느 나라 정보기관을 막론하고 정보 수집의 중요한 수단으로 이용되고 있다. 미국의 NSA*나 영국의 GCHQ는 지금도 세계 도처에서 광범위한 정보를 은밀하게 수집해 가고 있다. 2014년 세계 최대의 이슈로 등장해 물의를 일으켰던 소위 스노든 사건이 바로 그런 세계 정보기관의 활동상을 입증하고 있다.

　하지만 우리나라에서는 정보기관의 통신정보 수집 기능에 대해 유난히 거부반응이 크다. 과거 정보기관의 잘못된 활동으로 국민들이 증오에 가까운 배타심을 갖고 있기 때문이다. 그렇다 보니 세계의 정보통신

---

* 미 국가안보국(NSA: National Security Agency)은 미국의 중요 정보기관, 이를테면 중앙정보국(CIA), 국방정보국(DIA), 국가정찰국(NRO), 국가영상지도국(NIMA)과 함께 미국 5대 정보기관 중 하나다. 그 조직이나 규모가 공개된 적은 없지만, 언론 보도 등에 따르면 현역 군인과 민간인 3만 8000여 명으로 구성된 세계 최대의 첩보기관이며 CIA의 두 배 규모다. 이 기관의 중요 임무는 미국의 해외를 대상으로 정보통신 수단을 이용해 정보를 수집하는 것이다. 그 대상에는 미국 내에 주재하는 외국 공관도 포함된다. 구체적으로 통신감청과 암호해독을 전담하며, 1952년 트루먼 대통령 시절에 창설되었다. 본부는 메릴랜드 포트미드에 위치하며, 전문 통신정보요원들이 전화와 팩스는 물론이고 정보통신기술의 발달에 따라 인터넷, 이메일, 모바일폰, 트위터, 페이스북까지 광범위하게 감청한다. 120여 개 위성을 기반으로 한 통신감청망 '에셜론(ECHELON)'이 NSA의 촉수 역할을 하는 것으로 알려졌다. 'NSA'라는 명칭은 종종 "그런 기관은 없다(No Such Agency)" 또는 "아무 말도 하지 마라(Not Say Anything)" 등으로 해석되기도 한다.

기술은 뛰고 있는데 이에 대응하는 우리의 통신정보 수집 능력은 낮잠을 자고 있는 실정이다. 사실상 무력화되어 있다고 해도 과언이 아니다. 그리고 그에 따른 피해는 고스란히 국민에게 돌아간다.

이를테면 지금 우리가 사는 주거 지역의 여러 곳에 CCTV가 설치되어 있다. 하지만 CCTV가 설치되기 시작하던 초기에는 이를 두고 "인권 침해다", "사생활 보호에 역행한다"는 등의 비난이 수없이 있었다. 그러나 지금은 어떠한가? 만약 CCTV가 없다면 누군가 집에 침입해 절도나 강도 등의 범행을 저질렀을 때 그 행적을 무엇으로 추적할 것인가? 최근에도 귀금속 점포에 침입한 도둑들의 행각이 CCTV에 촬영되어 이를 통해 범인들을 모두 잡아낸 일을 TV 뉴스에서 생생하게 시청했다. 이렇게 CCTV는 이제 우리 생활을 지켜주는 중요한 도구가 되었고 사생활을 침해한다는 시비는 일단 잠잠해졌다. 통신정보 수집의 필요성도 CCTV처럼 다시 강조해야 할 시점에 놓여 있는 것이다.

1980년 내가 중앙정보부를 떠날 무렵만 해도 불법 감청이 성행했다. 1992년 민자당 대통령 후보 경선 때 내가 안기부의 집중 도청으로 피해를 보았던 기억도 새롭다. 그 이후 김영삼 대통령의 이른바 문민정부라고 해서 전화 불법 도청을 중단했을 것이라고 나는 믿지 않았다.

1998년 내가 안기부장으로 취임하면서 가장 우선적으로 파악한 것들 중의 하나가 통신감청 현황이었다. 그러나 그때 정치인들에 대한 감청 또는 대통령 선거 과정에서 있었음 직한 도청 기록들을 안기부 안에서 하나도 발견하지 못했다. 아마 철저히 파기했을 것이다.

합법적인 통신감청은 대통령의 재가를 받아 법원에 신청하도록 되어 있었다. 나는 새 정부의 안기부장으로서 과거의 감청 대상을 다시 정리한 뒤 새롭게 대통령의 재가를 받아야 했다. 그러나 김대중 대통령은 상당 기간 이를 재가하기를 꺼렸다. 그만큼 감청 자체에 김 대통령은 알레르기 반응을 보였다.

과거 통신감청으로 가장 큰 피해를 입었던 김대중 대통령이 이를 기피하려 했던 심리는 충분히 이해된다. 그러나 대통령이 된 이상 국가를 경영하려면 국가의 안보와 사회의 안전을 보장하는 모든 수단에 대해 책임지지 않을 수 없는 것이고, 이를 소신껏 집행해야 하는 것은 당연지사였다. 김대중 대통령도 세밀히 검토한 뒤 결국 이를 재가했다.

2013년 미국 NSA의 내부고발자 에드워드 스노든이 미국의 우방국에 대한 방대한 분량의 감청 자료를 폭로했다. 독일의 메르켈 총리나 반기문 유엔사무총장을 감청한 사실도 드러났다. 하지만 오바마 대통령은 당당하게 "우리뿐만 아니라 유럽과 아시아 국가들의 정보기관들은 공개 정보를 통해 얻을 수 있는 것을 넘어서 추가적인 통찰력을 얻고자 한다"면서 "이런 활동을 하지 않는다면 정보기관이 있을 이유가 없다"라고 강변했다.*

정보통신 수집 활동은 안보 상황에 적응해야

2001년 9·11 사태가 발발하자 부시 대통령은 NSA에 법원의 영장 없이도 미국 내에서 도청할 수 있도록 승인했으며 테러 분자라는 의심만 나면 즉각 도청하도록 명령했다. 그 이후 알카에다와의 연관이 의심되는 인물이라면 즉각 전화감청이 감행되었다. 이는 미국 헌법 제4조를 위반한 것이었지만, 통신감청 전담법원(FISC)까지 이런 비상시국을 인식하고 NSA에 인터넷 감시 권한을 확대해주었다.

부시 대통령은 이런 초법적인 대테러 대책을 합법화하기 위해 '미국

---

* "오바마의 도청 '궤변'…사과커녕 '모든 나라가 한다'", ≪한겨레≫, 2013년 7월 2일 자.

애국자법(USA Patriot Act)'의 입법을 의회에 요청했고, 9·11 사태 한 달여 만인 2001년 10월 26일에 발효되었다. 이는 테러 용의자에 대해서는 영장 없이 감시와 감청을 할 수 있고 '선 체포 후 영장 청구'도 가능하게 하는 '법 위의 법'이었다. 우리나라의 '국가보안법'보다 더 지독한 것으로서 일본 제국주의 시절에 통용되던 '치안유지법'을 방불케 하는 내용이었다.

하버드 대학 로스쿨을 나온 민권변호사로서 인권 문제를 남달리 강조해온 오바마 대통령은 '미국 애국자법'이 초법적인 내용인 줄 뻔히 알고 있었다. 그런데도 그는 10년 기한의 한시법인 이 법의 시효를 2015년까지 연장했고, 2015년에야 비로소 미 의회는 '미국 애국자법'을 '미국자유법(USA Freedom Act)'으로 대체했다. 이에 대해 아직 이슬람국가(IS) 같은 과격 집단이 미국에 테러를 가하겠다고 협박하는 마당에 법 개정이 시기상조라는 논란도 있었다.

이처럼 미국의 백악관이나 의회는 모두 통신정보(SIG-INT)의 중요성을 깊이 인식하고 있다. 물론 미국이라고 사생활 침해 논란이 없는 것은 아니다. 어쩌면 그 문제를 우리보다 훨씬 더 치열하게 따지고 검토하는 것이 미국의 풍토다. 그러나 그들은 '사생활 보호'와 '국가 안전보장'의 균형을 맞추는 문제에 대해서도 부단하게 노력하고 있는 것이다. 그래서 안보 상황이 긴박할 때는 사생활이 어느 정도 침해되더라도 이를 희생해 안보를 지키고자 노력했고, 또 인권이 지나치게 침해되면 안보 상황과 균형을 맞추고자 의회가 견제해왔다.

하지만 우리 국회는 어떠한가? 현재 이동통신에 대한 감청이 공백 상태인 줄 알면서도 이를 개선하는 '통신비밀보호법'의 개정 작업을 부지하세월로 미루고 있다. 2015년 현재 논란이 되고 있는 해킹 문제도 사실 국회가 합법 감청을 허용하는 입법을 해줌으로써 불법 논란을 정리해야 할 문제다. 즉, 국회가 통신기술의 발전 추세에 맞추어 '통신비밀

보호법'을 개정해 합법적인 감청을 허용해주고, 그런 연후에 불법 감청에 대해 철퇴를 가해야 하는 것이다. 현재와 같이 불비한 법을 그대로 내버려두면 정보기관은 법이 개정될 때까지 놀고먹든가, 아니면 부득이 불법이라도 감행해 국가 안보를 지키려 할 수밖에 없게 될 것이다.

다른 한편으로 나는 국회에서 이렇게 '통신비밀보호법' 개정에 소극적일 수밖에 없는 것이 국회의 무능 이전에 국정원 자체의 책임이 크다는 점을 말하고 싶다. 국민이 국정원을 신뢰하지 못하고 있음도 명백한 사실이기 때문이다.

안기부 X파일 사건, 왜 일어났는가

통신정보(SIG-INT)란 대개 전화, 팩스, 인터넷 등 유·무선 통신 경로를 간섭하거나 감청해 정보를 수집하는 기능을 말한다.

이런 통신정보의 수집과는 전혀 다른 분야가 있다. 이를테면 누군가의 대화 현장에 비밀리에 녹음기 또는 증폭기를 부착해 정보를 수집하는 소위 비밀녹음(bugging) 행위가 바로 그것이다. 엄격히 말하면, 이 부분은 통신정보(SIG-INT)라기보다 인적정보(HUM-INT)다.

이 분야는 현재 엄청난 기술 발달을 이루어 실내에 부착된 기구를 찾아내고 방어하기가 대단히 어렵게 되어 있다. 이를테면 원거리에서 유리창의 진동만으로 그 방 내부의 대화를 녹음할 수 있을 정도로 민감한 도청기가 개발되어 있다. 부착한 녹음기의 전원 배터리도 교체할 필요 없이 태양광으로 충전해 사용할 수 있는 고도의 소형 녹음기, 거의 눈에 띄지 않을 정도의 소형 음성 인식 장비 등이 나날이 개발되고 있다.

아무튼 국정원 조직에서도 통신정보 수집 활동과 버깅 활동은 각각 다른 지휘 계통이 통제했다. 김영삼 정부 시절 버깅을 담당하던 미림팀은 대공정책 담당 부서가 관장했고, 통신정보의 수집 기능은 과학정보 담당 부서에 있었다. 두 기능의 차이는 직제를 통해서도 알 수 있다.

외국에서도 대외정보의 수집을 위해 버깅 수단을 이용하고 있지만, 과거 안기부의 미림팀은 대외정보보다는 국내정보의 수집을 위해 존재해왔다. '미림(美林)'이라는 이름 자체가 과거 요정의 접대 도우미를 가리키는 말이었다. 요정 접대 도우미들의 협조로 대화 현장에 녹음기를 부착하던 일이 그 후 발전해왔던 것이다. 그러므로 미림팀의 활동이란 모두 요정이나 고급 식당에서 손님의 대화를 현장에서 녹음하는 일이었다. 그렇다면 그 대상은 누구였겠는가? 정치인, 기업인, 고급 관료 등일 것이다. 이들의 대화를 엿듣고, 이를 약점으로 잡아 국내 각 분야의 조직, 기관, 기업 등을 지배하려 했던 것 아니었겠나? 이는 규탄받아 마땅한 비열한 행위였다.

이런 불법적인 활동을 계속해온 미림팀은 정권이 바뀔 때마다 부침해왔다. 김영삼 정부 초기에는 미림팀이 조직에서 제거되었다. 그러나 그 뒤 되살아났다. 왜 그랬을까?

안기부 불법 도청팀인 '미림'의 전 팀장이었던 공운영(58) 씨는 1992년 비밀 도청 조직이 처음 만들어졌고 김영삼 정부 출범 이후인 1994년 재구성돼 도청 활동을 했다고 자술서에 적었다. 이와 관련해 미림팀 부활과 활동을 담당하고 지시한 사람이 당시 오정소 안기부 대공정책실장과 이원종 청와대 정무수석, 김현철 씨로 이어지는 경복고-고려대 출신들이라는 의혹이 제기돼 있는 상태다.[*]

1998년에 나는 안기부장으로 취임하면서 미림팀을 조직에서 완전히

---

[*] "94년 '미림팀 부활' 누가 왜 주도했나", 《조선일보》, 2005년 7월 28일 자.

제거했다. 그 후 팀장이던 공운영은 미림팀에서 불법적으로 수집한 자료, 녹음된 테이프와 이를 풀어서 만든 녹취록들*을 몰래 확보한 뒤 이를 무단히 집으로 반출했다. 그는 이를 미끼 삼아 이권에 이용하려 했고, 또 자신의 복직을 위한 지렛대로 삼으려 했다.

공운영이 테이프를 복사해 1999년 박지원 문화관광부 장관과 가깝다는 재미 교포 박인회에게 제공한 것도 복직을 위한 행동이었다. 그뿐 아니라 녹취록을 나의 부장 재직 시절의 총무국장(박 모, 사망)에게 제공했다는 사실도 검찰 조사 과정에서 밝혀졌다.

'안기부 X파일'이라는 이름으로 2005년에 폭로된 사건도 사실은 재미 교포 박인회가 공운영에게서 얻은 테이프 가운데 홍석현 중앙일보 회장(당시 주미 대사)과 이학수 삼성 부회장 간의 대화를 녹취한 내용을 가지고 삼성 측에 접근해 이권을 챙기려고 공갈하는 과정에서 들통이 나서 벌어진 일이었다.

사건이 터지면서 공운영이 소지했던 녹음테이프 274개가 압수되었고, 녹음의 대상이 되었던 홍석현은 대사직을 사임했으며 이학수와 더불어 조사 대상이 되었다.

그러나 여론의 반향은 여기서 끝나지 않았다. 공운영이 녹음한 테이프에는 그 스스로 밝힌 바와 같이 우리나라의 "대통령 빼놓고 최상층부"의 지도급 인사 150여 명의 대화 내용이 포함되어 있었다. 김대중, 김종필, 이회창, 이인제를 비롯한 유력 정치인, 신문사 및 방송사 사장, 재벌 총수, 그 밖의 사회지도급 인사 등의 대화 내용이 모두 들어 있다는 것이었다. 만약 이런 내용이 모두 공개되면 대한민국 전체를 와해시킬 수 있는 핵폭발이 일어나게 될 것이라는 논란이 일었다.

---

* 검찰에서 압수한 테이프는 274개였고, 테이프에 담긴 내용을 풀어서 녹취한 기록은 약 3600~3700쪽에 이른다.

당시 노무현 대통령의 입장도 상당히 난처해졌다. 우선 X파일이라는 핵폭탄이 터졌을 때 그 자신이 떠밀려 갈 수밖에 없었고, 그로 인한 정국의 혼란은 불문가지였다. 둘째, 그가 2004년 12월에 예상을 뒤엎는 빅카드로 홍석현을 주미 대사로 임명*한 이면에는 장차 그를 유엔사무총장으로 진출시킬 포석이 담겨 있었는데, 이런 구상이 송두리째 날아갈 형편이었기 때문이다. 노 대통령은 이를 피해 갈 수 있는 방안이 없는지 열심히 찾았다.

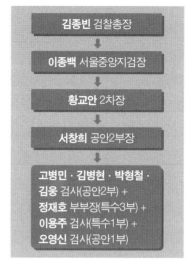

김종빈 검찰총장

↓

이종백 서울중앙지검장

↓

황교안 2차장

↓

서창희 공안2부장

↓

고병민 · 김병현 · 박형철 · 김웅 검사(공안2부) + 정재호 부부장(특수3부) + 이용주 검사(특수1부) + 오영신 검사(공안1부)

▲ 지난 2005년 '안기부 X파일' 사건 당시의 검찰 수사라인.

2005년 7월 27일, 김종빈 검찰총장은 "이번 사건의 핵심은 불법 도청 행위이고 다음이 테이프 안에 담겨 있는 내용"이라고 말했다. 이 말은 엄청난 파장을 불러일으킬 소지가 있는 X파일 내용보다는 X파일이 만들어지고 유포된 배경, 즉 불법 도청 행위에 수사의 중심을 두겠다는 뜻이었다. 그러면서 그는 사건을 공안부에 배정했다. 공안부는 대공 · 선거 · 학원 · 노동 사건을 처리하는 부서다. 사실 X파일에 담겼음 직한 내용들은 대부분 우리 사회 고위층에서 벌어지고 있던 유착 관계일 것이므로 그쪽에 초점을 맞출 경우 이 사건은 특수부에 배당해야 했을 것이다.

---

* 홍석현 중앙일보 회장이 주미 대사로 내정되었다는 발표는 2004년 12월 17일에 있었고, 아그레망(대사 파견 상대국의 동의)을 받아 정식 대사로 임명된 것은 2005년 2월 15일의 일이었다.

그때 국민의 정서는 어느 쪽이었나? '안기부 X파일'에 대해 여론조사를 한 결과, 전면 수사를 통해 진실을 밝혀야 한다는 의견이 74.2%에 이르렀다. 녹취록에 등장하는 인물을 모두 수사해야 한다는 의견도 63%였다. 국민은 수사 당국과 전혀 다른 인식을 갖고 있었던 것이다.

이때 국정원이 중점을 두었던 부분도 어떻게든 X파일의 내용이 공개되는 것을 막는 것이었다. 이런 가운데 8월 1일 김승규 국가정보원장이 국회 정보위원회에 나와 이 사건 조사의 중간보고를 했다. 그때까지도 김 원장은 "김대중 정부 출범 이후 불법 도청은 없다"라고 강조했다.

하지만 시중 여론은 여전히 만만치 않았다. 테이프에 담긴 내용을 정치적인 이유로 덮으려 한다고 여론이 들끓었다. 8월 3일 노무현 대통령은 "터져 나온 진실을 덮어버릴 수 없습니다. … 최선을 다해 진상을 밝히겠습니다"라고 말했다.

그런가 하면 김원기 국회의장은 도청 테이프의 내용 공개에 대해 "일부에서는 '고문에 의한 자백이 무효이듯 불법 도청 자료는 법적으로 쓸 수 없다'는 주장도 있다"*라고 전제하면서, 이런 의견들을 고려해볼 때 테이프의 내용 공개에 반대한다고 밝혔다.

이렇게 여론과 수사 당국 간에, 그리고 주요 정책결정자들 사이에 의견이 복잡하게 엇갈리고 꼬여가는 상황에서 노무현 정부와 김승규 국정원장은 X파일 내용 공개에 따른 혼란을 피하기 위해 맞불의 필요성을 느꼈던 것 같다. 말하자면 지금 타는 산불을 끄기 위해 맞불을 놓는 것과 마찬가지로 국민의 시선을 돌릴 수 있는 전기를 마련하고자 했던 것이다.

8월 5일, 김승규 원장은 기자회견을 자청해 김대중 정부에서도 불법

---

* 불법적으로 수집된 증거를 법정에서 인정하지 않는 이른바 '독수독과(毒樹毒果: 독이 있는 나무에서 나온 과일에는 독이 있다)'의 원칙을 가리키는 것이었다.

도청이 있었고, 그동안 부인해왔던 휴대폰 도청도 있었다는 내용을 자백이라는 형식으로 발표했다.* 이 맞불은 효과가 컸다.

국가정보원은 (사전에) 노무현 대통령에게 이 사실을 보고했다고 한다. 국정원이 이를 발표할 수 있었던 것은 노 대통령의 '결심'이 있었기에 가능했다는 이야기다. 이를 계기로 '도청 정국'의 칼끝이 DJ 시절까지 겨냥하기 시작했다. 지금까지 나온 도청 파문은 주로 김영삼 정부 때의 일이었고, 한나라당 이회창 대선 후보나 삼성 그룹 등이 관계된 것들이었다. 한나라당이 수세에 몰렸던 것도 이 때문이다. 오히려 여권은 공개적으로 "DJ 정부 출범 이후엔 국가기관의 불법 도청이 사라졌다"고 말해왔다. 국정원 발표는 이를 뒤집은 것이다. 청와대 측은 이날, '불법 도청 진상 규명에서 예외는 없다'는 입장을 밝혔다. 현 정권의 모태(母胎)라고 할 수 있는 DJ 정부라 해도 어쩔 수 없다는 것이다.**

정국은 걷잡을 수 없이 대혼란에 빠졌다. 그리고 김대중 정부는 도덕적으로 치명상을 입었다. 동교동 측에서는 즉각 "국민의 정부에서 불법 감청이 있었다는 국정원의 발표에 대해 놀라움을 금할 수 없고, 도저히 믿을 수 없는 일"이라면서 "미림팀 불법 도청의 핵심은 김대중 대통령 당선 이전 5년간 벌어진 일"인데 왜 엉뚱한 방향으로 불똥을 튀게 했는

---

* 김승규 국정원장은 발표문에서 "저희는 진실만이 힘이 있다고 믿고 있습니다. 그리고 진실은 언젠가 반드시 드러나게 마련이라는 것을 경험을 통해 잘 알고 있습니다. 정직한 고백만이 저희 국정원의 어두운 과거를 씻고 국민 여러분의 신뢰를 얻을 수 있으며 '세계 일류의 전문 정보기관'으로 새로 태어나는 진정한 전환점이 된다고 믿고 있기 때문입니다"라고 전제하면서 "불법 감청은 2002년 3월 이후 완전히 근절되었습니다"라고 밝혔다.

** "'DJ시절도 공개하라' 노 대통령의 승부수, 왜?", ≪조선일보≫, 2005년 8월 6일 자.

지 유감을 표했다.

김대중 정부에서 청와대 민정수석을 지낸 김성재 씨는 "국정원 발표에 정치적 의도가 있다는 의구심을 떨쳐버리기 힘들다"라고 말했다. 또 청와대 고위직을 지낸 한 인사는 "YS 정권 시절의 미림팀을 수사한다고 해놓고서 이 사건은 어디론가 사라진 가운데 졸지에 DJ 정부만 죄인이 되고 말았다"라면서 "이게 말이 되느냐"라고 비난하기도 했다.

하여튼 김승규 원장의 기자회견 이후 여론의 초점이 김대중 정부의 불법 도청 문제로 완전히 바뀐 것만은 분명했다. 그 뒤 어떤 일이 벌어졌나?

당시 해외에 체재 중이던 나는 급거 귀국했다. 그리고 8월 22일에는 김대중 정부 시절의 임동원, 신건 전직 원장과 함께 국정원을 방문했다. 우리는 합법적인 감청은 '통신비밀보호법'의 절차에 따라 했지만 불법 감청은 언감생심 생각하지도 못했다고 항의했다. 이에 대해 김 원장은 한마디 불쑥 던졌다.

"이런 일이 벌어지지 않으려면 사람을 잘 써야 했습니다."

"그게 무슨 말입니까?"

김 원장은 분명한 답변을 하지 않는 가운데 입가에 냉소를 띠는 듯했다. 그 순간 나는 '김은성 차장을 두고 하는 말이군'이라고 생각했다. 우리가 모르는 무엇인가 숨겨진 내막이 있음을 간파할 수 있었다.

그 후 국정원 도청 사건 수사는 원내에서 감청을 담당했던 직원들을 대상으로 대대적으로 진행되었다. 직원들은 출근하면 감찰실로 불려가 닦달을 당했다. 불법 도청 사실을 한 건이라도 고백하라고 강요당했던 것이다. '검사 출신이 원장으로 와서 국정원 직원을 모두 범죄인으로 만들고, 노무현 정부의 수족이 되어 이 기관을 박살 내려 하는군!' 직원들 사이에 이런 불평이 터져 나왔다. 이런 무리한 수사가 진행되는 가운데 서서히 불법 도청 사실의 전모가 드러났다.

'구악에서 손 씻겠다' 다짐하고 옛날로 돌아간 국정원

1999년 5월 내가 국정원장을 그만둔 지 1개월도 채 안 되어 천용택 신임 원장은 라종일 1차장, 신건 2차장, 문희상 기조실장을 모두 물러나게 했다. 나는 후임 인사를 보면서 국정원이 조만간 옛날 정보부나 안기부로 돌아가게 될 것이라고 예견했다.

라종일 1차장의 후임은 육사를 나오고 주프랑스 대사관 무관과 정보사령관을 역임한 권진호 장군이었다. 문제는 신건 2차장 후임으로 온 엄익준이었다. 그는 1997년 대통령 선거에서 김대중 후보가 당선될 가능성이 높아지자 부내에서 생산되는 정보를 노란 봉투에 넣어 몰래 동교동으로 전달한 장본인이었다. 정보기관에서 생산되는 정보를 무단히 자기의 사적인 이익을 위해 팔아먹은 자였다. 이런 행동은 정보기관에서 가장 타기하는 배신행위다. 한번 배신하면 언제든 배신한다는 것이 나의 생각이다.

김대중 대통령은 나를 국정원장으로 지명했을 때부터 엄익준을 기용하기를 원했다. 그러나 나는 '배신자는 불가'라는 입장에서 그를 기용하지 않았다. 그러나 엄익준은 원외에서 김대중 대통령의 최측근에게 접근해 차장 자리로 권토중래했다. 김 대통령의 국정원 개혁의 실패는 이때부터 이미 불 보듯 분명한 일이었다.

엄익준을 차장으로 기용한 뒤 드러난 추악한 모습의 첫 케이스는 소위 '수지 김 사건'이었다. 1987년 홍콩에서 윤태식은 자기 처를 죽인 뒤 북한으로 도주하려 했으나, 북한 측이 그의 말에 신빙성이 없는 것을 보고 그를 수용하기를 거부했다. 윤태식은 다시 한국으로 와서 북한 대사관이 자기를 납치하려 기도했다고 거짓말했다. 당시 안기부는 이를 대대적 선전거리로 삼으려 했다. 하지만 죽은 처의 친정에서 윤태식을 고발했다. 이 사건은 과거 안기부가 저지른 악질적인 은폐·조작 사건이었다. 굳이 새로운 국정원에서 개입해 이 사건을 은폐할 필요가 전혀 없었다. 그러나 엄익준은 이를 은폐하려다 들통이 났다.

이를 시작으로 엄익준과 그가 사망한 뒤 차장이 된 김은성, 그리고 그들의 수하로서 이권에 가담한 김형윤 경제단장, 정성홍 경제과장 등이 저지른 사건은 실로 어마어마했다. 이들은 모두 김대중 대통령의 최측근 인척 또는 동교동의 말단 참모들과 한통속이 되어 범행을 저질렀다. 이런 부정부패 사건은 2001년 말과 2002년 초 각종 게이트라는 이름으로 폭로되어 국정원은 만신창이가 되었다. 그들이 범행을 저지르는 과정에서 차장들의 비호하에 불법 감청도 자행했을 것임은 쉽게 짐작이 갔다.

국정원을 개혁하기로 해놓고서 왜 이런 부정 게이트가 꼬리를 물었을까? 이런 게이트에 멍이 들 대로 든 김대중 정부는 차장에서 물러났던 신건을 다시 원장으로 기용했다. 신 원장은 법조인으로 노련했다. 그는 무엇이 원인인지 핵심을 알고 있었다. 그는 취임하면서 김은성 차장부터 들어내고자 결심했다. 하지만 그 세력의 뿌리는 깊었다. 김대중 대통령은 신 원장의 인사안을 받아들이지 않았다. 그 후 언제 터질지 모르는 불안한 나날의 연속이었다.

특히 신 원장이 신경을 쓴 부분은 불법 감청 문제였다. 그는 우선 그간 진행해온 휴대전화 감청 기술 연구를 중단시켰다. 사실 휴대전화 이용자 수가 점점 늘어나는 형편에 그 연구를 중단한다는 것은 시대 추세를 거스르는 일이었다. 2002년 3월에 신 원장은 지금까지 개발해온 휴대전화 감청 장비 일체를 실제 용광로에 집어넣어 완전히 파기 처분했다. 그리고 원내에서 자신도 모르게 진행되는 불법 도청에 대해 엄단하겠다는 개혁 의지를 보여주었다.

당시 나는 신 원장이 장비를 파기했다는 소식을 듣고 오히려 대공 능력을 약화시키는 것이 아닌지 우려해 그에게 문의하기도 했다. 그의 말은 진심이었다. 그는 "지금 장비로는 제대로 휴대전화를 감청하기도 어렵고, 오히려 당당하게 '통신비밀보호법'을 개정해 선진국처럼 합법적으로 감청하는 것이 정상적인 길입니다"라고 설명했다.

그러나 누가 국민의 정부 역대 국정원장들의 개혁 의지를 알아주겠는가? 임동원, 신건 원장이 그처럼 국정원의 개혁을 위해 노력했는데도 김승규 원장의 발표는 완전히 역대 원장의 개혁 의지에 찬물을 끼얹는 것이었다. 안기부 X파일은 온데간데없이 사라지고 여론의 화살은 김대중 정부 시절의 국정원으로 향했다. 노무현과 김승규의 초점 돌리기 시나리오는 성공했다.

그 무렵 한 언론은 노무현 정부 국정원의 아마추어 지휘부가 세계 정보기관 가운데 유례를 찾아볼 수 없는 이른바 '고해성사'를 해서 자충수를 두었다고 조소를 퍼부었다.

세계적으로 유례를 찾아보기 힘든 국가 정보기관의 불법 행위에 대한 '고해성사'와 검찰의 압수수색을 지켜본 국정원 전·현직 직원들의 심경은 착잡하기 그지없다. 특히 현직에 있는 인사들은 동요의 수준을 넘어 '공황 상태'라고 해도 크게 틀리지 않을 정도다. 국정원 인사들이 가장 우려하는 것은 내부적 갈등 및 전·현직 직원들의 갈등 가능성이다.[*]

2005년 10월 6일, 김은성 전 차장이 긴급 체포되었다. 하지만 김은성은 당하고만 있지 않았다. 그는 안기부 X파일 수사는 김영삼 정부 시절 '미림팀'이 저지른 불법적인 사건을 다루는 것인데 왜 검찰의 칼끝이 자기를 겨냥해 '속죄양'으로 삼으려 하느냐고 불만을 표했다. 그러면서 그

---

[*] "X파일 이후 국정원 어디로 가나? 아마추어 지휘부 자충수 궁지", ≪월간중앙≫, 10월호(2005).

는 "대통령의 올바른 판단을 위해 풍부한 정보를 드려야 한다는 생각에서 도청을 했다"라고 항변했다. 하지만 '올바른 판단'이라는 표현에 폭발력이 있었다. 김 전 차장은 대통령의 측근을 집중적으로 관리해온 것이 사실이었다. '측근'은 대통령의 자제들과 왕년의 비서진을 포함한 동교동계에 속한 인물들이었다.

김승규 원장이 X파일을 피하려다 더 큰 화를 저지른 것이었다. 파출소 피하려다 경찰서로 들어간 격이었다. 검찰은 김은성 전 차장을 '통신비밀보호법' 위반으로 구속하고, 이어서 전직 원장들, 그중에서도 김은성이 차장으로 있던 시기의 임동원과 신건 원장을 표적으로 삼았다.

하지만 이 두 원장의 입장은 난처했다. 일단 김은성이 자신이 저지른 불법 도청을 폭로한 마당에 원장 입장에서 "도청이 없었다"고 말할 수도 없고, 또 "차장이 저지른 일이라 몰랐다"고 말하기도 어려웠다. 완전히 바가지를 썼다.

두 원장을 구속함으로써 X파일 공개 문제는 완전히 뒷전으로 밀렸다. 정권은 눈앞에 닥친 위기를 그렇게 넘겼으나, 국가 정보기관의 위신은 땅에 떨어지고 말았다. 더욱이 김은성 전 차장의 광범위한 불법 도청이 드러나면서 김대중 대통령의 사생활 일부까지 공개되는 최악의 사태가 벌어졌다.

나도 증인으로 자청해 재판정에 나갔지만, 김승규 원장과 검찰이 짜놓은 시나리오는 참으로 교묘했다. 국정원장을 역임한 사람으로서 통신정보 수집 기능을 낱낱이 재판정에서 털어놓을 수도 없고, 그렇다고 차장이 시인한 마당에 전직 원장이 알 수 없는 정보 노름의 경위를 설명하려면 부득이 김대중 대통령의 잘못된 인사까지 거론해야 할 형편이었다. 사실 원인은 거기에 있었다. 동교동 일각의 무리가 도청의 원인을 제공했고, 차장들이 이들과 한통속이 되어 저지른 사건이었다. 결과적으로 김영삼 대통령의 경우와 똑같이 김대중 대통령 최측근의 국정 농단이 벌어져 전직 국정원장들이 망신을 당하고 구속되어 재판에 회부되었으며, 국정원의 개혁은 천하의 웃음거리가 되고 말았다.

노무현 대통령은 이런 시나리오가 결과적으로 김대중 전임 대통령의 명예에 심대한 타격을 주었다는 점을 뒤늦게나마 알아차리고 임기 말에 임동원, 신건 두 전직 원장의 사면복권을 단행했다.

이런 불상사가 벌어진 가운데 '통신비밀보호법'의 자물쇠는 굳게 잠겼다. 간첩들이 마음대로 통신을 이용해도 속수무책이고, 마약이나 테러 등 국제범죄가 날이 갈수록 악랄해지는데도 정보수사기관이 통신감청이라는 무기를 충분히 활용하지 못하도록 제한되어 있는 것이 오늘날 대한민국의 현실이다. 그 피해는 고스란히 국민이 보고 있는데도 국민 자신은 그 실상을 모르고 있다.

'이제 떠날 때가 되었구나!'

1999년 1월 21일, 국회에서 법률 제5681호로 '국가정보원법'이 통과되어 나는 그날부터 자동적으로 국가안전기획부장에서 국가정보원장이 되었다. 1961년 6월 10일 중앙정보부로 창설(법률 제619호)된 이 기관은 1979년 10월 26일 박정희 대통령 시해 사건이 일어난 뒤 분위기를 일신하기 위해 약 1년여의 심사숙고 끝에 1980년 12월 31일 국가안전기획부로 개명했다(법률 제3313호). 그러다가 여야 간의 정권 교체로 과거 안기부로부터 철저하게 탄압받았던 김대중 대통령이 집권하면서 대대적인 개혁 작업이 이뤄졌고, 이날부터 국가정보원으로 다시 출범한 것이었다.

돌아보건대, 국정원으로의 개명은 과거의 안기부가 문패만 바꾸어 단 것이 아니라 정치공작으로 얼룩진 과거의 쓰라린 전비(前非)를 반성하고 극복해 새롭게 거듭난다는 의지가 담긴 '이름 갈이'였다.

원훈도 "음지에서 일하고 양지를 지향한다"는 과거의 것을 버리고 정보화 시대에 걸맞게 "정보는 국력이다"로 개정했다. 여기에는 특히 정보 소홀로 외환위기를 초래함으로써 우리 국력에 엄청난 손실을 입혔다는 반성이 짙게 깔려 있기도 했다. 나아가 기관명의 영어 표기도 정보의 원활한 소통으로 국민에게 봉사한다는 뜻을 담아 바꾸었다. 즉, 종래와 같은 '기관(agency)'으로 존재하는 것이 아니라 '서비스(service)'한다는 뜻에서 'National Intelligence Service(NIS)'로 바꾸었다. 이 모든 작업은 과거의 음습한 유습에서 벗어나 명실공히 국민과 함께하는 정보기관으로 재도약하겠다는 의지를 담은 것이었다.

나는 아마 이 기관이 중앙정보부, 국가안전기획부, 그리고 국가정보원으로 변화하는 동안 세 개 명칭의 기관에서 모두 근무한 유일한 기관장이지 않나 생각한다. 그동안 이 기관은 국가 안보의 첨병 노릇을 했다지만 오욕의 역사도 많았다. 과거 3선 개헌을 위해 이면에서 압력을 가하는 무서운 기관으로 군림했고, 남북대화를 기화로 유신정권을 탄생시키는 주역 노릇도 톡톡히 했다. 그뿐인가? 김대중 납치 사건, 박정희 대통령 시해 사건 등 참으로 많은 어두운 역사의 중심에 서면서 국민에게 증오의 대상이 되기도 했다.

그런데도 과거의 오명에서 과감히 벗어나 오로지 국가 안보만을 위한 기관으로 탈바꿈하지 못하고 대선 때마다 북풍 사건, 총풍 사건 등으로 얼룩졌고, 그 뒤로도 대선 개입으로 원장이 구속되는 등 정치 개입 논란이 그치지 않고 있다. 통탄하지 않을 수 없는 일이다.

이 기관에 청춘을 바친 나는 그동안 사명감을 가지고 개혁 작업을 몇 차례 강력하게 추진했다. 그 과정에서 직원들에게서 비난을 받기도 했다. 하지만 나는 나의 사욕을 채우기 위해서, 또는 어느 정권의 하수인으로서 개혁의 칼을 든 일은 없었다. 이제 회고해보니 나름대로 일을 많이 했다고 자부해도 될 것 같다. 생각나는 대로 몇 가지만 들어보자.

- 조직을 개편하고 인력을 10% 남짓 축소했다. 특히 국내정보 파트를 대폭 줄이면서도 해외·북한·과학 정보 및 대공 수사의 영역은 넓혔다.
- 정보활동의 결과 수집·분석된 정보를 필요한 부처, 기업, 국민에게 서비스하는 데 앞장섰다.
- 정보관리 분야를 디지털 시대에 걸맞게 집중 보강해 부원들이 원활하게 정보를 검색할 수 있도록 했다.

- 직원들의 정신적 표상을 과거 일제 치하에서 백성을 억압하고 감시하던 특무나 고등계가 아닌, 진정으로 나라를 구하려고 노력한 애국적 독립투쟁의 전통과 연결시키는 데에도 노력을 기울였다. 그리하여 그 상징으로 김구의 한인애국단, 신채호의 의열단을 표상으로 삼았고, 나라의 대외 개방을 상징하는 광개토대왕비를 정문 앞에 세웠다.

이런 일차적인 작업을 마친 뒤, 나는 언제 이 기관에서 명예롭게 떠날 것인지를 고심하기 시작했다. 그러던 차에 내 마음을 결정적으로 흔든 몇 가지 일이 있었다.

첫째, 내가 국정원장직을 이용해 차기 대권을 노린다는 소문이었다. 사실 국정원장으로 임명되기 전 나는 서울시장에 도전할 준비를 했었다. 애초 출마에 반대하던 아내도 "결정적인 고지를 향해 가자"라는 나의 의지를 이해하고 마음을 정리해가던 중에 덜컥 안기부장으로 임명되었던 것이다. 나는 정보기관의 생리를 잘 알고 있었으므로 가장 많은 피해를 받아온 김대중 대통령의 입장에서 정보기관을 근본적으로 뜯어고치겠다는 큰 구상 아래 이 인사를 수용했다. 나 스스로 여러 차례 하다 말다 반복한 정보기관 개혁의 해묵은 숙제를 이 기회에 마무리해 역사에 기록을 남기고 싶다는 욕망도 없지 않았다.

개혁 초기에 김 대통령과 나는 이 기관을 국민이 사갈시하는 폭압 기관이 아니라 이스라엘 국민뿐만 아니라 전 세계 유대인들이 믿고 의지하는 모사드처럼 만들기로 합의했다. 주변의 가상 적에게는 무서운 존재이지만 우리 민족에게는 사랑받는 기관으로 탈바꿈시키자고 말이다.

그러나 기관의 관습이란 그렇게 쉽게 바뀌는 것이 아니었다. 하루에도 몇 번씩 유습의 관행이 실무에 작용했다. 나도 모르게 그런 관성에 빠진 적도 여러 번 있었다. 그때마다 나나 김 대통령 모두 "우리가 이런 것 극복하기 위해 개혁하자는 것 아니었나?" 하고 되뇌면서 손을 털곤 했다.

국민에게 한 걸음 더 다가가려면 수시로 국민에게 우리가 지향하는 바가 무엇인지, 그것이 기밀 사항이 아닌 한 공개해 협조를 받아야 했다. 국민에게 "김대중 정부의 국정원이 달라졌습니다"라고 다짐하곤 했던 것은 앞으로 다시 후퇴하지 못하도록 스스로 퇴로를 막는 일이기도 했다. 이를 위해 나는 적극적으로 대외 활동을 했던 것이 사실이다.

그런 가운데 지난 대선 때 '인간 김대중'에게 적의를 품었던 보수 세력을 김대중 편으로 끌어들이는 작업을 내가 집중적으로 맡았다. DJP 연대가 성사되어 상당 부분 오해가 풀리기는 했지만, 김대중에 대한 뿌리 깊은 불신이 아직 남아 있었다. 나는 대통령 선거가 끝난 뒤 이들에게 인사를 제대로 하기도 전에 내곡동 청사로 들어가는 바람에 이들로부터 전화조차 받기 어려워졌다. 하지만 대통령 선거 이후에도 이들과의 유대를 계속 이어갈 필요가 있었다. 국민회의 내에는 이런 보수 진영에 접근할 만한 인사가 별로 없었다. 그래서 나는 이들을 찾아다니며 "당신들이 알고 있는 김대중에 대한 정보는 상당히 왜곡된 것"이라고 설명하곤 했다.

우리의 개혁 작업을 언론기관에 제대로 알릴 필요도 있었다. 과거 정부에서 하지 못한 이런 개혁이야말로 김대중 정부의 업적이 될 것이라고 믿었다. 그 때문에 동아일보 편집부국장을 역임한 황재홍을 국정원의 공보관으로 기용했다. 1998년 6월 8일에 이례적으로 관훈토론회* 조찬회를 열어 국정원 개혁 작업에 대해 열심히 설명한 것도 그런 노력의 일환이었다.

그런데도 언론에서는 여전히 "국정원은 태생적 한계가 있는데 말대로 개혁할 수 있겠느냐?"며 비꼬는 논조가 많았고, "과연 무엇이 달라질

---

* 관훈토론회는 언론인들의 편의를 위해 관례적으로 오후에 개최되어왔다.

지 두고 보자"는 심사가 가득했다. 김대중 정부 내에는 이런 부분에 대처할 부처가 없었다. 굳이 따지자면 청와대나 문광부가 이런 임무를 수행해야 했지만 그들은 정부 출범 초기에 김대중 대통령이 지향하는 그림을 제대로 파악하기에도 바빴다.

이렇게 과도기적 상황에서 동분서주하는 나의 활동이 보기에 따라서는 비밀 정보기관의 장으로서는 너무 공개적이고 이질적이었을 것이다. 너무 설쳤다는 손가락질을 받을 수도 있었다. 이런 허점을 비집고 내가 국정원을 나의 정치적 발판으로 도모한다는 모략이 나왔던 것이다.

무릇 어떤 권력자도 품속에서 턱밑까지 치고 올라오는 부하나 참모를 원치 않는 것이 권력의 생리다. 아무리 권력자의 그림을 대신 그려주는 대행자라 하더라도 그 선을 지켜야 했다. 나는 때로 그분이 손대기 어려운 부분을 대행하고 있다는 과도한 자신감 때문에 깊게 생각하지 못한 측면도 있었던 것 같다. 나의 정치적인 야망에 국정원장직을 활용한다는 비난은 전혀 사실이 아니지만, 어떤 점에서는 내가 김대중 대통령을 혼란스럽게 만들었을 수도 있겠다고 여겨졌다.

그 순간 나는 활동을 자제하기로 결심했다. 그리고 그분과 대통령 선거 때처럼 한 몸같이 지내던 관계를 그대로 유지하면서도 언제쯤 명예롭게 퇴진하는 것이 좋을지 신중하게 생각하기 시작했다.

둘째, 해가 바뀌면서 김대중 대통령 측근 가운데 호남 출신들이 영역을 넓혀가는 데 내가 걸림돌이 되고 있다는 소문이 돌기 시작했다. 정권 교체 후 권력의 노른자위로 꼽히는 청와대 비서실장과 국정원장을 맡은 사람이 호남 출신이 아니고 과거 정부에서 일하던 사람들이라는 지적도 있었다. 더구나 자민련과의 공동정부여서 호남 출신의 진출 기회가 반감되었는데 언제까지 기다리고만 있어야 하느냐는 불만의 소리도 집요하게 들려왔다.

특히 국정원 인사에서 호남 출신 가운데 발탁 또는 배려된 케이스가 없는 것도 측근들이 노골적으로 불만을 표시하는 대목이었다. 이 말은 전남 신안 출신의 김 모에 대한 이야기였다. 앞에서도 잠깐 언급했지만, 그는 지난 대선 말기에 '김대중 용공 조작'에 항의하다가 집중 감시를 받게 되자 마침내 '안기부 파일'을 외부에 들고 나갔던 당사자였다. 그 뒤 감찰실에서 그를 구금하고 징계 절차를 거쳐 퇴직시킨 바 있었다. 내가 원장으로 재직할 때 여러 사람이 교대로 찾아와 그의 복직을 요구했다. 하지만 내부적으로 조사해보니, 그가 들고 나간 문건은 안기부의 대선 개입과 관련된 것이 아니라 안기부 새 청사를 건설할 때의 비리에 대한 것이었다. 이런 직원을 복귀시키는 것은 당시의 대량 감원 조치에 역행하는 처사여서 나는 거절한 바 있었다.

또 엄익준 차장도 직무에서 얻은 안기부 내부 문건을 대선 시기에 김대중 후보에게 바쳤다. 아무리 우리 편에 유리한 행동이었다 하더라도 나는 그를 신뢰할 수 없었다. 배신자는 또 배신하는 법이다. 김대중 대통령은 나에게 에둘러 그를 활용하라는 암시를 주었지만, 나는 그에게 외곽 단체를 맡으라고 권했고, 그는 거부했다. 그 뒤 엄익준이 몇몇 당내 인사들에게 접근해 국정원 내부 동향을 일일이 고해바친다는 정보도 있었다.

이런 일도 있었다. 당내의 한 유력 인사는 1998년 지자체 선거를 앞두고 서울시장 출마를 위해 열심히 뛰고 있었다. 그러나 여론조사에서 한나라당의 최병렬 후보에게 밀린다는 것이 드러났다. 김 대통령은 이런 정보를 접하고 내가 주례보고차 청와대에 갔을 때 나에게 서울 지역 여론을 물어본 일이 있다. 이는 정치 개입 차원이 아니라 내가 서울시장 출마를 고려한 적이 있으므로 어디까지나 개인적인 질문이었다. 나는 그 정보가 과히 틀리지 않는 것 같다고 답했다. 그렇다면 후임은 누가 좋겠느냐고 하기에 나는 경험이 풍부한 고건 전 총리가 나가면 판세가 달라질 수 있을 것 같다고 즉석에서 답했을 뿐이었다. 그 뒤 김 대통령은 여러 곳에 여론조사를 실시해서 최종적으로 고건으로 후보를 교체했다. 이 일로 그 유력 인사는 나에게 악감정을 품게 되었다. 누차 이야기했지만, 이는 안기부의 선거 개입으로 일어난 일도 아니고 내가 그에 대해 고자질한 것도 아니었다.

1998년 한 해가 지나면서 이런 요소들이 상승작용을 일으켜 서서히 나에 대한 불만으로 집약되었다. "이종찬이 원장으로 있는 한 호남 출신은 과거나 마찬가지"라는 노골적인 불만이 표출되었다. 이미 말한 바와 같이 인사에 관한 한 지역성을 전혀 고려하지 않은 것이 불만이 될 줄이야! 우리가 대통령 선거 당시 "김대중이 대통령 되면 전국의 면장까지 호남 사람으로 바뀐다"라는 악성 루머에 얼마나 시달렸나? 그래서 절대로 지역 편중 인사를 하지 않겠다고 공개적으로 약속해놓고 이제 와서 지키지 않는다면 이는 대통령을 욕되게 만드는 것 아닌가?

이것은 나의 순진한 생각이었을 뿐, 대통령 자신이 그렇게 공약할 당시와 비교해서 많이 흔들렸다. 그분은 "내가 호남 사람을 더 기용하라는 것이 아니에요. 과거에 너무 홀대받았으니 정상화하라는 것이에요"라고 했지만, 나는 납득하기 어려웠다. 내가 물러난 뒤 단행된 국정원 인사가 이를 증명한다. 그렇게 요직을 차지한 국정원의 차장, 실장, 단장, 과장 등이 그 뒤 동교동계 인사들과 밀착해 각종 게이트를 저지른 것은 더 언급할 필요가 없겠다.

내가 그만둘 시기가 되었다고 판단하게 된 셋째 계기는 김대중 대통령이 원하는 국정원의 방향이 달라졌다는 회의가 든 데 있었다. 이것이 가장 결정적인 요인이었다.

나는 과거 박정희 정권 시절, 걸핏하면 "국민이 중앙정보부를 무서워해야 한다"라고 요구하는 데 저항감을 가졌었다. 이 말이 결국 모든 정치 사건의 주범이었다. '남산'에서 왔다고 하면 울던 애도 울음을 그치고 산천초목이 떤다고 하지 않았나? 정치인도 '남산'이라면 오금을 펴지 못했고, 기업인, 은행장, 공무원 모두가 무서워했다.

당시 중앙정보부가 무섭기는 무서웠다. 1971년 10·2 항명파동 때 여당의 중진들이 쨋소리도 못 하고 줄줄이 끌려와 고문당하고, 수염 뽑히고, 의원직 사퇴서를 썼다. 김대중 납치 사건이 일어난 것도 박종규 경호실장이 이후락 정보부장에게 "도대체 정보부를 무서워하지 않으니 김대중이 동경에서 반한 활동을 하는 것 아닙니까?"라고 한마디 하자 이후락이 '각하의 방침'이라고 생각해 무리한 줄 알면서도 백주에 도쿄에서 납치 사건을 강행했던 것이다.

나는 "중앙정보부를 무서워해야 한다"는 말을 들을 때마다 불길한 예감을 느끼곤 했다. 박 대통령이 1979년 10월 26일 궁정동 안가에서 이 세상을 버리기 직전 마지막으로 남긴 말도 바로 이것이었다. 그 무렵 김영삼 제명 파동의 여파로 부마 사태가 벌어졌고, 이런 저항을 바탕으로 한 김영삼의 반유신 활동을 제어할 수단이 없었다. 박 대통령은 불같이 화가 치밀었다. 궁정동 안가에서 술판이 벌어지기 직전 TV 뉴스로 김영삼 관련 보도를 본 박 대통령은 불쾌감을 드러내면서 "정보부를 무서워하지 않으니 그렇지!"라고 김재규 정보부장을 꾸짖었다. 거기에 덩달아 차지철 경호실장이 데모가 일어나면 탱크를 동원해 깔아뭉개야 한다고 말하자 참다못한 김재규가 "버러지 같은 놈"이라고 욕하며 감춰두었던 권총을 뽑아 쐈던 것 아닌가.

국가정보원이 무서운 존재라는 인식은 국민이 아니라 적진에서 느껴야 한다. 유대인을 학살한 주범 아돌프 아이히만을 그가 숨어 살던 아르헨티나에서 쥐도 새도 모르게 납치해 텔아비브의 이스라엘 법정에 세웠던 능력에 나치 잔당은 치를 떨었을 것이다. 한편 1972년 9월 5일 뮌헨올림픽 선수촌에 '검은9월단' 테러 분자들이 잠입해 이스라엘 선수 11명을 납치해 학살하는 사건이 발생하자 모사드는 이에 대한 보복으로 이 사건과 관련된 테러 분자 14명을 차례로 제거했다. 이런 스토리는 영화로도 소개되어 큰 화제가 되었다. 모사드는 진정 적에게는 무서운 존재였지만 유대인들에게는 한없이 사랑받는 기관이었다.

1999년 4월 16일, 청와대에 가서 김 대통령에게 주례보고를 했다. 보고에는 총풍 사건과 관련된 사항이 포함되어 있었다. 이에 대해 김 대통령은 몹시 불쾌하다는 반응이었다. "이게 언제 일어난 사건인데 아직 1심 재판도 끝나지 않고 질질 끌고 가는 거요?"라고 힐문했다. 그리고 이어 "요새 국정원을 무서워하는 사람이 없다고 그래요"라고 한마디 덧붙였다. 나는 이 말에 질겁했다. '아! 이건 김대중 대통령이 할 말이 아닌데!' 그 순간 나는 이제 이 직책에서 떠날 시기가 왔다고 생각했다.

그 뒤 곰곰이 생각해봤다. 지금까지의 국정원 개혁 방향은 분명히 '안으로는 국민에게 사랑받고 밖으로는 가상 적이나 다른 나라에 물샐틈 없는 정보활동으로 무서우면서도 존경받는 기관'을 만들자는 것이었다. 폭압 기관이 아니라 외경(畏敬)받는 기관이 되자는 것이었다. 그러나 이제 와서 김 대통령이 '국정원을 무서워하는…' 운운한 것을 보면 혹시 예전과 같이 무소불위의 힘을 가지라는 것인가? 그것이 아니라면 혹시 그간 나의 활동에 대해 너무 정치적이라는 오해가 쌓인 결과인가?

어느 쪽이든 기회가 오는 대로 물러나야 할 것 같았다. 그렇다고 사의를 표하는 것은 정면으로 대드는 모양새일 것이고 자연스럽게 물러나는 것이 김 대통령과의 관계를 그나마 좋게 유지하는 길일 것 같았다. 김중권 청와대 비서실장에게 아주 조심스럽게 나의 의사를 표했다. 2000년 국회의원 선거에 다시 지역에서 출마하려 한다고 핑계를 대면서 이에 대해 의견을 묻는 형식을 취했다.

그 뒤 다시 정계로 돌아갈 시기를 꼽고 있었다. 드디어 1999년 5월 24일 김중권 실장이 전화로 나의 퇴임을 알려왔다. 그때의 심경을 담은 나의 일기를 인용한다.

나는 여러 날을 두고 고민해왔다. 여기에 있는 것이 편하고 즐겁고 또 행복하기도 하다. 그러나 그것은 나의 삶을 깎아 먹는 나날이다. 나는 왜 작년에 서울시장 선거를 고집스럽게 밀고 나가지 못하고 중도에 포기하고 여기로 오기로 했던가. 나는 정말 이제 spy chief란 소리를 그만 들어야겠다. 20여 년 전 내가 중정 인사과장으로 있다가 아무리 생각해도 인생을 깎아 먹는다는 강박관념에 못 이겨 나의 전공인 구아(歐阿)과장으로 옮길 때 모든 사람들이 1등 과장 자리를 팽개치고 힘도 없고 매력도 없는 구아과로 간다고 괴이하게 생각했다. 그러나 나는 그 어려움을 이기고 드디어 부국장으로 올랐고, 드디어 세상이 바뀔 때 총무국장, 기획조정실장으로 승승장구할 수 있었다. 오늘 나는 정보원장직을 그만두고 다시 험악한 정치판, 야전으로 돌아가면서 바로 그때와 똑같은 심경이다. 운명은 도전하는 사람들의 것이다.

이렇게 다짐하고 1999년 5월 26일 퇴임식을 가졌다. 그간 나는 개혁을 한다고 몇 번이나 국가 정보기구를 고쳤지만 과연 그것이 얼마나 효험이 있었는지는 앞으로 두고 볼 일이다.

에필로그

아직 남은 일들*

미완성의 회고

지난 몇 년간 숨 가쁘게 원고를 써왔다. 나의 80년 인생을 반추하고 그동안 갈무리해두었던 기록들을 꺼내 보면서 꽤나 열심히 정리했다. 모든 일의 우선순위를 이 원고의 집필에 두었던 것이 사실이다. 그렇지만 아쉬운 것은 어쩔 수 없다. 이것은 분명히 '미완성 회고록'이다. 나는 본래 나에 관한 모든 기록을 '실록'으로 남기고 싶었다. 그런 애초의 취지에 비춰볼 때 아직도 하고 싶은 이야기가 많이 남아 있다.

더욱 아쉬운 점은 이 회고록이 사건 위주로 기술되다 보니 그 시대마다의 정신이 별로 반영되지 못한 것이다. 역사는, 시대사건 개인사건, 사건의 내용도 중요하지만, 그 사건을 관통하는 정신을 찾아내는 것에 본령이 있을 것이다. 이를 찾아내고 표현하는 데 스스로 설정한 시간의 제약을 받았다. 처음 예정했던 간행 시점(2015년)을 넘기지 말자는 다짐 때문이었다. 이에 따른 나 자신의 불만도 해소하지 못한 채 미흡한 작품을 세상에 내놓게 된 셈이었다.

그러나 '미완성 교향곡'도 그 나름대로 뜻이 있다고 하지 않는가? 미

---

* 이 '에필로그'와 '이종찬이 걸어온 길'은 2024년 제2판 발간 과정에서 필자가 그 내용을 일부 추가 및 조정했다.

완성의 역정(歷程)을 통해 나를 돌이켜보는 일도 중요하다. 마치 깨진 거울로 나를 볼 때 오히려 중요한 진실을 얻을 수 있는 것과 마찬가지일 것이다.

몇 가지 제약 요소

앙드레 말로는 자신의 역저『반회고록』에서 회고록을 두 가지로 분류했다.* 하나는 역사적 사실들을 자기의 체험을 바탕으로 그대로 기록해놓는 것이다. 실례로 드골의『전쟁 회고록』이나 영화〈아라비아의 로렌스〉의 원작이 된『지혜의 일곱 기둥』이 그렇다. 다른 하나는 사실 자체도 중요하지만 인간의 저변에 흐르는 욕망, 회오, 절망, 환희 등의 밑바닥까지 내려가 이를 심층적으로 살피고 분석해 내놓는 것이 있을 수 있다. 앙드레 지드의『인간탐구』가 그 실례가 될 것이다. 인간의 허약성 또는 야수성을 자기의 것으로 표현하기가 두려워 소설이라는 형태로 객관화하기도 하는 것 같다.

내가 그런 경지까지는 들어가지 않더라도 사건마다 당시의 정황과 내가 생각하는 의미를 좀 더 분명하게 드러내야 했을 것이나, 그렇게 하는 데는 시간적인 제약 외에도 몇 가지 제약이 더 있었다.

첫째, 알다시피 나는 약 20년간 정보기관에서 생활했다. 나는 퇴직할 때 '직무상 지득한 사실'을 대외적으로 공개하지 않는다고 서약했다. 이 서약 때문에 쓰다가 덮어둔 부분이 많다. 정보기관과 관련하여 이 회고록에 소개된 내용들은 이미 세상에 알려져 있는 것들 중에서 일부만 골라 그 내용과 결과, 그리고 그에 대한 약간의 소견을 기록하는 수준에

---

* 앙드레 말로,『반회고록(1)』, 창재형 옮김(범조사, 1985), 34쪽 참조.

서 만족할 수밖에 없었다. 나 스스로 자기검열을 했던 셈이다.

둘째, 회고록을 쓰려면 과거에 일어났던 사실에 접근해야 하는데 그럴 경우 불가피하게 제삼자가 거명되는 것이 문제였다. 나는 이런 경우 일반적으로 준수되어야 하는 전제, 즉 진실성, 공익성, 상당성 등의 원칙을 고려하면서 그 이야기와 거기 등장하는 인물들을 우리 사회의 한 부분으로 보고 기술했다. 하지만 붓이 꼭 그렇게 논리적으로만 움직이지는 않았을 수도 있다. 혹시 본의 아니게 오해나 비판이 제기된다면 그것은 내가 감수할 문제다. 다만 최대한 개인의 명예에 누가 되는 일이 없도록 유의했음도 이해해주면 좋겠다.

셋째는 가까운 과거의 일들 중에 아직 그 사실관계와 의미 연관을 정리하기가 쉽지 않은 것들이 꽤 있었다는 점이다. 그런 대목들은 이 회고록에 담을 수 없었고 훗날을 기약할 수밖에 없었다. 예를 들어, 내가 국정원장직에서 물러난 뒤 2000년에 김대중의 신당 창당, 그 뒤 나의 제16대 국회의원 선거 출마, 총선시민연대의 낙선운동, 그리고 악전고투 끝의 낙선 등으로 이어진 일련의 사건들은 아직 나 스스로 그 맥락을 정리하기가 쉽지 않았다. 그에 앞서 1999년 10월에 공개된 이른바 언론대책문건과 관련된 논란도 나는 함정에 빠진 것이라고 생각하지만 그 배경이 아직 드러나지 않았다.

정계 은퇴 뒤의 생활

나는 2000년 정계에서 은퇴했다. 그리고 하와이 동서문화센터(East-West Center)의 조이제 박사가 마련해준 동북아경제연구소의 연구실을 중심으로 내가 그때까지 살아온 분야를 벗어나 한국 경제를 공부하는 기회를 가졌다. 그 과정에서 오랫동안 읽고 싶었지만 기회를 잡지 못했던 책들을 실컷 읽었으며, 또한 생각하고 기록하고 토론했다. 그 내용은 이런 것들이었다.

우선 하와이에서 집중적으로 모색한 내용은 우리나라를 동북아 물류의 허브로 만들면 거기에 미래의 먹거리가 있지 않겠느냐는 구상이었다. 중국의 급속한 경제 발전이 예견되는 가운데 동북아의 물동량을 선진화된 인천공항과 부산항으로 유치하자는 것이었다. 이는 우리나라를 '동양의 네덜란드'로 설계해보자는 의욕적인 프로그램이기도 했다.

이 구상을 위해 남덕우 전 국무총리를 팀장으로 여러 차례 국제회의를 가졌고, 유럽의 선진 물류국인 네덜란드와 벨기에, 아일랜드 등도 방문해 물류 시스템의 운영을 두루 살폈다.

2001년 2월, 그동안 논의된 아이디어를 집성해 하버드 대학 한국학 연구소에서「세계화시대를 위한 한국의 새로운 프로그램(A Program for Korea in the Age of Globalization)」이라는 논문을 발표했다. 이 논문이 흥미가 있었던지 그 내용이 하버드 대학의 학술지 ≪하버드 아시아 퍼시픽 리뷰(Harvard Asia Pacific Review)≫ 그해 가을호에 실리기도 했다. 나도 이런 학문적 성취에 고무되어 그 내용을 중심으로『세계로 가는 길목을 잡아라』(한국방송출판, 2002)라는 책을 출판하기도 했다.

더욱 중요한 것은 '동북아 물류 허브'를 만들자는 이 구상이 김대중 정부에서 주요 정책으로 채택되었다는 사실이다. 이리하여 이 프로그램이 당시 해양수산부 장관이었던 노무현에게 선택되었고, 훗날 그의 대선 공약으로 발전하기도 했다.

그런가 하면 2000년 하와이 체재 중에는 뜻밖의 일도 있었다. 그곳 교민들이 '미주한인이민 100주년기념사업'을 추진하면서 나에게 한국 측 위원장을 맡겼다. 나는 잠시 하와이에 와서 공부하는 만학도로서 과중한 공무라고 사양했으나, 그들의 눈물 어린 설명과 간곡한 요청에 감복해 중책을 맡을 수밖에 없었다.

1903년 3월 인천 제물포항을 출발한 한국의 첫 미국 이민선 게릭호는 사탕수수밭 노무자 102명을 태우고 1903년 1월 13일 하와이 호놀룰루항에 도착했다. 이들은 뙤약볕 아래 온종일 땀 흘려가며 열심히 일해 겨우 일당 75센트를 받았다. 하지만 그들은 그 돈 가운데 상당액을 교회를 짓고 중국 상하이의 대한민국 임시정부를 지원하는 일에 헌금했다. 나는 이런 선열들의 애국심에 감동했고, 그런 은혜에 조금이나마 보답하고 싶었다.

미주한인이민 100주년기념사업은 많은 성과를 올렸다. 가장 큰 성과는 하와이 교민들이 일치단결하고 자신감을 갖게 된 점이었다. 그 뒤 누구든 하와이에서 지사나 시장 또는 연방의회, 주의회에 진출하려면 약 4만 명을 헤아리는 한국 교민의 지원 없이는 어렵다는 사실을 현지인들이 인식하게 되었다.

'우당 정신'을 찾아서

이 회고록에서 명시적으로 쓰지는 않았지만 나는 1984년부터 장학사업을 하면서 독립운동가의 후손들을 돕기 시작했다. 1990년에는 서울 대학로 근방에 우당기념관을 마련해 나의 조부 우당 이회영 선생 기념사업도 본격적으로 시작했다.

우당 선생의 생애는 한 편의 드라마처럼 굴곡이 심했고, 그분은 자신을 드러내지 않은 것으로 유명했다. 그래서인지 1932년 11월 우당이 일경(日警)에게 붙잡혀 급서하신 뒤 여운형 선생이 사장으로 있던 《중앙일보》 기사 제목에 "○○운동 이면(裡面) 지도자"라는 표현이 들어 있어 특히 관심을 끌었다.

우당은 1910년 중국 동북 지방의 유하현 삼원포(柳河縣 三源浦)로 망명해 신흥무관학교를 세우느라 동분서주했다. 문제가 잘 풀리지 않을 때는 베이징의 당시 총통인 위안스카이(袁世凱)를 직접 찾아가 뜻을 관철한 사례도 있지만 신흥무관학교 설립 이후 어느 기록에도 우당의 이름은 없었다. 이 때문에 1915년 국내에서 활동하다 종로서에 연행되었지만 일본 고등계 경찰은 뻔히 알면서도 그의 독립운동의 증거를 잡을 수 없었다. 그리하여 약 1개월 구속 수사를 받았지만 결국 방면되었다. 그만큼 우당은 자기 관리에 철저하기도 했고, 이면에서 일하는 방식이 천성처럼 몸에 배어 있어 한평생 그야말로 요샛말로 '뒷것'으로 사셨다. 고종 임금의 별입시(別入侍, 임금과 사적으로 독대하던 신하)로 활동한 것도 이런 성품 때문이 아니었을까 짐작된다.

한편 우당은 시대의 이단아(異端兒)였다. 기존 질서를 그대로 받아들이기를 거부했다. 처음부터 문과 시험은 아예 생각하지도 않았고 밀려오는 외래문화를 왕성하게 흡수했다. 둘째 형 이석영이 소유한 홍엽정(紅葉亭)에서 이상설, 이동녕 등과 더불어 전래의 성리학을 수학하는 대신에 양명학(陽明學)에 심취한 것도 이런 이단적인 혁명가 기질에서 비롯되었을 것이다.

양명학이 조선의 주자학자들에게 이단으로 몰린 이유는 자체 이론 체계 안에 내장되어 있었다. 성리학이 사대부의 계급적 우월을 절대시하는 이념 체계인 반면 양명학은 이런 차별을 인정하지 않는 '천지 만물 일체의 대동 사회 건설'을 주장했기 때문이다. 왕양명은 이렇게 말했다.

무릇 성인(聖人)의 마음은 천지 만물을 일체로 삼으니 천하 사람에 대해 안과 밖, 가깝고 먼 것이 없고 무릇 혈기 있는 것은 모두 형제나 자식으로 여겨서 그들을 안전하게 하고 가르치고 부양해 만물 일체의 생각으로 이루고자 한다.

양명학은 사대부들이 끝까지 붙잡고 있던 계급적 우월은 물론, 사민(四民, 사·농·공·상)의 우열도 인정하지 않았다. 왕양명은 직업이 타고난 신분에 따라 결정되는 것이 아니라고 보았다. 우당이 일찍이 집안의 노비를 해방시킨 것도 이런 사상의 반영이었을 것이다. 또 사대부 신분의 신자가 많은 정동교회가 아니라 남대문시장의 중인(中人) 또는 상민(常民)들이 신자이며 숯 장사의 아들 전덕기가 목사로 있는 상동교회를 선택한 것도 이런 사상에 배경을 둔 것이 아니었을까? 우당은 그런 상동교회를 중심으로 신민회를 조직하고 이를 기반으로 독립운동에 나섰다. 을사늑약 반대 운동, 그 연장선에서 헤이그 밀사사건, 고종이 강제 퇴위되고 그 뒤 3년 만에 나라가 일제에 완전히 병합되자 망명길에 오른 일 등에서도 '일체가 평등'이라는 사상이 기본이었다. 신분 고하를 막론하고 평등한 무관학교를 세워 일체감 있는 독립군을 양성하는 꿈을 꾸었을 것이다. 양명학의 본산지 강화학파 인물들이 대거 함께 해외 망명길에 오른 것도 결코 우연일 수 없다.

마지막으로 고종이 승하한 뒤 나라가 급속히 기울고 있는데도 사대부들이 자신의 계급적 이익을 유지하려고 날뛰는 모습을 보면서 우당은 한없이 개탄했을 것이다. 3·1운동이라는 민족적 대결단, 대반성, 그리고 자주독립의 선언 이후 대한민국 임시정부를 수립하는 상하이 현장에 가서도 우당의 마음은 편치 않았다. 그 현장에서도 계급적 신분의 우월을 내세우는 세력과 조선왕조 내내 지역적으로 소외되었던 세력, 거기에 더해 일본 등 해외로 유학을 다녀온 신진 세력이 서로 다툼을 벌이는 현장을 지켜보며 독립운동의 장래에 절망했을 것이다.

이런 절망과 분노가 있었기에 우당은 아나키즘이라는 낯선 사상을 선뜻 받아들일 수 있었던 게 아닐까? 우당은 아들뻘 되는 젊은 이을규, 이정규, 김종진 등과 모여 독립운동의 새 방략을 고민하고 토의했다. 우당은 그 무렵 소련을 다녀온 사람들이 '인류의 희망'으로 떠받들던 마르크시즘 혁명론의 모순을 벌써 간파했다. 인간의 해방이 혁명의 기본인데 당이 인간을 지배한다는 것은 '또 다른 성리학의 탄생'이라는 의심을 사기에 족했다.

"앞으로 우리가 지향하는 사회는 모든 사람이 자유롭게 참여해 받드는 공동사회여야 하네." 젊은이들은 이 말에 공감했다. 우당은 다시 말을 이었다. "나는 동지들이 설명하는 아나키즘에 대해 자세히 알지 못하네. 그러나 아나키즘이 한국의 독립운동에 새로운 방략을 제시한 것은 틀림없네. 아나키즘이 나의 생각과 상통된다면 이는 필시 각금시이작비(覺今是而昨非)*가 아니겠는가?" 동지들의 생각과 일체가 된 것을 우당은 마치 그동안 고민했던 숙제가 풀린 것처럼 기뻐했다.

우당은 또 이렇게 말했다. "한민족의 독립운동이란 그 민족의 해방과 자유의 탈환을 말한다. 그러므로 해방운동이나 혁명운동은 자각과 목적의식이 투철한 사람들이 하는 것이며 운동 자체가 해방과 자유인 것이다. 거기에는 맹목적인 복종과 추종이란 있을 수 없다. 강권적인 권력 중심의 명령 조직으로서 혁명운동이나 해방운동이 성공한 예는 없다"라고 말했다. 이는 강력한 당을 전위로 한 혁명운동은 그 자체가 모순임을 지적한 말이다. 또한 "독립 후의 내부적 정치 구조는 물론 권력의 집중을 피하고, 지방 분권적인 지방자치체의 확립과 아울러 지방자치체의 연합으로서 중앙 정치 구조를 구상해야겠다"라는 것이다.**

우당은 젊은 동지들과의 대화에서만 아나키즘을 말한 것이 아니었다. 독립운동 과정에서 부단히 아나키즘의 실험을 계속했다. 1923년 중국의 동지들과 협의해 호남성 한수현 양도촌(漢水縣 洋濤村)에 이상적

* 도연명(陶淵明)의 「귀거래사(歸去來辭)」의 한 구절로 '이제 바른 길을 깨달아 알았다'는 뜻이다.
** 이을규(李乙奎), 「友堂선생 방문과 사상전환 및 北滿行」, 『是也 金宗鎭선생전』.

인 아나키즘 촌락을 만들려고 했지만 실패했다. 1925년경에는 이정규 동지가 상해노동대학을 근거지로 복건성 천주(泉州)에 농민자유마을과 농민자위군이 설치된다는 정보를 입수하고, 이를 아나키스트의 자유마을로 만들려는 시도를 했지만 반동적인 국민당군에게 점령당하며 실패하고 말았다.

이런 식으로 우당과 그의 동지들은 부단히 아나키스트의 이상 사회 건설을 계속 시도했다. 해방 이후 이정규를 비롯한 동지들이 국민문화 연구소를 설립한 것도 그런 이상 사회를 지향하는 노력의 일환이었다.

이런 우당의 삶과 사상은 오늘까지 아직 체계적으로 정리된 바 없다. 또한 그와 그의 동지들의 활동, 아나키스트 독립운동사도 우리 독립운동사에서 큰 비중을 차지하고 있지 못하다. 아나키스트 동지들이 왜 그처럼 철저하고 집요하게 의열 투쟁을 했는가? 그분들은 어떤 이상 사회를 만들려고 일생을 걸었는가? 어느 것 하나 온전히 알려지지 않았다. 일부 조각들만 남아 있을 뿐이다.

나는 나의 생전에 우당과 그의 동지들의 사상과 행적을 나름대로 정리하고 싶다. 우당의 절명 시처럼 그분들이 남긴 한 마디 말들을 우리 국민들에게 소개하고 싶다.

우리는 찬사를 원하지 않는다.
우리는 보답을 원하지 않는다.
나의 마지막 기억 속에 기쁘게 웃으리라.
오직 이 한 마디 기억하라. '대한독립 만세!'

3·1 독립선언 100주년이 뜻 없이 지나쳤다

　2019년은 3·1 독립선언이 100주년을 맞는 중요한 시점이었다. 문재인 정부는 그 100주년기념사업회를 조직하고 요란하게 출범했지만 언제 끝이 났는지는 누구도 알 수 없게 조용히 지나갔다. 국민이 기대했던 100주년의 '제2 독립선언'도 없었다. 일본과 외교 관계만 극단적으로 악화되었다. 일본에서는 전전(戰前) 일본제국주의가 세계를 향해 저질렀던 만행을 반성하고 사과하기는커녕 뻔뻔스러운 논리까지 등장했다. 서구 백인들이 아시아를 식민지화하려는 기도를 일본이 주도해 막아냈으며, 그런 일본 덕분에 아시아가 서구의 식민지가 되지 않았다는 등의 이야기였다. 오래전 일본 군국주의 극우파들의 주장을 반복하는 데 불과했다.

　이런 뻔뻔한 일본에 대해 문재인 정부의 대응도 슬기롭지 못했다. '죽창론'이나 '토착왜구' 같은 단순 감정적 대응으로는 세계인의 공감을 얻기 어려웠다. 반대로 우리 안의 한구석에서는 일제가 한국 근대화에 도움이 되었다든가, 감정적인 반일은 '반일종족주의'에 속한다는 반동 이론들이 등장했다. 전전 일본군국주의를 합리화하는 논거들이었다. 그 배후에 일본 극우 세력의 부추김이 있었다는 소문이 자자했다.

　거기에 더해 북한은 노골적으로 핵무기 실험을 계속하고, 그 운반 수단인 미사일, 잠수함, 무인기 등의 개발을 내놓고 진행해 동북아 전체가 안보 위협에 휩쓸리게 되었다. 이를 견제할 목적으로 적극적 확장 억제 수단을 강구하기 위해 한·미·일 군사 협력이 더욱 강화된 모습으로 등장했다.

　자연히 윤석열 정부는 문재인 전 정부의 '대책 없는 무조건 반일'을 비판하는 입장에 서게 되었다. 그뿐 아니라 일본과의 안보 협력이라는 긴급 과제로 전전 일본의 죄악을 흐려버리는 작업을 하면서 대통령실이 거대한 친일 행각을 주동하게 되었다. 세상이 잘못되다 보니, 이제 일본에게 전전 책임을 묻는 건전한 사람들까지 반일종족주의자라고 노골적으로 조롱받는 세상이 되고 말았다. 이런 시기에 나라의 자주성을 지키려는 양심 있는 한국민은 무엇을 말해야 하나?

그뿐인가? 독립운동의 역사를 지우려는 노골적인 음모까지 진행되고 있다. '1948년 건국론'이 바로 그것이다. '건국절'은 해방 전후 기간에 명예롭지 못한 이력을 가진 자들이 이승만 대통령을 업고 자기들이 대한민국을 건국했다고 하면서 독립운동가들의 공로를 지우고 마치 자신들이 건국의 공로자인양 부각시키려는 허욕에서 나온 짓인데, 우리 국민 중에 이를 인정할 사람은 없다. 이런 건국론자들은 일제강점기에 우리 국민이 일본 신민(臣民)이었다고 부끄러움 없이 말하는 등 지금도 일본의 비위를 맞추려고 무던히도 애쓰고 있다.

1909년 이토 히로부미(伊藤博文)가 통감을 그만두고 일본으로 돌아갈 때 마침 한국을 합병하려는 강경파들이 한국을 향해 출발하고 있었다. 이토는 그들에게 조언했다.

"조선에는 일본을 도우려는 자발적인 무리가 많다. 그들은 스스로 마치 배추를 소금에 절여 먹기 좋도록 나긋나긋하게 만드는 것과 똑같이 조선을 변질시키면서 귀하들을 기다리고 있다. 공연히 칼을 빼 들어 강압 조치를 하지 말고 그런 순종형 무리를 잘 거느리고 앞세우면 성공할 것이다"라는 이야기였다. 이토의 조언은 정확했다. 병합팀이 한국에 도착하자마자 일본의 충견들은 앞을 다투어 꼬리를 치며 그들에게 접근했다. 1910년 한일병합조약은 그런 상황에서 이루어졌다. 지금도 그런 부류의 사람들이 있다. 얼마 전까지는 숨어 있었는데 요새는 힘을 쓰는 자리에 앉아 있다. 우리가 감시하지 않으면 무슨 일이 벌어질지 누가 알겠는가?

이런 시기에 내가 광복회장이 되었다. 광복회는 여(與)도 아니고 야

(野)도 아니다. 보수도 아니고 진보도 아니다. 오로지 나라의 앞길을 비추어주는 등불이 되고자 희망하는 독립운동가 후손들의 단체다.

　내년인 2025년은 을사늑약 체결로부터 120년, 해방과 광복이 된 지 80년, 한일 국교 정상화 60년이다. 광복회도 창립 60주년을 맞는다. 광복회를 두고 일본을 적대시하는 단체라고 말하는 사람들도 있지만 피흘려 싸운 선열들의 후손이 모인 단체라고 해서 지금까지도 일본과 적대적 관계를 주장하지는 않는다. 광복회는 진정으로 한국이 동북아의 모든 이웃 나라들과 호혜 평등한 마음으로 상호 협력하는 관계로 발전하기를 희망한다. 특히 일본과는 유럽의 독일과 프랑스처럼 항구적인 화해와 협력, 평화적 관계로 발전하기를 희망한다. 광복회원 대부분은 일본을 향해 용서와 화해를 원하고 있다. 그러자면 일본은 적어도 독일만큼 넓은 마음을 가져야 한다. 광복회는 일본 국민에게 진솔한 우리의 희망을 전한다. 광복회관 정문에 "용서하자, 그러나 잊지는 말자"라는 글이 새겨지는 날이 오기를 진실로 진실로 희원한다.

이종찬이 걸어온 길(1936~2024년)

1936. 4. 29.	중국 상하이(上海)시 장락로〔長樂路, 옛 포석로(蒲石路)〕 682롱(弄) 7호에서 아버지 이규학(이회영의 아들)과 어머니 조계진(조정구의 딸이자 홍선대원군의 외손녀)의 3남으로 출생
1943. 3. 31.	상하이 존덕(存德)소학교 입학
1945. 8. 15.	해방
1946. 5. 15.	귀국
9. 1.	서울 창신소학교 3학년 입학
1950. 6. 1.	경기중학교 입학
1952. 3. 1.	대구로 피난 중 서울피난대구연합중학교 2학년 전학
1953. 4. 10.	경기고등학교(부산 피난교사) 입학
1956. 2. 26.	경기고등학교(서울 본교사) 졸업
7. 1.	육군사관학교 제16기 입교
1960. 3. 23.	육군사관학교 졸업(졸업 성적 3위로 참모총장상 수상) 육군 소위 임관
4. 8.	윤장순과 결혼(이후 슬하에 1남 2녀를 둠)
7. 1~8. 27.	육군보병학교 초등군사반 수료
10. 20.	육군 제28사단 80연대 수색중대 소대장
1962. 3. 1.	육군 중위 진급
3. 15.	육군 제28사단 80연대 작전과 교육장교
5. 23.	국가재건최고회의 재정경제위원회 최고위원 유원식 준장 부관
10. 10.	육군사관학교 교무부 교육장교
1964. 5. 1~6. 20.	육군부관학교 군사영어반 제65기 수료
7. 20.	육군정보부대(MIG) 정보분석장교
1965. 3. 1.	육군 대위 진급
6. 10.	중앙정보부 중앙정보학교 정규 과정 제1기 입교
1968. 7. 1~8. 25.	육군보병학교 고등군사반 수료
9. 10.	중앙정보부 복귀

1969. 3. 1.	육군 소령 진급
1971. 7. 31.	육군 소령 예편
8. 4.	정보서기관(3급) 임명
1972. 2. 26.	서울대학교 행정대학원 졸업(행정학 석사)
8. 15.	보국훈장 삼일장 수훈
1973. 6. 1~1976. 4.	주영 한국 대사관 근무
1975. 7. 1.	부이사관(2급을) 승진
1978. 2. 18.	이사관(2급갑) 승진
1980. 6. 1.	관리관(1급) 승진
9. 6.	중앙정보부 기획조정실장
10. 28.	국가보위입법회의 의원
12. 10.	민주정의당 창당발기인
1981. 1. 23.	민주정의당 사무차장 겸 중앙집행위원
3. 25.	제11대 국회의원(서울 종로·중구) 당선
4. 6.	민주정의당 원내총무 겸 국회 운영위원장
6. 1.	한영의원친선협회 회장
10. 10.	독립기념관건립추진위원회 추진위원
1983. 5. 27.	민주정의당 민족사관정립위원회 위원장
1984. 1. 30.	서울 종로구 국회의원으로 보신각종 중주 사업을 발기하고 보신각종 중주위원회(위원장 윤보선 전 대통령) 운영위원이 되어 국민 모금으로 보신각종 중주해 사업 성공 완료
9. 18.	재단법인 종탑장학회 설립
1985. 2. 12.	제12대 국회의원(서울 종로·중구) 당선
2. 23.	민주정의당 원내총무 겸 국회 운영위원장 재선임
9. 5.	국제의원연맹(IPU) 제24차 총회 한국대표단장
9. 9~9. 11.	대통령 특사로 아프리카(세네갈, 가나) 파견 외교 활동
1986. 8. 22.	한중문화협회 제7대 회장 선임〔이 협회는 1942년 10월 충칭에서 대한민국 임시정부와 중국 국민당 정부 인사들이 협력하고자 설립한 문화 및 독립운동 단체다. 초대 회장은 한국 측에서 조소앙 임정 외교부장이, 중국 측에서 순커(孫科, 손문의 아들)가 맡았다〕

8. 25.	민주정의당 중앙집행위원 재선임
1987. 3. 23.	민주정의당 민족사관정립위원장으로 국사편찬위원회 국사관을 건립
5. 20.	저서 『민족의 종을 울리며 민주의 탑을 쌓으며』(청호문화사)를 출간
10. 12.	제9차 헌법 개정 시 전문에 "대한민국의 법통을 계승한다"의 명시를 관철
11. 15.	정치 신념을 담은 제2 저서 『개혁과 온건주의』(동화출판공사)를 출간
1988. 4. 26.	제13대 국회의원(서울 종로) 당선
5. 3.	정무1장관 임명
12. 5.	유럽(스페인, 포르투갈)과 남미의 민주화 역정을 담은 제3 편저서 『자유여 민주주의여』(청호문화사)를 출간
12. 9.	민주정의당 사무총장
1990. 3. 19.	3당(민주정의당, 통일민주당, 신민주공화당) 합당으로 민주자유당 당무위원 피임
4. 1~10. 30.	서강대학교 경영대학원 최고경영자과정 제1기 수료
8. 15.	우당기념관 개관(서울 종로구 동숭동 192-10)
10. 5.	사단법인 우당이회영선생기념사업회 창립(초대 회장 한만년)
1992. 2. 10.	연설 및 발언을 모은 제4 저서 『무엇을 말했는가』(갑인출판사)를 출간
3. 24.	제14대 국회의원(서울 종로) 당선
5. 17.	민주자유당 대통령 후보 경선에 불복해 불참한 가운데 34% 득표
8. 17.	민주자유당 탈당
10. 5.	제5 저서 『오늘을 살며 내일을 생각하며』(새정치국민연합, 비매품)를 출간
11. 2.	영국 훈장 CBE(Commander of British Empire)를 받음
11. 17.	새한국당 대표최고위원 겸 대통령 후보 선임
12. 14.	새한국당 대통령 후보 사퇴
1994. 2. 4~8. 20.	고려대학교 생명과학대학원 최고정책과정 제6기 수료
09. 29.	서울대학교 총동창회 제15대 이사

1995. 2. 24.	민주당 입당 및 고문 위촉
9. 5.	새정치국민회의 창당 및 부총재 선임
9. 13.	재단법인 종답장학회를 재단법인 우당장학회로 변개하고, 장학 대상자는 독립운동가 후손으로 함
1996. 4. 11.	제15대 국회의원(서울 종로) 낙선
1997. 5. 19.	새정치국민회의 대통령선거 기획본부장
12. 27~ 1998. 2. 1.	제15대 김대중 대통령 인수위원장
1998. 3. 4.	국가안전기획부 부장
1999. 1. 21.	'국가정보원법'(법률 제5681호)이 개정됨에 따라 국가정보원장 이 됨
9. 30~ 2001. 9. 29.	전북대학교 초빙교수
2000. 1. 7.	제6 저서 『디지털로 확 바꿔라』(베스트셀러출판사)를 출간
1. 20.	새정치국민회의 해체, 새천년민주당 창당 고문
4. 13.	제16대 국회의원 선거(서울 종로), 시민단체 낙선운동으로 피해 를 보며 낙선
5. 20.	새천년민주당 탈당 및 정계 은퇴
6. 8.	하와이 동서문화센터(East-West Center) 동북아경제포럼(Northeast Asia Economic Forum) 방문연구원(Visiting Fellow)
9. 4~ 2001. 2. 15.	하버드 대학 한국학연구소(Korea Institute) 한국강좌 방문연구원 (Korea Lecture Visiting Associate)으로 "A Program for Korea in the Age of Globalization" 논문을 발표
2002. 6. 3.	하와이 동서문화센터에서 집필한 제7 저서 『세계로 가는 길목을 잡아라』(한국방송공사)를 출간
9. 1~ 2003. 6. 30.	미주한인 이민100주년사업 한국위원장
2004. 1. 26.	존 메릴(John Merrill)의 *Korea, The Peninsular Origins of the War*를 필자와 김충남 박사가 공동 편역해 제8 편역서 『새롭게 밝혀낸 한국전쟁의 기원과 진실』(두산동아)을 출간
2005. 2. 25~2018.	사단법인 여천홍범도장군기념사업회 창립 및 이사장
9. 6~2015.	재단법인 한국선진포럼(이사장 남덕우) 창립 및 이사

2010. 10. 1~2016.	IBC(International Business Center) 포럼 이사장
2012. 3. 2~2023.	우당역사문화강좌 개설(독립운동사 및 민족사학 시민교육)
3. 24~2023.	우당청소년역사교실 개설(고교생을 위한 역사 강좌)
2013~2019.	신한대학교 한민족평화통일연구원 이사장(평화통일론 연구 및 강의)
2015. 6. 1~2019.	광복회 이사(제15-116호)
11~2022. 3.	국립대한민국임시정부기념관건립위원장
2016. 6. 28~2018.	광복회 서울지부 시민강좌 바른역사아카데미 회장
2017. 3~12.	경기대학교 정치대학원 '한국정치론' 초빙교수 강의
2018~2023.	육군사관학교 석좌교수
2019. 3.	우당교육문화재단 우당상(友堂賞, 우당 이회영 선생의 자유·평등 사상에 투철하고 사해동포주의에 충실하며, 감투나 좌장 자리에 연연하지 않고 항상 뒤에서 집단의 충실한 역할을 완수하는 고매한 인격을 선양하고 격려함)과 영석상(穎石賞, 한말 최고 갑부인 영석 이석영 선생의 희생정신과 나라가 위급할 때나 올바른 일을 위해서는 재산과 재물을 흔쾌히 투자할 수 있는 후덕한 의지와 희생정신을 선양하고 격려함) 제정 제1회 우당상(김성수 성공회 대주교), 영석상(풀무원)
2020.	제2회 우당상(김자동 대한민국임시정부기념사업회 회장), 영석상(아그리치 글로벌), 우당공로상(조광한 남양주 시장)
2021.	제3회 우당상[제임스 호어(James Hoare) 전 주북한 영국 대사], 영석상(대한주택공사)
2022.	제4회 우당상(홍일식 전 고려대학교 총장), 영석상(이브자리), 우당특별상[하토야마 유키오(鳩山由紀夫) 전 일본 총리]
2023.	제5회 우당상(조성숙 여명학교 교장), 영석상(대구동산병원), 우당공로상(이문창 국민문화연구소 명예회장), 우당학술상(윤상원 전북대학교 교수)
2023. 6. 1~	광복회 회장
2024. 2. 1.	광복학술원 개원

숲은 고요하지 않다 (제2판)
이종찬 회고록 2

ⓒ 이종찬, 2024

지은이 이종찬
펴낸이 김종수
펴낸곳 한울엠플러스(주)
편집 조일현

초판 1쇄 발행 2015년 9월 14일
제2판 1쇄 인쇄 2024년 10월 4일
제2판 1쇄 발행 2024년 10월 25일

주소 10881 경기도 파주시 광인사길 153 한울시소빌딩 3층
전화 031-955-0655
팩스 031-955-0656
홈페이지 www.hanulmplus.kr
등록번호 제406-2015-000143호

Printed in Korea.
ISBN 978-89-460-8341-7 04810 (양장)
       (세트) 978-89-460-8339-4
ISBN 978-89-460-8337-0 04810 (무선)
       (세트) 978-89-460-8335-6

※ 책값은 겉표지에 표시되어 있습니다.

숲은 고요하지 않다(제2판)
이종찬 회고록 1

이종찬의 90년, 그 속에서 돌아본 대한민국 90년
역사가 된 시간들에 관한 현장의 기록

독립운동가 우당 이회영의 후손으로 상하이에서 태어나 한국 정치 1번지 종로·중구에서 4선 국회의원을 지내고, 오랫동안 꿈꾸었던 수평적 정권 교체의 주역이 되어 김대중 정부의 국가정보원장에 이르기까지, 이종찬이 걸어온 90년의 삶과 그가 직접 보고 듣고 경험한 한국 정치의 민낯을 솔직하고 담담하게 기록했다.

그가 인생의 거친 숲에서 직접 마주한 사건들은 오늘날 한국 정치사를 기록하는 데 하나하나 크고 작은 꼭지를 이루는 것들이기도 하다. 그는 일평생 습관처럼 기록하고 수집한 방대한 자료를 바탕으로 그 숲의 풍경화를 꼼꼼하게 완성해간다. 그리고 그동안 다른 여러 기록에서 생략된 채, 또는 잘못 그려진 채 비어 있던 많은 장면이 그의 손을 통해 이 책에서 생생하게 복원된다.

이번에 출간되는 제2판은 2015년의 초판에서 '에필로그'와 '이종찬이 걸어온 길'(연보)을 일부 추가하고 조정해 내놓는다. 초판을 발행하는 과정에서 간혹 살핌이 모자랐던 부분을 손보았고 제2판을 내며 필자가 남기고 싶은 말을 추가했다.

지은이
이종찬

2024년 10월 25일 발행
신국판
484면